fly
me
to
the
moon

Fly me to the moon 2

지은이_이수영 | 초판 1쇄 인쇄_2007년 10월 21일 | 초판 11쇄 발행_2015년 1월 28일 | 발행처_도서출판 청어람 | 발행인_서경석 | 편집장_권태완 | 편집_나정희, 최고은 | 주소_경기도 부천시 원미구 심곡1동 350-1 남성B/D 3F | 등록_1999년 5월 31일(제1081-1-89호) | 문의전화_032)656-4452 | 팩스_032)656-4453 | http://www.chungeoram.com | 전자우편_eoram99@chollian.net | 어람번호_8-0002 | 파본은 구입하신 서점에서 교환하여 드립니다. 저자와 협의하여 인지를 붙이지 않습니다. 책값은 뒤에 있습니다.

ISBN 978-89-251-0957-2 04810
ISBN 978-89-251-0955-8 (SET)

플라이 미 투 더 문 **2**
이수영 소설

Fly me to the moon

도서출판 청어람

목차

19. 재회	⋯7
20. 여자와 여자	⋯38
21. 칼	⋯71
22. 주인	⋯107
23. 밀월	⋯122
24. 자격	⋯150
25. 접점	⋯165
26. 사랑	⋯194
27. 파문	⋯222
28. 파란	⋯247
29. 결혼	⋯279
30. 납치	⋯288
31. 향연	⋯328
32. 결단	⋯364
33. 희생	⋯414
34. 결실	⋯488
35. 진심	⋯521
에필로그	⋯545

19
재회

"누가 와?"

민재의 얼굴이 확 굳었다.

그는 들고 있던 전화기를 내던지고 싶은 충동을 느끼면서 회의 중인 태경의 얼굴을 흘긋 보았다. 태경은 아예 신경도 쓰지 않는 눈치다.

헤지펀드의 일 때문에 다섯 시간 동안 마라톤 회의 중이었다. 다른 것보다 일족의 돈이 오가는 일이라 더 신경을 쓸 수밖에 없는 형편이다. 유럽 쪽에 있는 일족과 중국, 인도 쪽의 펀드 때문에 화상 회의 중이었다. 유럽 쪽의 일족들은 대부분이 예의를 무척 따지기 때문에 자리를 비우는 것은 물론이고, 핸드폰을 따로 받는 것조차 삼갈 수밖에 없었다.

"지금 대문 앞에서 난리입니다. 마님이 진가의 아가씨를 데리고 오셨는데 그와 동시에 태호 도련님이 오신 겁니다. 게다가 태호 도련님은 중상을 입으셔서 의식 불명입니다. 의사 말로는 독에 노출되어 신경이 손상되었다고 합니다."

보고하는 경비실장의 목소리에는 다급한 기색이 완연했다. 앓는 소리까지 난다.

"빌어먹을. 태호 도련님은 서울에 있는 별채로 옮겨. 지금 미혜를 당장 호출해 진가의 아가씨를 모시라고 전해. 모르핀을 듬뿍 주사해서라도 태호 도련님을 재워놔. 날뛰면 골치 아프니까."

"네, 네."

"미혜와는 아직 연락이 안 닿았어?"

"전화기가 꺼져 있습니다."

예의 그 데이트 중이다. 또냐. 요즘 들어 그녀는 남자 사냥에 열을 올리고 있었다. 아마 태경이 뿜어내는 페로몬에 중독된 모양이다. 민재는 난폭하게 머리를 쓸어 올렸다.

"알았어. 내가 곧 내가로 가겠다. 진청청 아가씨를 별채로 모실 수는 없으니까 내가 직접 가도록 하지. 동쪽 안채에 아가씨를 모시도록 해. 본채에는 최정연 씨가 있으니까 부딪치지 않도록 잘 조처하고."

"아, 그 아가씨가 있었지요."

난처한 듯 말끝을 흐리는 경비실장을 눌러 붙이듯 민재는 단호하게 명령했다.

"절대로 그 아가씨와 마님이 마주치지 않도록 조처해. 알아듣겠나?"

"아, 알았습니다."

"왜 이렇게 시끄러워진 거죠?"

태경의 와이셔츠를 다리고 있던 정연이 묻자 마주 앉아 빨래를 접고 있던 가정부가 조금 난처한 얼굴을 해보였다. 그녀가 보기에도 조용하기만 하던 집 안 전체가 시끌벅적해졌던 것이다.

"저도 잘 모르겠네요. 손님이 오셨나?"

정연은 손님이라는 말에 가슴이 덜컥 내려앉았다.

"하지만 태경 씨도 안 계신데."

"글쎄요, 알아봐야겠네요. 궁금하신가요?"

짓궂은 웃음을 머금으며 해민이 물었다. 해민은 태경의 거처를 담당하는 가정부 중 한 명이었다. 특히나 그녀는 요즘 들어 내내 정연을 상대하고 있었다.

"알아보고 오지요."

마주 앉아서 태경의 옷가지를 정리하던 그녀가 일어나 밖으로 나가자 정연은 심란해진 마음을 억지로 누르고 다리미질을 계속했다.

그날로부터 닷새.

그녀는 보통 결혼한 새색시가 하듯 행동하고 있었다. 남이야 어떻게 보든 그녀의 마음은 그랬다. 그가 퇴근할 때까지 집 안을 배회하면서 낯을 익히고 독서를 하거나 그의 옷가지를 정리하는 일을 했다. 음식이야 감히 손을 대지 못했지만 솔직한 심정으론 그에게 먹을 것도 만들어주고 싶었다, 일부러라도.

그녀 자신도 그것이 굉장히 어설픈 시도라는 것을 알고는 있었다. 자기 자리를 찾기 위해 헤매는 짓일 뿐, 특별히 다른 사람에게 도움이 되거나 태경에게 자신을 어필하는 것도 되지 않는다. 사실 태경은 그녀의 일거수일투족을 보고받는지 그녀의 일정에 대해 꽤 잘 알고 있었다.

하지만 가만히 있는 것이 더 불안했다. 그녀는 한가로운 것보다 바삐 움직이는 것이 더 익숙했다. 게다가 넓은 이 집에서 그녀가 훌쩍 사라져도 어디 하나 그녀의 흔적은 남지 않는다. 열심히 씻고 닦는 가정부들이 그녀의 뒤를 따라다니며 행적을 지웠기 때문이다.

그녀는 자신의 집이 그리웠다.

먼지로 가득 찬 낡아빠진 집이었지만 그 집에서라면 그녀는 주인이자 왕이었다. 그녀의 소굴에서는 마음대로 행동할 수 있었다. 정원을 가꾸거나, 설거지를 하거나 말거나 그 모든 것이 전부 그녀의 뜻대로였다. 그녀의 집이었으니까.

그러나 이 집은 내가(內家). 그의 집도 아닌 그의 부인이 될 여자가 주인인 집이다. 미묘하게도 어긋나 있는 셈이다. 그녀는 그의 애인이지 부인이 아니었으니까. 아무리 사람들이 그녀를 떠받들어도 그것은 변하지 않는 사실이었다. 고용인들은 전부 그녀를 공주처럼 모셨다. 그녀가 조금이라도 힘든 일을 하려고 하면 질겁하며 달려들었다. 몸은 더 건강해졌는데 일은 더 줄었다. 아이러니한 일이었다.

'엄마가 아플 때 이렇게 힘이 좋았다면, 이렇게나 건강했다면 좋았을 텐데.'

시간이 흐르니 간사하게도 그런 생각마저 들었다.

그때는 하도 지치고 힘이 들어 아무런 생각도 하지 못했는데 시간이 지나고 나니 자신이 엄마의 병구완에 너무 소홀했다는 생각이 든다.

'바보. 늦었어.'

그녀는 쓸데없는 생각은 이제 그만 하자고 중얼거렸다. 아마,

한가로운 시간이 너무 많아서 그런 모양이다. 사실 그가 있는 동안은 괜찮았다. 그가 있는 저녁 시간은 꿈처럼 빠르게 흘러갔다. 특별히 대단한 것을 하는 것은 아니었다. 같이 식사를 하고 그저 같은 공간에서 같이 일을 하거나 음악을 듣는 것 정도였다. 그녀도, 그도 말수가 많지 않아 그저 침묵을 지키고 있는 경우도 많았다. 남이 보면 답답하겠지만 그들에게는 그것 자체도 아주 평안하고 달콤한 침묵이었다.

원래 잠이 적은 일족이다. 태경은 세 시간 정도 수면을 취했고, 정연 역시 비슷했다. 아침에 침대에서 눈을 뜨면 태경의 시선은 항상 그녀를 향하고 있었다. 그러면 저도 모르게 그녀 역시 웃으며 손을 맞잡는다. 또는 키스를 나누기도 했다.

어떻게 보면 섹스는 부수적인 일이었는지도 모른다. 둘 다 쉽게 지치지 않는 터라 하룻밤에 몇 번이고 몸을 겹치고 또 겹쳤다. 태경은 하룻밤 사이에 서너 번쯤 그녀를 안았다. 밤 시간은 길었다. 출근 시간은 여덟 시, 퇴근 시간은 여덟 시. 그 외의 시간에는 내내 같이 있었다.

열병처럼 타오르는 그런 열정 외에도 그들 사이에는 물처럼 흐르는 잔잔한 것이 있었다. 몇 년을 통해 같이 살아온 노부부처럼 손을 맞잡고 잠시 온기를 나누는 것 같은 고요한 애정이 그 자리에 존재했다.

그녀는 많은 것을 잊었다.

숙부와 숙모가 걱정할 것이라는 것도 잊었고, 집을 비워두고 있는 중이라는 것도 잊었다. 그와 같이 있으면 세상에 단둘만이 존재하는 것 같은 기분이 들었다. 두 사람 사이에만 존재하는 공감이라는 것이 분명 있었다.

그러나 그것도 그가 있을 때의 일이었다. 그가 출근하고 나면 그녀는 혼자 남아 몇 번이고 생각했다. 이대로 있어도 되는 것일까. 이대로 아무 생각도 없이 그에게 매달려 있기만 하면 어떻게 되는 것일까. 이런 식의 무위도식이 언제까지 용납될 것인가.

태경은 자신이 그녀에게 뭐든지 다 준다는 것이 당연하다는 식이었다. 다른 자들도 마찬가지였다. 일단 종주인 그가 가족으로 인정한 이상 그녀가 먹고 마시는 것은 물론이고 부탁하는 모든 것을 태경이 책임지는 게 당연하다 생각하는 모양이었다. 그들의 눈에 그녀는 가족, 종주가 사랑하는 애인이었다.

'이것도 나름 비참하구나.'

그녀는 씁쓸하게 웃으며 결국 담배를 다시 꺼내 들었.

한두 대만 피워도 취했던 예전과 달리 흡연량은 점차 늘어가기만 했다. 그것이 불안하기 때문이라는 것을 그녀 자신도 자각하고 있었다. 예전 엄마가 고통스러워하는 동안도 그랬었다. 항암제와 화학요법 때문에 온몸을 뒤틀며 고통스러워하는 엄마와 얼굴을 볼 때마다 침울한 기색을 감추지 않는 의사 때문에 담배는 점점 늘기만 했었다.

'결국 나는 똑같은 패턴을 고스란히 밟고 있는 중인 걸까.'

사람이란 변하지 않는다. 사람이 변한다는 것은 의외로 쉽지 않다. 아무나 욕심을 부리는 게 아니다. 그녀는 그렇게 중얼거렸다.

욕심을 부린 게 잘못된 걸까. 처음 생각대로 태경이든 태호든 모두 짐승이라 생각하며 회피하고 증오하는 게 옳은 일이었는지도 모른다. 하지만 그녀는 이미 태경과 함께할 때의 즐거움을, 그 기쁨을 안다. 달콤한 그 사탕은 마약, 담배와도 같았다. 멀리 해야 옳을 것이라는 것을 알면서도, 끝은 좋지 않을 거란 걸 알면서도 계속해서 그를 탐한다. 이게 사랑인지 단순한 욕심인지 그녀는 혼자 있을 때마다 몇 번이고 자문해 보았다. 그가 괴물이라는 점은 이제 부차적인 문제였다. 지금 당면한 문제는, 그녀 자신이었다. 사랑이란 대체 어떤 걸까. 이게 사랑이란 확신을 어떻게 하면 가질 수 있을까.

드라마나 소설에서 나오는 사랑이란 감정. 사람들은 대체 어떻게 확신을 가지고 주장할 수 있는 것일까. 사랑한다고 외쳐 대는 사람들은 정말로 그게 사랑인지 알고 말하는 것일까.

"후."

멍하니 있던 정연은 다시 라디오를 틀었다.

CD의 개수가 적기 때문에 듣는 노래는 항상 같았다. 재즈 아니면 오페라 아리아 몇 곡이 전부다. 태경이 CD를 안 사는 이유도 알 것 같았다. 들을 새가 없다. 그는 항상 일을 하며 지냈다. 퇴근해서도 그의 일은 끝나지 않는다. 수면 시간이 적고 체력이 되니까 그러는 것이겠지만 그는 정말로 일벌레처럼 일만 했다. 국외에도 비서가 한 명 더 있다고 하는 걸 보면 정말 일이 많기는 많은 모양이었다.

그와 함께 여행을 가고 싶다는 생각이 문득 들었다. 그도 항상 바쁘고 그녀 역시 항상 쉬지 못하고 살았다. 지금 이렇게 쉴 시간이 생기자 오히려 안절부절못하는 게 그 증거다.

졸라볼까. 어리광을 피워볼까. 애인답게 굴어볼까.

그녀는 피식 웃었다.

애첩. 애인.

절대로 정식 아내는 될 수 없는 상태. 태경이 원하더라도 애를 낳지 못하는 그녀는 서가의 안주인이 될 수 없다. 이제는 그녀도 그 사실을 알 수 있었다. 말과 당나귀 사이에서 나온 노새가 생식 능력이 없듯이 인간과 일족 사이에서 변성된 그녀는 아이를 낳지 못한다. 그녀는 노새였다. 모두가 그녀에게 관대한 것은 그 때문이었다.

아이를 갖고 싶다고 생각해 본 적은 단 한 번도 없었다. 그래도 태경의 아이라면 가져도 좋다는 생각을 해보기는 했었다. 하지만 아예 낳지 못한다니.

변성은 감염이다.

그 명제는 틀리지 않았다. 그녀는 멀쩡한 인간에서 튼튼한 노새로 변성되었다.

미혜는 그것을 설명하면서 진지하게 물었다. 죽는 것보다야 애를 갖지 못하는 게 낫지 않겠느냐고. 글쎄다. 그건 틀린 말은 아니지만 결실이 없는 섹스라는 것은 조금 서운하기도 하다. 특히 이어진 핏줄이 없는 그녀로서는. 무언가를 잡고 싶어하는 그녀로서는.

"아이라……."

이제 그녀에겐 가족이 없다. 숙부와 사촌들이 있긴 하지만 친혈육은 아니다. 자신의 분신을 갖는다는 것, 그것은 의외로 여자에겐 중요한 일인지도 모른다.

아기. 태경을 닮은 아기가 생기면 얼마나 귀여울까.

그녀는 새 담배를 꺼내 입에 물면서 라이터를 켰다.

벌써 반 갑째. 말은 하지 않지만 태경이 걱정스런 시선으로 보고 있다는 것쯤은 그녀도 눈치 챘다. 정말 태경과 태호는 성격적으로 크게 달랐다. 직설적인 태호와 달리 태경은 조용히 지켜보는 편이었다. 그는 모든 것을 다 안다. 알고 배려하는 것이다. 말하지 않는 배려가 그녀가 숨을 쉴 수 있게 도와준다. 그러니 그에 대해 욕심이 점점 커지기만 한다. 그가 없으면 숨 쉬기도 괴로워진다.

이런 게 진짜 사랑일까? 곁에 없으면 숨 쉬기도 괴로워지는 게?

"갑자기 손님이 오신 모양이에요. 접대하시는 분이 계시니 신경 쓰지 않으셔도 돼요."

가정부 해민이 웃으면서 들어섰다.

쿠키와 홍차 쟁반을 들고 있는 그녀는 오십이 넘었다는데 아무리 보아도 삼십 이상으로는 보이지 않는 여자였다. 제일 먼저 정연과 말을 건네며 친해진 그녀는, 태경의 방 담당으로 서해민이라고 했다. 또래처럼 젊어 보이는데도 나이가 오십이 넘었다 하니 정연은 그녀를 뭐라 불러야 할지 난감했다.

"쿠키를 구웠다고 주방장이 내주더라고요. 자, 앉아서 드세요, 아가씨."

"어떤 손님이 오셨나요?"

근사한 냄새에 혹해 열심히 집어 먹으면서 정연이 무심히 물었다.

요즘 들어 간식이 너무나 먹고 싶었다. 예전에는 담배를 피우는 만큼 군것질은 하지 않았는데 얼마 전부터는 단것을 먹고 싶어 안달복달했다.

"음, 종주님의 외가 쪽 손님이시래요. 통고도 없이 갑자기 와서 경비들이 놀랐나 봐요. 아무래도 3비서님까지 없는 상황이라서요."

해민은 두루뭉술하게 말하며 웃었다.

그녀도 여자였다. 이 눈앞에 있는 〈인간에서 일족으로 변한 희귀한 아가씨〉가 종주에게 빠져 있다는 것쯤은 그녀도 잘 알았다. 여자를 멀리 하던 젊은 종주가 자신이 손수 변성시킨 아가씨에게 빠졌다는 것도 알아차렸다.

정연은 몰랐지만 그녀는 침착하고 조용한 성품이어서 집안사람들에게 호평을 받고 있었다. 원래 서씨 가문 전체가 성격상 과격하고 시끄러운 편이다. 오죽하면 다른 가문 사람들이 광기의 가문이라 부를까. 서가의 특성은 〈사냥감을 놀리다가 찢어 숙이는 사냥꾼〉이다. 기본적으로 잔혹하다. 내가가 이렇게 조용해진 것은 종주인 태경의 성격이 조용하기 때문이다. 태경의 부친을 비롯해 다른 종주들은 하루가 멀다 하고 시끄럽게 고함을 질러대고 마음에 안 드는 자들을 죽기 직전까지 두들겨 패곤 했었다. 죽여도 불만을 토할 수가 없는 것이 종주다. 그런데 실제로 죽지 않으니 항의도 당연히 할 수 없다. 내가에서 가정부 생활만 사십 년이 넘게 해온 그녀는 그것을 잘 기억하고 있었다. 태경은 정말로 다른 종주들에 비해 온화하고 조용한 성격인 것이다.

'하필이면 그 마님이 오셨나. 게다가 말도 없이 진씨 가문의 아가씨까지 대동하고.'

그녀는 혀를 차며 정연을 바라보았다.

애를 낳지 못한다는 것은 치명적이다. 이제 종주인 태경이 결혼을 하면 이 아가씨와의 관계는 정리하지 않으면 안 된다. 서가에서는 첩이라는 존재를 용납하지 않는다. 그래서 그녀는 이 아가씨가 가엾었다.

"케이크도 구울까 하던데, 뭐 드시고 싶은 게 있나요? 파이도 좋고."

"호, 호두파이?"

정연은 얼결에 대답하고는 얼굴을 붉혔다. 방금까지 쿠키를 한 접시 먹어치우고는 또 파이를 내달라니.

"네에. 그래요, 호두파이."

해민은 깔깔 웃었다.

이 바짝 마른 아가씨는 보기와 달리 식탐이 있었다. 원래 일족들이 많이 먹는 편이긴 하지만 이 아가씨는 확실히 많이 먹었다. 변성되면서 소모된 에너지가 너무 많기 때문인지도 모른다. 본인 말로는 살이 많이 찐 거라는데도 해민의 눈에는 아직도 많이 마른 체구였다.

깔깔 웃으며 빈 접시를 내가는 해민을 보며 정연은 미소 지었다.

그녀는 이제 그들도 사람들과 큰 차이가 없는 존재라는 것을 인정할 수 있었다. 아니, 오히려 그녀는 그들이 보통 사람들과 달리 죽여도 죽지 않을 만큼 튼튼한 자들이라는 것이 기뻤다. 병마에 지지 않는 강인한 육체라는 것은 얼마나 고마운 일인가.

그, 유가의 일원이었다는 과묵한 보디가드는 벌써 회복 중이라 했다. 그의 이름은 유대원. 한쪽 눈을 실명하긴 했지만 감각이 예민한 일족에게 있어 한쪽 눈이 안 보이는 것 정도는 큰일에 속하지도 않는 별거 아닌 거라 했다. 떨어져 나갔던 팔은 조금 둔하긴 하지만 그럭저럭 움직이기 때문에 일상생활에서의 불편은 없을 것이란다. 내장이 흘러나올 정도로 중상으로 보였건만 그 정도는 내장을 넣고 잘 매만져 주기만 하면 의사가 필요하진 않다는 말에 그녀는 정말 기겁을 하고 말았다. 정작 의사가 필요한 부분은 잘 움직이지 않는 팔 쪽이었고 눈은 아예 안구가 소실되어 손을 대지 않았다니 정연으로서는 그저 기가 막힐 따름이었다.
"기본적으로 우리들은 누군가를 간호한다는 개념이 없어."
놀라는 그녀를 보고 태경이 웃으며 설명했다.
"생각해 봐. 보통 살갗이 찢어지고 뼈가 부서져도 하루 이틀이면 낫지. 심지어 깨끗이 잘리기만 했다면 팔다리가 잘려도 금방 다시 붙일 수 있어. 의사가 하는 일이래 봐야 독상의 치료나 아예 엉망이 된 신경다발을 잇는 일 정도지, 상처를 꿰매는 일조차 없거든."
그러니 간호를 할 이유가 없지 하고 그는 설명했다.
"그럼 암 같은 병은요?"
정연이 무의식중에 묻자 태경은 대답 대신 그녀를 끌어안았다.
"병에 걸릴 수도 있잖아요? 그럼 어떻게 치료해요? 보통 약으로는 통하지 않는다면……."
정연이 나직하게 묻자 그는 그녀의 머리를 쓰다듬었다. 어린애를 달래는 것 같은 그 동작에 정연이 멈칫하자 태경은 조용히 대답했다.
"우리 일족에게는 인간들의 병이 없어. 암이나 당뇨, 기타 그런 질환 같은 것은 걸리지 않아. 만약 유전적인 결함이나 병이 잠재되어 있다고 하면 임신 단계에서 이미 유산되어 태어나지 않아."
"그거, 참 편리하군요."
그녀는 공허하게 대꾸했다.
그렇다. 편리하다. 세상에 이렇게나 편리한 일족이 있을 수 있을까.
보통 사람보다 몇 배는 되는 육체적 능력, 튼튼하고 강인한 육체. 그뿐이랴. 설명도 불가능한 기이한 기술도 쓴다. 마법 같은 능력에 이상적인 팔등신을 구현하는 늘씬하고 아름다운 몸매와 얼굴. 긴 수명과 질병에 강한 체질. 심지어 사지가 잘린다 해도 곧 이어붙일 수 있을 정도로 무지막지한 치유력. 아마 아이큐도 높을 듯싶다. 그야말로 완벽한 자들 아닌가.

약점은 뭘까.

정연은 멍하니 담배 연기를 내뿜으며 생각했다.

약점은 무엇일까. 이렇게나 완벽한 육체를 가진 일족들의 약점이라는 건 대체 뭘까. 어째서 이렇게나 완벽한 자들이 세계를 지배하지 않고 이렇듯 보통 사람처럼 꾸미며 살고 있는 걸까. 어쩌면 나 같은 얼뜨기에게는 알려주지 않는 것일지도 모르지.

정연은 냉소적으로 생각하면서 다려진 태경의 와이셔츠를 옷장 안에 걸었다. 하얗고 푸른 셔츠들이 줄지어 열다섯 벌이나 걸려 있다. 아직 입지 않은 것만 열다섯 벌이다. 그녀는 그 셔츠들을 보며 한숨을 내쉬었다. 사실 일부러 일을 만들어 하고 있는 셈이다. 굳이 지금 셔츠를 다릴 필요는 없었다. 실제로 그의 옷을 담당하는 가정부가 따로 있다. 그녀는 손 하나 까딱할 필요도 없었다.

하지만 옷장 문을 열고 닫을 때마다 그녀는 옷장 안 풍경에서 시선을 뗄 수 없었다. 그 옷장 안에 나란히 걸린 그녀의 옷과 그의 옷. 그녀의 옷이 터무니없이 모자라긴 하지만 그래도 나란히 걸린 그 옷을 볼 때마다 그녀는 그와 이어진 어떤 끈 같은 것을 혼자 생각하며 즐거워했다. 얼굴이 붉어질 것 같은 신혼놀이.

'호두파이나 기다리자.'

군침이 돌았다. 호두파이를 안 먹어본 지 십 년은 된 것 같았다.

다행히 곧이어 커다란 호두파이를 든 해민이 들어왔다. 그녀는 깔깔 웃으면서 테이블 위에 쟁반을 내려놓았다.

"마침 주방장이 호두파이를 구워놓았더라고요. 잘됐죠? 차를 한 잔 더 하시겠어요?"

"네, 고맙습니다."

정연이 내민 찻잔을 받아 들자 해민은 파이를 잘라 그녀에게 내밀었다.

"그럼 쉬세요."

해민이 밖으로 나가자 정연은 세 조각이나 먹어치운 파이 접시를 옆으로 밀어놓았다. 혼자서 이렇게나 많이 먹었으니 조금 민망하기도 했다. 차를 홀짝이던 그녀는 주머니를 더듬었다. 배가 부르니 담배가 고프다.

그녀는 창문을 활짝 열고 창턱에 기대어 앉았다.

담배 연기가 파랗게 올라간다. 나른하게 흩어지며 흔들리는 그 모양새가 너무나 덧없다. 화창한 날에 비해 연기는 뿌옇기만 하다. 또 취해가는 것인지 시야가 뒤틀렸다. 그녀는 스스로에게 담배는 마약이 아니라고 몇 번이나 반복해 들려주었다. 분명 담배는 일족의 체질에 맞지 않는 모양이다. 그런데 태경은 어떻게 담배를 피우고도 그렇게 침착할 수 있는 걸까.

상념이 마구 뒤엉켰다. 그녀는 머리를 창틀에 기댄 채 정원을 바라보았다.

끝이 보이지 않는 넓고 넓은 정원. 그녀는 향을 뿜어내는 측백나무를 바라보았다. 파랗고 파랗다. 그녀의 집에 있을 대추나무는 잘 있을까. 그 아래 묻힌 머리 없는 개의 시체는 여전히 그 자리에 있을까.

담배는 쓰다. 그녀는 쓰디쓴 연기를 삼키면서 태경을 생각했다. 태경이 보고 싶었다. 그에게 닿고 싶다. 담배를 피우고 취하면 그가 생각났다. 그가 욕심났다.

"이것도 정상은 아니야."

그녀는 혼자서 멍하니 중얼거렸다.

이게 진짜 사랑인가? 중독이 아니고 사랑인가?

담배를 한 대 더 꺼냈다. 이제 담뱃갑은 완전히 비었다. 그녀는 잠시 망설였다.

여기서 또 한 대를 꺼낼 수도 있다. 하지만 그렇게 되면 태경이 그녀가 피운 개수를 알아버릴 것이다. 그런 자신이 이상하게 느껴져 그녀는 새 담배를 든 손가락 끝을 물끄러미 바라보았다. 전에는 아무렇지도 않게 마구 피워댔는데 지금은 그의 시선을 신경 쓰고 있었다. 얼마나 많이 변한 것일까.

둥글게 원을 그리며 연기가 올라간다. 도넛 모양으로 연기를 뿜으며 정연은 피식피식 웃었다. 우는 것보다야 낫겠지만 어쨌든 그녀는 담배에 취해 웃었다.

서태경을 갖고 싶다. 그와 함께 있었으면 좋겠다. 목소리가 듣고 싶다. 그에게 안겼으면 좋겠다. 온기를 맛보고 싶다.

"휴우."

살인미수, 변성, 감염, 강간미수, 이제는 니코틴 중독. 아니, 니코틴 중독은 예전부터 있었던가.

이 괴상한 짐승일족과는 상성이 나빴던 거다. 운이 나빴다.

그녀는 혼자 그렇게 중얼대면서 서태경의 입술을 생각했다. 톡톡 건드려 오는 예민한 그의 입술을 생각했다. 바짝 마른 입술을 적셔오던 그 키스를 생각했다. 자기도 모르게 자신의 입술을 혀로 핥던 그녀는 마른 어깨를 흔들며 킥킥 웃었다.

담배를 피우는 것이 이토록이나 에로틱한 것이었나.

가정부인 해민의 눈은 정확했다. 그녀는 서태경에게 안긴 이후로 바짝 마르고 있었다. 먹는 양은 늘었는데 체중은 계속해서 줄고 있었다.

"Fly me to the moon, and let me play among the stars……."

그녀는 취한 채로 홍얼홍얼 노래를 부르기 시작했다. 우울한 건지 들뜬 건지 모호한 상태로 노래를 부르며 창턱에 얹힌 한쪽 다리를 흔들었다. 그의 목소리가 계속해서 귓가에 맴돌았다. 그의 목소리가 듣고 싶어 순간 울컥해진다. 아침에 헤어진 그가 이렇게나 그립다니. 그녀는 이제 슬슬 화가 나기까지 했다. 이런 자신이 너무나 생소하고 바보같이 느껴진다.

"집에 돌아가야 해."

어떻게든 균형을 잡고 싶었다. 태경과 만나며 데이트를 하는 정도로 참을 수 있어야 했다. 그와 같이 있고 싶어 안절부절못하고 헤매는 것은 바람직하지 않다. 결혼한 것도 아니고 정식으로 사귀는 사이도 아니다. 게다가 그에겐 약혼자까지 있다. 이런 상황에 이 무슨 바보 같은 짓거리란 말인가. 그의 셔츠를 다리고 그의 옷장에 자신의 옷을 걸어놓는다고 해서 달라지는 것은 아무것도 없었다. 그녀는 그의 아내가 아니었다. 심지어 정식으로 사귀자는 이야기조차 들어본 적 없는 어설픈 관계다.

"하아."

그녀는 이마를 창틀에 대고 흔들었다.

그녀가 돌아가겠다고 말한다면 태경은 어떻게 나올 것인가. '안녕' 하고 끝일까. 그럴지도 모른다. 그는 너무 담담했다. 너무 침착하고 너무 태연하다. 그녀를 안고 나서도 그는 달라진 것이 없었다. 평소와 다름없이 그녀를 따스하고 부드럽게 대한다. 차라리 어색해 보이는 얼굴이라도 했다면 뭔가 의미가 있지 않을까 하고 기대할 수도 있었을 것을.

스스로 모순되는 생각을 하고 있다는 자각도 없이 정연은 고개를 내저었다.

"관두자."

그녀는 스스로에게 중얼거렸다. 우울해하는 것도, 생각으로 몸을 감싸는 것도 좋은 일은 아니다. 그녀는 몇 번이나 그렇게 생각하며 창밖으로 시선을 던졌다.

밖은 어딘가 어수선한 분위기가 맴돌았다. 안쪽에 있는 태경의 방까지 가까이 오는 이들은 없었다. 하지만 그녀는 반쯤 담배에 취한 채 어쨌든 누군가가 밖에서 떠들고 있다는 것을 느끼고 있었다. 아직 능력을 자각하지 못한 그녀였기에 취한 상태에서는 오히려 감각이 예민해지는 것이다.

"누가 온 거지? 중요한 사람인가. 아, 사람이 아니라 괴물이겠지."

그녀는 혼자 킥킥 웃으며 중얼거렸다.

그 순간이었다. 퍼석 소리를 내면서 누군가가 정원을 가로질러 다가오고 있었다. 아니, 거의 기어오고 있는 것 같았다. 정연은 눈을 크게 떴다. 파란 잔디 위를 절룩대며 걸어오는 남자가 있었다. 상반신은 피에 젖어 있고 흐트러진 머리칼 사이로 보랏빛으로 부풀어 오른 한쪽 얼굴이 드러났다. 몇 번이나 넘어질 듯 넘어질 듯 비틀거리는 남자는 곧장 그녀를 향해 걸었다.

정연은 들고 있던 담배를 꽉 틀어쥐었다. 남아 있던 불씨가 그녀의 손바닥을 파고들었지만 그녀는 아픔을 거의 느끼지 못했다. 격렬한 공포와 증오가 전신을 후려쳤다.

"서태호."

그녀는 자기도 모르게 이를 갈았다.

"대체 어디로 간 거야?"

민재는 고함을 질렀다. 드물게 분노를 표출하는 그에게 경비를 맡은 남자들은 그저 고개를 숙일 뿐 아무런 말도 하지 못했다.

"내가 말하지 않았나! 잡아두라고!"

"하, 하지만 모르핀을 맞은 상태에서도 갑자기……."

변명하듯 젊은 의사가 말했다. 주치의인 진국이 자리를 비워 급히 불려온 남자다. 그의 어깨는 피로 젖어 있었다. 갑자기 태호에게 공격을 받아 결국 다친 것이다.

"다른 자들은 뭐 했어? 열 명이서 약에 취한 얼간이 하나를 못 잡아? 그걸 지금 내게 말이라고 하는 건가?"

그의 말에 경비들은 침묵했다. 상처를 입은 자들이 몇 있었지만 그것도 가벼운 찰과상이다. 보통 때라면 태호에게 반쯤 죽였겠지만 지금의 태호는 중상자다. 그럼에도 불구하고 그들은 못 막았다.

경비실장은 한숨을 삼키며 고개를 숙였다.

"죄송합니다. 곧 찾을 수 있을 테니까……."

사실 그의 잘못만은 아니었다. 경비실장이 태호를 막지 못한 것은 오로지 태경의 모친인 아영 때문이었다. 문을 열고 접대를 하려는 순간, 화를 참지 못한 아영이 그를 잡아 집어 던졌던 것이다. 몇 번이나 그녀에게 얻어맞았으니 몸이 온전할 리가 없다. 옆에서 말리는 청청이 아니었다면 중상을 면치 못했으리라.

"마님은?"

"마님께서는 별채에서 머물고 계십니다. 진가의 아가씨와 같은 건물에서……."

"최정연 씨는?"

"그 아가씨께서는 원래 밖으로는 거의 나오지 않으시니까요."

민재는 혀를 찼다.

"대체 어디로 간 거야? 이 집이 아무리 넓다고 해도 갈 곳은 정해져 있는데."

그는 투덜거리다 말고 갑자기 흠칫했다.

"최정연 씨가 머무는 곳이 회장님 방이지?"

"네."

대답하던 경비실장도 흠칫했다. 그는 허옇게 변한 얼굴로 민재를 바라보았다.

"그 도련님은 안 좋은 일만 있으면 회장님께 달라붙는 습관이 있지?"

민재는 평소와 달리 거칠게 말했다. 혼잣말이지만 꼭 묻는 것같이 들려 경비실장은 스산해진 그의 표정을 훔쳐보다 말고 급히 고개를 숙였다.

"최악이로군!"

그는 사납게 몸을 돌려 밖으로 나섰다. 정연과 태호가 부딪쳐 봐야 좋은 일은 하나도 없었다. 게다가 태호는 지금 약에 취하고 열에 들떠 제정신이 아닌 상태. 그 상태에서 그녀와 마주친다면 절대 좋은 꼴은 볼 수 없었다. 태경의 방으로 향해 달리듯 걷는 그의 뒤를 경비실장이 다급히 쫓았다.

나는 뭘 하고 있는 걸까.

정연은 침대에 누운 태호를 냉정하게 내려다보고 있었다. 하도 부상이 심해서 그가 정말 태호가 맞는지 의심스러울 지경이었다. 그 잘생긴 얼굴이 퉁퉁 부어 보랏빛으로 변해 있었다. 상처가 썩어 구린내까지 난다. 땀과 진물이 뒤엉킨 그의 모습은 항상 잘난 척하던 모습과 거리가 멀어 연민까지 일어날 정도다.

하지만 정연은 모성애가 넘쳐흐르는 여자가 결코 아니었다. 그녀는 대원의 참혹한 모습을 아직 기억하고 있었다. 솜이 터져 나온 곰인형처럼 끔찍하게 파헤쳐 진 대원의 상태가 아직도 뇌리에서 사라지지 않았다. 물론, 머리가 없는 개의 시체도.

"으음, 으응, 형, 형……."

확실히 헛소리까지 하면서 그녀의 손을 쥔 채 놓을 줄 모르는 태호는 낯설었다. 처음 만났을 때도 상당히 다쳐 있는 상태이긴 했지만 열에 들떠 헛소리까지 하며 앓는 상황은 아니었으니까.

정원을 가로질러 그녀 앞까지 다가온 태호는 갑자기 굳어 있는 정연의 손목을 꽉 쥐었다. 그녀가 버둥대며 반항을 했지만 그는 순식간에 창틀을 넘어 방 안으로 들어왔다. 그때까지 잡힌 손을 풀어내지 못한 그녀는 고함을 질러댔지만 불행히도 달려오는 사람은 아무도 없었다.

"형은? 여긴 형의 방인데, 왜 네가 여기에 있는 거지?"

그는 땀방울을 뚝뚝 떨어뜨리면서 열에 들뜬 눈으로 그녀에게 물었다. 묘하게도 그 표정이 어려 보여 정연은 잠시 할 말을 잊었다.

"아? 날 기다린 거야?"

그는 소년처럼 웃었다. 퉁퉁 부운 얼굴이 전혀 다른 사람 같았다.

"정연아, 왜 형은 없지? 나, 나는 아파서 죽을 것 같은데."

태호는 방 안을 두리번거리면서 태경을 찾았다. 꼭 어린애가 엄마를 찾는 것 같은 기색이었다.

"그는, 회사에 갔어."

정연은 결코 친절하다고는 할 수 없는 어조로 대답했지만 그것이 그에게는 들리지 않는 모양인지 계속 방 안을 서성였다. 그러더니 결국 태경을 찾아낼 수 없자, 갑자기 정연을 꽉 끌어안으면서 중얼거렸다.

"나, 나 아파."

그래서 어쩌라구?

기가 막혀 굳어 있는 그녀의 가슴에 뜨거운 이마를 대며 태호는 중얼거렸다.

"정연아, 나 아파. 아파서 죽을 것 같아."

정연아, 라고 부르지 마. 그녀는 속으로 중얼거렸.

네가 뭔데 그렇게 나를 다정하게 부르는 거지? 넌 잔인무도한 살인마에 사악한 악당인데.

그녀는 그저 끌어안긴 채 멍하니 그를 바라보았다. 잡힌 손목이 아팠다. 지금 제정신이 아닌 것이 분명한데 힘만은 엄청나게 세서 풀어낼 재간이 없었다.

"형이 없어. 나, 나는 아픈데."

그는 그녀의 손을 꽉 쥔 채 태경의 침대 위로 쓰러졌다.

"이거, 놔."

잡힌 손을 풀려고 밀쳐 냈지만 완강한 손은 풀릴 줄을 모른다.

"널 만나러 가려는 참이었어. 아아, 빨리 나아서 정연이를 만나러 가야 하는데."

태호는 소년처럼 웃으면서 중얼거렸다. 그러더니 곧 형이 없다고 화를 냈다. 그 변덕스러운 태도에 정연은 그가 제정신이 아니라는 것을 깨달았다. 하지만 그렇다고 해서 그에게 느끼고 있는 혐오감이 사라지는 것은 아니었다.

"이거 어서 놔!"

정연이 짜증스럽게 소리쳤지만 태호는 멍한 눈을 껌뻑일 뿐이었다. 하지만 그것도 잠시, 아예 의식을 잃어버렸다.

눈을 감고 늘어진 그를 내려다보던 정연은 그의 손에 잡힌 손목을 흔들어보았다. 얼마나 세게 잡았는지 손가락 끝이 벌겋다 못해 보랏빛이었다. 아팠다.

태호의 상처는 끔찍했다. 문득 정연은 죽어가던 대원이 그의 뺨을 물어뜯던 광경을 기억해 냈다. 그 광경이 끔찍했던 만큼 상처도 끔찍했다. 쌤통이라고 말하고 싶었지만 괴로워 몸을 뒤트는 광경을 보니 또 차마 그렇게 말할 수가 없다. 그녀는 진땀을 흘리며 열에 시달리고 있는 그를 내려다보았다. 어쨌든 약을 바르긴 한 건지 몸에서 약냄새가 났다. 강렬한 알코올 냄새가 그의 옷깃에서 흘러나왔다. 물론, 피 냄새 역시 진동했지만.

그녀는 고개를 돌려 협탁을 바라보았다. 그 안에 새 담배가 있었다. 정말 담배를 피우지 않고서는 견딜 수 없을 지경이었다. 피 냄새에 뒤엉킨 상처 썩는 냄새, 그리고 더 끔찍한 서태호. 의식을 잃고 있다 해도 끔찍하다는 생각은 변하지 않는다. 이대로 죽어버린다 해도 그녀는 슬퍼하지 않을 자신이 있었다.

똑똑.

노크 소리에 그녀는 고개를 홱 돌렸다. 방금 한 생각을 눈치라도 챘는지 놀라운 타이밍이었다.

"들어가도 되겠습니까?"

문을 반쯤 열고 예의 바른 목소리가 들려왔다. 정연은 그게 1비서인 민재의 목소리라는 것을 금방 알아챘다. 게다가 그가 그녀를 그다지 좋아하지 않는다는 것도 알고 있었다.

"들어오세요."

거칠어진 음색으로 대답하자 민재가 성큼 방 안으로 들어섰다. 그는 마치 그럴 줄 알았다는 표정으로 태호가 헐떡이고 있는 침대 앞까지 다가왔다.

"괜찮으십니까?"

"이 손만 풀어준다면요."

정연은 무표정하게 대답했다.

그는 정연의 손을 꽉 잡은 채 의식을 잃고 있는 태호를 내려다보았다. 어린애처럼 칭얼거리는 헛소리가 들렸지만 민재 역시 태호를 동정하지는 않았다. 그는 정연을 꽉 잡고 있는 태호의 손을 밀어보았다. 얼마나 힘을 주었는지 민재의 힘으로도 쉽게 떼어낼 수가 없을 지경이다.

"아픕니까?"

"네."

보랏빛이 된 정연의 손목을 보던 민재는 한숨을 내쉬었다.

"별수없군요."

그는 여유있는 태도로 태호의 손가락을 하나하나 펴기 시작했다. 아니, 정확히 말하면 손가락을 부러뜨리기 시작했다.

우득— 우득—

뼈 부러지는 소리가 났다. 정연은 소름이 끼쳐서 부르르 떨었지만 민재의 얼굴은 태연하기만 했다.

"이 녀석의 뼈는 곧 붙을 겁니다. 그보다 최정연 씨는 괜찮습니까?"

마침내 풀려난 정연의 손목은 완전히 보랏빛으로 물들어 있었다. 조금만 더 세게 잡고 있었으면 피부 조직이 괴사했을 것이다. 보통 인간이었다면 뼈가 부러졌을지도 모른다. 민재는 혀를 찼다.

"나아지겠죠."

그녀는 아픈 손목을 주무르면서 대답했다. 열심히 손목을 주무르자 그럭저럭 살빛이 돌아오기 시작했다. 그 놀라운 회복력에 스스로 놀랄 지경이다.

"어떻게 된 겁니까?"

"갑자기 달려들어 손을 쥐더니 태경 씨를 찾더군요. 그리곤 기절했어요."

담담한 그녀의 설명에 민재는 기가 막힌 얼굴로 태호를 내려다보았다.

"정말 뭐라 할 말이 없군요."

그의 말은 허탈했다. 정연은 전과 달리 적대감이 사라진 그의 얼굴을 흘긋 보며 물었다.

"칼이나 총으로 한 번만 푹 찌르면 안 될까요?"

그 말에 민재가 고개를 홱 돌려 정연을 바라보았다. 멍이 든 것 같은 손목을 연신 주무르고 있는 정연의 얼굴은 여전히 무표정했다. 원래 표정이 없는 여자라는 것은 알고 있었지만 이렇게 단둘이 서서 얼굴을 마주하니 묘한 느낌이었다.

"마침 저기 칼이 하나 있군요. 심장 외의 곳은 찔러봐야 반나절이면 회복됩니다. 마음껏 찌르십시오."

민재 무표정한 얼굴로 손짓했다. 테이블 위에는 반쯤 먹은 파이와 과도가 얌전히 놓여 있었다. 정연은 얼결에 파이 옆에 놓인 과도를 바라보았다. 그다지 날카롭진 않지만 칼은 칼이다.

"회장님께는 비밀로 해드리죠."

민재의 말에 그녀는 피식 웃었다.

갑자기 몸 안에서 들끓던 독기가 화악 빠져나가는 기분이 들었다. 태호가 밉지만 그 이상으로 태경이 좋았다. 태호에게 원한을 품은 만큼 태경에게는 은혜를 입었다. 사랑하는 남자의 동생이다. 과도를 집어 든 그녀는 태호를 찌르는 대신 파이를 한 조각 잘랐다. 그리고 접시에 담아 민재에게 내밀었다.

"한 조각 드세요."

민재는 접시를 받아 들었다. 벌써 오후 세 시. 출출하기도 했다.

그가 털썩 자리에 앉아 파이를 먹기 시작하자 정연은 티 포트를 흔들었다. 다행히 홍차가 좀 남아 있었다. 많이 식지는 않았다. 그녀는 별말도 없이 찻잔에 홍차를 한 잔 따라 민재에게 건네주었다. 민재는 찻잔을 받아 들면서 정연을 관찰했다. 이렇게 단둘이 된 것은 처음이었다. 물론 태호도 있었지만 정신을 잃고 잠들어 있으니 없는 것이나 다름없었다. 그녀는 분명 방해가 되는 여자이긴 했지만 싫어하는 것만은 아니었다.

그녀는 아직도 과도를 들고 서 있었다. 그 모습이 어쩐지 태호를 찌를까 말까 갈등하는 것으로 보여 민재는 웃고 말았다.

"한 번 정도 찔러도 안 죽습니다."

"알아요."

정연은 과도를 쥔 채 대답했다.
하지만 안다고 해서 정말로 태호를 찌를 수는 없었다. 아니, 찌를 용기가 없다. 그를 죽이고 싶도록 미워한 것이 며칠 전인데 실제로 기회가 오자 건드리지도 못하다니. 대원을 그렇게 만들고 그녀를 그렇게나 괴롭힌 작자인데도 말이다.
정연은 혀를 차며 태호를 향하던 과도로 결국 또 파이를 잘랐다. 그녀는 한 조각을 다 먹어치운 민재에게 한 조각 더 권해주면서 자신도 한 조각을 먹기 시작했다.
"아, 그 잔, 제가 마시던 잔인데."
"괜찮습니다."
민재는 찻잔을 든 채 아무렇지도 않게 대답했다. 민재도 이미 알고 있었다. 찻잔에 그녀의 체향이 달라붙어 있었기 때문이다.
'그렇군. 향기.'
그는 무의식중에 깨달았다. 그다지 여성적으로 느껴지지 않는데도 그녀에게선 달콤하고 상큼한 향기가 났다. 예를 들자면 과일, 감귤류의 향기였다. 오렌지와 레몬의 중간쯤 되는 그런 향기. 굉장히 드문 체향이다. 대체적으로 일족의 성숙한 여자들은 사향과 비슷한 체향을 뿜었다. 성욕이 강한 만큼 성적 페로몬도 강하다.
"치료한 건가요?"
뜬금없이 묻는 그녀의 말에 민재는 다시 시선을 누워 있는 태호에게로 돌렸다.
"네, 약을 썼으니까요. 지금 정신이 없는 것도 약 기운 탓일 겁니다."
"상처는 금방 낫는다고 들었는데. 어째서 저렇게까지 된 건가요?"

사실 그날의 상처는 대원이 훨씬 더 심각했었다. 그런데 대원은 거의 다 회복했고, 태호는 심각한 상태다. 그 점이 아무래도 정연은 이상했다.

"아, 중독되어서 그렇습니다."

"중독?"

놀란 얼굴이 되는 그녀를 보고 민재는 천천히 설명했다.

"태호를 상대한 남자는, 유씨 가문의 일족인데 특이하게도 독을 내뿜는 체질이라고 합니다. 그에게 다쳤으니 대단찮은 상처라 해도 저렇게 되어버린 거죠."

"독?"

독을 내뿜는 체질?

정연은 어안이 벙벙했다. 독사도 아니고 뜬금없이 독을 내뿜는 체질이라니. 그녀는 대원이 태호의 뺨을 물어뜯었던 광경을 떠올리고 흠칫했다. 사실 상황이 급박해서 그런 거겠지만 그녀는 대원이 태호를 물어뜯는 광경을 보고도 대원을 두렵다고는 생각지 않았다. 그러나 이렇게 시간이 지나고 보니 정말로 그 말 없는 보디가드는 인간이 아니긴 아닌 모양이었다.

"보통 인간이라면 죽었겠지요?"

무심결에 묻는 정연의 말에 민재는 홍차를 한 잔 더 따르며 눈썹을 치켜올렸다.

"뭐, 그렇기야 하겠지만 보통 인간을 상대로 독을 내뿜을 리가 없겠죠."

그 말에 정연도 피식 웃었다.

"몇 번이나 말했지만 최정연 씨 같은 케이스는 아주 드문 경우입니다. 우리들은 인간에게 손을 대지 않아요. 아마 작은 사장님도 정상적인 상태였다면 정연 씨에게 그렇게 하지는 않았을 겁니다."

"정상적인 상태? 그게 어떤 건데요?"

냉소하는 정연을 보고 민재는 쓰게 웃었다. 사실, 바람둥이 태호가 여자에게 이렇게까지 미움받은 적은 없었을 것이다. 저 서태호를 칼로 찔러도 되냐고 묻는 여자라니. 그는 절로 유쾌해지는 기분이었다.

"아내가 죽고 아내의 친정에게 쫓기는 상태였으니까요."

민재의 말에 그녀는 눈을 크게 떴다.

"굉장히 불안정한 상태였을 겁니다. 게다가 작은 사장님은 여자들에게 항상 인기가 있었으니까요."

"그래서 내가 싫다고 하자 울컥해서 나를 물었다 그건가요?"

정연이 싸늘하게 묻자 민재는 드물게도 태호에 대해 변명했다.

"뭐, 여러 가지 요인이 있었겠지만 상황이 좋지 않았다는 것만은 분명합니다."

"그리고 성격이 개차반이라는 것도 분명하겠죠."

그녀는 차갑게 대꾸했다. 이미 피해는 있는 대로 당한 뒤다. 무슨 이야기를 들어도 태호를 좋게 여길 수 있을 거라곤 생각되지 않았다.

"어쨌든 이렇게 되어 죄송합니다. 회장님께서도 곧 들어오실 겁니다."

민재가 사과하자 그녀는 고개를 저었다.

"아니요. 어쨌거나 저 작자는 태경 씨의 동생이니까요. 제가 뭐라 할 성격의 일은 아니죠."

그녀는 씁쓸하게 말하고는 일어섰다.

"그럼, 저기…… 차를 내주시겠어요? 저는 집으로 돌아가겠어요."

그 말에는 민재도 조금 놀랐다.

"지금요?"

"네. 서태호가 돌아온 이상 제가 여기 있을 수는 없을 것 같아요. 제 집으로 돌아가고 싶어요."

민재는 그녀의 말이 굉장히 반가웠다. 트러블 메이커가 될 그녀가 사라지는 것은 무척이나 바라던 바였다.

"회장님께도 일단 연락을……."

"아뇨. 굳이 그럴 필요는 없을 것 같아요. 전 그냥 돌아가겠어요."

"회장님께서 진노하실 겁니다."

민재의 말에 그녀는 고개를 내저었다. 설마. 태경이 화를 내는 모습은 상상하기도 어렵다. 그녀는 씁쓸하게 말했다.

"차를 내주세요. 전 짐을 쌀 테니까요."

단호한 그 태도에 민재는 일어섰다.

"이렇게 갑자기 떠나시면 곤란합니다."

그는 잠시 그녀와 누운 태호를 번갈아 보다가 입을 열었다.

"작은 사장님 때문이시라면 괜찮습니다. 곧 옮길 테니까요."

"아니, 내가 가야죠. 내가 가는 게 옳아요."

그녀의 말에 그는 고개를 다시 저었다. 그녀를 보내고 싶긴 했지만 태경의 허락도 없이 보낼 수는 없었다.

"회장님께서는 절대로 허락하지 않으실 겁니다. 절 곤란하게 만들지 말아주십시오."

그 말에 정연은 입을 다물었다. 정연이 뭐라 하기 전에 민재가 단호하게 말했다.

"작은 사장님을 옮기겠습니다. 잠시만 기다려 주십시오."

"저, 저는……."

그녀는 그를 말리려 했지만 민재는 응하지 않았다. 그는 결국 사람을 불러오겠다며 밖으로 나갔다.

"후우."

정연은 그가 나가자마자 서랍을 열고 새 담배를 한 갑 꺼냈다. 누워 있는 태호를 보자 절로 한숨이 나온다. 그녀는 담배를 한 대 입에 물고 불을 붙였다. 손바닥에 찰싹 붙어오는 금빛 라이터.

"여기는 내 자리가 아니야."

그녀는 서글픈 기분으로 중얼거렸다. 솔직해진다고 해서 그게 옳다는 보장은 없다. 그녀에겐 아무것도 없었지만 최소한 자존심은 남아 있었다. 태경이 그녀를 좋아한다고 말하며 애인으로 남으라고 한다면야 모르겠지만 지금은 그런 상황도 아니다. 그는 약혼자, 아내가 될 여자가 따로 있고 정연은 애도 낳지 못하는 노새다. 일족도 아니고 인간도 아닌 어정쩡한 존재. 매달리려 해도, 욕심을 부리려 해도, 항상 그렇듯 태경은 흔들리지 않는다.

연기를 뱉으며 옷장 문을 열자 그의 옷과 나란히 걸려 있는 그녀의 옷이 보였다. 그것을 꺼내려다 문득 그녀는 손을 멈췄다. 굳이 가져갈 필요는 없을지도 모른다. 이 옷들을 가져가 버린다면 이 집 안에서 그녀가 있었다는 흔적은 사라진다.

눈앞이 뜨거워졌다. 비참한 만큼 애틋하다.

답답해지는 가슴을 누르며 그녀는 다시 담배 연기를 내뿜었다. 머리가 지끈거렸다. 취기는 사라졌지만 그 후유증으로 두통이 남았다. 그녀는 이마를 꾹꾹 누르다가 누워 있는 태호를 보았다. 눈에 보일 정도로 가라앉고 있는 상처들이 새삼 아쉬웠다. 그녀는 태호를 정말로 콱 찌르고 싶은 충동을 다시 느꼈다.
　서태호, 죽이고 싶은 남자. 서태경, 갖고 싶은 남자.
　그녀는 킥 하고 웃고 말았다. 이 얼마나 바보 같은 짓일까. 유부남을 좋아해서 물러설 수밖에 없는 가련한 비운의 여인 역 따위는 절대로 하고 싶지 않았는데.

20 여자와 여자

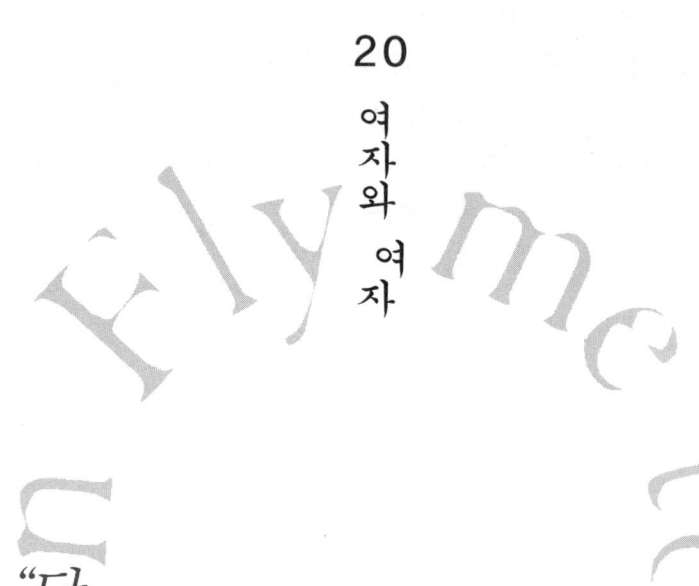

"당신은 누구지?"

끼익.

창문이 소리를 냈다. 정연은 창가로 고개를 돌렸다. 그 자리에 누군가가 서 있었다.

실크로 만든 차이나 드레스를 입은 소녀였다. 둥근 얼굴에 이국적인 느낌이 드는 눈이 큰 미소녀. 그녀는 도자기로 만든 인형처럼 무표정하게 정연을 바라보고 있었다. 난데없이 나타난 소녀에게 정연은 뭐라 대답해야 할지 알 수가 없었다. 자신의 위치가 확실하지 않은 탓이다.

그녀가 망설이자 둥근 뺨의 소녀는 침대를 힐긋 바라보았다. 열에 들뜬 채 식은땀을 흘리고 있는 태호의 모습은 안타까울 지경이었지만 그녀 역시 그런 모습에 마음이 흔들릴 정도로 여린 것은 아니다. 청청은 시선을 다시 돌려 낯선 냄새를 가진 여자를 관찰하듯 바라보았다.

"그렇군."

청청은 한숨을 삼키며 담담히 말했다.

"당신이 바로 태경님의 여자인가?"

말투는 딱딱했다.

정연은 그녀에게서 희미하게 낯선 향취를 느꼈다. 이질적이고도 이국적인 향내, 그리고 기묘한 어투. 한국어는 맞는데 억양이 이상하다.

"대답해라, 여자."

앳된 얼굴과 달리 명령조의 말투에 정연은 다소 울컥했다. 하지만 상대는 나이를 짐작하기 어려운 일족이었다. 의외로 칠십 살 먹은 노파일 수도 있는 것이다.

"그래요."

정연이 잘라 대답하자 청청은 놀라는 표정 대신 눈썹만 치켜올렸다. 정연은 점차 불쾌감이 가중되는 것을 느꼈다. 눈앞에 있는 여자는 너무나 이상했다. 과장된 어투도 그렇고 마치 연극을 하는 배우 같다.

"당신은 누군가요?"

정연이 묻자 그녀는 대답 대신 우아하게 사지를 놀려 소파에 자리를 잡았다. 앉으며 힐긋 티 포트를 바라본다. 물론, 민재가 다 마셔 버린 티 포트에는 홍차가 남아 있을 리 없다.

"홍차는 없나?"

"없어요."

그 건방진 태도에도 불구하고 정연은 화를 내는 대신 담뱃불을 끄고 청청의 맞은편 자리에 앉았다.

"나는 진청청. 태경님의 약혼자이니라."

묘한 말투였다. 사극에서나 나올 법한 말투에 정연은 그녀를 새삼 다시 보았다. 어쩌면 외국인인지도 모른다. 이름으로 봐선 정말 중국인 같았다.

"네가 총애를 받고 있다는 것은 이미 알고 있으니 당황할 것은 없다."

청청은 그렇게 말하며 우아하게 다리를 꼬았다.

총애? 무슨 궁중 사극에 나오는 말이 뜬금없이 튀어나오자 그녀는 웃음이 새어나왔다. 어이가 없어 죽을 지경이다.

그녀의 시선이 한 조각 남은 호두파이에 닿는 것을 보긴 했지만 정연은 권할 생각은 차마 하지 못했다. 이미 파이와 포크, 찻잔은 정연을 거쳐 민재에게까지 이른 물건이었다. 썼던 물건을 다시 쓰라고는 할 수 없다. 게다가 예고도 없이 찾아든 태경의 약혼자라니.

그의 정식 약혼자인 진청청이 대단한 집안의 딸이라는 것은 그녀도 들어 알고 있었다. 하지만 이런 식으로 맞닥뜨리게 될 줄은 상상도 하지 못했다.

"손님 대접이 형편없군."

그녀의 말에 멍하게 있던 정연은 쓰게 웃었다. 그녀는 너무 당당했다.

"초대하지 않은 손님도 손님인가요?"

건방지기까지 한 그 말투에 청청의 얼굴이 조금 굳었다. 그렇지만 동요하는 대신 그녀는 두 손을 깍지 낀 채 한숨을 내쉬었다.

"그런가. 내가 초대받지 못한 손님이로군."

그녀는 그렇게 말하고는 방 안을 돌아보았다. 태호의 거친 숨소리가 귀에 거슬렸지만 정연은 그나마 그라도 있다는 것에 감사했다. 이 낯선 여자를 앞에 두고 그녀는 가슴이 터질 것만 같았다.

'태경의 약혼자.'

정연의 상상대로 늘씬한 글래머 미인은 아니었다. 하지만 어떤 면에서는 더 상대하기 어려운 인상의 소녀였다. 물론 진짜 소녀는 아니겠지만. 어쨌든 가슴 한구석이 쿡쿡 쑤셔댄다. 그의 약혼녀를 앞에 두고 정연은 할 말이 없었다.

"서태호와는 어떤 관계지?"

그 말에 정연은 고개를 번쩍 들었다. 의심스런 시선이 그녀에게 쏟아지고 있었다. 그 시선 속에서 정연은 경멸과 멸시, 그리고 경계의 색채를 발견했다.

"아무런 관계도 없어요."

"그런데 왜 저자가 당신에게 달려든 거지?"

"너무 아파서 제정신을 잃은 거겠지요."

정연은 냉소하며 대꾸했다. 이제 태호와 관련되어 오해를 받는 것이라면 지긋지긋했다.

"흠, 몸가짐이 바르지 못하면 허락할 수 없다."

그 말에 정연은 미간을 찌푸리며 청청을 바라보았다. 허락?

"나는 앞으로 이 집안을 이끌어 나갈 정부인으로서 네 몸가짐에 대해 미리 당부를 하려 한다."

"뭐?"

"첩이라면 일단은 주인의 마음을 감싸줄 줄 알아야 하는 것이니 네 몸가짐이 중요한 것이야."

청청은 진지했다. 그녀의 얼굴에 웃음기라고는 조금도 없었다.

정연은 자신이 대체 무슨 소리를 듣고 있는지 알 수가 없었다. 첩? 정부인?

"태경님이 널 총애하신다 들었다. 나도 여자이니 마음이 아픈 것은 사실이지만, 그렇다 해서 너를 구박하여 내칠 생각은 없다. 종주이신 태경님이 널 원하신다면 나도 기꺼이 너를 허락할 참이다."

정연은 입을 반쯤 벌린 채 청청을 바라보았다. 이렇게 기가 막힌 이야기는 들어본 적이 없었다.

"하지만 본분을 잊어서는 안 돼. 첩인 이상 집안 대소사에는 공손한 태도를 취하고 몸가짐을 바로 하며 어른을 공경해야 한다. 주인을 잘 모시고 아랫것들을 잘 다스려야 하지. 아무리 정부인이 아니라 해도 그 의무와 책임이 사라지는 것은 아니니까."

청청은 그렇게 말하면서 한숨을 삼켰다.

그녀라고 마음이 편하지는 않았다. 그저 그녀가 들은 대로, 할 수 있는 만큼만 할 생각이었다. 눈앞에 있는 인간여자는 도도하긴 하지만 분별이 없거나 나쁜 여자는 아닌 듯했다. 분명 최악은 아니었다. 청청은 오랜 시간 동안 태경을 사랑해 왔다. 그런 만큼 이제 와서 인간여자가 하나 있다고 뒤로 물러날 생각은 전혀 없었다. 그런 여자쯤 첩이다 생각하고 포용하면 될 일이다. 어차피 후계자를 낳지도 못하고 집안을 다스릴 힘도 없는 여자인데 질투하고 내칠 필요가 있을까. 그보다는 태경의 마음을 자신에게 돌리는 일이 우선이었다.

"받아주겠다는 말이다. 그러니 너는 그분을 모시는 것에 전념하면 된다."

청청은 정연을 바라보았다. 그녀의 얼굴은 새파랗게 질려 있었다. 보통 여자인 그녀에게 청청의 말은 꽤나 충격이었던 모양이다. 그럼, 이 대단한 가문에 들어오면서 그 정도 각오도 없었단 말인가. 청청은 그녀를 경멸했다.

"내가 할 말은 다 했다. 나중에 식이 끝나고 나서 천천히 이야기를 나누어보자. 네가 태경님을 사모한다면 내가 어찌 너를 내치거나 미워할 수 있겠나. 네 본분만 잘 지킨다면 나도 너를 아껴줄 것이야."

청청은 그렇게 말하고 일어섰다.

이것도 일종의 허세. 그녀에게 있어서 태경의 냄새와 낯선 여자의 냄새가 뒤엉킨 방에 머무르는 것도 고통이었다. 원래라면 태경의 침실에 있을 수 있는 여자는 그녀 한 사람이어야 했다. 살의를 억누르면서 청청은 창문을 열었다. 어차피 창문으로 들어왔으니 그리로 나갈 참이었다. 다른 사람이 이 모습을 보는 것도 그녀는 원치 않았다.

가슴 한구석에서 피어오르는 살기를 억누르며 몸부림친다. 감히 진청청에게 이런 모욕을 떠안기다니! 첩이라니! 한국에 있는 폐쇄적인 일족들의 유일한 장점은 간통을 죄로 여기는 일부일처제뿐이었는데 그나마도 이제 그녀는 태경을 얻기 위해 모든 것을 감수해야 했다. 그녀는 눈물을 보이지 않았다. 첩에게 눈물을 보인다는 것은 수치였다.

정연은 움직이지 못했다. 그녀를 허락하겠노라고 말하며 사라진 여자가 남긴 것은 끔찍한 것이었다. 첩과 정부인. 그것만큼 적나라하게 그녀의 위치를 말해주는 단어가 있을까. 그녀는 숨을 쉬려고 해봤다. 그러나 시야가 빙글 돌며 숨이 막혔다. 토기가 올라왔다.

숨을 쉬고 싶어.

정연은 비틀거리며 황급히 담뱃갑을 찾았다. 그러나 라이터만 손에 잡힐 뿐 담배는 쉽게 잡히지 않는다. 그녀는 비틀거리며 침대까지 다가가 협탁 서랍을 열었다. 다리가 덜덜 떨린다. 가슴이 찢어지는 것 같았다. 옛 이야기에 나오는 오장육부가 녹는다는 게 이런 느낌일까. 맙소사. 이젠 조선시대 아낙네처럼 상전을 모셔야 한단 말인가. 그것도 남자를 나누어 가지면서? 기가 막혀 웃음이 새어나올 지경이다.

달칵.

떨리는 손으로 담배를 집는 순간이었다. 뜨거운 손이 대뜸 다가와 그녀의 손목을 잡아챘다.

"놀랐어?"

정연은 대답하지 않았다. 물에 빠진 사람이 비를 맞았다고 놀랄까. 뜨거운 입김이 느껴졌다. 아직 열이 있는지 그의 체온은 뜨거웠다.

"봐."

"싫어."

태호는 침대에 모로 누운 채 정연의 손목을 놓지 않았다.

"재미있지 않아? 저 괴상한 어투로 떠드는 여자의 말."

상종하고 싶지 않았기 때문에 그녀는 그냥 무시했다. 전신이 얻어맞은 것처럼 피로했다. 그저 몇 마디 하고 헤어졌건만 청청과의 대화 후 12라운드를 뛴 권투선수처럼 전신이 쑤셨다. 아픈 게 몸인지 마음인지 그것조차 불분명하다.

"이번에 아프면서 깨달았는데……."

태호가 은밀하게 속삭였다. 그의 얼굴은 붉었다. 정연의 손목을 잡은 그의 손이 힘을 더했다.
"나는 네가 좋아."
그는 단정하듯이 말했다. 그렇게 말하고 그는 얼굴을 붉혔다. 비록 부상 때문에 형편없는 몰골이라는 것을 의식하고 있긴 했지만 태호는 자신이 잘생긴 남자라는 것을 잘 알고 있었다.
"좀 더 멋진 모습으로 말했어야 했지만……."
그는 멋쩍은 듯이 그녀의 손목을 잡아당기며 말을 이었다.
"난 아마 널 사랑하는 거 같아."
정연은 그를 보지 않았다. 어이가 없기도 했거니와 그의 말 자체가 머릿속에 들어오지도 않았다.
"손 놔. 아파."
그녀는 손목을 털었지만 태호의 손아귀에서 빠져나올 수는 없었다. 거센 손은 그녀를 놔줄 줄을 모른다.
"놔줘."
그녀가 다시 말했지만 태호는 놓지 않았다. 그는 화가 난 얼굴로 그녀를 쏘아보았다.
"내 말 안 들었어?"
"뭘?"
"조, 좋아한다고 했잖아."
태호가 급하게 다시 말하자 정연은 그를 흘긋 쳐다본 뒤에 그의 손가락을 힘주어 하나씩 떼어내기 시작했다. 민재처럼 하려 했지만 그렇게는 되지 않았다. 오히려 그의 손가락이 더욱 거세게 손목으로 파고들었다. 아프다. 정말 아프다.
"아파."
너무 아파 눈물이 나왔다. 그녀는 억지로 이를 악물며 버둥거렸다. 정말로 눈물이 흘러내렸다. 너무 아파서 숨이 막히도록 괴로웠다. 태호의 힘은 항상 그녀를 상처 입혔다. 아팠다.

가슴이 아파서 우는 것인지, 손목이 아파서 울고 있는 것인지 정연 자신도 알 수 없었다. 하지만 분명한 것은 벌건 손자국이 남은 손목이 무척이나 아프다는 점이었다. 그래, 아프다. 아팠다.

"아, 미, 미안."

그녀의 눈물을 본 태호는 놀라 손을 놓았다. 그는 몰랐다. 눈물을 흘리는 그녀를 본 적이 없었으니까. 이 바짝 마른 여자가 얼마나 연약한 존재인지 실감하지 못했다. 그는 무엇에 홀린 듯이 눈물을 흘리고 있는 그녀를 바라보았다. 열 탓인지 흐려진 시야 속에서 울고 있는 창백한 그녀의 얼굴은 처연한 아름다움을 뿜어내고 있었다.

'예, 예쁘다. 이 여자가 이렇게 예뻤던가.'

향기가 났다. 그는 코끝을 정연의 목덜미로 옮기며 냄새를 맡아보았다. 오렌지 향과 라임 향이 뒤섞인 향기가 났다. 울고 있기 때문인지 냄새는 점차 진해지고 있었다. 태호는 손은 뻗어 그녀의 뺨에 흐르고 있는 눈물을 손가락으로 훑었다. 온기가 서린 눈물의 감촉에 스스로 놀란 그는 무의식중에 입가로 손가락을 가져갔다.

"짜다."

그가 그렇게 중얼거리는 순간 정연은 몸을 돌려 창가로 가 섰다.

"이봐, 정연아……."

태호가 불렀지만 그녀는 대꾸도 하지 않았다. 눈물을 아무렇게나 손바닥으로 닦아낸 그녀는 다시 담배를 한 대 입에 물었다. 연기가 흐려지는 하늘가로 올라가며 하얀 그림을 그렸다. 그녀는 생명수라도 되는 양 연기를 목 안 깊숙한 곳까지 삼켰다 뱉어냈다. 갑갑한 속이, 찢어질 듯 욱신대는 가슴이 가라앉기를 기도했다. 신은 그녀에게 항상 가혹했다. 그녀는 이제 행운을 기대하지 않는다.

"정연아."

바로 삼십 분 전에는 기절까지 한 주제에 놀랄 정도로 생생한 얼굴을 한 태호는 급하게 침대에서 몸을 일으켰다. 주사한 해독제가 효과가 있었던 것이다. 해독이 되기 무섭게 타고난 생명력은 쉬지 않고 몸을 되살렸다. 독성만 아니라면 상처 자체는 크지 않다. 두통이 가라앉자 그는 한결 나은 기분이 되어 마음이 급했다.

"여기 있을 게 아니라 나랑 같이 가자."

태호가 천진한 웃음을 머금은 채 말했다.

"생각해 봐. 넌 원래부터 내 것이었어. 형과 너는 어울리지 않아."

태호는 짐짓 호탕하게 말했다. 부기가 가라앉는 뺨에 손을 대며 그는 슬쩍 벽에 걸린 거울을 보았다. 벽면에 걸린 둥근 거울에는 전보다는 못하지만 그래도 훨씬 나아진 얼굴을 한 남자가 서 있었다. 아직도 상처 주변은 붉었다. 그래도 부기가 가라앉으니 그럭저럭 볼만한 얼굴로 돌아왔다. 그와 함께 자신감도 돌아왔다. 분명히 사랑한다 속삭이면 이 인간여자도 그에게 돌아올 것이 분명했다. 그의 형 태경은 좋은 종주이긴 했지만 매력적인 남자는 아니었다. 고리타분하고 항상 잔소리만 해대는 남자가 아니던가.

"저런 이상한 여자와 같이 지낸다는 건 말도 안 돼. 게다가 원래 형은 어차피 너와는 안 돼. 형은 종주니까 후계자를 낳아야 한단 말이야."

태호는 땀에 젖어 뭉쳐진 머리칼을 손가락으로 쓸어 올렸다.

끈끈한 몸 때문에 씻고 싶었지만 아직은 오한이 났다. 그는 샤워를 단념하게 창가에 선 채 석상처럼 굳은 모습으로 담배를 피우고 있는 그녀를 바라보았다.

마른 어깨가 가냘프다. 아니, 전신이 다 가느다란 것이 당장이라도 한 대 치면 쓰러져 죽어버릴 듯 약해 보였다. 항상 고집 센 표정으로 자신을 담담하게 바라보던 여자. 정연은 연상이라는 것을 강조라도 하듯 조용히 행동하던 여자였다.

'이렇게나 연약한 존재였을까.'

태호는 새삼스럽게 멍하니 그녀를 바라보았다. 어쩐지 그녀가 만들어내는 이 작고 조용한 공간을 깨면 안 될 것 같은 생각이 문득 들었다. 평소라면 그녀를 잡아채 유혹이라도 할 그였지만 지금 이 순간 그는 얌전한 소년이 되어 기다리고 있었다. 정연이 돌아보기를.

그는 문득 기억해 냈다. 그 낡고 조용한 집을 가꾸고 있던 그녀의 모습을. 창백한 얼굴로 짙어진 슬픔을 천천히 접어내고 있던 바짝 마른 여자. 죽음을 훔쳐보고 고집 세게 고개를 돌려 버린 여자. 그녀와 그가 만들어낸 그 공간은 항상 고즈넉했다. 늦은 오후 낡은 거실 안에 퍼져 나가던 커피 향기와 오래된 노래들. 그는 방문하고 그녀는 맞이했다.

'아아, 제기랄.'

그는 새삼스럽게 머리칼을 쓸어 올리며 욕설을 삼켰다.

그는 그것이 좋았었다. 그 조용한 순간들이 좋았다. 아무것도 바라지 않는 그녀의 무심한 듯 차분한 태도가 좋았다. 그가 올 것을 기다리면서도 한 번도 짜증을 내지 않던 그녀. 멋대로 움직이는 그를 향해 매달리지 않던 그녀. 너무 조용해서 답답하기도 했지만 그것이 또 신선해서 좋았다. 그에게 있어 그녀와의 시간은 휴식이자 도피처였다.

그는 언제나처럼 자기 마음대로 판단했다. 분명히 정연이 자신을 사랑하고 있었을 거라고, 자신이 오기를 기다리며 자신을 위해 집을 꾸몄다고 생각했다.

'그래서 화가 난 거야. 내가 자주 안 와서 삐친 거지.'

멋대로 생각한 그는 다소 초조하게 정연을 바라보았다.

열에 들 뜬 머리가 식고 나자 그는 새삼스럽게 이제 정연이 자신을 무척이나 싫어한다는 것을 깨달았다. 싫어할 뿐만 아니라 증오했다. 유대원과 그가 싸울 때 그녀는 유대원을 옹호하며 그를 괴물이라 불렀다. 살인자라 매도했다. 거부하고 거절했다.

'억울해. 어떻게 나를 그렇게 부를 수가 있지?'

조금 그녀를 괴롭힌 것은 사실이다. 하지만 그래도 사귀어온 시간이 있지, 어떻게 이렇게나 매몰차게 자신을 거부한단 말인가. 그는 언제나 그렇듯 형편 좋게 잊었다. 자신이 그녀를 몇 번이나 죽일 뻔했다는 것도 잊었다.

그는 한숨을 삼키면서 슬쩍 일어나 정연의 어깨를 안았다. 나무토막같이 뻣뻣한 그녀에게서는 반응이 없었다. 그래도 그는 당황하지 않았다. 다정하게 하면, 사랑한다 고백하면, 여자들은 다 용서하고 품에 안기기 마련이다.

"나랑 같이 가자. 내가 그동안 못되게 군 것은 알아. 하지만 여기는 너에겐 안 어울려. 넌 저런 이상한 여자에게 놀림당할 여자는 아니잖아?"
 그가 그렇게 말하면서 그녀의 창백한 뺨에 키스하는 순간이었다.
 똑똑.
 노크 소리가 들렸다. 정연은 태호가 자신을 붙잡든 말든 신경도 쓰지 않고 몸을 돌렸다. 문이 열리자마자 건장한 청년 두 명과 민재가 들어섰다. 민재는 벌써 정신을 차려 정연에게 딱 붙어 있는 태호를 보고는 인상을 구겼다.
 "정신을 차리셨나 보군요."
 "너냐?"
 민재의 얼굴을 보자마자 태호는 살기를 뿌렸다. 만나면 반드시 죽여놓겠다고 결심한 상대였다.
 "어지간히 일을 골치 아프게 만들어놓으셨지요. 일단 방에서 나가시죠."
 "붙잡아도 나간다."
 태호가 들어올 때와는 다른 태도로 정연의 어깨를 안은 채 성큼 걸었다. 하지만 그녀는 그의 손길에 움직이지 않았다. 오히려 태호의 손을 밀쳐 버린 채 민재에게 말했다.
 "내가 나가겠어요."
 "네?"
 민재의 얼굴이 구겨졌다.
 "이제 이 사람도 있으니 전 제 집으로 돌아가겠어요. 오히려 생각보다 오래 있었죠."
 "아니, 작은 사장님은 다른 곳으로 옮기면 됩니다. 정연 씨는 그냥 계시면……."

그녀는 고개를 저었다. 무척 지쳐 민재와 말다툼할 기운도 없었다. 그녀는 더 설명을 하는 것 대신 옷장 속에 있던 자신의 핸드백을 집어 들었다. 그 모습에 태호가 재빨리 그녀의 손을 잡아챘다.

"그래, 나랑 같이 집에 가자."

그 말에 정연은 차갑게 손을 떨쳤다.

"놔."

"정연아."

"당신이 어딜 가든 알 바 아니지만 내 뒤는 따라오지 마."

그녀는 잘라 말하며 태호의 얼굴을 외면했다. 그의 얼굴도 보기 싫었다.

"이러시면, 제가 회장님께 혼이 날 겁니다."

민재가 만류했지만 그녀는 완강했다.

"내 집으로 돌아갈게요. 어차피 서태호가 올까 봐 무서워서 숨어 있었던 거니까."

"내가 무서워 숨었다구?"

그 말을 들은 태호가 발끈했다.

"어이가 없네요, 작은 사장님. 그럼, 정연 씨가 사장님을 기다릴 이유라도 있습니까? 걸핏하면 사람을 덮치고 다치게 하는 당신이라면 피하는 게 당연하죠."

민재는 혀를 차며 그를 타박했다.

"뭐야?"

태호가 민재에게 마주 고함을 지르는 동안 정연은 아예 담배를 입에 문 채 방문을 열었다.

"최정연 씨."

민재가 방문을 잡고 제지했다.

그는 진지하게 당황하고 있었다. 아무리 삼각관계가 골치 아프다고는 해도 태경은 이런 식으로 그녀를 내보낼 사람이 아니었다.

"이러시면 곤란합니다. 저 귀찮은 도련님은 제가 어떻게든 보낼 테니까……."

"이젠 괜찮아요."

"아닙니다. 최소한 회장님이 돌아오실 때까지만이라도 기다려 주십시오. 이제 곧 돌아오실 겁니다. 넉넉잡고 두 시간이면 됩니다."

정연은 고개를 저었다.

사실은 그와 얼굴을 맞댈 용기가 없었다. 약혼자가 있으니 어서 돌아가라는 말을 할까 봐 무섭다. 물론 예의 바른 태경이 그럴 리 없다는 것 정도는 그녀도 알고 있었다. 하지만, 하지만 이성으로는 알아도 가슴은 그렇지 않았다.

그녀는 겁이 났다. 그가 친근한 미소를 지으며 결혼식에 초대를 할까 봐 두렵다. 약혼녀라며 그 둥근 뺨의 여자를 소개할까 봐 두렵다. 차라리 그의 얼굴을 보기 전에 사라지고 싶었다. 그가 떠나라는 말을 하기 전에 떠나고 싶었던 것이다. 그것이 최소한의 자존심이라도 지키는 법일 테니까.

〈왜 싸우지 않고 떠나는 거지? 정말로 이렇게 단념을 해도 후회하지 않아?〉

그녀 안의 야수가 조롱하듯 묻는다. 호전적인 야수는 그녀의 우유부단함을 비웃었다. 달아나는 그녀를 경멸했다.

"정연아."

태호가 조르듯이 그녀의 팔뚝을 다시 쥐었다. 그녀가 떨치기 위해 팔을 흔들자, 민재가 재빨리 태호의 반대쪽 손을 잡았다.

"그만 하십시오. 정연 씨는 많이 지쳐 있습니다."

"뭐야?"

민재는 눈치 챘다. 방 안에는 이질적인 냄새가 남아 있었다. 익숙한 태경과 정연의 체취 이외에 놀랍게도 선명한 사향내가 남아 있다. 그 장미를 닮은 사향이 누구의 것인지 민재는 알아차렸다. 불행히도 이 인간 아가씨는 진씨 가문의 공주님을 만난 것이다. 아마도 그 도도한 공주님은 이 아가씨를 상처 입혔으리라.

조금은 동정하면서 민재는 조용히 물었다.

"짐은 어디에 있습니까?"

"뭐, 됐어요. 그냥 가죠."

그녀는 핸드백 하나만을 든 채 담담하게 말했다. 무표정한 그녀의 얼굴에서 슬픔을 엿본 민재는 아무런 말 없이 걷기 시작했다.

"기다려!"

태호가 나서려는 순간 민재가 턱짓을 했다. 그러자 그의 뒤에 서 있던 청년 두 사람이 태호의 앞을 막았다. 쇠약해지긴 했지만 태호의 힘은 줄지 않았다. 그가 막 화를 내려는 순간 민재가 말했다.

"아직 독기가 남아 있으니 안정하셔야 합니다, 작은 사장님."

"독기?"

어리벙벙한 얼굴로 태호가 놀라 묻자 민재는 진지한 얼굴로 대답했다.

"그 상처는 유가의 독기에 당해 입은 상처입니다. 그러니까 쉬고 약을 복용해야만 할 겁니다."

"약?"

태호가 미간을 찌푸리자 민재는 주머니에서 작은 약통을 꺼냈다.

"지금 한 알 드시고 누워 계십시오. 완전히 해독되기 전에는 움직이지 마시고."

"이제 난 괜찮은데."

"아닙니다. 아직 부기도 빠지지 않았죠."

민재는 태연한 얼굴로 거짓말을 했다. 일족의 재생력을 생각한다면 아까 한 처치로 하루만 지나면 완치다. 하지만 태호는 몰랐다. 처음으로 그렇게까지 아팠던 그는 짐짓 놀라 급히 정연에게 말했다.

"집에 가서 기다리고 있어. 다 나으면 곧 갈 테니까."

그 천연덕스러운 말에 정연은 기가 막혔다. 다른 사람이 들으면 두 사람 사이가 아주 친밀하다 느낄 정도였다. 하지만 정연은 그 때문에 오해받는 것은 정말 진저리치게 싫었다.

"그만 해. 오지 마."

그녀가 잘라 말했지만 태호는 들은 체도 하지 않았다.

그는 정말로 얌전히 민재가 준 약병을 든 채 침대 위에 걸터앉았다. 그리고는 친근한 미소를 머금은 채 정연에게 손까지 흔들어 보인다.

"나중에 봐."

그 모습에 민재도 아무런 말을 하지 않았다. 태호의 뻔뻔한 태도는 하루 이틀도 아니다. 한숨을 삼킨 정연은 아예 그를 외면한 채 성큼성큼 앞서 밖으로 나가 버렸다.

그녀의 뒤를 따르면서 민재가 덩치 큰 청년을 가리켰다.

"이 녀석이 최정연 씨를 집까지 모셔 드릴 겁니다."

"네."

"집 안은 사람을 시켜서 치워두라고 전했습니다. 가시면 아마 깨끗할 겁니다."

"고맙네요."

민재는 한숨을 쉬고 싶었다.

이 여자가 만약 애만 낳을 수 있다면, 아니, 최소한 일족이기만 했다면 민재도 반대하진 않았을 것이다. 약한 인간이면서도 태호와 맞서고 있던 여자였다. 그런 여자라면 태경에게 잘 어울릴 수도 있었으리라. 집 안에서도 정연의 평판은 좋은 편이었다.

정원을 가로질러 차고까지 가는 동안 정연은 아무런 말도 하지 않았고 민재 역시 마찬가지였다. 운전사로 뽑혀온 남자는 긴장한 채로 얼굴을 굳히고 있었다.

"다른 분들께도 인사 전해주세요."

정연이 조용히 말했다. 이렇게 갑자기 떠나 버리는 것은 그녀에게 친절히 대해주었던 사람들을 배신하는 기분이 들었다. 말동무가 되어주었던 해민이나 여러 가지 도움을 주었던 미혜에게도 인사를 못하고 나온다는 것이 찜찜했다.

"나중에 또 보시게 될 겁니다."

민재는 무뚝뚝하게 대답했다.

사실, 또 보게 될 것이다. 태경은 품 안에 있는 일족을 쉽게 놓아주는 남자가 아니었다. 특히 정연은 손수 변성시키고 안기까지 한 여자다. 절대로 그냥 놔둘 리가 없었다.

그 말을 인사말로 여기고 정연이 막 차에 올라타려는 순간이었다.

"서민재."

갑자기 낯선 음성이 던져졌다.

"그 여자는 누구지?"

마치 바늘처럼 따끔한 기운이 전신으로 쏟아진다. 피부가 아플 정도로 느껴지는 압박감에 정연은 처음으로 위기감을 느꼈다. 심장은 세차게 뛰며 공포감을 표시했다. 소름이 오싹 끼쳐 정연은 자기도 모르게 입술을 깨문 채 뒤를 돌아보았다.

아영은 화가 나 있었다.

전화를 받지도 않는 태경도 그랬지만 집 안에 있는 자들이 모두 그녀를 경계하고 있었다. 물론 미리 연락을 하지 않고 청청을 데려온 것은 그녀의 잘못이었다. 하지만 그렇다고 해서 종주의 생모인 그녀를 이런 식으로 푸대접할 수는 없는 일이다. 특히 1비서랍시고 태경의 충복을 자처하고 있는 민재에게는 더 기분이 나빴다. 경비실장에게 분명히 민재를 데려오라고 말해주었는데도 오지 않았던 것이다.

진청청에게 체면을 구긴 셈이 되었다. 다른 사람도 아니고 며느릿감으로 타 가문의 아가씨를 데리고 왔는데 이런 푸대접이라니. 그녀도 집안 분위기를 눈치 채지 못했을 리가 없다. 온 집안이 경계하고 그녀들을 격리하려 하고 있으니 말이다.

그래서 그녀는 더 이상 참을 수 없었다. 몇 번이나 경비실장을 다그치다가 결국 손수 그를 찾으러 나왔던 것이다. 그리고 감히 그녀를 젖혀두고 다른 사람을 만나고 있는 민재를 발견했다.

"나오셨습니까?"

민재가 태연하게 인사를 하자 아영의 기세는 점점 차가워졌다.

"그 여자는 누구냐고 묻지 않느냐?"

정연은 당혹한 얼굴로 난데없이 나타난 미녀를 바라보았다. 작은 요정처럼 보이는 미녀였다. 신비로운 회색 빛 눈동자가 매혹적이었다. 실크 블라우스에 검은 바지를 입고 있는 것뿐인데도 온몸에서 빛이라도 뿜어져 나올 듯 아름다웠다. 아까 본 청청처럼 동안이긴 했지만 분위기 자체가 완전히 다르다.

'이 여자는 또 누구지?'

정연의 얼굴이 점점 창백해지는 동안 민재는 한숨을 삼키며 고개를 숙였다.

"들어 알고 계시지 않습니까? 이 아가씨는 회장님의……."

"전에 들었던 애인?"

냉소하며 아영이 그의 말을 끊었다.

"굉장히 뜻밖이군. 그 애가 이렇게나 눈이 낮은 줄은 몰랐어."

불쾌한 듯 정연을 아래위로 훑어보는 아영의 태도에 정연은 자신도 모르게 주먹을 움켜쥐었다. 손톱이 손바닥을 파고든다.

그녀의 그런 기색을 눈치 챈 민재는 재빨리 아영이 뿜어내는 기세를 몸으로 막았다. 보통 인간이었다면 아영의 기세를 받고 기절해 버렸을지도 모른다.

"최정연 씨, 이분께서는 회장님의 모친 되십니다."

민재의 말에 정연은 눈을 크게 떴다.

모친? 이렇게나 젊은 여자가?

순진한 정연의 반응에 기세를 누그러뜨린 아영은 마침내 살벌한 살기를 거두었다.

"그래, 내가 그 애의 어미지. 너는 이름이 뭐지?"

아영이 팔짱을 끼며 묻자 정연은 두 손을 쥔 채 얌전히 고개를 숙였다.

"최정연이라고 합니다."

"그래. 드문 일이지, 인간이 여기에 온다는 것 자체가."

아영은 싸늘하게 말하고는 민재와 그녀를 번갈아 보았다. 민재의 무표정한 얼굴을 보던 아영은 왜 그가 자신에게 달려오지 않고 정연에게 달려갔는지 눈치 챘다. 아마도 진청청과 이 눈앞에 있는 인간여자를 떼어놓기 위해서였던 모양이다.

"그래, 나가는 건가?"

"네."

민재가 대신 답했다.

그 말에 기분이 풀린 아영은 창백한 채로 얌전히 서 있는 정연을 다시 살펴보았다. 그녀의 온몸에서 태경의 냄새가 나고 있었다. 아영은 조금 한숨을 내쉬었다. 그냥 각인이 아니라 그녀의 전신에서 태경과 이어진 자 특유의 냄새가 났다. 집착의 끈이 줄줄이 그녀의 전신을 감싸고 있었다. 정가의 직계인 그녀가 그것을 모를 리가 없었다. 게다가 그녀의 자식이 아닌가.

"흥미롭군. 그래, 집은 어디지?"

민재는 대답하지 않았다. 아영은 어디로 튈지 알 수 없는 성격의 소유자였다. 게다가 집요하기까지 하다.

"이렇게 서 있는 것도 거북한데 안으로 들어가."

아영이 손짓하며 정연을 밀었다. 얼결에 차 안에 올라탄 정연의 옆에 나란히 앉은 그녀는 멍하니 선 민재에게 턱짓했다.

"내가 배웅하지. 어서 출발해."

사색이 된 운전사가 민재를 올려다보았다. 그는 혀를 차며 턱짓했다. 일단 올라탄 그녀를 끌어 내릴 수도 없는 상황. 결국 그들 네 명은 나란히 출발했다.

드드드—

핸드폰이 진동했다.

보지 않아도 그게 태경이라는 것을 민재는 알고 있었다. 집 안에서 벌어진 일을 누군가가 보고했을 것이 뻔하다. 사실 민재는 태호 때문에 정신이 없어 태경에게 보고하는 것을 잊었다. 회의 중인 태경에게 보고할 시간도 없긴 했지만.

그는 룸미러를 흘긋 보았다. 문제는, 태경이 아니라 뒤에 나란히 앉아 있는 아영과 정연이었다. 뱀처럼 도사리고 있는 저 마님의 흉중을 알아차릴 수 있는 능력의 소유자는 아무도 없었다. 기본적으로 정가와 서가는 도저히 궁합이 맞지 않는다. 양가의 혼혈인 민재는 그것을 전신으로 알고 있었다.

"몇 살이지?"

"스물여덟 살입니다."

"양친은?"

"모두 돌아가셨습니다."

"그럼 형제는 없어?"

"네."

"혈혈단신이네. 다른 친척들은?"

"숙부님이 한 분 계십니다."

"단출한 식구로구나."

아영은 다리를 꼰 채 앉아 창밖을 바라보았다. 잔뜩 굳어 있는 정연의 태도가 연민을 느끼게 했다.

"알겠지만 그 애에게는 약혼자가 있어."

"네."

정연은 담담하게 대답했다. 굳어 있는 것치고는 평온한 음성이어서 아영은 그녀를 돌아보았다.

"담배 피우니?"

"네."

한 박자 늦긴 했지만 정연은 제대로 대답했다.

"흐응. 태경이랑 비슷한 성격인지도 모르겠구나, 너."

아영은 한쪽 손으로 턱을 괸 채 획획 지나가는 창밖 풍경으로 고개를 돌렸다.

"그 애를 좋아하니?"

"……."

대답이 없었다.

아영은 정연의 모습을 살폈다. 무표정한 얼굴과 달리 잔뜩 움켜쥔 두 주먹은 하얗게 변해 있었다. 그녀는 그 모습이 조금 슬펐다. 이 아이도 안으로 삭이는 성격이구나.

"약혼자가 있으니 단념하라고 말하고 싶긴 하지만 그래도 그렇게는 말하지 않겠다."

그 뜻밖의 말에 정연은 고개를 돌려 아영을 바라보았다.

"난 그 애가 행복하길 바라거든. 그 애는 사랑받은 기억이 없어. 문제는 그 애 자신도 그다지 사랑을 필요로 하지 않는다는 거지."

턱을 괸 채 아영은 두서없이 말했다.

"부모도 나쁘고 주변도 나빴어. 그래서 빨리 어른이 된 거지."

아영은 비로소 어머니처럼 보이는 얼굴로 말했다. 소녀처럼 둥글고 가냘픈 얼굴선에 세월의 흔적이 드러났다. 주름살 하나 없는 얼굴이었지만 그 얼굴에는 연륜이 있었다. 세월을 견뎌낸 인내의 흔적. 우울한 얼굴이 된 아영은 자신을 멍하니 보고 있는 정연을 바라보며 미소 지었다.

"남녀사이는 아무도 못 말려. 나도 말릴 생각은 전혀 없고. 그저 감당할 일이 너무 많다는 게 서글플 뿐이지. 한 가문의 수장이라는 게 그다지 편하고 즐거운 자리는 결코 아니거든."

그녀는 깔깔 웃었다.

"게다가 그 애는 책임감이 너무 강해. 책임감이 강한 애는 집착도 과한 법이지. 널 절대 쉽게 놔주지 않을 거야."

그녀는 소리 내어 웃더니 기분 좋은 듯이 정연을 바라보며 말했다.

"네가 도망간다고 해서 놔줄 애가 아니야. 나는 잘 알아."

정연은 멍하니 그녀를 바라보았다.

도망? 이게 도망일까. 게다가 그가 그녀 자신에게 집착한다니. 설마 그럴 리가.

"그 애의 아버지도 내게는 쩔쩔맸지. 한 번 잡으면 절대로 놓지 않는 성격이어서 말이야. 그 애는 제 아버지보다 나를 닮았어."

그녀의 말에 정연은 대체 어디가 닮았다는 것일까 하고 망연히 중얼거렸다. 태경은 항상 물처럼 담담하고 태연했다. 부드럽고 친절하긴 했지만 정연은 그가 어떤 마음으로 자신을 대하는 것인지 알 수 없었다. 동정과 호감의 중간쯤일 거라 상상은 하지만 차마 그 이상은 기대하지 못했다.

'모르겠어.'

태경의 모친은 너무나 예상 밖의 인물이어서 그녀는 어찌해야 할 바를 몰랐다. 자신보다도 젊어 보이는 얼굴을 한 미녀가 사실은 태경의 모친으로 물경 육십은 넘은 여자인 것이다.
 그녀는 아영이 말하는 태경의 아버지가 누구를 말하는 건지 이해하지 못했다. 하지만 말없이 듣고 있던 민재는 이해했다. 복잡한 가정사를 가진 가문이 어디 서씨 가문 하나뿐이랴. 민재는 전전대 종주였던 남자를 기억해 냈다. 태경의 조부라 알려졌지만 사실은 부친인 남자, 서민혁.
 성격이 무척 급하긴 했지만 기본적으로는 좋은 남자였다고 원로들은 기억했다. 폭언과 폭행을 반복하긴 했지만 자신의 일족들에게는 자상했다. 돈이 없다거나 억울한 일을 당했다고 매달리는 일족들을 냉정하게 내치지 않고 감싸 안는 성품이었다. 굉장한 미남으로 연애편력도 대단했다. 일찍 상처(喪妻)하고 그가 거느린 애인들의 수만 해도 세 자리는 될 거라는 풍문도 돌았다. 그가 갑자기 급사했을 때 사람들은 당혹하긴 했지만 놀라진 않았다. 워낙 성격이 급해서 제 성격을 이기지 못하고 아무하고나 싸워대는 남자였기 때문이다. 분명 제 기운을 이기지 못했을 거라는 소문이 자자했었다. 하지만 종주씩이나 되는 남자가 제 기운을 이기지 못해 죽음에까지 이르렀다는 것은 어불성설이다.
 실상은 아버지를 질투한 아들이 아버지에게 독을 먹인 것이다. 태호가 그렇듯 서가의 혈육들은 독에 약했다. 정가와의 혼혈로 특이 체질이 된 태경이나 민재만이 예외다. 정가의 피와 섞였다고 모두 특이체질이 되는 것은 아니었다. 태호의 친모도 정가였지만 태경과 같은 체질이 아니듯이. 태경은 확실히 서민혁을 닮았다. 하지만 사방에 염문을 뿌리고 다니던 서민혁과 달리 그 스스로 자신의 매력을 덮어버렸다. 접근불가 사인을 사방에 뿌리고 있는 게 태경이다.

민재는 아영을 흘긋 보았다. 소녀 같은 얼굴이지만 지독한 여자. 오죽하면 제 팔을 뜯어 먹기까지 했을까. 약혼자의 아버지와 사랑에 빠진 여자. 그리고 결국은 부자간을 갈라놓은 지독한 이기주의자.

그의 생각이나 태경의 생각과 달리 아영은 감상적인 여자였다. 그녀가 서민혁이 죽고 나서 그 아들인 규연과 결혼한 것은 오로지 뱃속의 태경을 사생아로 만들지 않기 위해서였다. 종주의 아들은 종주가 되어야 한다. 그녀가 자신의 팔을 물어뜯기까지 하면서 어린 태경을 지켜낸 것은 그 아이가 죽어버린 서민혁의 아이였기 때문이다. 사랑한 남자의 아이였다. 불행한 죽임을 당한 남자의 아이였다. 차라리 자신이 죽는 한이 있어도 아이를 해칠 수는 없다는 절박함이 그녀의 광기를 억눌렀다.

아영은 말 없는 정연을 흘긋 보았다. 눈앞에 있는 이 여자는 분명 미인은 아니었다. 유달리 미인이 많은 일족들에 비한다면 평범할 정도다. 하지만 그녀의 체향은 좋았다.

아영은 빙긋 웃었다. 체향은 외모와 달리 가꾸거나 만들 수가 없다. 체향을 이루는 것은 마음속 깊은 곳에 있는 의지였다. 의지가 강할수록 체향은 강해지고 독특해진다. 고난을 겪고 단련된 심성을 가진 자의 체향은 유달리 강렬해진다. 일교차가 큰 지방에서 난 과일이 단단하고 향기로운 것처럼 말이다. 아영은 경험상 그것을 잘 알고 있었다.

'고집 센 여자가 좋아.'

그녀는 정연을 비교적 따사로운 눈으로 바라보았다.

"혼자 사는 것은 외롭지 않아?"

갑자기 그녀가 물었다.

정연은 아무런 대답도 하지 않았다. 못했다고 하는 것이 바른 표현이다.

"멍청한 질문을 했네. 어쨌든 내 아들을 잘 부탁해. 그 애랑 헤어지든 말든 간에 말이야."

제멋대로의 말을 내뱉은 아영은 피식 웃으면서 정연의 손등을 툭툭 쳤다. 주먹 쥐고 있던 손이 놀라 흔들렸다. 하얗게 변한 손등을 아영의 손가락이 위로하듯 건드렸다. 정연은 굳어 있던 어깨가 천천히 내려앉는 것을 느꼈다. 태경이 그렇듯 아영의 손가락이 닿자 희미한 온기가 스며들었던 것이다. 그 온기는 점점 전신으로 퍼져 나가며 그녀의 심장까지 닿았다. 불안하게 들떠 있던 심장이 평온을 되찾았다.

"괜찮아."

그녀의 불안을 눈치 챘는지 아영이 킥 웃었다.

"감히 내 자식에게 꼬리쳤다고 머리끄덩이 잡아 내던질 생각은 결코 없으니까."

정연은 희미하게 웃음 지었다.

톡톡 하고 아영의 손이 그녀의 손을 건드리고 떠나갔다. 하지만 온기는 여전히 그녀의 몸 안에 남았다.

태경은 걸음을 멈췄다.

씁쓰레한 맛이 혀끝을 맴돌았다. 인간의 미각과는 조금 다른 그의 미각이 불길함을 알렸다. 불길한 냄새, 불쾌한 맛이 입 안을 채운다.

"떠났다고?"

그는 꼿꼿한 자세로 서서 자신을 바라보는 민재를 흘긋 보았다. 민재의 뒤에는 안절부절못하고 있는 미혜의 얼굴이 보였다. 내가를 담당하는 주제에 항상 자리를 비웠던 그녀다. 그는 미혜를 책하기에 앞서 민재의 얼굴을 물끄러미 보았다. 그가 정연을 마음에 들어하지 않는다는 것은 그도 잘 알고 있었다.

"댁으로 돌아가신다 하더군요."

"그런가."

"진가의 아가씨를 만나고, 마님도 만났습니다."

민재의 말에 태경은 미간을 잠시 구겼다. 하지만 아무런 말도 하지 않았다.

"게다가 태호도 돌아왔다지?"

그 말에 뒤에 있던 미혜가 움찔했다. 잠시 자리를 비운 사이에 별일이 다 있었다.

"네, 부상은 이제 거의 다 나은 듯합니다만."

"부상이라. 어지간했나 보군. 그놈이 제 발로 돌아올 정도라면."

"중독되었던 것이니 혼자서는 힘들었을 테지요."

민재가 여상스럽게 대답하자 태경은 책상 위에 놓인 서류철을 물끄러미 바라보며 물었다.

"어머니와 청청은?"

"객청에. 안채로는 들이지 않았습니다."

"그런가."

그는 아무런 말도 하지 않았다.

방 안에서 느껴지는 기척. 아직 기척을 감출 줄 모르는 정연은 방 안에 그 기척을 고스란히 남겨놓고 갔다. 그 기운 속에서 그는 여러 가지 감정을 느꼈다. 우울하게도 그 감정의 대부분이 다 슬품이었다.
 슬픔.
 짙은 보랏빛을 한 씁쓸한 슬픔.
 태경은 그녀로 인해 슬픔이라는 감정이 쓰다는 것을 처음 알았다. 그녀가 남기고 난 흔적 속에서 그는 슬픔과 고통을 읽었다.
 "태호나 보러 가지."
 그는 아영과 청청을 보는 것을 뒤로 미뤘다. 지금 그들을 봐야 기분이 상할 것이 분명하다.
 막 방에서 나서기가 무섭게 그는 세 사람과 맞닥뜨렸다.
 "종주님."
 환하게 웃고 있는 것은 숙부인 서지욱이었다. 나란히 선 것은 서중악, 그 옆에 있는 우아한 투피스 차림의 여자는 그 아내인 서이례.
 세 사람을 동시에 내가에서 보는 것은 정말로 오랜만이었다.
 "어쩐 일이신지?"
 태경이 조용히 묻자 호들갑을 떨며 서이례 여사가 웃음 지었다.
 "결혼하신다면서요? 축하드립니다."
 "결혼이요?"
 "아아, 사모님이 진씨 가문의 아가씨를 데려오셨다는데요. 지금 만나보고 오는 참이랍니다."
 태경의 눈썹이 꿈틀거렸다. 하나, 그 기세를 알아챈 사람은 민재뿐이다.
 "복도에서 떠드는 건 예의가 아니죠? 저희들에게 차도 한 잔 안 주실 셈인가요?"

깔깔대는 그녀의 얼굴을 보다 말고 태경은 장승처럼 버티고 선 두 숙부에게로 시선을 돌렸다. 그들의 얼굴에 떠오른 미소가 잠시 굳었다.

"저는 결혼한다는 말은 한 적이 없습니다만."

"어허. 농담이시죠?"

당황한 얼굴로 서지욱이 끼어들었다.

"진씨 가문의 아가씨가 여기까지 왔는데요? 그것도 사모님이 데려온 거 잖습니까?"

불만스런 표정에 태경의 얼굴이 더더욱 무표정해졌다.

"언제부터 제 사생활에 끼어드셨던가."

혼잣말하듯 작은 소리였지만 서지욱은 알아들었다. 그는 잠시 머뭇거리더니 뒤에 서 있는 서중악을 흘긋 보며 말했다.

"종주님의 결혼 문제는 가벼운 문제가 아닙니다. 저희들도 진씨 일가를 썩 좋아하는 것은 아니지만 그래도 그 아가씨는 직계 혈손인데다……."

"원로들로서는 당연한 걱정인 거죠."

서이례 여사가 빨간 입술을 내밀며 끼어들었다. 그녀는 요염한 몸매를 흔들며 항의했다.

"종주님, 설마 그 여자 때문에 그러시는 건 아니시지요?"

"그 여자?"

서중악이 미심쩍다는 듯 끼어들었다.

"그 인간여자요. 그런 미천한 여자 때문에 결혼을 미루시려는 건……."

"그만."

태경은 작은 소리로 제지했다.

그것뿐이었는데도 세 사람은 모두 입을 다물었다. 섬뜩한 감각이 그들을 스쳐 지나갔다.

"몇 번이나 말하지만."

태경의 입가가 살짝 비틀어졌다. 친절한 듯 웃음이 머금어진 상태였지만 눈빛은 싸늘했다.

"이 집안의 주인은 나라는 것을 잊으면 곤란합니다. 감히 주인의 사생활에 끼어드는 것이 얼마나 발칙한 짓거리인지 모르는 건 아니겠지요?"

시퍼런 기운이 그들의 발밑으로 스쳐 지나갔다. 보이지는 않지만 살갗에 소름이 돋게 하는 싸늘한 살기가 그들의 몸을 건드렸다.

"그……."

입을 다문 세 원로를 보면서 태경은 고개를 까딱했다.

"돌아가시죠. 나는 세 분을 내가에 초대한 기억이 없습니다."

"하지만! 그 인간여자는 태호의 것이라 들었어요!"

여자다운 기백인지 뻔뻔함인지 잘 알 수는 없지만 서이례 여사가 끼어들었다. 그녀는 뻣뻣이 굳은 두 사람을 바라보며 항의했다.

"그런 문란한 여자는 곤란합니다. 안 그래도 아랫것들 사이에서 말이 많아요."

"숙모님."

태경은 다시 말했다.

그의 눈빛이 은빛으로 번들거리기 시작하는 것을 보며 민재는 소름이 끼쳤다. 그런 눈빛을 한 태경을 자극해선 절대로 안 된다.

"몇 번이나 말하지만 감히 나에게 참견하는 자들은 죽어 마땅한 자들입니다."

"에······."

파리해진 얼굴로 서이례 여사는 입술을 깨물었다. 평소 온화한 어투를 쓰는 태경이라 점점 화를 내고 있다는 것을 그제야 깨달은 모양이었다.

"잊으면 안 됩니다, 숙모님. 저는 주인이고 당신들은 제 소유물이지요. 세상 어느 누구도 주인에게 대드는 자들을 지켜보지 않는답니다."

태경의 눈매가 달콤하게 휘었다. 눈빛이 변하긴 했지만 부드러운 목소리는 소름이 끼칠 정도로 온화했다. 아니, 유혹적으로 들릴 지경이다.

"돌아가세요. 아니면 이 자리에서 죽여 드리겠습니다. 제가 기분이 좋지 않거든요."

태경은 손목시계를 풀며 말했다. 시계에 피가 묻으면 곤란했다. 꽤나 아끼는 시계였기 때문이다.

세 사람이 아무런 말도 못한 채 굳어 있는 것을 모른 척하고 태경은 할 말 있으면 더 해보라는 듯이 턱짓했다. 하나, 얼어붙은 이 상황에서 입을 열 수 있는 자들은 아무도 없었다.

그때 기다렸다는 듯이 복도 끝에서 미혜가 나타났다.

그녀의 얼굴이 창백하다는 것을 확인하고 민재가 재빨리 턱짓했다.

"이쪽으로 오십시오."

미혜가 일부러 큰 소리로 불렀다.

그러자 말뚝처럼 굳어 있던 세 원로가 고개를 겨우 돌렸다. 그들은 덜덜 떨리는 다리를 간신히 움직여 그 자리를 급히 떠났다.

거의 달아나는 수준이었지만 웃는 사람은 아무도 없었다. 태경은 손목시계를 주머니에 집어넣으면서 민재를 힐긋 보았다.
"내가에 함부로 출입시키지 말라고 했을 텐데?"
"죄송합니다."
민재는 입술을 깨문 채 고개를 숙였다. 조금만 더 있었으면 세원로의 시체를 볼 뻔했다. 내가의 사람들이 시체를 보지 못한 지 꽤 오래되어 잊었던 모양이다. 원래, 서가의 주인은 난폭하고 사나웠다.
"전에 말씀을 드렸습니다만."
민재가 충고했다.
"작은 사장님은 최정연 씨를 되찾을 생각인 모양입니다."
되찾아? 태경은 그를 힐긋 보았다.
불쾌감이 스며들었다. 그러나 불쾌하다는 감정은 곧 밑바닥으로 가라앉는다. 태경은 감정을 다스리는 데 이골이 나 있었다. 태호가 그녀를 먼저 물어 〈각인〉한 것은 사실이다. 하지만 그녀의 깊은 곳에서부터 흘러나오는 향기는 태경과의 인연이다. 변성한 그녀는 태호가 알던 그녀가 아닐 것이다. 심지어 태호는 정연이 어떤 여자인지도 모를 거라 그는 확신했다. 그는 그다지 걱정하지 않았다. 정연에게서 이어지고 있는 감정의 끈들은 점점 더 견고해지고 있는 중이었다, 태경 자신도 그 한계를 모를 정도로.

21
찰

둥근 얼굴은 위엄이 없다.

동글동글한 이목구비와 가녀린 목을 길게 늘인 소녀를 본 모든 사람들은 위엄이나 기품보다도 귀엽다고 말하고들 했다. 하지만 그것은 일반론이었다.

진청청에게는 그것이 있었다. 진씨 가문의 사람들이 그녀에게 열중하는 이유는 그것이었다. 모두들 그녀를 진가의 공주님이라 불렀다. 진가에는 일부다처제가 존재하는 만큼 많은 아이들이 있었다. 하지만 그중에 진가의 공주님이라 불리는 것은 단 한 명, 진청청뿐이었다.

열여덟 살 때 성년기를 맞이한 이래로 청청은 항상 공주님이라 불렸다. 그녀는 사실 진신(眞身) 변화를 단 한 번도 다른 사람에게 보여준 적이 없었다. 그녀의 변신과정을 본 사람은 단 네 명. 진가의 종주인 진경하와 모친 문화영, 그리고 친오라비인 진청원과 작은 할아버지이자 원로인 진부엽뿐이었다. 그런데도 불구하고 그녀는 많은 진가의 자녀들 중에서도 공주라 불렸다. 후계자 교육을 받는 청원과 더불어 핵심의 직계였던 것이다.

"그래서, 나에게 무슨 말씀들을 하시려는 건가요?"

한국에 머문 지 보름.

청청의 한국어는 훨씬 더 발전했다. 아직도 어딘가 사극 드라마를 보는 것 같은 어색한 어조가 남아 있었지만 어휘력이라는 측면에서는 분명 대단한 변화가 있었나.

청청은 손가락을 가볍게 흔들었다. 지금 이 상황은 대단히 불쾌했다. 그녀는 자색 비단으로 만든 차이나 드레스를 입고 있었다. 하얀 학을 수놓은 공단 숄을 걸치고 단정하게 앉아 있는 그녀의 모습은 중국 대갓집의 아가씨를 연상케 하는 고고함이 있었다.

"전에도 말씀드렸다시피 종주님의 생각은 완고하십니다."

민재는 진땀이 흐르는 것을 느꼈다. 그는 누군가를 상대로 위축된 적이 없었던 남자였다. 그가 굴복하는 것은 단 한 명 태경밖에는 없었다. 그런데 지금 그가 스무 살짜리 처녀를 눈앞에 두고 쩔쩔매고 있는 형국이었다.

그 모습을 지켜보고 있는 아영은 흐뭇했다. 오랜만에 마시는 얼그레이와 주방장이 구워낸 쉬폰 케이크가 아주 맛있다. 특히나 저 뻔뻔한 서민재의 태도가 맛을 더하고 있었다. 그녀는 귀여운 외모와 상반되는 위압적인 기운을 뿜어내는 청청의 모습을 보며 미소 지었다.

일 년 만에 청청의 기세와 체향은 심하게 말하면 180도 변화했다. 보통 아가씨라면 불가능한 일이다. 아영이 달라붙어 수련에 힘을 쏟았다 해도 어지간한 재능이 아니라면 그게 가능할 리가 없었다. 특히 의지력의 표현이라 할 수 있는 체향이란 것은, 마음의 시련을 충분히 이겨낸 자가 아니라면 달라지지 않는다. 청청에게 있어서 그 마음의 시련이라는 것은 아마도 무력감과 태경에 대한 마음일 거라고 아영은 상상하고 있었다. 부러울 것 없는 진가의 공주님이 가진 시련과 고통이라는 것이 몇이나 있겠는가.

하지만 아영은 몰랐다. 수많은 형제들을 제치고 후계자의 자리를 습득하고 그 우위권을 가지기 위해서는 얼마만큼의 노력과 힘이 필요한지. 그것이 얼마나 암투로 점철된 비정한 길인지. 대부분 단일혈통으로 내려오고 있는 한국의 일족들은 진가의 그 냉혹함을 모른다.

그들은 혈육을 소중히 여기지 않았다. 그들이 소중히 여기는 것은 의리로 맺어진 인연뿐이었다. 실제로 청청은 자신이 수족으로 부리는 일족들을 거느리고 있었다. 청원이 후계자로 확정되면서 자신만의 부하들을 가진 것처럼 말이다. 그들은 눈을 부릅뜨고 청원에게 해가 될 자들을 인정사정없이 제거했다. 그 와중에 죽은 자들의 수를, 청원 자신도 모른다.

'순진한 자들.'

청청은 속으로 비웃었다. 진가의 공주님은 여린 소녀가 아니다. 여리고 약한 자들이 어떻게 우두머리가 되겠는가.

청청은 부드러운 이목구비와는 반대로 차가운 눈빛으로 민재를 바라보고 있었다.

"저도 몇 번이나 거절당했기 때문에 무슨 말씀인지는 알고 있습니다."

청청은 담담한 어조로 말했다. 하지만 담담한 어조와는 반대로 가슴은 불타올랐다. 이런 모욕감을 감수하고도 이 좁은 집안의 가모(家母)가 되어야 하는지 회의감이 될 정도다. 그러나 여기서 물러서기에 그녀는 자존심이 높았다. 뿐만 아니라 태경을 향한 마음은 더더욱 불타오른다. 그녀는 태경을 사랑했다. 그를 가지고 싶었다. 아주 오래전부터.

"당신도 알고 있을지 모르겠지만 제가 태경님께 거절당한 것은 무려 스물두 번이나 됩니다."

가볍게 그녀는 웃어 보였지만 눈까지 웃지는 않았다.

스물두 번. 민재는 아연했다.

아무리 그래도 그렇지, 눈앞에 있는 이 아가씨를 태경은 그토록이나 모질게 대했던가.

"나는 당신에 대해 잘 알고 있습니다, 서민재 씨. 당신도 설마하니 저 망나니 서태호가 태경의 뒤를 잇는 불행한 사태가 오길 바라지는 않겠지요?"

"그건 조금 지나친 말씀이신 것 같습니다, 아가씨."

민재는 미소를 띠고 경고했다.

"타 가문의 후계에 대해 언급할 수 있는 자격은 이 집안의 안주인이 되신 이후에야 가능할 것입니다. 그렇지 않습니까?"

그 말에 청청은 순순히 사과했다.

"말이 심했군요. 사과드리지요."

민재는 속으로 혀를 찼다. 이게 대체 정말로 스무 살짜리란 말인가. 겉으로 보기와는 천지 차이였다. 절로 탐나는 인재였다. 이런 아가씨가 태경을 보좌해 준다면 태경의 고민도 아마 삼분지 일로 줄어들 것이 분명했다.

하지만 문제는—

"저의 청혼에 대해서 태경님이 그토록 완강하게 나오실 줄은 몰랐기 때문에 저도 이렇게까지 말하는 것이지요. 서가의 핏줄은 사실 귀한 편이 아닌지요?"

태경이 완고히 거부했기 때문이다. 그 때문에 점잖다고 알려진 진가의 종주까지 진노했다는 소문이 바다 건너 들려오고 있었다.

"그 점에 대해서는 제가 감히 나설 주제가 아니지요. 전 단지 비서에 불과할 뿐이니까요."

"단지 비서가 아니라 서씨 가문의 주인인 서태경님의 오른팔이지요."

청청은 가볍게 웃어 넘겼다.

"과찬의 말씀을. 하지만 남녀관계는 제가 나설 주제가 못 되는 것은 사실이랍니다."

능란한 민재의 말에 그녀는 속으로 혀를 찼다.

"태경님은 지금 어디 계십니까?"

"외출하셨습니다. 저도 곧 나가봐야 합니다."

"저런. 드릴 말씀이 있었는데."

청청은 진심으로 아쉽다는 듯 말했다.

"제가 전해 드릴까요? 아마 종주님께서는 하루나 이틀 정도는 내가로 돌아오시지 않으실 겁니다. 일이 계속 있어서."

민재가 자연스럽게 태경의 부재를 선고하자 청청의 눈가가 조금 떨렸다. 듣고 있던 아영의 얼굴도 확 일그러졌다.

"하루나 이틀 정도라. 그럼 제가 빨리 여길 떠나길 바라시면서 나가신 모양이죠?"

"천만에요. 진가의 아가씨를 얼마나 아끼고 계시는데요. 종주님은 언제나 아가씨를 친누이처럼 생각하고 계십니다."

친누이?

청청은 그 말에 입술을 깨물었다. 오라비는 넘치도록 있었다. 그녀가 바라는 것은 태경이 자신을 여인으로 대해주는 것이었다. 그를 안 칠 년 전부터 내내 그녀는 그것만을 원했다. 서태경이라는 속도 잘 보이지 않는 남자가 자신에게 손을 뻗어 진짜 여자로 만들어주길 진심으로 바랐던 것이다. 그 때문에 아영의 혹독한 수련도 기꺼이 받아들였다.

민재는 무덤덤한 얼굴로 청청의 반응을 기다리고 있었다. 태경의 마음속에 이 귀여운 아가씨에 대한 생각은 전혀 없다는 것을 그는 잘 알고 있었다. 태경은 사실 고지식한 남자였다. 진청청이 아무리 애써봐야 그녀는 그에게 있어 단지 친구 진청원의 누이에 불과한 것이다.

"그럼, 말을 전해주세요."

청청은 공주님다운 위엄으로 민재를 바라보았다. 분노가 담긴 시선이었지만 의외로 목소리만은 담담했다.

"나는 진가의 여자이니 그녀를 충분히 용납할 수 있다고요."

민재는 흠칫했다.

"나도 알고 있어요, 태경님의 곁에 인간여자가 있다는 것쯤은."

청청은 여유로운 미소를 되찾고 말을 이었다.

"나는 어디까지나 본부인으로서의, 안주인으로서의 책무를 다할 겁니다. 그러니까 태경님의 마음에 그녀가 있다면 얼마든지 용납하겠다는 이야깁니다. 진가에서 첩 한둘쯤은 별로 대단한 것도 아니고."

그녀는 생긋 웃었다. 귀여운 웃음이었지만 눈의 홍채는 가늘었다. 먹이를 노리는 뱀처럼.

"게다가 변성된 여자라 아이 역시 낳지 못할 것은 분명한 일. 수명도 짧고, 아이도 낳지 못하는 여자 정도야 무슨 문제가 있겠습니까?"

민재는 독사에게 주시 당하고 있는 생쥐가 된 기분이었다. 그녀의 말은 옳았다. 너무 옳다.

"그녀가 태경님께 기쁨을 주고 있다면야 안주인으로서 그녀를 가상히 여겨야 하겠지요. 저는 그 정도의 아량은 가지고 있습니다."

그녀는 다시 한 번 웃고는 자신을 주시하고 있는 아영을 바라보았다.

"어머님께서도 절 귀여워하시고 아껴주십니다. 문제는 없을 거라 봅니다만?"

민재는 한 방 먹었다는 기분으로 웃었다.

"훌륭하십니다, 공주님."

"어마나, 칭찬입니까?"

"물론입니다. 종주님께 분명히 아가씨의 말씀을 전하겠습니다."

"그래요."

청청은 방긋 웃고는 홍차 잔을 들어 올렸다.

이제 반응을 지켜봐야 할 때였다. 이렇게까지 양보하는데 태경이 그녀를 내칠 수는 없다. 만약 이 상황에서도 그녀를 내친다면 진가와의 사이가 악화될 것은 뻔한 일. 태경은 분명 그녀를 서가의 안주인으로 맞이할 터였다. 그리고 그쯤 되면 책임감 있는 태경은 분명히 청청에게로 애정을 쏟을 것이 분명했다. 인간여자와 일족의 수명 자체가 다른 만큼 청청은 자신이 있었다.

"그녀를 데려오세요."

"네?"

"태경님이 총애한다는 그 여자를 데리고 오라고요. 내가는 여자들의 공간이니 그 여자도 당연히 여기에 있어야겠죠."

청청은 담담하게 말했다.

"그 여자를 질투해 해친다는 생각은 하지 않아요. 오히려 그녀를 기꺼이 보호해 줄 생각입니다."

민재는 섬뜩한 마음이 되었다.

청청도 알고 있었다. 태경이 인간여자 때문에 그녀와 결혼하지 않겠다고 말한 것을 기화로, 원로들이 모두 들고 일어나 최정연을 죽여 버리겠다고 나서고 있다는 것을. 게다가 지금 그녀의 평판은 최악이었다. 태호와 태경 사이에 삼각관계가 형성되어 있다는 스캔들이 퍼져 나가고 있기 때문이다. 태경 역시 그것 때문에 부리나케 쫓아나갔던 것이 아닌가.

청청의 제안은 그것을 꿰뚫고 있었다. 안주인이 그것을 용납하고 보호해 주겠다고 한다면 원로들은 모두 침묵할 수밖에 없다. 아이를 낳지 못하는 여자는 그저 애인. 첩도 못 되는 처지가 된다.

'빌어먹을!'

흥미롭다는 듯이 바라보고 있던 아영은 쿡쿡 웃으며 고개를 끄덕이고 있었다.

"내가 눈이 높은가 봐."

민재가 나가자마자 홍차 잔을 내려놓으며 아영이 말했다.

그녀는 웃는 얼굴로 칭찬했다.

"속이 좁아터진 자들과는 과연 천지 차이야. 배포가 남다른 걸."

"어머님이 절 믿어주시기 때문에 그런 거랍니다."

청청은 빙긋 웃었다.

그녀는 순진한 소녀의 얼굴로 아영을 주시하고 있었다. 정아영이라는 여자는 어디로 튈지 모르는 시한폭탄 같은 여자였다. 그녀가 얼마나 지독한지 청청은 잘 알고 있었다. 그녀에게 교육받으며 얼마나 이를 갈았던가. 만약에 청청의 인내심이 바다처럼 깊지 않았다면 아영은 이미 죽었을 것이다. 감정적인만큼 아영과 한 번 틀어지면 되돌릴 수 없다는 것을 청청은 이미 파악하고 있었다. 논리로 설득할 수 있는 서민재와는 전혀 다르다. 그래서 청청은 기꺼이 귀여운 며느리의 모습을 자처하고 있었다.

"너희들의 결혼식만 보고 나면 나는 다시 떠날 셈이야."

아영은 나른하게 말했다.

"어디로 가신다는 거죠?"

"친구들이 유럽에 있어. 솔직히 말해 나는 좁은 여기가 싫거든."

그녀는 그렇게 말하고는 케이크를 먹던 포크를 내려놓았다.

"내가 한국에 오는 이유는 한 가지밖에 없어."

아영의 눈빛이 회색 빛을 띠었다. 그녀는 하얗고 긴 손가락을 허공에 대고 그림을 그리듯이 가볍게 흔들었다. 보이지는 않지만 거미줄처럼 끈끈한 줄들이 그림을 그리며 방 안으로 퍼져 나갔다.

"그건 말이야, 태경이 때문이지. 그 아이를 위해서 오는 것뿐이야."

초승달처럼 휘어진 눈매가 이질적이다. 축 늘어진 고양이처럼 웃는 그녀는 섬뜩한 곳이 있어 청청은 얼결에 움찔했다.

아영은 손끝에서 느껴지는 힘을 음미하면서 그 손가락을 청청에게로 뻗었다. 질기고 은밀한 끈이 청청에게 달라붙었다. 하지만 청청은 그녀가 무엇을 하는지 몰랐다. 은둔자라고까지 부르는 정가의 수법을 그녀는 알지 못했다.

"그 애를 위해서라면 난 뭐든지 할 수 있지. 물론 그 냉정한 아이는 이런 내가 싫겠지만."

그녀는 깔깔 웃었다. 광기가 서린 눈빛이 스쳐 지나갔지만 청청은 눈치 채지 못했다. 그저 아영이 항상 그렇듯 지극히 감정적인 면모를 보였다고 생각할 뿐이었다.

"저도 그래요, 어머님."

미소 짓는 청청에게 아영은 웃어 보였다.

"내가 바라는 것은 오로지 그 애의 행복뿐이야. 다른 것은 아무래도 좋아."

꿈꾸는 소녀처럼 웃으면서 그녀는 경고했다.

비가 내렸다.

건조한 날씨에 항의하듯 한동안 울적한 구름들이 모여들더니 기어이 비가 내리기 시작했다. 멀리서 시작된 천둥이 창문을 뒤흔들 정도로 꽤나 큰 비였다.

정연은 커피를 한 잔 든 채 비로 얼룩지는 유리 창문을 바라보았다. 번역일을 하나 맡아 하고 있던 중이었다.

태경의 집을 떠난 지 이 주일이 지났다. 그 이 주일 동안 태경은 찾아오지 않았다. 그저 전화만 했을 뿐이었다. 그것도 단 두 번. 아주 그다운 전화였다. 몸은 건강하냐, 별일은 없느냐 하는 정도로, 그녀가 번역을 하고 있다는 말을 듣자 아주 잘되었다면서 축하해 주었다. 사실 축하할 정도로 대단한 일은 아니었다. 숙부가 하는 출판사에서 번역 원고를 조금 주었을 뿐이었다. 하지만 섭섭한 것은 섭섭한 것이었다. 오히려 비서인 민재와 미혜는 축하한다며 몇 번씩 찾아왔다. 미혜는 케이크와 파이를 사다 주었고, 민재는 꽃이나 화분을 몇 개 가지고 왔다.

가슴속에 바람이 불었다. 살을 에는 듯 차갑고 메마른 바람이었다.

태경은 실제로 정연이 듣고 싶어하는 말은 하지 않았다. 그녀가 그렇게 훌쩍 떠난 것도 당연하다는 듯 태연하기만 했다. 가끔 정연은 그와 몸을 섞었다는 것이 혹시 자신만의 꿈이 아니었는지 의심이 될 정도였다. 하지만 그것은 분명히 꿈은 아니었다.

"후."

담배 연기와 커피 향이 뒤섞였다.

덜컹덜컹 유리창이 흔들렸다. 오래된 집이라 소음만은 어쩔 수가 없다. 의자에 앉아 있던 그녀는 라디오의 볼륨을 높였다. 오래된 팝송이 흘러나온다.

I love you for sentimental reasons.
I hope you do believe me.
I'll give you my heart.

가끔 이상하다고 생각한다. 왜 항상 사랑 노래는 비슷한 가사에 비슷한 내용인 걸까. 너무나 흔하고 뻔해서 그런 걸까. 그녀는 담배 필터를 깨물었다. 잘근잘근 깨물며 이를 악물었다.

그가 좋다.
그녀는 너덜너덜해진 담배를 뱉어냈다. 이마가 지끈거린다. 눈알이 따갑고 아팠다.

난 감상적인 이유로 당신을 사랑해요.
당신이 날 믿어주길 바라요.
내게 당신의 사랑, 진심을 주세요.

그를 못 본 지 이 주일. 속이 말라비틀어지는 것만 같았다. 그녀는 컴퓨터 책상을 꽉 움켜쥔 채 숨을 삼켰다. 이게 진짜 사랑이야? 이걸 진짜 사랑이라 부를 수 있어?
그를 보고 싶었다. 아니, 그 이상을 넘어 그를 잘근잘근 깨물어 먹고 싶을 지경이다. 어떻게든 갖고 싶어서 죽고 싶을 지경이었다. 이건 중독이고 병이다. 매일 매시간 그녀 안의 야수가 울부짖었다.
〈바보, 바보, 그를 찾아내. 그를 데리고 와. 내 앞으로 잡아와.〉
눈물은 나오지 않았다. 상사병에 걸리면 잠도 못 자고 밥도 먹지 못한다는데 그녀는 그러지는 않았다. 대신 눈물이 나오지 않는다. 말라비틀어진 것처럼.
왜 그는 오지 않을까, 이 주일이나 지났는데. 약혼자란 여자와 같이 있느라 그녀를 잊은 것일까. 그녀와 같이 지낸 시간이 지루했던 것일까.
그녀는 자신이 없었다. 어떤 것을 미루어 짐작하기에 그녀는 남자에 대해 아는 것이 너무 없었다. 심지어 자신의 마음도 잘 알 수 없었다.

덜컹덜컹.

유리창 흔들리는 소리가 요란했다. 우박이라도 내리는 것일까.

그녀는 창가에 부딪히는 빗줄기를 바라보았다. 회색 빛 하늘에는 조금의 틈도 보이지 않았다. 식은 커피잔을 쥐며 그녀는 천천히 일어나 부엌으로 갔다. 뭔가 먹긴 먹어야겠다는 생각이 들어 냉장고 문을 열어보니 먹을 것은 물과 오렌지 주스가 전부다.

"장을 안 본 지 오래되었구나."

얼결에 그녀는 그렇게 중얼거렸다. 멍하니 있느라 잊어버렸다. 아침에 먹은 식빵이 부식의 전부였다. 정연은 결국 한숨을 내쉬며 밖을 내다보았다. 비도 오니 라면이나 끓여 먹을까 생각이 들긴 했지만 변한 입맛이 라면을 거부했다. 라면 스프가 조미료 범벅이라는 증거일까. 어쨌든 라면을 먹으면 입 안이 달고 짜고 매운, 기묘한 맛으로 뒤덮였다. 라면 한 젓가락에 반나절 동안 미각이 마비될 정도다.

그녀는 버릇처럼 담배를 한 대 입에 문 채 지갑을 들고 차 키를 찾아 주머니에 넣었다. 좀 멀더라도 마트에 가서 먹을 것을 사 오는 게 좋을 듯싶다. 비가 억수로 쏟아진다는 것이 좀 거슬리긴 했지만 멍하니 앉아서 태경의 생각을 곱씹느니 움직이는 게 나았다.

우산을 하나 찾아 쓰고 차고로 나와 시동을 거는 순간이었다. 갑자기 조수석의 문이 벌컥 열리며 누군가가 차에 올라탔다.

"안녕."

헉 소리가 날 정도로 놀랐던 정연은 차 키를 쥔 채 굳었다. 그녀는 이를 악문 상태로 핸들을 꽉 쥐었다. 손마디가 하얗게 드러나는 것을 보고 그가 웃었다.

"내가 그렇게 반가워?"

정연은 그 느긋한 질문에 울컥하는 것을 느끼며 낮게 말했다.

"내려."

"싫어. 오랜만인데 엄청 냉담하네."

"내려, 서태호."

정연은 더러운 것을 뱉는 표정으로 그의 이름을 불렀다.

분노로 이글거리는 그녀와 달리 태호는 느긋한 표정 그대로였다. 조금 여윈 뺨에는 깊게 파인 흉터가 남았다. 초승달 모양으로 희미하게 남은 그 자국이 미끈한 그의 얼굴에 독특한 무늬를 그리고 있었다. 대원에게는 안타깝게도 그 흉터는 그의 외모를 추하게 만들진 못했다. 오히려 지나치게 미끈한 얼굴에 개성을 담았다는 느낌이었다.

"왜 왔어?"

역시 그때 찔러 죽였어야 했다고 정연은 생각했다. 이글거리는 불꽃은 줄어들지 않았다. 이 집 마당에는 아직도 머리 없는 개의 시체가 묻혀 있었다. 아직도 그녀는 개의 피 냄새를 기억하고 있었다. 발치에 젖어들던 그 미지근한 액체의 감촉도.

"엄청 차갑군. 처음에 만났을 때와는 너무 다른 반응이야."

"그동안에 네가 저지른 일을 생각해 보시지."

정연은 애써 담담하게 말했다.

"내가 뭘 했는데?"

농담 따먹기라도 하듯 태호가 느긋하게 말을 받는다. 정연은 그 태연함에 질리다 못해 어이가 없었다.

"네가 멍청이에 얼간이라는 것을 잊고 있었어. 미안."

그녀는 그렇게 짧게 말하고는 결국 차 키를 돌려 시동을 껐다.

부글부글 끓는 심사로 차를 운전할 마음은 없었다. 이 폭우 속에 그런 심사로 차를 몰았다간 곧장 황천행일 것이다.

그녀가 차 문을 열고 밖으로 나서자 그 뒤를 따라 태호도 내렸다. 그리고는 마치 초대라도 받은 양 그녀의 뒤를 따라 집 안으로 들어섰다. 현관문을 닫으려던 그녀는 타이밍을 놓쳤다.

"왜 들어와?"

"그럼 이 빗속에 그대로 있어?"

그 말에 정연은 들고 있던 우산으로 푹 찔러 버리고 싶은 충동을 느꼈다. 정말로 죽여 버리고 싶다.

"내가 왜 널 미워하는지 알고 싶다고 했지?"

정연은 고저가 없는 목소리로 태호를 향해 입을 열었다. 현관에 물이 뚝뚝 떨어지며 무늬를 그렸다. 발치도, 어깨도 축축했다. 잠깐 빗속에 서 있었을 뿐인데 온통 젖었다.

"날 때렸고, 날 죽이려 했고, 협박했으며, 그 다음에는 고문했고, 그 다음에는 강간하려 했지."

태호의 얼굴이 일그러졌다.

"내가 언제……."

"그래서 내가 널 미워하는 거야. 더 할 말 있어?"

정연의 말에 태호는 불만스럽다는 듯이 되물었다.

"내가 언제 널 협박하고 죽이려 했다는 거야? 강간하려 했다는 것도 정확히 말하면 그게 아니지."

"아니라고?"

정연은 이제 반쯤은 체념한 얼굴로 그를 바라보았다.

"아니지. 유혹했을 뿐이야. 남자가 여자를 꼬시는 건 당연한 거 아냐? 난 너를 돌봐주었어. 네가 함부로 날뛰지 않았다면 좋은 관계가 되었을 거라고."

잘난 체 말하는 그에게 정연은 기가 막혔다.

"돌봐주었다? 협박하고 폭행을 가하는 게 돌봐주는 거야? 미리 말하자면 나는 미혜 씨와 태경 씨에게 일족의 법에 대해 설명을 들었어. 네가 한 행위는 파렴치한 범죄 행위로, 보통이라면 죽을 때까지 갇혀 있어야 할 중죄라더군."

자기도 모르게 말이 튀어나갔다. 어쩌면 그동안 항의 한마디 못했던 것이 한이 되었는지도 모른다.

"……."

그녀의 말에 태호는 한동안 침묵했다. 할 말을 찾지 못한 듯 보이는 그 얼굴에 정연은 싸늘하게 대꾸해 주었다.

"할 수만 있다면 널 죽여 버리고 싶었어. 네가 나에게 한 짓을 그대로 돌려주고 싶었지."

태호의 얼굴은 가면처럼 굳어 있었다. 빈정거리는 표정은 아니었다. 그녀는 한숨을 내쉬었다. 이젠 피곤했다. 태호를 상대하면 항상 그렇다.

"이제 그만 하자. 어서 가."

"정연아."

실크처럼 부드러운 음성으로 태호가 불렀다. 그 목소리에 유혹이 담겨 있다는 것을 정연조차 눈치 챘다.

"정연아, 내가 사과하고 다시 새롭게 시작하면 안 되겠니?"

그는 짜증을 내는 대신 자못 부드럽게 말했다. 귓가에 닿는 목소리가 너무나 매끄러워서 정연은 조금 흠칫했다.

"그만 해. 태경 씨가 아니었다면 난 널 죽였을지도 몰라."

"뭐?"

그 말에 그의 분위기가 갑자기 일변했다.

"최정연."

그는 그녀의 팔을 사납게 낚아챘다. 으스러지는 아픔에 그녀가 미간을 찌푸렸지만 태호는 사나운 기세로 얼굴을 들이밀었다.

"설명해 봐."

"뭐?"

"네 몸에서 풀풀 나는 형의 냄새에 대해 설명하라구!"

으르렁거리는 목소리가 터져 나왔다. 격렬한 울림에 그녀의 몸까지 흔들렸다.

몸에서 냄새가 난다고? 정연은 얼결에 입을 벌리고 멍한 표정을 지었다. 얼굴이 확 달아올랐다. 냄새가 나? 그와 잤다는 냄새? 설마하니 다른 자들도 모두 알아차렸다는 말일까.

"너, 형과 잤어? 정말로 형과 잤냐구!"

그녀의 멍한 표정을 보던 태호가 다시 고함을 질렀다. 그의 송곳니가 툭 튀어나오는 것이 보였다. 눈빛마저도 푸른빛으로 변하고 있었다.

"왜? 자면 어때서?"

정연도 마주 외쳤다. 일순간에 수치심이 분노로 뒤바뀌었다.

그녀는 자기도 모르게 할퀴고 버둥거리며 그의 손가락을 밀쳐냈다. 하지만 민재가 했던 것처럼 그의 손가락을 떼어내는 것은 불가능했다.

"다시 말해봐!"

"왜 네가 그걸 묻지? 네가 뭔데?"

"몰라서 물어? 넌 내 것이야!"

태호는 커다란 목소리로 울부짖었다.

뭐라 말할 수 없는 감정의 회오리가 그의 전신을 휘감고 지나갔다. 원통했다. 분했다. 그는 부들부들 떨리는 손으로 그녀의 목을 두 손으로 움켜쥐었다. 정연은 한껏 반항적인 눈빛으로 그를 노려보고 있었지만 그의 손을 벗어날 수는 없었다.

"네가 널 돌봐줬잖아! 내가 형보다 먼저야!"

"때리고 위협한 게 돌봐준 거야?"

그녀는 이를 악물며 물었다.

"앙탈 부리지 마. 내 인내심에도 한계는 있어!"

태호가 고함을 질렀다. 쩌렁쩌렁 울리는 목소리에 주변의 모든 것들이 숨을 죽인다. 이글거리는 눈동자를 보면서도 정연은 이제 두려움은 느끼지 못했다.

"왜 내가 네 것이지? 왜 내가 네 말을 따라야 해?"

정연은 히스테릭하게 웃으며 되물었다.

"이, 이이!"

태호가 이를 부드득 갈며 그녀의 몸을 쥐고 흔들었다. 분에 겨워 부들부들 떠는 그의 모습이 우스워 그녀는 쿡쿡 웃어댔다.

"웃지 마!"

이게 대체 무슨 짓일까. 웃음이 멈추질 않았다. 이 태호라는 남자는 그저 어린애일 뿐인 걸까. 남을 죽을 만큼 괴롭히고서 어떻게 자신을 좋아하라 요구할 수가 있단 말일까. 이런 남자를 그렇게나 무서워하고 증오했던 자신이 바보 같아 그녀는 그냥 웃음이 나왔다.

"웃지 마! 웃지 말란 말이야!"

다시 그의 손이 목을 조르기 시작했다. 이번에야말로 죽는다는 생각을 하며 정연은 눈을 감았다. 정말로 그녀는 그를 찔러 죽였어야 했다. 기회를 놓친 것이 바보였다. 태호는 대답 대신 잡은 그녀의 목에 힘을 주며 이를 갈았다. 일그러진 그의 얼굴은 화를 내고 있는 것인지, 울고 있는 것인지 종잡을 수 없을 정도였다.

"너는, 너는!"

태호가 뭐라 말하려는 순간이었다.

"너는, 나를 죽였잖아?"

정연이 퍼렇게 질린 얼굴로 시니컬하게 말했다. 그녀는 냉랭하게 그를 쏘아보았다.

"잊었어? 너는 나를 폭행한 뒤에 고통스럽게 죽으라며 물어뜯고 사라졌어."

순간 그의 손가락이 떨렸다. 그의 눈동자 속에서 빛이 사라졌다.

"그날 나는 죽었어."

정연은 웃었다.

태호의 얼굴에 떠오른 충격의 표정이 너무 우스웠다. 웃겨서 견딜 수가 없었다. 설마 자신이 그렇게 하고도 몰랐다고는 말하지 않겠지. 보통 사람이면 보통은 죽는 게 당연하지 않은가.

"그날 나는 죽었다고. 알아? 피를 철철 흘리면서."

그녀는 쿡쿡 소리 내어 웃었다. 가슴속에서 웅크리고 있던 시뻘건 증오가 터져 나오고 있었다. 무력한 자신에 대한, 포악한 태호에 대한 그 모든 감정이 뒤엉켜서 야수가 포효했다.

교활한 야수가 분노에 떨며 속삭였다.

〈저놈을 죽이자. 저놈에게 상처를 주자.〉

웃는 야수의 말에 따라 정연은 그를 악의에 찬 눈으로 쏘아보았다.

"열흘인지 보름인지 기억도 안 나. 나는 아주 천천히 죽었어. 바로 네가 죽였지. 그런데 넌 기억이 안 나?"

"그……."

"끔찍한 고통이었지. 변성? 말은 좋지. 그런데 지금의 나는 무엇으로 보여?"

태호는 한 걸음 뒤로 물러섰다.

그는 이해할 수 없었다. 자신에게 드러내는 악의에 찬 정연의 표정이 그는 이해가 가지 않았다. 그가 아는 정연은 무기력하지만 어딘가 귀여운 데가 있는 조용하고 얌전한 여자였다. 이렇게나 노골적인 살의와 증오로 자신을 바라보는 여자가 아니었다.

"나는 인간도 아니고, 너의 일족도 아니야. 말은 멋지지. 변성? 웃기지 말라고 해. 나는 죽지 않기 위해 변한 거야. 인간인 나는 죽고 반쪽짜리 괴물이 탄생했어. 아이도 낳지 못하는 돌연변이 괴물이 된 거야."

정연은 시니컬하게 말하고는 손가락을 들어 태호를 가리켰다. 그 동작에 그는 마치 총이라도 맞은 것처럼 흠칫했다.

"그런데 넌 기억이 안 나? 사람을 죽여놓고 기억이 안 나? 네가 기억하고 있는 게 대체 뭔데?"

태호는 말뚝처럼 굳은 채 움직이지 못했다.

그는 멍하니 정연을 바라보고만 있었다. 난생처음 엄마에게 야단을 맞은 어린애처럼 굳어 있는 그를 보고도 정연은 연민 따위는 느끼지 못했다. 증오했다. 너무나 증오해서 미쳐 버릴 것 같았다.

위협하는 존재, 자신을 괴롭히는 존재.

"처음엔 나도 널 신뢰했어. 네가 이상한 존재라고는 생각했지만 그래도 우정이라는 것이, 얄팍하지만 그래도 존재한다고 믿었었어. 네가 끔찍한 괴물이 아니라고 믿었었어."

정연은 다시 웃었다.

"그런데 멋지게 배신하더라. 너는 날 배신했어. 너는 날 죽이고 폭행했어."

그날의 아픔이 떠올랐다. 육체적 고통만이 아니었다.

머리가 없는 개는 그녀였다. 너도 이처럼 만들어 버리겠다며 위협한 그것. 겨우 마음을 연 존재에게 당한 끔찍한 배신. 그 고통과 분노.

그녀는 흘러내리지도 않은 머리칼을 거칠게 쓸어 올렸다. 난폭한 그 움직임에 태호는 저도 모르게 움찔했다.

"자기를 죽인 살인자를 어떻게 미워하지 않을 수 있지?"

정연은 싸늘하게 물었다.

"어떻게 자신을 고문하고 괴롭힌 자를 미워하지 않을 수 있어?"

그녀의 말에 태호는 대꾸하지 못했다. 그는 말뚝처럼 굳은 채 서서 부들부들 떨고 있는 정연을 내려다보고 있을 뿐이었다.

몇 초, 몇 분이나 지났을까. 아무 말도 하지 않는 태호를 보다 지친 정연은 한숨을 내쉬었다.

"나는 성녀가 아냐."

그녀는 그렇게 말하고는 물기가 뚝뚝 떨어지는 우산을 접어 현관 한 구석에 세웠다.

허탈했다. 속에 차 오른 악의를 토해내고 나자 후련함보다는 허탈감이 더 강하게 자리 잡았다. 기운이 빠져 다리가 휘청거렸다.

"다시는 오지 마."

그녀는 장승처럼 서서 멍하니 있는 태호를 무시하고 천천히 걸어 자신의 방으로 향했다.

빗줄기는 여전히 강했다. 유리창에 와 닿는 빗소리는 요란할 정도로 크게 울렸다.

그녀는 축축한 옷을 무시하고 침대에 몸을 던졌다. 전신에 기운이 하나도 없다. 부들부들 떨리는 온몸은 한기 탓이 아니었다.

눈물이 흘러나왔다. 허탈하고 허탈하다.

아무리 그를 비난해 봐야 시간을 되돌릴 수는 없다. 그녀는 베개에 얼굴을 묻은 채 흐느꼈다. 태호가 아니었다면 태경을 만나지 않았을 것이다. 모든 것이 전부 다 태호 탓이다. 그가 그녀를 물어뜯거나 괴롭히지 않았더라면 그녀는 태경을 만나지 않았을 것이다. 그저 태호와도 잠시 스쳐 가는 친구 비슷한 것으로 남았을 테지. 그녀는 모든 것이 다 태호 탓이라 중얼거렸다.

그러나.

정연은 거짓말을 좋아하지 않았다. 스스로를 속이는 것도 좋아하지 않는다.

"바보."

눈을 감자 눈물이 뺨을 타고 굴러 떨어졌다.

지금 그녀는 태호에게 화풀이를 한 것에 지나지 않았다. 이미 태경을 사랑하면서 태호에 대한 원망은 옅어져 있었다. 태호는 진짜 어린애일 뿐, 덩치만 커다란 짐승일 뿐이라 생각하면 증오도 빛을 바랜다. 그날, 그를 찌르지 못한 그날 그녀는 깨달았다. 태호를 미워하면 태경을 사랑하는 자신을 잃어버리고 만다는 것을.

서태경. 모든 것을 다 잃어도 가지고 싶은 것.

"하하하······."

정말 원하는 것은 왜 손에 들어오지 않는 걸까. 왜 태경이 아니라 태호가 온 것일까. 왜 그는 오지 않는 걸까. 정말 그가 자신에게 너무 벅찬 상대라서 잡을 수 없는 것일까.

그녀는 입술을 깨물었다. 눈물이 말라붙으며 속삭인다.

너는 원래 그랬어. 행운과는 거리가 먼 계집애. 운도 없고, 복도 없어. 사랑하지도, 사랑받지도 못할 그렇고 그런 계집애. 아무도 널 원하지 않았어. 아무도 너의 이야기를 들어주지 않았어. 원치 않는 사랑은 받는 것만으로도 고통. 진짜 원하는 것은 손에 들어오지 않는 것. 그게 바로 불운이지.

그녀는 침대 속으로 가라앉았다.

덜컹. 끼이이익—

문소리다.

그녀는 억지로 눈을 떴다. 방금 대문 열리는 소리가 난 것 같았다. 누군가 온 것일까. 보통 인간이라면 그녀가 있는 침실에서 대문이 열리는 소리를 들을 수는 없다. 정연은 자신의 청력이 얼마나 발달해 있는지 인식을 거의 하지 못하고 있는 중이었지만.

그녀는 잘 떠지지도 않는 눈을 억지로 뜬 채 고개를 돌려 침대 맡의 시계를 보았다.

8시 27분.

가슴속이야 어떻든 비가 갠 후 날씨는 맑았다.

잠에서 깨어난 정연은 비가 그친 이후에 나는 흙냄새를 맡았다. 나무와 풀잎이 뿜어내는 향긋하고 비릿한 풀 냄새도 그녀를 자극했다. 물기 가득한 공기 속에 녹아 있는 흙냄새가 상쾌하다. 창문을 열지 않아도 예민한 후각은 햇빛이 풍기는 온기와 싱싱한 흙냄새를 잡아왔다. 그녀는 손을 뻗어 화장대 위에 놓인 담배를 끄집어냈다.

유리창 너머로 환한 햇빛이 노골적으로 눈가를 찔렀다. 너무 울어서 그런지 눈까풀이 두 배는 된 것 같다. 부어오른 눈가를 손바닥으로 꾹꾹 누르면서 그녀는 담배에 불을 붙였다.

"후우……."

햇빛이 부서지는 창가로 오색 빛 먼지 알갱이들이 춤을 추며 올라간다. 그 미세한 광채와 공기 중에 묻어나는 냄새가 묘하게도 어울린다. 먼지는 분명히 질색인데도 이렇게 멍하니 앉아 있다 보면 보석 상자를 엎어놓은 것 같은 먼지의 춤사위를 보게 된다. 거대한 프리즘 안에 들어가 있는 것처럼.

목이 따끔거렸다. 눈가도 쓰라리다. 하지만 그것도 아주 잠시. 놀랄 만큼 강한 육체는 슬금슬금 복구를 시작했다. 곧이어 부기도 순식간에 빠지고 목 안에 남아 있던 불쾌감도 순식간에 사라진다.

"후우……."

세 번째 연기를 내뿜으며 한숨을 내쉬어보았다. 태호가 어젯밤에 왔었다는 사실이 멍한 머릿속으로 문득 떠올랐다.

아아, 그랬었지. 해가 높네.

정연은 멍하니 슬금슬금 퍼져 나가는 담배 연기를 바라보았다. 나른하게 흩어지는 담배 연기 탓인지 온몸이 무겁다. 독성이 있는 건 둘째 치고라도 담배를 피우고 있으면 예민해진 감각이 점차 멀어지는 느낌이 들었다. 담배에 취하니 머리 회전이 배는 느리다. 평소보다 늦잠을 잔 셈이었다.
 그녀는 억지로 몸을 일으키고 화장실로 향했다. 어서 번역을 끝냈으면 했다. 그리고 아주 멀리로 여행을 가는 것이다. 그 빌어먹을 서씨 일가가 없는 세상으로.
 찬물에 얼굴을 담그고 세수를 끝내자, 커피 생각이 간절해졌다. 그녀는 커피 메이커에 물을 붓고 냉장고를 다시 열었다. 당연하게도 먹을 것은 하나도 없었다. 결국 커피 한 잔이 아침의 전부다. 맹렬한 공복감이 위기를 호소했지만 그녀는 무시했다. 무언가를 하고 싶은 기력이 하나도 없었다. 그녀는 그저 축 늘어진 채 쉬고만 싶었다.
 "잘 잤어?"
 갑자기 들려온 목소리에 그녀는 뛰어오를 듯 놀랐다.
 뒤돌아보니 입을 꽉 다물고 있는 태호가 부엌 입구에 서 있었다. 그는 커다란 비닐봉지를 그녀의 발치에 내려놓았다.
 "먹을 게 없더라."
 그녀는 대답 대신 그를 쏘아보았다. 이런 일을 바란 적은 단 한 번도 없었다.
 태호는 조금 딱딱한 어조로 다시 말했다.
 "먹을 게 없어서 사 왔어."
 "왜?"
 정연은 무심히 물었다.
 "기력이 없을 거 같아서."
 그는 그렇게 말하고는 정연을 스치듯 지나가 냉장고 문을 열고 자신이 사 온 것을 집어넣기 시작했다. 냉장고를 채우기 위해 계획이라도 세웠는지 그가 사 온 것을 전부 넣자 꽤나 호사스러운 식단이 형성된다.
"뭘 먹을래?"
태호의 말에 정연은 팔짱을 낀 채로 피식 웃었다. 지친 웃음이었다. 우는 것보다 더 처연한 표정이었지만 그녀는 몰랐다.
"뭘 하자는 거야?"
"……."
"난 네가 내 집에서 꺼져 주기만 하면 돼. 이런 건 사 올 필요 없어."
그녀의 말에 태호는 뜻밖에도 침착하게 말했다.
"먹을 게 없잖아."
"사 오면 돼."
잘라 말한 그녀는 쿵쾅쿵쾅 소리를 일부러 내며 방 안으로 돌아갔다. 그리고는 정말로 지갑과 차 열쇠를 들고 밖으로 나갔다. 그 모습을 그는 그저 바라보고만 있었다. 넋을 잃은 듯 멍하니 선 그 모습이 그녀가 아는 서태호처럼 보이지 않아 정연은 조금 당황했다.
차의 시동을 걸고 차고 문을 열었다. 그때까지 기둥처럼 서 있었던 태호는 갑자기 차 앞을 막아섰다.
"비켜!"
"싫어."
"왜 이러는 거야? 내가 어제 질리도록 말했을 텐데. 난 네 얼굴 보는 것도 싫어!"
정연은 싸늘하게 말했다. 그 순간 태호의 얼굴이 우는 것처럼 일그러졌다.
"나는, 네가 좋아. 사랑해."

순간적으로 그녀는 할 말을 잃었다. 핸들을 꽉 쥔 손이 부르르 떨렸다.

"나는 네가 좋아. 전에 한 일들은 잊어줘."

태호는 신경질적으로 머리카락을 쓸어 올렸다. 그 모습이 묘하게도 어린 소년처럼 보인다.

"다시 시작하자. 내가 잘해줄게. 잘못했으니까……."

그의 얼굴이 소년처럼 상처받기 쉬운 표정을 지었다. 흑백 분명한 눈동자가 애원하듯 흔들렸다. 하지만 정연은 냉정했다.

"농담하지 말았으면 좋겠어."

그녀는 정말로 그를 차로 밀어버릴 듯이 앞으로 움직였다.

"어서 비켜."

태호는 그 움직임에도 아랑곳하지 않고 계속 말을 이었다.

"사과하지. 미안해. 네게 피해를 입힌 거 미안하다고 생각해."

정연은 냉소했다. 무슨 말을 해도 그의 말은 와 닿지 않았다. 어린애 장난도 아니고 목숨이 오갔던 심각한 상황이다. 게다가 사과 한두 마디로 끝날 일이 아니었다. 그녀의 인생은 이미 크게 틀어졌다.

"그 말은 안 들은 걸로 칠게. 너는 지독하게 나쁜 새끼, 그걸로 충분해."

정연의 말에 태호의 얼굴이 굳었다. 그는 화가 나는지 벌겋게 된 얼굴로 그녀를 쏘아보았다.

"난 네가 좋아! 물론 내가 너에게 좀 심하게 대한 것은 사실이야. 하지만 그건 네가 미워서 그런 게 아니라……."

그는 말을 잇지 못했다.

실제로 그가 나서서 여자에게 좋다고 말한 것은 이번이 처음이었다. 아내인 명희와 결혼했을 때도 그녀 쪽에서 고백해 왔었다. 사랑한다는 그녀의 말이 좋아서 그녀와 결혼했다. 나름대로의 애정도 분명 있었다. 하지만 그가 여자에게 좋아한다, 사랑한다 말한 적은 단 한 번도 없었다. 그는 필사적으로 할 말을 찾았지만 어떻게 해야 할지 알 수가 없어 그저 그녀의 손을 꽉 잡았다.

"미안해. 정말 잘못했어. 그러니까……. 날, 날 봐주면 안 돼?"

하지만 그가 몇 명의 여자에게 달콤한 고백을 했는지 정연은 알 바가 아니었다.

"아니. 난 네가 싫어."

그녀는 잘라 말했다.

"정연아."

태호가 애걸하는 음성으로 중얼거렸다.

"이러지 말자. 이젠 정말로 지쳤어."

정연은 눈을 꽉 감았다.

정말 지쳤다. 지친 마음이 엉망으로 뒤엉키고 흔들렸다. 그녀는 예전의 고요한 생활이 그리웠다. 그래서 태호가 더 미웠다. 미울 수밖에 없었다.

"네가 어떤 마음이었든 내가 알 바 아니야. 너는 날 괴롭혔고 죽였어. 그 시점에서 이야기는 끝난 거야. 왜냐구?"

그녀는 핸들을 후려쳤다. 갑작스런 분노가 폭발했다.

"죽은 사람은 사랑을 못해! 죽은 사람은 그걸로 이미 끝인 거야! 네가 좋아했든 사랑했든 나는 죽었어!"

정연은 핸들을 움켜쥐었다.

그렇다. 그녀는 죽었다. 그녀는 태호가 문 그날, 죽었다. 인간으로서의 그녀는 이미 죽어버렸다. 인간이 아닌 그녀는 괴물인 태경을 사랑한다. 아니, 그를 씹어 먹고 싶을 정도로 굶주려 있다. 그가 곁에 없는 것만으로도 포악한 야수가 으르렁댄다. 다시는 예전으로 돌아갈 수 없다. 다시는 예전의 조용한 생활로는 돌아갈 수 없다. 바로 네가 날 이렇게 만들었어. 조용하고 평온한 삶을 그리던 나에게 네가 던진 돌멩이가 바로 이것이야. 날 괴물로 만들고, 더 큰 괴물인 태경을 만나게 했어. 이게 사랑이야? 이 지독한 감정이 진짜 사랑이야? 사랑이라는 건 좀 더 아름답고 포근한 감정 아니야? 원래 나는 이렇지 않았어. 나는 훨씬 더 침착하고 냉정한 사람이었어. 누군가를 움켜쥔 채 안절부절못하는 나는 내가 아니야.

눈물도 나오지 않았다. 부글거리는 감정에 밀려 말도 나오지 않는다.

"가. 다시는 오지 마."

그녀는 울음을 삼킨 표정으로 핸들을 꽉 쥔 채 차를 출발시켰다. 태호는 막지 않았다. 아니, 그는 막지 못했다.

정연은 그를 무시했다. 사이드미러로 새파랗게 질린 채 멍하니 서 있는 태호의 얼굴이 보였지만 마음에 두지 않았다. 그를 신경 쓰기에는 너무도 마음이 황폐했다. 지쳤다.

옆 좌석에 던져 놓은 핸드폰이 진동을 했다. 쓸데없는 광고 메일이다. 그녀는 핸드폰을 집어 들었다가 사납게 뒷좌석으로 집어 던졌다.

서태경은 왜 오지 않는가.

너를 원치 않기 때문이다. 누군가가 옆에서 속삭였다. 그러자 울컥한 야수가 속삭인다.

〈왜 싸워보지도 않아? 그 여자에게서 그를 빼앗으면 되잖아.

어차피 넌 인간도 아니잖아?〉

정연은 우는지 웃는지 모호한 표정으로 정면을 노려보았다.

지금 자신이 무엇을 하고 있는지 무슨 짓을 하고 있는지 알 수가 없었다. 대체 뭘 어쩌려는 것인지 그것조차도 모르겠다. 목적지도 없이 달리는 차 안에서 그녀는 절실히 원했다. 지금 이 자리에 서태경이 있기를 원했다. 너무 외로워서, 외로워서 죽어버릴 것만 같았다. 세상에서 그녀와 진정으로 이어진 사람은 아무도 없다. 이제 그녀는 인간이 아니니 숙부와도, 숙모와도 진정한 혈육은 아니다.

어째서 좋아한다고 말하는 게 서태경이 아닌 서태호인 거야? 정연은 이 웃기는 상황에 미쳐 버릴 것 같았다. 히스테릭하게 덜덜 떨리는 사지가 우스웠다.

좋아한다고? 사랑한다고?

너무나 웃겨서 말도 나오지 않았다. 그렇게나 몹쓸 짓을 하고서 그런 짓을 한 이유가 사랑해서라니. 그게 지금 말이 되는 걸까? 그가 한 짓은 심술궂은 사내아이의 장난 수준이 아니었다. 그가 한 짓은 범죄이고 명백한 살인행위였다. 그런데 용서하라고? 사랑해서 그런 거니 잊어버리라고? 아무리 사랑에 주렸어도 너는 싫어! 너만은 싫어!

그녀는 비명을 지르는 것처럼 웃었다. 우는 것처럼 웃었다.

터어어엉—

갑자기 차가 뒤흔들렸다. 갑작스런 충격에 정연은 앞 유리에 머리를 들이박을 뻔했다. 놀라 사이드미러를 보니 검은 중형차 한 대가 뒤따르고 있었다. 무슨 일인지 깨닫기도 전에 다시 한 번 그 검은 차가 꽁무니를 건드렸다.

터어어엉—

굉장히 살짝 건드린 것 같은데도 충격은 대단했다. 그녀는 핸들을 쥔 채 다시 한 번 흔들렸다. 혀를 깨물 뻔했다. 분명히 추돌이다. 뒷 범퍼가 아예 으스러진 것 같았다. 차량도 적은데 어째서 박은 것일까. 그것도 한 번도 아니고 두 번이나. 설마 고의일까.

찬물을 뒤집어쓴 것처럼 그녀는 오한을 느꼈다. 룸미러로 보이는 모습은 하도 흔들려서 정확하지 않았다. 그저 남자 둘이 차 안에 앉아 있는 것이 보일 뿐이다. 검은 차는 위협적으로 다시 한 번 다가왔다. 또 박겠다는 건가 싶어 그녀는 미친 듯이 속도를 높였다. 하지만 그만큼 검은 차도 따라붙는다. 불길한 예감에 머리털이 쭈뼛 섰다.

바짝 따라붙은 검은 차가 위협적으로 다시 한 번 다가섰다. 터엉 하고 이번에는 가볍게 닿았다. 하지만 그것만으로도 그녀는 온몸의 뼈가 흔들리는 기분이었다.

어떻게 할까. 달아날 방법은?

차도는 4차선이었지만 드물게도 차량은 거의 눈에 띄지 않았다. 이상했다. 아무리 교외라지만 이렇게도 통행량이 적다니. 불길한 예감은 점점 부피를 늘려간다. 다시 한 번 검은 차가 뒷범퍼를 건드렸다. 속도는 이미 100km/h에 가까웠다. 그럼에도 불구하고 검은 차의 속도는 줄어들지 않는다. 이대로라면 곧 도로 한복판에서 레이싱을 하게 될 듯하다. 물론 통행량이 비정상적으로 적다는 가정하에.

정연은 별수없이 핸들을 돌려 갓길로 빠져나갔다. 겁이 났지만 한편으로는 어떻게든 될 거라는 무책임한 예감도 있었다. 그 끔찍한 서태호에게서도 살아난 그녀였다.

그녀가 갓길로 빠져 차를 세우기가 무섭게 검은 차 안에서 덩치 큰 두 명의 남자가 다가왔다.

"최정연?"

"누구죠? 무슨 짓을 하는 거예요?"

최초의 충격이 지나가자 이제는 화가 났다. 벌건 대낮에 도로 한가운데서 남의 차를 일부러 박다니.

"최정연, 우리는……."

사나운 표정을 한 남자는 삼십대 초반으로 보이는 근육질의 남자였다. 양복을 입고 있는데도 팽팽한 근육이 느껴질 정도다. 낯설긴 한데 기묘하게도 낯이 익었다. 아니, 정확히 말해서 냄새가 익숙했다고 말하는 편이 옳았다. 일족이라는 깨달음이 그녀의 뇌리를 스쳤다. 그들은 인간이 아니었다.

"경고하겠다."

남자가 잔뜩 굳은 정연의 얼굴을 내려다보면서 차갑게 말했다. 경멸의 기색이 눈빛에 드러났다.

"형제 사이에서 저울질하는 짓 따위는 그만 하는 게 좋다."

"에?"

정연은 눈을 크게 떴다.

"형제 사이를 멋지게 이간질하고 있더군. 너, 유가의 사주를 받은 거냐?"

팔짱을 낀 채 정연을 내려다보고 있던 다른 남자가 또 끼어든다. 그는 검은 양복 차림에 선글라스를 끼고 있었다. 그럼에도 불구하고 조폭보다는 유능한 비즈니스맨으로 보이는 남자다.

"아무리 여자라고 해도 이런 건 용서하지 못한다. 변성에 각인까지 한 상대를 그렇게까지 가지고 놀다니. 인간의 더러운 근성을 이렇게 드러내는 거냐?"
"무슨……."
정연이 정신을 차리기도 전에 두 남자는 냉소하며 말했다.
"그다지 잘난 얼굴을 가지고 있는 것도 아니군. 경고하겠다. 더러운 짓거리는 그만 하고 꺼져 버리는 게 좋아."
"형님, 이런 여자는 그저 얼굴을 뭉개 버리는 게 좋습니다."
"여자이기 때문에 경고만으로 그치는 거다."
"아니, 경고만으로는 안 돼요. 이런 여자는 끈질깁니다."
"그럼 여기서 끝장을 보자고?"
자기들끼리 떠드는 소리에 그녀는 할 말을 잊었다.
"자, 잠깐! 대체 무슨 소리를 하는 거예요? 누가 형제간을 이간질한다는 거죠! 당신들 대체 누구예요?"
그녀가 크게 외치며 차에서 내리자 기다렸다는 듯이 왼쪽에 서 있던 남자 하나가 그녀의 팔뚝을 잡아챘다.
우우둑. 뼈가 부서지는 소리가 났다.
"헉!"
그녀는 고통에 입을 벌렸다. 소리도 나오지 않았다. 격렬한 고통에 아예 온몸이 굳어버렸다.
부러진 왼팔이 덜렁거렸다. 그 팔을 쥔 채 남자는 그녀의 몸을 잡아끌어 코앞까지 얼굴을 들이댔다.
"죽이겠다. 알아듣겠어? 그 잘난 면상을 으깨주겠다 그거다."
"흐으……."
그녀는 입술을 겨우 벌린 채 덜덜 떨었다. 팔을 타고 오르는 격렬한 고통에 온몸이 뒤틀렸다. 산 채로 팔을 부러뜨리다니. 무시무시한 힘이었다.

남자는 그녀의 팔을 잡고 도로 한가운데로 질질 끌고 왔다. 비틀거리면서 주저앉으려는 그녀를 아스팔트 바닥에 던지듯 내팽개친 그는 팔짱을 끼고 서 있기만 하는 다른 남자를 향해 턱짓을 했다.

정연은 처음에 무얼 하려는 것인지 몰랐다. 그녀는 고개를 들고 지독하게 아픈 팔뚝을 쥔 채 기다렸다. 다른 일족처럼 잘린 팔다리가 금방 붙진 않겠지만 그래도 빠르게 치유되길 빌었다. 끔찍한 고통에 눈물이 흐를 지경이었지만 일단 참았다. 몇 번이나 입술을 깨물면서 남자를 올려다보았다. 대체 왜 이런 짓을 하는 것인지 이해가 가지 않았다.

"대체……."

막 말을 하려는 순간 그녀의 눈이 커졌다. 그녀의 정면에서 맹렬하게 달려오는 스포츠카 한 대가 보였던 것이다. 그녀를 향해 똑바로 달려오고 있었다. 바람이 일 정도로 무시무시한 속도였다. 러시아워를 피해 달리는 스피드광이었던 걸까.

"죽어라."

그녀를 끌고 온 남자는 더러운 것을 털어내듯 두 손을 비비며 뒤로 물러섰다.

그 순간 정연은 정말로 정신이 아득해졌다. 설마 정말로 죽이려고? 경악에 찬 운전사의 얼굴이 보였다. 그는 그제야 도로 한가운데 주저앉아 있는 정연을 발견한 듯 눈을 부릅뜬다. 마치 슬로비디오를 보는 것처럼 운전자의 표정이 선명하게 보였다. 그의 얼굴에 떠오른 공포, 당황, 경악.

"안 돼!"

운전사가 비명을 올린 순간이었다. 붉은 스포츠카가 공중으로 치솟았다. 아무런 장치도 없이 거짓말처럼 정연의 바로 코앞에서 공중으로 떠오른 것이다. 무려 10m 이상이나 치솟은 스포츠카는 포물선을 그리며 도로 옆 보도로 나동그라졌다.

콰아아아앙—

굉음과 함께 보도블록이 산산조각나 비산했다. 비처럼 쏟아지는 벽돌 조각에 넋을 잃은 채 정연은 망연자실 도로 한가운데 앉아 있었다. 불꽃과 뒤엉킨 시커먼 연기가 뭉클뭉클 피어올랐다. 차는 아예 형체를 알아볼 수도 없을 정도로 구겨져 연기만을 뿜어내고 있었다.

비현실적인 장면이었다.

실제로 도로 한가운데 앉아 있는 정연을 두고 몇 대의 차량이 스치고 지나갔다. 그들은 정연도, 타오르고 있는 스포츠카도 못 본 양 유유히 스쳐 지나가기만 한다. 그녀는 불타오르는 차량에게는 눈도 돌리지 않고 무료한 표정으로 내달리는 운전자들의 표정을 보았다. 못 본 척하는 게 아니라 아예 못 본 것이다. 이런 광경을 예전에도 보았다고 생각했다. 바로, 백화점에서 태호와 대원이 싸울 때 벌어졌던 일이다.

결계.

뒤늦게 미혜에게서 설명을 듣긴 했다. 일족들 중에 힘이 강한 자들이 펼칠 수 있는 힘으로 주변 인간들에게 암시를 걸어 눈앞에서 벌어지고 있는 일도 인식하지 못하게 하는 힘이라 했다. 그저 인식을 못할 뿐, 결계를 친다고 해서 부서지는 것이 안 부서지는 것은 아니다. 백화점 쇼윈도가 박살났을 때 사람들이 모른 척 지나간 것과 같은 현상이다. 하지만 직원들은 부서진 진열장 유리를 치웠다.

그녀는 부러진 왼팔을 쥔 채 비틀거리며 일어섰다. 그녀를 지켜보고 있던 덩치 큰 남자들의 시선이 일제히 그녀의 어깨 너머를 바라보고 있었다. 약속이라도 한 듯 굳어 있는 그 모습에 정연은 뒤를 돌아보았다.
 그 자리에, 태경이 있었다.

22
주인

"뭐 하자는 거지?"

태경의 얼굴은 고요했다.

무표정한 얼굴에는 일점의 감정도 드러나지 않는다. 그는 4차선 도로가 마치 자신의 것이라도 되는 양 유유히 그녀의 앞으로 걸어왔다. 그리고는 당연하다는 듯이 망연히 서 있던 그녀의 어깨를 잡아 품 안으로 당겨 안았다.

"종주."

그의 시선은 덩치 큰 남자들에게로 쏠려 있었다. 그들은 태경이 나타난 순간 낭패한 표정을 그대로 드러내고 있었다.

"뭐 하는 짓이냐고 묻고 있다."

태경이 살짝 웃으며 말했다. 정말 웃는 것은 아니었다. 그 증거로 그의 눈은 조금도 움직이지 않고 있었다.

그에게서 느껴지는 무시무시한 기색에 두 남자는 경직되었다.

하지만 곧 애써 태연한 척 소리를 높였다.

"종주는 이번 일에 끼어들지 마시오. 이건 원로들이 알아서 할 테니까!"

"무엇을?"

태경의 입가가 웃듯이 벌어졌다. 하얀 송곳니가 살짝 드러난다.

"이런 스캔들을 용납할 수 없기 때문이오!"

"그렇소! 형제간의 다툼이라니!"

그들의 얼굴을 보고 있던 태경은 피식 웃었다. 조용한 웃음이었지만 그것은 웃는 게 아니었다.

"지금 농담하는 건가? 형제간의 다툼? 그런 건 항상 있었던 것이야. 심지어 부자간의 다툼이나 모녀간의 다툼도 분명 있었지."

그의 말에 두 남자의 얼굴이 일그러졌다.

"종주, 지금 평상심을 잊고 있는 것 같소! 우리는 이 골치 아픈 일의 원인을 제거하기 위해 나섰을 뿐이오!"

"그렇소. 제대로 된 혈통의 여자도 아니고 되다 만 인간의 찌꺼기 같은 여자를 사이에 두고 형제간의 다툼이라니. 그런 추문은 용납할 수가……."

그 말이 끝나기가 무섭게 태경은 손을 뻗어 멍하니 있던 정연의 뒷머리를 잡고 자신의 가슴에 붙였다.

아무것도 보지 못하게. 아무것도 알지 못하게. 잔인하고 포악한 서태경 따위는 알지 못하게. 그는 살짝 웃었다.

정연은 좋은 서태경만 알아야 했다. 부드럽고 상냥한 남자라는 것만 알아야 하는 것이다.

그의 말을 들은 것처럼 그녀는 태경의 가슴에 이마를 묻은 채 파고들었다.
"전에도 말했듯이 내 여자에게 손대는 자는 용서치 않는다고 했는데."
태경은 한 손은 그녀의 등을 끌어안고 한 손으로는 흐트러진 머리칼을 쓸어 올렸다. 바람은 제법 세차게 불고 있었는데도 그의 머리칼은 너무도 단정했다. 마치 그를 놔두고 바람이 스쳐 지나가는 것처럼.
"유감이오, 당숙."
부우우욱—
순간 가죽 북을 터뜨린 것 같은 소리가 났다. 그 소리에 정연은 흠칫했으나 뒤돌아보지 않았다. 그녀는 결사적으로 고개를 그의 가슴에 묻고 그의 냄새와 심장 고동을 들었다. 돌아보면 끔찍하게 후회할 장면이 있을 것 같았다. 태경은 그녀에게 아무것도 보이지 않겠다는 듯 안은 팔에 힘을 주고 있었다. 정연은 입술을 깨물었다. 숨이 막혔다. 사실은 소리조차 잘 들리지 않았다. 그녀의 머리를 끌어안고 있는 태경의 팔은 완강했다.
"종주!"
남자가 외쳤다.
서가의 원로 중 한 명으로 그의 당숙뻘이 되는 서지명은 피를 뒤집어쓴 채 입을 벌렸다. 그는 바로 옆에 서 있던 그의 형 서지욱이 형태도 남기지 못하고 산 채로 터져 나가는 것을 보았던 것이다.
"아, 아아……."
그는 피범벅이 된 채 자신의 두 손과 형이 서 있었던 자리를 번갈아 보며 허둥거렸다. 너무 순식간에 당한 일이라 그로서는 도

무지 믿을 수 없었던 것이다.

 서지욱이 서 있던 자리는 그저 피 웅덩이만 남아 있을 뿐이었다. 회색 빛 아스팔트가 자줏빛으로 물들었다. 진득하게 흘러내린 액체를 뒤집어쓴 서지명은 공포의 기색으로 태경을 바라보았다.

 "미, 미친 거 아니오? 어떻게 우, 우리를……."

 태경은 답답하다는 듯 한숨을 내쉬었다.

 "농담을 하시는군요, 당숙. 생각을 한번 해봤으면 좋겠는데."

 그의 눈빛이 파랗게 물들었다. 웃고는 있지만 전신에서는 살기가 소용돌이치고 있었다.

 "나는 종주요. 그건 가문의 수장일 뿐만 아니라 가문의 주인이라는 의미도 되는 거지. 내가 바로 주인인데 내가 하지 못할 일이 무엇이지?"

 그는 오만하게 말하며 떨고 있는 정연을 안은 채 한 걸음 앞으로 나섰다.

 "그……."

 서지명이 막 뭐라 말하려는 순간, 그는 바로 눈앞에서 바닥으로 떨어지는 자신의 오른팔을 보았다. 그 뒤를 이어 툭 하고 갑자기 시선이 바닥으로 떨어진다.

 "으, 으아아아아악!"

 비명이 채 울려 퍼지기도 전에 그의 사지가 제멋대로 사방으로 튀어나갔다. 보이지 않는 거인이 밟아버린 것처럼 그의 몸이 일직선으로 찌그러지며 으스러졌다. 처절한 비명에 정연은 태경의 팔을 뿌리치고 몸을 돌리려 했다. 후회할 줄 알지만 그래도 봐야 한다는 생각이 문득 들었다. 하지만 그의 팔은 너무도 완강했다.

비명은 순식간에 사라졌다. 아니, 아예 비명이 들리지 않았던 것처럼 주변은 적막해졌다.

"흐, 흐윽."

정연은 밭은 숨을 내뱉었다.

"아파?"

그의 손바닥이 그녀의 부러진 팔 주변을 쓸었다. 화끈하면서도 시원한 기운이 스쳐 지나가자 고통이 잦아들었다.

"이제 가지."

그는 그녀를 안은 채 몸을 돌려 걷기 시작했다.

정연은 돌아보지 않았다. 굳이 돌아보지 않아도 바로 뒤에 어떤 장면이 자리 잡고 있는지는 눈치 챌 수 있었다. 지독한 피 비린내가 그녀의 등을 배웅하고 있었다. 얼마나 끔찍한 장면인지 상상만으로도 충분했다. 후각이 마비될 정도의 끔찍한 피비린내. 머리 잘린 개의 시체보다도 더 끔찍한 것이 있는 걸까. 눈을 잃고 복부를 찔린 유대원보다도 더 끔찍한 몰골이 있는 걸까. 검은 그림자가 가슴속을 휘감았다.

떨리는 몸을 주체할 수가 없다.

설마 죽었나? 죽인 걸까? 둘 다?

그녀는 몇 번이나 자문했다. 그가 나서지 않았다면 분명 정연은 차에 치어 죽었다. 하지만 태경은 손 하나 대지 않고 두 명의 강한 남자를 죽였다. 비명도 지를 새 없이.

정신이 멍해서 그녀는 아무것도 생각할 수 없었다. 뭐가 끔찍한지, 대체 자신이 무슨 생각을 하는지. 아니, 무슨 생각을 해야 하는지.

"자, 타."

그가 자신의 차에 그녀를 밀어 넣을 때까지 그녀는 아무런 생각도 말도 못했다.

"아, 내 차는……."

"다른 사람이 가지고 올 거야. 키는 그 자리에 있지?"

"아, 네……."

멍한 상태로 대답을 하는 동안 태경의 손이 그녀의 등을 쓸었다. 위로의 의미가 강한 그 손길에 그녀는 숨을 몰아쉬고 힘없이 좌석에 몸을 기댔다. 떨리는 손으로 주머니를 너듬자, 눈치를 챘는지 그가 그녀에게 담배 한 대를 물려주었다. 그뿐 아니라 불까지 붙여주었다. 차 안에는 아무도 없었다. 그녀와 그 외에는.

그녀가 피우고 있는 담배가 유달리 쓰다는 것을 깨닫기까지는 꽤나 오래 걸렸다. 그녀가 평소 피우던 담배가 아니었다. 태경의 것이다.

그녀는 뒤늦게 고개를 돌려 태경을 바라보았다. 태경 역시 담배를 문 채 그녀를 바라보았다. 그 얼굴 어디를 봐도 방금 살인을 저지른 자의 기색은 보이지 않는다. 부드러운 눈빛과 평소와 전혀 다를 바 없는 우아한 미소가 있을 뿐이었다.

문득 소름이 끼쳐 그녀는 시선을 돌렸다. 떨리는 손가락이 그녀의 의지를 무시하고 있었다. 그는 언제나 이런 것일까. 눈 하나 깜빡하지 않고 살인을 저지르는 남자. 부드러운 얼굴로 폭력을 행사하는 남자. 지극히 비인간적인 그 태도에 그녀는 비명을 지르고 싶었다.

"괜찮아?"

그가 조용히 물었다. 마치 그녀의 기분을 알고 있다는 듯이 손은 대지 않는다. 그 철저함도 정연에겐 이상했다. 찬물을 뒤집어쓴 것처럼 오한이 났다.

"어떻게, 어떻게 된 거죠?"

그녀는 멍하니 물었다. 사실은 왜 이제 왔느냐고 추궁하고 싶었다. 하지만 이젠 그런 주제넘은 짓은 하기 어려울지도 몰랐다. 그녀는 이제야 실감했다. 눈앞에 있는 남자는 괴물들의 우두머리, 짐승의 왕이다.

"늦어서 미안해. 조금 정리를 하고 데리러 가려 했는데 일이 꼬였어."

그는 그렇게 말하면서 쏩쓸한 얼굴로 연기를 내뿜었다.

그 말에 정연은 움찔했다. 데리러 오려고 했다고? 잊고 있었던 게 아니라?

"일단은 가지."

그는 시동을 걸고 차를 출발시켰다. 어디로 가는 건지 정연은 묻고 싶었다. 하지만 그녀는 묻지 못했다. 그 대신 정연은 사이드 미러로 뒤를 슬쩍 보았다.

자줏빛으로 변한 아스팔트 위에서 몇몇 남자들이 오가고 있었다. 아마 주변을 정리하려는 모양이었다. 아직도 불타고 있는 스포츠카는 내버려 두고 그들은 피로 얼룩진 아스팔트 위를 치우고 있었다. 커다란 검은 비닐봉지에 시뻘건 것을 담는 남자들의 얼굴은 무심했다. 너무 무심해서 정연은 실감이 나지 않았다. 그들이 무엇을 치우고 있는지 묻고 싶은 생각도 들지 않았다. 문득, 한 사람이 버려진 그녀의 차에 올라타고 어디론가 떠나고 있었다. 아마 도로 그녀의 집으로 가는 모양이었다.

서태호와 마주치면 어떻게 될까 하고 그녀는 멍하니 생각했다.

서태호와 서태경. 난데없이 나타난 자들은 그녀가 형제간을 이

간질한다고 했다. 그게 지금 이 이야기인가? 그녀는 이마를 창문에 댄 채 심호흡을 했다. 도대체 뭐가 어떻게 되는 걸까. 머리가 과부하를 일으킨 걸까. 마비된 걸까. 정상적인 사고를 할 수가 없다.

항상 이랬다. 이들 형제와 얽힌 이래로 그녀는 평범한 생활에서 너무나 멀어져 버렸다.

씁쓸한 담배 연기가 차 안에 금방 들어찼다. 창문을 조금 열면서 태경은 석상처럼 굳어 있는 정연을 흘긋 보았다.

"내가 무섭나?"

무서운 걸까.

정연은 멍하니 자문해 보았다. 오한이 나긴 하는데 태경 자체가 무서운 것은 아니었다. 그저 아무것도 모르는 채로 질질 끌려가고 있던 자신에게 더 기가 막혔다는 게 정답일지도 모른다.

"전에도 말했지만 아무도 널 해치지 못할 거야. 그 점에 대해서는 안심해."

그녀는 아무 말도 하지 않았지만 태경은 그렇게 가볍게 말했다. 가벼운 어조에 담긴 진심에 정연은 입술을 깨물고 기어를 잡고 있는 그의 손을 흘긋 보았다.

피 한 방울 묻지 않은 깨끗한 손이다. 피부 관리라도 받는지 깨끗하고 단정한 손. 하지만 그 손으로 그는 분명 끔찍한 일을 많이 저질렀을 것이다. 방금 눈앞에서 두 명을 죽여 버린 것처럼 자신의 말에 거역하는 자는 거침없이 죽여 버릴 수 있는 자가 바로 태경이다. 소름이 끼쳤다. 정연은 새삼 자신이 얼마나 순진한지 깨달았다. 겉만 보고 판단하다니. 이 부드럽기만 한 남자가 사나운 태호보다도 훨씬 더 무서운 존재다.

종주. 가장, 주인. 괴물들의 우두머리.

"그분이 화만 내도 보통 인간이라면 그 자리에서 죽어버릴 정도로 세요. 우리 일족에서 가장 강한 분이죠. 우리들 모두 그분이 죽어라 하면 죽을 수밖에 없어요."

미혜의 말이 기억났다.

〈그래서? 그게 어떻다는 거야? 넌 이미 인간이 아니고 다른 건 알 바가 아니야. 갖고 싶은 걸 가져.〉

야수가 속삭였다. 불만에 가득 찬 야수는 투덜대며 유혹한다.

〈너에게만 잘해주면 되는 거잖아? 너에게만 좋은 남자라면 되는 거잖아? 어차피 너에겐 아무도 없어. 어차피 넌 혼자야.〉

무섭지 않다고 말하는 것은 거짓이었다. 무서운데도 그에게서 벗어날 수 없다는 게 바로 정답이다. 부드럽고 온화한 그의 모습이 가면이라는 게 바로 정답이다.

그녀는 입술을 깨물었다. 바삭바삭 가슴속 어딘가가 부서지는 소리가 났다. 그녀도 야수를 키우고 있었다. 그 야수는 난폭하고 제멋대로이며 잔혹하기까지 하다. 태경은 그 야수를 닮았다. 그 야수는 태경을 만나 기뻐 날뛴다.

정연은 천천히 손을 뻗어 그의 손등에 자신의 것을 겹쳤다. 정연이 손을 겹치자 태경은 움찔했지만 피하는 대신 그녀의 손을 마주 잡아 깍지를 끼었다. 단단히 결합되는 손가락과 손가락들. 손바닥의 온기가 그녀의 살갗을 파고들어 곧 전신으로 퍼져 나갔다. 눈물이 날 것 같았지만 그 순간뿐이었다.

정연은 몸에서 긴장을 빼고 시트에 등을 기댔다.

두 사람이 피우는 연기가 합쳐지며 회색 빛 안개를 만들었다. 그 뿌연 연기를 보며 그녀는 어깨에 힘을 빼고 비로소 편안해졌다. 뭐가 어떻든 그와 함께 있으면 따스했다.
"어디로 가는지 안 물어?"
태경이 평소와 전혀 다를 바 없는 어조로 물었다.
"어디로 가는데요?"
평소처럼 정연이 조용히 되묻자 그는 웃었다.
"내 집."
"방향이 틀린 거 아닌가요?"
"도곡동에 아파트가 있어."
그 말에 정연은 그를 올려다보았다.
태경의 눈이 어느새 은빛으로 변하고 있었다. 어둠 속에 혼자서 있는 늑대처럼 창백한 불꽃을 품은 눈이다. 그는 가면을 벗었다.
"단둘이 있자."
태경이 그렇게 말했다. 그의 손이 그녀의 손을 더더욱 힘주어 잡았다.
"냄새를 없애."
"에?"
난데없는 그의 말에 정연이 그를 올려다보자, 정면을 보며 태경이 입술 사이로 송곳니를 드러냈다.
"태호 놈의 냄새를 지워."
그 말에 정연의 가슴 한구석이 펄쩍 뛰었다. 그녀는 그의 손을 무의식중에 꽉 움켜쥐었다. 설마? 설마?
"너에게서 다른 남자의 냄새가 나는 것은, 참을 수 없어."
태경이 그렇게 말하는 순간 정연의 마음속 야수가 즐거운 비명을 질러댔다.

〈가져! 가지고 싶은 걸 가져! 포기하지 말라구!〉

정연은 터질 것 같은 가슴을 억누르면서 담배를 비벼 껐다. 손발이 부들부들 떨렸다.

"그럼, 안아줘요."

그녀의 말이 끝나는 것과 동시였다. 갑자기 잘 달리고 있던 차가 비명을 지르며 멈춰 섰다. 거세게 흔들리는 몸에 놀라 항의하려던 그녀는 순식간에 그에게 안겼다. 거센 힘을 가진 팔이 으스러지도록 끌어안는다.

"난 이제 자제 못해."

그의 목소리가 거칠어졌다. 처음이었다. 정연은 몸을 떨었다. 그의 여유있는 목소리가 흐트러진 것은 이번이 처음이었다.

"그럼, 하지 마요."

목이 졸린 것 같은 기분으로 정연이 중얼거리자 곧이어 그의 입술이 그녀의 것을 덮었다. 세차게 구해오는 키스. 송두리째 삼킬 듯 빨아올리는 힘에 그녀는 두 팔을 벌려 그에게 호응했다. 흐트러진 모습을 처음 보이는 그에게 매혹된다. 몇 번이나 반복해서 되풀이되는 키스에 숨이 막힌다.

거칠게 머리칼을 움켜쥐는 손길.

잔뜩 거칠어진 숨소리.

물어뜯을 듯 사나운 키스.

그녀는 매달렸다. 그가 안은 것인지, 그녀가 안은 것인지 구분이 가지 않는다. 스스로도 의미를 알 수 없는 눈물이 흘러나왔다.

"보고 싶었어요."

고백하듯 그녀가 중얼거렸다.

그녀의 목에 얼굴을 파묻은 그는 작은 소리인데도 용케도 알아들었다.

"나도."

"왜 안 왔어요? 왜 한 번도 오지 않았어요?"

"미안."

그녀의 목에 붉은 키스 마크를 남기며 그가 짧게 사과했다.

"말랐네."

매만지는 손길이 거칠면서도 부드럽다. 따스하면서도 위협적이다. 그녀는 이 상반되는 감각에 어찌할 바를 모르고 눈물을 흘렸다. 이 남자를 만나고 왜 이렇게 울기만 하는 걸까. 분명히 행복한데 왜 눈물이 나는 걸까.

울고 있는 뺨이 축축하게 젖었다. 그는 그 뺨에 연신 키스하면서 턱과 입가에도 쪼는 키스를 계속했다. 마침내 목덜미 깊은 곳에 그가 얼굴을 묻자 정연은 흐느끼면서도 그의 등을 안은 팔에 힘을 주었다.

작열하는 불꽃이 리듬을 타고 그녀의 몸으로 흘러내렸다. 조심스러운 몸짓은 이미 사라져 버린 태경이 너무나 거칠어서 그녀는 그저 떠밀리듯 이리저리 흔들렸다.

어느새 걸치고 있던 옷들이 사라지고 속살이 드러났다. 파리할 정도로 하얀 피부에 자국을 남기면서 태경이 그녀의 옷을 벗겨냈다.

"아."

언제 벌거벗은 몸이 된 걸까.

차가운 창문에 벗은 등이 닿아 소름이 끼쳤다. 그녀는 달아오른 체온을 의식하며 그를 바라보았다. 그의 호흡은 거칠었다. 그의 시선이 그녀를 직시하고 있었다.

도망가지 마.

정연은 다시 손을 내밀었다. 그의 넥타이를 풀면서 그녀는 천천히 몸을 이완시켰다. 그 와중에도 거칠게 부비는 그의 체온이 옷 위로 느껴졌다. 그는 그녀보다 더 뜨거웠다.

가죽 시트가 차갑다. 그의 손은 뜨겁다.

깊게 숨겨진 살갗에 그의 손가락이 닿자 그녀는 흠칫했다. 하지만 그것도 잠시, 거칠게 파고드는 그의 몸짓에 고통을 느꼈다. 하지만 그는 전과 달리 멈춰주지 않았다. 멈추는 것 대신 그녀의 드러난 젖가슴에 입을 대고 아플 정도로 빨아들였다.

신음이 절로 나왔지만 그녀는 참았다. 소리를 내는 대신 그녀는 그의 어깨를 잡은 손에 힘을 주었다. 순식간에 나신이 된 그녀가 숨뭉치나 되듯 그는 가볍게 한 팔로 안아 자신의 허벅지 위에 놓았다. 차 안이라 무척 좁았지만 그녀도, 그도 신경 쓸 여력이 없었다.

몇 번이나 격한 키스가 거듭되었다. 그의 손이 가장 안쪽으로 파고들면서 어느새 허벅지를 움켜쥐었다. 정연은 아픈 것인지 아니면 뜨거운 것인지 잘 알 수가 없었다. 어쩌면 아파도 상관없는지도 몰랐다. 그녀는 그의 어깨에 얼굴을 묻은 채 그의 셔츠 자락을 헤쳐 맨가슴에 손바닥을 올렸다.

두근—

심장이 뛰었다. 황홀한 감각이었다. 그녀는 다급하게 셔츠 자락을 젖히고 그의 어깨를 깨물었다. 치열대로 동그란 자국이 빨갛게 생겨난다. 그의 피부는 흉터 하나 없이 깨끗해 그 자국 자체가 그녀에게 쾌감을 주었다. 이 남자를 이렇게나 흥분시키는 것이 바로 자신이었다. 가지고 싶었다. 갖고, 소유하고, 매달리고,

끌어안고 싶다. 아니, 할 수만 있다면 이대로 그를 깨물어 삼키고 싶었다.

"악!"

그녀는 낮게 비명을 질렀다.

가장 여린 살로 그가 들어섰다. 난폭하기 짝이 없는 움직임 탓에 그녀는 아파 절로 몸을 들썩였다. 하지만 그 작은 틈도 용서할 수 없다는 듯이 그의 손이 무자비하게 그녀를 억눌렀다. 충격과 아픔으로 굳어 있는 그녀의 몸을 마주 끌이안으면서 그는 키스했다. 정연의 입술 사이로 혀를 밀어 넣고 빨았다. 그녀의 입술에서 피 맛이 났다. 그의 송곳니가 그녀의 입술을 조금 상처 냈다. 달콤한 금속의 향이 그를 더욱 흥분시켰다.

"내가 무섭지 않아?"

정연은 그의 목에 두 팔을 두른 채 고개를 들었다.

은빛이 어른거리는 그의 눈동자, 입술 사이로 조금 드러난 하얀 송곳니. 그럼에도 불구하고 그는 아름다웠다. 정연은 실감했다. 그를 사랑하면서 그녀는 이미 인간이 아니라는 것을.

이 지독하게 깊은 감정이 정말 사랑인지 그녀는 아직도 확신할 수 없었다. 하지만 깊숙한 곳에 자리한 심장이 그에게 이어져 있었다. 어쩌면 그가 그녀를 변성시키면서 생겨난 감정일지도 모른다. 사악한 괴물인 그가 그녀를 홀린 것인지도 모른다.

하지만, 그런 건 아무래도 좋았다. 눈물이 흘렀다. 이렇게 마주 닿아 있는 순간이 너무나 황홀했다. 숨이 막힐 정도로 좋았다.

정연은 대답 대신 그의 코끝에 키스했다. 그의 머리칼을 쓸어 올리며 그녀는 다시 그 이마에 키스했다. 굶주린 야수처럼 그의 입술을 빨았다. 머리끝부터 발가락 끝까지 전율이 흘렀다. 갑자기 아픔 대신에 몸 안 깊은 곳에서 달콤한 감각이 스며들기 시작했다. 새로운 쾌락이 입을 벌렸다.

그는 그녀를 앞에 두고 전에 없이 흥분했다. 열중하고 있기 때문에 점점 난폭해지고 있었다.

"나를 기다렸어?"

그의 손이 작은 그녀의 가슴을 움켜쥐었다. 분홍빛 유두가 그의 손바닥 아래서 누웠다.

"내가 그리웠어?"

그의 입술이 가슴을 더듬었다. 정연은 눈을 감았다.

오한이 났다. 소름이 돋았다. 전과는 다른, 공포 때문이 아니라 욕망 때문에 몸이 긴장했다. 떨리는 몸이 그를 움켜쥐자 태경은 주저하지도 않고 움직이기 시작했다. 배려는 전혀 없었다. 그녀의 몸이 으스러지도록, 지쳐 나가떨어지도록 그는 그녀와 함께했다.

파도가 오고 파도가 간다.

눈물이 흐르고 땀이 흐른다.

정연도 말리지 않았다. 오히려 그녀는 그에게서 떨어지면 큰일이라도 나는 양 결사적으로 그에게 매달렸다. 그들이 있는 곳이 도로 상이고 그가 친 결계를 지키기 위해 다른 일족들이 그의 차를 둘러싸고 있다는 것도 잊었다. 아무래도 좋다고 그녀는 소리질렀다. 이 자리에 그가 있다는 것만으로도 공허한 가슴은 채워진다.

괴물이든 뭐든 상관없어. 나도 이미 괴물이니까.

23
밀월

주변은 하얗다. 고운 비단을 깔아놓은 듯 윤택이 흐르는 하얀 벽.

정연은 푹신한 침대에 누운 채 멍하니 방 안을 돌아보았다. 사방은 온통 희고 고요했다. 낯설고 낯선 공간. 그러나 정연은 무섭진 않았다.

똑똑.

어디선가 노크 소리가 났다. 정연은 흐트러진 자세를 바로잡으며 침대에서 일어났다. 하얀 벽 사이로 문이 생기더니 스르르 열렸다.

"안녕."

들어선 것은 놀랍게도 하얀 개였다. 아니, 어쩌면 늑대인지도 모른다. 개치고는 너무 컸다. 파란 눈동자에 호랑이처럼 덩치가 큰 늑대는 사람처럼 풍부한 표정으로 그녀를 아래위로 훑어보았다. 마치 품평이라도 하는 것처럼.

"썩 마음에 들지는 않는군."

늑대의 말에 정연은 그저 침묵했다. 말하는 늑대가 신기하기도 하련만 묘하게도 이상하게 생각되지는 않았다. 그저 당연하다는 생각만이 들 뿐이다.

"앉으세요."

일단 정연이 그렇게 말하자 늑대는 당연하다는 듯이 침대 위로 펄쩍 뛰어오르더니 느긋하게 자리를 잡고 앉았다. 마치 왕처럼 당당해 보이는 그 모습에 정연은 저도 모르게 단정한 자세로 마주 앉았다.

"늑대인가요?"

정연이 무심코 물었다.

그 말에 늑대가 웃는다. 씨익 웃는 입가에 드러난 하얀 송곳니가 산뜻했다.

"늑대로 보이나? 그래도 상관은 없지만."

"그럼 늑대가 아닌가요?"

"늑대일 리가 없지. 그렇지만 그렇게 본다 해도 변명의 여지는 없네."

클클클 하고 늑대가 웃는다. 목이 잘린 개를 문득 생각해 냈지만 실제로 눈앞에 있는 늑대는 개와 달리 아름답고 고고하기조차 했다. 희생자가 아닌 포식자의 모습. 하긴 개와 늑대는 호랑이와 고양이 정도의 차이가 있었다.

"마음에 들지는 않지만 별수없구나. 이것도 인연이라면 인연이고."

늑대는 혀를 차며 말했다.

무슨 의미인지 알 수 없어서 정연은 늑대를 물끄러미 바라보았다. 늑대는 아름다웠다. 거대한 덩치에 어울리는 위엄있는 풍채다. 갈기처럼 풍성한 흰 털은 따스해 보이면서도 차가웠다. 동화 속에나 나올 법한 모습이었다. 그녀는 갑자기 자신이 빨간 모자에 나오는 어린 소녀가 된 기분에 피식 웃고 말았다. 이런 꿈은 상상도 한 적이 없었는데.

"내가 아름다우냐?"

그녀의 생각을 읽기라도 한 듯 늑대가 웃으며 물었다. 늑대가 웃는 모습은 생각 외로 이상하지 않았다. 하얗게 드러난 송곳니도 끔찍하기는커녕 근사하다. 과연 메르헨다운 꿈이었다.

"네."

그녀가 얌전하게 대답하자 늑대는 소리 높여 웃었다. 웃음소리가 사람과 똑같아 정연은 또 한 번 놀랐다.

"인심 한번 썼다. 날 만져도 좋다."

늑대가 그렇게 말하자 정연은 저도 모르게 손을 뻗었다. 늑대의 털에 손이 닿았다.

생각 외로 아주 부드럽지는 않았지만 차갑지도 않았다. 적당한 온기에 다소 빳빳한 털. 하지만 두 팔로 목을 끌어안는 순간 깊은 안도감이 목 안쪽까지 차 올랐다. 최고급 모피에 얼굴을 묻은 듯 포근했다. 밍크의 느낌이 이럴까.

늑대는 그녀가 자신을 끌어안자 혀를 찼다.

"속이 차구나, 너."

그녀는 무슨 의미인지 몰라 늑대를 올려다보았다. 늑대는 파란 눈으로 웃었다.

"그래도 자세히 보니 꽤 귀여운 곳도 있는 것 같다, 작은 애야."

늑대는 그렇게 말하더니 입을 벌려 그녀의 목덜미를 물었다. 태호가 물었던 바로 그 자리였다.

"악!"

섬뜩한 아픔에 그녀는 비명을 삼켰다. 늑대의 이빨이 살갗을 뚫고 뼈를 부러뜨렸다.

정연은 주먹을 움켜쥔 채 눈을 떴다.

눈을 뜨니 하얀 벽이 보였다. 아니, 벽이 아니라 하얀 시트였다. 진땀이 흐르는 것을 느끼면서 정연은 저도 모르게 손을 뻗어 목 언저리를 더듬었다.

꿈이었다. 목에는 아무런 상처도 남아 있지 않았다.

여기는 어딜까.

젖은 머리칼을 쓸어 올리면서 정연은 주변을 돌아보았다. 그녀는 낯선 방에 있었다. 그리고 이 방에서 유일하게 낯익은 것은 태경의 등이었다.

창가에 선 채 등을 돌리고 있는 그의 모습을 보자 정연은 안도의 한숨을 삼켰다. 아무것도 걸치지 않은 그의 등은 그녀에게 묘한 기시감을 낳았다. 그 등은, 기묘하게도 방금 꿈꾸었던 늑대를 닮았다. 아마 자신은 그를 늑대라고 상상하고 있었던 모양이다. 하긴 남자는 모두 늑대라니까. 그녀는 조금 웃었다.

넓고 커다란 등. 옷을 입었을 때는 미처 느끼지 못했던 그의 등의 크기, 넓이, 무게. 그 등이 너무나 사랑스러웠다.

"애정 없이는 할 수 없는 것이 변성이에요. 하루 이틀도 아니고 열흘 이상을 잠도 자지 않고 한결같이 보살핀다는 게 쉬운 일 같아요?"

해민이 그렇게 말했다.

정연은 그의 등에서 시선을 떼지 못했다. 그 등이 버티컬을 열고 햇빛을 들여보내는 동안 그녀는 몸을 시트에 파묻은 채 움직이지 않았다.

"깼어?"

그래도 기척을 느꼈는지 그가 고개를 돌렸다.

"뭔가 마실래? 커피는 있어."

"네."

쉰 목소리로 대답하는 그녀를 보며 그가 웃었다.

태경은 성큼성큼 방을 나갔다. 그가 나가고 나서야 정연은 고개를 들고 방 안을 살필 여유를 찾았다.

햇볕이 잘 드는 방은 꽤 넓었다. 내가에 있는 그의 방과 비슷한 구조, 침대, 협탁, 티 테이블과 두 개의 의자. 붙박이 옷장. 어쩌면 같은 사람이 인테리어를 했는지도 모른다.

침대에서 바닥으로 슬그머니 발을 디뎌보았다. 온몸이 쑤실 거라 예상했지만 놀라운 신체 구조는 활발한 재생력을 과시하고 있었다. 부러진 팔은 이미 붙었고, 몸에는 생채기 하나 남아 있지 않았다. 그녀는 멍하니 부러졌던 왼팔을 바라보았다.

째깍째깍.

멍하니 있는 그녀의 등 뒤로 시계 소리가 내려앉았다.

햇볕이 하얀 어깨 위로 부서졌다. 찰랑거리는 짧은 머리를 쓸어 올리고 천천히 일어서자 의외로 알몸에 와 닿는 햇살이 기분이 좋았다. 그녀는 창문가로 다가섰다.

태경이 무엇을 보고 있었는지 알고 싶었다.

"아."

절로 탄성이 나왔다.

한강이 보였다. 통유리로 된 창은 열 수는 없었지만 환기는 잘 되는 것 같았다.

그녀는 창문에 두 손을 댄 채로 햇빛이 퍼져 나가는 한강을 바라보았다. 한강은 너무 넓어서 흐르는 것이 아니라 그대로 정지된 것처럼 보였다. 커다랗고 커다란 청회색 보석이 덩어리째 회색 빛 도시 한가운데에 박혀 있다. 강 건너편에 보이는 기하학적인 도시의 풍광은 생각보다 근사하다. 그녀는 서울 태생이었다. 한 번도 전원생활을 해본 적이 없었다. 비록 외진 곳에 살긴 했지만 그래도 도시 안에서 평온함을 느끼는 전형적인 도시인이었다.

도시인이란 한밤중 혼자서 골목길을 걸을 때는 차갑고 음침한 풍경에 두려움을 느끼다가도 밝은 날 빛나는 마천루를 보면서 동경의 시선을 던지는 이율배반적인 인종이다. 혼자 있고 싶어하면서도 붐비는 사람들 사이에서 안도감을 느끼고, 일탈을 꿈꾸면서도 다람쥐 쳇바퀴 돌듯 움직이는 동선을 바꿀 줄 모른다. 한 줄로 걷는 장난감 병정처럼. 정연은 한 줄로 움직이는, 손톱보다도 작은 자동차들의 행렬을 바라보았다. 청회색 도시에 색채를 뿌리는 차량들은 생각보다 아름답고 생각보다 규칙적이었다.

그녀는 왜 그가 알몸으로 서고도 태연했는지 새삼 깨달았다. 바로 앞에는 아무것도 없었다. 강가로 난 창은 오로지 탁 트인 전망만이 있을 뿐 사람들의 기척은 느껴지지 않는다.

텅 빈 공간, 비었는데도 비지 않은 공간. 하늘만이 사람을 본다.

"전망이 좋지?"

태경이 머그잔을 들고 나타났다.

그는 어느새인가 가운을 하나 걸치고 있었다. 호텔에서나 입을 법한 하얀 가운이다. 정연은 멍하니 그를 돌아보았다.

"바로 앞이 탁 트인 광경이라 이 집을 산 거야. 사실 답답한 것을 못 참거든."

"네에."

그녀의 벗은 몸을 보고도 그는 태연했다. 그녀도 마찬가지였다.

"춥진 않아?"

"네."

정연은 두 손으로 잔을 받아 한 모금 마셨다. 갓 뽑은 커피의 향은 달콤했다.

"아픈 곳은 없지?"

"네."

확인하고 묻는 그의 태도에 정연은 저도 모르게 웃고 말았다. 밤새 몸 여기저기를 다 주고받은 사이에 새삼스러웠다. 그녀는 자기도 모르게 왼팔을 바라보았다. 무엇보다 그 팔이 하룻밤 사이에 다 나은 것이 신기했다.

"뼈 정도는 하루면 붙어. 어제도 거의 아픔을 느끼지 못했을 걸."

그녀는 조금 얼굴을 붉혔다. 정말로 어제 그와 엉키는 그 순간 모든 것을 다 잊어버렸다. 정연은 이곳으로 옮겨왔던 것조차 기억하지 못했다.

"언제 여기에 온 거죠?"

그녀의 기억은 차 안에서 벌인 농후한 정사의 시작이 전부였다. 얼마나 뭘 어떻게 했는지는 머릿속에 남아 있는 게 없었다.

그저 반쯤은 정신을 잃었다는 것만이 기억에 남아 있을 뿐이다.

태경은 웃었다. 의외로 음흉한 미소였다.

"전혀 기억이 안 나는 거야?"

그가 웃자 머리칼이 흔들렸다. 머리칼 하나 흐트러진 적 없던 평소와 달리 젖은 앞머리가 이마를 덮었다. 그 모습만으로는 누구라도 그의 나이를 알아차리지 못할 것이다. 정연은 그가 웃는 순간 숨을 죽이고 그를 바라보았다.

세상에서 가장 멋진 남자가 눈앞에 서 있었다. 새까만 머리칼에 매끄러운 피부, 선명한 이목구비와 깊고도 깊은 눈매.

어째서 그동안 그것을 알아차리지 못했을까. 누가 봐도 한눈에 반할 정도로 아름다운 남자였다. 정연은 갑자기 확 하고 가슴이 조여들었다. 그를 처음 만났을 때 반발하고 그에게 증오를 느꼈던 것을 이해할 수 없었다. 이렇게나 멋진 남자를 어떻게 미워할 수 있었을까.

그녀가 그를 멍하니 올려다보는 순간, 태경은 웃음을 멈추고 고개를 내저었다.

"저런. 저런."

"에?"

갑자기 찬 물을 뒤집어쓴 것처럼 그녀는 정신을 차렸다. 태경이 그녀의 이마에 손가락을 얹으면서 물었다.

"배 안 고파?"

"아, 네에."

방금 그게 뭐였을까. 역시 콩깍지가 낀 걸까.

좀 기묘한 기분으로 고개를 끄덕인 정연에게 태경은 쓴웃음을 짓고 말았다.

접근금지 사인이 그녀와 함께 있다 보면 저도 모르게 스르륵 풀리고 만다. 흥미롭게도 그의 접근금지 사인은 정연에게는 먹히지 않았다. 하지만 그 사인을 풀면 그녀조차도 넋을 잃어버리는 것이다. 아마도 그건 압도적으로 강한 수컷과 암컷 사이의 메커니즘일지도 모른다. 그런 것을 생각한다면 오히려 그녀가 접근금지 사인을 뚫고 태경에게 애정을 느꼈다는 것 자체가 기묘한 일이기도 했다. 변성으로 인해 그녀와 그의 사이에 연결고리가 생겼다고는 하지만 그것이 곧장 남녀 간의 연애로 번지는 것은 아니다.

그럼에도 불구하고 정연은 태경에게 빠졌다. 태경이 그녀에게 빠졌듯이.

'이건 혹시 운명?'

진부한 단어를 내뱉으면서 그는 다시 웃었다.

미소를 머금은 채 태경은 그녀의 머리칼을 쓰다듬었다. 짧았던 머리칼이 어느새인지 제법 길어져 덥수룩했다. 여자의 긴 머리를 좋아하는 것은 아니지만 그는 문득 그녀가 긴 머리칼을 휘날리면 어떤 모습일까 궁금해졌다. 짙은 화장을 하거나 야한 옷차림을 하면 어떨까 하는 상상도 잠시 해보았다.

'나는 정말로 그녀에게 빠졌구나.'

그는 쓰게 웃으며 손가락을 들었다. 그 손가락에 걸리는 끈은 점점 더 굵어지고 있었다. 이젠 거미줄이 아니라 밧줄 정도의 굵기였다. 정연은 의식하지 못하고 있지만 그와 이어진 끈은 점점 그녀를 친친 옭아매고 있었다. 거미줄에 걸린 나비처럼.

그는 자신의 변화를 인식하고 있었다. 비록 냉정하게 한쪽에서 지켜보는 또 하나의 자신이 있긴 하지만 그것조차 변하고 있다.

유일하게 애정을 기울이고 있던 태호를 질투하게 된 것이 바로 그 변화였다.
'질투라니.'
그는 새삼 스스로에게 놀라고 있었다. 여자 때문에 다른 사람도 아닌 태호에게 질투를 한다니 상상도 못했던 일이었다. 비록 자신이 정연을 사랑하게 되었다 해도 그런 일은 없을 거라 생각하고 있었다. 분명히 냉정을 유지하며 차분할 수 있을 거라 믿었다.
그런데.
'태호의 냄새가 묻었다고 광분하다니.'
그는 이리저리 집을 살피고 있는 정연의 뒷모습을 바라보았다. 그녀는 그의 앞에서 자연스럽게 알몸을 드러내고 있었다. 아마 그를 그만큼 믿고 있다는 의미일 것이다. 하지만 그 점에 있어서 태경은 그녀만큼 자신을 신뢰하진 않았다. 지금도 들끓는 하반신을 억누르고 있는 중이었으니까.
"목욕 먼저 하지 않을래?"
"에, 좀 씻긴 씻어야 할 것 같네요."
어설픈 웃음을 머금으며 정연이 대답하자 태경이 손짓했다.
"이리로 와."
침실 옆에 딸린 욕실은 생각보다 컸다. 거대한 원형 욕조는 물론이고 그 규모에 그녀는 입을 다물지 못했다. 그냥 샤워기만 달려 있을 거라고는 생각 안 했지만 이 정도로 호사스러울 줄은 몰랐다. 드라마에서나 봤던 근사한 욕실이었다.
"저, 진짜 좋네요."
정연이 입을 다물지 못하자 태경은 쿡쿡 웃으면서 유리 선반 위에 놓인 향초에 불을 붙였다. 선반 위에는 이런저런 잡지며 책들이 꽂혀 있었다.

"난 목욕을 좋아하거든."

욕조 바로 옆은 통유리로, 밖의 한강 풍경이 그대로 보였다. 목욕탕의 한 면이 아예 유리로 만들어져 있었다. 비록 밖에서 들여다볼 수 있는 존재가 아무도 없다고는 해도 정연은 조금 망설여졌다.

"좋은 향기가 나요."

"응, 로즈마리와 라벤더를 섞었지. 뭐, 다른 것도 이렇게 저렇게 섞여 있는 것 같은데 나는 잘 몰라. 미혜의 취미거든."

"그 사람도 여기 와본 적 있나요?"

정연은 질투를 느끼며 슬쩍 물었다. 그것을 눈치 챘는지 태경이 웃는 얼굴로 대꾸했다.

"집 안을 꾸미는 건 미혜의 일이니까. 하지만 여기서 목욕한 적은 없지."

검은색과 하얀 타일이 뒤섞여 깔려 있는 바닥은 물기 한 점 없이 깨끗했지만 욕조 안에는 하얀 거품이 가득 담겨 있었다.

"거품 목욕이에요?"

"응. 싫어?"

"아, 아뇨. 처음이라서요."

정연의 말에 그가 웃었다. 조금은 선정적인 웃음에 정연은 갑자기 자신이 나신이라는 것을 깨달았다.

"곧, 즐길 수 있게 될 거야."

하얀 거품이 햇빛을 받아서 무지개 색으로 빛이 났다. 보석을 뿌려놓은 듯이 빛나는 거품 속에 몸을 담그자, 향긋한 냄새가 머리끝까지 스며드는 기분이었다.

"좋아?"

"네."

정연은 욕조에 몸을 담근 채 중얼거렸다. 정신이 몽롱해졌다. 하얗고 매끈거리는 거품이 살갗에 와 닿을 때마다 느끼지 못했던 감각을 느꼈다. 몸이 예민해진 탓일까. 그것만이 아니다. 그녀가 목욕하는 장면을 태경이 보고 있었다. 즐겁다는 얼굴로.

"뭘 보고 있어요?"

"너."

정연은 갑자기 더워지는 느낌이 들었다. 절로 얼굴이 붉어졌다. 그의 시선에 거품 위로 드러난 어깨가 부끄러웠다. 사실 하얗게 올라온 거품 덕분에 보이는 것은 어깨와 목덜미가 전부였는데도 그녀는 그 앞에서 실오라기 하나 걸치지 않고 있는 것 같은 기분이었다. 빈약하게 마른 몸이며 거친 손발이 부끄러워서 그녀는 절로 움츠러들었다. 사실상 변성한 뒤 그녀의 손발은 곱디고운 모습을 유지하고 있었지만 그녀는 그것을 기억하지 못했다.

"씻겨줄까?"

"아뇨!"

다급하게 대답한 그녀를 보고 태경은 씨익 웃었다.

욕조에 몸을 담그고 있는 것은 그녀뿐이었다. 정작 태경은 향초에 불을 붙인 뒤 욕조 안에 있는 그녀를 바라보고만 있었다. 느긋하게 담배를 피우면서 말이다. 가운 차림의 그는 유달리 섹시해서 정연은 시선 둘 곳을 찾지 못해 결국은 눈을 감았다. 넓은 욕실 안에는 하얀 의자가 두 개나 있었다. 재떨이와 담뱃갑이 놓여 있는 선반 바로 옆이다. 변기는 대나무로 만든 파티션 너머에

분리되어 있었다.

"기분 좋아?"

담배를 문 그가 벌떡 일어나 욕조 가장자리에 앉았다. 그 역시 가운 이외엔 걸친 게 없는 탓에 몸을 기울이자 가슴 안쪽까지 드러났다. 정연은 그것이 너무나 외설적으로 보여 슬그머니 시선을 외면했다.

"왜?"

"아, 아니요."

눈이 웃고 있었다. 정연의 반응이 재미있는지 그는 그의 얼굴을 차마 똑바로 보지 못하고 눈을 감고 있는 그녀의 머리를 쓰다듬으면서 천천히 더운 물을 부었다.

"태경 씨?"

정연이 눈을 떠 그를 보자 그의 입술이 이마에 와 닿았다.

"가만히 있어, 머리 감겨줄 테니."

"네?"

놀라 자세를 바로하자, 가슴이 반쯤 드러났다. 절로 놀라 가슴을 가리는 그녀를 보고 태경이 가운 소매를 걷으며 물었다.

"누가 머리 감겨준 적 있어? 내가 들으니 여자들은 애인이 머리 감겨주는 게 소원이라 하던데?"

"그, 그럴 리가요."

정연은 눈을 동그랗게 뜨고 그를 올려다보았다.

어떤 영화에서 그런 장면이 나왔었다는 것이 문득 기억났다. 아주 오래된 영화. 로맨틱하고 서글픈 영화였다. 여자라면 누구라도 혹할 만한 장면이었지만 정연은 아무런 감흥이 없었다. 항상 머리가 반쯤 빠진 엄마를 씻기고 입히는 것이 그녀의 몫이었으므로. 환자복을 입은 엄마의 머리칼을 씻기는 것은 낭만적이지도, 아름답지도 않았었다.

"남이 절 씻겨준 적은 없었어요. 음, 어릴 때면 몰라도."

정연이 필사적으로 대답했지만 태경은 산뜻하게 선언했다.

"그럼, 내가 감겨줄게."

흐트러진 머리칼을 한 채 그녀를 바라보는 태경은 숨 막힐 정도로 다정했다.

"아."

정연이 말을 잇지 못한 채 멍하니 있자 다정한 키스가 내려왔다.

"눈 감아. 힘 빼고."

그녀는 눈을 감았다.

비누 거품이 눈에 들어가지도 않았는데 눈가가 뜨겁고 매웠다.

그의 손은 크고 거칠었지만 제법 야무지게 그녀의 머리를 매만졌다. 마사지하듯이 손가락이 두피를 누르고 애무하듯이 목덜미를 쓰다듬는다. 거품을 씻어내면서 그의 몸이 천천히 욕조로 들어왔다.

매끄럽고 뜨거운 몸이 맨살에 와 닿자 그녀는 눈을 감은 채로 그를 끌어당겼다. 그의 몸에서 흘러나온 온기가 살갗을 뚫고 들어와 그녀의 가장 깊숙한 곳에 있었던 것을 녹여냈다. 정연의 손바닥이 그의 가슴에 닿자 약동하는 심장이 느껴졌다. 단단하고 뜨거운 가슴이 손바닥을 간질였다. 눈을 감고 있는 사이에 키스의 비가 내렸다. 향긋한 냄새와 더불어 겹쳐지는 입술이 달았다.

잃고 싶지 않아.

눈을 뜨면 모든 것이 거짓이 될까 두렵다. 눈을 뜨면 언제나처럼 혼자서 텅 빈 집 안에 있을까 봐 두렵다. 어쩌다 이렇게도 겁이 많아졌을까.

"나는 나빠요. 나쁜 년이에요."

갑자기 정연이 토해내듯이 말했다. 눈을 꽉 감은 채 그의 팔을 움켜쥐고 그녀는 토해냈다.

"왜?"

"나는, 불효녀예요. 나는, 엄마가 빨리 죽기를 원했어요."

눈물이 흘러나왔다.

태경은 아무런 말도 하지 않고 그녀의 머리를 잡아끌어 자신의 어깨에 기대게 했다.

"엄마가 나를 괴롭히는 것이 싫었어요. 엄마의 병이 끔찍했어요. 날 놔주려 하지 않는 엄마가 미웠어요. 힘들었어요. 지쳤어요. 나는, 나는……!"

그녀는 눈을 감은 채 울었다. 뜨거운 눈물이 넘치도록 흘러나왔다. 가슴이 찢어지는 것만 같았다. 알고 있었다. 자신은 효녀가 아니었다. 병든 엄마가 부담스럽고 힘들어 몇 번이나 달아나고만 싶었다. 그녀에게는 아무도 없었다. 돌봐주어야만 하는 병든 환자는 날카롭고 짜증을 냈을 뿐, 그녀의 마음 따위는 헤아려 주지 않았다.

"어, 엄마의 머리를 감겨주었어. 손이 떨리고, 손가락이 부르트도록. 씻기고, 또 치우고, 닦고! 항상 똑같아. 항상, 항상 똑같아! 아무리 잘하려 해도 달라지는 것은 아무것도 없었어!"

태경은 그녀를 안은 팔에 힘을 주었다. 흐느끼는 그녀를 감싸주고 싶었다. 그녀의 마음을 이해하고 다독이고 싶었다.

하지만.

그는 이해할 수가 없었다. 그녀가 칠 년간 우울증 환자이면서 암환자인 모친을 헌신적으로 보살폈다는 것은 이미 알고 있었다. 그런 그녀가 대체 왜, 어디가 나쁘다는 것일까. 병자를 간호한다는 것은 쉬운 일이 아니다. 변성을 시키면서 보름 동안 그녀를 돌본 태경은 그것을 잘 알고 있었다. 몸을 가누지 못하는 환자를 간호하려면 체력과 인내심이 몇 배나 드는 법이다. 게다가 우울증까지 겹친 중환자라면 당연히 심리적으로도 탈진했을 것이 분명했다. 항상 건강하고 병이란 것에는 무지한 몸으로 태어난 그들은 이해할 수 없는 일이었다.

칠 년. 칠년이라는 긴 세월을 투병하면서 견딘다는 게 정말로 가능할까? 참지 못해 스스로 목숨을 끊는 게 보통 아닐까.

태경은 감탄하고 놀라워하며 그녀의 작은 몸을 쓸어 내렸다.

처음 만났을 때 최정연이라는 여자는 지치고 지쳐 인생의 낙이라고는 하나도 없는, 그런 얼굴을 하고 있었다. 그런 주제에 어떻게든 자신을 추스르고 일어서려는 의지가 보였다. 파리하고 야윈 몸에는 누군가에게 휩쓸리지 않고, 누군가에게 의지하지 않고 홀로 살아가려는 야수가 깃들여 있었다. 야수는 마음을 열지 않는다. 고고한 야수는 홀로 살아가며 홀로 모든 것을 해결한다.

그런데.

"머리 감겨준 것 때문에 생각이 난 거야?"

그는 다정하게 물었다. 젖은 머리칼에서는 향긋한 샴푸 향이 났다. 그 머리칼을 쓰다듬어 주면서 그는 젖은 뺨에 키스했다.

정연은 대답하지 않았다. 그도 대답을 원하지는 않았다.

"넌 잘했어. 괜찮아."

그는 그렇게 속삭였다. 의지력을 담은 언어가 그녀의 몸 안에

가 박히는 것을 그는 확인했다. 그의 의지는 약자의 의지를 압도한다.

"괜찮아. 넌 지쳐서 그런 생각을 한 것뿐이지. 정연이는 할 도리를 다했어."

"아니, 아니……."

뭐라 말하려는 그녀의 어깨를 꾹 누르며 그는 몇 번이고 속삭였다.

"할 만큼 했어. 네 어머니의 병은 어쩔 수가 없었던 거야. 네 탓이 아니야. 넌 잘했어. 네 어머니도 분명히 너에게 만족하고 있을 거야."

태경은 그녀의 귓가에 속삭였다.

"괜찮아. 더 해주고 싶었다는 것 자체가 넌 착하다는 뜻이야."

"나는……."

울먹이는 그녀의 입술을 자신의 것으로 막으면서 그는 눈을 감았다. 입술에 와 닿는 감촉이 달콤하고 씁쓸하다.

그는 형이자 아비인 자를 죽이고, 당숙들을 죽이면서도 망설인 적은 단 한 번도 없었다. 지금 역시 그가 누군가를 죽일 때 망설일 존재는 몇 되지 않는다. 헌신적으로 병구완을 하고도 죄책감을 느끼고 있는 그녀는 착했다. 아주 착했다. 인생의 황금기를 그렇게 희생하고도 미안하다 말하는 그녀는 여리고도 착하다. 너무 착해서 웃음이 나올 지경이었다.

그는 그녀의 벗은 어깨에 입술을 내리면서 그녀의 가슴을 애무하기 시작했다. 가느다란 신음과 더불어 그녀의 호흡이 차츰 거칠어진다. 태경 역시 점점 빨라지는 심장 고동을 들었다.

우는 소리를 하면서 매달리는 그녀. 속 깊이 있었던 괴로움을 토해내는 그녀. 이것은 그에게 의지하고 그에게 마음을 열고 그와 함께 있기를 원한다는 증거였다. 그는 웃었다. 벌어진 입가로 드러난 송곳니가 하얀 살갗을 깨물었다.

온전히, 그의 손에 떨어진 꽃.

잡았다.

짐승의 왕은 즐거웠다.

"먹을 게 있나요?"

"조리해 놓은 것이 있을 거야. 냉장고에."

태경은 그녀의 알몸에 가운을 입혀주었다. 아무리 익숙하다고는 해도 알몸으로 서 있는 그녀가 추워 보였다.

그 작은 배려에 정연은 얼굴이 달아올랐다. 사실 태경은 추워 보인다고 생각했지만 그녀는 더웠다. 욕조에서 벌인 섹스도 그랬고, 목욕도 그랬다. 부끄럽기도 하고 기분이 좋기도 하고 자신의 어디가 이렇게나 탐욕스러운가 싶어 이상하기도 했다. 엄마 이야기를 하면서 울고불고한 것도 창피했다.

엄마.

정연은 애써 태연한 자세를 유지하면서 부엌을 돌아보았다.

아무리 기억하려 해봐도 그녀의 기억 속에 있는 엄마는 항상 아프고 신경질적이었다. 어릴 때의 엄마는 다정하고 상냥했다. 그것은 퇴색한 기억 속에 분명히 남아 있었다. 엄마를 시중들고 병구완하는 것이 힘들었다. 지쳤다라고 말하는 것이 힘들었다. 그녀는 항상 괜찮다고 말해야 했다. 강한 척해봐도 결국은 한계가 있다. 아무리 견디려 해도 결국은 쓰러진다. 그래서 그녀는 원했었다. 누군가가 그녀를 대신해 말해주길 바랐다.

"괜찮아."

태경이 그렇게 해주었다.

정연은 뜨거워진 눈가를 억지로 참으며 명랑한 어조로 물었다.

"음식 잘해요?"

"설마."

태경이 아주 단호하게 말한다.

그 말투에 정연은 킥킥 웃었다. 이 남자가 가부장제의 최고봉에 속하는 남자라는 것을 잠시 잊고 있었다. 영화 속에나 나올 법한 로맨틱한 장면을 연출하긴 했지만 기본적으로 이 남자는 분명히 완고하고 남자다움을 강조하는 타입이었다.

'하긴 종주니까. 옛날 사극에나 나올 법한 대단한 가문의 대단한 주인이니까.'

현대 사회에서 가족 중심, 혈족 중심을 외쳐 대는 것도 사실은 이질적이다. 조선시대도 아니고, 종주니 집안의 주인이니 운운하는 것도 괴상하다. 물론 그들 기묘한 일족 자체가 이질적이기 짝이 없지만.

"왜 일족이라고 부르는 거죠?"

"일족이니까."

그의 간단한 대답에 그녀는 미간을 찌푸렸다.

"아니, 그게……. 말하자면, 종족을 부르는 이름이라든지 분류하는 이름 같은 것 말이에요."

"이를테면 도깨비, 늑대인간이라든지 흡혈귀라든지 그런 분류?"

태경이 식탁 의자에 앉으며 새로운 담배를 물었다. 그 모습이 꽤나 시니컬해서 정연은 입을 다물었다.

"그럼 왜 인간은 인간이라 부르지?"

"인간이니까요."

"그거랑 같은 이유지."

그는 가볍게 잘라 말하고는 담배 연기를 내뿜었다.

"뭐 먹을래?"

정연은 할 말을 잃고 잠시 침묵했다. 그의 말이 옳은지도 몰랐다. 그들 입장에서 본다면 굳이 새삼스럽게 종족 이름을 댈 필요가 없을 터. 그냥 〈우리〉라는 말로도 충분했을지도 모른다. 굳이 〈일족〉이라 말하는 이유는 그저 〈인간〉과 구별 짓기 위해서이리라.

'나는 인간일까, 일족일까.'

정연은 하얗게 올라가는 담배 연기를 바라보며 생각했다.

변성. 감염 후 적응. 아직도 그녀는 자신이 인간이 아니라는 것에 익숙하지 않았다.

"배 안 고파?"

"아, 배고파요."

정연은 애써 상념을 지우며 냉장고를 바라보았다. 그녀는 남의 집 냉장고를 먼저 뒤지는 짓은 하고 싶지 않았다.

"저기, 평소에 식사는 어떻게 했어요?"

"대체적으로는 사먹지. 접대도 있고 나름 일이 많으니까 여기선 주로 자기만 하거든."

"그렇군요."

교외에 있는 내가와는 분명히 달랐다. 거기에는 고용인들이 잔뜩 있었으니까.

"이런 아파트가 여기저기에 있어. 분당하고 종로에도 있거든."

태경의 태연한 말에 질린 정연이 슬쩍 비꼬았다.

"해외에는 없어요?"

"있어. 뉴욕에 한 채, 보스턴에 한 채, LA에도 한 채 있지. LA에는 정원이 딸린 집이 있어. 파리하고 마그리드에도 아파트가 한 채씩 있고. 음, 시드니 교외에도 집이 한 채."

그녀는 입을 다물었다. 그의 부유함은 실감이 나지 않았다. 상상도 가지 않는다.

"해외에 있는 부동산을 관리하는 사람은 따로 두고 있어. 요즘은 내내 한국을 떠나지 않았으니까 쓸 일은 거의 없었지."

태경은 그녀를 쓰다듬으며 물었다.

"여행갈까? 어디로 가고 싶어?"

정연은 쓴웃음을 지었다. 이럴 때마다 벽을 깨닫는다. 평범하다 못해 지루할 정도의 생활을 해온 그녀와 거부인 그와는 사고방식이며 생활반경 자체가 달랐다. 그 괴리감은 그다지 편치 않았다. 아마 신데렐라도 왕자와 결혼하면서 행복하지만은 않았을 것이다.

"냉장고 열어봐. 괜찮으니까."

그녀가 사양하고 있다는 것을 깨달았는지 태경이 담배를 비벼 끄면서 재촉했다.

생활감이 전혀 없는 집답게 부엌도 그랬다. 최고급의 주방가구와 기구들이 즐비한 가운데 한 번도 조리해 본 적 없다는 것을 노골적으로 드러내는 반짝이는 싱크대와 가스레인지가 서글프다. 정연은 대형 냉장고를 열면서 그 안에 마련된 음식들을 살펴보았다.

"음식은 많이 있어."

"와아~"

로스트비프와 터키 샌드위치, 과일 주스, 생수, 밑반찬이 그득한 구절판이 있었다. 각종 김치와 과일들은 백화점 식품 매장에서나 볼 법한 포장재로 정리되어 있다. 심지어는 국도 세 종류나 있었는데 내열유리 냄비에 담겨진 콩나물국과 육개장, 북어국이 층층이 쌓여 있었다. 냉동실을 열어보니 스테이크용으로 손질된 고기가 가득 쌓여 있었다. 고기만이 아니라 만두와 피자도 있다. 시중에서 파는 냉동식품이 아니라 제대로 만들어진 것을 얼린 것이다. 아이스크림도 세 종류나 있었고 놀랍게도 크로와상이며 각종 빵 생지가 들어 있다. 오븐이 있으니 구워서 먹으라는 뜻인가 보다.
"없는 게 없네요. 이 집에는 가끔 온다고 하지 않았나요?"
"나 이외에도 가끔 사용하는 사람이 있을 수 있으니까. 어쨌거나 먹을 것은 항상 채워놓게 되어 있어."
정연은 주저하지 않고 찬장을 열어보았다. 냉장고가 가득 채워져 있으니 찬장도 궁금했다. 아니나 다를까, 커피나 홍차도 종류별로 갖추어져 있는 데다가 심지어는 허브티도 종류별로 마련되어 있다. 녹차를 위한 다기까지 풀 세트로 준비되어 있고, 티타임을 위한 쿠키도 한 박스 있었다. 음료 종류 중에서 없는 것은 우유와 청량음료뿐이다.
"술 마신 다음날을 위한 거지."
태경이 설명하며 웃었다. 분명히 독신자를 위한 배달 서비스라도 있는 모양이라고 정연은 생각했다. 아니, 어쩌면 프로인 요리사가 그를 위해 따로 음식을 만들어놓고 사라지는 것인지도 모른다.
그녀는 일단 음식들을 늘어놓았다. 식탁도 넓어서 무슨 뷔페식

당을 연상시켰다.

"꼭 뷔페 같네요."

"그러네."

"어떤 국이 좋아요?"

"북어국."

정연이 국을 가스레인지에 올려놓고 밑반찬을 꺼내놓는 동안 태경은 능숙하게 단호박과 감자, 고구마 같은 것을 오븐에 넣었다. 심지어 빵까지 넣는다.

"그것까지 구워요? 여기 있는 음식도 많은데."

"먹다 보면 모자랄걸. 차라리 많은 쪽이 나아. 미리 구워두지."

그가 하는 것을 그녀가 멍하니 보고 있자니 태경이 턱짓을 했다.

"식탁에 앉아서 커피나 마셔. 아직은 여기에 익숙하지 않을 테니까."

그녀는 〈아직은〉이라는 말에 마음이 놓였다. 그는 분명히 그녀를 그의 옆에 놔둘 생각인 모양이었다. 안심이 되는 한편, 씁쓸해졌다. 그의 상황이라는 것이 그다지 좋지 않다는 것쯤은 알고 있었다. 아무리 외면해도 현실은 바뀌지 않는다.

"밥은요?"

"맨 위 찬장을 봐. 밥이 있을 거야."

그가 말하는 대로 찬장 문을 열고 밥을 꺼냈다. 조리되어 판매하는 쌀밥이다. 전자레인지에 밥을 데우면서 그녀는 그가 하는 양을 물끄러미 바라보았다. 이 집에 어떤 여자들이 왔었을까. 아니, 그는 어떤 여자와 사귀었을까. 그녀들은 화려한 요리 솜씨를 뽐내며 그를 유혹했을까. 그는 언제까지 그녀와 함께 있을 수 있을까. 언제 결혼하게 될까.

쓸데없는 생각이라는 것을 알면서도 문득 문득 떠오르는 상념. 정연은 애써 그 영상들을 지우면서 커피를 마셨다. 음식 냄새가 진동하자 배가 점점 고파지기 시작했다. 평소보다 몇 배는 더 고팠다.

"밥을 더 줄까?"

"네."

정연은 국에 밥을 말아 먹으면서 태경이 무엇을 먹는가 살펴보았다. 식성 자체는 별로 유별나지 않은지 특별한 것은 없었다. 단지 양이 많다.

"밥을 세 공기나 먹어요?"

"아침이니까."

"원래는 몇 공기 먹는데요?"

"밥만 먹을 경우는 네 공기 정도고. 하지만 원래 반찬을 많이 먹으니까."

태경이 태연하게 대답했다.

정연은 키득키득 웃으면서 준비되어 있던 로스트비프를 잘랐다. 생각해 보면 태호도 칠 인분의 스테이크를 먹어치웠다. 태경이 많이 먹는 것은 전혀 놀랄 일이 아니다. 그녀 자신도 꼬박 다섯 끼를 먹어치우지 않던가. 냉장고가 먹을 것으로 가득 차 있는 것도 당연했다.

"식비가 어마어마하게 들겠어요."

"맞아. 정연이도 배가 고팠지?"

"네."

다정하게 정연이라고 부르는 게 간지러웠다. 얼굴이 절로 붉어진다.

"어제 아무것도 먹지 않고 잠들었으니까."

"게다가 오늘은 아침부터 운동했고."

그녀는 태경의 짓궂은 말에 얼굴을 조금 붉혔다. 태경과 그녀가 같이 차 안에서 얽혀든 것은 오전이었다. 그런데 하루가 지난 다음에야 비로소 정신을 차렸다. 게다가 오늘 아침 욕실에서 벌인 섹스는 상상만으로도 얼굴이 뜨거워졌다. 그녀는 자신 안에 그런 정열이 있을 거라곤 상상도 못했다.

"다쳤기 때문에 더 허기가 질 거야. 상처가 낫기 위해서는 칼로리 소모가 극심하거든."

그런 그녀를 배려라도 하듯이 태경이 화제를 바꾸었다. 팔이 부러졌던 것을 아예 잊고 있었던 정연은 새삼스러운 말에 팔뚝을 쓰다듬었다. 빨리 회복하는 몸이란 정말로 좋았다.

"더 먹어. 구절판에 있는 반찬도 다 해치우자고."

"네."

어제 하루 종일 굶다시피 했던 정연은 정말로 걸신들린 듯이 먹어댔다.

두 사람은 서로 주거니 받거니 하면서 국에 말아 밥을 몇 그릇이나 먹은 뒤에 로스트비프를 오 인분 정도 먹어치웠다. 그리고 나서 후식으로 군고구마와 구운 호박, 과일을 먹었다. 누가 많이 먹나 시합이라도 벌이는 것처럼 먹어댄 뒤에 두 사람은 나란히 소파에 누워 텔레비전을 틀었다.

"배가 부르네."

"배가 부르니 잠이 와."

태경의 느긋한 말에 정연은 쿡쿡 웃었다. 평소라면 생각할 수도 없는 여유였다. 태경은 항상 회사 일로 바빴고 두 사람은 밤에만 붙어 있었다. 이렇게 훤한 대낮인 오전 시간에 붙어 있는 것은 처음이었다. 물론 정연의 기억에는 없겠지만 태경은 그녀를 안은 채 하루 종일 지냈던 기간을 기억해 냈다.
"재밌어요?"
"그냥."
텔레비전에서는 지나간 영화를 틀고 있었다. 케이블 방송인지 위성 방송인지 확실치는 않았지만 몇 년 전에 개봉했던 영화가 흘러나왔다. 채널을 이리저리 돌려보았지만 별다른 것은 없었다. 두 사람 다 텔레비전을 자주 보던 편이 아니라 열중해서 보게 되지도 않았다.
나른한 봄날의 햇빛이 창으로 들어왔다. 파란 하늘이 창에 가득 담겨 있다.
푹신한 아이보리색 소파에 누운 두 사람은 거의 움직이지 않았다. 배부른 두 마리의 고양이처럼 무방비 상태로 늘어진 두 사람은 괜히 미소 짓는다. 실제로 인간도 아닌 두 사람이니 그 말도 틀린 말은 아니었다.
"자?"
"아뇨."
정연은 태경의 가슴에 머리를 대고 그의 위에 가만히 누워 있었다. 겹쳐진 채로 누운 두 사람 사이에 대화는 없었다.
쿵쿵.
두근두근.
심장 소리가 들렸다. 정연은 나른하게 늘어지는 몸을 느끼면서 눈을 감았다. 세상에 그의 심장 소리가 전부인 것처럼 느껴졌다.

태경이 생각난 듯 몸을 조금 움직이면서 그녀의 이마에 키스했다. 손가락이 자연스럽게 그녀의 머리를 쓰다듬고 등을 토닥인다. 마치 잠을 재우려는 듯이.

저도 모르게 정연은 쿡쿡 웃었다. 여태껏 잤는데 또 잠이 올 리가 없다. 오히려, 그 단순한 동작에 가슴이 뜨거워지는 것을 느꼈다. 가슴만이 아니라 눈가도 뜨거워진다.

좋아해.

그녀는 속으로 중얼거렸다.

아아, 이게 사랑인가 보다.

그동안 확신하지 못했었다. 사랑이라는 것을 확신하지 못했다. 그동안 그를 향하는 마음을 중독이거나 최면이거나 뭐 그런 것으로 상상하곤 했었다. 그러나 이제는 확신할 수 있다. 그녀는, 그를 사랑했다. 아무렇지도 않게 그녀의 머리를 쓰다듬으며 등을 토닥이는 그를 사랑했다. 그녀를 재우려고 손짓하는 그를 사랑했다. 격렬할 때가 아니라 이렇게나 조용하고 평화로운 순간에 그것을 깨달았다는 게 참으로 놀랍다.

"울어?"

가슴께에 스며드는 물기에 태경이 놀란 듯 그녀를 바라보았다.

"아뇨."

정연이 부정하자 태경은 잠시 미간을 찌푸렸다.

"졸려서 그래?"

"아뇨."

"그럼?"

정연은 대답 대신 그의 가운 자락을 코끝으로 헤치고 맨살에 입술을 댔다. 그가 꿈틀하며 놀라는 것이 느껴졌다. 그의 살갗은 따스하고 좋은 냄새가 났다.
"향수, 써요?"
"아니."
"그런데 왜 좋은 냄새가 나죠?"
그 질문에 태경은 소리 내어 웃었다.
"너도 그래."
그의 눈동자가 따스하게 빛났다.
"너도 좋은 냄새가 나. 아주 좋은 냄새."
정연도 마주 보며 웃었다. 좋은 냄새가 난다니 다행이다. 향수도 뿌리지 않았는데.
그녀는 그런 시시한 생각을 하면서 그와 입술을 겹쳤다.
이젠 아무래도 상관없다고, 세상이 무너지든 말든 그의 집안이 뒤집어지든 말든 알 바 아니라고 그녀는 그렇게 생각했다.
이 사람을 사랑한다. 괴물이든 괴수든 뭐든 상관없다. 이 순간을 즐기고 이 순간을 즐거워하자. 잠시만이라도 좋으니까 마음껏, 욕심껏 그를 사랑하자.
그녀 안에 있는 야수가 기쁘게 으르렁거렸다.

24
자격

"거기서 뭘 하시는 겁니까?"

민재의 말에 태호는 고개를 들었다.

"여기에 다시는 오지 말라 했을 텐데요. 작은 사장님은 자신의 처지를 잘 모르시는 것 같습니다."

혀를 차면서 민재가 경고했다.

태호는 고개를 돌렸다.

그는 정연의 집에 앉아 있었다. 정확히 말하면 집 안에는 들어가지도 못하고 현관 밖 정원 벤치에 앉아 있는 중이었다. 초록빛으로 물든 정원은 빈말로도 잘 꾸며졌다고는 할 수 없었지만 그래도 겨울의 황폐함은 보이지 않았다. 잡초가 무성했던 잔디밭은 얼마 전 민재가 보낸 사람들이 깨끗이 정리했다. 덕분에 그럭저럭 정갈한 형태를 이루고 있었다.

그는 이 정원이 어떻게 변해왔는지 알고 있었다. 처음 정연을 만난 날부터 몇 달간 그는 이 정원을 어슬렁거리며 변화를 하나씩 찾아내고 재미있어했다. 정연이 정원을 치우느라 진땀을 흘리는 것도 보았다. 집 안의 집기 하나하나를 꺼내 씻고 닦는 것도 보았다. 말은 안 했지만 그 역시 이 집에 대해 묘한 애정을 품고 있었다.

'왜 그랬을까.'

그는 멍하니 대추나무 밑을 바라보았다. 사실 그 아래 무엇이 묻혀 있는지 기억해 낸 것은 얼마 되지 않는다. 개의 목을 잘라 그 시체를 이 정원으로 집어 던졌다. 현관 앞에 내던진 개의 시체가 어땠는지 그로서는 기억도 나지 않았다. 그저 무심코 한 장난에 불과했으니까.

개가 시끄럽게 짖기에 짜증나서 죽였고, 정연이 고집을 피우니까 마지못해 그녀의 집에 개의 시체를 던졌다. 그저, 그뿐이었다.

그에게는 대단치 않은 일이었지만 정연에게는 그게 아니었던 모양이다. 태호는 답답해서 미칠 지경이었다. 이제 그녀는 그를 보는 것도 싫어한다.

"난 그녀가 좋아."

갑자기 내뱉은 태호의 말에 팔짱을 끼고 서 있던 민재의 눈썹이 꿈틀거렸다.

"그런데 그녀는 내가 싫대."

선입견 탓인지는 몰라도 민재는 태호의 말이 항상 투정처럼 들렸다. 본인이야 어른인 양 행세해도 하는 짓이 어린애다. 자신이 원하는 것만 하고 책임은 남에게 미룬다. 그야말로 전형적인 어린애의 행동.

"내가 한 짓이 그렇게나 고약한 짓이었을까."

태호의 말에 민재는 그동안 있었던 일을 되새겨 보았다. 그는 주저하지 않았다.
 "물론이죠."
 민재의 말에 태호는 그의 존재를 새삼 깨닫고 고개를 돌렸다. 하필이면 얄미운 민재의 얼굴이 옆에 보이자 그는 미간을 잔뜩 찌푸렸다.
 "제가 알기만도 그 아가씨는 두 번이나 죽을 뻔했습니다. 작은사장님 때문에 말이죠. 그 외에도 위협이라든지 폭언 등을 일삼았을 테니까 미워하는 게 당연하죠."
 민재의 말에 태호는 화를 버럭 냈다.
 "나서지 마!"
 "그럼 묻지 마시든지."
 "혼잣말이었어."
 "그랬던가요?"
 "빌어먹을!"
 태호는 발을 크게 구르며 일어섰다. 집 안으로 들어가지 못하는 자신이 너무 분하고 처량했다. 이젠 자신의 마음을 몰라주는 정연이 야속했다.
 "어쨌든 돌아가십시오. 일을 더 곤란하게 만들지 말고요."
 "싫어."
 "이 집은 이미 유가에게 널리 알려져 있습니다. 여기서 유가의 식솔들을 만나면 골치 아파집니다."
 "정연이가 오길 기다릴 거야."
 태호의 말에 민재는 코웃음 쳤다. 그녀는 지금쯤 태경과 함께 있을 것이다.

태경은 말 그대로 이십 년 만에 일을 손에서 놓았다. 그녀와 함께 있기 위해 그는 아예 회사에 휴가를 낸 상황이었다. 솔직히 말해 내가에 도사리고 있는 골칫덩이들 때문인지 그녀 때문인지는 민재로서도 확신을 할 수는 없다. 하지만 어쨌든 그는 모든 일을 민재에게 일임했다. 물론 그 떠맡긴 골칫덩이들 때문에 머리는 아팠지만 그래도 민재는 태경이 보내는 이 휴가가 꿀처럼 달콤하기를 바라고 있었다.

"그녀는 작은 사장님을 보기만 해도 질색할 겁니다. 이 집에 와 있다는 것을 안다면 이사할지도 모르죠."

"쫓아갈 거야."

"스토커가 되려고요? 지금도 충분히 스토커니까 그만 좀 하시죠."

"너야말로 날 귀찮게 하지 마. 유가의 일은 내가 알아서 할 테니."

"어떻게 알아서 하실 건데요?"

민재가 피식 웃으며 되묻자 태호는 손가락 마디를 꺾으며 대답했다.

"종주와 만나 결판을 지을 거야."

"어떤 결판인데요?"

"나는 잘못하지 않았어. 그것을 분명히 말해줄 거다."

"말한다고 들을 것 같습니까?"

민재가 말꼬리를 잡고 늘어지듯 되묻자 태호는 짜증을 냈다.

"믿지 못할 거면 관둬! 어차피 너는 내가 뭘 하든 싫어하잖아?"

그 말에 민재는 어깨를 으쓱했다. 저런 점이 그는 예전부터 마음에 들지 않았다. 무엇이든 남의 탓을 하는 게 태호다. 자신이 잘못을 했으니 미움을 받는다고 여기는 게 아니라 날 미워하니 그런가 보다 하는 생각을 한다. 단순하다면 단순하고 바보라면 바보다. 문득 민재는 눈앞에 있는 태호와 진청청을 비교해 보았다. 태호가 훨씬 더 나이가 많은데 하는 짓은 영 딴판이다.

"어차피 형과는 안 돼. 형은 종주니까 후계자를 낳아야 하지. 그러니까 그녀와는 결코 같이 있을 수는 없을 거야."

태호는 중얼거리듯 말했다.

"게다가 형은 원래 여자에게 관심이 없어. 목석이라구. 게다가 형은 존경스럽긴 하지만 재미는 없어. 그러니까 같이 있어봐야 즐겁지도 않을 거야. 일벌레처럼 매일 일만 하니까."

중얼거리는 것인지 스스로를 위로하는 것인지. 민재는 혀를 찼다.

"원래가 형은 여자들에게 인기가 없어. 그러니까 결국은 나에게 돌아올 거야."

혹시 태호는 바보가 아닐까. 민재는 어이가 없었다.

설마 태경이 이성(異性)에게 접근금지 사인을 걸어놓은 것을 태호는 모르는 걸까. 종주가 되자마자 그가 한 일은 접근금지 사인을 건 일이었다. 그에게 달려드는 여자들을 피하기 위해서다. 그것을 가까운 사람들은 다 알고 있었다.

그런데 정작 동생이라는 태호가 모르다니. 설마하니 정말로 태경이 여자들에게 인기가 없어서 홀몸이라 생각하는 걸까. 바보가 아니고서야 자기 형에 대해서 그렇게도 모를까.

최정연이라는 그녀, 그녀는 분명 태경을 좋아하고 있었다. 아니, 어쩌면 좋아하는 것 이상일지도 모른다. 그냥 몸을 주고받는 관계라고 하기에는 그녀가 드러내는 느낌이 너무 강했다. 그것도 접근금지 사인을 뚫고 말이다. 태경도 마찬가지였다. 항상 물처럼 담담하던 태경의 기파가 달라진 것을 민재만은 알고 있었다.

무의식중에 이성에게 건 접근금지 사인까지 풀어버린 태경이다. 두 사람 사이에는 보이지 않는 끈이 있었다. 다른 사람은 몰라도 민재만은 그것을 느끼고 있었다. 불처럼 타오르는 격렬함이 아니라 잔잔하고 부드러운 감정이 그들 사이에서 흐르고 있다는 것을.

그것이 변성을 계기로 이루어진 것을 보면, 그것이 어떤 역할을 한 것은 분명했다. 하지만 그들은 진심이었다. 속을 내보이지 않고 고집이 세고, 자존심이 강한 두 사람이 서로에게 마음을 연 것이다.

문득 그는 눈앞에 있는 태호가 아니라 내가에서 기다리고 있을 진청청이 가여워졌다. 아무리 그녀가 모든 것을 품고 포용하겠노라 선포한다 해도 태경은 그녀의 것이 되지 않을 것이다. 태경은 자신의 혈육을 남기고 싶어하지 않는다. 어쩌면 정연을 마음 놓고 사랑할 수 있는 이유가 그것일지도 모른다. 그녀는 애를 낳지 못하는 몸이니까.

'가엾게도.'

그는 정연이 가엾다 생각했다. 그녀가 풍기는 향기는 고결하고 산뜻했다. 정에 주린 그녀에게 태경은 너무나 냉혹하다. 겉으로는 다정하지만 사실은 냉혹한.

민재는 점점 보랏빛으로 변하고 있는 하늘을 올려다보았다.

다른 사람은 몰라도 그는 태경을 이해하고 있었다. 혈육 간에 얽힌 그 애증과 광기 속에서 홀로 이성을 유지하고 있는 태경이었다. 아무것도 모르는 태호와는 근본부터가 다르다. 태경이 일족도 아닌 그녀에게 끌린 이유는 그것일지도 모른다. 불임(不姙).

혈육에게만은 잔혹한 남자.

청청은 그것을 모른다. 아마도 그녀는 영원히 태경의 마음을 얻지 못할 것이다. 아무리 거래해도, 아무리 단단한 배포를 자랑해도.

진가의 아가씨는 서씨 가문의 우두머리인 서태경을 알 뿐, 그의 깊은 곳에 서린 고독을 모른다. 아마 알고도 이해하지 못할 것이다.

사생아 아닌 사생아.

민재는 문득 담배를 피우고 싶은 충동을 느꼈다.

담배의 씁쓸한 독기가 가슴속에 있는 응어리를 태운다. 코끝에 번지는 피비린내를 삭한다. 태경이 담배를 피우는 것도 그 때문이리라. 어지간해서는 담배의 독한 기운을 이기지 못하는 자들이 태반이다. 담배는 일족에게는 마약이었다. 헤로인이자 아편, LSD다. 그런데도 태경은 십대부터 담배를 피웠다. 어떻게 그 지독한 기운을 이기고 평상심을 유지하는지 궁금할 정도다.

'그녀도 담배를 피웠지.'

인간인 그녀가 흡연가라는 것은 알고 있었다. 그런데 그녀는 일족이 되어서도 담배를 피웠다. 그 독한 물건을 입에 달고 있는 장면을 한두 번 본 게 아니다.

"쯧쯧."

민재는 저도 모르게 혀를 찼다.

그 지독한 물건을 입에서 떼지 못할 정도로 가슴속에 맺힌 것이 많단 말인가.

인간일 때 피우는 담배와 일족이 되어서 피우는 담배는 비교도

할 수 없을 터였다. 잘 알지는 못하지만 적어도 그것이 보통 독한 물건이 아니라는 것쯤은 민재도 안다. 태경이 피우는 것을 보고 덩달아 한 모금 입에 물어봤다가 일주일 정도 미각을 잃었었다. 취하는 감각이라는 것은 끔찍했다.

'그녀도 겉으로 보이는 것과는 다른 사람이겠군.'

민재는 씁쓸하게 웃었다.

"어서 갑시다."

그는 태호를 재촉했다. 태호가 유가의 눈에 띄어 좋을 것은 단 한 가지도 없다. 게다가 정연의 집에 있는 그를 발견해서야 정말로 체면이 서지 않는다. 너저분한 스캔들을 늘릴 뿐이다.

태호는 일어서지 않았다. 그는 민재의 말을 아예 무시하는 지 대꾸도 하지 않은 채 석상처럼 벤치에 앉아 움직이지 않았다.

"작은 사장님."

그가 막 뭐라 하려는 순간이었다.

끼익.

대문이 열렸다.

민재의 등이 경직되었다. 그만이 아니라 태호 역시 긴장으로 몸이 굳었다.

잠겨 있는 대문을 태연히 열고 들어선 것은 검은 가죽점퍼를 걸친 두 명의 청년이었다. 어깨가 유달리 넓고 덩치가 컸다. 그들만이 아니다. 그 뒤를 따라 나타난 자는 유영세였다. 그의 뒤로 세 명의 덩치들이 차례로 모습을 드러냈다.

민재는 미간을 찌푸렸다.

바로 옆에 있는 태호가 살기를 뿌리기 시작했다.

"오랜만이군, 서민재."

영세가 낮은 목소리로 말을 걸었다.

"그다지 오랜만은 아닌데."

천천히 민재가 몸을 돌려 그들을 정면으로 바라볼 때 영세 역시 태호를 보는 눈에 힘을 주었다. 그의 입꼬리가 살짝 올라가며 송곳니가 드러났다. 동공이 변하기 시작하는 게 한눈에 드러난다.

"오호. 대원이 녀석이 만든 상처가 아주 선명하네."

그 말에 태호가 이를 부드득 갈았다. 그의 왼쪽 뺨에 남긴 대원의 흔적은 노골적이었다. 보통이라면 흉터가 남지 않겠지만 이 경우는 의도한 것이다. 독성을 내뿜은 것이 분명했으니까.

"어쩔 텐가?"

민재가 자연스럽게 태호를 비호하며 묻는 순간 영세가 이를 드러내며 웃었다.

"어쩔 거긴, 마침 종주도 계시지 않으니 한판 해야지?"

그 말과 동시에 민재의 뒤에 서 있던 태호에게서 맹렬한 살기가 퍼져 나오기 시작했다.

"나와 싸울 건가?"

민재는 등 뒤에서 흘러나오는 태호의 살기에 쓴웃음을 지으며 물었다.

"물론."

영세가 하얗게 웃었다.

그의 등이 천천히 굽었다. 그뿐만이 아니다. 그의 뒤에 서 있던 다섯 명의 사내들 역시 천천히 몸이 굽어진다. 몸이 굽었다고 해서 작아지는 게 아니다. 목이 굽어지면서 일제히 몸이 부풀어 오른다. 짧아진 목으로 우둑우둑 소리를 내면서 어깨가 이동했다.

모든 짐승들의 가장 큰 약점인 목을 보호하기 위해 몸이 변형하는 것이다. 회색 빛을 띤 눈동자가 점점 작아지는 순간 두 배로 커진 영세의 몸이 허공을 날았다.

싸아아아아아악—

영세의 갈고리 같은 검은 손톱이 태호의 얼굴을 정면으로 직격했다. 기역 자로 꺾어지는 공세에 태호는 슬쩍 몸을 움직였다. 위세야 대단하지만 태호는 별것 아니라고 비웃었다.

"놀고 있네."

"그 면상에 한 번 더 줄을 그어주겠다."

영세의 놀림과 함께 다른 두 명의 청년이 태호의 머리 위로 도약했다. 그들이 일제히 태호의 앞과 뒤를 압박하며 달려드는 순간 태호는 몸을 회전하면서 주먹을 날렸다. 주먹이라고는 해도 보통 주먹과는 차원을 달리 했다. 그들의 갈고리와 주먹이 닿자 쩌엉 하고 쇳덩이가 부딪치는 것 같은 굉음이 난다. 태호의 발치가 움푹 패어들었다. 힘을 이기지 못하고 정원의 잔디들이 일제히 파헤쳐져 시뻘건 흙 더미가 드러났다.

"이런!"

태호는 이대로라면 정연의 정원이 박살날 거라는 것을 깨달았다.

안 그래도 미움을 받고 있는 처지다. 여기서 집을 더 망가뜨리면 다시는 그를 보려 하지 않을지도 모른다. 갑자기 마음이 급해진 태호는 소리를 질렀다.

"야! 나가서 싸우자!"

그 말을 들어 줄 리가 만무하다.

영세의 손톱이 태호의 심장을 향해 곧장 날아들었다. 그것을 피하며 그의 얼굴을 향해 주먹을 뻗자마자 슬그머니 굽어진 팔꿈치가 태호의 안면을 강타했다. 하나, 태호 역시 몸을 휙 돌려 피하며 뒤로 몸을 움직였다. 그러자 기다렸다는 듯이 다른 세 명의 사내들이 태호의 목덜미를 향해 내질러 왔다. 한 명은 목을, 한 명은 다리를, 한 명은 등을 노리는 공격이다.

"나가서 하자고! 집 부숴져!"

그가 소리를 질렀지만 그에 응하는 사람은 아무도 없었다.

그저 그가 입을 벌린 사이를 틈타 공격이 거세질 뿐이다. 셋이나 달려드는 공격을 피해 태호가 결국은 땅을 박차고 뛰어오르자, 이번에는 기다렸다는 듯이 다른 두 명의 사내가 손을 뻗었다.

"뭐야?"

갑자기 달려든 검은 덩어리에 그는 흠칫했다. 혹시 독일까?

"비겁하게 누가 무기를 쓰냐!"

저도 모르게 등줄기에 차가운 것이 흘렀다. 저번에 겪은 고통을 다시 겪고 싶지 않았다.

"비겁한 놈들!"

불만을 토하기가 무섭게 그의 복부로 시커먼 쇳덩이들이 파고들어 왔다. 주먹만 한 쇳덩이에는 날카로운 돌기들이 가득 돋아 있다. 맹렬하게 회전하는 쇳덩이들은 피와 살점을 뿜어내며 태호의 복부를 파고들었다.

"으아아악!"

태호가 비명을 지르며 뒤로 물러나 쇳덩이들을 움켜쥐었다.

단단한 손바닥이 순식간에 너덜해졌다. 그럼에도 불구하고 태호는 놓을 수 없었다. 맹렬하게 회전하는 이 쇠공들을 놓치기라도 하면 배에 구멍이 날 판이다.

그가 버둥거리고 있는 순간 영세의 검은 손톱이 빛을 발하며 태호의 목을 향해 빠르게 다가왔다.

까아아앙.

"거기까지."

한숨을 내쉬듯이 민재가 말했다.

영세는 눈을 부릅떴다. 그의 손톱을 막고 있는 것은 민재가 아니었다. 얼굴이 창백해진 유가의 사내다. 그는 손톱을 내밀어 영세의 공격을 막고 있었다. 영세의 힘을 못 이겨 휘청거리면서도 비틀비틀 막고 있다.

"너, 대체……."

영세가 어처구니가 없어서 입을 벌렸다.

난데없이 왜 적인 태호를 비호하는 것일까. 막상 막아선 유가의 사내는 스스로 놀라 얼굴이 시커멓게 변해 있었다.

"서민재! 네 짓이냐?"

영세가 바락 소리를 지르자 민재가 어깨를 으슥했다.

"뭐, 그렇지."

이 기이한 수법은 뭘까. 비서 주제에 이렇게나 강하다니. 설마 하니 직계인 태호보다도 강한 민재의 힘을 그는 이해할 수 없었다.

"서민재, 너 대체 뭐냐? 서가의 기술 중에 이런 건 없다."

"아아, 살아온 시간이 다른데 그렇게 말하면 섭섭하지."

민재는 느긋하게 대꾸했다.

유가의 사내는 여전히 허수아비처럼 뻣뻣한 자세로 태호의 몸을 가로막은 채 영세를 바라보고 있었다.

"혀, 형님!"

우는 얼굴로 영세를 부르는 사내를 향해 혀를 차며 민재가 웃었다.

"자자, 불쌍하잖아. 그만 하자고. 유영세."

민재가 여유로운 태도로 한 걸음 나섰다.

그는 피투성이가 된 태호를 흘긋 보면서 박수를 짝짝 쳤다. 그러자 놀랍기도 잔뜩 독기를 품은 다른 네 명의 사내가 그를 따라 박수를 친다. 짝짝짝. 사내들은 스스로 박수를 치면서도 혼란스러운 얼굴을 감추지 못했다.

황당하기 그지없는 일이 벌어진 것이다.

"어떻게 한 거냐?"

굳어 있던 영세가 이를 뿌드득 갈면서 민재를 바라보았다.

"설명하면 알 수 있어? 관두라고. 이래 봬도 저 도련님은 우리 종주께서 총애하시는 혈육이신지라."

"웃기지 마!"

영세가 고함을 지르며 손톱을 휘둘렀다.

"컥!"

무방비 상태로 그 힘을 받은 유가의 사내가 수수깡처럼 날아가 쓰러졌다. 좁은 정원은 이제 엉망진창이었다. 피투성이가 된 채 태호는 이를 악물었다. 아픈 것은 아픈 것이고 이 상황 자체가 정말로 마음에 들지 않았다. 하필이면 민재에게 도움을 받다니.

"이런 귀찮은 짓은 그만두고 돌아가는 게 어떨까? 화풀이라면 충분히 하지 않았나?"

민재는 팔짱을 낀 채로 말했다. 여유만만 한 그 얼굴에 더 화가 치미는지 영세는 민재를 향해 달려들었다. 길죽한 손톱이 살의를 머금고 민재의 얼굴을 후려갈겼다.

"빌어먹을!"

 슬쩍 피해 버린 민재의 하체를 공격하며 영세는 순간 공포를 느꼈다. 쓰러진 사내 이외의 다른 네 명의 사내 역시 몸을 멈춘 것이다. 그들은 창백한 얼굴로 멍하니 두 손을 놓고 서 있었다. 마치 보이지 않는 사슬에 묶인 듯 굳어 있는 모습이 스산했다.

"무슨 짓을 한 거냐?"

"무슨 짓이라니. 그냥 싸움을 막은 거지."

"노, 농담하지 마라!"

 영세가 악을 쓰며 달려드는 것을 슬쩍 피하며 민재는 미간을 찌푸렸다.

 피투성이가 된 태호가 굳어 있는 자들을 내버려두고 난데없이 가지가 부러진 매화나무로 다가가는 게 보였다. 쓰러진 사내에게 짓밟혀 완전히 부러져 버린 매화나무는 영 회생의 가능성이 없어 보였다.

"비, 빌어먹을."

 태호의 얼굴이 울상이 되었다.

"야! 서민재! 지금 너, 나를 조롱하는 거냐?"

 태호의 모습을 한가하게 보고 있는 민재에게 격분한 영세가 다시 공격해 왔다. 시커먼 쇠공이 다시 한 번 민재를 향해 날아들었다. 민재는 슬쩍 피하면서 주저없이 맹렬하게 회전하는 쇠공을 향해 손을 뻗었다.

"네놈을 날려 버릴 테다!"

 악을 지르는 영세의 의도와는 반대로 쇠공은 태앵 태앵 하고 금속성을 내며 엉뚱한 곳으로 튀어나갔다. 와장창 소리와 함께 애꿎은 창문과 벽이 박살이 났다.

"안 돼!"

그 모습을 보며 태호가 악을 질렀다.

태호가 악을 지르든 말든 이번에는 파공성과 함께 가느다란 대추나무의 가지들이 잘려져 나갔다. 녹색 나뭇잎들이 허공으로 떠올랐다. 거센 진동을 이기지 못한 잎사귀들이 시야를 어지럽혔다.

"빌어먹을! 나가서 싸우라니까!"

대추나무를 감싸며 태호가 악을 질렀다.

그 모습에 민재는 혀를 찼다. 뭐, 어설프긴 하지만 분명 태호는 정연을 사랑하긴 하는 모양이었다. 정연의 집 정원의 풀 한 포기도 저렇게 끔찍이 챙기는 것을 보면.

"아아, 제기랄! 잔디가 엉망이잖아아아아!"

태호가 절규했다.

25
접점

작은 날벌레가 시야를 어지럽혔다.

늦은 봄날의 정원에는 날벌레가 날아다닌다. 예쁜 나비라면 좋겠고 꿀벌 정도라 해도 괜찮은 일이지만 날벌레가 날아다니는 것은 짜증스러운 일이다. 물론 집이 시내가 아니라면 감내해야 할 일이지만.

탁.

날벌레가 창문에 달라붙었다가 떨어져 나간다. 보이지 않는 장막에 튕겨 나간 벌레는 다시 아무 일 없었다는 듯 퍼덕이며 유리창에 와 부딪힌다. 서너 마리가 무리를 지어 원을 그리며 날다가 또 한 번 유리창에 부딪힌다. 막혔다는 것도 모르고 이리저리 처박히는 꼴이 사뭇 어리석다.

[그만 하고 돌아와.]

"글쎄요."

[바보 짓이야.]
"그럴지도 모르죠."
청청은 피식 웃었다.
전화기 너머로 들려오는 청원의 목소리에는 짜증이 배어 있었다. 오랫동안 태경을 사귀어온 만큼 청원은 태경을 잘 알고 있었다. 그는 쉽게 마음을 바꾸는 남자가 아니었다.
[너도 고집이 세긴 세구나. 그 녀석은 절대로 마음을 바꾸지 않아. 아니라면 아닌 거야.]
"글쎄요."
[답답하긴.]
청원도 침묵했다.
그로서도 하나밖에 없는 누이의 짝사랑은 가슴 아팠다. 하지만 억지로 해서 될 일이 있고 안 될 일이 있는 것이다. 진씨 가문의 사람들은 대대로 사랑에 목숨을 걸었다. 사랑하는 사람을 얻기 위해 첩이라는 지위도 감수하는 자들이 그들이다. 그러나 상대가 나쁘다. 한국에서는 축첩제도 자체가 용납되지 않는다. 우습게도 간통죄라는 전통 때문이다. 결혼한 이상 반려에게서 고개를 돌리면 사회적으로 매장된다.
[태경은?]
"지금 없어요."
태연하게 말하면서도 청청은 입술을 깨물었다.
그가 어디 있는지 아무도 말해주지 않았다. 하지만 그녀는 잘 알고 있었다. 그는 분명히 그 인간여자와 함께 있을 것이다. 그녀의 안전이 위협받았기 때문에 태경이 직접 나선 것이다. 그는 진심이었다.

[돌아와라, 청청.]

청원이 담담한 어투로 말했다.

"싫어요."

[나는, 네가 상처 입는 것이 싫다.]

청원이 낮은 목소리로 말했다. 그 목소리 속에 섞인 살기를 느끼며 그녀는 웃었다. 어릴 때는 짓궂기만 하던 청원이었다. 하지만 지금은 확실히 알 수 있었다. 이 냉담하기만 한 오라비는 그녀를 아끼고 있었다. 하나밖에 없는 친오라비다.

"괜찮아요. 난 이제 어린애가 아니에요."

[나도 알아. 그러니까 나는 녀석과 싸우고 싶진 않다.]

"싸울 일은 생기지 않을 거예요."

청원은 침묵했다.

"괜찮아요. 나중에 연락할게요."

[돌아와라, 청청.]

"안녕히."

그녀는 대답하지 않았다. 대답할 수가 없었다. 자신을 위해 살기를 내뿜는 오라비에게 무슨 말을 할까.

청청은 눈을 감았다.

다정하게 웃는 태경의 얼굴이 떠올랐다. 살얼음판을 밟는 것처럼 치열하던 그 시기에 십대 소년의 몸으로 당당하게 종주의 자리를 취한 그를 얼마나 동경했던가. 그는 다른 자들과 달리 친절하고 상냥했다. 엄하거나 위압적인 다른 종주들과는 딴판이었다.

"네가 청원의 동생인 청청이구나?"

그는 중국어도 능란했다. 광동어를 쓰는 청청에게 맞추어주던 그의 말투는 조금 어설펐지만 외국어라는 것을 감안할 때 능숙한

편에 속했다.

"예쁘구나, 미인이 되겠는걸."

"예쁘긴. 아무리 봐도 이건 햄스터야. 볼 좀 봐. 불룩하잖아. 사탕이라도 먹었나?"

청원이 깔깔댔다. 하나밖에 없는 친오라비였지만 청원은 빈말로라도 상냥한 성격은 아니었다.

"무슨 말을. 아주 고운 미인이 될 거야. 기품있는 미녀가."

태경은 청청의 머리를 쓰다듬으며 말했다.

청청은 얼굴을 붉힌 채 아무런 말도 하지 못했다.

실제로 청청은 예쁘지 않았다. 친오라비인 청원이 놀랄 만한 미남인 것에 비해 같은 피를 타고난 청청이 평범한 외모를 하고 있다는 것은 그녀에게 크나큰 콤플렉스였다. 미인들로 가득한 진가에서 청청은 못난이라 불렸다. 진씨 가문의 대부분이 선이 가늘고 고운 미인들이었다. 남방미인의 전형적인 체형에 요염한 기운을 가지고 있다는 것이 특징이다. 하지만 청청은 아니었다. 어릴 때는 뚱뚱하다며 돼지라든지 햄스터 등으로 놀림받았다. 지금도 그녀는 동그란 얼굴에 조그마한 이목구비를 한 평범한 외모였다. 귀엽긴 하지만 아무리 잘 봐줘도 미인이라고는 할 수 없다.

그런 그녀에게 예쁘다고 말해준 최초의 타인이 태경이었다. 빈말이었는지도 모른다. 하지만 청청은 그날 알았다. 동화가 거짓이 아니라는 것을. 착한 아이에게는 왕자가 나타난다는 것을. 그리고 그녀에게 있어 왕자는 태경이었다. 친절하고 어른스러운 태경이 그녀에게는 구원이었다. 냉담하고 냉정한 주변의 가족들과는 전혀 다른 태경. 서태경은 어린 아이들에게, 가족에게는 더할 나위 없이 친절하고 사려 깊은 종주였다.

'다시 말해 나는 아이라는 거지.'

청청은 눈을 감은 채 속으로 중얼거렸다.

태경이 친절했던 것은 그녀가 어린애였기 때문이다. 지금에 와서는 분명히 알 수 있었다. 그는 보호해야 할 대상인 어린애와 여자에게는 무조건 다정하고 친절한 남자였다. 뼛속까지 종주이기 때문이다.

"응?"

청청은 문득 눈을 크게 떴다.

갑작스런 소란과 피 비린내가 난다. 동요하는 사람들의 기운이 순식간에 집 안에 퍼져 나가기 시작했다. 그녀는 황급히 창문을 활짝 열었다. 정원을 통해 예민해진 피부가 냄새를 맡았다. 불안과 동요가 비릿한 내음을 머금고 흘러들어 왔다. 선명한 피 비린내.

불길한 예감이 스치고 지나갔다. 설마 태경이 다친 것일까.

"무슨 일인가요?"

그녀가 바깥채로 나가자, 우왕좌왕하고 있던 자들이 일제히 그녀를 바라보았다. 그들의 눈길에서 그녀는 재빨리 상황을 파악했다.

"제1비서는 어디 있나요?"

"아, 그게……."

가정부 중에 한 명이 망설이는 어조로 그녀를 바라보았다. 그들도 눈앞에 있는 아가씨가 집안의 안주인이 될지도 모른다는 것을 알고 있었다. 하지만 그렇다고 해서 그녀의 명령을 들어야 할 이유는 없다.

"종주께 보고하러 가셨습니다."

고참으로 보이는 가정부가 대답하는 것과 동시에 악을 지르는 소리가 들려왔다.
"놔! 난 못 참아!"
청청은 미간을 찌푸렸다. 태호다.
"어머님은 어디 계시지요?"
"그분은 외출하셨습니다."
"2비서는요?"
"회사에……."
대답하는 것을 보아 책임자는 아무도 없는 모양이다. 그나마 경비를 맡고 있는 경비실장이 달려오는 것이 보였다. 사실 3비서인 경재가 있었지만 청청은 그의 존재를 몰랐다. 경재의 존재감은 너무 옅었다.
"아가씨, 일단 안으로 들어가 계십시오."
"무슨 소란이죠?"
"그게……."
경비실장은 당황했다.
"무슨 소란이냐고 묻고 있어요."
청청의 눈썹이 움직였다. 그녀의 전신에서 천천히 힘이 개방되었다. 우아한 공작처럼 날개를 편다. 위압감을 느끼면서 사람들은 모두 한 걸음씩 뒤로 물러섰다. 상위에 있는 자들에게는 복종할 수밖에 없는 일족의 슬픈 속성이다.
이제는 창백해진 경비실장을 향해 청청이 다시 물었다.
"무슨 일인가요?"
실장은 심장을 움죄는 고통을 느끼면서 허덕였다.
가끔 맛보았던 태경이나 민재와는 다른 압박감이었다. 그들이 몸 전체를 짓누르는 것 같았다면 청청의 경우는 심장을 움켜쥔 것 같은 위압감이었다. 그는 그래도 망설였다. 1비서인 민재는 종주에게 보고하러 나가면서 절대로 태호를 밖에 내보내지 말라고 신신당부를 한 상태였다. 종주의 부재 때문에 2비서인 미혜는 회사에 상주하고 있다. 보통이라면 명령권자가 세 명이나 되니 큰 문제가 없었다. 경비실장은 어디까지나 내가의 경비만을 전담하고 있을 뿐 여타 다른 일들은 비서들이 알아서 하고 있었다. 그런데 하필 지금 내가에는 가장 어린 3비서 한 명밖에는 명령권자가 없다. 가장 큰 문제는 태호의 무력을 막아설 자가 없다는 점이었다.

"무슨 문제인지 말해보세요. 지금 소란을 일으키는 것은 태호님이신가요?"

청청은 상냥하게 물었다. 위압감을 내뿜어봐야 반감만 살 뿐이라는 것을 금방 깨달았던 것이다. 혈족으로 이루어진 이들 서씨 일족 사이에서 그녀는 철저한 타인이었다.

"태호님이, 작은 사장님께서 부상을 입으셔서……."

"부상? 다 나아서 나간 지 며칠이나 되었다고."

청청은 마땅찮은 표정으로 중얼거렸다. 실제로 그녀는 태호가 싫었다. 대놓고 못생겼다고 모욕한 것도 싫지만 기본적으로 그렇게 제멋대로인 남자가 그녀는 싫었다.

"그것이……."

경비실장은 망설였다. 뭐라 설명해야 할지 당혹스러운 것이 사실이었다. 아직 혼례도 올리지 않았으니 그녀는 아직 안주인이 아니었다.

"알았어요. 그런데 상대는 역시 유가인가요?"

청청은 그의 불안감을 눈치 챈 듯 가볍게 물었다.

"네."

"서민재 씨는 어딜 갔나요?"

"종주님을 뵈러 나갔습니다."

청청은 입술을 깨물었다. 역시나 태경은 그녀를 피하고 있는 모양이다. 그뿐만 아니라 서민재 역시 마찬가지다. 불쾌감을 억누르면서 그녀는 몸을 돌렸다.

"알았습니다. 그럼 나는 돌아가지요."

태호 따위가 얼어터져서 죽든 말든 그녀는 상관하고 싶지 않았다. 상처가 썩든 비틀어지든 알 게 뭔가. 그런 작자는 그냥 죽어 주는 게 도와주는 것이다.

"으아아아악!"

비명과도 같은 고함이 다시 터졌다.

집 안 전체를 쩌렁하게 울리는 요란한 소리였다. 분노와 살의로 뒤범벅된 그 포효에 사람들이 몸을 부르르 떨었다. 실장과 같이 있던 의사는 허둥지둥 안채를 향해 달리기 시작했다. 다른 사람들도 마찬가지다.

"멍청이."

청청은 태호를 경멸했다. 자기를 제어하지 못하는 얼간이 따위와는 상종하고 싶지도 않았다. 물론, 그녀에게 대놓고 못생겼다고 해서가 아니라 그저 저 망나니가 싫기 때문이다.

그녀가 자신의 방으로 돌아가려고 하는 순간이었다.

와장창—

요란한 소리와 더불어 누군가가 벽을 뚫고 복도로 나뒹굴었다. 보고 있던 자들이 일제히 뒤로 물러섰다. 낮게 비명을 지르는 자들도 있었다. 먼지와 피로 뒤범벅이 된 사내가 비틀거리자 다른 사람들이 황급히 그를 부축했다.

"어찌 된 일이야?"

콰아아앙—

이번에는 문짝이 날아갔다. 문짝과 함께 날아간 것은 경비실장이었다. 그는 피를 토하면서 복도를 대굴대굴 굴렀다. 보고 있던 청청은 기가 막혀서 입을 벌렸다.

"이러시면 안 됩니다."

"뭐가 안 돼? 유가가 대놓고 나를 공격했어! 그건 결국 전쟁을 벌이겠다는 거 아니야? 당장 끝장을 내자구!"

포효에 가까운 고함에 사람들이 웅성거렸다.

태호는 자신을 막아서는 3비서 경재를 밀쳐 내면서 부서진 벽으로 걸어나왔다. 그의 얼굴에는 아직도 피가 묻어 있었다. 사지 여기저기에는 생채기가 가득했고 복부는 피범벅이었다. 유가의 특성상 할퀸 상처가 많다. 유가는 할퀴고 서가는 찌른다. 같은 손톱을 사용하는 자들이라 해도 그만큼의 차이가 있었다. 게다가 아까 복부를 파고든 그 쇠뭉치에 입은 상처만 해도 데미지가 상당했다. 주먹만 한 쇠뭉치가 찢어놓은 복부의 상처는 여간해서는 아물 줄을 모른다.

그러나 정작 태호를 건드린 것은 그것이 아니었다.

그는 분에 못 이겨 몸을 부들부들 떨었다. 뺨에 남은 흉터만으로도 그는 유가가 진저리나게 싫었다. 유가라면 아예 씹어 삼키고 싶을 정도다. 그런데 이번에는 다섯 명이 일제히 그에게 달려들었다. 옆에 있는 민재는 내버려 두고 일제히 태호에게 덤빈 것을 보아 아예 작심하고 습격한 것이다. 그 와중에 정연의 집이 망

가졌다.

'절대 날 용서 안 할 거야.'

그는 초조해서 견딜 수 없었다. 안 그래도 미운 털이 박혀 있는데 집까지 날려먹었으니 그녀가 자신을 돌아보는 일은 없을지도 모른다.

'지키려고 했는데. 정말로 지키려고 했었어!'

그는 입술을 깨물었다. 돈이나 보석 따위에도 관심없는 여자라 그나마 환심을 살 방법은 그것 한 가지였는데 그 기회마저 날려버렸다. 그는 안달하며 발을 굴렀다. 집만 지킨다고 그녀가 그를 향해 웃어줄 가능성은 사실 적었다. 하지만 태호로서는 방법이 없었다. 울면서 그를 노려보던 그 눈동자. 그 시선을 어떻게든 바꾸고 싶었다.

'아아, 하필이면!'

아무리 태호가 용감무쌍하다 해도 몸은 정직하다.

대원에게 입었던 독상은 상처 자체보다도 고통이 끔찍했다. 자체 치유력이 강한 일족에게 있어 상처가 아물지 않고 썩는다는 것은 엄청난 위협이었다. 때문에 태호는 상대가 유가라는 것을 알자마자 평소와 달리 몸이 무거워졌다. 유가의 젊은 녀석들이 싸움패인 것은 사실이지만 태호 역시 종주에 필적한 힘을 가지고 있다는 직계 중의 직계. 그런데도 불구하고 그는 그 다섯 명에게 상처를 입었다. 남에게 말하기도 창피한 일이었다.

'더 창피한 일은 그 간사한 녀석에게 도움을 받았다는 것이지!'

민재만 생각하면 태호는 꼭지가 돌 지경이었다.

천연덕스럽게 그가 싸우는 것을 보고만 있더니 뜬금없이 슈퍼

히어로처럼 나서서 막아낸 것이다. 태호가 피범벅이 되어 겨우 막아낸 공격을 민재는 손가락 하나로 막아냈다. 그것을 상상만 해도 피가 거꾸로 솟을 지경이었다.

"안 됩니다! 이렇게 되면 정말로 전면전입니다! 일단 상처를 치료하시고……."

경재가 시퍼런 낯으로 만류하는 것을 태호는 비웃었다.

"까불지 마. 이미 전쟁이야. 내게 떼거리로 덤볐다구!"

"하지만 내가를 공격하거나 종주를 직접 공격하는 것과는 다른 문제입니다. 만약 여기서 작은 사장님께서 유가의 본가에 가신다면……."

그가 필사적으로 만류하는 것을 태호는 무시했다. 아니, 무시했을뿐더러 민재의 얼굴이 떠올라 더 울화가 치밀었다. 경재는 민재의 동생이다.

퍼억.

경재의 얼굴이 돌아갔다. 그는 피를 토하면서 부러진 이빨을 내뱉었다.

"네놈 얼굴도 보기 싫어 죽을 지경이다!"

그는 작정이라도 한 듯이 발을 들어 쓰러진 경재를 걷어차기 시작했다. 와작 하고 뼈가 부러지는 소리가 나도록 세찬 발길질이었지만 막아설 수 있는 사람은 아무도 없었다.

"커헉! 어어억!"

경재의 비명만이 낮게 울렸다.

저러다 죽는 게 아닐까 할 정도로 심각한 분위기에 몇몇이 앞으로 나섰지만 경비실장과 경비들이 나자빠져 있는 상황에 나설 사람은 아무도 없는 듯했다.

보다 못한 청청이 혀를 차며 나섰다.
"지금 뭘 하는 거지요?"
그녀의 기세를 느낀 태호가 고개를 들었다. 그는 그녀의 모습을 보자 잔뜩 빈정거리는 얼굴로 중얼거렸다.
"뭐야, 못생긴 계집애였냐?"
청청의 얼굴이 슬쩍 굳었다. 하지만 그런 것으로 금방 동요할 그녀가 아니었다. 무엇보다 단련된 세월이 다르다.
"아직도 있었어? 어서 주제를 가지고 돌아가지 그래."
"그쪽도 그다지 잘생겼다고 보긴 어렵군요. 떼쓰는 어린애 꼴이라고나 할까."
"까불지 마! 네가 뭔데 나서는 거야?"
"흐음."
청청은 화를 내고 있는 태호와 쓰러져 있는 경재를 번갈아 보다가 한심하다는 얼굴로 고개를 내저었다.
"참 할 말이 없네요. 자기 일족들을 그렇게나 두들겨 패고도 아무 생각이 없단 말이죠?"
"참견 마. 형이 너같이 못난 계집애에게 눈길이나 주겠어? 정신을 차리라고."
청청은 한숨을 내쉬었다. 화가 나긴 했지만 어쩐지 어린애가 심술을 부리는 정도로밖에는 들리지 않는다.
"그 형에게 짐이 되는 게 누구죠? 사건사고만 일으키고 형의 비서를 두들겨 패는 것은 누구죠?"
그 말에 태호도 찔끔해 경재를 걷어차던 발을 내렸다. 하지만 순순히 물러서기에는 자존심이 허락하지 않는다.
"이제 말이 좀 늘었네, 이상한 소리만 하더니."

흥 하고 태호도 빈정거렸다. 그 말에 청청은 호호 소리 내어 웃는다.
"외국어를 마스터 하기란 쉬운 일이 아니지요. 그나저나 그렇게 계속 두들겨 패실 건가요?"
"참견 마."
태호는 새삼 피투성이인 자신의 꼴을 인식했다. 아직도 온몸이 피범벅이다. 옷은 갈가리 찢어져 너덜너덜한 데다가 흙이며 먼지까지 묻어 도저히 평소의 멋진 모습이 아니었다. 남자도 아닌 여자에게 이런 모습을 보인다는 것은 자존심이 상했다. 게다가 그녀는 다른 가문의 여자였다.
"참견하지 않을 수 없군요. 아직 출혈도 멈추지 않았는데."
청청은 빙긋 웃었다.
"시끄러워."
태호가 이미 말라붙은 손등의 피를 애써 문지르는 동안 쓰러져 있던 경재를 경비 몇이 달려들어 부축했다. 경재는 터진 입가를 누르면서 청청을 향해 고개를 숙였다. 태호가 성질이 나쁘다는 것은 들어 알고 있었지만 이렇게 온몸으로 느끼긴 처음이었다.
"비켜."
분이 풀린 태호는 그들을 밀치고 성큼성큼 걷기 시작했다.
웅성대기는 했지만 그를 막아서는 사람은 이제 아무도 없었다. 그는 일단 유명성을 찾으러 갈 참이었다. 머리가 조금 식긴 했지만 그렇다고 분노가 식은 것은 아니었다. 그는 당장에 유가와의 악연을 끊고 싶은 마음이 간절했다. 어서 해결이 나지 않으면 정연과의 사이도 진척이 없을 것이 분명하다.
'유명성과 결판을 짓고 나면 정연이랑 떠날 거야.'

그는 박살이 난 집을 그녀가 보기 전에 미리 청혼을 하고 마음을 달래주어야겠다고 생각했다. 자신이 얼마나 온몸을 다 바쳐서 그 집을 지키려 애썼는지 보여주면 그녀 역시 마음이 바뀔지도 모른다. 어차피 종주인 형과 그녀가 될 리 없었다. 그가 생각하기에 태경은 좋은 종주이긴 하지만 결코 좋은 남자는 아니었다.

'나만은 못하지. 다른 건 몰라도 여자를 대하는 솜씨는 내가 더 나아.'

어떤 여자든 그를 보면 반하지 않던가. 진지하게 그녀를 대하면 그녀 역시 전처럼 그를 대하게 될 것이다.

그렇게 생각하자 태호는 마음이 급했다. 어서 어서 유명성과 결판을 짓는 게 우선이다. 설마하니 유명성이 진심으로 자신을 죽이려 하는 것은 아닐 터였다. 이렇게 집요하게 나오는 것은 아마 화풀이일 것이다. 태호가 알기에도 유명성은 태경을 두려워했다.

"어딜 가나요?"

느긋한 어조로 다시 청청이 물었다.

태경은 짜증이 났지만 그녀를 돌아보았다. 화를 내려던 그는, 곧 마음을 바꾸었다. 눈앞에 있는 어린애 같은 여자가 태경의 짝이 될 거라 생각하니 그렇게 악감정을 드러낼 일도 아니다 싶었다.

"유가에 간다. 결론을 짓는 게 우선일 것 같아서."

"결론? 당신 혼자서 결론을 짓고 일을 마무리 지을 수 있을 것 같은가요?"

청청이 눈을 동그랗게 뜨며 물었다.

"할 수 있어. 어차피 그 녀석은 화풀이를 하려는 거지, 진심은 아닐 테니까."

태호의 말에 청청은 피식 웃으면서 한 걸음 다가섰다.

"유씨 가문의 종주는 유약한 성품인가요?"

"그건 아닌데."

"그럼 당신이 압도적인 무력을 가졌나요?"

청청의 질문에 태호는 미간을 확 찌푸렸다. 은근슬쩍 속을 뒤집는데 재능이 있는 여자였다.

"건방진 질문 하지 마. 아직 결혼도 하지 않은 주제에 안주인 행세를 하려는 건가?"

태호가 입가를 비틀며 빈정거려도 청청의 웃는 얼굴은 변하지 않았다. 하지만 그녀를 아는 사람들이라면 그녀의 눈가에 떠오른 살기를 읽을 수 있었을 것이다.

"흠, 내가 진짜 안주인이었다면 당신을 가만 놔두지 않았겠지요."

청청이 한 걸음 다가와 바로 태호의 코앞에 섰다.

그녀의 얼굴에 갑자기 화려한 요기가 감돌았다. 섹시하다 할 수 있을 정도로 화사하면서도 매혹적인 사향내가 공기 중을 맴돈다. 태호는 눈을 크게 떴다. 눈앞에 있는 어린애가 갑자기 절세미녀로 바뀐 것 같은 느낌이 들었던 것이다.

그가 잠시 머뭇거리자 유혹이라도 하듯이 청청이 손을 내밀었다. 하얗고 가느다란 손이 그의 턱에 닿았다. 놀란 태호가 눈을 크게 뜨는 순간 청청은 빙긋 웃었다.

"나는 건방진 형제는 가만 놔두지 않아요."

녹아들듯 달콤한 목소리였다. 가늘게 변한 그녀의 동공이 황금빛으로 빛났다. 말의 내용이야 어쨌든 순간적으로 그는 넋을 잃었다.

"푹 자요."

청청이 다시 웃었다.

푹 소리와 함께 그는 턱 밑으로 파고드는 날카로운 감촉을 느꼈다.

'안 돼! 이런 개 같은 경우가!'

그가 반응을 보이기도 전에 몸이 굳기 시작했다. 태호는 눈을 부릅뜨고 소리를 지르려 했지만 그의 입에서는 아무런 소리도 튀어나오지 못했다. 그저 나무토막처럼 그 자리에 쓰러졌을 뿐.

태호가 썩은 나무토막처럼 쓰러지자 삽시간에 주변에 침묵이 내려앉았다. 청청은 손수건을 꺼내 태호에게 닿았던 손끝을 닦아냈다. 마치 더러운 것을 닦아내는 태도이긴 했지만 아무도 그녀에게 뭐라 하는 사람은 없었다. 오히려 감탄과 경이의 얼굴로 그녀를 우러러볼 뿐이다.

"이제 옮겨요."

청청은 부드러운 어조로 경비실장을 향해 명령했다. 굳어 있던 경비들이 급히 쓰러진 태호를 옮기는 동안 경재가 물었다.

"저, 아가씨. 작은 사장님은……."

"괜찮아요. 잠시 기절했을 뿐이니까. 가벼운 마비독이랍니다."

그녀는 화사하게 웃었다. 너무도 간단히 픽 하고 쓰러진 태호의 모습이 우스워 유쾌한 기분마저 들었던 것이다.

"내일 아침이면 정신을 차릴 거예요."

"대단하십니다."

감탄 어린 목소리로 경재가 중얼거리자 청청은 얌전하게 웃었다.

"천만에요. 당한 쪽이 바보지요. 자, 모두 상처를 치료하고 이 자리를 치우도록 하지요."

그녀의 명령에 보고 있던 식솔들이 전부 다 고개를 숙였다. 타가의 아가씨라는 이유로 거부하기엔 너무나 타당한 명령이었던 것이다.

민재가 돌아왔을 때는 이미 주변 정리가 끝난 뒤였다.

"누가 정리를 해?"

"진가의 아가씨께서 작은 사장님을 제압하셨습니다."

민재는 미간을 찡그렸다. 상처투성이 얼굴을 한 경재의 몰골을 보아 무슨 일이 벌어졌는지는 보지 않고도 알 수 있었다. 문제는, 그 일을 해결한 것이 경재나 경비실장이 아니라 타가의 아가씨라는 점이었다.

"대단하셨습니다. 단번에 작은 사장님을 제압하셨거든요. 다들 진가의 공주님이라고 부르는 것도 이해가 갑니다. 분명히 안주인이 되실 만한 분입니다."

경재가 들뜬 얼굴로 그렇게 설명하자 민재는 더더욱 착잡해졌다.

"말조심해라."

방금 그는 태경을 만나고 온 길이었다. 정확히 말하자면 통화만 했다.

그는 정말로 밀월을 즐기고 있는 태도였다. 가내의 소란은 내버려 두고 특별한 일만 보고하라는 그의 명령은 민재에게도 의외였다. 종주에 오른 이후로 태경은 언제나 일을 직접 해결해 왔다. 서가의 종주치고는 지나치게 성실할 정도로 온화하게.

'어쩌면 이게 서씨 가문의 주인다운 태도인지도 모르지.'

그는 서운하면서도 시원했다.

심하게 말하면 망나니, 좋게 말하면 호탕했던 역대 종주들 중에서도 태경은 이질적인 인물이다. 침착하고 조용한 데다 절대로 사건사고를 내버려 두지 않는다. 가내의 일에 두루두루 손을 내밀어 식구들을 보호하고 돌본다. 그것도 드물게 다정한 방식으로. 지극히 드문 타입의 종주인 것이다.

아마 그래서 원로들이 태경을 가볍게 여겼는지도 모른다. 사람들은 그가 온유하고 점잖은 사람이라 착각하고 있었다. 사실은 그렇게 무서운 사람도 없는데 말이다. 덕분에 원로들이 둘이나 죽었다. 게다가 그 일가가 항의를 하기도 전에 잽싸게 칩거해 버렸다. 그 평소와 다른 태도에 아마도 모두 잔뜩 털을 곤두세우고 있을 터였다.

'이쪽이 본성인데.'

민재는 피식 웃었다.

태호가 어떤 반응을 보이든 놔두라 명령한 것은 이번이 처음이었다. 어미 새처럼 태호를 감싸던 태경이 태도를 바꾼 것이다. 민재는 그게 정연 때문이라 생각했다. 그 역시 정연 주위를 맴도는 태호가 편치는 않았을 것이다.

"그래서, 작은 사장님은?"

"철동에 갇혀 계십니다."

"뭐?"

"사실은 진가의 아가씨께서 제압한 뒤에 그렇게 명령했습니다."

민재는 더더욱 미간을 구겼다. 그녀가 그렇게 명령할 상황은 아니었다. 무엇보다 그럴 자격이 없다. 다른 가문의 아가씨가 감히 직계의 감금을 명하다니. 그런 명령을 순순히 들은 자들이 잘못이다.

"그게 말이 된다고 생각하느냐?"

민재의 목소리가 싸늘해지자 경재는 움찔했다.

"하지만 작은 사장님을 달리 제압할 사람도 없을뿐더러 형님도, 회장님도 부재중이었기 때문에······."

"그렇다면 네가 일을 처리했어야지!"

"그 상황에서는 그게 가장 타당한 일이었다고요. 솔직히 말해서 저희들은 종주님의 비서이긴 하지만 직계는 아니잖아요. 직계도 아니고 어른도 아닌데 감히 작은 사장님을 마음대로 가둘 수는 없어요."

경재가 항변하자 민재는 한숨을 내쉬었다. 민재 역시 상황은 안다. 하지만 그렇다고 해서 진청청이 명령해서는 안 된다.

"태도를 확실히 해라. 아직 그분은 안주인이 되신 게 아니야. 종주께서는 승낙하지 않았어. 함부로 나서다가 종주께서 아시면 어쩌려고 그런 일을 저질렀나?"

"하, 하지만······."

경재는 어차피 마찬가지가 아니냐고 말하고 싶었지만 입을 다물었다. 그는 이미 청청이 안주인이 되면 좋겠다고 여기고 있었다. 무엇보다 저 난폭한 태호를 단번에 제압한 그녀가 아니던가. 안주인은 힘이 있어야 했다. 아무나 안주인이 되는 게 아니다.

민재는 놔둘 수 없다 생각했다. 태경이 청청을 원하지 않는 한 청청의 영향력을 더 이상 키워서는 안 된다. 원로들이 아무리 원해도, 아영이 아무리 원해도 태경은 원치 않는 일을 할 사람이 아니다. 민재는 다소 서글프게 생각했다.

정말로 저 인간여자가 좋은 혈통을 가진 집안의 아가씨였다면 얼마나 좋을까. 그녀라면 정말로 태경에게 좋은 아내가 되어줄 수 있었을 텐데. 그리고 태경이 가진 상처를 감싸줄 수 있었을 텐데.

민재는 다른 일족들이야 뭐라 하든 태경이 원하는 대로 할 생각이었다. 그는 태경의 비서였다. 처음부터 그는 태경이기에 자신의 주인으로 인정한 것이다. 어린 태경만이 더러운 사생아를 종주의 직속 비서로 인정해 주었다. 원로들 따위 알 바 아니다.

"아가씨."

청청은 차를 마시는 중이었다. 마주 앉아 있는 사람은 낯선 진가의 여자였다.

"이제 돌아왔군요."

"여러 가지로 신세를 진 것 같습니다, 아가씨."

늦은 오후라 방 안에는 붉은빛이 감도는 햇빛이 요요하게 그림자를 만들어내고 있었다. 청청의 얼굴에 떠오른 그림자를 보며 민재는 고개를 살짝 숙였다.

"앉아요. 아마 종주께 다녀왔나 보군요."

"네."

민재는 부정하지 않았다.

잠시 침묵이 감돌았다.

"이쪽은 내 비서인 진예가라고 하지요. 예가, 이쪽은 태경님의 1비서인 서민재 씨."

"진예가입니다."

얌전히 앉아 있던 여자가 고개를 숙였다. 하얀 얼굴에 붉은 입술이 유난히도 요염하게 보이는 여자였다. 가는 몸매에 풍만한 굴곡이 지나칠 정도로 여성적인 매력을 과시하고 있었다. 전형적인 진가의 여자였다. 청청과 함께 왔다는 것은 들어서 알고 있었지만 이렇게 마주한 것은 처음이었다.

민재는 인사를 하면서 그녀를 슬그머니 살폈다. 이 진예가라는 여자는 썩 마땅치 않다는 표정으로 그를 살피고 있었다. 기세를 보아하니 약한 여자는 아니었다. 게다가 서가에 청청이 목매고 있는 이 상황이 무척이나 마음에 들지 않는 모양이었다.

"사장님께서 연락을 해오셨습니다. 서울 별장으로 옮기라고 명하셨지요."

의미심장한 말이었다. 진예가의 말을 듣고 민재는 납득했다. 진가의 모두가 청청의 귀가를 기다리고 있다는 것은 서가와의 사이가 예전처럼 좋지 않을 거라는 예고와도 같은 말이었다. 무리도 아니다.

민재가 머리를 굴리고 있는 동안 그녀는 창밖을 바라보고 있었다.

멀리서 피기 시작한 라일락의 향기가 스며들고 있었다. 햇볕은 따갑고 바람은 열기를 품기 시작한다. 슬슬 더위를 머금는 대기에는 아직도 피 냄새가 감돌고 있었다. 민재는 그것이 서씨 가문 특유의 것이라고 인정했다. 아무리 뭐라 해도 서가의 피 속에는 광기가 서려 있었다. 이성을 억제치 못하고 날뛰고야 마는 사나운 혈기와 광기.

너무 어려서 자세한 것은 기억하지 못했지만 민재도 그런 시기가 있었다. 그에게는 스무 살 이전의 기억이 없었다. 그저 미쳐 날뛰며 싸우고 죽이고 나돌아다녔다는 것만을 기억할 뿐. 버려진 사생아가 설 자리는 그다지 넓지 않은 법. 유달리 강인한 몸이 아니었다면 그는 살아남지 못했으리라. 살인마라 불릴 만큼 날뛰었던 것은 어렴풋이 기억이 난다. 하지만 자세한 것은 기억나지 않았다. 그의 모친은 아주 어릴 때 그를 버렸다. 핏덩이인 상태로 집어던졌던 모양이다. 그는 거리에서 개들과 함께 자라나 들개처럼 야산을 떠돌다, 어느 순간 성년을 맞이했다. 그리고는 우연한 기회에 인간들 사이에 섞여서 범죄조직과 같이 움직였다. 본능만으로 사는 것만으로는 부족해서 날뛰고 날뛰다가 서씨 가문의 특징을 본 일족들에게 발견되었다.

그때부터 민재는 서씨 가문의 한 사람이 되었다. 이름도 그때 처음 받았다. 처음에는 가문 내부에서 반발도 무척 심했지만 피가 닿았으니 가족이라며 가문에 편입되었다. 그 후로도 거칠기만 한 그에게 사생아라며 반감을 가진 자들이 많았지만 그가 가진 힘이 그를 지탱해 주었다. 그는 가문이고 뭐고 다 귀찮아 혼자 있는 것을 즐겼다. 그러나 그 후 그는 태경의 직속비서로 발탁되었다. 열세 살의 나이로 성년을 맞이한 어린 태경은 스스로 종주의 자리에 오르며 민재를 자신의 비서로 임명했던 것이다. 말이 비서지, 종주의 직속인 비서의 권한은 일족 안에서 막강하다. 그 후로 민재에게 감히 사생아라는 말을 입에 올리는 자들은 없어졌다.

"그 여자와 함께 있나요?"

청청의 질문에 그는 상념에서 벗어났다.

"그 여자와 함께 있냐고 물었어요."

청청이 다시 물었지만 민재는 대답 대신 고개를 숙였다. 청청은 지친 얼굴로 턱을 괸 채 그를 돌아보았다.

"내게 가문의 일에 참견하지 말라고 경고하러 왔군요."

민재는 여전히 침묵했다. 빤히 알고 있는 그녀에게 뭐라 할 말이 없었다.

"참견할 마음은 없어요. 그저 한 팔 거들었을 뿐이지."

그녀는 그렇게 말하고는 천천히 일어났다. 같이 앉아 있던 예가가 민재를 향해 날카로운 시선을 던졌지만 민재는 아무런 반응도 하지 않았다.

멀리서 새 우는 소리가 들렸다. 근처에 수풀이 우거진 터라 날짐승도, 들짐승도 많다.

"내가 쓸데없는 일을 하고 있다고는 생각지 않아요, 서민재 씨."

"드릴 말씀이 없군요."

민재가 다시 침묵하자 청청은 피식 웃었다. 그녀 역시 그를 다그쳐 봐야 달라질 것은 아무것도 없다는 것을 알고 있었다.

"종주께 제 말을 전해 드렸나요?"

"네."

"대답은요?"

"아마 아실 겁니다. 그분은 아가씨를 아끼고 계십니다."

"아낀다라……."

청청은 피식 웃었다.

"아끼니까 정략결혼은 못하겠다 그건가요?"

어디서부터 어디까지가 정략결혼일까. 청청은 고개를 내저었다.

태경은 결벽증이 있는 걸까. 충분히 그에게는 좋은 조건인데 왜 멀리하는 것인지 청청은 슬슬 알 수가 없어졌다. 단순히 그 인간여자를 너무 사랑해서라기엔 말이 안 되는 대답이었다.

"이해가 안 되는군요. 종주로서도, 한 남자로서도 유리한 조건일 텐데."

민재도 동의했다.

"그렇습니다. 하지만 종주님은, 아가씨가 행복한 결혼을 하시길 바랍니다."

그 말에 청청은 비웃었다.

"그렇게나 아이가 싫대요?"

민재는 다시 침묵했다.

청청은 팔짱을 낀 채 창가에 몸을 기댔다. 작은 몸집이 더 작아 보였다.

"나는 완전무결한 아이를 낳을 자신이 있어요. 어머님이 날 고르신 이유도 그거겠지요."

청청은 지친 얼굴로 해가 지기 시작하는 서쪽 하늘을 바라보았다. 햇빛은 이미 붉다.

"그런데도 싫다니. 태경님은, 사람을 너무 힘들게 하는군요. 그냥 적당히 받아들일 수도 있는 것을."

민재는 그녀의 얼굴에 감도는 붉은 기운을 보았다. 인형처럼 무표정한 얼굴에 떠오른 것은 슬픔도, 분노도 아니었다. 지친 것이 역력한 표정. 그와는 반대로 그녀의 전신에서는 장미향을 닮은 체향이 뿜어져 나왔다. 민재는 저도 모르게 움찔했다. 그것은 너무나도 매혹적인 향기였다. 너무 짙어 주변의 냄새를 완전히 압도하는 향기. 타고난 지배자의 향기였다.

민재는 갑자기 떠오른 생각에 고개를 번쩍 들었다. 이렇게나 강한 향기라면, 이렇게나 강한 여자라면 아영의 말대로 완전무결한 아이가 나올 것이다. 완전무결한 안주인.

아마도 진씨 가문에서 그녀를 공주님이라 부르며 경외하는 것도 이유가 있을 터였다. 민재는 갑자기 떠오른 생각에 초조해졌다. 절대로, 이 여자를 놓치면 안 될 거라는 생각이 뇌리를 스쳤다.

그 때문일까. 그는 무의식중에 펼치고 있던 접근금지 사인을 풀었다. 마치 청청의 기세에 대응하기라도 하는 양 그의 몸에서 펼쳐 나오는 기운이 방안 전체를 뒤덮었다. 파도처럼 파동을 일으키며 방 안 전체로 퍼져 나가는 기세에는 커피 향을 닮은 씁쓸한 향기가 섞여 있었다. 청청 옆에 서 있던 예가는 몸을 떨었다. 그녀의 눈동자가 흐려지며 열기를 띤다. 강한 남자의 향기였다. 여자라면 누구라도 느낄 강력한 힘의 파동이 예가의 몸을 뒤흔들었다.

갑자기 등줄기를 파고드는 뜨거운 감각에 청청은 고개를 돌렸다.

두 사람의 시선이 마주쳤다.

순간, 시간이 정지했다.

공기 중에 흩날리던 먼지의 입자가 멈추었다. 바람에 흔들리던 나뭇가지가 멈췄다. 바람 소리가 사라졌다. 집 안에서 들리는 사소한 소음도 사라졌다. 두 사람 사이에 있는 모든 사물이 일제히 동작을 멈췄다. 끈이 움직였다. 살아 있는 것처럼, 누에가 실을 뽑아내듯 가느다란 실이 민재의 발치에서부터 자라나 청청에게로 향했다.

'뭐지?'

민재는 눈을 크게 떴다.

그는 자신의 발치에서 뻗어나간 끈이 청청에게 이어지는 것을 보았다. 그 끈이 무엇을 의미하는지 그는 잘 몰랐다. 정가의 특징인데도 버려진 채 성장한 그에게는 태경처럼 옆에서 설명해 줄 어른이 없었다. 그는 자신의 발치에서, 손끝에서 퍼져 나가는 거미줄같이 가느다란 끈이 청청의 몸을 붙잡는 것을 멍하니 바라보았다.

청청은 갑자기 날개를 편 압도적인 수컷의 향기에 놀랐다. 왜 자신이 멍하니 굳은 채 민재의 얼굴을 바라보고 있는지 그것조차 알 수 없었다. 이상했다. 방금 이 자리에 있었던 서민재라는 남자가 난데없이 생각지도 못했던 존재로 화했다. 낯설고 낯선, 남자의 향기를 뿜는 존재. 수컷으로서의 자신을 어필하는 존재.

이제껏 전혀 예상도 하지 못했던 일이었다. 그녀에게 있어서 서민재라는 남자는 그저 태경의 비서이자 심복, 그 이상도 이하도 아니었다. 그런데, 그런데 이게 무엇일까.

"무슨 짓을!"

뒤늦게 청청이 외쳤다.

민재는 흠칫하며 청청을 바라보았다.

다시 시선이 마주쳤다. 흐릿한 열기가 두 사람 사이를 스치고 지나갔다. 접근금지 사인을 푼 민재는 아름다웠다. 청청으로서는 단 한 번도 보지 못한 타입의 남자였다. 지나치게 날카롭고, 지나치게 강력한 남자가 존재를 드러냈다. 시퍼렇게 날이 선 검. 스스로 존재감을 지우고 있었던 자가 껍질을 벗어 던진 것이다.

'이, 이게 뭐야. 이, 이게 대체!'

그가 보내는 시선은 단순히 성적(性的)인 것 그 이상이었다.

청청은 갑자기 몸이 떨렸다. 소름이 돋고 겁이 났다. 이건, 이제껏 느끼지 못했던 두려움이었다.

"죄송합니다. 저도 조금 흥분했나 봅니다."

그는 자신이 기세를 일으킨 것을 후회하며 뒤로 물러섰다.

갑자기 찬물을 뒤집어쓴 기분이었다. 어째서 자신은 난데없이 기운을 개방한 것일까. 그것도 이 작은 여자를 상대로. 아무리 요염하다고는 해도 상대는 진가의 공주다. 그런 그녀를 상대로 기세를 개방했다니. 그는 스스로를 믿을 수가 없었다.

'가, 가만, 요염? 저 꼬마 아가씨가 요염해?'

민재는 순간적으로 혼란을 느꼈다.

두근.

청청은 주먹을 쥐었다. 자기도 모르게 가슴을 부여잡을 뻔했다. 심장이 터질 듯 뛰고 있었다. 단 한 번도 태경 이외의 남자를 마음에 둔 적이 없었다. 아니, 아예 눈에 들어오지도 않았다는 게 정답이다.

그런데. 그런데 대체 무엇일까.

두 사람이 마주한 시간은 아주 짧았다. 바로 옆에 있던 예가로서는 두 사람이 동시에 기세를 개방했다는 것만 느꼈을 뿐이다. 청청은 혼란한 얼굴을 애써 돌리면서 입술을 깨물었다. 민재는 평온한 표정을 유지하면서 작별을 고했다.

"그럼 쉬십시오. 이제 곧 저녁 식사 시간이 되겠군요."

"종주께 안부 전해주세요."

자기도 모르게 청청은 딱딱한 어투로 말했다. 차마 민재를 똑바로 볼 수 없는 기분이었다. 심장이 미칠 듯 뛰고 있었다. 어느새 살갗이 달아오르고 있었다. 그녀는 입술을 깨물었다.

'이건 말도 안 돼!'

그녀는 알고 있었다. 그녀의 몸 안에서 슬그머니 고개를 들고 있는 이 감각이 무엇인지. 아랫배에서 불꽃이 일어나 서서히 사지로 퍼져 나간다. 도자기처럼 하얀 살갗이 붉은빛을 띤다. 꽃이 만개하듯이 그녀의 체향이 짙어졌다. 꽃봉오리가 벌어지듯이 수줍게.

민재는 억지로 몸을 돌려 밖으로 나갔다. 문을 닫은 후에도 그는 쉽게 그 자리를 떠날 수 없었다. 그는 멍하니 자신의 발치를 내려다보았다. 방금 이해할 수 없는 일이 벌어졌다. 그게 무엇인지 그는 알고는 있었다. 남자와 여자, 여자와 남자의 만남이다. 하지만 이건 있을 수 없는 일이었다. 그녀는 진가의 공주님이었다. 그는 서가의 비서, 그나마도 사생아의 핏줄이다.

'말도 안 돼.'

그는 입술을 깨물었다.

민재가 어찌 생각하든 그의 발치에서는 끊임없이 가느다란 끈들이 꿈틀대며 형체를 유지하고 있었다. 그물을 엮듯이 이어지는 선과 선. 그는 자신의 발치를 멍하니 바라보았다. 그 자신의 의지와는 관계없이 움직이는 힘이다.

'나는 그녀를 원한 적 없어. 단지, 감탄했을 뿐이다.'

그는 뻣뻣해진 다리를 억지로 움직이며 중얼거렸다. 걷는 동작이 어색해졌다. 점점 거북해지고 점점 발이 무거워진다. 혼란스러워진 그는 자기도 모르게 이마를 짚었다.

"서민재."

그는 움찔했다.

복도 끝에 누군가가 서 있었다. 다름 아닌 정아영이었다. 그녀는 십대 소녀처럼 하얀 원피스를 입은 채 진주 핸드백을 들고 서 있었다. 첫 데이트를 기다리는 어린 아가씨와 같은 모습이다.

"이건 뜻밖의 일이야."

 아영은 진위를 파악할 수 없는 기묘한 표정으로 웃었다. 하얀 얼굴에 떠오른 표정은 슬픈 것인지 화를 내는 것인지 알 수 없었다.

 "너는 네 출생의 길을 그대로 따라가면 안 된다."

 민재는 싸늘한 표정으로 아영을 쏘아보았다.

 "무슨 의미입니까?"

 아영은 기묘하게 웃었다. 그녀는 실 끊어진 인형처럼 고개를 갸우뚱하며 그를 향해 눈을 반짝였다. 섬뜩한 모습이었다.

 "그냥 그렇다는 의미란다, 조카야."

26
사랑

"정말 안 나가도 돼요?"
"괜찮아."
정연은 그를 바라보았다.
태경은 느긋한 자세로 앉아 신문을 보고 있었다. 오전 열한 시.
"바쁜 거 아니었어요? 벌써 오랫동안 회사에 나가지 않았는데."

그녀가 묻자 그는 피식 웃었다. 양복을 입고 있지 않은 그의 모습은 놀랄 정도로 온화하고 젊어 보였다. 검은 브이넥 니트에 청바지를 단출하게 걸치고 있는 모습이 모델처럼 근사했다. 정연은 눈이 호강한다는 생각을 하면서 그의 허벅지에 머리를 베고 누웠다.

"나 말고도 일을 할 자들은 많아. 나도 좀 쉬어야지."
그가 웃었다.

"휴가인 건가요?"

일주일간이나 가능한 걸까 생각하면서 정연은 그를 올려다보았다.

"그래. 오랫동안 쉬지 못했으니까."

태경이 웃었다.

보글보글.

그가 웃을 때마다 정연의 가슴 한구석에서 보글보글 소리가 났다. 비눗방울처럼 곱고 작은 것들이 자잘하게 끓으며 소리를 낸다. 그녀는 그 소리 때문에 가슴속이 간지러웠다.

그 간지러운 감정과는 반대로 태경이 벌인 일은 심각한 것이었다. 정연은 애써 기억하지 않으려 하지만 태경은 사람을 죽였다. 그것도, 자신의 친척일가를.

'그들을 죽였기 때문에 숨어 있는 걸까? 그래서 회사에도 못 가고 집에도 못 가는 걸까?'

마음이 무겁다. 가족이 중요하다면서, 가족이니까 뭐든 해준다 해놓고 그렇게나 가차없이 냉정하게 죽였다.

그가 죽이는 것을 직접 보지는 않았지만 그렇다고 해서 그들이 살아 있을 거라고는 생각되지 않는다. 검은 봉투에 무언가를 태연하게 넣던 자들. 구역질나는 피비린내. 잘못 보았을 수는 있어도 후각은 거짓말을 하지 않는다.

따스한 손이 뺨을 쓰다듬었다. 그의 손은 따스하다. 그의 냄새는 너무나 기분 좋다. 정연은 자기도 모르게 시선을 피했다. 그의 손가락이 닿는 곳이 점점 뜨거워진다.

따져 보면 태경은 살인자다. 당연히 무서워해야 하는데도, 소름끼쳐 하며 달아나야 하는데도 여전히 그와 닿으면 가슴이 뜨거워진다.
　그가 좋다. 사랑한다.
　발이 땅에 닿지 않는 듯 비현실적인 감각. 모두가 꿈같다. 현실이 아닌 것 같다. 엄마가 죽고, 태호가 나타나 그녀를 물었다. 그리고 태경이 나타나 그녀를 구했다. 그와 동시에 그녀는 기괴한 존재가 되어 인간이 아닌 것이 되었다.
　'그리고, 괴물과 사랑에 빠졌다.'
　그녀는 태경의 옷자락을 쥔 채 가만히 고개를 숙였다.
　살인을 태연하게 자행하고 폭력과 비밀로 가득 찬 그의 삶 속에 그녀가 뛰어들었다. 아니, 그들이 끌어들였다. 태호와 태경, 두 형제가.
　그녀는 한숨을 삼키며 그의 무릎 위로 몸을 숙였다. 그의 몸을 파고들면서 온기를 구했다.
　형제간을 이간질한 나쁜 년. 그들이 말한 내용을 그녀는 기억하고 있었다. 태호가 그녀에게 사랑한다 고백하며 달려들었다. 그런 그녀의 보호자는 태경.
　'이것도 삼각관계일까.'
　그녀는 씁쓸하게 웃었다.
　영화에서 보던 삼각관계는 꽤나 멋지고 애절했었다. 예쁘고 근사한 여자에게 사랑을 갈구하는 멋진 남자들이 만들어내는 드라마.
　'하나도 안 기뻐. 하나도 멋지지 않아.'
　멀리서 보면 멋지지만 사실은 본인들은 괴로운 것. 좋아하는 남자가 분명히 있는데 다른 남자가 끼어들어 온다고 기뻐할 여자가 실제로 몇이나 있을까. 오히려 오해받을까 봐 멀리하는 게 보통 아닐까.

안 그래도 정연은 몇 번이나 다른 자들에게 오해받았다. 태호의 애인이냐고, 왜 그의 냄새를 묻히며 돌아다니느냐며 방탕하고 추잡한 여자로 취급받았다. 그녀 자신은 서태호가 정말로 싫은데, 증오할 만큼 싫은데도 말이다.

손을 내밀어 그녀는 태경의 허벅지를 만지작거렸다. 단단한 근육이 배어나오는 그 느낌이 자못 든든했다.

"왜? 걱정돼?"

"아뇨."

"걱정할 것 없어. 내가 주인이야. 내가 오너라고. 내가 휴가를 내고 싶으면 내는 거야. 그동안 성실하게 일해왔으니 잠시 쉬어도 문제는 없어."

태경의 얼굴은 여전히 부드러웠다.

그가 정색을 하고 화를 내는 경우가 몇 번이나 있을까. 정연은 문득 궁금해졌다. 정말로 상반된 형제였다. 한쪽은 내내 화만 내고, 한쪽은 내내 온화한 표정이다. 같은 피를 가진 형제가 어쩌면 이렇게도 다를까.

그녀는 이미 그가 자신의 혈육을 죽인 일을 잊었다. 그가 얼마나 냉혹하고 가차없는 살인마인지 순식간에 잊고 그가 보여주는 것만을 본다.

"정연아."

그의 커다란 손이 그녀의 뺨을 감싸며 입술을 겹쳤다. 친애의 의미가 더 강한, 욕정과는 관계없는 가벼운 키스. 그것이 너무 좋아 정연은 그의 입술에 다시 키스하고 코끝에 키스했다. 태경이 웃었다. 그러면서 이마에 흐트러진 그녀의 머리칼을 쓸어 올렸다.

그의 손은 다정했다. 정연은 그의 손과 자신의 손을 겹쳐 보았다. 곱긴 하지만 커서 그녀의 손의 두 배는 될 듯하다.
태경이 그녀의 손을 마주 잡아왔다. 깍지 낀 손이 다정하다. 아무렇지도 않게 이렇듯 자연스럽게 애정 표현을 하는 그가 좋아 정연은 이런저런 생각을 접고 미소 지었다.
보글보글.
그를 보면 가슴속에서 보글보글 분홍빛 비누 거품이 일어난다.
"커피, 할 거죠?"
"응."
커피 메이커에서 흘러나오는 커피 향이 거실 전체에 퍼져 나갔다. 그녀는 그의 허리에 두 팔을 감았다. 이런 식으로 누군가에게 매달려 있는 게 생소하면서도 달콤했다. 무심한 듯 그의 손가락이 그녀의 머리칼을 스치고 지나간다. 애무하듯 두드리는 손가락이 상냥했다.
태경은 그녀와 함께 있었다. 벌써 일주일이다. 그는 회사에 가지도 않았고, 전화를 받지도 않았다. 가끔 걸려온 핸드폰에 응할 뿐이었다. 그 외에는 외출도 하지 않았다. 유일한 외출이 쇼핑이었다. 그는 그녀와의 밀월을 즐기고 있었다. 그는 강한 종주였고 그 지위를 누릴 힘이 분명히 있었으니까.
정연은 커피 메이커에서 커피를 두 잔 뽑아가지고 왔다. 에스프레소 기계가 있긴 했지만 다룰 줄 몰라서 그녀는 그냥 드롭식 커피 메이커를 사용했다.
"쿠키도 드실래요? 아까 사 온 거 남았는데."
식탁에서 주섬주섬 쿠키 상자를 꺼내자 태경은 고개를 저었다.
"단건 별로야."

정연은 그렇거니 하면서 손바닥만한 치즈 쿠키를 두 개나 먹어 치웠다. 거기다 태경이라면 절대 손을 대지 않을 것 같은 화이트 초코칩 쿠키까지도 단번에 세 개나 먹었다. 그 먹는 모습을 보면서 그가 웃었다.
"벌써 배고파?"
"아뇨, 그냥 출출해서."
조금 멋쩍은 생각이 들긴 했지만 정연은 결국 쿠키 한 통을 다 비웠다. 커피를 세 잔 마시면서 쿠키까지 몽땅 먹어치우는 그녀를 보면서 태경은 또 장을 보러 갈까 하고 느긋하게 생각했다. 보통 사람이라면 그 엄청난 식사량에 놀라겠지만 그들 일족은 원래 식사량이 엄청나다.
"원래는 단것을 좋아하지 않는데 요즘 들어 계속 먹고 싶어요."
변명하듯이 정연이 말하자 태경은 그녀의 입가에 묻은 쿠키 조각을 핥으며 키스해 주었다.
"그럼 케이크를 사러 갈까? 이 근처에 유명한 집이 몇 곳 있어."
"그래요? 뭐가 유명한데요?"
쪼는 듯이 키스를 거듭하는 태경에게 그녀도 마주 웃으며 키스했다. 그가 눈만 마주치면 키스하는 바람에 그녀는 일생 할 분량을 전부 다 여기서 하는가 보다 생각했다.
그의 혀끝이 그녀의 입술을 간질였다. 쿡 웃는 순간, 태경의 팔이 그녀에게 감겼다. 깊숙이 파고드는 키스에 응하면서 그녀도 그를 마주 끌어안았다. 몇 번이나 마주 안아도 익숙해지지 않는 느낌이었다. 조금은 부끄럽고 조금은 달콤하다. 아니, 많이 달콤하다. 곧이어 그의 입술이 뺨을 지나 목덜미로 옮겨왔다. 강하게 빨아들이는 입술에 조금 놀라 가슴이 펄쩍 뛴다. 그 반응에 태경이 킥킥 웃었다. 그의 손이 가슴어림 사이로 파고들자, 정연은 자기도 모르게 거칠어진 숨소리를 깨달았다.

"우웅."

묘한 소리가 절로 나오는가 싶더니 그의 다른 한 손이 가슴을 지나 배를 쓰다듬었다. 불길이 치솟는 것 같은 감각을 느끼며 그녀는 다리를 꺾었다. 몇 번을 반복해도 이상하고 묘한 감각이었다. 이명이 울리는 것처럼, 발가락이 움츠러든다.

정연은 헐떡이면서 그의 목에 팔을 감았다. 어느새인지 그의 입술이 가슴께에 닿아 옷자락을 헤치고 있었다. 거짓말처럼 쉽게 그는 그녀가 입은 셔츠 자락을 입술만으로 젖히고 브래지어도 하지 않은 그녀의 맨가슴을 애무하고 있었다. 하얀 젖가슴에 닿은 붉은 입술이 젖어 있다.

"저, 저기."

정연은 어떤 말을 해야 할지 알 수 없어 더듬었다.

그 말에 그가 그녀의 젖가슴을 꽉 깨물었다.

"악!"

난데없는 폭거에 놀란 그녀가 그의 어깨를 두들겼다. 퍽퍽 후려치자 태경이 아프다며 그녀의 배를 물어뜯었다.

"아파욧!"

"아프기만 해?"

그는 야릇하게 웃으면서 자신이 깨문 곳을 혀로 핥았다. 악기를 연주하듯이 예민한 손가락이 셔츠를 젖히며 맨살을 드러냈다. 태경의 셔츠를 걸치고 있던 정연은 전신이 새빨갛게 변하고 있다는 것을 깨달았다. 몸에 열이 오른다.

"웃."

향기가 퍼졌다.

달콤하고 새콤한, 뭐라 말하기 어려운 향기다. 태경은 그 체향을 음미하면서 그녀의 다리를 벌린 채 안아 올렸다. 하얗게 살갗을 드러낸 그녀는 부끄러운지 잔뜩 움츠려 있었지만 그 모습이 더더욱 자극적이어서 태경도 순식간에 본성을 드러내고 말았다.

정연이 움찔했다. 태경의 날카로운 손톱이 옆구리를 찔렀다. 피가 배어나올 정도는 아니었지만 충분히 자극적이었기 때문에 몸이 놀란 듯 부르르 떨었다. 날카로운 손톱이 천천히 옆구리를 타고 엉덩이, 허벅지로 내려갔다. 곧이어 안쪽 깊숙한 곳까지 이어지자 정연은 자기도 모르게 그의 어깨를 꽉 움켜쥐고 말았다.

"아파?"

저릴 만큼 달콤하게 그가 물었다.

정연은 아픈지 안 아픈지 잘 알 수 없는 몽롱한 기분이었다. 열에 들뜬 시야로 천장이 빙빙 돌았다. 귓가로 들려오는 태경의 목소리는 들을 때마다 온몸이 저릿저릿했다.

"무서워?"

"이, 이거……."

"응?"

난데없는 말에 태경이 손을 멈췄다.

"이게 좋다는 사람을……."

"응?"

"이제 이해할 것 같아요……."

정연이 더듬더듬 말하는 순간 태경이 웃음을 터뜨렸다.

이거? 섹스라는 말을 입에 올리는 게 부끄러운 걸까. 그는 웃으면서 그녀의 가슴에 얼굴을 묻더니 소복하게 솟아오른 그녀의 유두에 혀끝을 대며 중얼거렸다.

"그건, 내가 굉장히 잘한다는 소린가?"

그녀는 대답하는 대신 그를 꽉 끌어안았다.

체향이 더더욱 달콤해졌다. 라임을 닮았던 체향이 점차 변하며 오렌지를 닮아갔다. 아니, 이제는 복숭아를 닮아간다. 태경은 그녀의 살갗에 파묻은 얼굴을 흔들면서 그 향기를 깊게 들이마셨다. 그 비슷한 행위를 정연도 했다.

코끝을 태경의 목덜미에 대고 혀로 핥는다. 가장 원초적인 행위가 이루어질 때는 인간도, 짐승도 따로 없는지도 모른다. 두 사람은 한 쌍의 다정한 짐승처럼 서로를 보듬었다. 몇 번이고 서로를 겹치고 끌어안았다. 매일 매 시간마다 붙어 있는데도 항상 다급했다. 정연은 그가 손을 뻗어오면 적극적으로 매달렸다. 아니, 잠시라도 그에게서 떨어져 있는 것을 참을 수가 없었다.

'좋아해.'

그녀는 그의 목덜미에 입술을 비비며 중얼거렸다.

'시간이 멈춰 버렸으면 좋겠어.'

그런 그녀를 태경은 만족스럽다는 듯 바라보았다. 다정하다고 여겼던 그의 시선이 점점 더 짐승을 닮아가고 있었지만 정연은 눈치 채지 못했다.

"배가 고파."

"나도요."

"사러 가자."

"응."

그는 단번에 정연을 안아 들고는 욕실로 향했다. 엉망이 된 몸 골들을 서로 웃으면서 씻겨주고 또 쓸어 내렸다. 한 쌍의 짐승들처럼.

유달리 푸짐한 저녁을 먹고 나면 둘이서 손 잡고 공원을 산책했다. 멀리는 가지 않았다. 4, 5km 정도의 다닐 수 있을 정도의 거리를 뛰거나 걸었다. 말은 없어도 손을 잡는 것만으로도 좋았다. 두 사람은 길거리에 널린 먹을거리를 한입씩 맛보며 황혼이 내려앉은 거리를 걸었다.

그는 그녀에게 어울리는 옷을 골라 사주었다. 백화점보다는 거리에 있는 의류 매장을 이용했다. 거리를 걷다가 쇼윈도에 전시된 옷들이 마음에 들면 태경은 망설이는 정연을 데리고 들어가 반강제적으로 옷을 입어보게 했다. 눈이 높은 그는 어지간해서는 오케이 사인을 내리지 않았기 때문에 정연은 몇 번이나 그의 앞에서 옷을 입었다 벗었다 하면서 옷을 골라야만 했다.

"멋진 남편이세요."

점원이 옷을 싸면서 부럽다는 듯이 말했다.

정말 남편이라면 얼마나 좋을까.

어마어마한 금액의 옷을 몇 벌이나 사면서도 태경은 돈을 아끼지 않았다. 부담스럽기도 했지만 그녀는 사양하지 않기로 했다. 그냥 신데렐라가 된 기분으로 즐기기로 했다. 쓸데없는 일로 말다툼하기에 시간은 너무 짧다.

부족한 화장품도 샀다. 원래 그의 집에 완전히 빈손으로 들어갔던 터라 그녀가 바를 화장품은 하나도 없었다. 다행히 피부가 좋아져서 아무것도 바르지 않아도 되었지만 그래도 기초 화장품은 있었으면 했었다. 태경은 슈퍼에서 적당히 사려는 그녀를 결국 백화점 매장까지 데리고 가서 이것저것 고르게 했다.
"아무것도 없으니까 전부 다 사."
영화에서나 나올 법한 대사라 생각하며 그녀는 쓴웃음을 지었다.
너, 진짜 첩이 되었구나? 부자 애인을 가진 사치스런 여자 말이야.
그녀 안에서 누군가 속삭이며 조소했다. 하지만 그녀는 그것을 금방 집어 삼켰다.
뭐, 어때? 아직 그는 아무와도 결혼하지 않았어. 나는 그의 애인이고 그는 내 애인이야.
그저 그가 해주려는 것, 그와 함께 있는 것만 즐기면 그것으로도 충분하다고 그녀는 몇 번이나 냉소적인 자신과 싸웠다.
그 싸움을 아는 듯이 장신구며 보석을 사주면서 태경은 다정했다. 그는 그녀가 유리로 만든 인형인 양 감싸 안으며 한시도 손에서 놓지 않았다. 좋은 것이 있으면 사주고 먹여준다. 세상에서 가장 어여쁜 사람이 그녀라는 듯이 쓰다듬는다.
정연은 행복했다.
이것이 비록 한시적인 일이라 해도 이런 일이 자신에게 벌어질 수 있을 거라고는 상상도 해본 적이 없었다. 누군가가 자신을 이렇게나 아껴준다는 것이 눈물이 나도록 달콤했다. 그녀는 실컷 누리기로 결심했다. 그의 손이 그녀의 손과 닿아 있는 한, 그는 그녀의 것이었다.
그래도 그녀는 준비했다. 만약 그와 헤어지더라도 살아갈 수 있도록. 세상 어떤 것이든 끝이 있는 법이다. 그녀는 그의 애정이 끝나더라도 자신은 살아갈 수 있어야 한다고, 그럴 수 있을 거라 몇 번이나 되뇌곤 했다. 그러면 그녀 안의 야수가 속삭여 왔다.
〈정말? 정말로 괜찮아?〉
시간은 물처럼 흘렀다. 정연은 시간을 잊었다.
달력 보기가 무섭다. 아니, 달력을 보지 않아도 그와 단둘인 시간이 벌써 줄어들고 있는 것을 알고 있다. 그러기에 더더욱 절실했다. 시간이, 시간이 너무나 빠르게 흘러갔다.
벌써 열흘. 언제까지? 언제까지 그는 그녀의 것일까?
낮이 곧 밤이 되고 밤이 곧 낮이 된다. 꿈결 같은 시간이 이어진다. 그리고 언젠가 끝이 온다. 그녀는 태경에게 그 끝이 언제인지 묻지 않았다.

"많이 먹어야 해. 요즘 너무 말랐어."
태경이 혀를 찼다.
그녀는 음식을 가리지 않았다. 육류를 중심으로 넘칠 만큼 먹었다. 그들은 언제나 음식을 산더미같이 사 와 둘이 앉아 끊임없이 먹어댔다. 그녀는 음식을 하긴 했지만 썩 잘하는 편은 아니었다. 그래서 반쯤 조리된 음식을 사 와 둘이 앉아 같이 익히고 구웠다.
정연 자신도 놀랄 정도로 그녀는 많이 먹었다. 예전에 다섯 끼를 먹는다고 스스로 놀라기도 했지만 지금은 더했다. 괴이하게도 그녀는 태경보다도 많이 먹었다. 그동안 해왔던 운동도 하지 않는데 끊임없이 허기가 지고 뭔가가 먹고 싶었다. 그런데도 살은 찌지 않는다. 그와 함께 있기 때문에 더더욱 허기가 지는지도 모른다. 그녀는 가끔은 그를 통째로 먹고 싶다는 생각을 하기도 했다. 특히 살갗을 마주하지 않을 때는.

"혹시 태경 씨가 내 정기를 뽑아먹는지도 모르죠."
아니면, 내가 괴물이 되었기 때문인지도 모르지. 허기진 괴물. 그녀는 그 말은 삼켰다. 그 속도 모르고 태경은 킥킥 웃었다.
"무리도 아니지. 침대에서 살다시피 하니까."
그녀는 얼굴을 붉혔다. 부끄럽긴 하지만 사실이었다.
두 사람 모두 눈만 마주치면 침대로 직행했다. 아니, 침대만이 아니고 온 집 안을 돌며 서로 몸을 탐했다. 태경은 점잖은 신사의 태도를 완전히 걷어치웠다. 그는 탐욕스러웠고 지치지도 않았으며 거칠기까지 했다. 그럼에도 불구하고 정연은 그게 더 좋았다. 친절한 태경도 좋았지만 그녀를 손에서 놓지 않으려 하는 그도 좋았다. 그녀 역시 같이 있으면서도 끝없이 그의 움직임을 쫓아다녔다. 시야에서 멀어지면 불안해 견딜 수가 없었던 것이다.
온 세상에 단 두 사람만이 있는 것처럼 정연과 태경은 붙어 있었다. 이 호사스런 아파트를 나서면 당장 그들은 자신들을 둘러싼 복잡한 상황에 말려든다는 것을 잘 알고 있었다. 그는 태연한 태도를 계속 유지하고 있었지만 정연은 그렇지 못했다. 태경이 그 아가씨와 결혼하고 나면 자신은 홀로 남을 것이다.
'첩으로라도 남을까?'
첩, 세컨드, 정부. 정연은 가끔 그 단어가 머릿속으로 뛰어들어 올 때면 입술을 깨물었다. 첩으로, 애인으로 남는 것은 괜찮다. 아무래도 상관없었다. 문제는 그를 다른 여자와 양분해야 한다는 것이다. 그의 아이를 다른 여자가 낳고 가정을 이룬다는 점이었다. 그것만은, 그것만은 결코 견딜 수 없을 것만 같았다. 자신을 바라보는 그 눈으로 다른 여자를 본다니. 그것만은 싫다. 욕심없이 모든 것을 놔줄 수 있을 정도로 그녀는 강하지 않았다.

'그러니까 이 사람의 아이를 낳고 싶어.'

아이를 갖고 싶다 생각한 적은 없었다. 여자로서의 일생 같은 것에 신경을 써본 적도 없었다. 항상 사는 게 고단했다. 누군가를 갖고 싶다 생각해 본 적도 없었다. 하지만 이젠 다르다. 그녀는 두 팔 안에 태경을 가두고 싶었다. 그를 누군가에게 빼앗기고 싶지 않았다. 그가 자신을 좋아한다는 것을, 사랑한다는 것을 알게 된 이상은 아무에게도 빼앗기고 싶지 않았다. 그를 잃을 수밖에 없다면 그의 분신이라도 갖고 싶다. 이기적인 발상이지만 그렇게라도 이어져 있고 싶었다.

'싸구려 드라마 같아.'

정연은 눈을 감았다. 절로 쓴웃음이 나온다.

사랑했던 남자의 아이를 몰래 낳아 키우는 여자들의 심정을 이제야 알 것 같았다. 어리석은 행동이라며 드라마나 영화에서 나올 때마다 비웃었던 장면이다. 한심하고 어리석은 행위지만 그것이라도 잡고 싶다는 게 솔직한 심정이리라.

그녀 안에 있는 야수가 속삭인다.

〈빼앗아. 그와 단둘이 떠나 버려. 어디론가 가버리자고.〉

햇빛을 받으며 앉아 있는 태경은 눈이 부셨다.

태경은 그녀가 어떤 생각을 하는지 알지도 못한 채 태연하게 신문을 보며 옆에 앉아 있었다. 단정한 그의 옆모습을 바라보면서 갑자기 정연은 그를 죽이고 싶다는 생각을 했다. 아무에게도 주지 않고 죽이고 싶었다. 혼자만 가질 수 있게 그를 숨기고 싶었다.

"자?"

그 생각을 눈치라도 챘는지 온화한 웃음을 머금은 태경이 그녀를 내려다보았다. 따스한 빛이 감도는 검은 눈동자를 보면서 정연은 눈을 감았다. 가슴이 찢어질 듯 아팠다. 자신이 어떤 생각을 하는지 그가 알면 화를 낼지도 모른다. 끔찍한 년이라며 정이 떨어질 것이 분명했다. 어쩌다 이렇게 되었을까. 어쩌다가 이렇게나 극단적이 되었을까, 정말 괴물이 되어서? 일족이란 탐욕스러운 괴물들인가. 그럼 왜 태경은 저렇게나 단정하고 깨끗해 보이는 걸까. 그녀는 혼란스러웠다.

"요즘은 계속 잠만 자는군. 먹고 자고. 그동안 굉장히 굶주렸었나 봐."

"난 괜찮아요."

"내가 괴롭혀서 피곤해?"

태경이 킬킬 웃었다. 그의 얼굴에 떠오른 미소에 정연은 숨이 막혔다. 눈물이 났다.

"왜 그래?"

눈물이 맺힌 그녀를 보며 그가 놀라서 물었다.

"이상해요. 난 원래 잘 안 우는데."

정연은 눈가를 누르면서 중얼거렸다.

정말로 요즘은 이상했다. 조금만 감정이 격해지면 눈물이 났다. 그녀는 자신이 나름대로 감정을 절제할 수 있는 성격이라 생각하고 있었다. 그런데 이상하게도 자꾸만 훌쩍훌쩍 눈물이 났다. 괴물이 된 자신이 기가 막혀서. 이 남자만을 바라보는 자신이 어리석어 보여서.

"내가 정말 너무 괴롭히는 걸까."

태경이 진지한 얼굴로 그녀의 손목을 잡았다.

그녀의 손목은 앙상하게 말라 있었다. 그렇게도 먹어대는데 살이 찌지 않는다. 그것만이 아니다. 며칠 전부터, 아니, 정확히 말해 그와 몸을 겹친 이후부터 정연은 계속 마르고 있었다.

"담배 탓일까."

태경이 조용히 탓하자 정연은 황급히 고개를 저었다.

"아니, 아니에요. 피우지 않았어요."

"그런데 왜 이렇게 마르기만 하는 걸까. 식사량은 분명히 느는 것 같은데."

태경은 한 손으로 그녀의 허리를 잡아 일으켜 자신의 무릎 위에 앉혔다. 마주 끌어안자 새삼스럽게 그녀가 얼마나 작고 말랐는지 실감이 났다. 그는 문득 불안한 기분에 그녀를 바라보았다. 작고 여윈 얼굴에 눈만 부드럽게 빛나고 있었다. 입술도 파리했다.

"의사를 부를까."

"아니요. 아무렇지도 않아요."

"변성을 완벽하게 이루었다고 생각했는데 어딘가 잘못된 걸지도 몰라. 원래 우리들 일족은 체중 변화가 거의 없어. 살이 잘 찌지도 않지만 잘 마르지도 않아."

그는 그녀의 얼굴을 두 손으로 감싸 안았다.

달콤하고 새콤한 향기가 느껴졌다. 전보다 분명히 달콤해진 향기는 그녀의 마음 변화를 보여주고 있었다. 그녀는 관능적인 향기를 품고 있었다. 꽃이 아니라 과일향에 가깝다는 게 그녀답다.

"괜찮다니까요."

정연은 부드럽게 웃었다.

그 웃음이 안타깝게 보여 그는 그녀의 여윈 몸을 끌어안은 채 불안감을 느꼈다. 비록 변성을 이루었다 해도 그녀는 인간이다.

뭔가 그가 모르는 것이 있을지도 모른다. 변성이라는 것 자체가 귀하고 드문 현상. 그녀가 잘못되는 상상을 하는 것만으로도 그는 괴로움을 느꼈다.

그는 정연의 작은 몸을 끌어안고 쓰다듬었다. 토닥토닥 쓰다듬는 그의 태도에 정연이 쿡쿡 웃는다. 그 웃음도 그는 어쩐지 불안했다.

그는 천천히 치유력을 그녀 몸 안으로 밀어 넣었다. 항상 그래왔듯 그의 힘을 받은 정연의 몸은 기뻐하며 흡수하기 시작했다. 두 사람 사이로 온화한 불꽃이 스며들었다. 익숙한 온기에 안도하듯이 그녀의 몸이 늘어졌다. 정연은 그의 어깨에 얼굴을 묻은 채 편안한 숨을 몰아쉬었다.

불안. 태경은 불안이라는 두 글자와는 무관했던 남자였다. 그는 항상 자신있게 모든 일을 추진해 왔고 어려운 일은 없었다. 복잡하거나 꼬인 일들은 적당히 합리적인 행동으로 해결할 수 있었다. 불안과 두려움이라는 것은 지킬 것, 지키고 싶은 것이 있을 때나 생기는 감정이라는 것을 그는 몰랐다. 정말로 지키고 싶은 것이 그에게는 없었다. 아니, 이렇게 약한 존재가 그의 옆에 있게 될 줄은 몰랐다.

"정연아."

"네?"

그는 그녀의 머리칼에 손가락을 집어넣고 쓰다듬었다. 그녀의 체향이 몸 안 깊숙이 새겨진다. 그녀는 완전히 그의 것이 되었다. 그것은 알고 있었다.

그런데 왜 불안한 걸까.

"사랑한다."

정연이 움찔했다. 그녀는 그의 가슴에 얼굴을 묻었다.
눈물이 흘러나왔다. 이제 정말로 울고 싶지 않은데 눈물이 나온다. 기뻐서, 아파서 흘리는 눈물이었다. 너무 기쁘면 아파지는 걸까. 그녀는 작게 〈나도〉 하고 속삭였다.
그녀는 그를 더더욱 강하게 끌어안았다. 누가 누구를 안은 것인지 알 수 없다.

하얀 손.
하얀 백합처럼 섬세한 손이었다. 두 개의 손이 깍지를 끼며 천천히 흔들렸다. 불청객을 만나 심기가 곱지 못하다는 것을 알리려는 듯이. 중국에서는 옛날부터 섬섬옥수 하얀 손은 귀인의 상징이었다. 거친 일을 하지 않는 귀한 신분의 소유자.
"어쩐 일로 날 보자고 한 거지?"
진청원은 분명히 귀인이다. 그는 귀인의 상징처럼 알려진 하얀 얼굴에 옥을 깎은 듯한 용모, 아름다운 음성으로 유명한 미남자였다.
"알고 계실 겁니다."
유명성은 낮은 어조로 말했다. 냉정한 태도를 취하고 있긴 하지만 심기가 편하지는 않았다. 아무리 진청원이 그보다 연상이라고는 해도 분명 지위는 차이가 있었다. 명성은 유가의 주인이고 청원은 진가의 후계자였다. 후계자란, 지위를 얻기 전에는 아무런 위치도 주장할 수 없는 신분이었다. 특히 대외적으로 나설 수 있는 신분이 아니라는 의미다.
그래도 진청원은 느긋한 태도였다. 그는 진가의 주인이자 부친인 진경하가 없는 자리에서는 명실상부한 진가의 작은 주인이었다. 요즘 들어 진경하가 자주 바깥출입을 하면서 청원이 그 자리를 대리하는 일이 늘어나고 있었다.

따리링―

가야금 소리가 맑게 울렸다.

바로 옆방에서 가야금을 뜯는 모양이었다.

한정된 손님만을 받는 이 한정식 집에서는 가야금의 명인을 부르곤 했다. 본래라면 그 가야금을 뜯는 예인(藝人)도 그들의 앞에서 탄주를 해야 되겠지만 회합을 위해 이 조용한 자리를 준비한 명성은 옆방에서 탄주를 하라 당부해 두었다. 그는 까다로운 진청원의 취미에 맞추어 이 한정식 집 전체를 예약했다. 얼굴만큼이나 취향도 까다로운 청원은 한식을 좋아했다. 그중에서도 특히 궁중보양식을 좋아했다. 그를 위해 걷는 걸음도 조심하는 한복 입은 여인들이 소리 없이 상을 차리고 치웠다.

12첩 반상을 앞에 두고 있는 청원과 명성의 옆에는 아무도 없었다. 미닫이문 밖에 대기하고 있는 것은 그들의 비서 소지와 영세 두 사람뿐이었다.

"별로 자네와 할 말은 없는 것 같은데."

청원은 느긋하게 말했다.

"지금 상황이 어떤지 분명히 아실 텐데요?"

"상황?"

"유가와 서가의 상황 말입니다."

그 말에 청원은 미간을 조금 찌푸렸다.

"아직도 그런 마음인가? 아직도 싸울 참이야?"

"누이를 잃고 난 제 심정을 형님은 아실 줄 알았습니다만?"

그 말에 청원은 미간을 찌푸렸다. 붙임성 없는 명성이 자신에게 형님 소리까지 해가면서 아쉬운 소리를 한다는 게 조금 당혹스러웠다. 몇 번 그를 향해 형님이라 부른 적은 있었지만 그것도 명성이 종주 자리를 계승하기 전의 일이다. 계승하고 난 뒤에는 말조심을 하는 눈치였다.
 "마음은 알지만 나 역시 집안 간의 분란을 찬성하지는 않거든."
 청원이 천연덕스럽게 말하며 은행 하나를 집어 먹었다. 명성은 하얀 백자에 담긴 소곡주를 그의 잔에 따랐다. 그 잔을 받아 들면서 청원이 히죽 웃는다.
 "이 집, 꽤 맛있는데. 달지도 않고."
 "유명한 집입니다. 명인의 이름을 달고 있죠."
 청원은 술을 들이키면서 젓가락을 들고 갈비찜을 푹 찔렀다. 즙이 배어나오는 것을 확인이라도 하듯이 이리저리 찔러보던 그는 고개를 들고 명성을 바라보았다.
 "대체 어떻게 하고 싶은 거야?"
 "서태호의 목을 갖고 싶습니다."
 명성의 단호한 말에 청원은 혀를 찼다.
 "그게 곤란하다는 것은 자네도 알잖아?"
 청원도 사실 속이 편치는 않았다. 그의 친누이인 청청이 서가에서 받고 있는 수모에 대해선 그도 할 말이 많았다. 하지만 몇 번이나 간곡하게 태경에게서 사정 이야기를 듣고도 있었고 청청 자신이 워낙에 태경을 좋아하니 입을 다물고 있는 것뿐이었다.
 "적당 선에서 마무리 지어! 내가 알기론 서가의 며느리들이 불행한 죽음을 맞는 것은 사실이라고."
 구역질나는 서가의 과거사를 들었던 기억을 되살리며 청원은 투덜거렸다.

"서태호가 망나니에 멍청한 놈이긴 해도 적어도 여자를 일부러 울릴 놈은 아냐. 그놈도 서가의 자식, 제 아내를 배신할 놈은 아니라고. 태경의 말은 사실일 거야."

명성은 아무 말도 하지 않았다.

"까놓고 말해서 태경이 놈을 이길 수 있는 자가 있을 것 같나? 그 녀석이 침묵하는 것은 단 하나, 분란이 싫기 때문이야."

청원은 푸른빛이 번뜩이는 눈으로 그를 바라보았다. 명성의 얼굴은 여전히 돌처럼 단단했다.

"전에 이야길 들었다. 너 역시 태경이 놈과 맞부딪친 적이 있었다며? 어때? 그 힘을 한 번 맛보고도 그와 싸우고 싶어?"

명성은 잠시 태경과 맞부딪쳤던 일을 기억해 냈다.

인간여자를 감싸면서 태경이 보였던 그 무시무시한 힘을.

아무리 일족이 강하다고는 해도 그렇게나 끔찍한 힘을 소유한 자는 흔치 않다. 각 가문의 종주들이 강하다고는 해도 그렇게나 강한 자는 백년에 한 번도 태어나기 힘들 것이다.

"그 녀석이 발휘하는 힘은, 상상을 초월해. 열세 살 때 이미 정가의 직계를 죽여 버린 놈이야. 서태경은 괴물이야. 그리고 그 괴물이 유일하게 아끼는 게 서태호고."

"유일한 것은 아니죠. 그 인간여자가 있지 않습니까?"

명성이 담담하게 되물었다.

청원은 찰랑거리는 술잔을 바라보며 입가를 씰룩였다. 여인처럼 붉은 입술이 하얀 술잔과 대비되어 선연한 빛깔을 뿜냈다. 화장도 하지 않은 얼굴이 매끄럽기만 했다.

"그래, 그 인간여자가 있지. 너도 봤다며? 미인이던가?"

"아뇨. 너무 평범해서, 대체 그 여자의 어디에 매력이 있어 태경 형님이 손을 댔을까 생각하는 중입니다."

명성의 얼굴이 조금 구겨졌다. 그녀를 건드렸을 때 보였던 태경의 반응이 상상을 초월할 정도였던 것이다.

"여자 취향이 별로인가 보지. 서태호와 둘이서 삼각관계라던데 그거 사실이라고 생각하나?"

"네. 그 여자에게서는 서태호의 냄새가 풀풀 났습니다."

"저런, 엉덩이가 가벼운 여자인가?"

청원은 비릿한 미소를 머금으며 킬킬댔다.

"그런 것 같습니다. 감히 서가의 주인에게 사랑받고 있으면서도 천박하게 몸을 굴리다니. 가문 내에서도 말이 많은 것 같더군요."

청원의 얼굴에 잠시 살기가 지나갔다.

단아한 얼굴에 어울리지 않을 정도로 짙푸른 살기였다. 하나밖에 없는 귀한 누이인 청청이 그런 여자에게 밀리고 있다 생각하니 울화통이 터질 수밖에 없었다.

"어차피 인간여자야. 애도 낳지 못하니 잠시 동안의 첩에 불과하지."

"변성한 여자도요?"

명성이 슬쩍 도발하듯 말했다.

"변성이라."

"소문이 자자합니다. 거의 백년 만에 나타난 변성이라 그겁니다. 아이도 낳지 못하는 어정쩡한 일족이긴 하지만 일족은 일족. 그것도 서가의 주인이 직접 행한 변성."

청원의 동공이 가늘어졌다. 이야기를 듣고 있긴 했지만 자세한 이야기는 알지 못했다. 청청이 진가에 전해지는 정보에 뭔가 약을 탄 모양이었다.

"재미있는 게 뭔지 아십니까?"

명성의 얼굴에 마침내 미소가 담겼다.

"그 변성한 여자에게 최초의 각인을 한 상대가 바로 서태호라는 겁니다."

"뭐?"

술잔을 든 채 청원이 입을 벌렸다.

"놀랍지 않습니까? 그 점잖은 태경 형님이 동생이 손을 댄 여자를 가로채다니. 놀랄 수밖에 없는 일입니다."

"어디서 들은 이야기지?"

"사안을 가진 대원이 한 말입니다. 조사한 대원이는 지금 요양 중이긴 합니다만."

청원의 얼굴이 일그러졌다. 그는 태경이 이성에게 접근금지 사인을 걸었다는 것을 잘 알고 있었다. 그런데, 그런 그가 다른 사람도 아닌 동생의 여자에게 손을 댔다는 게 믿어지지 않았다. 그것도 한낱 인간여자에게.

"그 여자와 더불어 보름 동안 침실에서 나오지도 않았다 하더군요, 저 금욕적인 태경 형님이. 놀랍지 않습니까? 그 바짝 마른 여자의 침대 기술이 그 정도로 좋은 걸까요?"

"적당히 해라."

청원의 목소리가 한층 낮아졌다. 그는 술잔을 쥔 채 무표정한 얼굴로 명성을 노려보았다.

"네 기분은 이해하겠다만 모욕은 단 한 명, 서태호로 끝내. 태경이를 모욕한다면 나도 참지 않겠다."

명성은 고개를 까딱했을 뿐이었다.

그는 대원으로부터 태경과 태호, 그리고 최정연이라는 인간여자에 대한 사연을 전부 들어 알고 있었다. 하지만 깊은 사연은 알 바가 아니었다. 중요한 것은 서태호가 분명히 그녀에게 빠져 있고 그 여자는 태경의 여자라는 사실이었다. 일이 그렇게 꼬인다면 아무리 태호를 아끼는 태경이라 해도 태호를 멀리하게 될 것이 분명했다. 사실, 서태호는 태경이 없다면 별것 아닌 존재에 불과했다.

'명희를 죽인 놈.'

사랑하는 누이를 죽인 녀석이 너무나 하찮아서 명성은 분노를 참을 수 없었다.

강한 상대라면 원한을 불태우며 일생을 걸고 달려들 수도 있었다. 진심으로 사죄한다면 손을 안 쓰고 참을 수도 있었다. 하지만 태호는 그 어느 쪽도 아니었다. 강하긴 하지만 죽이지 못할 정도는 아니다. 게다가 사죄할 줄도 모른다. 분명 명희가 죽은 것에 대해 슬퍼하지도 않고 있음이 분명했다. 태경이 없었다면 그 멍청한 녀석은 분명 길거리 어딘가에서 누군가에게 살해당했을 것이다. 성년이 된 지 십 년 이상 지났는데도 그는 아직도 보호받는 미성숙한 개체였다. 명성은 예전부터 태호를 경멸하고 있었다. 그래서 동생인 명희가 태호를 사랑한다고 했을 때 기겁을 하고 반대했었다. 하나, 여자가 남자를 원한다고 했을 때 거절할 수 있는 존재는 거의 없다.

"그래, 나에게 원하는 게 뭐길래 주저리 떠드는 거지?"

말이 거칠어진 청원을 향해 명성은 희미하게 웃었다.

"틈을 주십시오."

"틈?"

"서태호와 서태경의 틈."

청원의 눈썹이 올라갔다. 그는 장난스레 웃으며 킥킥 웃었다.

"틈을 어떻게 만들라는 거지?"

"아실 겁니다. 진가의 공주님이 지금 서가에 있지요."

"그래. 태경이의 결혼 상대로."

"순조롭게 되지 않는 것 같더군요."

"그것도 사실이지. 그런데?"

청원은 아무렇지도 않게 받았다. 냉혈한 일족이라는 말이 틀리지 않는지 청원의 얼굴은 여전히 담담했다.

"그 여자 때문에 여러 사람이 곤란해하고 있다 들었습니다. 그러니 그 여자를 이용하면……."

"잠깐."

청원이 말을 막았다.

그는 젓가락을 들어서 회 한 점을 맛보면서 혀를 찼다.

"차가운 회는 먼저 먹었어야 했는데. 광어회지?"

"네."

아직도 음식은 그대로였다. 청원이 조금 맛보았을 뿐, 명성이 거의 손대지 않았기 때문이다.

"먹으면서 말해. 아까운 음식이잖아?"

청원은 빙긋 웃었다. 눈이 차갑지만 않다면 자못 다정하다고도 할 수 있는 말투다.

"그렇군요."

잠자코 명성이 젓가락을 들자, 청원은 느긋하게 물었다.

"결국 네가 원하는 게 뭐야? 서가를 단순히 엿 먹이고 싶다는 건가, 아니면 분풀이로 그 여자를 죽이고 싶다 그건가?"
 "전 서태호를 끌어내고 싶습니다."
 "끌어내?"
 회를 간장에 찍으면서 청원이 되물었다. 그는 연신 회를 집어먹으면서 명성 쪽은 바라보지도 않았다.
 "서태호 그 녀석 혼자라면 별게 아닙니다. 서가에서 그를 보호하려고 한다는 것이 문제죠. 아니, 더 자세히 말한다면 태경 형님이 놈을 보호한다는 게 문제인 거죠."
 "그래서? 그 여자를 이용해 이간질이라도 하게?"
 비꼬는 어조였지만 청원은 태연했다. 젓가락은 연신 움직인다.
 "놈을 끌어내서, 조용히 끝낼 겁니다. 그러기 위해서는 태경 형님의 주의를 돌려야 하겠지요. 그러기 위해 형님이 도와달라 부탁드리는 겁니다."
 "태경이 태호를 돌보기 시작한 것은 오래되었어. 없는 부모를 대신해 그가 키워냈다구. 그런 그가 여자 때문에 그렇게 쉽게 그를 내칠까?"
 청원이 아무렇지도 않게 중얼거리자 명성은 피식 웃었다.
 "여자에게 빠지면 형제간의 정 따위는 아무것도 아닌 겁니다."
 그의 눈빛이 싸늘하게 빛났다.
 "글쎄다. 네 말대로라면 태경과 태호 사이는 이미 벌어질 대로 벌어진 상황일걸. 지금 서태호가 철동에 갇혀 있다 들었으니까."
 "그렇습니까?"
 명성이 눈을 빛내자 청원은 아무렇지도 않게 서가의 내부를 말해주었다.
 "그리고 태경이는 지금 그 여자와 함께 자기 아파트에서 구르고 있다는군. 완전히 칩거한 채로. 까부는 원로들 둘의 목을 베고 말이야."

명성은 흠칫했다.

"그 원로들은 모두 태경이의 당숙들이지. 아주 가까운 숙부들이었어. 그런데도 가차없더군."

청원의 눈가에 푸른빛이 스치고 지나갔다. 웃고 있는 입가와는 대조적으로 싸늘하기 짝이 없는 눈빛이었다. 한기가 돈다.

"원래 성격이 불같은 놈이야. 자신에게 정말로 반항한다 생각한다면 가차없지. 난 녀석과는 절대로 적이 되고 싶지 않아. 너는 정말로 그 녀석과 적이 되고 싶으냐?"

명성은 하얀 술병을 집어 들고 스스로의 잔에 술을 따랐다.

달콤하면서 새콤한 곡주의 향기가 퍼져 나갔다. 하얗고 작은 잔에 담긴 호박색 술은 명성의 눈빛과 닮았다.

"태경 형님과 서태호 사이가 벌어진다면 적이 될 리는 없겠지요."

잔을 들이키면서 명성은 태연하게 말했다.

"흐응, 넌 태경이 놈이 얼마나 지독한지 몰라."

청원의 눈이 가늘어졌다.

"저도 지독합니다."

다시 술병을 기울이며 명성이 피식 웃었다. 그의 눈에 핏빛이 돌았다.

"만약에 형님의 하나밖에 없는 누이가 산 채로 갈가리 찢기고 시체조차 불태워졌다면 형님은 어떻게 하시겠습니까?"

그는 청원의 눈을 똑바로 응시했다.

노란 호박색 눈에 검은 홍채. 본성(本性)을 드러내는 시선에 청원도 반응해 가느다란 홍채를 드러냈다. 붉은빛이 도는 자줏빛 눈동자에 노란 홍채. 가히 핏빛을 연상케 하는 눈동자였다.
"그렇군."
청원은 더 이상 말하지 않았다.
다라라랑—
옆방에서 울리던 가야금 소리가 멈췄다.

27
파문

"뭔가 특별한 걸 먹으러 갈까."

태경의 말에 정연은 고개를 들었다.

"청소하는 사람이 올 시간이야. 우린 외출하자구."

태경이 웃는 얼굴로 말했다. 그는 어느새 옷을 갈아입고 있었다. 짙은 초록색 셔츠에 블랙 진 차림이었다. 항상 반듯하게 빗고 있던 머리칼도 조금은 흐트러져 이마 위를 덮고 있었다. 그것만으로도 훨씬 젊어 보여 정연은 자기도 모르게 넋을 잃고 그를 보았다. 어떤 배우도 그처럼 아름답지는 못할 것이라는 생각이 들었다.

"왜?"

그가 다시 묻자 정연은 저도 모르게 얼굴을 붉혔다.

그녀는 요즘 들어 자꾸만 그에게 넋을 잃고 있는 자신을 발견했다. 어느 순간이냐 하면 멍하니 있다가 마주 볼 때였다. 문득문득 태경이 그녀를 바라보는 시선에서 열기를 느끼면 새삼스럽게 그가 가진 비인간적인 아름다움에 넋을 잃는 것이다. 그는 서 있는 것만으로도 매혹될 정도로 아름다운 남자였다. 뱃속이 뜨끔뜨끔할 정도였다. 태호도 잘생긴 남자였지만 태호의 모습에 넋을 잃은 적은 없었다. 처음 만나서 얼어붙었을 때를 제외하고는 그가 멋져서, 너무 황홀해서 넋을 잃은 적은 없었다.

객관적으로 봐서 분명히 동생인 태호가 섹시한 미남인 것 같았는데 막상 태경과 함께 있다 보면 정연은 세상에서 제일 잘생긴 남자가 태경인 것 같았다. 물론 정연은 태경이 그녀에게 열중하다가 가끔 접근금지 사인을 거는 것을 잊어버린다는 것을 모른다. 이성을 유혹하기 위해 흘러나오는 페로몬이 그들 일족에게 있다는 것도 모른다. 그저 자신이 사랑에 빠져서 태경의 모습에 홀린다 여기고 있을 뿐이었다. 물론 객관적으로 봤을 때도 사실 태경은 잘생긴 남자이긴 했지만 정연과 함께 있는 동안 그는 놀랄 정도로 매력을 발산하고 있는 중이었다.

사랑에 빠지면 누구나 변한다. 원하는 이성이 눈앞에 있으니 변하는 것도 당연하다. 절로 상대방에게 자신의 매력을 어필하고 싶어지는 것이다. 태경도 그러했다. 그는 태어나서 자신의 성적 매력이라는 것을 여자에게 발산하는 것 자체가 처음이었다. 새삼스러운 첫사랑이었으니 그가 자제 못하는 것도 당연했다.

"맛있는 것을 먹고, 쇼핑을 하자구."

"뭘 살 건데요? 필요한 게 있어요?"

"사실 그다지 필요하지는 않지만 없으면 불편한 게 있긴 하지."

태경이 음험하게 웃었다.

"그게 뭔데요?"

티셔츠를 꿰어 입으면서 정연이 물었다. 자질구레한 것을 계속 샀기 때문에 사실 딱히 필요한 것은 별로 없었다. 태경은 대답 대신 그녀를 안아 올려 어린애처럼 빙빙 돌렸다. 한결 가벼워진 정연은 그의 움직임에 따라 빙빙 돌며 비명을 질렀다. 비명을 지르는 그녀의 입술에 자신의 것을 겹치면서 태경이 속삭였다.

"그야, 옷이지. 섹시한 걸로 사자고."

"옷은 많은데요. 다 입어볼 새도 없어요."

"속옷 말이야. 없잖아?"

그의 얼굴에 음흉한 웃음이 떠오른다.

대답 대신 얼굴을 붉히며 그녀는 그의 어깨를 밀었다. 남자와 속옷가게에 간다는 것은 상상도 하지 못했다. 그런 민망한 짓을 어떻게 한단 말인가.

"아."

정연을 안고 있던 태경은 생각난 게 있다며 방 안으로 들어갔다. 그의 침실 옷장에는 정연의 옷이 줄줄이 걸려 있었다. 그것을 확인하면서 태경이 정연에게 물었다.

"속옷 이외에 또 뭐가 있지?"

"없어요."

옷장 가득한 옷들을 보면서 정연은 피식 웃었다. 달아오른 뺨이 뜨거웠다. 빙빙 돌린 터라 어지럽기도 하다.

"수영복은 어때? 우리 여행을 가자."

"여행?"

정연은 눈을 크게 떴다.

"시, 시간이 괜찮아요? 벌써 휴가를 보름이나 보냈는데."

"괜찮아. 한 두 달쯤 생각하고 있으니까. 내가 잠깐 없다고 해서 집안이 무너지진 않아."

그녀는 다소 불안한 시선으로 그를 바라보았다.

두 달.

그게 바로 그들의 밀월 기간이었다. 두 달 동안만은 둘이서 실컷 지낼 수 있다는 의미.

그녀는 조용히 자신의 옷을 개고 있는 태경의 등을 바라보았다. 그와 함께하면 할수록 가슴 한구석이 저릴 듯 아프다. 눈물이 나도록 사랑스럽다. 이 건조하기만 하던 가슴 어디에 이토록이나 절절한 감정이 숨어 있었을까. 그를 만나기를 잘했다. 그와 만나서 기뻤다.

정연은 조용히 되뇌었다. 만약 그를 다시는 만나지 않게 되더라도, 그와 헤어지게 되더라도 이 순간, 이 느낌을 잊을 수는 없을 것이다.

후회는 없어.

정연은 웃었다.

"가고 싶은 곳은 없어?"

태경이 돌아보며 물었다.

"글쎄요."

정연이 웃으며 말하자 태경이 손을 뻗어 그녀의 머리를 쓰다듬었다. 덥수룩하게 자란 머리칼이 어딘가 소년같이 보였다.

"미용실에 갈까? 그리고 어디로 갈지 정하자고."

"그래요."

그녀는 양순하게 대답했다.

잊지 말고 이 순간을 즐기자. 당분간 그는 그녀의 것이었다.

"이쪽으로 앉으세요. 잠시 기다려 주시겠어요?"

미용실 직원은 친절했다. 그녀는 헤어 디자이너가 올 때까지 잠시 앉아 차를 마시라고 태경과 정연에게 권했다. 권하면서 잡지도 두 권 준다.

푹신한 소파에 기대어 앉으면서 정연은 태경의 어깨에 머리를 댔다.

남자와 미용실에 오다니. 이것도 첫 경험이다. 태경은 아닐지 몰라도 그녀로서는 이런 것도 꽤 기분 좋은 일이었다. 그녀의 손을 깍지 끼면서 태경이 다시 웃었다. 녹아버릴 것같이 부드러운 웃음.

"자르신다고 하셨죠? 스타일은 생각하셨나요?"

견습으로 보이는 직원이 다가와 물었다.

"그냥 다듬을 거예요, 좀 덥수룩해서."

그녀의 말에 직원은 상냥하게 웃으면서 잠시 기다려 달라고 말했다. 태경은 예약을 하지 않아서 그런 거냐고 중얼거렸지만 정연은 아무런 말도 하지 않았다. 머리를 자르지 않고 이렇게 그냥 그와 나란히 앉아 있는 것만으로도 충분히 기분 좋았다. 내가 이렇게나 감상적이었나. 남들 다 하는 연애조차 못해본 바보.

그녀는 약하게 웃었다. 담배를 피우고 싶어졌지만 참았다. 이미 담배가 떨어진 지 오래였다. 태경의 집에 와서 그녀는 한 번도 담배를 피우지 않았다. 태경도 이제는 거의 피우지 않는다.

피우지 않아도 취한 것 같아.

그녀는 그의 손등을 만지작거리며 생각했다. 취한 것처럼 멍한 머리가 기분 좋았다. 아무것도 생각하지 않고 오로지 그와 함께 있는 순간만을 즐긴다. 자잘한 걱정 따위는 다 걷어치우고. 두 달이 지나가면, 태경의 휴가가 끝나면 다시 집으로 돌아가 평소처럼 살아가야 한다. 어려울 것이 분명했지만 그래도 그녀는 할 수 있을 거라 생각했다. 이렇게나 아름다운 시간이 있어 버틸 수 있는 여력이 생겼다.

괜찮아. 그녀는 다시 한 번 스스로에게 말했다.
"무슨 생각 해?"
태경이 물었다.
"그냥."
"무슨 생각인데?"
"그냥, 좋다고."
"뭐가?"
태경의 말에 웃음이 담겼다. 그의 얼굴을 보는 대신 손을 깍지 끼면서 정연이 작은 소리로 말했다.
"이렇게 앉아 있으니 좋다고요."
"그런가."
태경이 웃는 게 느껴졌다.
그녀는 천천히 눈을 감았다. 묘하게도 졸렸다.
요즘 계속해서 졸리고 또 졸린다. 먹고 또 먹고, 자고 또 자고. 정말로 태경에게 정기라도 빼앗기는 건가? 하지만 실제로 치유력을 불어넣으며 그녀를 마사지해 주는 사람은 태경이었다. 정기를 빨린다고 한다면 빼앗기는 쪽이 그다.
"바다에 가고 싶어요."
"바다?"
누군가 말하지 않았던가.

섬에 가고 싶다고. 야자수 펄렁이는 하얀 백사장을 가진 고요하고도 아름다운 섬에 가고 싶다고. 정연은 그 말을 기억했다. 아니, 사실은 그와 함께라면 어디라도 좋았다. 단둘이, 아무도 방해하지 않는 곳에 단둘이. 그를 빼앗기지 않을 그런 곳.

"여기 어때?"

그 속도 모르고 태경이 잡지를 펼쳤다.

펼친 페이지 속에 섬이 있었다. 천국같이 아름다운 사진이었다. 실제로도 이렇게 아름다울까 싶어 징연은 손가락으로 사신을 훑었다.

연초록빛 바다. 산호초. 우아하게 흐르는 선을 가진 백사장.

"멋지네요. 어디죠?"

"피지. 가보고 싶어?"

태경이 웃으며 물었다.

"네, 가보고 싶긴 한데 전 지금 여권도 없어요. 나오려면 적어도 일주일은 걸리지 않겠어요?"

"빨리 하면 사흘이면 될지 몰라."

태경의 말에 그녀는 고개를 저었다. 그 사흘조차 낭비하고 싶지 않다.

"아뇨. 그럴 거 없이 가까운 곳으로 가요. 제주도는 어때요? 전 한 번도 가본 적이 없어요."

"정말? 대학 다닐 때 안 가봤어? 보통 수학여행으로 많이 가잖아?"

태경의 말에 그녀는 쓴웃음 지었다.

대학 2학년 때 그녀의 아버지가 죽었다. 그리고 어머니는 아프기 시작했다. 그런 상황이라 그녀는 수학여행을 가지 못했던 것이다. 생각해 보면 1학년 이외엔 한 번도 즐겁게 학교를 다닌 적이 없었다. 수업이 끝나면 곧바로 집으로 돌아와 방에서 공부를 하고, 책을 읽고, 어머니와 같이 멍하니 텔레비전을 보았다. 쇼핑이든 외식이든 항상 둘이 함께 움직여야만 했다. 친구들이 찾아오기도 했지만 그것도 잠시, 그녀의 어머니가 정상이 아니라는 것이 알려지자 이내 발길을 끊었다.

정연은 혼자였다. 끈질기게 전화를 해주는 몇몇 친구들 이외에 그녀는 말할 상대조차 별로 없었다.

우울증 환자, 정신병자.

요즘에는 그렇지 않지만 예전에는 우울증 때문에 정신병원에 다니면 모두들 미친 사람 취급을 했다. 정연의 친구들도 예외는 아니어서 그들은 모두 정연의 어머니를 정신병자라 말했었다. 소문과 소문, 악의와 악의, 냉담과 무시.

"괜찮아?"

정연은 태경의 말에 고개를 들었다.

"네. 잠시 옛날 생각을 했어요."

"제주도로 가지. 비행기는 금방 수배하면 되니까 걱정 말아."

"좋아요."

정연은 방긋 웃었다. 안아오는 그 팔에 머리를 기대자, 몸 안에 들어찬 냉기가 천천히 가시는 기분이 들었다. 그의 품은 따스하다 못해 항상 뜨겁다.

태경이 그녀의 머리에 키스를 하며 물었다.

"가방도 사러 갈까?"

"네."

"가방하고, 수영복, 그리고 뭐, 이런저런 거."

"그래요."

"또 뭐가 필요할까?"

당신. 서태경. 꼭꼭 싸서 달아나고 싶은 단 하나.

그녀는 눈을 감고 그의 가슴에 뺨을 비볐다.

정연이 머리를 자르는 동안 태경은 전화로 비행기 티켓을 준비하라 이르고 있었다. 요즘 신혼여행이 많아 제주도가 붐빈다는 미혜의 말에 그는 조금 짜증이 나긴 했지만 그래도 정연이 스스로 나선 것은 처음인지라 꼭 들어주고 싶었다.

[어떻게든 빨리 수배하여 예약할게요. 여권만 있다면 제주도보다 차라리 하와이가 더 예약하기 좋다구요.]

미혜는 투덜거리면서도 웃었다. 그녀는 정연을 응원하는 쪽이었다.

태경의 비서들은 모두 태경을 위해서만 존재했다. 그들은 전부 태경의 뜻대로만 움직이는 존재였다. 선악은 물론이고 이득까지도 초월해서.

[밀월여행이네요. 그럼 회장님, 곧 연락드릴게요.]

"그래."

[아 참, 회장님.]

"왜?"

[목소리 진짜 끝내주시네요. 듣는 것만으로도 녹아버릴 것 같아요.]

구애 중이니까 그렇지. 깔깔대며 전화를 끊는 미혜에게 쓴웃음을 지으며 태경은 머리를 자르고 있는 정연을 돌아보았다.

그녀는 그림처럼 조용히 웃었다. 언뜻 보면 무표정할 정도였지만 부드럽게 펴져 나가는 입가의 선이 곱다. 헤어 디자이너는 재빨리 가위를 움직이면서 그녀에게 뭐라 떠들고 있었다. 그 대화의 소재는 태경이었다. 귀가 예민한 그는 고스란히 듣고 있었다.

"멋진 애인이시네요. 결혼하셨나요?"

"아니에요."

"여행 가신다면서요? 좋으시겠어요."

"네."

시선이 마주쳤다.

그는 거울 속에 비치는 그녀를 보면서 미소 지었다. 그러자 그녀 역시 거울을 통해 기분 좋은 웃음을 보내온다. 하지만 그가 보기엔 파리해진 얼굴이 영 좋아 보이질 않았다.

그는 조금 초조해졌다. 손안에 들어온 그녀를 보면서도 이유없이 조급증이 났다. 왜 그런 걸까. 그녀는 점점 마르고 있었다. 파리해지고 점차 지치고 있다.

'역시 변성이 문제인가.'

그는 진지하게 가문에서 내려오는 변성에 대한 이야기를 떠올려 보았다.

주치의에게 물어보았지만 그 역시 알지 못했다. 변성한 인간의 등장은 거의 백여 년 만의 일이다. 조선시대에 어떤 여자가 죽어가는 남자를 위해 변성시킨 적이 있었다. 남자는 닷새를 꼬박 앓고 일어나 일족에 속하게 되었지만 결국은 새로운 생활을 견디지 못하고 날뛰다가 죽었다. 결말은 좋지 않았지만 변성한 인간이 인간보다 훨씬 더 강한 육체를 가지게 된다는 것은 정설이었다. 정연도 하룻밤 사이에 부러진 뼈가 나았으니 강한 육체를 갖게 된 것만은 사실일 것이다.

'그런데, 왜 이렇게 피곤해하는 거지?'

먹는 것은 평소의 두 배.

태경이 체크해 본 결과 정연은 하루에 거의 십이인 분을 먹어 치웠다. 매일매일 장을 보러 나갈 수밖에 없을 정도다. 그런데도 그녀는 바짝바짝 마르고 있었다. 낯빛은 창백하고 수면량도 배나 늘었다. 알아보니, 태경의 집에 있을 때도 많이 먹긴 했지만 계속 마르고 있다 했다. 그녀를 전담했던 가정부는 그녀가 식탐이 있는 게 아닌가 생각했다고 전해왔다.

결국 그는 주치의인 시진국에게 다시 전화를 길었다. 항상 둘이 붙어 있기 때문에 몰래 전화를 한다는 게 생각처럼 쉽지는 않다.

[이유를 모르겠습니다. 일단은 직접 진찰을 한번 해보는 게 좋겠습니다. 체중 변화가 극심한가요?]

진국의 음성이 점점 침중해졌다.

"그래, 훨씬 가벼워졌어. 이해가 안 갈 지경이야."

태경은 손으로 안았던 그녀의 체중을 가늠해 보았다. 적어도 4, 5kg 정도는 줄어든 것 같았다.

"원래 말랐긴 했지만 그래도 변성한 직후에는 보기 좋을 정도였는데 그 이래 계속 마르고 있어."

[이상한 일이군요. 그런 식의 체중 변화라는 건 있을 수 없는 일인데…….]

진국은 중얼거리듯 말했다.

태경은 혹시 자신이 그녀와 성관계를 가졌기 때문에 이런 일이 벌어지는 거냐고 묻고 싶었다. 서씨 가문의 남자들은 여자를 죽인다. 임신만 하면 죽는 아내들을 생각하면 그 말이 틀린 것은 아니었다.

"티켓팅 했어요?"

머리를 다 자르고 산뜻한 얼굴이 된 정연이 웃으며 물었다.

"아아, 예쁜데."

태경은 전화를 끊으며 미소 지었다.

"곧 될 거야. 점심 먹으러 가자."

"네. 뭘 먹으러 갈 건데요?"

태경은 잠시 생각하다가 쓴웃음을 지으며 말했다.

"뷔페로 하자."

"그래요. 그게 좋겠네요."

정연은 자신의 식사량을 떠올리면서 쿡쿡 웃었다. 어지간해서는 채워지지 않는 양이다. 이러다가 풍선처럼 뻥 터져 버릴까 두려울 정도로 많이 먹고 있다는 것은 본인도 자각하고 있었다. 그런데, 영 자제가 되지 않는다. 일단 마르고 있는 데다가 자꾸 배가 고프다.

날씨는 정말로 좋았다.

신혼부부들이 많아 제주도가 붐빈다는 것은 거짓이 아니리라. 5월 말. 이제 5월도 다 가고 있었다. 태경의 차 안에서 그녀는 조용히 웃었다.

5월의 신부. 아름다운 느낌이 드는 단어였다. 하지만 그 어떤 신부도 그녀는 되지 못하리라. 태경이 아니면 이제 어떤 남자도 사랑하지 못할 테니까. 슬프지만 괜찮았다. 어떤 고통이든 곧 괜찮아지리라. 이기고 나면, 견디고 나면 괜찮아진다. 이건 고통이 아니었다. 사랑받은 기억은 지니고 있을수록 아름다워질 테니까.

"자?"

태경이 물었다.

정연은 눈을 감은 채 대답하지 않았다.

"정연아?"

태경이 핸들을 잡은 채 다시 불렀다.

대답하지 않는 그녀는 자고 있는 것처럼 보였다. 태경은 쓴웃음을 지었다.

정말로 너무 과도한 성행위를 하는 것일까?

그는 의심이 생겼다. 꼭 자신이 정연의 정기를 빼먹는 요괴라도 되는 것 같은 기분이 들었다. 사실 하루에 서너 번 정도라면 그렇게까지 대단한 것도 아니었다. 체력이 남아돌고 수면량이 적은 일족으로서는 오히려 적다. 신혼이라면 아예 침대 밖으로 나오지도 않는 경우도 많았다. 그는 미간을 찌푸렸다. 역시 변성한 인간이라 그런 걸까. 인간은 하루에 한두 번만 하나?

신혼(新婚).

문득 그는 그 단어를 다시 떠올렸다.

지금 결혼 시즌이라 제주도가 붐비고 있다 하지 않았던가. 남녀 한 쌍이 제주도에 가면 그게 늙었거나 젊었거나 전부 신혼부부라는 말이 있을 정도다. 그는 진지하게 결혼을 생각했다. 아직 만난 지 얼마 되지 않았지만 그녀는 온전히 그에게 모든 것을 맡기고 있었다. 신뢰하고 사랑하고 있었다. 그러니 청혼을 하면 분명히 받아줄 것이다. 하지만 따져 보면 만난 지 겨우 석 달도 채 되지 않는다. 이렇게 빨리 청혼하면 당황할지도. 그녀는 인간이니 교제 기간을 더 갖자고 거부할지도 모른다.

그는 슬쩍 자고 있는 정연의 얼굴을 바라보았다.

정연과 결혼한다면 일족들이 다 길길이 뛰고 난리를 치겠지만 끝까지 그가 하겠다고 강하게 주장한다면 그리 어려운 일은 아니었다. 욕심없던 그가 원하는 단 한 가지다. 그녀와 결혼하는 것. 그에 반대하는 자들이 있다면 그에 상응하는 대가를 치르게 하면 될 일.

그는 잔인한 웃음을 머금었다.

후계자 따위 강한 녀석 하나 뽑아 훈련시키면 될 일이었다. 그는 아직 젊었고 심지어 또 다른 직계인 태호는 이제 겨우 스물일곱 살이다. 그 녀석이 애를 낳으면 그 아이를 후계자로 삼아도 충분했다. 다른 것은 몰라도 여자만은 잘 다루는 태호다.

'태호라…….'

태호에게 생각이 멈추자 태경은 미간을 찌푸리며 슬쩍 정연을 돌아보았다. 그녀는 얌전히 자고 있었다.

그는 동생인 태호를 자식처럼 생각하고 있었다. 그가 안아 키웠다. 하지만 여자를 공유할 정도는 아니었다. 양보할 생각은 추호도 없다. 일단, 정연은 양보하고 말고 할 여자가 아니다. 그녀가 바라는 것은 오로지 자신이라고 태경은 확신하고 있었다.

태호도 정연에게 집착하고 있긴 하지만 깊은 감정은 아닐 것이다. 여자를 좋아하는 데다가 정연이 워낙 특이한 경우라 집착하는 것뿐, 실제로 사랑하는 것은 아닐 게다.

그는 그렇게 생각했다. 아니, 그래야 했다.

'그 녀석을 죽이고 싶진 않거든.'

그는 룸미러에 비친 자신의 얼굴을 흘긋 보았다.

냉혹한 은빛이 슬쩍 일렁이다 사라진다. 그 자신도 알고 있었다. 정작 필요하다면 태경은 태호도 죽일 수 있었다. 그렇기에 그는 태호가 더더욱 애처롭고 가여운 것인지도 모른다. 아이가 싫은 그에게 태호는 보증수표였으니까.

호텔 주차장에 차를 세우면서 그는 정연을 깨웠다.
"정연아, 다 왔어."
어깨를 흔들어도 그녀는 깨어나지 않았다.
"정연아?"
태경은 파리한 얼굴을 한 그녀의 몸을 와락 잡아당겼다. 정연은 눈을 뜨지 않았다. 아무리 흔들어도 깨어나지 않는다.
"정연아!"
그의 얼굴이 새파랗게 질렸다.

"안녕."
하얀 늑대였다.
은빛으로 빛나는 하얀 늑대가 느긋한 어조로 말을 걸었다. 파란 눈빛이 보석처럼 빛이나 눈이 부실 정도였다.
"안녕하세요."
정연은 얌전히 인사했다. 어쩐지 이 늑대가 굉장히 친근하게 느껴졌다.
"아직까진 안녕해."
늑대가 여전히 느긋한 어조로 말했다. 그 말에 정연은 피식 웃었다.
늑대는 하품을 하더니 두 발 위에 거대한 머리를 얹었다. 그 머리를 쓰다듬으면서 정연이 중얼거렸다.
"따스하네요."
"네가 찬 거야."
늑대의 커다란 머리를 끌어안고 그녀는 조용히 웃었다.
"너는 웃는 게 슬퍼 보이는구나. 속은 차갑고."

늑대가 충고하듯 말했다. 그 말에 정연은 버릇처럼 대꾸했다.
"괜찮아요."
"괜찮을 리가 없지. 나는 굉장히 힘들어."
"왜요?"
"네가 항상 슬픈 생각만 하니까, 속이 차서 힘들다고."
"그래요?"
정연은 뜻밖의 말에 늑대를 바라보았다.
그러고 보니 파란 눈에 은빛으로 빛나는 털을 가진 늑대는 전보다 조금 작아 보였다. 기분 탓일까. 전보다 머리 하나는 작아진 느낌이다.
"전보다 작아졌어요."
"당연하지. 전에 네가 본 것은 할아버지야."
"아? 그럼 그때와 다른 분인가요?"
"그래, 달라."
투덜거리는 늑대는 귀엽다. 정연은 자기도 모르게 웃으며 그 머리를 꽉 끌어안았다. 점점 따스한 온기에 뱃속까지 따스해지는 기분이 든다.
"이렇게 있으니 좋아요."
"나두."
조금 쑥스럽다는 듯이 늑대가 말했다. 늑대는 축축한 코로 그녀의 얼굴을 쿡쿡 찔렀다. 친근감을 표시하는 그 태도에 정연은 미소 지었다.
"나를 위로해 주는 건가요? 나는 정말로 괜찮아요."
"괜찮아?"
미심쩍다는 얼굴이 된 늑대에게 정연은 크게 웃었다.

"그럼요. 정말로 괜찮아요. 사랑하고 사랑받아서 행복한걸요."
"정말로? 하지만 항상 슬픈 생각뿐이잖아."
어딘가 어린애를 닮은 그 음성에 정연은 고개를 내저었다.
"슬픈 일이 많았었기 때문에 그런 것뿐이죠. 그렇게 약하지 않아요. 난 괜찮아요."
"울고 있잖아?"
늑대가 짜증스럽게 말했다. 답답하다는 듯 앞발로 가슴까지 툭툭 친다.
"안 울어요."
"얼굴만 웃는다고 웃는 건가?"
"우는 것보다야 낫죠."
정연은 따스한 털에 얼굴을 묻었다. 위로해 주는 이 작은 늑대가 정말로 사랑스럽게 느껴졌다.
"힘들지 않아?"
"괜찮아요. 요즘처럼 행복한 때가 없었어요. 세상에서 제일가는 갑부가 내 애인인걸요."
정연의 말에 늑대의 미간이 찌푸려진다.
"그런데 왜 자꾸 슬퍼?"
"안 슬퍼요. 행복하다니까요."
정연의 말에 늑대는 코를 그녀의 가슴에 묻었다.
그녀는 향긋하고 따스한 숨결을 느끼며 눈을 감았다. 이렇게나 사랑스러운 존재가 있을 수가. 이런 아이를 갖고 싶었다. 품 안에 안고 애정을 나눌 그런 존재가 갖고 싶었다.
"나두 그래."
늑대가 중얼거렸다. 칭얼거리는 소리에 가깝다.

"나도 네가 있어 행복해. 그러니까 슬퍼하지 마."

늑대가 속삭이며 그녀의 귀를 물었다. 따끔했지만 아프진 않다.

정연은 행복하게 웃었다.

태경은 가운을 걸치며 초조하게 담배를 입에 물었다.

정연이 쓰러진 직후 그는 그대로 아파트로 돌아왔다. 진국은 아직도 도착하지 않고 있었다. 침대에 누운 그녀는 핏기 하나 없이 창백해서 당장이라도 죽을 것만 같았다. 부글부글 끓어오르는 감정을 억누르려고 그는 필사적으로 애를 썼다. 여기서 그가 기세를 확산시키면 정연이 위험했다.

하얀 시트 위에 누운 그녀는 너무나 애처로워 숨이 막힐 지경이었다. 가느다란 손목과 앙상한 목덜미가 확연히 눈에 띈다. 이렇게 가느다란 여자를 안았었나 하고 그는 후회가 되었다. 치유력을 아무리 쏟아 붓고 끌어안아도 그녀는 깰 줄을 몰랐다.

그 역시 퍼렇게 질린 얼굴이었지만 태경 자신은 의식하지 못했다. 오랜만에 피우는 담배 맛도 아예 느끼지 못할 지경이었다. 그는 결사적으로 기세를 억누르면서 물을 들이켰다.

진국을 부른 지 이십 분. 도착하려면 적어도 십 분은 더 있어야 했다. 피가 마르는 심정이었다. 그녀가 이대로 아예 눈을 뜨지 못하면 어떻게 되는 걸까. 이런 식으로 그녀를 아예 떠나보내면 어떻게 되는 걸까.

눈앞이 시뻘겋게 물들었다. 부글부글 끓어오르는 심사가 뒤집힌다.

'안 돼!'

그는 신음했다.

두 손을 깍지 낀 채 그는 심호흡했다. 자기 자신을 잃어버리면 곤란해지는 것은 그가 아니라 그녀였다. 약해진 그녀라면 기세를 높인 그의 힘에 억눌려 몸을 상할 것이다. 심지어는 심장마비를 일으킬지도 모른다.

이럴 줄 알았으면 안지 말 것을. 애인으로 삼지 말 것을. 건드리지도 말고 바라보지도 말 것을.

그는 맹렬하게 후회했다. 아니, 아예 변성 자체를 하지 않았다면 어땠을까. 물론 그녀는 죽었을 것이다. 죽었다면 만나지도, 이어지지도 못했겠지만.

뒤죽박죽으로 엉킨 심사를 억지로 누르면서 그는 자신의 두 손을 내려다보았다.

그의 끈은 이제 손끝에서는 보이지 않았다. 정연의 온몸은 이미 온전히 그에게 속해 있었다. 태경이 그녀에게 품고 있는 감정이 도를 넘었다는 증거였다. 그의 전신이 그녀를 향해 열려 있었다.

그는 다시 손을 뻗어 그녀의 전신을 어루만졌다. 치유력이나마 넣어주는 게 없는 것보다는 나을 것이다. 그는 섬세하게 그녀를 쓰다듬었다. 작은 코와 작은 입술. 다듬지 않은 눈썹과 반듯한 이마. 파리한 입가에 몇 번이나 키스하면서 그는 스스로의 입술을 깨물었다.

전에는 이렇지 않았다. 전에 그녀를 변성시킬 때는 이렇게까지 초조하거나 괴롭지 않았었다. 오히려 새로운 것을 기대하는 마음으로 반쯤은 들떠 있었다. 그녀를 변성시킨다는 것은 일종의 속죄였다. 태호가 저지른 일에 대한 속죄. 그녀에 대한 호기심도 조금 있기는 했지만.

그는 다시 반응 없는 그녀의 입술에 키스했다. 바짝 마른 입술에 혀를 대고 쓰다듬자 입술이 조금 열렸다.

"정연아."

대답은 없다.

"대체 왜 인간은 이렇게나 약한 걸까. 대체 왜!"

그는 그녀의 짧은 머리칼을 쥐고 숨을 삼켰다. 아예 씹어 삼켜 버리고 싶었다. 이대로 눈을 뜨지 못한다면 그는 그녀를 아예 통째로 먹어버릴 참이었다.

보내고 싶지 않다. 잃고 싶지 않다.

두렵다.

그는 작게 중얼거려 보았다.

"무섭다."

그는 억지로 숨을 고르고 그녀의 입술을 깨물었다. 달착지근한 액체가 혀끝에서 느껴졌다. 그녀의 피를 핥으면서 그는 주먹을 다잡았다.

띵.

초인종 소리가 울렸다.

그는 벌떡 일어나 현관문을 열었다. 심각한 얼굴을 한 진국과 민재가 서 있었다.

"아가씨는요?"

진국의 질문에 태경은 턱짓을 했다. 말을 하면 참고 있던 기세를 그대로 폭발시킬 것만 같았다. 눈치 빠른 민재가 재빨리 진국을 데리고 태경의 침실로 들어갔다.

진국이 가방에서 이런저런 도구를 꺼내놓는 동안 민재는 창백하다 못해 완전히 돌덩이처럼 굳은 태경의 얼굴을 살폈다.

"괜찮으십니까?"

"음."

그는 짧게 말하고는 부엌으로 걸어 들어갔다.

담배를 다시 입에 문 그가 냉장고에서 냉수를 꺼내는 동안 민재는 컵을 준비했다. 물을 한 모금 마신 태경은 길게 담배 연기를 들이키더니, 곧이어 한꺼번에 내뺏었다.

그리고 가두어놓았던 기세를 그대로 풀었다.

순간, 해일이 일어나 주변을 압도했다. 보이지 않는 기운이 풍랑을 만난 듯 거세게 흔들리며 부엌 전체를 휘감았다.

민재의 머리칼이 쭈뼛 섰다. 그는 한 걸음 물러서서 태경이 마음을 가라앉히기를 기다렸다.

이글이글 타오르는 것만 같은 기운이 태경의 주변으로 맴돌았다가 스러진다.

콰직.

결국 식탁 위에 있던 유리컵이 그대로 박살나며 흩어지고 식탁이 끽끽대며 흔들렸다. 강화 유리창이 휘어지며 부풀었다. 의자며 가구 전체가 비틀리는 소리를 내며 흔들렸지만 민재는 조용히 참아냈다. 내장이 짓눌리고 눈알이 튀어 나올 정도의 압력이다.

"후우—"

태경이 이런 식으로 기세를 참았다 풀어놓는 것은 오로지 민재 앞에서만이었다. 하긴 다른 자들은 견디지도 못한다.

"좀 진정되십니까?"

"그래."

지친 얼굴이 된 태경은 식탁 끄트머리에 몸을 기댄 채 담배를 다시 물었다. 불이 꺼진 담배에 재빨리 민재가 불을 붙여주자, 그는 지친 얼굴로 민재를 흘긋 보았다.

"어때? 집안은?"

"별일없습니다. 작은 사장님은 철동에서 조용히 지내고 있고, 마님과 진가의 공주님은 여전히 안채에서 머물러 계십니다. 회사 일도 별일없고요. 그런데, 조금 신경 쓰이는 일이 있긴 했습니다."

"뭔데?"

"유명성과 진씨 가문의 소주인께서 회동하셨다는군요."

"청원이?"

뜻밖의 말에 태경은 눈썹을 치켜올렸다.

"단 두 분만이 만났다 합니다. 무슨 말씀을 나누셨는지 그것에 대해서는 밝혀진 바가 없습니다. 하지만 두 가문의 접점이 별로 없는 상황에 두 분이서만 만나셨다는 건 신경 쓰이는 일이죠."

"그렇군."

태경은 연기를 내뿜으면서 중얼거리듯 말했다.

아마 청원이 그를 배신하는 일은 없을 것이라 생각은 하지만 그도 알 수 없는 일이다. 청원은 보기와 달리 자존심이 강하고 냉혹한 사내였다. 어릴 때부터의 친구라고는 하지만 친누이가 매몰찬 거절을 당한 이 상황이 좋을 리 없다. 일부러 구구절절이 설명까지 했지만 청원이 그것을 어떻게 받아들일지는 아무도 모른다.

"빌어먹을."

그는 조용히 중얼거렸다.

유명성과 진청원.

둘이서 연합을 해서 그를 공격해 온다 해도 그다지 두렵지는 않다. 하지만 유일한 친구와 우방을 이런 식으로 잃는다는 것은 손해였다.

"아니길 바라야겠지."

태경의 말에 민재의 얼굴도 흐려졌다. 그의 뇌리에 동그란 얼굴을 한 진청청이 떠올랐다. 동그랗고 귀여운 인상을 한 도도한 공주님, 아니, 여왕님.

"그만두는 게 좋아. 네 출생의 길을 그대로 답습할 생각이 아니라면."

마녀처럼 웃으며 아영이 말했다.

짙은 피를 가진 직계 혈통의 여자가 타 가문의 남자와 사통해 낳은 사생아. 그것이 바로 그였다. 태어날 때 버려져 쓰레기 더미에서 자라난 것이 바로 그.

"무슨 일이 있었나?"

태경의 말에 민재는 고개를 내저었다.

"아닙니다."

"그런데, 끈이 있어."

태경의 말에 민재는 고개를 번쩍 들었다. 그의 얼굴이 삽시간에 퍼렇게 질리자 태경 쪽이 오히려 놀랐다.

"끈이라고요?"

"그래. 네 발치에서 자라나고 손끝으로 움직이는 끈. 정씨 가문의 피를 이은 자들에게 간혹 나오는 것이라 하더군. 몰랐나?"

민재는 입술을 깨물었다.

정가의 피를 받았다는 것은 알았지만 정씨의 기술에 대해서는 자세히 몰랐다. 싸움 기술이라면 달통해 있지만 이런 것은 처음이라 그저 난감할 따름이었다.

"정념의 끈이다."

태경은 민재의 속도 모르고 피식 웃었다.

"몰랐구나?"

"아니, 대강은 마님께서 말씀해 주셔서 알고는 있었습니다."

정념의 끈.

민재의 가슴이 내려앉았다. 정말로 자신이 진청청에게, 그 어린 여자에게 마음이 있단 말일까.

"꽤나 굵군. 애정과 집착의 정도에 따라서 굵기와 개수가 달라진다. 나도 이번에 처음 알았어. 내가 만든 끈이 보이나?"

태경이 발을 슬쩍 움직여 보였다. 그러나 민재의 눈에는 아무것도 보이지 않았다.

"아니요, 제 눈에는 안 보입니다."

"그래? 아마 이것도 힘에 따라 우선순위가 있는 모양이군. 나는 네 것이 보여."

맙소사. 민재는 주먹을 움켜쥐었다.

"그래, 이 끈은 어디로 이어져 있나? 어떤 아가씨이기에 오십 년 동안 꽁꽁 얼어붙은 자네 마음을 녹였어?"

태경이 웃으며 물었지만 민재는 대답할 수 없었다.

"어차피 상대를 보면 다 알 수 있어. 내가 아는 여잔가?"

태경의 말에 민재는 눈앞이 캄캄했다. 심장이 덜컥덜컥 소리를 냈다.

"종주님!"

마침 민재를 구하듯 진국이 바삐 걸어나왔다.

"오, 어떤가?"

태경이 급히 다그치자 진국이 병실병실 웃으며 크게 소리쳤다.

"축하드립니다! 이건 경사입니다!"

"경사?"

태경이 으르렁거리는 소리로 되묻자 진국은 껄껄 웃으며 말했다.

"임신입니다! 아가씨께서는 놀랍게도 종주님의 아기씨를 잉태하셨습니다!"

28
파란

일족의 임신 기간은 석 달.

임신 기간이 대단히 짧다. 그 석 달 동안 아이가 자라나 태어날 때는 4kg 내외 정도의 크기가 된다. 태어난 아기의 무게나 크기는 인간과 별 차이가 없지만 보통 인간이 열 달의 임신 기간을 가지는 것에 비한다면 엄청난 속도였다. 인간보다 훨씬 강한 육체를 가졌기에 가능한 일이었다. 보통 인간이라면 자궁이 그렇게 빨리 늘어날 수는 없다.

"한 달이 조금 못 되었군요. 예정일은 7월 초순. 조금 작긴 하지만 엄청난 속도로 자라나고 있으니까 의외로 6월 말경에 태어날 수도 있습니다. 아기들이란 개인 격차가 있으니까요."

태경은 돌처럼 굳어 있었다.

그의 기색을 눈치 채지 못한 진국이 신나게 떠들기 시작했다.

"이건 기적입니다! 변성한 여자에게 임신이라니, 기적이죠. 원래 변성한 여성들은 불임이 됩니다. 기록에 따르면 생리가 멈추고 자궁이 문을 닫는다 합니다만 이 아가씨의 경우에는 모두 정상적인 활동을 하고 있습니다. 자궁이 조금 작은 게 걱정스럽긴 하지만 다른 것은 다 정상입니다. 아, 드물게 빈혈과 영양실조 현상이 보이는 건 아기가 크고 있기 때문이죠. 아마도 아기와 아가씨의 육체가 완전히 일치하지 않기 때문인 것 같습니다."

민재는 태경이 굳어 있는 것을 슬쩍 보며 대신 물었다.

"산모는 괜찮은 겁니까?"

"괜찮을 겁니다. 아기는 빨리 성숙하니까요. 아가씨가 너무 힘들어하면 제왕절개를 해 인큐베이터에 넣으면 됩니다. 걱정하실 거 하나 없습니다!"

흐흐흐 웃는 진국은 기뻐서 어쩔 줄을 몰라 하고 있었다.

"변성한 상태에서 임신이라, 아가씨의 몸에 부담이 어느 정도지?"

"흠, 글쎄요. 다음 달이 되어봐야 확실히 알겠지만 아직은 배가 부풀지도 않았습니다. 다음주가 된다면 확실히 배가 나오는 게 보일 것이고, 빈혈과 영양실조는 영양제로 해결하면 됩니다. 식욕도, 소화능력도 좋으니까 많이 드시기만 한다면 큰 부담은 없을 겁니다. 제가 영양제를 놔드렸으니까 푹 자고 잘 먹게만 해주시면 되는 거죠."

기뻐 날뛰는 진국은 태경의 얼굴을 살필 여력도 없는 듯했다. 민재는 그의 얼굴을 힐긋거리면서 다시 물었다.

"아기님의 상태는?"

"좋습니다. 위치도 좋고 발육상태도 아주 정상적입니다. 그래도 되도록 제왕절개로 빠른 출산을 권장할 수밖에 없습니다. 자연분만하기엔 문제가 있을 겁니다."

"어떤 문제?"

태경이 마침내 입을 열었다.

"변성한 육체니까 적응력도 빠르지 못하고 아무래도 문제가 있겠지요. 그러니까 역시 예정일보다 빨리 낳는 쪽이 좋습니다."

"그렇군."

"그러니까 자주 살펴야 합니다. 이맘때의 아기란 하루하루가 다른 법이니까요."

흥이 난 진국은 재빨리 수첩을 꺼내 스케줄을 확인하고 있었다. 일족에는 의사가 그다지 필요치 않다. 그 때문인지 그는 주로 인간들을 상대로 일하고 있었다. 어엿한 종합병원의 원장이다.

"저도 오전 시간은 전부 이쪽에 할애하겠습니다. 내가에 일단 자리를 잡고요."

흐흐 웃는 진국은 수첩을 주머니에 넣으면서 들뜬 얼굴로 말했다.

"변성한 여성이 임신하다니, 이것만으로도 충분히 기적입니다. 어떤 특이요소가 있었는지 빨리 검사해 보는 게 좋겠습니다. 또 다른 변수가 있을지도 모르니까요."

"믿어지지가 않는군요."

민재가 한숨을 내쉬었다.

"어서 내가로 옮기시지요! 내가에서 낳으셔야 합니다. 여기에는 이목이 너무 많아요."

진국이 진지하게 말했다.

"산달은 겨우 한 달 반 정도 남았을 뿐입니다. 미리미리 산실을 준비하고 아기님을 맞이할 준비를 해야 합니다. 아아, 직계손이 태어나다니! 이건 진짜 경사입니다!"

진국은 나이가 많았다.

그는 이제 백 세를 바라보는 나이였다. 태경의 아이를 보는 것은 반쯤 단념하고 있던 그에게 정연의 임신은 눈물이 날 정도로 반가웠다.

"2비서님께 어서 준비를 하도록 말해두겠습니다! 종주님께서는 어서 아가씨를 데리고 내가로 가십시오!"

진국은 서두르면서 태경을 다그쳤다.

"아니! 그게 아니라 먼저 결혼부터 하셔야 합니다! 오늘이라도 당장 준비를 해서 결혼식을 거행하지요. 이대로 가면 아기님이 사생아가 됩니다!"

진국의 말에 태경은 고개를 번쩍 들었다. 그뿐만이 아니라 민재 역시 흠칫했다. 진국은 왜 태경이 기뻐하지 않는지 항의하고 싶은 눈치였다. 사랑하는 여자가 아이를 가졌다는 것은, 세상 그 무엇보다 기쁜 일이 아니던가.

"이제 저 아가씨와의 혼인을 막을 사람은 아무도 없습니다, 종주님. 그러니까 아가씨가 깨어나시는 대로 결혼식을 올려서 제대로 적에 올리셔야 합니다."

"그렇군."

태경은 담담한 어조로 동의했다.

"지금 곧 준비를 하도록 하지. 그런데 정연은 언제 깨어나지?"

"금방 일어나실 겁니다. 그저 주무시는 것뿐이니까요."

임신하면 원래 잠이 늘어요, 말을 덧붙인 진국이 흐뭇하게 웃는 동안 민재는 태경을 살폈다. 겉보기에는 무척이나 담담한 태도였지만 그의 속에서 벌어지고 있는 일들을 민재는 짐작할 수 없었다.

정연이 눈을 뜬 것은, 네 시가 넘어서였다.

날씨가 흐려져서인지 방 안은 어두웠다. 희미하게 유리창에서 비쳐 드는 회색 하늘 이외에는 온통 검다. 도시의 불빛이 자잘한 빛깔로 빛나고는 있었지만 그 빛이 조명이 될 수는 없었다. 뻑뻑해진 눈을 깜빡이면서 그녀는 천천히 몸을 일으켰다. 손목에는 바늘이 꽂혀 있었다. 링거병이 투명한 빛 무리를 만들며 그녀의 머리 위에서 흔들렸다.

그녀는 잠시 어떤 상황인지 이해하지 못했다. 미용실에서 나온 것은 기억했지만 그 이후의 일이 기억나지 않았다.

"태경 씨?"

그녀가 조금 큰 소리로 그를 부르는 순간, 방 안 구석에서 무언가가 천천히 일어섰다.

"태경 씨?"

정연은 깊게 숨을 내쉬면서 그의 이름을 다시 불렀다. 마음이 불안했다. 혹시 기절이라도 했던 것일까.

"여기 있어."

그가 다가와 손을 잡아주었다.

"어떻게 된 거죠?"

"제주도는 단념해야겠어. 일단은 몸을 안정해야 할 것 같아."

태경의 목소리는 묘하게도 담담했다. 정연은 어쩐지 그의 목소리가 멀게만 느껴져 당황했다. 잠이 덜 깬 것일까.

"제가, 어떻게 된 거죠?"

정연이 불안하게 묻자, 태경의 손이 그녀의 머리를 쓰다듬었다.

"기절했었어."

"기절?"

"대단한 것은 아니야. 병도 아니고."

"그럼?"

혹시 정말 변성한 게 뭔가 잘못되었던 것일까. 정연이 불안하게 그의 얼굴을 올려다보는 순간, 태경의 눈이 푸르게 빛났다. 어둠 속에서 빛나는 눈은 지극히 비인간적이었다.

"걱정할 것은 없어. 좋은 일이니까."

그의 목소리에는 고저가 없었다. 따스한 어투이긴 한데 왠지 예전과 다르다.

"좋은 일?"

미심쩍은 어투로 그녀가 묻자, 태경의 손이 그녀의 어깨를 잡았다.

"결혼하자."

정연의 눈이 흔들렸다. 동그랗게 변한 그녀의 눈매를 보며 태경은 작게 웃었다.

"어서 결혼하자."

"에?"

"내 마음은 알고 있지?"

그녀는 이게 꿈일까 생시일까 가늠할 수 없었다. 얼결에 머리를 짚자, 주삿바늘을 꽂은 팔이 욱신거렸다.

"조심해."

손목을 잡아주면서 그가 자상하게 말했다.

"이게 꿈은 아니죠? 저어, 진짜인가요?"

태경이 작게 웃었다. 그는 그녀의 파리한 뺨에 키스하면서 머리카락을 추슬러 주었다.
"그럴 리가. 나는 진짜로 청혼하고 있는 거야."

정연은 기쁘다기보다는 불안해졌다. 얼마 전까지만 해도 결혼은 절대 불가능하다고 주변에서 떠들어대지 않았던가. 그런데 난데없이 결혼이라니. 혹시 자신이 중병이 들어 그가 동정심을 발휘한 것인가 하는 생각이 들자, 정연은 가슴이 턱하니 내려앉는 것만 같았다.

"나, 기절했었나요?"
"아니. 지쳐서 잠든 것뿐이야."
"그런데 왜 링거까지. 혹시 의사를 불렀어요?"
"응. 안 깨어나서 놀랐거든."
"내, 내가 많이 아파서? 혹시 중병이에요?"

그녀의 말에 그는 혀를 찼다.

"무슨 소리를 하고 있는 거야. 단순히 지쳐서 그런 것뿐이야. 영양제를 좀 맞으라고 하더군. 그나저나 난 지금 청혼하고 있는 거야."

정연은 그의 말에 허탈한 웃음이 새어나왔다.

"하지만, 갑자기 왜 그러는 거예요? 혹시 내가 불쌍해 보여서?"
"청혼하고 있는데 동정이라니. 그런 걸로 결혼까지 하는 사람이 있어? 인간은 그래?"

그 말에 정연은 힘없이 웃었다.

너무나 노골적이다. 그 반문이 바로 인간이 아니라는 증거다. 그녀는 잠시 손을 잡아주고 있는 태경의 손등을 바라보면서 애써 냉정하게 물었다.

"나와는 결혼하지 않는 것 아니었어요?"

"결혼하지 않는다니?"

그의 미간이 찌푸려지자 정연은 침착하게 다시 물었다.

"당신의 결혼 상대는 진가의 아가씨이니까 전 결혼할 수 없는 몸 아닌가요?"

그 말에 태경은 숨을 멈췄다.

그는 자신이 들은 말을 이해할 수가 없었다. 어째서 그녀가 진청청의 일을 알고 있는 것일까?

"누가 그런 말을 했어?"

태경은 낮게 물었다.

그가 청청에게 누누이 결혼하지 않겠노라고 말해왔다는 것은 가내의 누구든 아는 이야기다. 그런데도 누군가가 그녀에게 진청청의 이야기를 했다는 것은 입을 함부로 놀렸다는 것밖에 되지 않았다.

"그게 중요한 게 아니잖아요? 어차피 저는 아이를 못 낳는 몸이니까요."

정연은 애써 침착하게 대꾸했지만 입가가 떨렸다.

"그게 중요한 게 아니라고?"

그의 얼굴에는 표정이 사라져 있었다. 언제나 봐왔던 온화한 눈빛은 전혀 보이지 않는다. 굳어버린 얼굴은 무기질로 만든 가면 같았다.

"다시 묻지. 누가 당신에게 그렇게 말했어?"

고저 없는 목소리가 명령조로 변했다. 반문은 허락하지 않겠다는 단호함이 서린 명령이었다.

정연은 굳었다. 절로 거부감이 느껴졌다.

"내, 내게 명령하지 말아요."

"명령?"

문득 태경의 입가가 살짝 움직였다. 불쾌감이 서린 태경의 표정을 보자, 정연은 다시 입을 다물었다. 어떻게 말해야 할지 알 수가 없다. 명령조에 서린 이질감에 가슴이 차가워진다.

"모든 걸 결정하는 건 나야. 자아, 다시 물을게. 그런 소릴 한 게 누구지?"

조곤조곤 속삭이듯 말하는 목소리는 여전히 달콤했다. 다정한 목소리와 비례해 차가운 눈동자가 섬뜩한 압박감을 쏟아 부었다.

정연은 입술을 깨물었다. 태경은 단 한 번도 그녀에게 화를 낸 적이 없었다. 그가 화를 내는 표정은 본 적이 없다.

"그게……."

너무 놀라 입 안이 말라붙었다. 터질 듯 뛰는 심장이 고통을 호소해 왔다.

그의 손이 그녀의 어깨를 다시 눌렀다.

"왜 묻지 않았어?"

녹아들듯 상냥한 어조.

태경은 그녀에게서 손을 떼며 다시 물었다.

"넌 그럼 청청에 대해서 알고 있었다는 이야기지? 그런데 왜 나에게 청청의 일을 묻지 않았어?"

왜냐고? 정연은 대답하지 못했다. 입 안은 말라붙었고 그가 보이는 그 낯선 표정에 몸속까지 얼어붙었다. 아무것도 생각하지 못한 채 그녀는 그저 그를 멍하니 올려다보고 있었다. 그녀의 굳어버린 인형 같은 표정에도 태경은 흔들리지 않았다.

이게 인간여자를 사랑한 대가냐?

일족과 달리 인간은 성년이 되자마자 호감이 가는 이성과 서로 달라붙어 성욕을 충족하고, 이 사람 저 사람 사귀며 불륜을 저지른다. 인간의 행위 어디에 진심이 있나.

결국 이건가. 마음을 내주며 완전히 소유했다고 생각했는데 이 자그마한 여자의 머리통 속은 다른 것으로 가득 차 있었단 말인가.

차가운 덩어리가 목 안쪽까지 올라왔다.

배신감. 처음으로 그가 쳐놓은 울타리를 넘어온 여자가 다른 마음을 먹고 있었다. 그를 진지하게 생각하고 있지 않았다.

'이건 말이 안 돼!'

태경은 도무지 지금의 상황을 이해할 수 없었다. 분명 그녀와 그는 이어져 있었다. 그녀를 변성한 것은 그였다. 그녀에게만은 가슴속을 열어 보여주었다. 그녀에게만은 유일하게 마음을 허락했다. 그런데 그녀는 아니다.

태경은 가슴 밑바닥부터 치밀어 오르는 감정을 억눌렀다. 그는 주인이었다. 집안의 모든 자들이 그에게 복종하고 그의 말에 따라야 하는 주인. 서씨 일가의 완전한 복종을 받는 유일한 인물. 그는 모두 다 가져야 했다. 그녀의 모든 것이 다 그의 것이어야 했다.

"어떤 놈이 감히 그런 말을 지껄였지? 청청과의 약혼은 처음부터 거절했다."

그는 입가를 일그러뜨린 채 마침내 으르렁거렸다. 휴화산이 불을 뿜기 시작했다.

정연은 이를 악문 채 뭐라 설명하려 입을 벌렸다.

"하지만……."

단어는 문장이 되어 나오지 않는다. 어떻게 설명해야 할지 그녀는 감이 잡히지 않았다.

　너무 비참해서 묻지 못했다고? 그를 잃을까 두려워서 못 물어 봤다고?

　그녀가 침묵하자 태경도 결국 천천히 그녀에게서 한 걸음 떨어졌다. 얌전히 양손을 들고 물러서는 모습이 오히려 치고 싶은 것을 억지로 참고 있다는 표현 같아 정연은 입술을 씹어뗐다.

　"후!"

　다소 난폭하게 머리를 쓸어 올린 그는 주머니에서 담배를 꺼내다가 다시 집어넣었다. 임신한 그녀 앞에서 담배를 피울 수는 없는 일이다.

　"가내의 누가 그런 말을 했어? 너에게 그런 말을 한 게 누구지?"

　그런 말을 한 것은, 3비서라는 경재와 청청 본인이었다. 물론, 태경의 어머니라는 아영도 있었지만 당장에 그녀에게 물러나라 말한 것도 아니었다. 생각해 보니 그랬다. 그들 이외에 아무도 그녀에게 태경에게서 떨어지라 말한 사람은 없었다. 가장 가깝다는 민재도, 미혜도.

　하. 결국 나는 겁쟁이였던 것뿐일까. 할 말을 제대로 못한 멍청이인 걸까.

　그녀가 대답을 하지 못하자 태경은 팔짱을 낀 태도로 냉혹하게 물었다.

　"왜 대답하지 않아? 너는 왜 나에게 묻지 않았어?"

　"그게……."

　그녀는 겨우 다시 입을 다물었다.

　"하지만……."

어떻게 그것을 직접 물을 수 있단 말일까.

무서워서 도저히 물어볼 수 없었다. 그를 사랑하면서 그녀는 겁쟁이가 되었다.

그녀는 주먹을 꽉 쥐었다. 주삿바늘을 꽂은 손에 힘을 주자, 튜브를 타고 붉은 피가 역류하기 시작했다. 그녀가 말을 잇지 못하자 태경은 더더욱 낮은 어조로 다시 물었다.

"그럼, 너는 내가 대체 무슨 생각으로 널 만나고 있다고 생각한 거지? 약혼사를 따로 두고 널 품는다 생각했던 건가? 대체 날 뭐로 보고 있는 거야!"

그가 버럭 소리를 지르는 순간, 정연은 얼어붙었다.

"인간은 그런가? 약혼자를 옆에 두고 다른 사람을 품어?"

무시무시한 기운이 삽시간에 터져 나왔다.

"그렇겠지! 인간이란 그런 존재였지! 불륜에, 배신을 밥 먹듯 하는!"

쩌렁쩌렁 울리는 그 목소리에 그녀는 아무런 말도 할 수 없었다.

터질 것 같은 심장 소리가 요란하게 울려 펴지고 있다. 너무 손에 힘을 주었는지 탁 소리를 내면서 주삿바늘이 튕겨 나갔다.

"아!"

피가 뚝뚝 떨어져 내렸다. 그녀는 손목을 움켜쥐고 멍하니 시트 위로 번지는 붉은 피를 바라보았다. 너무 붉어 검은 피.

"가만있어!"

그 모습에 놀란 태경이 그녀의 손목을 잡더니 재빨리 손수건으로 상처를 눌렀다. 터진 혈관에서 피가 줄줄 흘렀다. 하지만 그의 손이 닿는 순간 이미 아물기 시작해 출혈은 즉시 멈췄다. 그래도 분명 하루는 시퍼런 멍이 남을 터였다.
 정연의 상처를 들여다보면서 태경은 격렬하게 터져 나올 것 같은 기세를 간신히 붙잡았다. 속이 부글부글 끓고 있었다. 역시 인간여자라서 가치관이 다른 것일까. 그녀는 태경이 결혼하든 말든 신경 쓰지 않는다는 말일까.
 "미리 말해두겠는데, 우리 가문은 철저한 일부일처제야. 간통은 용납되지 않아. 미혼 남녀의 만남은 결혼을 전제로 한 진지한 것이지."
 그의 말투가 신랄해지자, 정연은 더더욱 당혹했다.
 일족에게 있어 남녀의 만남이 진지한 것이라니. 그런 말은 아무도 해주지 않았다. 오히려 태호는 가벼운 태도로 그녀를 희롱하지 않았던가.
 "하지만, 태호는……."
 그 말이 화근이었다.
 그 순간 태경은 입을 다물었다. 그는 정연을 향해 싸늘한 시선을 던졌다.
 그 시선 속에 섞인 모멸감에 정연은 부르르 떨었다. 그녀는 한 번도 태경이 그런 표정을 짓는 것을 본 적이 없었기 때문에 가슴이 내려앉았다.
 "태호가 비난받는 이유에 대해서 미혜가 설명하지 않았어?"
 "아."
 그녀는 입을 막았다.
 "그래서 나도 가볍게 너랑 섹스하고 너에게 사랑한다고 속삭인다 생각했어?"
 부드러운 어조로 그가 물었다. 어조만 부드러울 뿐 그 말속에는 지독한 모멸감이 섞여 있었다. 정연은 그대로 굳은 채 입을 열지 못했다.

"그렇겠군. 인간이란 건 확실히 그래."

그의 입가가 비틀어졌다. 그 조롱에 상처받으면서 정연은 입술을 깨물었다.

"그래서 그렇게도 적극적이었군, 결혼은 하지 않을 테니까. 애도 가지지 않을 테니 책임감도 없을 테고."

그게 아니라고 그녀는 외치고 싶었다. 몸도, 마음도 연 것은 그뿐이라 말하고 싶었다.

"하, 어이가 없군."

큭큭 하고 그가 웃었다. 한 번도 들어본 적 없는 차가운 말투로.

태경은 주먹을 꽉 쥐었다.

여기서 화를 내면 좋지 않았다. 아이를 임신한 상태라 기세에 민감할 수밖에 없다. 그는 억지로 숨을 돌리면서 밖으로 나갔다.

정연은 나가는 그를 잡지도 못한 채 멍하니 앉아 있었다.

뚝뚝.

링거에서 떨어지는 수액이 청승맞다.

"뭐라고? 뭐라 말했어요?"

입이 쩍 벌어진 채 미혜가 되물었다.

"임신이라고. 최정연 씨가 임신했어. 예정일은 두 달도 채 남지 않았어. 그러니까 결혼식 준비를 서둘러 줘. 이번 주 안에 결혼식을 올려야 해."

"결혼식? 임신?"

내가의 살림을 맡고 있는 미혜는 부들부들 떨리는 손으로 머리칼을 움켜쥐었다.

"농담 아니죠?"

"내가 이런 걸로 농담할 사람으로 보이나? 정연 씨가 지금 몸이 많이 약해져 있으니까 식을 서둘러야 해. 신혼여행은 석 달 뒤로 잡으면 되겠지."

"어떻게? 어떻게 인간여자가 임신을 해? 그게 가능한 이야기예요?"

미혜가 민재의 소매부리를 붙잡고 되물었다.

"나도 몰라. 이런 일은 처음이라 하더군. 박사님도 너무 놀라서 말을 제대로 잇지를 못했어. 기적이라고 보면 될 것 같아."

민재는 자신도 모르게 히죽 웃었다.

태경이 있을 때는 그도 실감하지 못했지만 지금 눈앞에서 이상한 표정으로 입만 벌리고 있는 미혜를 보자 큰 소리로 웃고 싶은 기분이 되었다. 종주의 아이라니. 저 태호의 아이가 아닌 태경의 아이가 후계자가 되는 것이다.

"기적! 말 그대로 기적이네요. 세상에! 인간여자가 아이를 낳다니!"

미혜는 비명같이 소리를 지르고는 자신의 뺨을 마구 두들겼다.

"이게 얼마 만의 정통 후계자야? 난 절대로 종주님이 아이를 안 가질 줄 알았어!"

눈물까지 글썽이는 그녀를 보면서 민재도 쓰게 웃었다. 사실, 민재도 그런 생각을 했었다.

"잠깐, 아이! 세상에! 그럼, 종주님이 결혼하시는 거잖아? 맙소사! 어쩌면 좋아! 닷새 안에 결혼? 이번 주로 결혼식을 끝내자고?"

"그래. 서둘러."

민재가 벙글 웃으며 말하자 미혜는 비명처럼 소리를 질렀다.

"아아! 정말로 미쳐 버릴 거 같아! 시간이 너무 급박해!"

그녀는 웃는 건지 우는 건지 모를 얼굴로 방 안을 마구 서성거렸다. 갑자기 스케줄표를 들여다보던 그녀는 머리칼을 쥐어뜯으며 소리쳤다.

"두 달! 그럼 산실도 만들어야 하고, 또 신방도 꾸며야 하는데! 그걸 모두 동시에 해치워야 해?"

"내가의 일을 처리하는 건 네 일이야. 열심히 해보라고."

"청첩장만 해도 적어도 이천 장인데! 다른 가문에서도 스케줄 조절을 해야 하는데 이런 급박한 시간이라니!"

"적당히 해. 다들 알아서 움직여 줄 거야. 다른 것도 아니고 종주님의 결혼이다. 각 가문에서도 그 정도의 여유는 내줄 거야."

"아아, 하지만 그걸 전부 비서들을 통해서 해결 봐야 한다고! 게다가 지금 종주님은 나오시지도 않잖아!"

우는 얼굴이 된 미혜의 표정에 민재는 껄껄 웃었다.

"웃지 마! 얼마나 마음이 급한데!"

"그래도 기쁘잖아."

"맞아, 맞아! 기뻐서 기절할 것 같아."

미혜는 달아오른 얼굴을 문지르면서 인터폰을 눌러댔다.

"병아리! 튀어와! 빨랑 튀어와!"

그 말에 민재는 팔짱을 끼고 웃었다. 병아리란 바로 민재의 동생인 경재다. 3비서인 경재는 아직도 병아리라 불리면서 잡일을 하고 있었다.

"네, 미혜 누님!"

놀라서 문을 발칵 열고 들어온 경재는 민재를 보고 머리를 꾸벅 숙이고 인사를 했다. 그는 성년이 지난 지 꽤 되었는데도 어려 보였다.

"종주님이 결혼하신댄다. 어서 결혼 준비를 서둘러야 해! 닷새 후니까, 5월 26일! 그때 결혼식이야. 알았냐?"

미혜의 말에 경재가 방긋 웃었다.

"아아, 날짜 잡혔네요. 그럼 진가 사람들은 몇이나 오는 건가요?"

"뭐?"

민재가 문득 경재를 돌아보았다.

"진가의 아가씨랑 하시는 거잖아요. 결혼식 장소는 그럼 어디로 해야 하죠? 26일이면 너무 빠듯할 텐데."

"진가는 무슨! 상대는 최정연 씨야! 회장님이 진가 아가씨 안 보려고 내가로는 들어오시지도 않는 걸 보면 모르냐!"

미혜가 되쏘자, 경재의 입이 벌어졌다.

"에? 하지만 그 아가씨는 인간이잖아요. 그런데 어떻게 종주님과 결혼을 해요?"

"시끄러, 그 아가씨 지금 임신 중이시니까 조심해라!"

"임신요? 인간이 어떻게……?"

경재가 입을 딱 벌렸다.

"잠깐, 경재야."

민재의 얼굴이 잔뜩 찌푸려졌다.

여기 오기 바로 직전 그는 드물게 격노한 태경의 전화를 받았었다. 누군가 진청청의 이야기를 노골적으로 정연에게 떠들어댄 것 같다고 했다. 그 작자를 찾아내라며 호통을 치는 태경 때문에 민재도 잔뜩 진땀을 흘렸다. 내가의 사람들은 가정부부터 시작해서 모두 다 나이가 많은 노련한 인물들이 대부분이다. 새삼 그런 이야기를 함부로 떠들 리가 없었다.

"너 혹시 정연 씨에게 진가의 아가씨 이야기를 했냐?"

"예?"

경재는 눈을 동그랗게 떴다.

"진가의 아가씨가 약혼자라고 그렇게 말했냐고 묻는 거다."

민재의 얼굴에 살벌한 기운이 돌기 시작하자 경재의 얼굴이 새파랗게 질렸다.

"그, 그게……."

"너구나. 그래, 너였어."

민재는 이를 부드득 갈았다. 그는 기가 막혀 죽을 지경이었다. 다른 사람도 아니고 자신이 교육시킨 동생이다. 그 동생이 함부로 입을 놀리다니.

그는 말을 못 잇고 퍼렇게 굳은 경재의 얼굴을 후려갈겼다. 퍽 소리와 함께 경재가 바닥에 널브러지자, 민재는 차갑게 말했다.

"네놈은 해고다."

"형님!"

놀라 경재가 소리를 지르자 민재는 차갑게 그를 쏘아보며 물었다.

"너, 비서의 업무가 뭐라 생각하고 있는 거냐? 회장님 이야기를 아무 데나 흘려?"

"하, 하지만 진가의 아가씨가 약혼자라고 다들 말했단 말이에요."

경재의 말에 민재는 기가 막혀서 혀를 찼다.

"제정신을 못 차리는구나. 너는 그 다른 사람도 아닌 비서야. 비서인 자가 함부로 입을 연 것 자체가 잘못이라는 걸 모르는 거냐?"

경재의 멱살을 쥐고 흔들면서 민재는 낮게 으르렁거렸다.

"그것도 모자라 하필이면 회장님의 애인이라 알려진 사람 앞에서 그런 소리를 함부로 떠들어대다니, 네가 정신이 있긴 있는 거야?"

"그, 그게……."

경재는 할 말을 잃고 눈물까지 글썽였다.

민재는 옆에서 입을 다물고 있는 미혜를 돌아보며 차갑게 말했다.

"미안하지만 이놈은 해고 조치해. 내가의 사람들을 동원해서 결혼식을 진행시키도록. 새 사람을 뽑을 때까지는 네가 바쁠 수밖에 없어."

"한참 바쁜 이 시기에 대체 뭐람."

미혜는 투덜거렸지만 경재에게는 시선조차 두지 않았다. 아무리 친척이라 해도 일을 잘못 처리한 경우에는 가차없이 해고하는 게 당연했다. 그녀는 오히려 자신의 사촌들 중에서 괜찮은 아이를 고용하면 어떨까 싶어서 염두를 굴리기 시작했다. 일손은 항상 딸린다. 특히 정연이 아이를 낳게 되면 더더욱 바빠질 것이다.

"새 사람은 언제 뽑지?"

"명단은 네가 골라. 나는 경재 놈 때문에라도 이번에는 손대지 않겠어."

"오케이."

민재의 말에 미혜는 방긋 웃고는 재빨리 노트북을 확인했다.

"새 비서는 내가 사람 중에서 뽑을 거야. 일단 후보는 세 사람 정도로 압축해서 회장님께 결재 받지."

"알았어."

옆에서 경재가 울상으로 고개를 숙이고 있어도 미혜는 고개조차 돌리지 않았다. 알 바 아니라는 냉정한 태도다. 결국 민재가 그를 질질 끌고 밖으로 나가는 동안 미혜는 바쁘게 노트북 패드를 움직여 댔다.

"사무장!"

내가에는 가정부들을 총괄하는 사무장이 있었다. 경비실을 담당하는 경비실장이 있는 것처럼 말이다. 정식 명칭은 내가 총사무장이지만 아무도 그렇게 부르는 사람은 없었다. 가정부를 가사도우미로 부르는 사람이 없듯이.

"뭐 좋은 일 있나요?"

눈을 동그랗게 뜬 사무장이 들어섰다. 나이는 지긋하지만 겉모양만은 아직 이십대 처녀인 그녀는, 정연의 옆에 붙어 있었던 해민의 언니 해정이었다.

"좋은 일. 회장님이 결혼하셔. 게다가 아기씨도 태어나고!"

미혜의 말에 해정의 눈이 커졌다. 그녀는 입을 가린 채 비명처럼 소리를 질렀다.

"꺄아!"

"그러니까 빨리 준비해. 시간이 너무 빠듯해. 닷새 후에 결혼식이란 말이야."

"농담이죠? 닷새? 하객 수만 해도 이천 명은 될 텐데?"

시퍼렇게 얼굴이 질린 해정이 되물었다.

"극단적으로 줄여봐야지. 하여간에 서둘러!"

"그럼 식장은 어디로 할 건데요? 호텔?"

"아니, 아가씨가 임신 중이니까 그냥 내가 정원에서 하려고 해."

"정원이요? 그 인원을 무슨 수로 다 감당하려고요? 정원에서 하객 이천 명을 어떻게 다 소화해요? 아, 아참! 이천이 아니라 삼천 정도 되는 거 아니에요? 진가의 아가씨라면 그쪽 하객도 만만치 않을 텐데."

해정의 말에 미혜가 고개를 저었다.

"아냐. 진가의 아가씨가 아니라 최정연 씨야. 그 아가씨가 지금 임신 중이야. 그래서 서둘러야 해."

"꺄앗!"

해정은 다시 소리를 지르며 방방 뛰었다.

"나잇값 좀 해. 그 나이에 웬 비명이야?"

미혜가 잔뜩 얼굴을 찌푸리자 해정이 눈가를 누르며 말했다.

"진짜죠? 그거 기적 아니에요? 맙소사! 해민이에게 알려줘야지! 그 애는 그 인간 아가씨를 무척 좋아한다구요."

"나도 알아. 나도 좋아해."

"다행이잖아요! 기적 같아! 인간이 임신을 하다니!"

"기적 맞대. 박사님도 기절 일보 직전이라는군."

미혜도 깔깔댔다.

"우리 회장님도 어지간하지. 그 아가씨를 끼고 있더니 결국 결혼하는 거 봐. 회장님 얼굴 핀 것 보면 태호 저리 가라 할 정도의 미남이라니까."

"누가 아니래요! 아아, 회장님이 태어나셨을 때가 엊그제 같은데 벌써 회장님의 아기씨를 보다니."

두 손 붙잡고 회상에 빠져 있는 해정에게 미혜가 다시 호통을 쳤다.
"이, 이럴 때가 아니야! 벌써 네 시야. 시간이 없어! 정원도 어서 다듬고, 하객들에게 보낼 청첩장을 어서 예약해!"
"지금요?"
"그래, 지금!"

민재는 시선을 잠시 창가로 돌렸다. 어느새 밤이나.
열 시가 넘어가는 시간. 내가는 시간을 잊고 소란스러웠다. 대낮처럼 불을 밝히고 일개미처럼 바삐 움직이는 일족들은 흥겨워 보일 정도였다. 다들 체력만은 넘쳐 나는 족속들이라 밤새워 일해도 어려운 줄 모른다.
그 소란의 와중에도 한 곳만은 조용하다. 모두 쉬쉬하며 발끝을 들고 걷는다.
미혜의 사무실에서 왼쪽에 위치한 별채에 진씨 가문의 청청이 지내고 있다. 태경과 결혼하기 위해 버티고 있었던 고귀한 아가씨. 싫증을 잘 내는 아영조차 떠난 내가를 끝내 떠나지 않고 있었던 그녀.
민재는 가슴 한구석이 따끔거렸다.
"어떻게 하지?"
들뜬 마음을 순식간에 가라앉힌 미혜가 민재에게 슬쩍 물었다.
민재는 입을 다문 채 창문으로 한 걸음 다가섰다. 보이지는 않아도 가만히 있을 수는 없는 기분이었다. 초조했다.
"내가 말씀드리지."
민재가 조용히 말했다.

"정말? 그래 준다면 고맙고. 내일 중에 내가를 떠나주셨으면 하는 게 내 바람인데. 종주님이나 정연 씨가 돌아오실 때 진가의 아가씨가 있어선 안 돼."

매몰찬 미혜의 목소리를 들으며 그도 고개를 끄덕였다.

알고 있었다. 이 상황에 진청청이 남아 있어선 안 된다. 절대로 안 되는 일이었다.

"내가 내일 공항까지 모시도록 하지. 절대로 회장님은 나오지 않으실 거야."

"그렇겠지."

미혜는 한숨을 내쉬며 동의했다.

그의 눈은 점점 깊어졌다. 회색 빛이 도는 동공이 밤의 빛깔을 띤다.

그 자신도 자신의 기분을 알 수 없었다. 자신은 기뻐하고 있는 것일까, 아니면 그녀의 상심에 슬퍼하고 있는 것일까.

그는 무의식중에 태경이 말했던 끈을 떠올리며 자신의 손을 들여다보았다.

어느새 밧줄처럼 굵어진 끈이 그의 손가락 끝에서 뻗어나와 어디론가 흘러가고 있었다. 이것은 그의 감정이 그녀에게로 흐른다는 증거. 높은 곳에서 낮은 곳으로 흐르는 물길처럼.

그는 몇 번이나 주먹을 폈다 말았다 하면서 걷기 시작했다. 일을 미룬다고 해결되는 것은 결코 아니다.

달칵.

홍차 잔을 드는 손은 침착했다.

비서인 예가는 담담한 얼굴을 한 청청을 살피고 있었다. 단정하게 앉아서 차를 마시는 그녀의 모습은 흠잡을 데 없이 조용했지만 그 내면도 조용한 것은 아닐 터였다.

가방을 싸는 손을 바삐 놀리면서 진예가는 이를 북북 갈았다.

뻔뻔하기도 하지. 어떻게 감히 우리 아가씨를 내칠 수 있는 거지? 인간여자를 위해서. 이따위 좁아터진 집구석 따윈 처음부터 아가씨랑 어울리지도 않았었어.

분노를 삼키며 그녀는 차곡차곡 짐을 쌓아 문가에 두었다. 내일 직항편으로 돌아갈 티켓은 이미 예약해 두었고 밤에 머물 호텔도 준비되어 있었다. 이런 집구석에 더 이상 있고 싶은 마음도 없었다.

그러나.

진예가의 얼굴이 잠시 흐려졌다. 그녀는 주인의 단아한 얼굴을 훔쳐보며 침묵했다.

청청은 유리창에 비친 자신을 얼굴을 보고 있었다. 어두워진 터라 유리창은 거울처럼 또렷하게 그녀의 모습을 그려내고 있다.

둥근 뺨에 어린애 같은 얼굴. 평범하다 못해 흔하기까지 한 이목구비. 몸매조차 가느다란 것이 십대 소녀처럼 어려 보인다. 미녀가 유달리 많은 진씨 가문에서는 못난이로 통할 수밖에 없다. 미남미녀가 많은 일족에서 평범한 외모는 독이었다. 그 평범한 외모를, 예쁘지도 않은 얼굴을 귀엽다고 어여삐 여긴 남자가 태경이었다. 그의 칭찬은 진짜였다. 그의 냉정한 눈은 평범한 외모를 꿰뚫어 보며 너는 정말 아름다운 아이라고 말해주었다. 그래서 그녀는 주눅 들지 않고 자신감을 잃지 않았다. 머리 빈 인형이 아닌 진정한 진가의 공주님이 되기 위해 노력했다. 정말 아름다운 이가 되기 위해서. 그의 아이를 낳을 수 있는 강인한 여인이 되기 위하여.

'가가.'

그를 만나면 언제나 청청은 숨이 막힐 것만 같았다. 그에 대한 숭배로 가슴이 터질 듯 두근거렸다. 그런데, 이제는 끝이다. 전부 다 끝이다.

'멍청하게.'

짙은 향을 내는 얼 그레이가 썼다.

문득 발소리가 들려왔다. 귀에 익은 발소리에 청청은 가슴이 철렁했다.

예가가 문을 열자 민재가 서 있었다.

서민재.

사실 청청으로서는 기억도 안 나고 생각해 본 적도 없는 〈남자〉였다. 아니, 실제로 남자로 인식조차 해본 적이 없다고나 할까. 그는 언제나 태경의 부록이었다. 태경을 만나면 그의 뒤에 조용히 서 있기만 하던 남자. 얼굴만 간신히 기억했을 뿐인.

"실례합니다."

민재가 고개를 숙여 인사를 했다.

기계적인 인사지만 단정한 외모에 어울려서 깍듯해 보인다.

청청은 문득 왜 그의 외모를 그동안 기억하지 못하고 있었는지 깨달았다. 민재는 접근금지 사인을 걸고 있었던 것이다. 그것을 걸면 상대가 외모나 매력을 전혀 인식하지 못하게 된다. 다시 말해 평범한 인상만을 받게 되는 것이다.

민재와 시선이 마주치자 청청은 그의 얼굴에서 천천히 접근금지 사인이 흩어져 가는 것을 느꼈다. 사인이 흩어져 맨얼굴이 드러난 모습은, 생각 외로 강렬한 인상이었다.

각진 외모에 거친 선을 가진 남자는, 뚜렷한 개성을 드러내고 있었다. 절대로 얌전한 비서로는 보이지 않는 거친 인상이 남자의 얼굴을 백팔십도로 바꿔놓았다. 잿빛을 띤 눈동자는 굉장히 이질적이어서 정면으로 그를 바라본 청청도 무의식중에 숨을 삼켰다.

그의 얼굴에는 굶주림이 있었다. 그것이 성적(性的)인 것인지 아니면 단순히 그의 개성인지 알 수는 없었지만 그에게서는 허기가 느껴졌다. 결코 채워지지 않는 깊숙한 욕망. 바닥을 알 수 없는 이방인의 냄새.

'이런 남자를 어떻게 평범한 남자로 보았을까.'

청청은 쓴웃음을 지었다. 격렬하게 요동치는 심장을 누르며 그녀는 천천히 일어섰다.

"소식은 이미 들었어요."

"유감입니다."

민재는 다시 고개를 숙였다. 절대로 어울리지 않는 동작이었다.

청청은 피식 웃었다. 사인을 푼 민재에게는 양순하고 고분고분한 모습은 결코 어울리지 않는다.

"그래요, 유감이죠."

그녀는 그렇게 말하고는 예가를 향해 손짓했다.

문가에 서 있었던 예가는 다소 망설이는 태도로 청청과 민재를 번갈아 보더니 결국은 고개를 숙이고 밖으로 나갔다.

"짐은 이것이 전부입니까?"

민재가 가방을 보고 물었다.

"그래요. 얼마 되지 않죠. 오늘 밤에 호텔로 갈 참이에요, 비행기는 아침 아홉 시 편이고."

청청은 시계를 바라보았다. 열 시가 넘은 시각. 호텔에 도착하면 아마도 열두 시 가까이 될 것 같았다.

"제가 내일 모시러 가겠습니다."

"아니, 내가 내 발로 조용히 가는 게 적절하죠. 나라고 해도 부끄러움을 모르는 것은 아니니까. 차편은 이미 마련되어 있으니 걱정할 거 없어요."

실제로 그녀 앞으로 차와 운전사가 배당되어 있었다. 굳이 민재가 나서지 않아도 움직이는 데 불편함은 없었다. 오히려 집을 나가는 이 상황에 서씨 가문의 사람을 부린다는 것도 우습다.

"마님과는 말씀 나누셨습니까?"

"아뇨. 하지만 아마 임신 소식에 기뻐하고 계시겠죠."

청청은 전화 한 통 없는 아영의 태도에 화도 나지 않았다. 스승을 자처한 아영은 분명히 그녀에게 모든 것은 태경의 행복에 우선한다고 선언하지 않았던가. 어쨌거나 그녀 덕분에 강해진 것은 사실이었으므로 청청은 그녀를 원망할 마음은 없었다. 힘이란, 어느 때이든 중요한 것이었으므로.

민재는 아무런 말도 하지 않았다. 어설픈 위로는 높은 자존심을 가진 그녀에게 오히려 독이 될 터였다.

"호텔까지 모시겠습니다."

"아니요. 나 혼자 갈 거예요."

청청은 거절하고 재킷으로 손을 뻗었다. 그러자 그녀가 손 대기도 전에 다가선 민재가 옷을 들어 그녀에게 펼쳤다.

두근.

청청은 머뭇거리지 않고 팔을 집어넣고 재킷을 걸쳤다. 가슴속이 요동친다. 심장이 점점 크게 뛰고 있었다.

아주 잠깐, 그의 손등이 그녀의 목덜미를 스쳤다. 그것뿐이었다. 그런데도 화끈하게 달아오르는 살갗이 이상하다. 열기가 점점 퍼져 온몸으로 그를 의식하고 있었다.

청청은 다시 창 쪽으로 시선을 던졌다.

어두운 거울로 화한 유리창에는 두 남녀가 비치고 있었다. 키가 훌쩍 큰 남자와 둥근 뺨을 가진 〈계집아이〉.

외관상 절대로 어울리지 않는 모습이다.

'나는 대체 무슨 생각을 하고 있는 거지?'

청청은 멍하니 창을 바라보며 중얼거렸다.

유리창에 비친 민재의 모습에서 시선을 떼지 못하고 있는 자신.

'분명히 후회할 거야. 후회하고 또 죽도록 후회하고 말 거야.'

그녀는 고개를 돌려 자신을 내려다보고 있는 민재를 보았다. 그의 잿빛 눈동자에서는 감정을 읽을 수 없었다. 그럼에도 불구하고 그의 전신에서 풍기는 느낌이 있었다. 향기가 있었다. 일개 비서로서가 아닌 남자의 향기.

이리저리 뒤엉킨 그 감정의 소용돌이 속에서 그녀는 눈을 감았다가 다시 떴다.

"서민재 씨."

"네."

민재는 잘 훈련된 경비견 같은 태도로 조용히 서서 그녀를 바라보았다. 청청의 몸에서는 화려한 향기가 느껴졌다. 달콤한 장미가 날카로운 가시를 내민다.

"오늘 밤에 날 찾아오세요."

청청의 말에 민재는 눈을 조금 크게 떴다.

"내가 묵는 호텔은 이미 알고 있겠죠? 항상 묵는 곳이니까."

"네."

민재가 조금 머뭇거리며 대답하자 청청은 손을 내밀었다. 악수를 청한다 생각해 민재가 마주 잡으려는 순간, 그녀는 손을 더 높이 들어 그의 입가에 손등을 내밀었다.

"오늘 밤에 당신을 기다리겠어요."

민재의 눈동자가 흔들렸다.

그녀의 손을 잡은 그가 얼결에 손등에 입술을 대자, 청청은 조금 붉어진 얼굴을 하고는 슬쩍 손등을 등 뒤로 숨겼다. 자신만만하게 손을 내밀었던 태도와 대조적인 얼굴이었다.

"오세요."

그녀는 몸을 돌리면서 작은 소리로 덧붙였다.

"혼자서."

그녀는 일부러 등을 돌리고 핸드백을 집어 들었다. 뜨거워진 뺨이 타오를 것만 같았다. 청청이 막 방문을 여는 순간, 민재의 손이 먼저 문에 닿았다.

타앙—

문이 제법 거센 소리를 내며 닫혔다.

청청은 가만히 있었다. 민재의 품에 갇힌 형상이 된 채 그녀는 움직일 수 없었다. 그의 두 손이 그녀의 어깨 너머 문에 닿고 그의 가슴이 그녀의 머리에 닿는다.

두근두근.

심장이 다시 날뛰기 시작했다. 청청은 눈을 감았다.

이런 기분은 난생처음이었다. 태경을 사랑하긴 했지만 이런 감각을 느껴본 적은 없었다. 아니, 이렇게 가까이 남자가 선 것도 처음이었다. 그와 직접 맞닿은 곳은 없었는데도 그의 체온에 소름이 돋았다. 열기인지 냉기인지 알 수 없는 감각에 온몸이 곤두섰다.

그의 손이 천천히 문을 타고 내려와 그녀의 양팔을 잡았다.

"진심입니까?"

민재가 물었다.

낮게 울리는 그 목소리에 오한이 났다. 청청은 자기도 모르게 부르르 떨었다.

"아가씨."

그의 입술이 그녀의 귓가에 와 닿았다. 호흡이 점점 거칠어지는 것을 느끼며 청청은 입술을 깨물었다. 가슴이 터질 듯 뛰고 있었다. 다리가 후들거린다.

"후회하지 않겠습니까?"

뜨거운 입술이 그녀의 귀를 자극했다. 그가 말할 때마다 그녀는 주먹을 꽉 움켜쥐었다.

후회? 후회하지 않겠냐고?

그녀는 천천히 눈을 뜨고 몸을 돌렸다. 그와 정면으로 마주 서자, 새삼 그의 잿빛 눈동자 속에서 이글거리는 파란 불길이 눈에 띄었다. 평범하다고 여겼던 그의 모습이 정말로 소름 끼칠 정도로 사납다는 것을 그녀는 깨달았다.

냉정한 표정과는 달리 그의 체온은, 그의 눈은 다른 이야기를 하고 있었다. 이 자리에서 당장이라도 그녀를 삼켜 버릴 것 같은 욕망이 검푸르게 일렁였다.

청청은 그의 눈을 보며 용기를 얻었다.

후회라? 나중에 아무리 후회할지언정 이 자리에서 그에게 후회할 거라는 말 따위는 듣고 싶지 않았다. 그녀는 성인. 이미 성체가 되어 자신의 일을 스스로 해결할 수 있는 성숙한 여자였다.

그녀는 대담하게 손을 뻗어 그의 뺨에 손바닥을 댔다. 그 냉정한 표정과는 반대로 그의 체온은 높아 데일 것만 같았다.

"손이 차군요."

민재가 고개를 슬쩍 숙여 그녀의 손바닥에 입술을 댔다. 보드라운 입술이 손바닥에 닿자 청청은 짜릿한 자극에 쓰러질 것 같은 기분이 되었다.

"한 시에 가겠습니다."

민재는 그녀의 손바닥에 입술을 묻은 채 작은 소리로 말했다. 그의 시선은 그녀의 손바닥에 박혀 있었다. 덕분에 청청은 그의 속눈썹을 처음 보았다. 생각 외로 그는 풍성하고 긴 속눈썹을 갖고 있었다. 짙은 잿빛의 눈동자를 감싸고 있는 검은 속눈썹을 보면서 그녀는 숨을 삼켰다. 몸이 딱딱하게 굳었다.

문득 시선이 마주쳤다.

민재는 주저하지 않았다. 그는 그대로 한 손을 뻗어 청청의 몸을 끌어안고 입술을 겹쳤다.

뜨거운 입술. 사나운 숨결.

사납게 파고드는 그 때문에 청청은 처음 겁에 질렸지만 곧이어 그의 몸을 마주 끌어안았다. 입 안 전체를 점령하듯 횡포를 부리는 그를 벌주듯 그녀는 그의 혀끝을 깨물었다. 그 작은 자극에도 그는 속도를 늦추고 천천히 그녀의 입술을 핥았다.

"진심입니까?"

민재가 다시 물었다.

"네 출생과 똑같은 길을 걸어갈 거냐?"

마녀처럼 속삭이던 아영의 목소리가 떠올랐다. 그는 곧 고개를 돌렸다.

그렇게 쉽게 아이를 가질 수 있을 리가 없다. 그렇게나 간단히 아이가 생기진 않는다. 그리고 만약 생길지라도 그는 이제 아기를 키울 수 있는 능력을 충분히 가지고 있었다. 비록, 그녀를 온전히 가지진 못한다 할지라도. 자신과 같은 길을 걷게 하지는 않는다.

갑자기 청청의 작은 손이 그의 얼굴을 잡았다.

"당신은 진심이야?"

그녀의 질문에 그는 생각하는 것을 멈췄다. 그리고 키스했다.

29
결혼

해가 뜨고 햇빛이 눈부시게 흩어졌다.
 사각 오각으로 흩어지는 햇빛을 바라보면서 정연은 침묵을 이기지 못해 텔레비전을 켰다.
 10시 25분.
 창밖은 눈부시게 파란 하늘이 펼쳐져 있었다. 오래된 터키석처럼 짙고 강한 색채였다.
 정연은 혼자였다. 태경은 방에서 뭔가 하는지 노트북을 펼친 채 나오지 않는다. 차를 마시겠느냐고 물어도 필요없다는 대답 하나뿐, 그 이상의 반응이 없었다.
 '화가 난 거야.'
 정연은 멍하니 햇빛 속에서 춤추고 있는 먼지조각들을 바라보면서 생각했다.
 어제까지만 해도 그들은 딱 붙어서 떨어질 줄을 몰랐다. 그는 그녀를 사랑한다 말했고 그녀는 너무나 행복했다. 시한이 있는 사귐이라도, 첩이라 불릴지라도 좋다고 생각하면서 그녀는 행복했었다.

그런데.

바보 같은 일이다.

그가 결혼을 생각하고 있을 때 그녀는 이별을 생각했다. 그가 그녀를 사랑한다고 했을 때 기뻐하면서도 정작 그녀는 그가 어떤 사람인지 몰랐다. 그기 책임감이 강한 사람이라는 것을 알면서도 그녀는 그가 사람이 아니니까 진심이 아닐 거라 생각했다.

'내 잘못이야.'

열리지 않는 문.

겨우 4m 정도의 차이. 그와 그녀 사이에 문이 하나 있을 뿐인데도 무척이나 멀게 느껴진다. 사랑하면 바보가 된다는 말이 맞는가 보다. 유치한 유행가 가사가 이렇게도 구구절절 맞는 이야기일 줄 전에는 몰랐었다.

타앙.

정연은 흠칫 놀라 텔레비전으로 시선을 돌렸다.

텔레비전에서는 여자 주인공이 피투성이가 된 채 달리고 있었다. 남자 주인공은 총을 쏘며 싸우고 있다. 뒤를 쫓는 자들이 새까맣게 달라붙어 총을 쏘며 달려든다.

지루하다. 아니, 초조하다.

"하아."

정연은 고개를 들어 다시 열리지 않는 방문을 바라보았다.

그는 무엇을 하고 있을까. 회사 일을 준비하는 걸까. 아니면 그녀가 보기 싫어 나오지 않는 걸까. 정연은 문득 무서워졌다.

무서워. 그가 날 사랑하지 않을까 봐 무서워.

그녀는 왠지 오한이 나는 것 같아 스스로를 끌어안았다. 연애라는 게 원래 이런 걸까. 이런 식으로 무서워하고 두려워하는 것일까. 이럴 줄 알았으면 차라리……

그녀는 생각을 멈추고 텔레비전에 열중하려 애썼다.

영화라는 것도, 드라마라는 것도 흔한 장면과 흔한 이야기를 쏟아낸다. 그런데도 장면이나 대사가 마음에 남아 흔적을 남기는 것은, 결국 사람 사는 것은 다 똑같다는 의미일까. 예전에는 텔레비전이 재미가 없었다. 울고 짜는 이야기는 더더욱 질색이었다. 그런데 지금은 사소한 장면에도 가슴이 설레고 아프다.

그녀는 다시 한숨을 삼켰다. 태경의 얼굴을 보고 싶었다. 한편으로는 그가 화를 내는 얼굴을 보기가 두렵다. 그래서 차마 그가 있는 방문을 두드리지 못했다. 연애가 서툴다 못해 생소한 정연에게는 그 상황을 얼버무릴 수 있는 능력이 없었다. 그녀는 그저 태경의 마음이 풀릴 때까지 기다릴 수밖에 없다.

'바보.'

그녀는 얼결에 주변을 더듬었다. 혹여 담배가 좀 남아 있을까. 이렇게 멍하니 앉아 있으려니 속이 터질 것만 같다.

담배는 없었다.

그녀는 손바닥으로 이마를 눌렀다. 머리가 지끈거렸다. 잠도 다 깼는데 몸은 천근만근이다.

초조한 마음에 결국 그녀는 지갑을 들고 벌떡 일어섰다.

아파트는 지독히도 넓어 보였다.

이 집 안에서 그와 떨어져 있던 적은 처음이라 더더욱 넓어 보이는 것인지도 모른다.

담배, 담배, 담배.

바보 멍청이에게 담배, 담배. 말도 제대로 못하는 겁쟁이에게는 담배, 담배.

그녀는 부들부들 떨었다. 한 번도 거절당해 본 적 없는 상대에게서 거절당한다는 것은 생각 외로 더 끔찍했다. 등이 유달리 허전하고 추웠다. 정연은 부지불식간에 스스로를 끌어안았다. 오한이 난다. 문득 보니 손등에 있던 주사 자국은 이미 흔적도 남지 않았다.

'처음 봤어.'

저 사람은 그렇게 화를 내는구나.

소리도 높이지 않고 고함을 지르지도 않고. 무표정한 얼굴로 억누른다.

그녀는 손등을 쓰다듬었다. 피가 나자, 자기도 모르게 달려들어 지혈하느라 손을 내밀던 그를 생각했다. 화가 나 있었는데도 그는 그녀를 위해주었다. 감정을 억누른 것이 역력한 얼굴로.

눈가가 메말라 눈알이 아팠다.

정연은 지갑을 든 채 현관문을 나섰다.

담배를 피우고 또 담배를 피우자. 덜덜 떨리는 손과 입가가 멈추면 차분히 이야기를 해야 했다. 그를 배신해서가 아니라, 다른 마음을 먹고 있어서가 아니라. 그저 바보여서. 탐을 낸다고 말도 못하는 겁쟁이라서 그랬노라고.

"어? 최정연 씨는 어디 가셨나요?"

"몸은 어떠십니까?"

민재와 미혜가 물었다.

현관문을 살짝 닫고 들어선 미혜는 활짝 핀 모란처럼 화려했다. 항상 그렇듯 그녀는 하얀 투피스에 윤기가 흐르는 긴 머리칼을 늘어뜨린 채 굵은 진주 비드를 하고 있었다. 분홍빛이 도는 굵은 진주는 하얗고 매끄러운 그녀의 피부에 잘 어울렸다.

기분 탓인지는 몰라도 민재도 어딘가 전과는 다른 느낌이었다. 조금 더 부드러워졌다고나 할까. 사나운 빛깔이 많이 가신 눈빛에는 정감이 서려 있다.

"이상하군."

그들이야 어쨌든 태경은 입을 다물었다.

분명히 거실에 있는 것을 기억하고 있었다. 그가 샤워하는 중에 나간 것일까?

불현듯 불안한 기분에 그는 방방마다 뒤졌다. 그녀는, 없었다.

"어떻게 된 거죠?"

미혜가 굳은 태경의 얼굴을 살피며 물었다.

"잠시 뭐 살 게 있어 나가셨나 봐요. 옷가지도 그대로고 심지어 핸드백도 그냥 있는걸요."

눈치 빠른 민재의 말에 태경은 막 현관문으로 나가려던 발길을 멈췄다.

"그런가?"

"그럼 곧 오시겠죠. 일단, 제가 가져온 것부터 보실래요?"

"뭘 가져왔는데?"

"아이 참, 웨딩드레스 말이에요. 디자이너를 지금 부를까 했는데 일단 정연 씨의 상태를 보고 진행하려구요."

"웨딩드레스……."

"일단은 디자인을 가지고 와봤어요."

미혜는 파일을 젖히며 말했다. 그녀가 가지고 온 파일은 사진집이었다. 갖가지 디자인의 순백의 드레스들이 찍혀 있는 화사한 사진집에는 일련번호가 적혀 있었다.

태경은 묵묵히 그 사진집을 바라보았다.

그녀가 화를 내든 거부하든 간에 어쨌거나 결혼은 진행할 생각이었다. 달아날 수는 없었다. 그녀는 그의 것이었다.

"일단 보지, 보석류는 생각해 놓은 게 있으니까 그걸로 하고."

"네, 인간식으로 치를 거니까 화려한 예단이 중요해요."

잔뜩 들뜬 음성으로 미혜가 속삭였다. 얼굴까지 붉어 화사하기 짝이 없다.

"날짜는 26일로 잡혔어요. 내가에서 식을 올릴 거니까 큰 무리는 없는데 초대 손님 때문에 조금 문제가 있습니다. 정연 씨 쪽 하객은 몇 분이나 될까요?"

미혜의 질문에 태경의 눈이 가늘어졌다.

"다 불러도 많지는 않겠지만 일단은 숙부 댁에 연락을 해놓지. 그 양반들이 청첩장을 쓸 거야. 그녀는 교우 관계가 넓지 않아."

"그런 거 같았어요. 뭐, 어쨌든 그건 정연 씨하고 의논하시고, 신혼여행지는 석 달 후 피지로 정했어요. 지금 당장은 몸에 무리도 가고, 또 시간도 너무 촉박하니까 그렇게 했지요. 그쪽 리조트하고는 이미 예약 끝냈고요."

"여권은?"

"이미 처리했어요. 주민등록등본은 이미 떼어놨고요. 죄송하지만 집 안에서 제가 찾아냈어요."

미혜는 태연하게 말했다. 남의 신분증을 마음대로 만들었다는데 태경은 놀라지 않았다. 어서 식을 올리고 그녀를 내실에 가둬

두어야 이 기분이 풀릴 것만 같았다. 어차피 아이도 있다. 서둘러야 하는 것은 당연하다.

"샵을 예약해 두었으니 어서 가요!"

미혜가 미소 지으며 재촉했다.

"샵?"

"드레스 샵이요. 가서 보고 고르는 게 낫잖아요?"

태경은 시계를 보았다.

열두 시가 채 안 된 시간이었다. 정연은 아직 돌아오지 않았다. 아파트에 속한 상가는 멀진 않지만 걸어서 가면 거리가 꽤 된다. 찾으러 갈까 하다가 태경은 마음을 바꾸었다. 어긋날지도 모른다.

그는 천천히 일어서서 아파트 단지를 내려다보았다.

조경된 공원 사이로 산책하는 아이들과 부모들이 보였다. 차량은 전부 지하 주차장에 세우게 되어 있어 지상은 한가하고 깨끗했다. 저마다 아이들이 뛰어노는 광경이 평화 그 자체였다.

그는 어젯밤의 격렬한 분노는 거짓이었다는 듯 평온한 표정이었다. 하지만 아직도 부글거리는 심장은 여전히 화를 내고 있었다. 아무리 불길을 가두어도 그녀가 들쑤신 고통은 쉽게 가라앉지 않았다.

바람은 눅눅한 채 열기를 품고 있었다.

벌써 열두 시가 훌쩍 넘었다. 담배를 한 모금 빨아 내뿜어보았다. 쌉쌀한 맛이 입 안 전체에 남았다. 슬픔의 뒷맛을 닮았다.

정연은 고민하고 있었다.

그를 만나 무슨 이야기를 해야 할까? 머리가 좀 식자 자신이 정말 바보 같은 짓을 했다는 인식이 고스란히 남았다. 정말 우울하다. 청혼한 남자 앞에서 다른 여자 이야기를 꺼내다니. 그렇게나 어리석은 행동이 있을까.

태경은 자신을 사랑한다. 자신도 태경을 사랑한다.

태경은 집안의 독재자이자 주인이다. 반대는 용납하지 못할 것이다. 그러니까 괜찮을지도 모른다.

간단히 생각하면 간단한 문제인데도 문득 정연은 집안에서 반대하는 결혼을 그가 해선 안 된다는 생각이 들었다. 아니, 그건 굉장히 바보 같은 생각일지도 모른다. 태경이 항상 말하는 인간 같은 생각.

그는 인간이 아니었고 그들 일가도 인간이 아니다. 미혜의 말에 따르면 그는 주인이고 독재자이자 왕. 왕은 남의 말 따위는 듣지 않는 독재자다.

"하아."

결혼은 또 다른 문제였다. 그를 갖고 싶어 항상 노심초사했던 것과 달리 막상 갖게 될지도 모른다는 희망을 갖게 되자 두 다리가 다 후들거렸다. 정말로 가능할까?

그에게 사랑한다 속삭이면서 온전히 진짜로 내 곁에만 있어달라고 주장하면 있어줄까? 늑대는 정이 깊은 동물이라니 어쩌면 가능할지도. 사실 그는 늑대도 아니었지만.

온갖 생각을 다 하면서 그녀는 일부러 느릿느릿 걸었다. 태경과 만날 시간을 미루고 있는 셈이었다.

빨간 마티즈 앞으로 누군가가 걸어왔다. 혹시 태경인가 싶어 고개를 돌려 보니 낯선 남자였다. 흰색 그랜저 한 대가 그녀의 앞으로 스쳐 지나갔다.

이상하다.

등줄기가 서늘해지는 기분이 들어 정연은 저도 모르게 주먹을 꽉 쥐었다. 환한 대낮. 시내 한가운데의 실외 주차장이다.

저벅저벅.

발자국 소리가 선명했다. 아스팔트 위에서 울리는 구두 발자국 소리치고는 유달리 선명했다. 그녀는 예민해진 신경을 억누르며 다가오는 사람을 바라보았다. 검은 재킷을 걸친 남자였다. 양복을 입은 것도 아닌데 유달리 큼직한 체구가 위압적인 남자. 검은 선글라스를 낀 모습이 섬뜩했다.

지나갔던 흰색 그랜저가 다시 돌아와 섰다. 정연은 뒤로 한 걸음 물러섰다. 검푸르게 선팅된 차창이 내려가면서 한 남자의 얼굴이 드러났다.

"타요."

가슴속 한가운데 얼음이 떨어졌다.

낯익지만 낯선 얼굴. 예전에 백화점에서 만났던 남자였다.

30
납치

 뜨겁고 쓴 액체가 입 안으로 흘러들어 왔다. 너무 뜨거워 혀를 데이고 말았다.

"앗, 뜨거."

얼굴을 찡그린 채 겨우 목 안으로 삼키면서 그녀는 고개를 들었다.

"아."

맨 먼저 눈에 띈 것은 연베이지색 벽지 위에 걸린 동양화 한 점이었다.

그녀는 순간적으로 상황을 이해할 수 없었다. 아니, 지금 이게 뭘까? 이건 꿈일까, 생시일까? 낯설기만 한 장소였다. 오래된 마호가니 창틀과 중후해 보이는 베이지 색 커튼. 그런데도 그녀는 천연덕스레 커피 잔을 들고 있었다. 육중한 갈색 가죽소파 위에 여유롭게 앉아서. 맞은편에 앉아 있는 것은 하얀 셔츠를 입고 있는 남자. 그 역시 커피를 마시고 있었다.

여기가 어디지?

그녀는 굳었다. 그를 만난 기억이 없다. 아니, 이 집에 들어온 기억도 없었다. 그런데 대체 언제? 왜 여기서 그와 마주 앉아 커피를 마시고 있는 거지?

커피는 뜨거웠고 너무 진했다. 이런 것을 청한 기억도, 마신 기억도 없는데 커피 잔의 커피는 반이 줄어 있다. 섬뜩함에 저도 모르게 입술을 깨물었다.

손이 덜덜 떨려서 커피 잔을 들고 있을 수가 없었다. 겨우겨우 잔을 내려놓고 주변을 돌아보았다. 이런 이상한 일을 당한 것은 난생처음이었다.

'아니야!'

처음이 아니다.

분명히 이런 일을 전에 당한 일이 있었다. 서태호와 함께 있었던 그날.

그와 싸우고 나서 정신을 차려보니 집 안에서 쇼핑 꾸러미를 풀고 있었다. 산 기억도 없고, 고른 기억도 없던 낯선 물건들을.

머리가 빙빙 돌았다. 그녀는 비명을 지르고 싶은 것을 억지로 참으며 눈앞에 있는 남자를 노려보았다. 바로 그가, 이런 짓을 벌인 장본인이리라.

"누구죠? 나에게 무슨 짓을 한 거예요?"

남자는 대답하지 않았다. 그는 대답 대신 물끄러미 바라보았다.

무심한 눈동자였다. 평범한 밤색 눈에 평범한 이목구비. 유달리 잘생긴 것도 아닌 평범한 모습. 삼십대 초반의 남자. 그래도 평범한 회사원으로는 보이지 않는다. 그에게서는 위험한 냄새가 났다.

"여기가 어디죠?"

다시 물었지만 대답은 돌아오지 않았다. 그에게서는 위험한 냄새와 더불어 익숙한 냄새도 함께 났다. 일족이다. 인간이 아니었다.

낯선 장소, 낯선 냄새.

그녀는 빙빙 도는 시신을 억지로 다잡으면서 주변을 살폈다.

화사한 서가의 가구들과 달리 직선적인 가구가 놓인 방이었다. 응접실인 듯 휑하도록 넓은 방에는 갈색 소파와 커다란 유리로 만들어진 테이블, 그리고 동양화 한 점이 전부였다. 벽면 전체를 차지하는 커다란 유리창에서 햇빛이 쏟아져 들어왔다. 둥근 벽시계가 시간을 알려왔다.

3시 15분.

3시 15분? 정연은 눈을 크게 뜨고는 부르르 떨었다.

어느새 두 시간이 지났다. 전혀 기억에 없는 낯선 공간에서의 두 시간. 그동안 뭘 한 거지? 그녀는 이를 악물었다. 비명을 참는 것만으로도 견디기 힘들었다.

"이제 관찰은 끝났소?"

맞은편에 앉아 있던 남자가 마침내 입을 열었다. 그는 커피를 다 마신 뒤에 빈 잔을 내려놓았다. 느긋하게 다리를 꼬고 앉은 모습이 이 자리의 주인임을 말해주고 있었다.

"어떻게 된 거죠?"

입술을 깨물며 정연이 묻자 남자는 조용히 대답했다.

"잠시 모시고 왔소, 최정연 씨."

"이거, 납치 아닌가요?"

그녀는 떨리는 손을 억지로 감추며 다시 물었다.

소름이 끼쳤다. 기억의 공백, 시간의 충돌. 이렇게나 끔찍한 무력감은 절대 사양하고 싶다.

"무슨 짓을 한 거죠?"

그녀는 억지로 깍지 낀 손을 무릎 위에 놓으며 다시 물었다.

"잠시 의식을 잃게 한 것뿐이오. 약물도 쓰지 않았고, 폭력도 쓰지 않았소."

그는 자못 자비로운 태도로 말했지만 그래서 더 끔찍했다.

창백한 얼굴의 그녀를 바라보면서 유씨 가문의 주인인 유명성은 입을 열었다.

"심한 일을 할 생각은 없소. 잠시 여기에 머물러 주시기만 하면 되니까."

"왜 이런 일을 하죠? 당신은 누구죠?"

"기억하고 있을 거요. 내 이름은 유명성. 전에 한 번 백화점에서 만났었지."

그 말에 그녀는 그를 기억해 냈다.

백화점에서의 그 끔찍한 일들. 피투성이로 팔을 잃은 채 죽어가던 과묵한 보디가드와 그를 둘러싸던 남자들. 분명 눈앞에 있던 남자는 그 자리에 있었다.

"그렇군요. 그때도 당신은 나를 서태호의 애인이라며 몰아붙였죠. 이번에도 서태호 때문인가요? 몇 번이나 말하지만 난 그의 애인이 아니에요."

격렬하게 항의하는 그녀의 말에 명성은 고개를 끄덕였다.

"들었소. 태경 형님의 애인이라 들었지."

애인이라는 말에 정연은 움찔했다. 벌써 널리 알려져 버린 걸까.

"그런데 왜요? 왜 나에게 이런 짓을 하는 거예요?"

설마 태경을 위협하려는 것일까 싶어 정연은 애써 침착하게 말했다.

"전에 말한 대로 서태호 때문이라는 것은 맞소. 당신을 해칠 생각은 없어요. 나도 태경 형님과 맞서 싸울 생각은 없으니."

"난 서태호의 애인이 아니라니까요!"

정연이 큰 소리로 항의하는 순간 그가 싸늘하게 말했다.

"하지만 서태호가 집착하고 있는 것은 사실이지."

그녀는 얼어붙었다.

눈앞에 있는 남자는 대체 무슨 생각을 하고 있는 것일까. 서태호는 실제로 철동이라는 곳에 갇혀 있다고 태경이 설명해 주었다. 그런데 난데없이 서태호 때문이라니.

"이해할 수가 없어요. 서태호는 갇혀 있어요. 나에게 대체 뭘 바라는 거죠?"

정연이 묻자 그는 피식 웃었다. 냉혹해 보이는 웃음이다.

"모르면 모르는 대로 그냥 있어요, 최정연 씨. 이건 초대요. 나는 어쨌거나 당신에게 해를 끼칠 생각은 조금도 가지고 있지 않으니까."

"여기가 어딘데요?"

"내 집이요. 그러니까 안전하지."

그 모순되는 말에 정연은 비명을 지르고 싶었다.

이제는 혐오감이 지나쳐 분노가 치밀어 올랐다. 대체 이 일족들은 사람을 뭐로 보는 것일까. 마음대로 납치하고 마음대로 남의 마음을 조작한다.

"대체 왜 이래요? 당신들! 왜 남을 이런 식으로 마구 다루는 거죠?"

"글쎄, 당신은 인간에서 변성되어 서씨 가문의 안주인으로 내정된 여자지."

명성은 천천히 일어섰다.

안주인으로 내정된? 정연은 멍한 얼굴로 그를 올려다보았다. 벌써 그는 그녀와 결혼할 거라 공표한 걸까. 어떻게 알고 있는 것일까? 그가 그녀에게 청혼한 것은 어젯밤이었다. 그런데 다른 집안에서 벌써 알고 있다니. 기쁜 것인지 슬픈 것인지 잘 알 수가 없었다.

"어떻게 알았죠?"

그녀가 떨리는 입술로 되묻자 명성은 무심한 얼굴로 대답했다.

"태경 형님의 아이를 가졌다고 들었소. 소문은 빨리 퍼지지. 서가는 지금 잔치 분위기니까."

아이.

심장이 멈추었다. 세상의 소리가 사라졌다.

그녀는 입을 벌린 채 주먹을 쥐었다. 정신이 아득해졌다.

아기. 아이. 서태경의 아이.

"설마 몰랐소?"

어이가 없다는 듯 명성이 피식 웃었다. 그는 새하얗게 질린 채 굳어 있는 그녀를 내려다보면서 말했다.

"제대로 된 일족의 남자라면 절대로 아이를 가진 여자를 버리지 않소. 사생아가 살아가는 것은 무척 힘든 일이니까."

명성은 충격받은 얼굴로 앉아 있는 그녀를 보면서 충고하듯 말했다.

"인간처럼 낙태 따윈 생각도 하지 않는다 그거요. 알아듣겠소? 당신이 아이를 낳고 싶지 않다고 해도 그건 용납되지 않소."

그녀는 멍하니 자신의 아랫배를 손바닥으로 감쌌다.

납작한 배는 전혀 임신의 징후를 드러내지 않았다. 정연은 고개를 떨군 채 아랫배에 손을 대고는 석상처럼 앉아 있었다.

그 상태가 이상하게 느껴져 명성은 충동적으로 물었다.

"아이를 가져서 기쁘오?"

석상처럼 굳어 있던 정연은 고개를 들고 그를 바라보았다. 텅 빈 것 같은 눈 속에 눈물이 가득 고여 있었지만 떨어지진 않았다.

"기뻐요."

하얗고 작은 얼굴이 너무 연약해 보여 명성은 저도 모르게 숨을 삼켰다.

그녀에게서 달콤한 향내가 흘러나왔다. 복숭아를 닮은 달콤하고도 은은한 향기였다. 즙이 가득 흘러나올 것 같은 수밀도의 향기.

"내가 아이를 가졌나요?"

"그렇게 들었소. 당신은 정말로 몰랐소?"

정연은 고개를 저으며 멍하니 대답했다.

"몰랐어요."

정연은 신기한 듯 자신의 아랫배를 내려다보았다. 기묘한 일이었다. 상상도 못했다. 노새가 아기를 갖다니. 일족도 아닌 자가 일족의 아이를 갖다니.

믿어지지 않았다. 꿈인지 생시인지 그녀는 도저히 믿을 수 없어 손바닥으로 다시 한 번 배를 쓸었다. 어젯밤에 태경이 청혼한 것은 그 때문이었을까. 마음 깊숙한 곳 어딘가에서 서글픈 감정이 흘러나왔다.

아이를 가진 여자를 그냥 놔둘 수 없어서 결국 결혼하려 하는 걸까? 그 여자를 버리고? 으르렁거리는 소리가 잠시 귓가에서 어른거렸다.

하지만 이것으로 그를 잡을 수 있어.

정연은 고개를 떨군 채 슬프게 웃었다.

"서태호는 내 동생을 죽였소."

갑작스런 명성의 말에 정연은 고개를 퍼뜩 들었다.

"네?"

"아기를 낳던 자신의 아내를 죽였단 말이오."

"그, 그럼 서태호가 당신의……?"

"인간식으로 따진다면 내가 그의 손위 처남이 되는 셈이지."

아무것도 모르는 여자를 데리고 뭘 하는 건가.

명성은 씁쓸하게 웃었다. 어쩌면 단순히 그녀의 체향에 마음이 끌려서 그러는 것인지도 모른다. 마음 한구석이 너무 허전해서 그런지도 모른다.

일족도 아닌 인간의 냄새가 풀풀 풍기는 여자. 돌연변이. 그래도 그녀는 가치가 있었다. 서태경의 약혼자, 그의 아이를 밴 여자.

그리고 서태호가 집착하는 여자.

"복수인 건가요?"

어느새 침착해진 정연이 묻자 그는 어깨를 으슥했다.

복수라. 이 억누를 수 없는 시커먼 감정이 무엇인지는 그 자신도 잘 알 수가 없었다. 단지 그저 서태호를 그냥 놔둘 수 없다는 것만은 분명했다. 누이동생을 그렇게 애틋하게 생각했던 적은 없었다. 대원처럼 몸을 던지며 모든 것을 잊고 복수심에 불탄 것도 아니었다. 그럼에도 불구하고 그는 가만히 있을 수가 없었다. 그래, 그저 그뿐이다.

그는 파리한 얼굴로 쳐다보는 정연을 무시하고 천천히 일어섰다.

"쉬시오."

쾅 하고 문소리가 울렸다. 그다지 크게 울린 것도 아닌데도 정연에게는 엄청나게 무거운 소리로 들렸다.

그녀는 멍하니 소파에 앉아 넋을 잃고 문을 바라보았다.

온몸이 바들바들 떨렸다. 이런 일을 연거푸 당하자니 너무 기가 막혀 말도 나오지 않았다. 이게 전부 다 태호 탓이다. 그 때문에 그녀는 일족이 되었고, 그 때문에 그녀는 목숨을 위협받는다. 이 정도가 되면 악연도 도가 지나쳤다.

울음 대신 쓴웃음이 절로 흘러나왔다. 이 정도 되니 두려움보다는 화가 났다.

아직도 김이 모락모락 오르는 커피 잔. 떨리는 손으로 잔을 잡고 한 모금 마시자, 알싸하면서도 진한 향내가 스며들었다.

충격적인 말을 하도 들어서 그런지 오히려 머릿속이 차가워졌다.

아이.

그녀는 다시 배를 어루만졌다. 그게 가장 충격적이고 가장 놀라운 말이었다. 그녀는 태경의 아이를 가졌다. 임신 중이다.

실감이 나지 않았다. 그런 건 불가능하다고 생각했었다. 완전히 단념하고 있었다.

그런데 아이라니.

그녀는 미소 지으며 배를 감싸 안았다. 야수가 속삭였다.

〈이제 그는 내 거야. 이제 완벽하게 가질 수 있어.〉

순간, 그녀는 소름이 끼쳤다.

추악하다. 아이를 미끼로 그를 얻을 수 있다고 기뻐하다니. 이렇게나 추한 상황이 있을까. 그런 말도 안 되는 생각을 하다니.

그녀는 입술을 씹었다. 스스로가 추악해서 견딜 수 없다.

애써 생각을 바꾸려고 애쓰며 그녀는 아랫배를 쓰다듬었다.

"미안해. 작은 늑대야."

그녀는 문득 꿈을 떠올렸다.

예쁜 늑대가 나오는 꿈. 그게 태몽이었을까.

자기도 모르게 피식 웃으면서 그녀는 흐트러진 머리칼을 쓸어 올렸다. 이상하게 많이 먹었던 것도, 괜히 피곤해지면서 바짝바짝 마르는 것도 일종의 입덧이었나 보다. 정연은 입술을 잘근잘근 씹다가 고개를 들었다.

다른 건 몰라도 아이를 위험하게 할 수는 없었다. 이제 그녀는 홀몸이 아니었다. 그녀 안에 아기가 있었다. 그 아기는 다름 아닌 태경의 아이다.

〈지면 안 돼.〉

야수가 속삭였다.

〈아이가 몸 안에 있어. 혼자가 아니야.〉

정연은 부지불식간에 주먹을 쥐었다. 손톱이 손바닥을 파고들었다.

"서태호는 내 동생을 죽였소."

명성은 그렇게 말했다. 그가 태호만 나오면 길길이 뛰는 이유가 어디서 왔는지 그녀는 이제 알았다. 하지만 알았다고 해서 달라지는 것은 없다. 약해지면 안 된다. 겁에 질려서도 안 돼. 그녀는 이제 지킬 것이 있었다. 혼자가 아니다.

정연은 눈을 빛내며 아랫배를 쓰다듬었다.

정말이라면, 정말로 이 안에 태경의 아이가 있다면 이대로 두 손 놓고 있어선 안 된다. 안 그래도 일족이 아니라고 비웃음을 당하고 있는 상황인데 납치까지 당하다니. 일족이었다면 절대로 당할 일이 아니었다.

갑자기 뜨거운 것이 무릎에 닿아 그녀는 화들짝 놀라 일어섰다. 덜덜 떨리는 손 때문에 커피를 흘리고 말았던 것이다. 크림색 스커트에 묻은 커피 얼룩이 너무도 강렬해 그녀는 넋을 잃고 바라보았다. 울컥 화가 났다. 새 옷을 망쳐 버렸다.

뜨거운 감각과 얼룩. 아픔이 분노로 변한 것은 오래 걸리지 않았다. 그녀는 주먹을 쥔 채 입술을 깨물었다. 얼마나 얕보였으면 이럴까. 힘이 있었다면, 저 고귀하신 진가의 공주님이었다면 이들이 이런 일을 할 생각이나 했을까. 너무나 비참해서 눈물도 나오지 않는다.

지면 안 돼. 울어도 안 돼. 약해지지 마. 그녀는 주먹을 움켜쥔 채 얼룩진 스커트를 쓸어내렸다. 아무리 닦아내려 해도 얼룩은 사라지지 않는다.

똑똑.

갑작스런 노크에 고개를 돌리자, 육중해 보이는 문이 열리고 한 여자가 고개를 내밀었다.

"방을 안내해 드리겠습니다."

여자는 작은 체구에 오밀조밀한 생김새를 가진 여자였다. 앞치

마를 두른 단정한 차림새가 해민을 연상케 했다. 삼십대 정도로 보이지만 정연은 이제 보이는 나이를 믿지 않게 되었다. 그녀는 얼룩진 벽도 돌아보지 않았다. 깨진 잔도 치울 생각을 하지 않는다.

"이쪽으로 오세요. 갈아입으실 옷과 쉴 곳을 마련해 드리겠습니다."

그 말에 정연은 자세를 바로 했다. 겁에 질린 표정을 보여주는 것도, 주눅 든 모습을 보여주는 것도 용납할 수 없었다. 그녀는 일부러 천천히 걸었다. 그러고 보니 핸드백도 보이지 않았다. 그녀는 핸드백 속에 있을 라이터가 그리워져 물어보았다.

"제 핸드백은?"

"다른 물건은 없습니다. 새로 장만해 드릴 테니 걱정하지 마세요."

여자는 딱딱한 어조로 말했다. 무표정한 얼굴 때문에 더 건조해 보였다.

안내 받은 방은 응접실 못지않게 심플한 방이었다. 전에 있던 내가와는 달리 무거워 보이는 육중한 질감의 가구들이 자리를 잡고 있었다. 실용적인 면과 장식적인 면을 교묘하게 줄타기 하는 듯한 느낌의 인테리어였다.

커다란 침대와 붙박이 옷장, 테이블과 이 인용 소파, 화장대가 인테리어 잡지에서 튀어나온 것처럼 단정하게 배치되어 있었다. 하얀 침대 시트가 어쩐지 호텔을 연상케 하는 분위기였다.

"안에 옷이 있습니다. 화장품도 준비되어 있고요. 안쪽 문을 여시면 화장실이 있습니다."

여자는 기계적으로 설명하고는 화장실 문을 열었다.

욕조까지 마련된 화장실도 방 못지않게 컸다. 아무런 말도 하지 않는 정연을 대신하듯 그녀가 말을 이었다.

"곧 식사를 올리겠습니다. 못 드시는 게 있으시다면 미리 말씀해 주십시오."

"괜찮아요."

정연은 고저 없는 목소리로 말했다.

여자가 나가자마자 그녀는 침대 위에 걸터앉았다.

이 방에는 한 가지가 없었다. 바로, 전화다. 창문은 컸지만 바깥쪽으로 창살이 있었다. 시야를 방해하지 않는 형태로 만들어진 탓에 답답하진 않았지만 사람이 드나들 수 있는 크기는 결코 아니다. 정연은 쓴웃음을 지었다. 그녀가 진짜로 제대로 된 일족이었다면 그런 창살쯤은 간단히 뜯어낼 텐데.

고개를 숙이고 그녀는 입술을 깨물었다.

화가 가라앉자 무력감이 찾아왔다. 그저 흘러가기만 하는 자신의 처지가 너무 기가 막혀서 웃음까지 나올 정도다.

'태경 씨.'

그는 한심하게 여길지도 모른다. 만약 그녀가 온전한 일족의 아가씨였다면 이런 일은 당하지 않았을 텐데. 무력한 인간인 탓에 이런 일을 당하고 말았다. 분하고도 분해서 절로 신음이 터져 나왔다.

침대에 눕자마자 천장이 빙글빙글 돌기 시작했다. 어지러웠다. 눈을 감고 심호흡을 하는 순간, 두근 하고 심장이 뛰었다. 가슴이 저렸다. 그녀는 부지불식간에 아랫배를 손바닥으로 감쌌다. 아기가 놀랐을 것을 생각하니 조금 불안해졌다.

'태경 씨.'

화를 낼까. 이렇게 무력하고 바보 같은 여자는 처음이라며 기가 막혀 할까.

새삼스럽게 몸이 덜덜 떨렸다. 일족들이 강한 힘을 가지고 있다는 것을 알고는 있었지만 이런 식으로 실감한 것은 처음이었다. 사람을 세뇌하는 것도 모자라 최면을 걸듯이 태연하게 잡아오다니. 정연은 아무것도 모른 채 제 발로 납치당해 그와 마주 앉아 커피까지 마시고 있었다. 아마 그가 깨우지 않았다면 인형처럼 멍하니 그가 시키는 대로 뭐든 하고 있었을 것이다. 뭐든지.

너무나 끔찍했다. 차라리 약에 취해 의식을 잃고 있는 게 나았다. 꼭두각시처럼 멍하니 그가 말한 대로 따르고 있었다니. 두 시간 동안 대체 뭘 했을까? 소름이 끼쳤다.

그래도 그녀는 평정을 지키려 애썼다. 세상은 항상 그녀 마음대로 움직이지 않았다. 언제나 그녀의 의지와는 반대로 흘러갔다.

"괜찮아."

그녀는 마법처럼 그 단어를 스스로에게 내뱉었다. 더한 것도 겪었다.

정연은 일부러 심호흡을 하면서 자세를 바로 했다.

눈시울이 붉어졌으나 참았다. 운다고 달라지는 것은 아무것도 없다는 것쯤은 예전에 터득했다. 그러니까 이제는 앞으로의 계획을 세우지 않으면 안 된다. 지켜야 했다. 아이를 지키고 스스로를 지켜야 했다.

실처럼 흘러가던 담배 연기가 와락 흩어졌다.

"그래서?"

태경은 담배를 쥔 손을 가볍게 흔들면서 물었다. 잘 정돈된 손끝은 매니큐어를 칠한 것도 아닌데 매끈하다. 남자의 손치고는 유달리 매끈한 손.

"유가의 내가에 모시고 있습니다."

"언제 돌려줄 건가?"

"서태호가 오는 즉시."

대답하는 남자는 담담한 표정을 유지하고 있었지만 얼굴은 새하얗게 질려 있었다. 심지어 소름이 돋는지 솜털까지 빽빽하게 곤두서 있다. 누가 봐도 공포에 질린 상태라는 것을 알 수 있는 모습이었지만 그를 비웃을 수 있는 사람은 아무도 없었다.

"심한 짓을 하는군."

"심하다니요. 이건 단지 초대일 뿐입니다."

"초대?"

"저희는 손끝 하나 건드리지 않았습니다. 아가씨는 완벽하게 건강하시지요."

그 뻔뻔한 대답에 뒤에 서 있던 미혜가 이를 갈았다. 그녀의 머리칼이 솟아오르는 게 보일 정도다.

태경은 한 모금 연기를 내뿜었다. 그녀의 임신을 알게 된 뒤 줄이려고 했던 담배건만 어쩐지 점점 늘어만 가는 것 같았다. 제어할 수 없는 것이 생기는 것은 좋지 않다. 그는 미간을 찌푸린 채 다시 연기를 삼켰다.

허공에 흩어지는 연기가 창백한 색깔에서 투명하게 변해간다.

"지금 나를 위협하는 건가? 약혼녀의 안위를 걸고?"

그는 자세를 바꾸지 않았다. 소파에 다리를 꼬고 앉은 자세 그대로였다.

하지만 보는 사람은 그렇게 느낄 수가 없었다. 그가 뿜어내는 기운은 점점 무거워지고 있었다. 문득 지지직 소리를 내며 강화유리로 만들어진 티 테이블에 금이 갔다.

"상황이 어떤 것인지 아실 겁니다. 몇 번이고 반복하는 말이지만 그냥 끝낼 수는 없으니까요."

그 소리에 움찔거리면서도 유윤세는 말을 이었다.

"서태호를 내어주십시오. 그러면 모든 일이 끝납니다."

태경은 대답하지 않았다. 그는 그저 침묵한 채로 윤세의 뒤에 서 있는 민재와 미혜를 번갈아 보았을 뿐이었다.

어깨가 점점 더 무거워졌다. 목도 마찬가지다. 윤세는 이를 악물었다. 조금만 더 하면 목뼈가 으스러질지도 모른다. 숨이 막히기 시작했다. 명치가 억눌려 토할 것만 같았다. 이 상황에서 엎드려 토해 버린다면 얼마나 추할까. 그것을 상상하면서 윤세는 억지로 몰려오는 토기를 참아냈다.

"서태호가, 그러니까 서태호가 지금 갇혀 있다 들었습니다. 그를, 그를 내어주십시오."

윤세가 간신히 말을 잇자, 태경은 그 소리를 못 들었다는 듯이 반문했다.

"그녀는 내 아이를 임신 중이야. 아이가 잘못되면, 어떤 일이 벌어질지 각오하고 있는 거겠지?"

콰직—!

"커억!"

마침내 압력을 이기지 못하고 그의 갈비뼈 한 개가 부러져 버렸다. 컥 소리를 내면서 몸을 숙인 윤세는 격렬하게 토하기 시작했다. 먹은 것이 별로 없어 위액만 토해냈지만 그래도 추한 상황은 변하지 않는다.

"내가 너희들의 내가를 습격하길 바라나? 내가를 습격하는 것이 나쁜 짓이라는 건 알지만 그래도 임신한 여자를 납치하는 것보다는 덜 하다고 보는데."

태경의 말에 윤세는 입가를 닦으며 헐떡였다.

"해보십시오. 이것도 나름대로 공평한 대가라 생각합니다. 이쪽도 임신한 아가씨를 잃었으니까요."

악에 받힌 소리치고는 위압감이 없었다. 벌겋게 충혈된 눈으로 노려보던 윤세는 천천히 일어섰다.

"이에는 이, 눈에는 눈. 오랫동안 지켜져 온 불문율 아닙니까?"

휘청거리며 그가 나갈 때까지 막는 사람은 아무도 없었다.

찰칵.

태경의 손 안에서 은빛 라이터가 빛났다. 그는 천천히 새 담배에 불을 붙이고 눈을 감았다.

끈. 그가 만들어낸 끈이 그녀에게 닿아 있다.

탄성이 붙은 정념의 끈이 뱀처럼 꿈틀거리며 그녀에게로 그의 감각을 인도했다. 태경은 만족했다. 이런 감각은 처음이었지만 그 끈은 그의 상상외로 단단했다.

곧 불안과 초조, 공포와 분노가 뒤섞인 복잡한 감정이 밀려들어왔다. 그녀는 확실히 무사하다. 화를 내고 있긴 하지만 무사하긴 했다.

'감정이 제일 먼저 전해지는군.'

낯선 감각에 그는 호기심을 품었다. 이런 식으로 누군가와 연결되는 것은 그도 처음이었다. 아니, 이런 능력을 가졌다는 것도 사실은 몰랐다. 이리저리 뒤엉킨 감각들이 검은 소용돌이를 일구며 아무도 들어간 적이 없는 공간으로 들어섰다. 회색의 마블링이 공간을 뒤섞으며 움직인다. 달아오른 열기에 관자놀이가 지끈거렸다. 낯선 능력 때문에 두통이 일어났다. 그래도 그는 멈추지 않았다. 그의 시선은 더 멀리, 그의 끈이 닿아 있는 곳으로 곧장 날아갔다.

―태경 씨.

목소리가 들려왔다. 가슴이 욱신 아팠다.

시각(視覺). 곧 시각이 그녀의 것과 일치된다. 청각, 통각이 일제히 그녀와 싱크로되며 정보가 전해지기 시작한다. 태경은 눈을 반만 뜬 채 정연의 주변을 살폈다.

웅크린 짐승처럼 앉아 있는 저택. 녹음이 우거진 저택의 한 방. 넓은 방 안에 넓은 침대. 그리고 그 침대 위에 그녀가 누워 있었다. 아픈 게 아니었다. 자는 것도 아니다. 그녀는 눈을 감은 채 그를 생각하고 있었다.

―태경 씨.

그녀의 뇌리 속에 그의 그림자가 어른거린다. 저도 모르게 태경은 미소를 머금었다. 그녀는 그만을 생각한다. 그를 생각하고 그를 그리워한다. 만족스러웠다.

포식한 야수처럼 미소 지으며 그는 그녀의 주변을 훑았다. 텅 빈 방 안은 제법 반듯했지만 공허하다. 주인이 없는 집이란 공허한 법. 침대 위에 누워만 있던 정연이 창밖을 바라보며 일어나 한숨을 내쉰다. 파리한 얼굴이 안쓰러워 끌어안고 싶어진다. 부서질 듯 가냘픈 어깨.

'아아.'

그녀는 임신한 뒤로 너무 말랐다. 태경은 보이지 않는 두 팔을 뻗어 그녀의 어깨를 끌어안았다. 그 기척을 느낀 것인지 정연이 뒤를 돌아보았다. 그녀의 얼굴에 일렁이는 감정의 깊이에 저도 모르게 태경은 안도했다.

"태경 씨?"

그녀가 중얼거리듯 물었다.

그 태도가 만족스러웠다. 그는 보이지 않는 손을 들어 그녀의 머리를 쓰다듬고 뺨을 어루만졌다. 정연이 눈을 감았다. 보이지 않는 손길을 느끼기라도 하듯 그녀는 경직되있던 표정을 풀고 한숨을 내쉬었다. 사랑스럽다. 손 안에 들어오는 이 작은 감각. 태경은 가슴 깊숙한 곳에서 솟구치는 애정을 다시 한 번 맛보았다. 포근하고 따사로운 감정이 찰랑거리며 목 안까지 들어찼다.

기다려. 그는 조용히 말해보았다. 그녀가 알아듣지 못해도 그는 그렇게 속삭였다. 조금만 기다려. 곧 데리러 가지. 널 해칠 자는 아무도 없어.

정연은 눈을 감은 채 가만히 서 있다가 지친 발걸음으로 침대에 누웠다. 어지러운 듯 손등으로 눈을 가린다. 그리고 한줄기 눈물이 흘렀다.

―미안해요. 이렇게나 무력해서 미안해. 내가 온전한 일족의 여자였다면 이런 일은 없었을 텐데. 당신도 내가 좋은 집안의 여자였다면 훨씬 더 좋았을 텐데. 당신을 사랑하는데, 너무 사랑해서 잃고 싶지 않아서, 투정도 부리고 싶지 않아서. 당신을 갖고 싶어서 나는 아무 말도 할 수 없었어. 첩이라도 좋았어. 그 여자가 말한 대로 첩이라도 좋았어. 그저 곁에 있을 수만 있다면. 미안해. 미안해. 미안해. 보고 싶어, 날 미워하지 말아요.

"회장님?"

태경은 흠칫 눈을 떴다.

머리가 깨질 것만 같았다. 그에 비례하듯 가슴속 역시 엉망진창으로 뒤엉켰다.

—당신의 아이야. 절대로 지킬 거야. 내 생전 처음 얻은 행운이야. 당신과 이어진 증거야. 절대로 잃지 않을 거야. 무섭지 않아. 나는 무섭지 않아. 이제 잃는 것은 지긋지긋해. 나는 항상 운이 없었어. 재수가 없었어. 당신을 만난 것이 내 유일한 행운이야. 그러니까…….

그는 자신도 모르게 가슴을 부여잡았다. 심장 한구석이 찢어지는 것만 같았다. 힘의 과용으로 눈알이 빠질 듯 아프다.

—나는 당신을 절대로 잃을 수 없어. 그런 나를 추하다고 욕하지 말아줘요. 끔찍하다 말하지 말아줘요. 당신을 잃으면 나는 죽을지도 몰라. 제발 나를 버리지 말아줘.

말수가 없는 것만큼 그녀는 자신의 마음을 말로 옮기는데 서툴렀다. 그녀의 마음, 그녀의 생각을 이런 식으로 송두리째 읽어낸 것은 처음이었다. 그녀의 생각. 그녀의 마음.

당신을 만난 것이 내 유일한 행운이야.

"회장님, 괜찮으십니까?"

놀란 민재가 그를 부축하려 손을 뻗었지만 태경은 손을 내저었다.

눈앞에 그녀가 어른거렸다. 믿어지지 않을 정도로 가슴이 아프다. 이 고통은 그의 것이 아니었다. 그녀의 것이었다. 그녀는 항상 아팠다. 아무렇지도 않은 표정을 하고 있었지만 사실은 항상 아팠다.

그리고 그도 아팠다. 난생처음.

정연이 우는 모습이, 그녀가 바로 곁에 없다는 것이 이렇게나 가슴이 아플 줄이야. 그는 신기한 마음과 고통이 뒤섞인 채 멍하니 자신의 손바닥을 내려다보았다.

그 손에는 아직도 그녀를 만졌던 감촉이 남아 있었다. 끈이 이어져 있다는 것, 그녀를 잡았다는 증거다. 하지만 그러면 뭐 하는가. 아무리 이어져 있어도 그녀의 눈물 하나 닦아주지 못한다. 그런 건 곁에 있어야만 할 수 있는 일. 미워하다니, 미워할 리가 없잖아? 그지 나는 화가 났을 뿐이었어. 그녀의 태연함에.

그는 가슴을 부여잡았다. 심장이 미친 듯이 뛰고 있었다. 생소한 아픔에 당황하고 있는 심장. 그녀는 욕심을 내세울 줄 모르는 여자였다. 항상 그랬다. 항상 자신을 억누른 채 괜찮다고만 말했다.

태경은 이글거리는 눈으로 고개를 들었다. 와장창 하고 유리 테이블이 기어이 박살이 나며 주저앉았다. 가까이에 있던 민재가 신음 소리를 내며 뒤로 물러섰다.

"찾아내라."

그가 나직한 어조로 말했다.

"전쟁이 납니다."

민재가 차분한 어조로 말했다. 그의 눈동자가 새까맣게 변해 있었다.

"다른 건 알 바가 아니다. 내 여자를 데려갔어."

그 고저 없는 음성에 미혜가 입술을 깨물며 말했다.

"시간이 없습니다, 회장님."

"뭐?"

"결혼식을 어서 올리지 않으면 아이는 사생아가 됩니다."

"지금 아이가 문제야?"

태경이 태연하게 되묻자 미혜는 한숨을 삼키며 말했다.

"게다가 정연 씨는 완전한 변성이 아니라 조심해야 할 상황이에요. 서 박사님도 말했었죠. 아기가 첫 번째 성장을 하기 전에 그녀를 찾아와야 해요."

"뭐?"

그제야 태경이 은빛으로 빛나는 눈을 들어 미혜를 바라보았다. 그 눈빛에 그녀는 저도 모르게 숨을 삼켰다.

"자궁이 자라지 않는다고 했어요. 아이의 성장을 그녀의 몸이 따라갈 수 없대요. 적절한 조치를 취하지 못한다면 생명이 위독해요."

미혜는 '죽을지도 몰라요' 라고 말하려던 것을 바꿔 말했다.

태경의 눈빛에 은빛이 스쳐 지나갔다. 무거운 기세가 차갑게 변하는 것을 느끼며 미혜는 깊게 숨을 들이마시고 단번에 말했다.

"우리에겐 시간이 없어요. 회장님, 그들에게 서태호를 내주자고요."

그 말에 민재까지 그녀를 돌아보았다. 그는 기가 막힌다는 얼굴로 그녀를 노려보았다.

"무슨 소리를 하는 거야?"

"징계는 나중에 해도 돼요. 급한 것은 정연 씨예요. 최정연 씨의 몸 상태는 그냥 놔둘 수 있는 상황이 아니라고요. 이런 스트레스까지 받으면서 잔뜩 약해진 몸이 버틸 수 있을 거라 생각하세요?"

미혜의 말에 태경의 얼굴이 굳었다.

"일단 태호를 건네줘요. 그 다음 정연 씨를 돌려받은 뒤에 유가를 쓸어 없애자는 거예요. 우리를 모욕한 대가를 치르게 하는 거죠."

"그러나, 감히 이런 협박을……."

민재가 뭐라 하기 전에 미혜가 사납게 되받았다.

"자존심이 중해요, 아니면 정연 씨가 중해요? 그녀의 뱃속에는 회장님의 아기가 있어요! 그녀는 그 아이 하나밖에는 낳지 못한다구요!"

거칠게 쏘아붙이는 그 말에 민재도 입을 다물었다.

그는 태경의 돌처럼 굳은 얼굴을 돌아보며 침묵했다. 결정은 그가 내려야 하지만 미혜의 말도 틀린 것은 아니었다. 하나, 이런 말도 안 되는 협박에 태호를 내어준다는 것도 말이 되지 않는다. 서태호는 아무리 미워도 직계 혈손. 게다가 태경의 친아우였다. 동생을 내주고 아내를 돌려받는다니. 이런 인질극은 생각만으로도 수치스러운 일이다.

"서 박사를 불러."

그는 거두절미하고 말했다. 태경의 뇌리에는 태호든 아이든 아무것도 남지 않았다. 그녀의 생명이 위독하다는 것만이 가장 문제였으니까.

[재미난 일을 벌였더군.]

"벌써 소문이 거기까지 났습니까?"

[너무 기가 막혀서 말도 안 나와. 넌 태경과 적이 되길 원하지 않았잖아?]

"글쎄요."

명성은 턱을 괸 채 창문을 바라보았다.

맑다 못해 눈이 부신 하늘이 청명한 빛깔을 뿌리고 있었다. 이런 날은 확실히 음침한 짓거리가 어울리지 않는다. 여자를 납치한다는 악한 흉내도.

"놀러오십시오. 파티를 열 참이니까요."

[파티?]

"젊은이들만 모이는 파티를 열 참입니다. 그녀가 메인 게스트. 결혼축하 파티라고 하면 좋겠죠."

[재미있겠군.]

명성은 전화기를 통해 들려오는 청원의 웃음소리를 무심히 넘겼다.

파김치가 되어 돌아온 윤세의 말에 따르면 태경은 격노했지만 반응은 짐작했던 그대로라 했다. 무익한 일이라는 것을 알면서도, 허무할 정도로 웃기는 짓거리라는 것을 알면서도 명성은 그렇게 하고 있었다.

당장이라도 태경이 무시무시한 위세를 뿌리며 그에게 달려들지도 모른다. 감히 나를 협박하는 거냐고 날뛰며 공격해 올지도 모른다. 그럼에도 불구하고 명성은 그렇게 했다.

'뭘까.'

명성은 전화를 끊으며 생각해 보았다.

명희에 대한 감정이 그렇게 깊은 것은 아니다. 아니라고 생각했다. 청원에게도 말했다시피 누이가 그렇게 죽었다는 것에 분노하고 있을 뿐이다. 무익한 짓을 그만 하라며 항의하는 원로들이 늘어나고 있었다. 원로들은 그가 서가를 적대하는 것에 반대했다. 이미 죽어버린 명희를 위해 복수할 필요가 있을까. 당사자는 서태호지, 서가 전체가 아니다. 솔직히 말해 서가는 성의표시를 할 만큼 했다. 그런데도 불구하고 이 들끓는 속은 가라앉질 않는다.

"나는 단순히 싸우고 싶은 걸까. 화풀이를 하고 싶은 걸까."

그는 어린애들이나 마신다는 술을 먹고 싶어졌다. 정말로 술을 먹으면 이 시커먼 감정을 잊을 수 있을까. 자존심 때문일까? 그는 청원의 조롱을 다시 한 번 되새겨 보았다.

청원은 물론이고 명성 역시 단 한 번도 서태경을 이겨본 적이 없었다. 그만이 아니다. 그 또래의 모든 자들이 다 그러했다. 직계든 젊은 종주든 일족 중에서는 유명한 이야기였다.

서태경은 벽이었고, 서태호는 그런 형을 믿고 날뛰는 하룻강아지였다.

그는 피식 웃었다. 태호가 정말 강한 자였다면 단념했을 것이다. 명희의 운명과 진저리치도록 강한 서씨 가문의 광기에 억지로 납득하면서 물러섰을 것이다. 그러나 서태호는 강한 자가 아니었다. 녀석은 망나니이고 그저 형을 믿고 까부는 덜 떨어진 애송이였다. 여자의 품이 아니면 잠들 수 없다는 섹스광이었다. 자기 아이를 가진 마누라를 찢어 죽인 주제에 형의 여자에게 눈독을 들인 개차반 같은 놈이었다. 그저 잡아다가 짓이겨 찢어버리고 싶은 것. 그것이 서태호였다. 그런 서태호를 기른 것이 서태경이다. 그러니까, 서태경에게도 책임이 없다고는 할 수 없는 일.

그는 호 하고 낮게 웃었다.

아니, 변명은 필요없었다. 결국 뒤집어보면 이에는 이, 눈에는 눈이다.

임신한 몸으로 갈가리 찢겨 죽은 누이처럼 그놈이 형과 대적까지 해가며 탐하는 여자를 눈앞에서 죽여주고 싶은 것뿐.

"종주님."

윤세가 문을 열고 들어섰다. 그의 뒤로 머리 하나는 더 큰 대원이 보였다.

대원은 여전했다. 선글라스를 끼고 있어도 한쪽 눈이 의안이고 한쪽 눈이 사안이라는 것을 감출 수는 없다. 심한 흉터 때문에 이목구비가 흐트러진 것도, 코뼈가 휜 것도 그대로 드러난다. 그것보다 더 큰 문제는 한쪽 팔을 잃었다는 것이지만.

"내가를 호위하는 병력을 늘려놓았습니다만, 그곳에서 정말로 파티를 열 생각이십니까?"

"그래."

명성은 고개를 끄덕였다.

이해할 수 없다는 듯이 바라보는 윤세를 무시하고 그는 대원의 무표정한 얼굴을 바라보았다.

"방해할 마음은 없겠지? 설마 인간여자를 동정하는 것은 아니지?"

대원은 대답 대신 침묵했다. 그는 무심해 보이는 종주의 얼굴을 물끄러미 바라보았다. 그의 얼굴 어디에도 명희의 모습은 없다.

대원이 말을 하지 않자, 명성은 가볍게 손짓했다.

"나가봐."

윤세는 굳은 얼굴로 인사를 하고 대원을 끌고 나갔다.

밖으로 나가자마자 무덤처럼 고요한 복도가 햇빛으로 얼룩져 있었다. 그는 잠시 동안 말 없이 복도를 걸었다. 윤세도, 대원도 결코 말이 많은 편은 아니었다.

"후우."

복도를 몇 개나 지나 일층으로 다시 내려오자 윤세는 여전히 바위처럼 굳어 있는 대원을 흘긋 보았다.

"대원아."

"네."

"이야기는 들었겠지?"

"네."

대원은 아무런 말도 하지 않았다.

"그 여자를 네가 맡아 보호해."

대원은 반응하지 않았다. 그는 오히려 흘긋 윤세를 바라보았을 뿐이었다. 조금 피곤한 얼굴이 된 윤세는 버릇처럼 미간을 손가락으로 꾹꾹 눌렀다.

"내 말뜻 알지?"

대원의 무반응에 지친 얼굴로 윤세는 이층을 올려다보았다. 계단은 짧은데도 명성이 있는 곳은 멀고도 먼 기분이었다. 아주 오랫동안 유명성은 그에게 있어 소중한 주인이었다. 많고도 많은 가솔들 중에 그의 측근으로 지정 받았다는 것은 영광이었다.

"그 여자가 여기서 죽으면 안 돼."

윤세가 중얼거리듯 말했다.

"그럼 전쟁이야."

대원은 여전히 말뚝처럼 서서 듣고만 있었다. 윤세는 피식 웃었다.

그가 이런 소리를 하는 것도 분명 명성에겐 배신이다. 하지만 어쩔 수 없다. 다른 집안의 임신한 여자를 잡아다 죽인다는 것은 분명한 범죄 행위였다. 어디에다 하소연도 할 수 없다. 서태호가 자신의 아내를 죽인 것보다 더하다.
"최소한의 보험이야. 내 말뜻 알지?"
대원은 여전히 침묵했다.
안 그래도 무심한 얼굴에는 잃은 눈만큼의 무정함이 맴돌았다. 거친 나뭇등걸처럼 울퉁불퉁한 이목구비는 이전보다 더 했다.
"너, 그 여자에게 다른 마음을 품고 있는 건 아니겠지?"
그의 말에 대원은 말을 잊은 사람처럼 고개를 내저었다. 그나마 감정을 드러내던 한 눈을 잃은 터라 그의 감정을 읽을 수 있는 방법은 사라져 버렸다.
"젊은 애들을 들쑤시면 서태호는 반드시 달려들어 온다. 그놈에겐 원래 머리라는 게 존재하지 않으니까."
크루징 파티가 열리는 것이다. 그 난장판 속에서 여자는 죽고 그 모습을 본 서태호도 죽는다. 그렇게 되면 서태경은 드디어 이를 드러내고 전면전쟁을 선포하겠지.
'너무 참은 탓일까.'
윤세는 쓰게 웃었다.
"그래도 최소한의 장치는 해두어야지."
그는 혼잣말하듯 중얼거렸다. 대원은 그런 그를 보지 않았다.

"안내해 드릴까요?"
정연은 여자의 말에 얌전히 고개를 끄덕였다.
일족들이 사는 집은 다 이런 것일까. 넓고 무덤처럼 고요하다. 인기척은 물론이고 냄새도 거의 나지 않는다. 사람이 살고 있다는 흔적 따위 조금도 느껴지지 않으니.
"이곳은 모두 사층이에요. 지하 이층에 주차장이 있고, 지하 일층은 트레이닝 룸과 휴게실이 있습니다. 일층은 홀과 식당이 있고, 이층과 삼층에는 객실과 서재가 있습니다. 다른 곳을 다 쓰셔도 좋습니다."

안내에 따라 복도를 걸으면서 그녀는 집 안 구조를 익혀두었다.

창은 넓지만 모두 창살이 있었다. 밖에서든 안에서든 그녀 혼자만의 힘으로 드나들 수 있는 구조가 아니다. 문은 굉장히 두꺼워서 보통 방문으로는 보이지 않았다. 방음장치라도 된 것인지 열고 닫을 때 이외엔 바깥 소리가 전혀 들리지 않았다. 그녀가 머물렀던 서씨 집안의 내가와 굉장히 흡사하면서도 한편으로는 분위기가 완전히 달랐다. 이곳은, 정말로 조용하고 고상한 〈집〉이었다. 실용적이고 검소한 분위기. 그에 비하면 서가는 개성이 넘치는 디자이너 취향의 인테리어였다. 아마 미혜의 솜씨일 것이다.

"정원에 나가보실래요?"

창백한 그녀의 안색을 살피며 여자가 권할 때였다.

현관문을 밀고 누군가가 들어섰다. 두 명의 남자였다. 문가에 서 있던 두 여자는 절로 비켜 섰다. 정연은 눈을 크게 떴다.

두 명의 남자가 더 있었다. 곰처럼 큰 덩치의 선글라스를 쓴 남자와 무표정하다는 게 특징인 남자.

"마침 나와 있었군요."

윤세가 태연하게 말하면서 그녀에게 손짓했다. 하지만 그녀는 그를 보지 않았다. 그녀의 시선은 선글라스를 끼고 있는 덩치 큰 남자에게 박혀 있었다.

"아저씨?"

정연이 망연한 얼굴로 묻자 대원은 선글라스를 벗었다.

참혹한 흉터와 한 눈을 잃은 모습이 고스란히 드러나자, 그녀는 헉 하고 숨을 들이켰다. 그 모습에 그는 고개를 까딱거렸다.

"아저씨."

정연은 저도 모르게 입술을 깨물었다. 눈가가 뜨거워졌다.

죽었을지도 모른다 생각했었다. 태호에게 당한 상처는 너무나 끔찍해서 이 큼직한 보디가드를 다시는 못 만날 거라 생각했었다. 저도 모르게 눈물이 주룩 흘러내렸다. 그가 살아 있다는 것이 너무나 감사해서 그 자리에서 그를 부둥켜 안고 울고만 싶었다.

"다행이에요."

다급히 그녀는 두 손으로 대원의 거친 손을 잡았다.

잠시 움찔거리던 그는 정연이 손을 잡자 어색한 동작으로 손을 마주 잡았다. 잃어버린 왼팔 때문에 조금 어색한 모습이라 다시 눈물이 새어나왔다.

어정쩡한 자세로 정연에게 손을 맡기고 있던 대원은 아주 기묘한 기분이었다.

그녀가 무사했다는 것도 들어 알고는 있었지만 자신을 위해 눈물을 흘리고 있다는 건 또 조금 색다른 기분이었다. 여자의 작은 손이 순수한 호의를 담고 자신의 손을 꼬물거리며 만지는 그 감각도 생소하기 짝이 없다. 체온이 낮은 탓인지 미지근한 온도를 가진 작은 손은 부드러워서 잊고 있던 감각을 불러일으켰다. 간지럽다.

"일단은 안으로 들어가 이야기하죠."

그 모습을 복잡한 시선으로 보고 있던 윤세가 손짓했다.

정연은 눈물을 닦고 대원과 함께 걸었다. 명성과 처음 커피를 마시고 있었던 거실이 바로 이층에 있는 응접실이었다. 다시 그

곳으로 들어선 정연은 처음 느꼈던 섬뜩함을 또 느꼈다. 윤세가 명성이 전에 앉았던 소파에 앉자 그 기분은 점점 더 강해졌다.

"파티가 열릴 겁니다."

"네?"

"최정연 씨를 초대했으니 축하파티를 연다는 거지요."

난데없는 말에 정연은 그를 노려보았다. 초대?

무심결에 대원과 시선이 마주친 정연은 저도 모르게 누그러지는 적대감에 당혹했다.

"파티는 내일 저녁 홀에서 열릴 거고 젊은 일족들이 전부 모여 나름대로 친목을 도모하게 될 겁니다."

"날 납치했다는 것을 널리 알리겠단 말인가요?"

그녀가 비꼬자, 그는 피식 웃었다.

"이미 널리 알려져 있습니다. 그리고 단순한 파티라니까요. 문제는 없지요."

윤세의 모호한 말에 정연은 입술을 깨물었다. 영문도 모르고 이리저리 끌려 다니는 것은 정말로 질색이었다. 그녀는 명성이 바라는 것이 무엇인지 도무지 알 수 없었다. 납치해 놓고 이제는 축하 파티라니.

"전에도 말했지만 서태호는 갇혀 있어요. 이미 벌을 받고 있지요. 이제 이런 일을 벌일 필요는 없어요. 그냥 날 돌려보내 주세요."

그녀는 간곡하게 말했다.

대원을 본 순간 적의가 한풀 꺾인 것은 사실이었다. 하지만 꺾였다고 해서 그들이 그녀를 납치했다는 사실이 사라지진 않는다.

"정연 씨는 그냥 파티를 즐기면 됩니다. 젊은 애들이 모처럼 모이니 그걸 구경하는 것도 꽤나 흥미롭겠죠. 사실 최정연 씨는 일족에 대해서는 아는 게 없지요?"

윤세는 가볍게 웃었다. 하나, 그녀는 불길한 기분이 엄습했다. 이를 숨기고 웃는 맹수와 같은 표정이다.

젊은 애들이라 했다. 그녀가 그동안 만난 일족들은 전부 나이가 있는 자들뿐이었다. 그녀 또래로 만난 것은 단 한 명 서태호뿐이었다.

"이번 기회에 일족에 대해 자세히 아시게 될 겁니다. 특히 아이를 가졌으니 더더욱 궁금하실 겁니다. 일족의 아이가 어떤 존재인지."

의미심장한 그의 말에 차가운 얼음 덩어리가 틀어박히는 것만 같았다. 그녀는 몰랐다. 그의 말대로 인간과 다른 일족의 아이들이 어떤 존재인지.

"왜 이런 말도 안 되는 일을 벌이는 거지요?"

손가락이 떨렸다.

괴물, 짐승, 야수.

갑자기 자신의 목덜미를 물어뜯으며 키득대던 태호의 모습이 떠올랐다. 칼날처럼 솟구치던 손톱과 어둠 속에서 빛나던 시퍼런 눈빛도. 개의 목을 잘라 내던진 그 잔혹함 역시. 뱃속의 아이가 그런 존재일 수도 있다.

"말도 안 되다니. 같은 또래끼리 친해보라는 종주님의 호의인데."

떨리는 그녀의 몸을 관찰하면서 윤세는 일어섰다. 정연이 화를 내든 겁을 내든 그는 알 바 아니었다. 심술궂은 악의가 온몸으로 넘쳐흘렀다. 죽이고 싶진 않지만 이 눈앞에 있는 여자를 좋아할 수는 없다. 서태호가 좋아하는 여자니까.

"그럼 재회를 즐기도록."

그는 대원을 향해 경고의 눈빛을 보내며 밖으로 나가 버렸다.

잔뜩 긴장해 숨을 삼키고 있던 정연은 그제야 한숨을 내쉬었다. 새삼 방 안에는 정적이 가라앉았다.

"아저씨의 이름도 제대로 몰랐네요. 비서인 것도 몰랐어요."

정연의 부드러운 시선에 대원은 가슴 한구석이 간질거렸다. 그녀가 보내는 호의의 시선은 언제나 거북했다.

"유대원."

새삼스럽게 이름을 말했다.

그의 눈에 정연은 차분했다. 너무 차분해서 대원은 그녀에게 뭐라 경고라도 해주고 싶었다. 분명 명성은 그녀에게 반감을 가지고 있지는 않았다. 하지만 그렇다고 해서 호감을 가지고 있는 것도 결코 아니었다. 그에게 있어 정연이란 여자는 도구, 그 이상도 그 이하도 아니다.

"이젠 괜찮으세요?"

살아난 것이 사실은 기적에 가까운 일이었지만 그녀도 그도 입에 올리진 않았다.

대원에게 있어선 인간이 아니니 당연한 일이고, 그녀에게 있어선 기적과도 같은 일이었다. 어차피 입장이 달랐다.

"걱정을 많이 했다고 들었다."

대원은 어색한 어조로 말했다. 누군가가 자신을 걱정한다고 하는 건 기분 나쁜 일은 아니었다. 다소 간지럽긴 하지만 나름 기쁘기도 했다.

"그래도 문병도 가지 못했는데요. 죄송해요."

정연이 예의 바르게 인사하자 대원은 멋쩍은 시선을 억지로 허공으로 돌렸다.

감시하고 있던 여자가 차를 내놓고 사라진 뒤 남은 것은 그녀와 그 단둘뿐. 그럼에도 불구하고 정연은 불안감을 느끼지 않았다. 오히려 안도감을 느끼고 있었다. 대원이 자신을 해칠 리가 없다는 확신이 그녀에겐 있었다.

"그동안, 어떻게 지내셨나요?"

정연이 다시 묻자 대원은 거북하게 커피에 설탕을 탔다. 여전히 달게 먹는 그는 설탕을 다섯 숟가락이나 넣고서야 멈췄다. 그 모습을 그녀도 물끄러미 지켜보았다.

"상처가 나을 동안 그저 방 안에 틀어박혀 있었다. 나돌아다니기 시작한 지는 얼마 안 돼."

말수 없는 대원으로서는 최선을 다한 설명이었다. 그 말에 정연이 빙긋 웃었다.

"그래요. 좀 마른 것 같았어요."

"그다지."

대원은 달디단 커피를 마시면서 그녀의 모습을 물끄러미 바라보았다.

그의 사안이 다시 움직였다.

정연의 배에 아이가 있었다. 대원은 새삼 놀랐다. 변성한 여자가 임신을 한다는 것은 기적 중의 기적이었다. 아무리 저 잘난 서태경이라 해도 불임일 수밖에 없는 여자에게 임신을 시켰다는 것은 기가 막힌 일이었다. 그녀는 건강했다. 하지만 기묘하게도 바짝 말랐다.

대원은 무의식중에 혀를 찼다.

"왜 그리 말랐어?"

정연은 뜻밖의 말에 입을 가리고 웃었다. 이 무심한 남자는 의외로 굉장히 세심한 모양이다.

"임신 중이라서 그래요. 아이가 자라려고 그러나 봐요."

"잘 먹고 있나?"

"네."

사실 할 말이 없다.

대원은 선글라스를 빼서 호주머니에 넣었다. 그가 박아 넣은 의안은 꽤나 그럴듯해서 안경을 쓰면 눈치 채는 사람이 거의 없었다. 하지만 무참할 정도로 흉한 흉터가 고스란히 눈가에 남아 있었기 때문에 그가 선글라스를 벗는 일은 거의 없었다.

그의 마음은 복잡했다. 명희가 참혹한 죽임을 당한 것은 사실이지만 그렇다고 해서 이 착한 여자가 죽어야 할 이유는 없었다. 오히려 태호 때문에 겪은 고통을 그는 다 알고 있었다. 그런데 이 여자를 난폭한 어린 것들에게 먹이로 내던지다니.

정연은 그의 얼굴을 똑바로 바라보고 있었다. 그가 입은 상처를 살피는 시선에 대원은 씁쓸해졌다. 하나밖에 없는 온전한 눈을 잃어버린 그는 잦은 두통에 괴로워하긴 했지만 일상생활에는 아무런 지장이 없었다. 하지만 그렇다고 해서 사람들의 시선에 마음이 편한 것은 결코 아니다.

"성형수술은 안 하나요?"

정연이 묻자 대원은 흠칫했다.

"흉터가 심하잖아요? 전에도 생각했지만 성형수술을 하면 아저씨는 괜찮아 보일 것 같은데."

차분한 말에 그는 피식 웃었다.

"우리들은 성형수술을 안 해."

"왜요?"

"보형물을 넣으면 생체리듬이 깨지니까. 단지 꿰매는 것이라면 차라리 생체 치유력이 훨씬 더 믿을 만하거든."

게다가 째고 자르자마자 아물어 버리니 성형을 하고 자시고 할 새도 없다.

"지금은 심해 보이지만 이 년 안에 이 흉터는 희미해질 거다."

그는 눈가에 남은 울퉁불퉁한 흉터를 손끝으로 만지작거렸다. 아직 붉은 기가 남은 흉터는 보는 것만으로도 아파 보여서 정연은 입술을 깨물었다. 가슴이 아프다.

"다행이네요."

그녀의 말에 대원은 어색해져서 팔짱을 끼었다. 이렇게 노골적으로 걱정하고 안도하는 표정을 짓는 여자를 보는 게 정말 오랜만이라서 더 어색하다.

"내일 저녁에 파티가 열리고 나면 아마 곧장 돌아갈 수 있을 거야."

"진짜로요?"

"그래."

널 죽이면 전쟁이다. 대원은 그 말을 속으로 삼켰다.

윤세의 말이 충분히 이해가 갔다. 그러나 종주의 비서가 종주를 배신하다니. 명성이 길길이 날뛸 것이다. 주인이 그를 죽이려 할지도 모른다.

그러나.

대원은 쓰디쓴 웃음을 머금은 채 그녀를 조용히 주시했다.

그녀는 착했다. 그녀는 흉한 얼굴을 한 그에게 손을 내밀었다.

명희처럼.

"그러니까 괜찮아."

무뚝뚝한 그의 말에 정연은 저도 모르게 웃고 말았다.

"아저씨는 그 유명성 씨와 어떻게 되는 관계예요? 비서라는 건 알지만, 역시 혈연관계인가요?"

"사촌동생."

"전혀 안 닮았는데요?"

놀라 되묻자 대원은 콧등을 찡그렸다. 무표정한 그에게서는 드문 표정이다.

"다들 그래. 나 혼자만 덩치가 크지."

"이쪽 집안, 서가하고는 분위기가 많이 달라요. 전 같은 일족이니까 비슷할 거라 생각했는데."

"기본 기질이 다르니까. 가진 능력도 다르고."

"그렇게 차이가 많이 나나요?"

"응. 외국에 있는 일족들은 더 그렇고."

"아저씨가 변한 모습은 봤는데 다른 이들도 다 그렇게 변해요?"

정연의 말에 대원은 흠칫했다.

그러고 보니 그녀는 자신이 변한 모습이며 태호가 변한 모습까지 전부 다 보았다. 인간 앞에서 본성을 모두 드러낸 것은 처음이었기 때문에 새삼 당혹스럽다.

"무슨 영화에서 본 늑대인간 비슷하던데."

태연한 말에 대원은 조금 한숨을 삼켰다. 그녀의 반응은 역시 보통 여자와 다르다. 하기야 서태경의 애인이자 약혼녀다.

"가진 능력에 따라 다 달라."

"다 달라요?"

"응."

대원은 어떻게 설명해야 할까 망설이다가 결국 달디단 커피를 한 모금 더 들이켰다. 초콜릿을 사러 갈 새가 없어서 설탕을 남들보다 배는 먹고 있었지만 맛은 역시 없다.

"초코 냄새가 안 나네요."

그녀가 웃으며 말하자 대원은 묵묵히 고개를 끄덕였다.

"사러 갈 새가 없었어."

정연은 기분 좋게 그를 바라보았다. 잡혀온 것은 불쾌했지만 그를 다시 본 것은 반가웠다. 그가 죽어가는 광경을 손 놓고 지켜볼 수밖에 없었던 때가 생각나자 새삼 눈시울이 뜨거워진다. 누구든 죽는 것을 보고 싶진 않다. 무력하게 그것을 보고만 있는 자신도 싫다. 정연은 심호흡을 하며 다시 물었다.

"어떤 파티인가요?"

차분한 그 질문에 대원은 눈을 번쩍 떴다. 그의 샛노란 홍채가 조금 가늘어지며 붉은빛을 띠었다.

"어린애들은 불안정하다."

"네?"

뜬금없는 말에 정연은 미간을 찌푸렸다.

"생각해 봐. 인간들도 가장 문제가 있는 나이가 몇 살이지?"

정연은 그 말에 퍼뜩 깨달았다. 시끄러운 십대. 불안정한 십대. 반항과 폭력으로 가득 찬 십대.

"우리들 역시 애들은 학교를 다니고, 어른에게 반항하고, 대들고, 폭력에 심취하고 쓸데없는 오기와 자존심을 내세우지."

대원은 심각한 표정이 된 정연을 앞에 두고 조용히 설명했다.

"파티는, 그런 애들을 대상으로 여는 거야."

"왜요?"

정연은 이해할 수 없다는 얼굴로 그를 바라보았다. 왜, 왜 그런 파티를 다른 곳도 아닌 내가에서 연다는 걸까.

"폭력과 잔인한 상황으로 뒤엉킨 파티. 아무도 책임을 지지 않는 무법지대."

"그런 파티를 왜 열죠?"

"순환 시스템이지."

"순환?"

"들끓는 혈기를 발산하기 위한 필요악 같은 거야."

씁쓸한 마음으로 대원이 대답했다. 사실 이런 파티를 여는 것은 일가의 종주가 할 일이 아니다. 젊지만 성인의 책임을 다할 수 있는 누군가가 대신 열어주는 게 보통.

"끔찍한 파티가 될 거야. 성인이 된 자들은 아무도 참석 안 해."

"그런데 왜 여는 거죠?"

정연이 반문하자 대원은 다시 침묵했다. 네가 죽는 모습을 서태호에게 보이기 위해서라고는 차마 말하지 못했다. 그는 들끓는 기분을 억지로 삼켰다.

"어쨌든 서태호를 부르려는 거야."

"그는 갇혀 있어요. 한동안은 나올 수 없을 거라 했어요."

대원은 정색을 하고 그녀를 바라보았다.

"분명히 이건 그를 향한 초대장이야. 왜냐하면 이런 난장판 파티를 자주 연 작자가 바로 서태호거든. 그 녀석은 크루징 파티가 열리면 무조건 참석했어. 성인은 아무도 참석하지 않는데도 꼬박 꼬박 참석했지. 어쨌거나 이 파티가 열리면 서태호가 올 거다."

그녀는 침묵했다. 서태호를 노린다 해도 그렇다면 굳이 그녀까지 잡아둘 필요가 있었을까. 납치까지 해가면서?

"서태호가 네가 여기에 있다는 걸 알면 반드시 올 거야."

대원은 억지로 담담히 말했다.

정연은 한숨을 삼켰다. 이제 정말로 그와 더 이상 연관되고 싶지 않았다. 그녀는 서태경의 약혼녀로만 온전히 기억되고 싶었다. 태호와 얽혀서 좋은 일은 그저 태경을 만났다는 것 하나뿐이었다.

31
향연

또옥.

물방울이 똑 하고 떨어졌다.

작은 물방울은 왕관 모양의 흔적을 남기며 곧 웅덩이에 섞여 들어갔다.

사방은 어두웠다. 눅눅하고 습기에 찬 공기 중에는 눈에 보이지는 않지만 곰팡이 포자들이 날아다닌다. 태호 역시 보지는 못했지만 냄새만은 맡아 알고 있었다. 그는 곰팡이 냄새가 정말 싫었다. 그 때문에 철동에 오는 것은 질색이었다.

철동(鐵洞). 달리 말해 감옥, 혹은 반성실.

이름만은 멋지지만 실상은 초라하다. 철동이라 이름 붙인 그 누군가는 어쩌면 비꼬는 마음으로 그런 이름을 지었는지도 모른다. 말은 철동이지만 쇠와는 전혀 인연이 없다. 게다가 동굴이라 이름 붙이기에는 너무 초라하다. 오히려 구멍에 가깝다.

내가의 가장 깊숙한 곳에 굴이 하나 뚫려 있었다. 평탄한 형태도 아니고 직선 형태도 아닌, 비스듬한 사선으로 뚫린 동굴이었다. 당연한 말이지만 석회질 동굴도 아니라 멋진 종류석도 존재하지 않는다. 그냥 암굴이다. 전설에 따르면 도를 닦던 도인이 수도했던 장소라고는 하지만 그 말이 미심쩍을 정도로 굴은 좁았다.

굴의 넓이는 1m 52cm, 높이는 1m 70cm. 깊이는 2.8km다. 체구가 작거나 어린애라면 몰라도 덩치 큰 성인이 드나들기엔 불편하다. 더더욱 큰 문제는 안쪽으로 들어가면 갈수록 더 좁아져서 거의 기어가야 한다는 점이었다.

태호는 중간 지점에 있었다. 그의 키로는 들어가면 갈수록 불편했다.

똑.

물방울이 또 떨어졌다.

그는 혼자서 키득 웃었다. 물방울 떨어지는 소리나 세고 있다니. 죄수가 따로 없다.

그는 양반다리를 한 채 앉아 눈을 감았다. 수도승처럼 가부좌를 틀고 도를 닦는 것은 물론 아니고, 참선을 하는 것도 결코 아니다. 그는 그냥 자고 있었다. 그의 성격에 참선은 맞지 않았다.

심성이 거칠고 고약한 자들을 위한 공간, 죄를 지은 자들의 공간이 철동이었다. 이곳에서 오랜 세월을 보낼수록 성품이 점잖아진다고 일족들은 생각하고 있었다. 하지만 경험자인 태호는 점잖아지는 게 아니라 교활해진다는 게 옳은 표현일 거라 생각했다. 역대 최장 거주 기간은 18년 5개월로, 그의 증조부였다. 자기 수하를 사십 여명 참살한 죄로 철동에서 참회했다 했다. 물론 나와서는 점잖게 행동했지만 실제로는 더한 살육을 행했다.

태호는 움직이지 않았다. 움직여 봐야 좋을 것은 하나도 없었다. 고약한 냄새를 몰아내기 위해 그는 잠에 빠졌다.

잠을 자면서 그는 몇 번이나 정연의 꿈을 꾸었다. 그리고 자신의 아내였던 명희와 이름도 없이 사라진 어린 아기의 꿈도 함께. 그는 아이를 갖고 싶었다. 아내가 죽든 말든 갖고 싶었다. 하지만 이제 아이는 없다. 그의 아이를 낳아줄 여자는 이제부터 찾아야 한다. 살갗이 그리웠다. 따스하게 와 닿는 맨살이 그립다. 푹신한 가슴을 가진 여자가 그립다.

유명희.

정연을 사랑하고부터 그는 새삼스럽게 그녀를 다시 떠올렸다. 그녀를 정말 사랑하긴 했던가. 나름대로 그녀를 아낀다고 생각은 했는데 정연의 말처럼 괴롭히기만 한 것은 아니었던가. 그는 아내가 좋았었다. 사랑했었다. 조용하고 자신만을 사랑해 주는 그 아내가 좋았었다.

"하아."

그는 작게 한숨을 내쉬었다.

왜 애를 낳으면 여자들이 미치는 걸까. 형의 말대로 피의 힘이 너무 강해서? 광기가 유전이 되니까? 그럼 이것은 원죄인가? 짙은 피에 걸린 죄.

서글펐다. 정연은 그를 이제 보지 않는다. 명희는 이제 없다. 아이는 죽었다.

태호는 이제 동면하는 짐승처럼 몸을 웅크리고 잠을 청했다. 어둡고 습기 찬 굴은 동면하는 짐승들을 위한 보금자리처럼 느껴진다. 그는 눈을 감았다. 아무리 원해도 가질 수 없는 것이 있다.

이미 잃어버린 것이 있다.

가슴이 아팠다. 어떻게든 모든 것을 되찾고 싶다.

또깍.

갑작스런 소리에 그는 눈을 번쩍 떴다.

냄새. 여자의 향수 냄새가 비릿한 굴 안을 가득 채우고 있었다. 생생한 살 내음에 그는 저도 모르게 코를 벌름거렸다. 잊고 있던 아랫도리가 수컷임을 기억해 냈다.

태호는 신음 소리를 내며 바로 일어나 앉았다.

또깍, 또깍.

하이힐 소리다. 어떤 여자일까 막 상상하려는 순간 그는 어깨를 떨어뜨렸다. 누가 오는지 알 만했다.

"하이."

어울리지 않게 명랑한 척하는 그 목소리를 들으며 그는 그녀를 노려보았다.

"오랜만이라 해야 할까나."

미혜는 방긋 웃었다.

태호는 예전부터 그녀가 싫었다. 그녀 역시 그를 싫어하니 피장파장이었다. 얼굴이 아무리 예뻐도 싫은 여자가 있기 마련이다. 바로 미혜가 그랬다.

"무슨 일이야? 설마하니 날 풀어주려고?"

"정답."

미혜가 빨간 입술을 움직이며 말했다. 낮은 천장 탓에 어색하게 서 있는데도 그 모습이 근사하다는 것이 불만스러워 태호는 불량한 자세로 다리를 뻗었다.

"형에게 허락은 맡은 거냐? 설마하니 형이 벌써 풀어주겠다는 건 아닐 테고. 혹시 외국으로 나가래?"

"아니. 이건 오로지 나의 독단이에요, 작은 도련님."

그녀는 빨간 매니큐어를 바른 손가락을 흔들며 말했다.

"독단?"

미심쩍은 듯 바라보는 그를 향해 미혜가 전혀 진지하지 않은 태도로 말했다.

"내가 도련님을 무지하게 싫어하는 것은 알지요? 뭐, 그래도 별수없긴 하시만요."

"나도 너 싫어."

"다행이네요."

"늙은 요괴."

태호의 말에 미혜의 눈썹이 꿈틀했지만 그것뿐이다. 그녀는 여전히 화사한 미소를 머금은 채 말했다.

"도련님이 필요해요."

"뭐?"

"도련님이 필요하다고요. 아주 절실히."

"너 돌았냐?"

태호가 짜증을 내자 미혜는 한탄하듯 말했다.

"유씨 가문의 집요하기 짝이 없는 종주님이 최정연 씨를 납치했어요."

"뭐?"

태호는 벌떡 일어나려다가 그만 머리를 찧었다. 쾅 하고 꽤 큰 소리가 났지만 그는 아픈 기색도 없이 되물었다.

"납치라니? 형은 뭘 했는데!"

"별수없었죠. 결혼 준비하는 사이에 당한 거니까."

미혜의 천연덕스런 말에 태호의 눈이 커졌다. 그는 믿을 수 없다는 듯 입을 벌렸다.

"겨, 결혼?"

"네. 정연 씨와 회장님의 결혼, 경사스런 일이죠?"

"마, 말도 안 돼! 어째서! 어째서 종주인 형이 인간여자와 결혼을 해? 그런 일은 있을 수 없어!"

태호가 고함을 지르자, 작은 동굴이 쩌렁쩌렁 울렸다.

빙빙 돌며 그가 외친 마지막 한 소리가 메아리가 되어 돌아온다. 그 소음에 그녀는 미간을 찌푸리며 귀를 막았다.

"작은 도련님이 뭐라 해도 그건 사실이니까 더 이상 떠들지는 말아요. 뭐, 어쨌거나 그래서 말인데, 유가의 주인님께선 도련님을 열렬히 원하시거든요."

태호는 미간을 찌푸렸다.

"그분께서는 도련님이 얌전히 오면 정연 씨를 돌려주겠다고 말했어요. 물론, 우리 회장님께서는 작은 도련님을 넘겨줄 마음은 없지만."

태호는 침묵했다. 그는 상념이 너무 뒤엉켜 뭐라 말을 할 수도 없는 상황이었다.

결혼? 태경과 정연이 결혼을 한다? 그래서 영영 그녀가 손에서 벗어나 버린다? 이건 있을 수 없는 일이었다. 새치기도 이런 새치기가 없다. 원래 그녀는 그가 각인해서 변성시킨 여자였다. 어떻게 변성시킨 장본인이 여기에 있는데 다른 사람이 그녀를 차지할 수 있단 말인가. 게다가 납치? 어떻게 다른 사람도 아닌 유명성에게 그녀를 빼앗길 수 있단 말이지? 그는 치밀어 오르는 분기를 누르지 못하고 미혜를 노려보았다.

"그래서?"

"내 생각인데 작은 도련님이 최정연 씨를 찾아왔으면 해요. 아무래도 이런 일을 일으킨 원인은 결국 작은 도련님이죠? 그러니까 도련님이 매듭을 져야죠."

미혜가 여전히 웃는 얼굴로 말했다.

충동질이다. 이건 조롱이다.

태호도 알고는 있었지만 가만히 있을 수 없었다. 유명성은 그녀를 절대로 가만두지 않을 것이다. 어쩌면 윤간을 하든지 갈가리 찢어서 복수한다고 난리를 칠지도 모른다. 그의 집요함에는 태호도 두손두발을 다 들었다. 그동안 얼마나 그에게 사죄를 했던가. 이쯤 되면 불합리한 것도 정도가 지나쳤다.

물론 태호는 자신이 사죄를 직접 한 적도 없고, 정연이 그의 애인이 아니라 태경의 약혼녀라는 것도 생각지 않았다. 명성과 얽힌 것은 그였다. 태경이 아니다.

그가 주먹을 움켜쥘 때 미혜가 친절하게 정보를 전해주었다.

"유가의 내가에 정연 씨가 있다는군요. 거기에서 오늘 밤 파티가 열릴 예정이래요."

"파티?"

그가 이상하다는 듯이 미혜를 바라보자 미혜는 여전히 친절하게 설명했다.

"도련님이 즐겨 여는 그 크루징 파티 말이에요. 술과 약과 여자와 혼음으로 뒤엉킨 난장판 파티요."

태호는 입을 벌렸다.

"메인 게스트는, 정연 씨라는군요."

그의 가슴이 덜컥 내려앉았다.

저녁 8시 24분.

"유씨 일가는 옛날부터 자존심이 강했지. 안 그래?"

"네, 지고는 못 살죠."

사각턱을 한 유씨 일족 특유의 얼굴을 한 청년이 어깨를 흔들었다.

"그게 문제야."

느릿한 어조로 영세가 중얼거렸다. 그의 뒤로 양복을 입고 있는 젊은이들이 슬슬 모여들고 있었다. 평소보다 번들거리는 눈동자에는 노골적인 흥분이 담겨 있었다.

"그 빌어먹을 서씨 잡종들은?"

"온 녀석들이 있긴 하지만 핵심은 아니에요. 애들이죠."

재빨리 대답하는 청년의 얼굴이 씨익 웃는다. 송곳니가 드러난 입가가 제법 섬뜩했다.

"그럼 어쩔까나. 아직 주빈이 도착도 안 했는데."

여기저기서 킬킬대는 웃음소리가 터져 나왔다.

영세는 홀을 내려다보았다.

참석 인원만도 이백 명 가깝다. 그뿐이랴, 음식을 나르며 움직이는 접객 인원을 비롯해 임시 직원이 돌아다니며 접대한다 생각하면 이 홀 안에서 움직이는 사람들의 수는 인간을 포함해 엄청난 숫자가 된다. 저택 전체가 터질 듯 붐비고 주차장이 들끓는다. 모처럼 연 파티다. 그것도 십대만을 위한 크루징 파티.

"언제 올까."

문득 영세는 눈을 빛냈다. 여자야 어떻든 그 역시 흥분을 삼킬 수는 없었다. 얼마 전 맛본 굴욕을 그는 잊을 수가 없다. 종주인 서태경이 아니라 그의 비서인 서민재에게 속절없이 당해 버린 그 상황은 두고두고 그에게 끔찍한 악몽이다.

"서태호는?"

"아직 봤다는 자들은 없습니다."

대답하는 청년의 얼굴에 잠시 무늬가 일렁였다. 본성이 슬슬 드러나는 것이다.

홀로 들어서는 젊은이들의 외모만은 모두 늘씬한 선남선녀였다. 그러나 인간을 노리개로 아는 놈들이 태반이어서 몇몇은 일부러 인간여자나 남자를 파트너로 데려왔다. 파티는 이제 겨우 시작인데도 여기저기 구석에서 몸을 더듬으며 침을 흘리는 자들이 속출하고 있었다. 거지처럼 너덜한 옷을 입은 애들이지만 실제로 재력은 넘쳐 난다. 기괴한 색깔로 머리를 물들인 녀석들이 클클대며 오토바이를 홀까지 끌고 들어왔다가 제지를 받고 내쫓겼다. 아우성과 소란이 뒤범벅된 파티장에는 요란한 네온사인이 번쩍거린다. 그 빛을 받고 아슬아슬하게 노출한 채로 요염하게 몸을 흔드는 팔등신 미녀들은 보는 사람들의 마음을 들끓게 했다.

"나이트클럽이 따로 없군."

"노친네 같은 소릴 하시는군요."

영세는 빈정거리는 청년의 얼굴을 노려보았다. 아직 스물네 살 밖에 안 되는 그의 조수는 방자하기가 말할 것도 없었지만 그래도 마음만은 잘 맞았다.

"야, 민규."

"넵."

"너 지금 내 기분이 좋아 보이냐?"

"아뇨."

"그런데 왜 옆에서 긁는 거야?"

"헤헷."

유민규는 어깨를 들썩이며 웃었다. 항상 심각한 얼굴의 영세가 짜증을 내고 있는 모습은 진기할 정도로 귀한 모습이다. 그 모습을 혼자 보고 있기 아까울 정도.

그는 들떠 있었다. 이런 엄숙한 내가에서 십대 취향의 파티를 연다는 것이 상상만으로도 짜릿했던 것이다. 게다가 이 파티의 끝은 살육과 복수. 들뜨지 않으면 정상이 아니다.

"다들 저러고 노는 것뿐이에요."

"너도 저랬냐?"

"글쎄요."

이상한 힙합 패션부터 집시처럼 치렁치렁한 옷을 걸친 자들까지 모습들은 다양했다. 나이가 들 대로 든 노숙한 자들과 달리 젊은 피가 아직도 가라앉지 않은 〈아이들〉은 제멋대로 입맛에 맞는 모습을 하고 있다. 몇몇은 넓은 홀 안에서 인라인 스케이트를 타고 빙빙 돌고 있고 몇몇은 스케이트보드를 굴렸다. 난간과 난간 사이, 계단과 창틀을 자유자재로 날뛰는 자들이 있는가 하면, 홀에 달린 등에 매달려 그네를 타는 소년도 있었다. 유달리 뛰어난 운동신경을 자랑하는 젊은 일족들 중에는 거의 곡예에 가까운 스포츠를 즐기는 자들이 많았다. 야마카시나 익스트림 스포츠를 즐기는 자들 중에서 아마 80% 정도는 일족들일 것이다.

"술이다."

어느새 술을 마시는 자들이 늘어났다. 분명 홀에는 준비해 놓지 않았는데도 어디선가 나타난 술. 온갖 종류의 술을 한 병씩 들고 나타난 놈들이 곧 테이블을 점령했다.

 삼삼오오 모여선 자들 중에는 춤을 추면서 술을 병째 들이키는 자들도 있었다. 한 귀퉁이에서 대마와 코카인을 준비한 자들도 있다. 일족의 몸은 약물에 지나치게 반응한다. 아무리 약물에 익숙해 있어도 행동은 점점 걷잡을 수 없게 될 것이다.

 "아아, 나중에 청소하려면 힘들겠죠?"

 이를 드러낸 청년이 키득키득 웃었다.

 "빌어먹을 애새끼들."

 영세가 욕설을 퍼붓자 양복을 입은 청년은 큭큭 웃었다.

 냄새만으로도 취할 것 같은 밤이었다. 벌써 넓은 홀 안에 열기가 차 오르고 있었다. 음악 소리가 점점 커진다. 벌써 속옷까지 벗어 던지며 춤을 추는 애들이 늘어났다.

 "이거 무슨 곡인지 알아?"

 "모릅니다. 어떤 놈이 틀었는지는 모르지만 고막이 터진 놈일 겝니다."

 여전히 키득거리는 그 소리에 영세는 다시 미간을 찌푸렸다.

 "여자는?"

 "이제 곧."

 소란이 점점 커질수록 떨림도 더 커졌다.

 이건 대체 어떤 연극일까. 그녀는 딱딱 부딪치는 이를 악물고 옷매무새를 고쳤다. 등신대의 거울 속에 비친 그녀의 모습은 단정하기 이를 데 없는 젊은 여자였다. 하지만 공포에 질려 창백하기 그지없는 몰골이기도 했다. 보라. 바짝 말라 드러난 눈은 크게 부릅뜬 상태고, 입술은 연신 덜덜 떨린다. 떨리는 몸을 가누기 위해 이를 악문 터라 턱은 경련을 일으킬 정도다.

"괜찮아?"

뒤에서 대원이 물었다.

"네."

대답만은 여전히 괜찮다, 라니.

그녀는 자조했다. 변한 게 없다. 그녀는 여전히 허세와 자존심으로 몸을 세운다.

마련된 옷은 검은 미니 원피스였다. 사이즈는 맞았지만 바짝 마른 몸이라 오히려 헐렁한 느낌이 든다. 용의주도하게 다이아몬드가 박힌 펜던트까지 준비되어 있었다. 정연은 건성으로 옷을 걸쳤다. 분명히 비싼 옷이겠지만 그녀에겐 알 바가 아니었다. 이것도 일종의 투자일까.

〈너는 제물이야.〉

야수가 말했다. 몸 안에 도사린 야수가 공포에 찌든 신음 소리를 낸다.

〈저 빌어먹을 서태호 때문에 또 이 고생이야. 대체 왜 그놈하고 이렇게까지 얽혀야 하는 거지? 왜 태경은 안 오는 거지?〉

야수가 투덜거렸다. 그 말에는 정연도 동의했다. 이제는 서태호라는 이름 석 자만으로도 정말 이가 갈렸다. 이쯤 되면 악연 중의 악연. 그에게 좋아해 달라고 부탁한 적도, 그에게 사랑받고 싶은 생각도 없다. 그런데도 이렇게까지 끊임없이 사건사고가 터진다.

서태호를 잡을 미끼로 그녀를 굶주린 피라냐 떼에 던져 넣을 심산이다. 저 짐승들에게 찢겨 죽는 꼴을 보고 싶지 않으면 태호야 나와라 그건가.

맙소사. 내가 왜 이런 일까지 겪어야 해? 정연은 어쩐지 히스테 릭한 웃음이 터질 것 같아 다시 이를 악물었다. 너무 힘을 주어서 인지 이젠 두통까지 일어났다.

광란의 파티니까 폭력이 당연시된다며 대원은 잔뜩 겁을 주었 다. 하지만 그에 반해서 반드시 자신이 옆에 붙어 있을 터이니 문 제는 없을 거란 말도 함께했다.

그러나.

그녀는 배를 매만졌다. 아직은 납작하지만 이 안에 아기가 있 었다. 그녀와 태경의 아이. 이런 짐승들에게 납치까지 당하고 목 숨에 위협까지 당할 정도로 나쁜 짓은 하지 않았다.

지면 안 돼.

그녀는 속삭였다. 창백한 얼굴이지만 표정만은 담담했다. 후들 거리는 다리를 겨우 움직이면서도 그녀는 스스로에게 말했다.

지면 안 돼. 나는 아기를 지켜야 해.

웃음소리가 창문을 통해 올라왔다.

파티가 열리는 것은 일층 홀이다. 그 홀에서 시끄럽게 떠드는 소리가 예민해진 청각을 통해 고스란히 전해졌다. 잔디밭에서 아 우성을 치던 자들이 양복을 입은 자들에게 내쫓겼다. 아까는 연 못 근처에서 반 벌거숭이가 된 젊은이 하나가 피어싱으로 뒤범벅 된 상체를 자랑스레 드러낸 채로 주먹질을 해댔다. 상대는 피투 성이가 된 채 쓰러졌는데 아무도 그를 돌아보지 않았다. 인간이 분명했다. 일족이었다면 한두 번 맞았다고 쓰러지진 않았을 테니 까.

〈약해지면 안 돼. 약해 보여서도 안 돼. 약하면, 잡아먹혀.〉

야수가 속삭였다. 정연은 씁쓸해지는 것을 느꼈다. 이미 그녀는 인간이 아니었다. 하지만, 그녀는 일족도 아니다. 아이를 배고 있어도, 결혼을 해도 아마도 주변인의 자리를 벗어나지는 못할 것이다. 그래도 그녀는 태경의 약혼녀였다. 아니, 그것만이 아니더라도 울면서 살려달라고 비는 꼴은 연출하고 싶지 않았다. 이렇게나 제멋대로 휘둘리는 상황에서 울며불며 비는 짓거리만은 할 수 없다. 그게 유일한 자존심이다.

〈안 죽을 거야. 달아나지도 않겠어. 아니, 저놈들에게 얕보이진 않을 거야.〉

야수가 으르렁거리며 선포했다. 정연 역시 동의했다. 당연하고 말고. 저런 짐승들에게 얕보일 수는 없지.

"다 됐어?"

대원이 어느새인가 다가와 물었다.

문가에 선 그는 철탑처럼 단단해 보였다. 위압적인 시선과 험악한 흉터. 보는 것만으로도 질려 버릴 무시무시한 위용이다. 새까만 티셔츠와 검은 재킷을 걸치고 검은 선글라스까지 걸쳤다. 그 믿음직한 보디가드에게 그녀는 경직된 미소를 보내주었다.

그와 함께 걸었다. 복도를 지나 계단으로 가는 동안 비명과 웃음소리는 소름이 끼칠 정도로 선명해진다.

"준비가 다 되었나 보군. 어서 오시오."

어느새 명성이 복도 끝에 서 있었다.

환한 복도인데도 그 혼자만이 어둠 속에 있는 것처럼 보였다. 새까만 수트에 새까만 머리, 눈빛만이 빛나고 있었다. 지극히 비인간적인 색채에 섬뜩해진다.

그가 내민 손을 무시하고 정연은 얌전히 걸었다. 에스코트라도 하듯이 버티고 선 그의 모습이 전설 속에 나오는 마왕처럼 보여 두렵기만 했다. 문득 그에게서 쌉싸름한 냄새가 났다.
 '풀 냄새?'
 정연은 문득 이상하다는 생각이 들어 그를 돌아보았다.
 저 잔인하고 냉혹해 보이는 사내에게서 풀 냄새 같은 게 났다. 비가 온 뒤의 숲 같은 청량한 냄새다.
 "당신이 주인공인 파티요."
 명성이 덤덤한 말투로 말했다.
 정연은 난간 아래 펼쳐진 광경을 바라보며 비꼬았다.
 "저 파티가 말인가요?"
 그 말투와 달리 난간을 움켜쥔 그녀의 손아귀가 하얗게 변해 있었다. 손등에 푸른 정맥이 도드라질 정도다.
 "죽어!"
 "꺄하하하하하!"
 제정신이 아닌 듯 갈라진 목소리들이 중구난방으로 허공에 떠돈다. 비릿한 냄새, 알코올과 담배, 그리고 뒤엉킨 기묘한 냄새들. 음식 냄새만이 아니라 속이 뒤집어질 악취가 났다.
 "가시죠."
 명성이 손짓하며 앞장섰다. 그가 움직이자, 정연 역시 계단을 내려갔다.
 계단 한중간에서 술병을 들고 있던 젊은 남자 하나가 이상한 눈을 번쩍이면서 정연을 쳐다보았다. 몽롱한 홍채가 둥글게 퍼져 있어 더 기묘해 보이는 인상이다. 그 남자의 발치에서 구르고 있던 여자, 아니, 소녀는 반듯하게 옷을 입은 정연을 이상하다는 듯 바라본다. 소녀는 어렸다. 반쯤 드러난 젖가슴이 앙상했다.
 "뭐야?"

소녀가 중얼거리자 술병을 들고 있던 청년이 비슬거리며 일어나 정연을 향해 다가가려 했다. 그 순간, 대원의 두툼한 팔뚝이 그를 제지했다. 위압적인 냄새에 청년이 뒤로 밀려난다.

"당신, 뭐야?"

밀려난 것이 더 기분 나쁜지 청년이 항의했지만 대원은 아예 무시했다. 그는 무심한 얼굴로 정연을 에스코트하며 계단을 내려가 거침없이 길을 뚫었다. 대리석 바닥에 앉아서 담배를 피우고 있던 인상 나쁜 청년들을 지나, 미친 듯이 몸을 흔드는 소녀들을 스쳤다. 정연은 아무 말 없이 그 뒤를 따랐다.

명성은 웃는지 마는지 알 수 없는 무표정한 얼굴로 그 광경을 지켜보고 있을 뿐이었다.

"뭔가 마시겠소?"

정연은 고개를 저었다.

귀청이 찢어질 것 같은 음악 소리와 괴성으로 이미 들리는 것은 거의 없었다. 후각 역시 기괴하게 혼합된 냄새로 마비된 상태. 정연은 주변에서 일어나는 일들에 마음을 닫았다.

"이쪽으로."

입모양만으로 명성이 말했다.

그가 찾아낸 자리는 홀 안쪽 음식 테이블 근처였다. 바로 앞에 펀치와 과일들이 놓여 있었다. 정연이 펀치를 한 잔 따르자, 명성 역시 포도알 하나를 떼어 입 안에 넣었다. 그 천연덕스러운 모습에 그녀는 억지로 주먹을 다잡았다. 명성과 달리 대원은 주변을 살피면서 그녀를 구석으로 인도했다. 안전을 위해 찾아낸 자리다.

"뭘 좀 드시오."

명성의 말에 정연은 날뛰는 자들을 신경 쓰지 않고 접시에 음식을 담았다. 우습게도 술과 약을 하느라 음식을 먹는 자들은 많지 않았다.

그래도 요란한 조명 속에서도 음식을 나르는 자들이 가장 바빴다. 내부의 홀과 정원의 잔디밭에 걸쳐 마련된 파티 장소였기에 한눈에 대체 몇 명이나 있는 것인지 정연으로서는 짐작도 할 수 없었다. 바비큐와 구운 고기가 쉴 새 없이 날아다닌다. 케이크나 파이 등 가벼운 후식은 열 번이나 빈 접시를 새로 바꿨다.

"음식은 마음에 드시오?"

"모르겠어요. 그저 먹는 거예요."

그녀는 그렇게 대답하고는 자신을 막고 서 있는 대원에게 물었다.

"뭘 좀 드시지 않을래요?"

정연의 질문에 대원은 명성의 시선을 받으면서도 말없이 스테이크를 담았다. 먹음직스럽게 레어로 익은 등심스테이크가 그의 손바닥보다도 컸다.

스테이크를 굽는 조리사들 역시 바쁘긴 마찬가지다. 차갑게 식힌 음식이야 둘째 치고 즉석에서 굽거나 찌는 음식들은 사람의 손이 가지 않을 수 없다. 고용된 요리사들은 계속해서 새로운 음식을 만들어내야 했다. 회를 뜨는 자들도, 초밥을 쥐는 자들도 연신 바빴다. 웃는 낯으로 인사는 하지만 땀이 줄줄 흐를 정도로 음식을 만들어내기 급급했다.

"몇 명이나 되나요?"

"흠, 말로는 팔십여 명이라지만 백 명은 넘는 것 같소."

"그렇군요."

정연의 말에 대원은 속으로 놀랐다.

이 난장판 속에서 잘도 먹어대는 그녀는, 아무리 봐도 보통 인간으로는 보이지 않았다.

바로 앞에서 어떤 남녀가 섹스하고 있었다. 욕지기가 날 만큼 거친 섹스다. 문제는 그런 자들이 한둘이 아니라는 점이었다. 몇몇은 굵직한 손톱까지 꺼내들어 상처를 내어 피를 마시고 있었다.

그 광경을 보이지 않으려 대원은 애써 그녀의 시야를 막았다.

"저들은 아마 열두 살쯤 될 거요."

명성이 대원의 바람을 무시하고 친절하게 설명했다.

"열두 살……."

정연은 경악했다. 아니, 신경 쓰지 않으려 애썼다.

"책임을 묻지 않는 것은 미성년일 때뿐이니까 굉장히 난폭하지. 게다가 인간의 문화라는 게 아무래도 워낙 폭력적이라서."

명성의 어조는 담담했다. 하나, 그만큼 잔혹했다.

비명을 지르면서 한 여자가 울부짖었다. 사지가 묶여 천장에 매달린 여자가 반라의 모습으로 떨고 있었다. 그런 여자를 둘러싼 자들이 술에 취한 채로 킬킬대며 희롱한다. 한눈에도 그녀가 인간이라는 것을 알 수 있었다. 정연은 그걸 알아챈 자신이 오히려 더 끔찍하게 느껴졌다.

'나는 인간이 아니야.'

다리가 후들거리고 심장이 터질 듯 박동해도 그녀는 이 자리를 피할 수 없다. 이 자리는 일족들의 자리였다. 인간은 그저 단순한 시종, 내지는 구경꾼에 불과하다. 약에 취한 듯 비틀거리는 자들 사이에서 이리저리 끌려 다니는 것은 연약한 인간들. 정연은 그들이 인간이라는 것을 한눈에 알아보았다. 비정하게도 일족과 인간의 구분은 너무도 확연했다.

"아이들은 낳자마자 걷고 뛰지."

명성이 무덤덤한 어조로 말했다. 인간과 달라서 일족의 아이들은 백일만 지나도 대여섯 살은 되어 보이거든. 그가 덧붙이는 말에 정연은 입술을 깨물었다. 듣고 싶지 않았지만 또 들을 수밖에 없었다.

이제 그녀는 아이를 가지고 있었다. 더 이상 외면할 수 있는 상황이 아니다.

그녀는 조용히 먹었다. 초밥을 먹고, 빵을 먹고, 고기를 먹는다. 과일을 먹고, 과자를 먹고 또 마시고. 계속 먹으면서 그녀는 억지로 심호흡했다. 견뎌야 했다. 외면하고 있었지만 이것이 바로 서태경의 세계였다.

그녀는 그의 세계로 끌려들어온 이방인이었다.

아무리 달콤한 말을 속삭이고 상냥한 태도를 보여도 그는 인간이 아니었다. 인간을 동등한 존재로 보지 않는 강력하면서도 잔인한 존재다. 하긴 사자가 강아지를 보며 어떤 생각을 할지는 사자만이 알 테지.

정연은 냉소와 자조가 뒤엉킨 생각을 바꾸려 애썼다. 그래도 그녀는 아이를 가졌다. 그 아기가 태어나자마자 그 끔찍한 손톱으로 그녀를 난자한다 해도, 힘없는 어미라 욕한다 해도 참을 수밖에 없다.

"인간들은 질풍노도의 시기라고 부른다지? 따지고 보면 저 애들은 일종의 사춘기라 할 수 있지."

명성이 피식 웃으며 말했다.

정연은 주스를 마시며 눈앞에서 벌어지고 있는 풍경을 지켜보았다. 토악질이 났다. 토할 것처럼 속이 뒤집혔다. 일족의 사춘기라는 건 인간의 아이들이 하는 반항적인 태도와는 거리가 멀다. 맹수가 먹잇감을 가지고 노는 그런 잔학함이 있었다.
"우욱!"
억지로 먹은 탓일까.
속이 뒤집혀서 정연은 벽에 머리를 기댔다. 억지로 토기를 삼키면서 그녀는 눈물로 얼룩진 시야를 닦아냈다.
그를 사랑했다. 그의 아이를 배고 있고 또 그와 결혼할 것이다. 그가 아무리 끔찍한 존재라 해도 그 마음은 변할 수가 없다. 그러니까 괜찮아야 했다. 아무렇지도 않은 척, 두렵지 않은 척해야 했다. 사자가 될 수는 없어도 사자인 척하는 고양이는 되어야 했다.
"괜찮아?"
보고 있던 대원이 펀치 잔을 내밀었다. 얼음이 둥둥 떠다니는 붉은 펀치가 피 같아서 역해 보였지만 냄새만은 산뜻하고 상큼했다.
"그거 말고 이거 어때?"
누군가가 끼어들었다.
위스키 병을 쥐고 있는 청년이었다. 눈동자가 가느다란 것이 이질적인 모습을 고스란히 드러내 놓고 있었다. 술 냄새는 진동하지만 안색은 창백해서 취한 것인지 멀쩡한 것인지 구분이 가지 않았다. 기형적으로 굽어진 등이 꼽추처럼 보였다.
그녀는 대답 대신 고개를 젓고 외면했다. 하지만 청년은 집요했다. 어느새 그녀의 어깨를 안으며 다시 술병을 들어 보였다.
"너 누구야?"

"……."

정연은 대답 대신 그의 손을 밀었다. 맨살에 털북숭이 손이 닿는 순간 소름이 돋았다. 원숭이처럼 검은 털이 가득한 손등과 누런 손바닥이 섬뜩하다. 대원의 말대로 일족은 개인마다 변하는 형태가 다 다른 모양이다. 그럼 내 아기는 어떤 모습일까?

술 탓일까. 남자는 인간의 모습을 일찌감치 접고 기묘한 모습을 보이고 있었다. 길게 늘어진 혓바닥과 뾰족하게 드러난 송곳니, 게다가 무성하게 돋아난 검은 털이 드러난 살갗을 덮고 있었다.

"튕기긴. 이리 와봐. 아으, 냄새 좋은데?"

남자는 그녀의 목덜미에 코를 박았다. 혀가 날름 그녀의 경동맥을 스치고 지나갔다. 놀란 정연이 그를 밀치자, 남자는 킬킬대면서 가운뎃손가락을 들어 보였다.

"좋은 냄새. 맛있는 냄새가 난다."

남자의 입술에서 하얀 이빨이 삐죽 돋아났다. 섬뜩한 시선이 먹이를 본 야수처럼 번뜩인다. 역한 술 냄새와 뒤엉킨 체취에 정연은 이를 악물고 뒤로 물러섰다. 어느새 대원이 그녀의 앞으로 나서서 남자를 노려보았다.

"꺼져라."

"뭐야? 설마 이런 데 보디가드를 데려온 거야?"

남자는 혼자 킬킬댔다. 그리고는 하얗게 번뜩이는 눈을 크게 뜨고는 정연을 노려보았다.

"너, 인간이잖아! 당신이 왜 나서? 당신 깔이야?"

황당한 단어에 짜증난다는 얼굴이 된 대원은 두말하지 않고 손을 뻗었다.

"퍼어어억―!"

솥뚜껑만한 손바닥에 얼굴을 얻어맞은 남자가 3m는 날아올라 바닥으로 떨어졌다. 콰직 소리를 내는 것으로 보아 뼈가 부서진 것 같았지만 그에 신경 쓰는 사람은 아무도 없었다. 정연은 가늘게 몸을 떨었다.

"꺄하하하!"

"바보 같아!"

곤죽이 되어 늘어진 남자를 비웃으며 구경꾼들이 몰려들었다. 어떤 자들은 그에 자극을 받았는지 옆에 있는 자들을 괜히 한두 대씩 후려치며 주먹을 주고받는다.

"항상 저런가요?"

정연의 질문에 문득 대원이 그녀를 정면으로 바라보았다.

"여자."

"난 최정연이에요. 여자라는 이름이 아니라고요."

반발하며 그녀가 대꾸하자 대원이 다시 불렀다.

"최정연."

그녀의 얼굴은 새파랬다. 감정을 읽을 순 없었지만 파랗게 질려 있는 안색은 안쓰러울 정도로 불안해 보였다.

"넌 서태경의 약혼자지?"

그 말에 그녀가 흠칫했다. 토끼처럼 떨고 있는 모습이 안쓰럽긴 하지만 대원은 놔둘 수만은 없다 판단했다.

"서태경은 종주야. 넌 안주인이 될 거고."

정연은 그렇게 말하는 대원을 당혹스런 얼굴로 올려다보았다. 긴장을 감추려고 잔뜩 굳은 어깨는 앙상하기 그지없었다.

"그의 아내라면 넌 달아나선 안 돼."

대원은 자신이 무리한 것을 말하고 있다는 것을 알고 있었다. 정연에게 힘이 없었다. 일족은 힘을 숭상한다. 힘없는 여자가 제자리를 찾는 것은 어렵다. 하나, 존중을 받을 수는 있었다.

"달아나진 않아요."

정연이 희미한 미소를 머금은 채 말했다.

"이겨내."

"무리한 일이에요."

"무리한 일이라는 것은 나도 알아. 하지만 외면하면 안 돼. 여기 있는 놈들 중에는 서가의 놈들도 있어."

그녀의 입가가 굳었다.

"겁에 질려 벌벌 떠는 겁쟁이는 되지 마."

"난 무서워요."

똑바른 시선으로 그녀가 말했다. 잔뜩 굳은 얼굴이었지만 정연은 흔들리지 않고 그의 사안을 똑바로 바라보고 있었다. 등 뒤로 명성의 시선이 고스란히 느껴졌다. 그의 시선은 찌를 듯이 확연하게 느껴졌다. 이런 소란 속에서도.

"그렇지만 달아날 수도 없어요."

비리비리한 소녀가 한 대만 탁 쳐도 그녀는 죽어버릴 것이다. 그런 건 굳이 겪어보지 않아도 잘 알 수 있었다. 그런데 어떻게 무서워하지 않을 수 있을까.

숨이 멈췄다. 피가 거꾸로 흘렀다. 천장이 빙글빙글 돌았다. 그녀는 노랗게 빛나는 눈동자를 피해 고개를 돌렸다. 홀 안을 가득 메운 음악 소리가 점점 멀어진다.

겁쟁이가 되지 마? 정연은 냉소했다. 그런 게 가능할 리가 있어? 죽음을 눈앞에 두고 맹수 우리 안으로 걸어 들어가는데 어떻게 겁내지 않을 수가 있어? 나는 그의 보호를 받고 싶을 뿐이야. 그의 사랑을 받고 싶을 뿐이야. 그런데 왜 이리도 힘든 걸까. 그의 사랑을 받고, 그와 결혼하는 것이 목숨을 걸어야 할 정도로 힘들다니.

 세상에나. 복도 없지. 나는 정말로 재수가 없는가 봐.

 주먹을 쥐자 손바닥이 아파왔다. 얼마나 세게 쥐었는지 피가 통하지 않아 저릿저릿했다.

 대원에게서 시선을 돌리자 미친 듯이 놀고 있는 자들이 보였다. 알몸으로 뒤엉킨 자들부터 누군가를 두들기고 있는 자들, 술로 목욕을 하다시피 하는 자들과 웃고 춤추는 자들. 그들 모두가 인간이 아니었다. 이 자리에서 제정신을 차리고 있는 것은 오로지 그녀 혼자인 것만 같았다.

 "너, 이상해."

 팔짱을 낀 소녀 둘이 그녀의 곁으로 다가왔다. 그녀들은 길고도 긴 손톱을 무지갯빛으로 칠하고 있었다. 코를 쿵쿵대며 그들이 정연의 바로 코앞까지 다가오자, 대원은 재빨리 정연을 막아섰다.

 "저리 가."

 "쳇. 그 여자 뭐야? 냄새가 이상해."

 현란한 조명 속에서 불꽃이 뚝뚝 떨어지는 눈동자로 몇몇 소년들이 다가왔다. 그로테스크한 모습을 하고 있는 그들은 당장이라도 입을 벌려 정연을 뜯어 먹을 것처럼 보였다.

 육식동물 우리에 떨어진 초식동물 같아.

 정연은 등에 닿는 차가운 감촉에 자기도 모르게 아랫배를 감쌌다.

섬뜩한 자각이 찾아왔다. 그녀의 아이는, 바로 이런 자들이 될 것이다. 난폭한 힘을 가진 미지의 생물. 그 생물이 바로 그녀의 배 안에 있었다. 갑자기 욕지기가 치밀어 견딜 수 없었다. 토하고 싶진 않았지만 절로 속이 뒤집힌다. 무섭다. 무서워서 견딜 수가 없다. 정말로 모르고 있었다. 일족이란 자들이 이런 거라는 것을 몰랐다. 겉모습만은 누구보다도 근사하지만 한 꺼풀 벗기면 짐승이다.

"저 여자는 누구야? 냄새가 이상해."

"인간도 아니고 일족도 아니고. 대체 뭐지?"

점점 그녀 주변에서 어슬렁대며 코를 쿵쿵대는 자들이 늘어나기 시작했다. 정연은 점점 벽에 달라붙었다. 대원의 어깨가 긴장하기 시작하는 게 눈에 보인다.

"저게 서가의 안주인이 될 여자야."

누군가 어둠 속에서 끼어들었다.

"뭐라고?"

"이건 그녀를 환영하는 파티지."

음험하고 악의를 띤 음성이 속을 헤집는다. 명성이다. 그가 어둠 속에서 희미한 웃음을 띤 채 바라보고 있었다.

정연은 그를 멍하니 바라보았다. 이런 걸 위해 끌어들인 건가?

"돌았냐!"

"설마하니 인간이 안주인이 된다고? 미쳤어! 장난하는 거야?"

순식간에 욕설이 퍼져 나가기 시작했다. 누가 먼저인지는 모른다. 하지만 파문은 쉽게 퍼져 나갔다.

"빌어먹을!"

대원은 어둠 속에서도 순식간에 명성의 얼굴을 찾아냈다. 계단

뒤 검은 양복을 입은 자들과 함께 서 있는 그의 얼굴에서 그는 쉽게 사실을 확인했다.

명성은 웃고 있었다. 검은 그림자가 그의 살의를 즐기며 흔들렸다. 우아하게 흔들리는 살육의 그림자.

'안 돼!'

대원은 오한을 느꼈다.

그의 사안이 번뜩이며 주변을 훑었다. 모두가 그녀를 주시하고 있다. 적대감과 호기심이 뒤엉킨 시선들이 당장이라도 터질 폭탄 같다.

정연은 떨고 있었다. 그녀는 괴물의 아이를 배고, 괴물과 결혼할 예정이다. 눈앞에서 벌어지고 있는 광경은 바로 그녀의 미래. 미래는 온통 암흑과 공포뿐이다.

"서가의 명예를 걸고 저 여자를 죽여!"

정신없이 돌아가는 사이킥 조명 아래서 이를 드러낸 소녀가 앞으로 나섰다. 그녀의 손톱이 주욱 길어지며 정연을 찔러간다. 놀란 정연이 비명을 지르기도 전에 대원의 주먹이 먼저 소녀를 후려갈겼다.

퍼억 하고 살과 살이 부딪치는 소리가 났다. 와장창 소리를 내며 소녀가 나뒹굴자, 뒤를 이어서 소년 하나가 대원에게 달려들어 목덜미를 깨물었다. 하나, 대원은 방심하지 않았다. 그는 목을 물어뜯으려는 소년의 얼굴을 주저없이 팔꿈치로 내갈겼다. 뼈가 부서지는 소리가 들리며 소년이 바닥으로 곤두박질쳤다.

"이 새끼!"

이를 드러낸 소년 세 명이 동시에 대원에게 달려들었다. 그는 단숨에 몸을 부풀렸다. 왕년에 정연이 보았던 늑대인간처럼. 거구로 화한 그가 포효하며 소년들을 후려갈기자, 뒤에 서 있던 소녀 둘이 재빨리 정연에게 달려들었다.

"너 같은 게 안주인이 된다니! 서가를 뭐로 보는 거야?"

"죽어!"

악의와 격노가 서린 짐승의 눈동자.

정연은 비명 대신 입술을 깨물며 뒤로 물러섰다.

그녀가 움직이자 놀랄 정도로 달콤한 체향이 번져 나갔다. 드물게도 아름다운 과실향이다.

"오오."

"누구야? 맛난 냄새!"

코를 벌름거리며 몇몇 소년이 이 소동에 가담했다.

이리저리 피했지만 날카로운 손톱에 긁혀 그녀의 팔뚝은 금세 피투성이가 되었다. 정연은 아픔을 참고 자신을 노리는 두 소녀를 쏘아보았다. 바짝 마른 체구의 두 소녀는 정연을 아래위로 훑으며 이죽거렸다.

"이따위 계집애가 감히 서가의 주인이 된다고?"

"무슨 미친 짓거리야? 저런 한 줌밖에 안 되는 살덩이를 누가 모신다고?"

그들만이 아니었다. 머리를 노랗게 물들인 소년이 순식간에 정연의 머리채를 움켜쥐었다. 아픔에 비명을 지르기도 전에 목덜미에 날카로운 손톱이 와 박혔다.

"윽!"

더운 액체가 목덜미를 타고 흘렀다. 아픔보다도 공포가 더 강했다. 그녀는 눈을 꽉 감았다. 이대로 그냥 죽는 걸까.

두근.

심장이 뛰었다. 아니; 심장이 아니라 그녀의 아이가 움직였다.

"어?"

그녀를 찌르려던 소년이 움찔했다. 그는 눈을 부릅뜨며 자신의 팔을 바라보았다.

소리도 없이 정연을 잡았던 두 팔이 떨어져 나갔다.

"끄아아아아!"

보이지 않는 칼날로 베어낸 것처럼 팔꿈치 아래가 싹둑 잘려져 나갔다. 피가 분수처럼 천장까지 치솟았다.

정연은 피를 뒤집어쓴 채 바닥으로 쓰러졌다. 무슨 일이 벌어졌는지 알 수가 없었다. 그녀는 바닥에 주저앉은 채 부들부들 떨며 비명을 질러대는 소년을 바라보았다. 잘린 두 손이 그녀의 발치에 구르고 있었다.

뱃속의 아이가 움직이고 있었다. 정확히 말하면 태아가 흥분했다. 자기도 모르게 배를 감싸며 정연은 헐떡였다. 괴물의 아이도 역시 괴물.

"크아아아!"

두 팔이 잘린 채 버둥대던 소년이 쓰러지자, 갑자기 정적이 찾아왔다.

"누구야? 누구 짓이지?"

"무슨 일이 벌어진 거야?"

불량아 무리들이 한두 마디씩 떠들기 시작하는 동안 대원은 재빨리 정연을 부축한 채 그들을 뚫고 성큼성큼 계단을 올랐다. 이대로 더 있다간 그녀의 생명이 위험했다.

"에이 씨!"

"그냥 놔둘 줄 알아!"

잠잠하던 소년들이 악을 질렀다.

그때부터 지옥의 광란이 시작되었다.

정연을 향해 달려드는 아이들을 대원은 한 마리 사자처럼 물리쳤다. 후려치고 내갈기는 일이 반복적으로 계속되었지만 한 팔밖에 못 쓰는 그에게 있어 많은 수의 무리들을 당해내기란 쉬운 일이 아니었다.

그의 발치에 웅크리고 있던 정연은 누군가의 발치에 채여 벽 쪽으로 굴렀다. 부딪친 이마를 손바닥으로 누르며 정연은 고개를 들었다. 머리가 빙빙 돌고 어지러웠다.

잔뜩 흥분한 그들은 처음 목표였던 그녀를 잊어버린 것처럼 싸움에 열중했다. 누굴 향해 이를 드러내는지도, 왜 싸우는지도 모른 채 그저 눈앞에 있는 상대만을 죽이려 악착같이 달려든다. 사이킥 조명 아래서 그 광란은 너무나 비현실적이었다. 가면처럼 일그러진 괴물들이 저마다 손톱과 이빨을 드러낸 채 피에 취해 날뛴다.

누군가의 피를 또 뒤집어쓴 정연은 피투성이가 된 채로 벽에 몸을 기댔다. 너무 공포에 절은 탓인지 이제 현실감각마저도 잃었다. 그녀를 등 뒤로 돌린 채 대원이 날뛰고 있었다. 그는 상처 입은 맹수처럼 날뛰고 있었지만 그 역시 지금 왜 싸우고 있는지 잊어버린 것처럼 광기에 차 있다. 그런 그에게 벌떼처럼 달려든 소년, 소녀들이 공격하고 있었다. 손톱과 피와 살점이 허공으로 흩어졌다. 대원의 커다란 몸이 정연의 몸을 가리며 버텨냈다.

뚝뚝.

그의 피가 그녀의 얼굴로 떨어져 내렸다. 그녀는 눈물도 흐르지 않는 눈으로 방패처럼 버티고 있는 대원의 얼굴을 바라보았다. 이리저리 흔들리고 요동치는 그의 몸에서 끝없이 피가 흘렀다. 이래서야 예전과 다를 게 무언가.

이건 너무해. 어째서 이런 일이 계속 반복되는 거지? 이 남자는 그녀를 지키고 죽어간다. 전처럼. 이번이 벌써 두 번째.

두근.

다시 심장이 뛴다. 정연은 부지불식간에 배를 움켜쥐었다.

아이가 화를 내고 있다. 그녀의 무력감에 반응이라도 한 듯 움직이고 있었다. 그 움직임에 그녀는 정신을 퍼뜩 차렸다. 여기서 그녀가 죽으면 뱃속의 아이도 죽는다. 저기서 날뛰는 괴물들처럼 끔찍한 아이일지도 모른다. 하지만.

지키고 싶어. 그녀는 중얼거렸다.

아이는 태경의 아이였다. 그와 그녀가 이어졌다는 기적의 증거. 결코 맺어질 수 없었던 남녀가 맺어졌다는 기적의 산물.

은빛으로 빛나는 아름다운 늑대.

'잃고 싶지 않아.'

정연은 억지로 두 다리로 버티고 섰다. 다리가 휘청거렸지만 겨우 견디며 그녀는 벽을 짚고 일어섰다. 어떻게 해서든 이 자리를 벗어나야만 했다.

이대로 가만히 있으면 대원도, 아이도 모두 잃고 만다. 이 아이는 어떻게든 보호해야 했다. 그것이 바로 어미의 임무.

와작 소리와 함께 그녀의 바로 앞으로 누군가가 던져졌다. 만신창이가 된 소녀 하나가 부서진 인형처럼 사지가 부러진 채 피거품을 토해냈다. 너덜거리는 팔뚝을 내버려 둔 채 대원이 정연의 앞을 막아섰다. 누군가의 손톱이 날아와 그녀의 뺨을 긁었다.

'아.'

정연은 비틀거리며 꿈틀거리는 소녀를 피해 간신히 걸었다. 피비린내와 유황을 닮은 악취에 미칠 것만 같다. 이번엔 무언가 뭉클 하는 것을 밟고 그녀는 욕지기를 억지로 참아냈다. 누군가의 귀가 떨어져 있다.

참아. 여기서 기절하지 마. 아무도 도와주지 않아. 지면 안 돼. 울지 마. 네 아이는 네가 보호해. 이 아이는 내 아이야. 내 안에 있는 나만의 아이. 나의 가족, 태경의 아이.

그녀는 입술을 깨물었다. 죽기 싫다. 저 괴물들의 먹이가 될 생각도 없다. 그리고 무엇보다도 그녀는 이런 식으로 위험에 처할 아무런 이유가 없었다.

"열 받아."

그녀는 숨을 쉴 수 없었다. 악취가 너무 심해 숨이 막힌다. 소음이 너무 심해 아무런 소리도 들리지 않는다.

"그만!"

그녀는 외쳤다. 그러나 아무도 그녀의 말은 들어주지 않았다.

똑같잖아. 이건 예전과 똑같잖아. 아무도 내 말은 들어주지 않아.

그녀는 주먹을 쥔 채 정면을 노려보았다.

막고 있는 대원도, 공격하고 있는 소년들도 그녀의 시야에 들어오지 않았다. 그녀는 더 깊은 어떤 것, 너무도 깊어 여태껏 볼 수 없었던 것을 보았다. 아무도 존중해 주지 않는다. 아무도 그녀의 존재를 인정해 주지 않는다. 그녀가 여기에 서 있어도 돌아보는 이는 아무도 없다. 그녀는 그저 그들에게 있어 먹이일 뿐. 그 옛날 그녀가 엄마의 간호인에 불과하듯이.

이를 드러낸 야수가 절규했다.

〈나는 여기에 있어! 나를 해칠 권리 따윈 누구에게도 없어! 내가 왜 너희들에게 죽어야 해?〉

두근. 심장이 뛰었다. 누군가의 심장과 공명하며 그녀의 심장이 다시 흔들렸다.

"나, 여기에 있어! 태경 씨! 나 여기에 있다구!"

이명이 커졌다. 웅웅대는 소리가 점점 더 커져 갔다. 몸 안에서 들리는 거친 소음이 형태를 가지고 커져 간다. 보이지 않는 선이 그물처럼 그녀의 발치에서 퍼져 나갔다. 그녀의 그림자가 거미줄처럼 갈라지고 갈라지면서 수십, 수백, 수천 개의 선을 그리며 누군가를 향해 촉수를 뻗었다.

"그만 해! 그만 하라고!"

절규가 터졌다.

〈나는 잘못하지 않았어. 나는 최선을 다해 살아왔어. 나는 최선을 다해 버텨왔단 말이야.〉

순간, 콰아아앙 하고 굉음이 터졌다.

대원은 눈을 부릅떴다.

그의 사안에 정연을 중심으로 소용돌이치는 거센 바람이 일어나는 것이 잡혔다. 그 회오리 바람은 그녀를 둘러싼 채 사방으로 그 힘을 넓히기 시작했다. 거대한 압력, 보이지 않는 토네이도. 그녀의 발치에서 뻗어나간 선들이 흩날리며 힘을 과시했다.

1m.

2m.

3m.

4m.

5m.

"끄아아아아!"

"아악!"

비명과 굉음이 뒤엉킨 채 그녀 주변 사방 5m 안에 있던 모든 자들이 일제히 바닥으로 곤두박질쳤다. 그냥 쓰러진 것이 아니다. 말 그대로 압력을 이기지 못하고 그대로 내리눌린 것이다. 대원은 휘청거리는 몸을 억지로 일으키려 애썼지만 억누르는 힘을 이기지 못하고 결국은 바닥으로 쓰러졌다.

정적(靜寂). 드라마틱한 정적이 펼쳐졌다.

서 있는 것은 오로지 그녀뿐이었다. 그녀 주변에 있던 모든 자들이 바닥에 널브러진 채 움직이지 못했다. 거센 압력이 그들의 내장을 터뜨릴 듯 압박하고 뼈마디를 짓눌렀다. 무력하게 짓눌린 채 아무렇게나 사지를 늘어뜨리고 있는 모습이 표본실의 사체를 연상시켰다.

"크으, 뭐야?"

"뭐지?"

정연은 멍하니 쓰러져 있는 자들을 바라보았다.

그녀를 주변으로 꽃이 활짝 핀 것 같았다. 억눌려 쓰러진 자들이 그리는 동심원이 일곱 겹. 한꺼번에 쓰러진 자들이 적어도 육칠십 명은 되는 것 되었다. 서 있는 자들은 거의 없었다. 그나마 서 있는 자들은 멀찍이 벽에 붙어선 채 경악과 공포로 질린 얼굴로 굳어 있었다. 아직도 이글거리는 뭔가가 정연의 발치에서 으르렁거렸다. 꿈틀대는 촉수들이 그녀의 몸을 보호하듯 움직이는 것이 대원에게는 보였다.

"설마……."

그녀는 자기도 모르게 두 손으로 아랫배를 감쌌다. 맥동하는 무언가가 손바닥으로 느껴졌다. 불가사의한 존재감. 파도가 이는 것처럼 공기가 일렁였다. 설마 아직 형태도 잡히지 않았을 태아가 그랬을까? 만약 그렇다면 그것도 사실은 두려운 일이다. 정연은 한기를 느끼며 손을 뗐다. 그것을 눈치라도 챘는지 문득 등 뒤로 따뜻한 온기가 내려앉았다. 태경을 연상시키는 불가사의한 체향이 코끝으로 스며든다. 피비린내 사이로 흘러드는 커피 향.

"태경 씨?"

지친 음색으로 중얼거리며 그녀는 고개를 갸웃했다.

설마. 그가 여기에 와 있는 걸까? 그가 이렇게 했을까? 그녀는 천천히 쓰러진 자들을 돌아보았다. 태경의 모습은 보이지 않았다. 착각일까? 그녀는 부르르 떨었다.

그녀는 홀린 듯이 걸었다. 현실감각이 점점 멀어졌다. 청각도, 후각도 마비되었다. 통각도, 시각도 희미해진다. 싸우는 건 이제 싫어. 다치는 것도, 누군가 죽는 것도 싫어. 일족이란 건 피에 굶주린 괴물들이야. 이젠 진절머리가 나.

"진짜 끝내주는 태교네."

정연은 울고 싶었지만 실제로 나오는 것은 웃음이었다. 그녀는 킥킥 소리를 내며 웃었다. 정적으로 가득 찬 홀 안에 그녀의 히스테릭한 웃음소리가 퍼져 나갔다.

"그만 좀 싸워. 이제 그만 좀 해."

그녀를 저지하는 자들은 아무도 없었다.

무대에 홀로 선 여배우처럼 그녀는 쓰러진 사람들 위에 서 있었다. 머리 위에서 돌아가는 사이킥 조명이 요란하게 그녀의 주변을 감싸 안았다. 대원은 넋을 잃고 그 모습을 바라보았다. 그에게는 분명히 보였다. 점멸하는 빛 속에 혼자 서 있는 그녀는 여왕처럼 보였다.

 짐승들의 여왕, 경배 받는 여신. 그리고 바로 그 뒤에 누군가 서 있다. 그녀의 등을 감싸 안은 채 은빛으로 빛나는 눈을 번뜩이며 웅크리고 있었다. 명백하게 분노가 서린 그 눈빛이 쓰레기처럼 널려 있는 자들을 노려보고 있다.

 "헉!"

 몇몇이 압력을 이기지 못하고 구토했다. 토사물과 핏물이 뒤엉킨 오물 속에서 무력하게 나자빠져 있는 자들이 공포에 젖었다.

 가히 압도적인 힘. 이런 일은 겪어보지도 못한 어린애들은 소변까지 지렸다. 눈물 콧물 다 흘려가며 흐느끼기 시작하는 자들도 나왔다.

 '저건 설마 서태경인가?'

 억눌린 압력이 거세지자 대원은 거칠게 숨을 토해냈다. 아직 젊은 일족들은 내팽개쳐진 개구리처럼 눌린 채 헐떡이고 있었다. 그 사이를 정연이 홀린 듯 비틀비틀 걷는다. 그녀의 어깨 위로 도사린 시커먼 그림자가 은빛의 눈을 번뜩인다. 마치 조금이라도 움직이면 끝장이라는 듯이.

 '이건 분명히 서태경의 힘이야.'

 대원은 그녀를 부르려 입을 벌렸지만 소리는 나오지 않았다. 억눌린 힘은 엄청나 금방이라도 내장이 튀어나올 것만 같았다. 숨을 쉬는 것만으로도 벅찼다.

 정연 자신은 몰랐지만 그녀의 주변으로 얇은 막이 펼쳐져 있었다. 성체나 발휘할 수 있다는 결계였다. 그 결계 속에서 오직 그녀만이 찬란했다. 휘광처럼 강력한 힘이 그녀의 몸을 중심으로 소용돌이치고 있었다. 소름이 돋는다. 그녀의 발치에 엎드린 아이들은 여신에게 오체투지하며 경배하는 광신도의 몰골.

'아아.'

대원은 그녀의 주변으로 펼쳐진 색채의 파도에 감탄하며 황홀경에 빠졌다. 보호막과 동시에 마귀처럼 달라붙은 서태경의 그림자가 그녀의 뒤를 받치고 있었다. 그것을 볼 수 있는 자는 오로지 대원뿐이었다.

하나, 정연은 아무것도 인식하지 못했다. 그녀는 그저 조용해진 사방을 바라보며 비틀비틀 걸었다. 어서 아수라장을 벗어나고 싶었던 것이다. 왜 다들 쓰러져 일어나지 못하는지 그녀는 몰랐다. 사실 알고 싶지도 않았다. 공포의 극점을 넘자, 이젠 피로감이 찾아왔다.

현관을 향해 홀을 가로지르는 동안 그녀를 막는 사람은 아무도 없었다. 정연은 지끈거리는 머리를 잡고 겨우 현관문의 손잡이를 잡았다.

바로 그 순간 어둠 속에서 단단한 팔이 그녀의 몸을 휘감았다.

"아악!"

그녀는 눈을 부릅떴다.

"나야."

태호였다.

32
결단

"서태호가 왔나?"

"드디어 왔습니다."

홀에서 조용히 빠져나온 명성은 별채의 조종실에서 기다리고 있었다.

모니터에 비친 태호와 정연. 누가 보면 납치된 여자를 구원하러 온 정의의 사자처럼 보인다. 그럼 이쪽이 악당인가. 그는 쓰게 웃었다.

"보통 인간여자는 아니었네."

"저거, 진짜일까요?"

아직도 일어나지 못하는 자들을 멍하니 바라보며 태훈이 중얼거렸다. 그는 영세를 따르는 행동대 중 한 명이었다.

"그런 거 같아. 그가 변성시켰기 때문에 옮아간 능력일까?"

"저런 게 가능한가요? 원래는 인간이잖아요."

"인간이 일족이 된다는 것도 이상해."

태훈이 믿어지지 않는다는 듯 중얼거리자, 뒤에 있던 남자가 빈정거렸다. 윤세의 육촌동생인 영빈이다.

"하지만 기운은 전혀 느껴지지 않았는데. 아무리 봐도 그저 빈약한 인간여자였는데."

"보통 일족이라 해도 저런 힘은 없잖아요?"

"서태경의 힘 같아. 그가 저런 식으로 일족들을 깔아뭉개는 걸 본 적 있다고."

덩치 큰 사내들이 겁에 질려 수다를 떨었다.

"진짜 저 여자의 힘일까? 믿어지지 않아. 아무리 변성한 자가 서태경이라 해도 저런 힘은 말이 안 돼!"

그들이 떠들든 말든 명성은 수염도 없는 턱을 만지며 모니터를 바라보고 있었다. 감탄은 하지만 두려울 것도 없었다. 어린애들에게나 통용되는 힘이다. 한 가문의 주인쯤 되다 보면 놀랄 것도 없는 법.

"밖은 어때?"

"아직. 서가에서 정면으로 치고 올 거란 생각은 들지 않습니다만."

"아냐, 정면으로 칠 거야. 적당히만 응대하고 물러서. 그들과 전면전을 벌일 생각은 없으니까."

명성의 말에 그들은 침묵했다.

이쪽은 싸울 마음이 없어도 저쪽은 가만히 있지 않을 것이다. 또한, 그들 역시 실컷 싸우고 싶은 마음이 간절했다. 이런 압박감 속에서 피 냄새만 맡고 있는 것은 짜증스러웠다. 특히나 홀 안에서 무슨 일이 벌어지고 있는지 알고 있는 한은 더 그랬다.

"안마당으로 몰아."

명성이 마침내 일어섰다.

"회장님?"

태경은 눈을 감은 채 입술을 깨물었다.

지끈하고 두통이 찾아왔다. 울컥 속이 뒤집혀 토하고 싶었다.

입 안에서 비릿한 맛이 느껴졌다. 과했던 것일까. 미친 듯이 뛰는 심장박동을 느끼며 그는 천천히 가슴을 내리눌렀다.

"괜찮으십니까?"

차를 몰고 있던 민재가 룸미러로 그의 얼굴을 살피고 있었다.

"서둘러."

"네."

민재는 창백해진 태경의 얼굴을 살피며 액셀러레이터를 밟았다. 옆에 앉아 있는 미혜의 얼굴이 초조함으로 잔뜩 굳었다.

차창 밖으로 흘러가는 풍경을 무시하고 태경은 다시 눈을 감았다. 감각을 다시 뻗히자, 태호에게 이끌려 가는 정연의 모습이 다시 잡혔다. 문득 그녀의 뱃속에서 무언가가 호응해 왔다.

두근.

심장이 다시 요란하게 뛴다. 방금 전까지 아슬아슬했었다. 다행히도 그녀의 뱃속에 있는 아이가 그의 힘에 동조해 왔다. 제 어미의 위험을 알아채기라도 했는지 발광하듯이 날뛰는 그 힘에 머리가 터질 정도로 짜증이 났다. 제 힘이 부족하니 아비의 힘을 빌리겠다고 판단한 걸까. 건방지게도 미친 듯이 손을 벌려왔다.

'뭐, 좋겠지. 네놈이 내 아이라면 그 정도는 해야 해.'

태경은 입가를 비틀고 웃었다. 그 역시 모친의 자궁에 있을 때부터 주변을 파악할 수 있었다. 남들이야 놀랄지 몰라도 그는 놀라지 않았다. 그의 자식이라면 당연히 그럴 수도 있는 것이다.

'그녀가 잘못된다면 너도 죽어. 그 정도는 알고 있겠지.'

그는 잔혹한 웃음을 머금은 채 뱃속의 태아에게 경고했다.

"서미혜."

"네."

미혜의 어깨가 흠칫했다. 그녀는 싸늘해진 분위기를 느끼면서 슬그머니 태경을 돌아보았다. 뒷좌석에 반듯하게 앉아 있는 그는 평소보다도 훨씬 고압적이었다.

"서두르지 않으면 태호 놈도 죽어."

미혜의 시선이 흔들렸다. 역시나 태호를 철동에서 풀어줬다는 것을 태경이 눈치 챈 것이다.

"태호 놈이 그대로 죽으면 너도 죽는다."

태경은 나른하게 말했다. 그는 화가 날수록 목소리가 부드러워진다는 것을 미혜는 처음 알아차렸다. 초콜릿처럼 녹아내리는 부드러운 목소리에 담긴 압박감에 소름이 돋았다.

"미우나 고우나 내 동생이야. 그놈이 개처럼 죽는 걸 내가 보고 싶어할 거라 생각해?"

미혜는 고개를 숙인 채 아무런 말도 못했다.

"서두르지 않으면 태호 놈이 죽어. 유명성은 지금 잔뜩 벼르고 있으니까."

태경은 천천히 라이터를 들어 담배를 물었다.

과하게 힘을 쓴 탓에 입 안에 고스란히 피 냄새가 남았다. 그녀에게 이어놓은 끈들이 요동치는 태아와 정연의 상태를 알려주고 있었다.

하얗게 연기를 내뿜으면서 태경은 이를 갈았다.

"하아……."
태호의 체온은 뜨거웠다. 정연은 멍하니 그를 올려다보았다.
"구하러 왔어."
십대 소년처럼 씨익 하고 이를 드러내며 그가 웃었다.
"이제 안심해도 좋아."
태호가 그렇게 말했지만 정연의 몸은 점점 굳어졌다. 그는 잊고 있을지도 모르지만 정연이 위험하게 된 이유는 그였고, 그녀에게 가장 두려운 상대 역시 그였다.
잔뜩 긴장한 그의 몸은 단단했다. 그녀를 안은 팔에 힘을 주면서 그는 사방을 살폈다. 그들을 주시하고 있던 애들은 모두 움직이지 않았다. 그 이상한 모습에 태호는 고개를 갸우뚱거렸다. 그가 들어왔을 때는 이미 홀 안에 있던 일족의 소년들이 제압된 뒤였던 것이다.
'다른 누가 또 왔나? 저 재수없는 민재 놈?'
현관문 근처에서 느껴지는 기척을 살핀 그는 조심스럽게 식당 쪽으로 발길을 돌렸다.
"뭐가 뭔진 모르지만 어서 가자구."
식당으로 들어서자 냉장고 문을 열고 마구 먹어대던 소년 몇이 그들을 돌아보았지만 신경도 쓰지 않았다. 이미 몽롱하게 풀린 그들의 동공을 보고 태호는 안심했다. 약을 먹은 모양이다.
"이대로 나가자."
정연은 입을 꼭 다문 채 가만히 안겨 있었다.
머리가 너무 아파서 아무것도 떠오르지 않았다. 잉잉대는 이명이 너무 심해져 사실상 소리도 거의 들리지 않았다. 심장이 미칠 듯이 뛰었다. 아기가 요동이라도 치는지 배가 점점 아파왔다. 뱃가죽이 찢어질 것만 같다.

'태경 씨.'

그녀는 태경을 불렀다.

그가 옆에 있었다면 지금 자신의 몸 안에서 벌어지고 있는 일에 대해 설명해 줄 수 있을 텐데, 안심하고 몸을 기댈 수 있을 텐데 옆에 있는 것은 태호다.

그녀는 점점 움츠러들었다. 배를 감싸고 태아처럼 몸을 말면서 태호의 품 안에서 신음을 삼켰다. 태호가 이곳에 나타나면 명성이 바라는 대로 되는 것은 분명했다. 하지만 위기 상황에서 그나마 아는 얼굴을 만났다고 안도감이 들었다. 그러나 그 안도감도 잠깐.

"서태호—오!"

절규와도 같은 소리와 함께 누군가가 달려들었다. 식당에 마련된 길고도 긴 식탁을 딛고 공중으로 치솟은 한 남자가 태호를 향해 고함을 내질렀다. 갈고리처럼 휜 손톱이 당장이라도 그의 몸을 반으로 가를 것만 같았다.

"까불지 마."

퍽 소리와 함께 태호의 주먹이 그의 목을 후려갈겼다. 무시무시한 속도였다.

한 팔로는 정연을 안고 있는데도 그의 움직임은 군더더기 하나 없었다. 목을 치는 것과 동시에 기괴하게 꺾인 손등이 머리통을 갈긴다. 콰직 하는 소리와 함께 목뼈가 부러지고, 동시에 두개골이 으깨진 채 남자는 그대로 식탁 위로 쓰러졌다.

비명조차 지르지 못한 그 모습에 정연은 눈을 감는 대신 부릅떴다. 현실감각이 점점 더 멀어지고 있었다. 시각적으로 벌어지는 이 참혹한 광경에 그나마 남아 있던 감각마저 마비되는 것 같았다.

"어때, 나 강하지?"

어린애처럼 정연에게 자랑하는 태호.

그 순간 때를 보고 있었던지 한쪽 구석에서 다른 남자가 꽈배기를 틀어놓은 것 같은 이상한 뿔을 자랑하며 달려들었다. 태호는 투우라도 하는 양 살짝 허리를 비틀어 피해냈지만 상대의 무기는 뿔만이 아니었다.

"큭!"

어느새 옆구리에 발톱을 찔러 넣은 남자가 누런 털이 솟은 얼굴로 외쳤다.

"죽어라! 서태호!"

"웃기지 마!"

"이 원수!"

잠시의 허점도 놓치지 않은 매서운 공격이었다. 정연은 머리가 핑핑 돌아가는 상황에 도저히 따라갈 수가 없었다. 기절하지 않은 것도 그녀로선 충분히 분전이다. 보통 인간이 어디 이런 상황을 겪어보기라도 했을까.

"죽어!"

태호의 발이 날아가 뿔에 닿았다. 뿔이 젖혀지는 순간 뒤이어 태호의 발끝이 상대의 눈을 직격했다.

"크아아!"

비명을 지르며 나뒹구는 남자를 내버려 두고 태호는 정연을 안은 채 부엌의 창문을 그대로 걷어찼다. 정연에게는 단단했지만 태호에겐 빈약했던 창살이 그대로 부숴져 밖으로 떨어져 내렸다.

"괜찮아!"

태호는 눈을 감은 그녀를 내려다보며 자랑스럽게 말했다. 잔뜩 겁에 질린 정연의 모습을 보자 처음 만났을 때가 생각나 새삼 뿌듯해졌다. 그때는 분명히 그녀와 그 단둘뿐이었다. 태경도, 명성도 없었던 고요하기 그지없던 그 낡은 집.

그 집에서 그녀와 그는 행복했다.

태호는 정연을 안은 팔에 힘을 주며 달리기 시작했다. 어서 이곳을 벗어나 그녀를 안전한 곳에 놓고 싶었다. 무엇보다 태경과 마주치고 싶지 않았다. 빼앗기고 싶지 않다.

"여어, 서태호."

그러나 모든 일은 자기 마음대로 되지 않는다.

오래된 노송을 등 뒤에 지고 몇 명의 남자들이 서 있었다. 명성과 젊은이들 셋이다.

아까와 달리 명성은 하얀 니트 티에 검은 바지를 걸치고 있었다. 평범한 체구였지만 창백한 조명에 비쳐진 그의 모습은 후광이라도 뒤집어쓰고 있는 것처럼 거대해 보였다.

태호는 숨이 막히는 것을 느꼈다. 다른 사람도 아니고 유명성이다. 유가의 종주. 유가에서 가장 강한 남자.

"오랜만이지?"

명성은 고저 없는 어투로 말했다.

"그다지."

태호는 거북한 음성으로 대꾸했다.

갑자기 명희가 기억났다. 동시에 옆구리가 저릿저릿했다. 예전

명성에게 다쳤던 상처다.

"너무 집요한 거 아닌가? 형이 이것저것 다 보상해 주었다고 들었는데."

태호의 말에 명성의 눈썹이 올라갔다. 그의 동공이 수축했다.

"보상?"

"응, 위자료는 준 걸로 아는데. 꼭 이런 식으로 일을 크게 만들어야 하는 거요?"

"위자료?"

명성은 태호의 말을 반복했다.

점점 강해지는 그의 살의를 느끼며 태호는 입가를 굳혔다. 이대로라면 위험하다.

그는 정연을 내려놓지도 못한 채 경직했다.

"얌전히 따라오면 목숨만은 놔두지."

"거짓말! 이 여자는 방금 죽을 뻔했다구!"

태호가 바락 외치자 명성은 조용히 말했다.

"안 죽었으면 됐지. 어쨌거나 그녀는 태경 형님의 여자. 해칠 마음은 없으니 조용히 내려놔."

"빌어먹을! 이건 내 여자야!"

"형님의 것을 탐내면 못쓰지."

태연하게 꾸짖는 그의 얼굴에 태호는 침을 뱉었다.

"닥쳐!"

"최정연 씨, 뒤로 더 물러나시오."

명성의 말에 정연은 고개를 퍼뜩 들었다.

석상처럼 무심한 얼굴을 한 그의 얼굴은 잔뜩 일그러진 태호와는 정반대였다. 정연은 주춤주춤 뒤로 물러서다가 마침내 커다란 고목에 몸을 기대고 쓰러지듯이 주저앉았다. 토기와 현기증은 둘째 치고 복통은 더 심해졌다. 그녀는 배를 움켜쥔 채 무릎을 꿇었다.

"아."

충격 탓일까. 겁이 덜컥 났다.

진땀이 줄줄 흘러내렸다. 아랫도리가 온통 찢겨져 나갈 것처럼 아팠다. 배도, 허리도, 등도 아프다. 깨질 듯한 두통은 점점 심해졌다. 그녀는 몇 번이나 토했다.

두 남자는 그녀의 상태는 돌아보지도 않고 대치 중이었다. 어느 누구에게든 도움을 요청할 수 없는 상황이다. 아니, 사실은 그들에게 도와달라 외치고 싶지도 않았다.

"태경 씨……."

그녀는 이를 악물고 중얼거렸다.

그가 보고 싶었다. 아이를 잃을까 봐 무서웠다. 끔찍하게 두렵다.

"빨리 끝내자고!"

태호가 악을 질렀다. 그는 급했다. 어느 쪽이나 그에게 유리한 것은 아무것도 없다. 팟하고 바닥을 차는 소리가 들리는 순간, 그는 명성의 품으로 파고들었다.

그의 속도에 놀란 명성은 본능이 시키는 대로 눈앞으로 닥쳐온 그 주먹부터 피해 재빨리 뒤로 물러섰다. 전신의 털이 곤두섰다. 섬뜩할 정도의 속도. 게다가 인정사정없는 악의가 서린 움직임이다.

"여기서 사생결단을 내자구!"

태호가 호통 치며 맴을 돌았다.

명성은 미간을 찌푸렸다. 유가의 특성인 노란 머리칼이 정수리부터 슬금슬금 돋아나고 있는 중이었다. 그는 잘난 척하는 태도의 태호에게 짜증이 났다.

"시끄러운 놈이군."

하나, 그 말이 떨어지기가 무섭게 눈앞에 있던 태호가 사라졌다.

명성은 놀라지 않았다. 그는 그저 두 손을 늘어뜨린 채 움직이지 않았다. 선뜩한 김귁이 아래로 떨어지고 있다. 칼날처럼 날카로운 예기가 그대로 내리누른다.

그는 머리를 방어하면서 재빨리 주먹을 내뻗었다.

쩌어어어엉—

귀가 멀 정도로 거대한 굉음이 터져 나왔다.

신음 소리 하나 내지 못하고 태호는 어깨까지 으스러진 오른팔을 움켜쥐고 뒤로 튕겨나갔다. 그것으로 끝이 아니었다. 명성의 손바닥에서 빛이 발사되며 그대로 태호의 몸을 덮쳤다. 어지럽게 춤을 추는 다채로운 색이 선명한 불꽃을 이루며 말 그대로 살아 있는 자의 몸을 송두리째 태우기 시작했다.

"끄아아!"

비명을 올리며 버둥거리는 태호를 내버려 둔 채 그는 손을 닦았다. 손등에는 태호의 피가 벌겋게 묻어 있었다. 명성의 입가가 움직였다. 그는 웃는 중이었다.

"그 애를 갈가리 찢었지?"

퍼렇게 일렁이는 눈빛이 놀랍게도 오색의 색채로 물들고 있었다.

"나는 오랫동안 기다렸다, 서태호."

그들이 다시 부딪쳤다. 정원의 흙덩이가 튀고 파편이 일어났다.

정연은 몰아치는 바람을 아플 정도로 느끼면서도 몸을 움직였다. 이대로 있으면 안 된다는 위기감이 엄습했다.

'엄마.'

그녀는 입술을 깨물며 중얼거렸다.

찢어질 듯 아픈 배 때문에 몸이 뒤틀렸다. 일어서려 했지만 일어설 수가 없었다. 내장이란 내장이 전부 다 짓이겨지는 것만 같다. 오장육부가 녹는다는 말이 이런 게 아닐까 싶다.

흐려지는 시야를 느끼면서 그녀는 배를 움켜쥐고 신음했다.

그리고 그 순간, 무언가가 그녀의 앞으로 다가왔다.

쐐액.

공기를 가르는 소리와 함께 그녀의 머리칼이 산산이 흩어졌다.

"안 돼!"

처절한 외침과 함께 태호가 달려들었다.

유윤세는 열다섯 명의 일행들을 끌고 내가의 바깥 정원에 서 있었다. 유가의 내가는 넓었지만 서가의 내가처럼 탁 트인 모양을 하고 있지는 않았다. 일종의 호리병 모양을 한 구조다. 가장 안쪽이 안채, 바깥쪽은 외채. 기본 형태는 평범했지만 정원이 이중으로 구성되어 있다.

수령 수백 년은 될 듯한 나무들이 열 지어 선 오솔길에 선 윤세는 천천히 결계를 쳤다. 이 유서 깊은 내가가 파괴되는 것은 그가 바라는 바가 아니었다.

"경비 카메라에서 보고!"

"왔습니다!"

"누구? 몇 명이냐!"

그의 주변에 늘어선 살의와 흥분으로 번들거리는 눈빛을 한 열다섯 명의 젊은이들은 보통 사람이 보아도 정상으로 보이진 않는다.

"찾았어?"

"아직입니다!"

"정문 쪽에서 누군가 옵니다!"

윤세는 미간을 찌푸렸다.

경비 카메라가 몇 십대나 돌아가고 있는데 누가 온 건지도 모른다니. 그는 전신의 감각을 끌어 올리면서 핸드폰을 꺼내 들었다. 카메라는 아직 특별한 것을 잡아내지 못했다.

"서가 놈들이 온 거야?"

"별로 느껴지는 건 없는데요."

정문 쪽으로 상태를 살피러 갔던 청년 한 명이 와서 재빨리 고했다.

윤세는 턱짓을 했다. 그는 초조했다.

불안이 슬슬 그의 몸을 잠식하고 있었다. 이대로라면, 서가와 전면전이다. 전면전이 두렵지는 않지만 그렇다고 해서 일이 잘 돌아갈 거라는 보장도 없다. 태호의 종적을 잡은 것은 좋았지만 아무래도 이건 쉽게 해결될 일이 아니다. 물론, 싸움을 좋아하는 일족들이니 적당히 피를 흘리고 넘길 수 있을지도 모른다. 각 가문의 직계나 핵심 인물이 끼어들지만 않는다면 피 끓는 젊은 애들이 벌인 소동이라고 얼버무릴 수 있다.

'문제는 이런 희생을 더하고도 그놈을 잡지 못한다면…….'

냉철한 유가의 주인이 복수심과 증오로 눈이 뒤집혔다는 데 반론할 사람은 아무도 없었다. 만약 이 기회에 명성에게 태호를 갖다 바치지 않는다면 전면전이 문제가 아니라 종주의 손에 가솔들이 죽을 판이다.

사람들은 명성이 가진 슬픔을 과소평가했다.

그는 항상 조용하기만 했던 사촌동생을 떠올렸다. 이제는 종주가 되어 동생이라 부를 수도 없지만 어쨌거나 너무 조용해서 있는지 없는지조차 몰랐던 그가 이렇게나 변해 버리다니. 남매의 정이 그렇게나 돈독했던 것일까.

"거기에 있는 분들."

정문 쪽으로 향하던 윤세의 발길이 딱 멈췄다.

그만이 아니다. 슬금슬금 주변에 녹아들어 가던 그의 부하들 모두가 멈췄다.

뭉클 굽어진 노송 뒤에서 나타난 것은 민재였다. 새까만 정장을 입은 그는 어둠 속에서 불쑥 튀어나온 것처럼 보였다. 사신(死神)이다.

"오랜만이오."

윤세가 긴장된 얼굴을 풀며 미소 지었다.

그는 이 눈앞의 사내가 얼마나 강한 자인지 알고 있었다. 서씨 가문에서 종주를 제외하고 가장 강한 자였다. 그의 강함은 드러내지 않은 강함이다. 그림자처럼 조용히 있지만 사실은 가장 잔혹한 자. 영세는 그에게 당했다고 길길이 날뛰고 있지만 윤세는 달랐다. 솔직한 말로 민재를 피하고 싶다는 마음이 컸다.

"그다지 오랜만은 아니지만, 이런 곳에서 만나는 것은 썩 즐겁지 않군요."

"당신이 왔다는 건, 서가의 주인께서 오셨단 거요?"

"뭐, 그렇게 해석해도 되겠죠."

그의 말에 윤세의 뒤에 서 있던 자들이 일제히 으르렁거렸다. 사납게 본성을 드러내는 자들을 내버려 두고 민재는 깨끗한 두 손을 모은 채 조용히 물었다.

"우리 사모님은 어디 계시지요?"

"아직 결혼식은 안 올린 걸로 아오만?"

민재는 미소했다.

"식이야 어쨌든 이미 아기씨를 가진 귀한 분이시죠. 어디 계십니까?"

"우리는 그 아가씨에게 해를 끼칠 생각은 없소. 알겠지만 우리의 목표는 단 하나요."

"저런, 우리 작은 도련님 말씀입니까?"

민재가 혀를 찼다.

조롱하는 듯한 어조에 앞에 서 있던 젊은이 하나가 왁 소리를 내며 달려들었다. 하지만 달려들기도 전에 갑자기 앞으로 고꾸라졌다. 사지를 큰 대자로 벌린 채 잔디밭에 쓰러진 젊은이는 일어날 줄을 모르고 버둥거리기만 했다. 바늘이 꽂힌 곤충 표본처럼.

윤세는 그 힘을 들은 바 있었다. 상대를 꼭두각시 인형 다루듯 이리저리 다루는 힘. 생각보다 섬뜩한 느낌이었다.

"정호야!"

도우려고 세 명이 달려가 부축했지만 곧이어 그 세 명도 나란히 신음 소리를 내며 바닥에 누웠다. 누웠다기보다 짓눌린 것 같았지만 결과는 같았다.

"으."

순식간에 네 명이 쓰러졌다. 정작 민재는 미동도 하지 않고 점잖게 서 있는 중이었다. 기괴한 힘이다. 그가 어떤 동작이라도 취했다면, 육안으로 뭔가 보이기라도 했다면 그 정도로 두렵지는 않을 것이다.

"계속할까요?"

민재가 조용히 물었다.

"나는 희생을 원치 않습니다. 우리 작은 사장님도 벌을 받고 있으니 적당히만 합시다."

"설마? 멀쩡히 두 발로 걸어 돌아다닌다 들었소."

윤세가 나직하게 말했다. 그는 어떻게 공략하면 좋을까 필사적으로 고민하고 있었다. 영세가 그에게 무기로 대항하다 실패했다는 것을 들었다. 총기가 좋을지도 모른다. 하지만 윤세는 무기를 혐오했다.

"미안한 이야기지만 더 이상 돌아가라고 말하고 싶지는 않군요. 이 정도 참았으면 이미 많이 참은 것 아닐까요?"

민재의 눈이 웃었다. 그 순간 그의 동공이 새까맣게 확장되며 검은 안개를 뿜었다.

"커억!"

"어억!"

윤세의 좌우에 서 있던 여덟 명의 젊은이들이 동시에 앞으로 고꾸라졌다. 사지가 이리저리 뒤틀린 채 비명을 토하는 모습이 실 끊어진 인형처럼 참혹하다. 으득으득 소리를 내며 그들의 관절이 이리저리 구부러졌다. 산 채로 사지가 뒤틀리는 모습에 경악한 윤세가 소리쳤다.

"그만! 그만 하시오!"

민재는 혀를 찼다.

"알 만한 분이 왜 그러시는 거요? 유윤세 씨, 당신은 나이 먹을 만큼 먹었을 텐데. 젊은 종주의 폭주 정도는 당신이 잠재워야 하는 것 아닌가요?"

충고 아닌 충고에 윤세의 얼굴이 일그러졌다.

"이십 년 전 우리 회장님의 취임식 때 보셨을 거 아닙니까? 우리 주인님은 건드리지만 않으면 조용한 분입니다. 이런 식으로 우리 사모님을 위험에 빠뜨리면 그분이 참을 거라 생각합니까?"

윤세의 얼굴에서 붉은 땀이 흘러내렸다. 유씨 일가는 땀을 흘리는 대신 피를 흘린다.

"서씨 가문의 일족들이 한 번 미치면 어떻게 되는지 아마 당신은 기억하고 계실 겁니다. 그렇죠?"

민재의 입가가 천천히 벌어졌다. 그의 송곳니는 길지 않았다. 하지만 어느새 그의 입가가 검게 물들고 있었다. 서가에서 유일하게 독을 뿜는 자다운 색깔이었다.

"한 가문이 완전히 멸절될 때까지 계속해서 피가 흐를 겁니다. 유가의 젊은 종주님은 당해낼 수 없어요."

그의 눈은 이제 흰 자위는 하나도 보이지 않았다. 새까맣게 물든 어둠, 그 자체.

그 본성을 드러낸 위협에 윤세는 숨을 들이켰다. 빌어먹을.

눈앞이 새까맣게 물드는 순간, 익숙한 냄새가 몸을 감싸 안았다. 악취로 마비되었던 코가 유일하게 사랑했던 체취를 기억해 냈다. 정연은 갑자기 따스하게 밀려드는 기운을 느꼈다.

"태경 씨."

"쉿."

거짓말처럼 조용히 그가 나타났다.

익숙한 온기가 그녀의 몸을 감싸 안는다. 그 온기에 절로 안도의 한숨이 터져 나왔다.

"괜찮아."

"태경 씨."

어리광을 부리듯 그녀는 그의 가슴에 얼굴을 박았다. 간헐적으로 경련이 이는 몸이 의지를 배반하고 있었다. 이미 그녀는 괜찮지 않았다.

"늦어서 미안."

파리한 할로겐 조명 아래서 그의 얼굴은 음영이 짙었다.

태경은 조용히 그녀를 안아 올렸다. 그녀의 배를 덮은 그의 손이 치유력을 쏟아 붓고 있는 중이었다. 몸을 뒤틀고 있는 그녀의 모습만 보아도 태경은 그녀의 고통을 가늠할 수 있었다. 그와 그녀의 사이에 이어진 끈. 이제는 사슬이라고 부를 정도로 강력해진 끈이 그녀의 고통을 고스란히 전해준다.

"괜찮아. 이제 괜찮아."

그가 속삭였다.

솜털처럼 부드러운 감각이 그녀의 몸 안으로 퍼져 나갔다. 목소리 하나만으로 온몸을 감싸 안을 것만 같은 느낌에 그녀는 저도 모르게 미소 지었다. 파리한 얼굴과 토사물 범벅이 된 몰골이 추할 법도 하건만 태경은 그저 조용히 그녀를 안아 올린 채 치유력을 쏟아 부었다.

"눈을 감아."

그가 속삭였다.

정연은 길게 숨을 내쉬었다. 절로 눈이 감기고 몸이 늘어졌다. 터질 듯 박동하던 심장이 천천히 제기능을 되찾는다. 팽창하던 아랫배도 조금은 잠잠해졌다. 고통에 마모된 신경이 느슨해지기 시작했다.

태경은 잠이 든 것처럼 실신한 정연을 안은 채 시선을 들었다.

바로 눈앞에서 피를 튀기며 싸우고 있는 자들이 보였다. 그들 중 한 명은 그의 아우였다. 하지만 그에게 그것은 안중에도 없었다. 중요한 것은 정연이 고통으로 실신했다는 점이었다. 그녀가 입은 외상은 거의 없었다. 여기저기 난 생채기가 전부였는데 그것들은 이미 아물기 시작했다. 하지만 배를 움켜쥐고 신음하는 그 모습은 정상이 아니다. 아직 부르지도 않은 배가 아픈 이유는 하나밖에 없다. 유산.

태경은 잠시 아이를 이대로 죽여 버리면 어떨까 상상했다. 그에겐 아이 따윈 필요없었다. 정연이 죽거나 미치는 것보다야 애를 죽이는 쪽이 훨씬 더 안전하다.

그의 생각을 눈치라도 챘는지 뱃속의 아기가 공포를 전해왔다.

"형!"

태호가 그를 발견했다.

피투성이가 된 채 그는 살았다는 듯이 태경을 향해 외쳤다.

"형! 도와줘!"

명성의 시선이 그에게 닿았다. 태경은 고개를 들어 잠시 명성과 시선을 마주했다. 하나, 그것뿐이었다. 태경은 정연을 안은 채 몸을 돌려 정원을 빠져나가기 시작했던 것이다.

"형!"

당혹한 태호가 소리쳤다. 형이 자신을 버린다는 건 상상도 해

본 적이 없었다. 매몰차게 돌아선 태경의 모습을 그는 이해할 수 없었다.

"형! 형!"

태호가 미친 듯이 소리치는 순간 명성의 구릿빛 손톱이 그의 옆구리를 찢었다. 와락 쏟아지는 피와 내장을 붙잡은 채 태호는 나뒹굴었다. 그와 동시에 명성은 그의 허벅지를 밟았다. 날카로운 기운이 그의 근육과 혈관을 한꺼번에 끊었다.

"아아아아악!"

태호의 다리가 잘려져 나갔다.

쩌렁쩌렁하게 울리는 비명에도 불구하고 태경은 돌아보지 않았다. 그는 그녀를 안은 채 정문으로 걷고 있었다. 축 늘어진 그녀의 몸과 비정상적으로 낮은 체온이 비상사태를 선포하고 있는 중이었다.

"괜찮으십니까?"

어둠 속에서 민재가 태경의 옆으로 슬그머니 나타났다.

그는 대답하지 않았다. 사실 대답할 여유도 없었다. 태경은 축 늘어진 정연을 바라보며 억지로 마음을 가라앉히려 노력하고 있는 중이었다.

피투성이가 된 정연의 모습. 아귀처럼 달려드는 자들 사이에 던져졌던 상황을 생각하면 피가 거꾸로 솟을 것만 같았다. 그는 모두 보았다. 그녀가 억지로 마음을 다잡으며 느꼈던 공포까지도 고스란히 느꼈다. 그 순간 보호해 주지 못했다는 데에 얼마나 분노했던가. 특히 태호가 그녀를 안아 들고 있었던 모습은 상상 외로 더 끔찍했다. 하지만 그 기분을 전부 토해놓을 수는 없었다.

문득 축 늘어졌던 그녀의 몸이 덜덜 떨리기 시작했다. 놀란 태경이 안았던 몸을 다시 고쳐 안고는 급히 달리기 시작했다.
"회장님!"
내가의 담장을 뛰어넘자마자 차 안에서 대기하고 있던 서진국이 진료 가방만 들고 달려왔다. 그 뒤로 미혜가 눈을 번뜩이며 정연의 모습을 살폈다.
"어찌 된 거죠?"
"진땀을 흘리면서 쓰러졌어. 배가 아프다는데."
태경이 설명하자 그는 재빨리 그녀의 배에 손을 대더니 곧장 가방에서 진통제를 꺼내 투여했다.
"어서, 치유력을!"
태경이 두 손을 벌려 그녀의 배에 힘을 쏟아냈다. 온유한 기운이 배를 감싸자 옆에 있던 진국이 설명했다.
"태아와 교감이 가능할 겁니다. 종주님 아기니까. 아기를 어서 달래주세요."
달래라고? 태경은 이를 악물었다. 사실은 정연을 아프게 하는 이 괴물을 짓이겨 죽이고 싶다. 그게 그의 본심이었다. 이 아기만 없다면 그녀는 아프지 않았다. 그에게 있어 이 아기는 축복이 아니라 저주에 가까웠다. 아이 따위, 빌어먹을 혈육 따위 결코 가지고 싶지 않았다!
"종주님!"
그의 기분을 눈치 챘는지 옆에 있던 민재가 재빨리 그의 팔을 잡았다.
옅게 살기가 배어나오는 그의 눈빛을 발견한 진국이 흠칫거리면서 애원하듯 말했다.
"마음을 가라앉히고. 천천히······. 사모님은 곧 괜찮아지실 겁니다."

그 말에 그는 심호흡을 하면서 정연의 얼굴을 들여다보았다. 아기를 잃으면 그녀는 슬퍼할 것이다. 그는 억지로 기운을 가라앉히며 그녀의 얼굴을 살폈다. 치유력을 보내자 그녀의 몸이 조금씩 반응해 오는 게 느껴졌다. 그래, 아내를 잃을 수는 없지.

"진통제는 효과가 거의 없는 것 같습니다."

옆에서 시중을 들고 있던 미혜가 의식을 잃고서도 떨고 있는 정연의 몸을 살피며 다시 말하자, 진땀을 흘리고 있던 진국은 다시 진통제를 꺼내 재차 투여했다. 무려 다섯 통이나 주사액을 비우자 태경의 눈썹이 꿈틀거렸다.

"어떻게 된 거지?"

"잠깐만 기다려 보십시오."

진국이 심각하게 말했다.

미혜는 차 안에 있던 모포를 들고 와 정연의 몸을 둘둘 감았다. 물수건으로 피투성이가 된 얼굴과 손을 닦아내는 동안 덜덜 떨리고 있던 그녀의 몸이 축 늘어졌다.

다행히도 숨결이 편안해 보였다. 잠이 든 건지 의식을 잃은 건지 알 수 없어 여기저기 살피는 태경을 놔두고 진국은 청진기를 꺼내 여기저기 검사했다.

"어서 내가로 돌아가지."

"아뇨. 안 될 것 같습니다. 병원으로 옮깁시다."

"병원? 어째서?"

태경이 다시 묻자 진국의 얼굴이 심각하게 변했다.

"아기는 1차 성장을 했는데 사모님의 자궁은 성장하지 않았습니다. 무슨 말인지 아시겠죠?"

태경은 그녀의 배를 보았다. 아닌 게 아니라 방금 전까지 납작했던 그녀의 배가 불룩했다.

"알았다. 우선 병원으로."

조수석으로 자리를 옮기던 민재의 눈에 태경의 주먹 쥔 손이 문득 들어왔다. 꽉 쥔 손에는 핏기가 전혀 없었다. 하얗게 변한 주먹이 그의 심사를 그대로 드러내고 있었다.

"서미혜."

억눌린 음성으로 태경이 불렀다. 정연의 몸을 모포로 감싸고 있던 미혜가 고개를 들자, 그는 싸늘한 시선으로 명령했다.

"네가 태호를 챙겨와."

미혜의 시선이 흔들렸다.

"네가 책임지고 그놈을 살려서 찾아와. 그 정도는 할 수 있겠지?"

"네."

미혜는 창백한 얼굴로 답했다. 민재는 아예 모른 척하고 있었다.

"이 일의 마무리는 네가 해."

"알겠습니다."

그녀는 순순히 고개를 숙였다.

이건 혹시 화풀이일까. 멀어져 가는 차량을 바라보며 그녀는 중얼거렸다.

치렁하게 흔들리는 긴 머리카락을 손가락으로 쓸어내리면서 그녀는 피식 웃었다. 아무리 냉정한 태경이라 해도 지금도 태연하진 않을 것이다. 그에게도 질투란 감정이 있기는 있는 걸까, 그녀는 문득 궁금해졌다. 그동안 미혜는 서태경이란 남자가 너무나 신기하게 느껴졌었다. 감정을 드러내지 않는 냉정함은 충동적인 서씨 일족과는 너무도 달랐다. 이중인격에 가까울 정도로.

"여자가 생겨서 드디어 본색이 나온 걸까나."

유명성과 맞부딪쳤을 태호는 죽었을까. 아니, 살아 있다 할지라도 온전한 상태는 아닐 듯했다.

"뭐, 어쨌든 가자. 오랜만에 불태우는 거지."

"어디로 갈까요?"

행동대 중 한 명이 벌겋게 달아오른 얼굴로 물었다. 아직 서른밖에 안 된 호진이란 청년이다. 민재의 밑에 있던 그는 미혜의 늘씬한 다리에서 시선을 떼지 못하고 있었다. 사실 그녀는 싸움을 하기엔 좀 벅찬 차림새였다. 몸에 딱 붙는 크림색 미니스커트 정장, 거기에 하얀 하이힐이다.

"어디긴, 정문으로 가야지."

"정문이요?"

다른 청년이 되묻는다. 그는 그녀의 팽팽한 엉덩이에서 시선을 떼지 못하고 있었다.

"복수란 정당한 거지. 그러니까 정문."

미혜는 싱긋 웃었다. 그녀의 하얀 얼굴에 얼룩 무늬가 스치며 지나갔다.

"커어어어억!"

폐부에서 튀어나오는 비명을 내지르면서 거구의 사내가 날았다.

세워져 있던 자동차 보닛이 와장창하고 박살나면서 파편이 튄다. 피거품을 문 사내가 자동차에서 굴러 떨어지는 것과 동시에 다른 사내 하나가 호선을 그리며 주차장의 콘크리트 기둥에 처박했다. 여기저기서 자동차의 비명이 들려오고 있었다. 유난스러운 도난방지 시스템의 사이렌이 울려대고 있었지만 달려오는 사람은 아무도 없다.

"하아."

마치 살아 있는 생물처럼 꿈틀거리는 긴 머리칼을 쓸어 올리며 미혜는 한숨을 내쉬었다.

발갛게 달아오른 뺨이 황홀경에 젖어 있었다. 그녀의 뺨에는 호랑이를 연상케 하는 무늬가 떠올라 언뜻 보면 가면을 쓴 것처럼 보였다. 우아하게 호선을 그리는 S라인의 몸매는 퇴폐적인 관능미까지 느껴진다. 하지만 마름모꼴로 떠오른 호박색 눈동자와 새빨간 입술에 어울리지 않는 검은 무늬가 목덜미까지 이어져 그로테스크한 색채를 뿜어냈다. 그녀는 자신의 손끝을 달콤한 시선으로 바라보았다. 마치 네일아트를 한 것처럼 우아하게 구부러진 긴 손톱에서는 피가 뚝뚝 떨어지고 있었지만 그것조차 그녀에게는 장신구처럼 보일 정도다. 비록 그 손톱 끝에 매달린 것이 사람의 살점 조각이라 할지라도.

"찾았니?"

"아, 아뇨."

넋을 잃은 호진이 대답했다. 그는 미혜가 싸우는 것은 처음 보았다. 그뿐만이 아니다. 다른 젊은 일족들 모두가 그랬다. 내가는 조용하고 나이가 많은 여자들이 대부분이라 미혜가 날뛰는 모습은 상상 외로 갭이 크다.

"아가야, 우리의 주인님께서 화가 나셨거든?"

그녀는 손톱 끝을 쳐다보며 혀를 찼다.

"태호 도련님을 얼른 찾아야지. 그 멍청이를 찾아야 우리가 돌아갈 거 아니니?"

그녀는 혀를 쯧쯧 차고는 턱짓했다.

"아 참, 너 계속할 거야?"

손톱 끝에 매달린 검붉은 살덩이를 내던지면서 그녀가 웃었다.

7cm 굽의 가느다란 하이힐을 신고도 그녀는 호랑이처럼 걸었다. 아니, 기세 자체가 이미 맹수였다. 그녀는 하이힐을 신은 맹수였다.

미혜의 발치 아래 쓰러져 있는 거구의 사내들은 이미 움직이지 않고 있었다. 정면으로 심장을 뜯긴 사내들은 그저 피를 뿜으며 간헐적으로 꿈틀대고 있을 뿐이었다. 유가의 젊은이들 일곱이 단번에 그녀에게 죽임을 당했다. 얼마나 순식간에 일어난 일인지 그들은 자신들이 그녀를 도발해 놓고도 그녀의 움직임을 잡아내지 못했다.

그녀의 뒤에 서 있는 서씨 일족들도 압도된 상태였다. 이 아름다운 미녀는 평소에는 전혀 본성을 드러내지 않지만 일단 한 번 드러내면 심장을 뜯어내 짓밟는 잔혹함을 보여주곤 했다. 어차피 가문 내에서는 종주 이외에 그녀를 제지할 자도 없다.

그녀의 앞에 서 있던, 아니, 바닥에 쓰러져 있던 영세는 몸을 팔꿈치로 지탱하며 버티고 있었다. 그의 어깨와 옆구리는 허옇게 뼈가 드러나 참혹하기 그지없다.

"유영세, 나는 민재와는 달리 한 번 손을 보면 확실하거든."

미혜는 손톱 끝에 맺힌 핏방울을 살짝 핥으며 속삭이듯 말했다.

"죽일 수 있는 놈을 살려둔다는 건, 내 철학에 맞지 않아. 알지?"

그녀는 겨우 버티고 있는 영세의 머리를 하이힐로 짓밟았다. 뾰족한 굽이 영세의 관자놀이를 누르자 그의 얼굴이 고통으로 굳었다. 정신이 아득해지는 것을 느끼면서 그는 몸을 움츠렸다. 출혈이 너무 심해 견디기 힘들었다.

"감히 네가 우리 주인님 앞에서 건방지게 지껄일 때 내가 얼마나 참았는지 아니?"

그녀는 혀를 차면서 뾰족한 굽의 끝으로 유영세의 왼쪽 귀를 찔렀다.

"으윽!"

비명이 터졌다. 그의 귀에 박힌 굽은 인정사정없이 이리저리 흔들렸다. 그러더니 마침내 그녀의 발이 그의 머리를 꽉 밟았다. 그 힘이 그의 귀를 완전히 짓이기며 가장 안쪽에 있는 여린 기관을 부순다. 바늘처럼 뾰족한 굽 사이로 검붉은 피가 흘러내렸다.

비명조차 지르지 못하고 부들부들 떨고 있는 그의 가슴을 다른 한 발로 꽉 밟으면서 미혜는 긴 머리칼을 다시 쓸어 올렸다.

"네놈 아가리를 찢어서 뒤집어 버리고 싶을 지경이었거든? 나는 깝죽대는 애들이 진짜 싫거든?"

문득 툭 하고 굵직한 핏방울이 그녀의 스커트 자락에 튀었다. 값비싼 크림색 정장에 불행히도 피가 묻고 말았다. 그녀는 피가 묻은 옷자락을 보며 혀를 찼다. 제법 큰 얼룩이라 잘 지워지지 않을 듯했다. 손톱으로 슬쩍 핏방울을 닦아냈지만 어림도 없다.

"아아, 이게 뭐야? 이 옷이 얼마짜린 줄 알아? 진짜 발렌티노란 말이야. 가게 주인이 일족도 아니어서 돈을 다 주고 사느라 내가 얼마나 배가 아팠는데."

타아아아앙—

다음 순간 미혜의 상체가 움찔했다.

요란하게 울리는 총성은 주차장 안을 쩌렁하게 울렸다. 보고만 있던 서가의 젊은이들이 입을 벌리며 항의했다.

"총이잖아!"

"총이라니! 말도 안 돼!"

미혜의 상반신이 붉은 피로 젖어들기 시작했다. 하지만 그녀의 눈빛은 고통은 커녕 오히려 흉광을 뿜어내고 있었다.

"이, 이게 뭐니?"

그 모습에 영세는 허탈해졌다. 마지막 일격이었는데.

조금이라도 틈을 만들어 반격하려 했던 최후의 수단이었다. 그의 손에 잡힌 38구경 리볼버가 허탈하게 빛났다. 원래 그 총은 민재를 대비한 무기였다. 마음대로 사람 몸을 조종하는 그에게 대항하기 위해 준비했던 것이다. 그런데 빗나가고 말았다.

"너, 지금 장난하니?"

그녀의 얼굴이 다시 일그러졌다.

총상으로 부서진 왼쪽 어깨가 천천히 복구되기 시작했다. 총알은 아예 관통해서 사라졌지만 가까이에서 맞았기에 상처는 더 크다. 피가 줄줄 흐르며 그녀가 자랑하던 옷을 적시기 시작하자, 미혜는 이를 부드득 갈았다.

"옷을 완전히 망가뜨렸잖아!"

콰직 하고 총을 쥔 영세의 손이 부러졌다. 손목까지 댕강 잘려져 나가 피를 뿜는 팔을 짓밟으며 미혜는 쓰러져 누운 그의 몸을 마구 짓밟기 시작했다. 처참한 비명이 울려 퍼졌다. 보고 있던 일족들 모두가 고개를 돌릴 정도로 그녀는 사납게 날뛰었다.

"죽어! 죽어! 죽어!"

날뛰는 그녀를 보다 못해 민재의 행동대 중 한 명이 입을 열었다.

"저, 비서님. 어서 작은 사장님을 찾지 않으면……."

미혜는 피범벅이 된 얼굴로 청년을 돌아보았다. 하얀 얼굴에 떠오른 무늬가 그로테스크했다. 호랑이 가면을 뒤집어쓴 것처럼 변한 얼굴이 꿈틀거렸다.

"짜증나게!"

그녀는 피로 얼룩진 손을 이리저리 털며 코를 쿵쿵댔다. 반쯤 죽어버린 영세가 꿈틀거리자 그 손등을 사뿐히 즈려밟으면서 그녀는 다시 걷기 시작했다.

멀리서 기척이 나고 있었다. 태경처럼 압도적인 존재감을 뿜는 존재가 인정사정없이 사나운 기운을 뿌리고 있다.

"죽었으면 안 되는데."

뒤엉킨 피 냄새를 맡으며 미혜는 미친 듯이 달리기 시작했다.

"으악!"

"맙소사!"

그녀는 물끄러미 발치를 내려다보았다.

피투성이가 된 태호가 쓰러져 있다가 비틀비틀 일어난다. 아니, 일어나려고 애를 쓰고 있다. 흙투성이에 엉망진창인 모습이었지만 그래도 죽진 않았다. 팔 하나, 다리 하나가 온전치 않지만.

봐준 건가. 미혜는 그렇게 생각하며 정면에 마주 선 명성을 바라보았다.

명성은 혼자였다. 여기저기서 쓰러져 있는 자들을 수습하느라 움직이는 자들이 부산했다. 이미 모든 일은 다 끝나고 악악대는 종정회의 노인네들이 등장해 있었다. 젊은 자들은 뒷정리를 하고 노인네들은 악악거린다.

그들을 싸그리 무시한 채 명성은 조용히 서 있었다.

시린 하얀 조명을 뒤로한 채 서 있는 그의 모습은 태호와 달리 티끌 하나 없이 깨끗한 모습이었다. 담배라도 하나 입에 물고 있다면 어딘가의 갱 영화에 나올 법한 장면이다.

잔뜩 패이고 엉망진창이 된 넓은 잔디밭에는 둥근 원이 생겨나 있었다. 하늘 위에 뜬 달도 둥글다. 광기와 피 냄새로 가득 찬 밤. 새까만 밤하늘로 둥실 떠오른 달이 유달리 노랗게 빛난다. 그 달빛 아래 흉흉한 몰골을 한 자들이 잔뜩 충혈된 눈으로 모여 있다. 아무도 입을 열지 않고 시선도 떼지 않고.

죽음처럼 조용한 침묵이 거북한 무게로 산 자들을 지켜본다.

"헉, 헉……."

태호의 거친 호흡이 피 거품과 뒤엉켰다. 한 팔로 찢어진 복부를 움켜쥔 채로 서 있는 그의 모습은 자못 처절했다. 하지만 모두가 침묵하고 있는 것은 그 모습이 처절해서가 아니었다. 이 자리에 있는 모두가 알고 있었다. 이것이 분쟁의 끝이라는 것을.

미혜 역시 끼어드는 대신 팔짱을 낀 채로 조용히 서 있었다.

"데려가겠어요."

미혜가 말했다. 침묵을 깨는 목소리가 생각보단 가벼웠다.

"안 돼."

명성 역시 가볍게 대답했다.

미혜는 그를 똑바로 바라보았다.

젊은 유씨 가문의 우두머리는 의외로 침착하고 조용했다. 그녀는 피에 미쳐 날뛰는 복수광을 상상했지만 멋지게 배반당했다.

그는 팔짱을 낀 상태로 비틀거리는 태호를 물끄러미 바라보고 있었다. 그녀가 나타나든 말든 신경 쓰지 않는다는 모습이라 기묘하다.

"아직까지 작은 도련님을 살려두시다니. 혹시 맛있는 건 제일 나중에 먹는 스타일이신가요?"

애교 서린 미혜의 말에 명성은 피식 웃었다. 무표정한 얼굴에 떠오른 표정은 무덤덤했다. 실제로 그는 담담한 기분이었다.

"글쎄."

태호의 눈은 몽롱했다.

피범벅이 된 모습은 아무리 보아도 정상이 아니었다. 두 다리로 서 있는 것만으로도 지쳐 보였다. 미혜가 턱짓을 하자, 뒤에 서 있던 호진이 재빨리 다가가 그를 부축했다. 순간, 그는 헉 소리를 냈다.

태호의 오른쪽 팔이 바닥으로 뚝 떨어진 것이다. 그뿐만이 아니다. 왼쪽 다리도 뚝 하니 떨어진다. 태호가 결국은 고꾸라지자 호진은 황급히 그의 몸을 부축하려 했다. 하나, 조금 늦었다. 다리와 팔 하나씩을 잃은 태호는 결국 쓰러졌다. 그래도 어떻게든 일어서려는 듯 부들부들 떨면서 기기 시작했다. 꿈틀거리는 모습이 벌레처럼 비참하다.

"여기서 저 팔 하나를 마저 자르면 어떨까."

명성이 무덤덤하게 말했다. 그 말투에 미혜는 피로 더럽혀진 손바닥을 스커트에 문지르며 대답했다.

"그럼 너무 보기 흉할 텐데요."

그녀의 대답에 명성은 피식 웃었다. 그는 태호가 바닥을 기는 모습을 물끄러미 보고만 있었다. 더 건드리려 하지도 않고 죽이려 하지도 않았다. 그저 관찰할 뿐.

미혜는 그제야 깨달았다. 명성이 보고 싶었던 것은 단순히 태호가 죽는 게 아니었다. 죽을 만큼 괴로워지는 것, 비참한 모습이 되는 것이었다.

자신의 내장을 질질 끌며 바닥을 기고 있는 태호의 모습은 정말로 참혹하다. 그 팔다리가 온전히 붙을 수 있을 거라곤 아무도 장담하지 못한다. 그럼 평생을 불구로 살아가야 할지도 모른다. 직계혈손이 불구인 경우는 여지껏 단 한 번도 없었다. 그것 자체가 수치였다.

거북한 침묵이 그 자리에 자리 잡았다. 모인 사람의 수는 수십 명을 헤아리는데도 누구 하나 소리를 내지 않았다. 그들은 그저 피범벅이 된 채 바닥을 기고 있는 태호의 모습을 지켜보고 있을 뿐이었다. 몇몇이 이를 드러내긴 했지만 주인을 방해하려는 간 큰 자들은 없었다.

"목숨만은 살려두실 건가요?"

미혜가 그 침묵을 못 이겨 물었다.

"왜 태경 형님이 안 오고 네가 온 거지?"

명성이 그녀를 흘긋 보며 물었다. 그녀는 고개를 내저었다.

"제가 좀 한가하거든요."

건방진 말투라고 몇몇이 분개하는 것이 보였다. 하지만 명성은 웃었다.

그는 드물게도 환한 얼굴로 쿡 하고 웃더니 턱짓을 했다.

"좋아, 데려가라."

미혜가 급히 턱짓을 하자 주춤거리고 있던 호진이 달려가 버둥대고 있는 태호를 안아 들었다. 아마 출혈 때문에 앞이 잘 보이지 않는지 태호는 호진이 부축하자 버둥대며 몸부림을 쳐댔다. 결국은 호진이 그의 목 뒤를 눌러 기절시켰다. 아직도 피가 줄줄 흐르고 있어 상태는 무척 심각해 보였다. 뒤이어 달려온 다른 청년이 태호의 팔다리를 황급히 집어 들었다.

"진짜 이걸로, 끝입니까?"

미혜는 침을 꿀꺽 삼켰다.

어쨌든 팔다리가 잘린 것은 재수가 좋으면 다시 되살릴 수도 있다. 기대에 어긋난 것을 기뻐해야 할지 슬퍼해야 할지 모르겠다.

"그래."

명성은 담백하게 인정했다.

"충분히 보고 싶은 꼴을 봤거든. 비장을 제거하고 콩팥도 하나 제거하고. 간도 반 정도는 잘라냈어. 아, 위장도 조금 잘라냈나. 손가락하고 발가락도 하나씩 떼어냈는데 아마 재생은 어려울걸."

명성은 고개를 갸웃했다.

"원래는 그 얼굴도 반 정도 갈아엎어 줄까 했는데."

명성이 웃었다.

"뭘 보고 싶었는데요?"

그녀가 일부러 도발적으로 물었지만 명성은 여전히 담담했다.

"상상에 맡기지. 데려가도 좋아."

그는 느긋한 어조로 말했다.

미혜는 의식을 잃은 태호를 돌아보았다. 어쩐지 그를 동정하고 싶은 생각이 들었다.

정연이 옮겨온 병원은 진국이 원장으로 있는 종합병원이었다.

신도시에 위치한 병원은 일족들이 연합으로 운영하는 것으로 인근에서는 제법 유명한 병원이 되어 있었다. 그곳에는 일족들만을 위한 별원이 따로 있었는데 유사 시에 사용하기 위한 곳이라 항상 비어 있었다. 급히 불려온 해민과 해정이 그녀의 옷을 갈아입히고 급히 더러워진 몸을 닦았다. 그들의 실수로 정연이 납치당한 것이나 다름없었기에 그녀들의 자책감은 더더욱 컸다.

 병원에 옮겨와 입원을 한 뒤에도 그녀의 상태는 나아지지 않았다.

 그녀의 전신에서는 연신 진땀이 흘러내렸다. 태경이 붙어 내내 치유력을 불어넣고 있는데도 상태는 달라지지 않는다. 분명히 진통제를 투여한 뒤라 아픔은 느끼지 못할 텐데도 몸 전체가 부들부들 떨려 보는 사람들 모두가 안달할 수밖에 없었다. 무엇보다 정연의 임신과 출산은 일족 사상 초유의 일이었기 때문에 사전 지식이라고는 아무것도 없었다. 실제로 진국은 그녀의 임신 사실을 안 이후 단 한숨도 자지 않고 연구에 골몰했다. 몇 번이나 그녀의 몸을 검사하고 수시로 체크했다. 만약 그가 일족이 아니었다면 분명 일찌감치 쓰러지는 쪽은 그였을 것이다.

 그녀의 몸을 안은 채 태경은 정신을 집중했다.

 변성 때와는 또 다른 상황이었다. 심박 소리가 점점 약해지는 게 느껴졌다. 아랫배에 몇 번이나 치유력을 불어넣고 자궁 속에서 자라고 있는 아기와 기운을 나누었다. 과연, 그의 아이답게 아기는 순조롭게 그의 기에 반응해 안정을 되찾고 있었다. 하지만 문제는 정연이다. 그녀의 자궁은 아이에 비해 지나치게 작았다. 아기는 워낙 강인해서 그가 보내주는 기운으로 간신히 버텨내고 있지만 그녀 내부의 장기는 팽창한 자궁을 견뎌내질 못하고 있었다. 따져 보면 그렇게 갑작스럽게 팽창하는 아기를 못 견디는 건 당연한 일인지도 모른다.
"언제까지 견딜 수 있지?"
태경은 그녀의 아랫배를 보면서 물었다.
"길어야 이틀 정도입니다."
옆에 서 있던 진국이 허연 얼굴로 대답했다. 당장이라도 꺼질 듯한 음성이었다.
그녀의 배는 십 분 전에 비해서 세 배는 커진 것처럼 보였다. 터질 듯 팽팽해진 복부는 이미 살이 트고 벌겋게 혈관이 터졌다. 일족의 여자였다면 있을 수 없는 일이었다. 아기의 성장에 맞추어 산모들의 몸도 자연스럽게 커지는 게 보통이다.
"대체 어떻게 된 거지? 예상보다도 훨씬 더 나쁜데."
태경의 목소리에는 고저가 없었다.
"벌써 1차 성장에 들어갔습니다."
"벌써? 시간이 있다고 했잖아?"
진국이 한숨을 삼키며 설명을 시작했다. 난데없는 말에 태경의 눈이 새파랗게 빛났지만 그는 신경 쓰지 못했다.
"변수가 있나 봅니다."
"변수?"
"너무 빨라요. 보통 아이보다 너무 빠른 성장을 보이고 있습니다. 그 성장을 사모님의 자궁이 따라가질 못하는 겁니다."
"그래서? 긴 것은 관두고 어떻게 해야 할지만 말해."
그가 짧게 명령하자 진국은 한숨을 내쉬었다. 그로서도 뭐라 설명할 수가 없었다.
아이는 너무 빨리 자라고 있었다. 벌써 2kg이 넘었다.

"제대로 된 변성이 아니었던 겁니다. 맨 처음, 변성의 각인을 한 것은 작은 사장님이시죠. 그리고 나서 사모님은 며칠간 방치되어 억지 변성을 겪었습니다. 그 시점에서 이미 빈사상태였을 겁니다."

"그런데?"

참을 수 없다는 듯이 태경이 잘라 물었다.

"그런데 그때 바로 종주님이 사모님을 변성했죠. 다른 경우와 달리 사모님의 변성은 보름이나 걸렸습니다. 그때는 백 년 만의 변성이라 주의 깊게 생각지 못했지만 아무리 생각해 봐도 종주님의 강대한 힘을 생각할 때 보름이나 걸렸다는 것 자체가 정상은 아니었던 겁니다. 그만큼 사모님께선 심각한 상태였다는 이야깁니다."

새삼스럽게 태경의 눈가에 시퍼런 빛이 스쳐 지나갔다.

진국은 자기도 모르게 한 걸음 뒤로 물러섰다. 살갗이 찢어질 듯 아팠다.

"그, 그러니까 보통 인간이라면 죽었을 겁니다. 그런데 사모님은 운이 좋았습니다. 상대가 종주님이었으니까요. 인간이든 일족이든 생명이란 신비한 겁니다. 죽어가던 육체가 강력한 새 힘을 느끼고 생존과 가장 밀접한 부분부터 호응했을 거라 추측합니다. 아마 심장, 뇌, 기타 장기(臟器), 그리고 뼈와 근육 등. 순차적으로 변성이 이루어졌을 겁니다. 그래서 오래 걸렸겠죠."

태경은 불룩하게 움직이고 있는 자신의 아이를 불쾌한 듯 바라보았다.

역시나 아이란 어미를 잡아먹고 자라나는 존재일 뿐이었다. 인간이기에, 정연이 인간이기에 이번에는 괜찮을 줄 알았다. 그런데 결과는 결국 마찬가지. 아기란, 어미를 잡아먹고 자라나는 악귀다.

"종주님!"

옆에 있던 민재가 재빨리 그의 어깨를 잡았다.

살기를 풀풀 풍기고 있던 그는 억지로 기운을 다잡았다. 치유력을 보내 몸을 안정화해야 하는 상황에 살기를 풍겨선 안 되는 법이다. 벌써 아비의 살의를 느꼈는지 뱃속의 태아가 이리저리 꿈틀거렸다.

점점 파랗게 질려가던 진국은 한숨을 삼키며 말했다.

"그런데 불행히도 미진한 부분이 생겨난 겁니다."

"미진한 부분?"

"완벽한 변성이 이루어지지 않았던 겁니다. 아니, 못했겠죠. 인간의 육체는 그렇게 강인하지 못하니까요. 죽었다 살아난다는 게 어디 그리 쉬운 일이겠습니까? 확인해 본 결과 사모님의 몸 중에서 폐의 일부와 자궁은 아직도 인간의 몸입니다."

그 말에 태경은 고개를 번쩍 들었다.

드물게도 담배를 피우고도 멀쩡하던 정연. 임신을 한 정연.

"그럼……."

그가 말을 잇지 못하자, 진국은 심각한 얼굴로 고개를 끄덕였다.

"네, 폐의 왼쪽 부분이 아직 완전한 상태가 아니고 자궁 역시 마찬가지입니다. 인간의 신체 기관 중에서 생존은 자궁은 생존에 필요불가결한 기관이 아니니까 변성이 미루어졌던 겁니다."

"하지만 그건 말이 안 돼! 인간은 어차피 일족의 아이를 갖지 못한다고."

태경이 평소와 달리 버럭 소리를 지르자 진국이 고개를 끄덕였다.

"맞습니다. 그러니 사모님이 임신을 한 것은 기적 중의 기적이죠. 변성 중에 자궁만이 멈춰진 것도 드문 일이고 직계이신 회장님이 변성한 사모님과 맺어졌다는 것도 기적입니다. 기본적으로 인간과 일족 사이에서는 아이가 태어나지 않으니까요."

두 가지 상황이 맞물려 일어난 기적.

"게다가 무슨 일인지 아이가 갑자기 자라났습니다. 1차 성장이 끝난 건데 이렇게나 크다니. 그 때문에 지금 자궁이 부담을 느끼고 있는 겁니다. 순차적인 성장이 아니라서."

그는 이마를 찌푸렸다.

힘을 써서 그런 걸까? 태아가 그의 힘 일부를 빌려 썼다. 그와 그녀가 이어진 끈을 따라 흐르던 힘이 그녀에게로 전이되던 그 기적 같은 순간을 태경도 느끼고 행복했다. 하지만 그것이 화근이었던 모양이다.

"상황은 알았다 치지. 좋아. 그럼 방법은?"

이를 악물고 태경이 억지로 묻자, 진국은 잠시 말을 고르는 듯 숨을 참았다.

뚝뚝.

링거병에서 수액이 떨어졌다. 지금 정연이 맞고 있는 것은 영양제와 진통제였다. 원래 마취가 잘 듣지 않는 터라 진통제를 다른 사람보다 십 수 배 강화해야 했다. 그러지 않고서는 그녀의 고통을 덜어줄 방법이 없다. 아마 산 채로 배가 찢어지는 것과 같은 고통을 느끼고 있으리라.

"방법이 없나?"

"그것이……."

대답을 못하는 진국의 얼굴을 보던 태경은 잘라 말했다.

"아기를 꺼내고 자궁을 적출해."

"회장님!"

진국은 입을 쩌억 벌렸다. 뒤에서 정연의 식은땀을 닦아주고 있던 해민은 저도 모르게 바닥에 털썩 주저앉고 말았다.

태경은 망설이지 않았다. 아니, 망설일 필요도 없었다. 그에게 중요한 것은 아기가 아니었다.

"길게 말하지 않겠다. 지금 당장 시술해."

그는 그렇게 말하고 벌떡 일어섰다.

그때였다.

"그건 안 될 말이야."

태경은 문가를 노려보았다.

어느새인지 아영이 서 있었다.

그녀는 평소처럼 소녀 같은 차림새가 아닌 고상한 귀부인처럼 단아하게 머리를 틀어 올린 채 보랏빛 투피스를 입고 있었다.

"나가세요."

태경이 잘라 명령했다. 그 말에 아영은 눈빛을 번뜩였다.

"아이를 그런 식으로 죽일 수는 없어."

그녀는 차갑게 말하면서 한 걸음 다가섰다. 번뜩이는 눈빛이 냉혹했다.

"그런 걸 결정하는 건 납니다. 어서 나가세요!"

태경이 잘라 말하자 아영은 고개를 저었다.

"아니, 그걸 결정짓는 것은 어미야."

"그녀는 지금 의식 불명입니다. 게다가 의식이 있다고 해도 죽어서라도 애를 낳겠다고 졸라대겠죠!"

"기다려. 네가 지금 격해 있어서 그래. 그녀에게 말 한마디 없이 아이를 없애면 그녀가 널 용서해 줄 것 같니?"

태경이 움찔했다. 그는 턱을 경직시켰지만 고개를 내저었다.

"방법이 없습니다."

"애를 그런 식으로 잃게 하지 마."

그녀는 아직도 흉터가 고스란히 남은 자신의 오른팔을 슬쩍 쓰다듬었다. 자신의 팔을 반 이상이나 먹어치웠던 광기. 손등서부터 팔꿈치까지는 송두리째 뼈까지 드러나는 중상이었다. 때문에 치유력과 재생력이 우수한 그녀로서도 흉터는 남았다. 광기와 과다출혈로 죽기 직전까지 몰려 본능만이 남았던 그 순간. 그 순간에도 아영은 태경을 물지 않았다.

"너는 어미 마음을 몰라."

"알고 싶지도 않습니다. 그리고 알게 하고 싶지도 않습니다."

태경이 잘라 말하는 순간, 아영은 그제야 그의 눈 속에 고스란히 남은 짙은 어둠을 발견했다. 너무 어두워 드러나지도 않은, 너무 깊어 보이지도 않았던 어둠이었다. 자기 제어가 너무 강해 아무도 몰랐던 어둠.

아영의 얼굴이 일그러졌다. 그녀는 순식간에 나이 먹은 얼굴이 되어 고개를 내저었다.

"애야."

"어머니를 내보내."

문가에 서 있던 민재는 참혹한 표정을 한 아영의 팔을 잡았다.

"태경아."

"산 채로 아이를 잡아먹어야 하는 어미의 마음 따위 알고 싶지 않습니다. 아이를 지키고 싶은데 아이를 잡아먹고야 마는 광기를 가진 어미의 마음을, 그녀가 알게 하고 싶지 않습니다. 변성했다고는 해도 그녀는 인간입니다."

아영은 민재에게 팔을 잡힌 채 석상처럼 굳었다.

자신보다 배는 큰 아들을 어떻게 해야 할지 그녀는 알지 못했다. 차갑고 사나운 아들은 그녀가 알지 못하는 존재였다.

태경의 입가가 슬쩍 위로 올라갔다. 차디찬 냉소였다.

"나는 두 명의 어미, 아니, 세 명의 어미를 보았습니다, 어머니."

그는 냉혹하게 그녀를 내려다보았다.

언제나 어쩔 수 없다는 듯 아영의 억지를 들어주던 착한 아들의 얼굴은 이미 없었다. 그가 칭칭 싸매고 있었던 사인(sign)들이 하나씩 벗겨져 나갔다.

이제 남은 것은 누구든 죽일 수 있다는 잔혹한 맹수의 얼굴. 그는 경멸에 찬 시선으로 자신을 바라보고 있는 일족들을 돌아보았다. 시선이 마주치자 진국은 물론이고 민재와 아영마저 고개를 돌려야 했다.

"한 명은 자신의 아기를 죽이고 싶지 않아 자신의 팔뚝을 씹어 삼키고 미쳤으며, 한 명은 자신의 아기를 씹어 삼키려다 제 손에 죽었습니다. 또 다른 한 명은, 아기를 먹어치우고 남편 손에 죽었습니다. 그게 이 서씨 집안의 혈통입니다. 저주받은 더러운 혈통."

그는 피식 웃으면서 누워 있는 정연을 바라보았다.

창백하고 흰 그녀의 얼굴. 동화 속의 백설공주만큼이나 흰 얼굴.

"겨우 손에 쥔 여자입니다. 애새끼 하나 낳자고 잃을 것 같습니까? 그 저주받은 혈통을 지키자고 내 여자를 희생시킬 마음은 추호도 없습니다."

송곳니가 드러났다. 짐승의 얼굴. 절대로 정연에게는 보여주지 않을 진실한 얼굴. 짐승의 왕.

이글거리는 푸른 눈빛이 시린 칼날처럼 은빛으로 화했다. 그 눈빛에 질린 아영이 뒷걸음질치자, 곧 그는 기운을 가라앉혔다. 쇠약해진 정연에게 살벌한 기운은 좋지 않다. 그는 기세를 드러낸 것만큼이나 가라앉히는 것도 빨랐다.

"하지만 애야, 나는 너를 배고 너무나 기뻤다. 너는 내가 희생했다고 생각하는지 몰라도 나는 그런 게 아니었어. 네가 아니면 난 살고 싶지 않았으니까."

"그건 고맙군요."

태경이 잘라 말했다. 지금 그에게는 그 말이 가슴에 와 닿지 않았다.

"그렇게 말하지 마라. 나는 내 아이를 다치지 않게 했다는 것만을 유일한 자랑으로 삼고 살아왔으니까."

아영은 잔뜩 갈라진 음성으로 말했다.

"지금 보면, 그것도 아닌 것 같지만."

지독하게 피곤해 보이는 그 얼굴을 보며 태경의 칼날이 조용히 가라앉았다.

"사랑하는 사람의 아이를 낳는 그 기쁨을 저 아이에게서 빼앗을 셈이니?"

그녀가 애원하듯 말했지만 그는 단호했다.

"아무래도 상관없습니다. 이제 시간이 없으니까요."

"아니야. 방법은 있다."

아영이 다급히 말했다.

"그럴 리가."

"아니야! 내 말을 들어봐!"

아영은 누워 있는 정연의 옆으로 다가갔다. 그것을 막으려다가 민재는 관두었다. 어쨌든 아영은 정연을 해칠 사람은 아니었다.

"변성이 잘되지 않았다면 다시 변성을 시키면 되는 거다. 안 그래?"

"지금 변성을 시키기에는 늦었습니다."

태경이 잘라 말하자, 아영의 시선이 진국에게 닿았다.

"아니, 내 말은 너 말고 태호를 부르자는 거다."

태경의 눈썹이 치켜 올라갔다. 지금 이 자리에서 태호를 본다면 도저히 이성을 유지할 수 없을 것만 같았다. 그는 절대로 태호를 용서하지 못할 것이다. 이런 위기를 그녀가 맞이한 것도 결국은 태호 때문이 아닌가.

"원래 시작이 태호였어. 완벽한 변성이 안 된 이유도 어쩌면 거기에 있을지도 몰라. 태호의 기운이 그녀에게 남아 있는 거야. 그래서 완전한 변성이 안 된 거지. 태호가 마무리를 하면 돼."

"그런, 말도 안 되는……!"

태경이 막 반발하려는 순간, 진국이 나섰다.

"가능성이 있습니다."

태경의 칼날 같은 시선이 그에게 들어가 박혔다. 진국이 움찔하면서도 말을 이었다.

"작은 사장님의 기운으로 조금은 여유가 생길 가능성이 큽니다. 어쨌거나 최초의 각인은 작은 사장님이었고 그 각인으로 인해 모든 것이 시작되었으니까요. 그러니까 다시 시작하는 겁니다."

"다시?"

태경의 얼굴은 다시 무표정해졌다. 그는 잠시 정연의 얼굴을 내려다보았다.

그의 가슴속에서 시뻘건 불길이 타올랐다. 태호를 생각하자 점점 그 불길이 검붉게 변한다. 시커멓게 타오르는 불길은 집요하게 힘을 더하며 커져만 갔다.

'빌어먹을.'

몇 번이고 그녀에게 손댄 태호를 생각하면 고요했던 마음이 들불처럼 일어나 심장을 태운다. 변성을 하려면, 맨살이 닿아야 한다. 거기다가 자궁이면 아랫배.

그는 그녀의 맨살을 태호에게 보게 하고 싶지도 않았고, 만지게 하고 싶지도 않았다. 태호가 그녀를 만진다 생각하는 것만으로도 치가 떨렸다. 절로 살의가 솟아오른다. 이성적으로는 참을 수 있을 것 같지만 참고 싶지도 않다. 자기를 억제하는 것도 정도가 있다.

우드득—

주먹을 거머쥐자 소리가 났다.

"잠시, 아가씨를 깨우는 게 어떨까요?"

잠자코 있던 해민이 조용히 물었다.

"왜?"

"아이를 포기하는 것도 결국은 아가씨의 선택입니다. 아가씨의 선택에 따르는 게 옳지 않겠습니까? 변성의 고통을 이겨내신 분입니다."

그녀의 말에 태경은 침묵했다.

이 작고도 약한 몸 안에 있는 의지가 얼마나 강한지 그는 잘 알고 있었다. 하지만 그 의지가 힘을 발휘한다는 것은 그만큼 고통이 크다는 의미였다. 그는 그녀를 아프게 하고 싶지 않았다.

"그냥 그대로 해. 아이는 필요없어."

"안 돼!"

아영이 소리쳤다.

"네 멋대로 하지 마! 이 아이의 몸이야! 그건 그 애의 권리라고! 네 멋대로 해서는 안 돼!"

"어차피 변성을 한 것도 내 의지였습니다!"

태경이 마주 외쳤다.

"알겠습니까? 내 심정을? 그녀를 변성한 것은 제 자신이었습니다. 그냥 인간으로서 죽게 놔둘 수도 있는 일을 제 이기심으로 변성시켰습니다! 변성이 얼마나 고통스러운 것인지 저는 두 눈으로 똑똑히 봤습니다. 거기에 아이까지 임신시켰지요! 약한 몸인데도!"

그는 이글거리는 눈으로 아영을 쏘아보았다.

"하지만……."

그녀가 떨든 말든 신경 쓰지 않고 그는 고개를 돌려서 정연의 배를 노려보았다.

"네가 내 자식이라면 내 기분을 알 거다. 어미를 위해 얌전히 죽어다오."

그는 정말로 그녀의 배에 손을 대고 그렇게 말했다.

소름이 끼치는 행동이었다. 보고 있던 진국은 그의 행동에 그저 넋을 잃은 채 부들부들 떨었다. 아영은 바닥에 주저앉은 채 멍하니 입술을 깨물고만 있었다.
"종주님."
그런 태경의 어깨에 손을 댄 것은 의외로 해민이었다.
"안 됩니다."
"건방지게!"
차가운 눈빛에 그녀는 시퍼렇게 질린 채 휘청거렸다.
"아가씨는 약하지 않아요! 이대로 아이를 죽인다면, 아가씨는 회장님을 절대로 용서하지 않을 겁니다."
"하지만 그녀는 자신이 죽는다 해도 아이를 포기하지 않을 거야."
잠시 망설이던 태경은 조용히 말했다. 기운을 억눌렀는지 기세가 죽긴 했지만 여전히 살벌한 여운이 고스란히 남아 있다.
"그녀는 병든 어머니를 위해 자신을 희생했어. 그런 여자라고."
"아가씨를 믿으세요."
해민은 애써 온화하게 말하며 태경의 팔을 잡았다.
믿으라고? 그는 잠시 이를 악물었다. 터질 듯 뛰는 심장이 아려왔다. 하지만 그녀가 겪을 고통이 너무 크다. 그냥 슬쩍 힘을 주어 태아를 죽여 버리면 그녀는 살아날 수 있는데. 굳이 그런 위험을 감수해야 할까?
바로 그때 그녀의 배가 꿈틀 움직였다. 안에 있는 태아가 반항이라도 하듯 얇은 그녀의 뱃속에서 요동쳤다.
"태경 씨."
작은 소리였다. 신음 소리처럼 작은 소리였지만 태경은 알아들었다. 그는 재빨리 정연의 손을 잡으며 고개를 숙였다.

"정연아."

"아, 아이는……."

간신히 눈을 뜬 그녀가 작은 소리로 입을 열었다. 고통에 몸부림친 탓인지 실핏줄이 터진 눈 안쪽이 붉었다.

"아이를 꺼내지 않으면 넌 죽어."

태경이 작게 말했다. 위협하는 것 같은 어조였지만 그녀는 흔들리지 않았다.

"안 돼."

그녀는 몽롱한 시선으로 태경을 바라보았다.

"안 돼요. 아이는 안 돼요."

태경의 눈이 커졌다.

"그 애가, 나를 지켜주었어요. 나랑 있어 좋다고 했어요. 나와 함께 있어서 좋다고."

그녀의 눈에서 눈물이 뚝 떨어졌다.

"당신의 아이, 내 아이."

눈물이 고여 다시 떨어진다. 눈물로 얼룩진 베개.

"그러니까, 나는 견딜 거예요. 이제, 잃는 것은 싫어. 죽는 것도 싫고."

"네가 죽는다잖아! 네가 죽는다고!"

태경이 그녀의 어깨를 잡은 채 소리쳤다. 그는 이를 갈면서 소리쳤다.

"나는 널 잃을 수 없어! 애새끼 따윈 필요없어!"

사납게 흔들리는 그의 눈을 마주 보며 그녀는 웃었다.

그녀는 태경이 그렇게 침착성을 잃고 소리치는 것은 처음 보았다. 항상 조용한 남자답지 않은 무시무시한 고함 소리였다. 유리

창까지 뒤흔들리는 엄청난 고성. 아아, 이상하게도 행복하네.
〈맞아.〉
그녀 안의 야수가 최초로 동의했다.
"사랑해요."
〈사랑해.〉
야수가 말했다. 어린애처럼 순진한 목소리로 야수가 고백했다.
"당신을 너무나 사랑해."
〈사랑해. 너무나 사랑해.〉
태경의 눈 안에 낯선 것이 보였다. 그의 눈이 붉어지고 곧이어 말간 물이 고였다.
난생처음 보는 짐승의 눈물. 너무나 가지고 싶었던 그의 마음. 이렇게나 온전히 그 마음을 느껴본 것은 처음이었다. 황홀하도록 기쁘다.
〈아파. 아파서 죽을 거 같아. 그래도 참을래. 널 위해 참는 거야. 나도 갖고 싶은 게 생겼으니까 절대로 놓치고 싶지 않아.〉
정연은 작게 웃었다. 이제야 겨우 야수와 같은 말을 하게 되었다. 야수와 같은 마음이 되었다. 역시나 몸도 마음도 모두 짐승이 되어가는 걸까. 그런데도 싫지 않았다. 분명히 뱃속의 아이는 유가의 내가에서 보았던 피에 굶주린 짐승일지도 모른다. 그럼에도 불구하고 이 순간, 뛰는 심장과 같이 하는 이 아이는 소중했다.
태경의 손바닥이 얼굴을 감쌌다. 눈물로 젖은 탓에 그의 손 안이 금세 축축해졌다.
"괜찮아요."
그녀가 조용히 말했다.
"거짓말."

태경의 눈이 사납게 빛나는 것을 보면서도 그녀는 웃었다. 어쩐지 여유가 생기는 기분이었다. 어차피 한 번 죽었던 몸이다. 변성보다 아프진 않을 테지.

"괜찮아요. 정말로."

그녀는 태경을 바라보며 미소 지었다.

그의 얼굴은 지금 우는 것인지 웃는 것인지 알 수 없는 기묘한 표정이 되어 있었다. 그토록 침착하고 카리스마가 넘치던 남자는 어디로 간 걸까. 어린애처럼 일그러진 얼굴을 하고 있다니.

"방법이 있다면 뭐든 해볼래요."

그녀는 조용히 말하며 눈을 감았다.

이제 점점 시야가 흐려지고 있었다. 태경이 우는 것 같았지만 점점 의식 너머로 넘어가 버렸다. 오히려 행복한 기분이 들었다. 이대로 죽어도 괜찮겠다는 생각마저 든다. 짐승이라도 괜찮다. 같이 짐승이 되자. 어차피 한꺼풀 벗기면 인간도 짐승. 아니, 진짜 짐승은 눈물을 흘리지 않는다. 태경은 짐승이 아니다.

'미안.'

그녀는 속으로 사과했다.

얘야. 흐려지는 정신을 억지로 다잡으며 그녀는 말을 걸어보았다.

너는 특이한 늑대니까, 보통 아이가 아니니까 혹시 내 말을 들을지도 몰라.

꿈틀거리는 느낌이 조금 잦아들었다.

조금만 기다려 줘. 어떻게든 해볼 테니까 조금만 참아주렴.

그녀는 속삭였다.

네가 있어 행복하단다. 내 사랑스런 늑대. 날 지켜줘서 고마워.

이렇게 약해 빠진 엄마라 미안해.

  어쩐지 조금씩 차분해지는 것 같아 그녀는 안도했다. 아픔은 점점 잦아들고 있었다. 그래, 우리 아이는 영리하기도 하지. 엄마 말을 잘 알아듣나 봐.

  엄마, 우리 아이를 구해줘. 이 못돼먹은 딸을 용서하고 엄마 손자 좀 봐줘.

  그녀는 기도했다.

  엄마에게, 세상의 모든 신들에게 머리를 조아리고 기도했다. 신은 한 번도 그녀의 기도를 들어준 적이 없었지만 이번에야말로 모든 운을 걸고 누군가 들어주길 애원했다.

33
희생

빛 바랜 사진첩처럼 풍경이 바뀌었다. 세피아색 하늘이 유달리 선명하다.

그녀는 혼자 서 있었다. 아니, 혼자는 아니었다. 이유는 모르겠지만 송아지처럼 큰 개 한 마리와 함께 서 있었다. 가없이 펼쳐진 지평선은 광활한 만큼 적막했다. 그녀는 손에 쥐어진 개의 목줄을 끌고 천천히 걸었다. 개는 엄청나게 컸지만 머리가 없었다. 검붉게 얼룩진 목덜미 주변으로 아직도 피가 흐른다. 정연은 뚝뚝 떨어지는 핏덩이와 함께 걸었다.

"아프니?"

개에게 물었지만 대답은 없다. 정연은 멍하니 하늘을 올려다보았다. 하늘은 구름 한 점 없이 맑았지만 어둡다.

어느새인가 차 한 대가 천천히 다가왔다. 영구차처럼 새까맣고 커다란 차였다. 그녀 앞에서 차 문이 열리자, 차 안에 앉아 있는 두 사람이 보였다. 흰 옷을 입은 엄마가 조용히 앉아 있었다.

"엄마."

엄마는 대답하지 않았다. 그녀가 어릴 적 보았던 곱고 단장한 얼굴을 하고 있었다. 하얗고 고상해 보이는 손가락이 정연의 뺨을 훑었다. 차갑지만 부드럽다. 그녀는 소녀처럼 웃었다. 그러자 엄마도 마주 웃었다.

"나도 갈래."

정연이 차에 타려 하자 문득 누군가가 막아섰다. 차 문을 쥐고 있는 것은 커다란 체격을 한 남자였다. 체크무늬 남방이 유달리 선명한 그가 고개를 저으며 그녀를 밀쳤다.

"아빠?"

여전히 젊은 아빠는 건강한 웃음을 머금은 채 손을 내밀었다. 정연이 매달리려 손을 뻗었지만 아빠는 정중하게 그녀를 밀쳐 내고 대신 그녀 손 안에 있던 개의 목줄을 잡아챘다.

"아빠! 나도 가요!"

목이 잘린 개가 차 안으로 들어가자 차 문이 닫혔다. 엄마는 고개를 돌린 채 그녀를 바라보지 않는다. 아빠 역시 차 안에 올라탄 채 외면했다. 정연은 차 문을 두드리며 애원했다.

"엄마! 아빠! 나도 데려가요! 제발! 나도 같이 가!"

울음이 터져 나왔다. 눈물이 흘러 옷깃을 적셨다. 손이 부서져라 차 문을 두드렸지만 검은 차는 그저 스쳐 갈 뿐이다.

"엄마! 아빠!"

그녀는 너무나 슬펐다. 부모님의 꿈을 꾼 것은 정말로 오랜만이었다. 이대로 헤어지고 싶지 않았다. 같이 있고 싶었다. 찢어질 것처럼 아픈 가슴을 부여잡고 그녀는 애원했다.

"엄마! 엄마!"

아무리 울부짖어도 부모를 태운 차량은 지평선 너머로 흐르듯 사라져 버렸다.

"엄마! 아빠!"

계속 흐르는 눈물을 기다란 손가락을 훑었다. 마디가 굵은 남자의 손이지만 행위만은 부드러웠다.

"왜 우는 거지?"

그가 조용히 물었다.

"아파?"

눈을 감은 채 눈물만 흘리고 있는 정연을 보며 태경은 작게 물었다.

어떤 꿈을 꾸고 있는지 궁금했다. 그녀의 심연을 들여다보고 싶은 충동이 문득 일어났지만 그것만은 삼갔다. 아직 해야 할 일이 너무 많았다.

띠띠—

심장 박동을 알리는 전자음이 규칙적으로 새어나왔다. 청력이 예민한 일족으로서는 괴로운 소리였다. 그뿐만이 아니었다. 병원에서 필연적으로 흘러나오는 소독약 냄새는 그들의 후각을 마비시키곤 했다.

차가운 물수건을 태경에게 건네고 있던 해민이 문득 고개를 들었다. 노크 소리가 들렸던 것이다. 들어선 것은 휠체어를 탄 태호와 미혜였다. 지친 기색이 역력한 진국도 함께였다. 온몸을 붕대로 칭칭 감고 깁스까지 하고 있는 태호의 얼굴은 창백하다 못해 파리했다. 치료 받은 지 하루도 채 지나지 않았다. 아무리 튼튼한 것이 자랑인 일족이라 해도 태호의 상태는 앉아 있는 것만으로도 무리였다. 더욱이 다리는 살릴 수 있었지만 오른팔은 조금 어려울 지도 모른다는 진단이 내려졌다. 내장도 온전한 곳이 없다. 명성이 철저히 계산해 내놓은 그의 상처는 절대 단시일에 나을 것이 아니었다. 아니, 세월이 흐른다 해서 나을 상처도 아니었다.

"뭐야?"

병실에 들어서자마자 태호는 태경을 쏘아보며 엉덩이를 들썩거렸다. 그의 얼굴에 떠오른 사나운 표정에 지친 주치의가 한숨을 내쉬었다.

"움직이지 않는 게 좋아요."

진국은 한숨을 삼키면서 충고했다.

성미 급한 태호는 휠체어에 앉으려 하지 않아서 결국은 미혜가 반 강제로 위협해 앉힐 수밖에 없었다. 사지가 완벽하게 붙은 것이 아니다. 그저 붕대로 둘둘 감아 고정하고 있는 중이었다. 아무리 튼튼한 일족이라 해도 떨어져 나간 팔다리가 쉽게 붙을 수는 없다.

태호는 붕대를 머리에 감은 채 태경을 올려다보았다. 태경은 무덤덤한 표정 그대로였지만 태호의 눈에는 곱게 보이지 않았다. 아니, 그럴 수가 없었다.

"형은 날 버렸어."

그는 일그러진 얼굴로 툭 내뱉었다.

"다른 사람도 아닌 형이 날 버렸다고."

그가 이를 드러내며 태경을 노려보자, 옆에 있던 미혜가 혀를 찼다.

"내가 데려왔잖아요? 버리긴 뭘 버려요?"

† 417 †

그녀는 기가 막힌다는 듯 투덜거렸다. 어느새 새로운 옷으로 갈아입은 그녀는 짙은 청록색 블라우스 차림이었다. 싸움을 한 흔적은 남아 있지도 않다.

"날 외면했다구!"

태호가 악을 지르듯 외쳤다. 그는 주먹을 쥐고는 다시 태경에게로 시선을 돌렸다.

하얀 연기가 실처럼 공중을 타고 올라간다.

담배를 천천히 입에 문 태경은 그 연기의 움직임에 시선을 고정하고 있었다. 말할 필요도 없다는 그 태도에 태호는 뭐라 말할 수 없는 기분을 맛보았다. 다른 사람은 몰라도 태경이 그래선 안 되었다. 그는 태호에게 있어 부모와도 같은 존재였다. 아니, 부모보다도 더한 존재였다. 갑자기 딛고 있는 땅바닥이 빙빙 돌았다. 뭔가가 와르르 무너지는 소리가 들린다.

"비, 빌어먹을!"

그가 온전한 팔로 사납게 머리를 쓸어 올리자 보고 있던 미혜가 혀를 차며 다시 끼어들었다.

"다시 설명할까요, 작은 도련님?"

"시끄러!"

"현실을 외면하지 말라고요. 이제 유가와의 분쟁은 깨끗이 끝났어요. 그쪽 종주님도 그렇게 선언했고요. 그러니까 다 잘된 거예요."

"잘되긴 뭐가 잘돼?"

태호가 버럭 소리를 지르자 미혜는 한숨을 내쉬었다.

"어린애처럼 징징거리지 말고 어른답게 굴라고요. 다시 설명해요?"

"닥치라니까!"

그가 소리 지르며 맞고 있던 링거병을 내던졌다.

"누가 이런 빌어먹을 곳에 있고 싶대? 내 팔다리가 떨어져 나갈 동안 형은 뭘 했어? 내가 불러도 왜 오지 않은 거야? 어째서? 왜!"

그가 태경에게 다가가 멱살을 쥐자, 그제야 태경의 시선이 그에게로 향했다.

"조금만 일찍 왔어도 나는 이 모양이 되지 않았을 거야! 왜 형이 안 오고 미혜 년이 온 거야? 왜!"

두 형제는 나란히 시선을 마주했다.

검고 깊은 눈동자와 마주친 태호는 저도 모르게 흠칫했다.

"다시 말하지만 지금 정연이 몸이 좋지 않아. 네가 그녀에게 다시 한 번 힘을 써보도록 해라."

"뭐?"

담담한 어조였지만 태호는 속지 않았다.

태경의 얼굴에 떠오른 감정의 골은 얕지 않았다. 난생처음 보는 은빛이 감도는 눈동자에 태호는 멱살을 쥔 손을 놓고 뒷걸음질쳤다. 섬뜩한 기운이 그의 가슴 언저리를 뚫고 지나갔다.

"그녀의 생명이 위독하다."

태경은 여전히 담담한 목소리로 그렇게 고했다.

태호는 혼란스러운 표정으로 형을 올려다보았다. 이 눈앞에 서 있는 낯선 남자는 그의 형이 아닌 것만 같았다.

대꾸도 없이 멍하니 자신을 올려다보는 태호를 보면서 태경은 조용히 명령했다.

"봐라."

하얀 병원 침대 위에 혈색 하나 없는 정연이 누워 있었다.

의식을 잃은 듯 꼼짝도 하지 않는 그녀의 모습과 석상처럼 굳은 채 앉아 있는 태경의 모습을 번갈아 보면서 태호는 입을 벌렸다. 정색을 하고 있는 진국의 얼굴 역시 병원의 담벼락만큼이나 굳어 있었다.

"대체 정연이가 왜 이래?"

대답해 주는 사람은 아무도 없었다.

"대체 어떻게 된 거야? 정연이 왜 이런 상태지?"

우득. 다시 한 번 태경의 주먹이 소리를 냈다. 그 모습에 놀란 태호가 뭐라 말하기도 전에 미혜가 끼어들었다.

"이제 작은 사장님도 형수님이라 불러야지요."

"형수?"

그의 얼굴이 와락 일그러졌다.

"두 분이 결혼하신다는 이야기죠. 게다가 덧붙여 사모님의 뱃속에는 아기님도 있고요."

태경의 뒤에 서 있던 민재가 재빨리 끼어들었다.

"뭐야?"

버럭 소리를 지르는 태호를 보고 태경이 짧게 말했다.

"시끄럽다."

"어, 어떻게 이럴 수가 있어? 이건 배신이야!"

그는 길어진 머리칼을 거칠게 쓸어 올리며 소리쳤다.

"원래 정연이는 내 것이었단 말이야! 내가 변성했어! 내가 각인했다고!"

이를 드러내며 소리를 지르는 그를 향해 태경은 차가운 시선을 던졌다.

"그럼, 있을 때 잘하든지."

"이익!"

"사람을 위협하다가 말 안 듣는다고 물어뜯고 도망간 녀석이 무슨 할 말이 있지?"

"도망간 게 아니야!"

태호가 마주 소리치자 병실이 짜르르 울렸다. 보다 못한 진국이 끼어들었다.

"저기, 일단 진정하시고 어서 시작하지요."

"뭘 시작해?"

태호가 바락 소리치자, 그 순간 태경의 손이 날아갔다.

철썩. 태호는 눈을 부릅떴다. 자주 얻어맞기는 했지만 뺨을 맞은 적은 처음이었다. 차라리 주먹으로 얻어맞는 게 낫지, 뺨을 맞는 것은 모욕적이었다.

벌겋게 달아오른 뺨을 움켜쥐고 그는 태경을 노려보았다.

"형, 지금, 날 친 거야?"

"쳤다. 머리를 식히고 이야기를 들어."

냉엄한 표정 속에 비친 살의에 태호는 흠칫했다. 지금까지 태경은 태호가 어떤 일을 벌이더라도 살의를 비친 적은 없었다. 그저 화를 내서 두들기는 것이 전부였다.

"형……."

"전에도 말했지만, 네가 정연이를 변성, 각인시킨 것은 맞다. 하지만 그때 네가 방치한 시간이 너무 길어서……."

그는 말을 끊었다. 그 말을 한다는 것이 너무나 고통스러웠다.

변성이 얼마나 괴로웠던가. 그 고통을 참고 다시 태어난 정연이었다. 그 고통을 이기고 버텨낸 변성이 온전한 것이 아니라니.

"무리가 생겼다."

그는 간신히 그렇게 말하고는 시선을 창가로 돌렸다.

계속 태호를 보다간 이 자리에서 죽여 버릴 것만 같았다. 동생을 이렇게나 미워해 보기는 난생처음이었다. 그는 미간을 손가락으로 누르면서 의자에서 일어나 창가로 가 앉았다.

"무리가 생겨? 그게 무슨 말이야? 변성을 했으면 그걸로 그만 아니야?"

태호가 의문을 품고 태경의 뒷모습을 보다가 새삼 생각났다는 듯 주변에 선 사람들에게로 시선을 돌렸다. 뺨에 선명하게 남은 손자국이 우습긴 했지만 아무도 웃는 사람은 없었다. 그만큼 상황이 심각했기 때문이다.

"방치한 시간이 얼마나 됩니까?"

진국이 다그치듯 물었다.

"뭐?"

"각인해 놓고 방치한 시간이 얼마나 되느냐고요."

다시 묻는 민재의 말에 그는 얼굴을 팍 찡그렸다.

"몰라."

"제 생각에는 집안 상태를 봐서 적어도 사나흘은 지난 것 같았습니다만 정확한 날짜를 기억하십니까?"

"기억나지 않아."

태호의 말에 민재는 혀를 찼다. 그 태도에 그가 막 발끈하려는 순간, 진국이 한숨을 내쉬었다.

"보통 사람이라면 하루면 죽습니다. 거의 기적이었군요."

그 말에 태호도 찔끔했다.

"자세한 이야기는 오면서 들으셨을 겁니다. 그러니까 지금 곧 시작합시다. 시간이 없습니다."

"듣긴 뭘 들어? 뭘 어떻게 시작하라는 거지?"

태호가 눈을 감고 있는 정연의 얼굴에 손을 뻗어 쓰다듬었다.

"임신 중이십니다."

민재가 태경이 그 광경을 보기 전에 막아야 한다는 생각으로 태호의 손을 치웠다.

"시끄러, 말도 안 되는 소리를 지껄이지 마! 어떻게 인간여자가 임신을 한다는 거야? 이 여자를 데려가고 싶어서 거짓말을 하는 거지?"

발끈하는 태호에게 진국은 한숨을 푹푹 내쉬면서 정연의 상태를 간략하게 설명하기 시작했다. 그러나 몇 번이고 반복해 설명했지만 태호는 믿기 힘들다는 표정이었다.

"말도 안 돼."

"배를 보십시오."

혀를 차면서 민재가 태호를 노려보았다. 고집쟁이 어린애를 상대하는 기분이었다.

"정말 배가 나왔네? 너무 먹은 거 아냐?"

태호가 미심쩍다는 듯이 중얼거리자 가만히 있던 태경이 마침내 입을 열었다.

"시끄럽다."

강철처럼 굳은 얼굴빛을 보면서 민재는 숨을 삼켰다. 건드리기만 하면 폭발할 기세였다.

"그녀는 임신했어. 그리고 너의 과오로 그녀는 지금 위험하다. 모든 것은 서 박사 말대로야."

"형!"

태호가 그를 쏘아보았다.

항의하는 그를 무시하고 태경이 다시 명령했다.

"시작해."

"형, 이러는 게 아니야! 나한테 너무하는 거 아니야?"

태호가 바락바락 외쳤지만 말이 이어지지는 않았다. 태경의 손이 그의 멱살을 잡아 뒤틀었던 것이다. 갑자기 목이 졸린 그는 눈을 부릅뜬 채로 공중에 떠서 버둥거렸다.

"길게 말하게 하지 마라. 그녀는 지금 위험해. 두 번이나 그녀를 방치할 셈이야?"

벌겋게 된 태호의 얼굴이 굳어졌다.

"너도 정연이를 사랑한다고 했지? 그럼 그녀를 살려내. 그렇게 한다면 네 마음을 믿어주지."

"형!"

"이건 기회라는 걸 명심해."

"기회?"

"네 잘못을 만회할 기회."

태호는 입을 벌린 채 멍하니 그를 올려다보았다. 너무도 낯설었다. 아무리 봐도 평소의 형과는 거리가 먼 태도였다.

태경은 그런 그를 놔주고는 진국에게 턱짓했다.

조용히 서 있던 진국은 한 걸음 나서서 태호에게 설명을 시작했다.

"그럼 작은 사장님, 기운을 집중해 주시고 마음을 가라앉히도록 하십시오. 치유력을 남에게 전달하는 것은 해본 적 있으시죠?"

"없어."

목을 쓰다듬으며 불퉁하게 태호가 대답했다.

"치유력을 사모님의 아랫배에 천천히 내뿜는 겁니다. 절대로 과격한 기운을 보내시면 안 됩니다. 그만큼 쇠약해 있으니까요."

누워 있는 정연의 배를 향해 진국이 손을 젓는 시늉을 해보이자 태호는 복잡한 표정으로 고개를 끄덕였다. 그의 시선은 불룩하게 올라와 있는 그녀의 배를 보고 있었다. 잠깐 사이에 이렇게나 배가 커지다니. 임신이라고?

그는 형 태경이 미웠다. 정말로 믿어지지 않았다. 뒤통수를 맞은 기분이었다. 사실 인간과 결혼한다니, 있을 수도 없는 일 아닌가. 형은 종주답게 혈통 좋은 계집애와 결혼해야 했다. 그래서 집안을 이어가야 하는 것 아닌가. 보잘것없는 인간여자 따위를 왜 변성까지 해가면서 이 난리를 치는 걸까. 게다가 여자에 미쳐서 친동생인 자신까지도 저버렸다.

그는 심사가 잔뜩 꼬인 채 일부러 노골적으로 그녀의 옷깃을 헤치고 배에 손을 얹었다. 그녀의 배는 뻘겋게 살이 터 있었다. 이런 광경이 처음인지라 그는 왜 배만 이 모양인가 싶어 뚫어져라 바라보다가 재촉에 못 이겨 천천히 치유력을 손바닥에 집중시켰다.

'아이.'

형과 정연의 아이.

그는 점점 이를 악물었다. 그는 정연을 사랑했다. 그녀가 마음을 돌려 자신을 바라보길 기원했다. 비록 미움을 받고는 있지만 그의 진심을 언젠가는 그녀가 알아주리라 생각했었다. 그런데 그녀는 아이까지 가졌다.

음습한 마음이 그의 가슴속에 흘러들어 왔다. 이 아이가 잘못되면 정연은 태경의 아내가 될 수 없을지도 모른다. 태경은 아이를 못 낳는 여자와는 결혼할 수 없다. 종주니까. 그는 태경이 어떤 마음을 가지고 있는지 몰랐다. 그가 아는 태경은 언제나 책임감 넘치는 종주 그 자체였으니까.

"작은 사장님."

낮은 소리로 그의 어깨를 누군가가 툭 건드렸다.

그 말에 놀란 태호가 고개를 돌리니 얄밉게도 민재가 그를 노려보고 있었다. 마치 그의 마음속을 꿰뚫어 본 것처럼 얼음처럼 찬 눈길이었다.

"조금이라도 거센 기운이 몰아치면 변성이 불가능하다는 것 아십니까?"

속으로 혀를 차면서 태호는 애써 마음을 돌렸다. 어느새 손바닥이 달아올랐다. 치유력을 이런 식으로 집중해 본 적이 없어서 쉽게 흐트러지고 만다. 원래 치유력이라는 게 자가 치유를 위한 능력이지 누군가를 위해 쏟아 넣는 게 아니다. 절로 진땀이 흘러나왔다. 예민한 귀로 잡다한 소음이 들어온다. 그는 손바닥에 느껴지는 촉감에 집중하려 애썼다. 그러나 자꾸만 잡념이 생길 뿐이었다. 신경을 하도 쓰다 보니 머리도 지끈거린다.

태호는 참을성이 없었다.

"집중하십시오. 기운이 흐트러졌잖습니까?"

뒤에서 진국이 눈을 부라리며 잔소리를 했다. 태호는 입술을 깨물고 그를 쏘아보았지만 돌아온 것은 차가운 눈초리뿐이었다. 방 안에 있는 이들 모두가 태호에게 적대적이었다. 그는 슬쩍 태경에게로 시선을 던져 보았다. 그는 등을 돌린 채 창가에 서 있었다. 그의 등이 유달리 넓다.

'아아, 제기랄. 얼마 되지도 않았는데 머리가 지끈거려. 속도

미식거리는 것 같아.'

그는 눈을 감았다가 다시 떴다. 역시나 눈알까지 빡빡해진 것 같다.

"작은 사장님."

뒤에서 진국이 다시 잔소리를 했다.

"시끄러."

그는 이를 갈면서 다시 정신을 집중했다. 한 곳으로 힘을 모은다는 게 그렇게 쉬운 일은 아니었다. 변성을 시키려면 치유력이나 재생력을 쏟아 부어야 했다. 다른 기운이 스며들어 가면 위협을 느낀 세포가 죽어버린다.

이론이야 태호도 알고 있었지만 실제로 해보려 하니 정말로 머리가 빠개질 것만 같았다.

'세상에, 이런 짓거리를 형은 보름이나 했다구?'

그는 새삼 경악하면서 입술을 깨물었다. 보름. 한 시간도 힘든데 보름을 밤낮으로 치유력만 행하면서 보냈다니. 조금이라도 짜증을 내거나 화를 내면 변성은 실패하는 것 아니던가.

'빌어먹을.'

그 형과 닮은 것이 지금 그의 손 아래 있었다.

태호는 갑자기 어깨가 으쓱한 기분이 되었다. 형 태경은 그를 키웠다. 갓난아기 때부터 그를 키운 것은 태경이다. 태경은 분명히 그에게 치유력을 쏟아 부어가며 키웠을 것이다.

태호의 눈초리가 저도 모르게 온화해졌다. 이 작은 뱃속에 있는 것이, 바로 형의 아이였다.

'아기라.'

꿈틀거리는 작은 것이 뱃속에서 움직인다. 막연한 상상이 갑자기 실체화되어 그의 손 아래에서 움직였다.

그는 갑자기 묘한 감흥에 사로잡혔다.

그의 아이는, 친자식은 이미 죽었다. 그 아이가 죽었기 때문에 태호는 명성에게 쫓겨 정연을 만나게 되었다. 지금 이 뱃속에 있는 아이는 자칫했으면 그의 아이가 될 수도 있었다. 아니, 그가 자신의 마음을 조금만 빨리 파악했으면 이 아이는 그의 아이가 되었을 터였다. 그의 기운을 받고 꿈틀거리는 작은 생명이 느껴졌다. 서로의 기운이 오가는 게 신기했다. 이렇게나 작은데 움직인다니. 태호의 얼굴이 자기도 모르게 웃고 있었다. 거칠기만 하던 눈빛이 온유해졌다.

한 군데 집중을 하려니 절로 진땀이 흘렀다. 심장 소리가 요란하게 들려온다. 태호는 쉬었다 하면 어떨까 싶어 고개를 들고 슬쩍 시계를 보았다.

"멈추면 안 됩니다."

옆에 있던 진국이 주의를 준다.

시계를 보니 겨우 이십 분 지났을 뿐이다. 태호는 어깨며 다리가 쑤신다는 생각이 들었다. 정확히 말하면 좀이 쑤셨다. 같은 자리에 서서 꼼짝도 않고 기운을 쏟아낸다는 것은 의외로 소모가 크다.

진국이 그녀의 심장을 체크하면서 다시 말했다.

"멈추시면 안 됩니다. 적어도 서너 시간은 쏟아 부어 상태를 봐야 하니까요."

"서너 시간?"

기겁을 하고 태호가 노려보았지만 진국은 대꾸도 하지 않았.

잔뜩 살이 터진 배가 슬그머니 가라앉는 듯했다. 요란하게 기계가 소리를 내질렀지만 여전히 정연의 반응은 없다.

파리하고 여윈 그 얼굴을 바라보면서 태호는 마음을 가라앉혔다.

'난 널 살리고 있는 거야. 날 좀 봐줘. 정말로 날 좀 봐줘.'

형의 말이 옳았다. 이것은 기회였다. 그녀를 살릴 진짜 기회.

이젠 믿어줄까. 정말로 자신이 그녀를 사랑한다는 것을 믿어줄까.

태호는 입술을 깨물었다. 울컥하고 뜨거운 덩어리가 가슴 위로 솟아오르는 것 같았다. 아직 결합되지 못한 오른팔과 다리에서 다시 피가 흘렀다. 무리한 힘을 못 이기고 상처가 터진 것이다.

"장난이 아니야. 거짓이 아니야."

그는 작게 중얼거려 보았다.

그렇다. 그가 그녀를 사랑하는 것은 거짓이 아니었다. 그 증거로 그가 뿜어내고 있는 기운은 점점 강해지고 있었다. 온유한 힘을 담은 그의 손바닥이 점점 반투명하게 빛이 났다. 새파랗게 질리는 그의 얼굴과는 반대로 정연의 안색은 점차 좋아지고 있었다.

"살려줄게. 너를 살려줄게. 그러니까 기회를 줘."

태호가 고통스럽게 속삭였다.

평소와는 너무도 다른 약한 목소리에 뒤에 서 있던 미혜는 저도 모르게 눈을 크게 떴다.

"내가 진심이라는 것을 알아줘. 정말로 후회하고 있다는 것을 알아줘."

작게 속삭이는 목소리는 애절하게 들렸다. 민재는 슬그머니 시선을 돌렸다.

항상 못되게 굴던 태호의 그런 표정은 차마 보기 어려웠다.
 여전히 태경은 한 걸음 떨어진 창가에 기대서 있었다. 차라리 태호의 모습을 보지 않겠다는 것이 분명했다. 민재는 한숨을 삼켰다.
 "상태는 어떻습니까?"
 "아직. 아직이요."
 진국이 정연의 배를 들여다보며 대답했다. 그의 얼굴에서 땀방울이 뚝 떨어졌다.
 태호의 팔다리에 묶인 붕대에서는 피가 배어나온다. 코에서도, 귀에서도 피가 흘러나오기 시작했다. 그뿐이 아니다. 입가에서도 검붉은 피가 울컥 쏟아져 나왔다. 내장기관이 입은 상처가 다시 도지기 시작한 것이다. 고통으로 점점 파리해지는 그의 얼굴은 누가 봐도 확연히 보였다. 보통 상처도 아니고 팔다리가 절단되고 내장이 박살난 중상이다. 그런 상처를 치유하기 위해선 집중적인 휴식이 필요했다. 아무리 짙은 피를 자랑해도 이런 중상인 상태로 남에게 치유력을 쏟아낸다면 상처가 제대로 아물 리 없다. 의사는 미간을 찌푸렸다. 아무래도 태호는 불구를 면할 수 없을 것이다.
 의사로서는 쉬라고 말하고 싶었지만 차마 입이 열리지 않는다. 정연의 상태가 워낙 심각하기 때문이다.
 '후.'
 태경은 쓸쓸함을 느꼈다. 그녀가 죽느니 사느니 하고 있는 이 순간, 그의 뇌리 속에 있는 것은 아이나 그녀가 아니라 그녀의 맨살에 손을 대고 있는 태호의 모습이었다. 태호가 그녀에게 닿는다는 것을 상상만 해도 불쾌했는데 눈앞에서 저러고 있는 것을 보자니 괴로울 지경이다.

그는 주머니에서 새 담배를 꺼내 입에 물었다.

"나는 나가 있겠다."

그가 나가든 말든 태호는 신경 쓰지 않았다. 아니, 아예 귀에 들어오지도 않는 듯했다.

병실 밖으로 나오자마자 녹색으로 잘 꾸며진 정원이 나왔다. 커다란 병원인 탓에 VIP 환자가 입원하는 별채에는 딸린 정원이 있었다. 지금 별채 전체를 쓰고 있는 것은 정연이었다. 일족이 입원한 상황이라 입원 환자를 전부 다 내보낸 모양이었다. 항의하는 자들도 많았지만 환자 수가 워낙에 적어 실제로 들려오는 소리는 크지 않았다.

달칵.

라이터로 불을 붙이자 담배가 치직 소리를 내며 연기를 내뿜었다. 그는 정연이 준 라이터로 찰칵 소리를 내는 것이 기분 좋았다. 담배가 타 들어가는 소리도 상쾌하게 들린다.

연기가 푸른빛을 띤 채 하늘로 올라갔다.

하늘은 완전히 파랬다. 맑고도 푸른, 진부할 정도로 아름다운 5월의 하늘이다.

멀리서 사람들의 소리가 들려왔지만 그의 귀에는 하나도 들어오지 않았다. 연기를 내뿜자, 바람 한 점 없는 공기 중에 천천히 스며들어 간다. 물이 스미듯.

노래 한 구절이 생각난다. 항상 핸드폰에 담겨져 있던 흔하디흔한 노래.

"Fly me to the moon, and let me play among the stars······."

왜 갑자기 생각나는 걸까.

남들 앞에서 노래를 해본 적은 있었다. 노래방에 가서 사람들과 어울려 노래했던 것이다. 하지만 그 노래, 〈Fly me to the moon〉은 처음이었다. 원래 여가수가 부르던 노래라 그가 부른 적은 없었다.

"후우."

여자를 위해 노래한 것은 처음이었다. 무척이나 낯설기도 하고, 쑥스럽기도 하고 그랬다. 하지만 그 노래를 불렀을 때 정연이 지었던 표정은 너무나 달콤해서 그는 금방 보상을 받았다. 그녀를 정말로 사랑한다고 생각한 게 언제였을까.

그는 곰곰이 생각해 보았다.

아무래도 생각나지 않는다. 변성하면서 처음 눈이 마주쳤을 때가 아닐까 하지만 그것도 확신할 수는 없었다. 그저 어느새인가 퍼즐이 완성되듯이 흩어진 조각조각이 짜 맞춰지더니 갑자기 〈사랑〉이라는 두 글자가 턱하니 나타났다. 알 수 없는 일이다.

그는 다시 연기를 내뿜었다.

사랑이란 게 대체 뭘까. 집착일까, 욕정일까.

그는 다시 노래를 흥얼거렸다. 별과 함께 노닐고 달로 날아가자는 이 노래가 왜 좋은지 그 자신도 정확히는 몰랐다.

그저 담배를 피우고, 하늘을 바라보고.

태경은 새 담배를 꺼내고 꽁초를 쓰레기통에 버렸다. 병원 전체가 금연구역이지만 정원은 예외인지 벤치 옆에 재떨이가 있었다.

그는 혼자 하늘을 보았다. 그는 언제나 혼자서 별을 본다. 혼자서 달을 보고 혼자서 태양을 본다. 그는 항상 혼자다. 손을 마주 잡을 사람도 없이 혼자.

"아아, 그래서인가."
그는 자신의 단순함에 새삼 웃음이 나왔다.

나를 달로 데려가 주세요.
그리고 별들 속에서 노닐게 해주세요.
화성과 목성의 봄은 어떤지 보게 해주세요.
다시 말해 제 손을 잡아달라는 겁니다.
다시 말해 키스해 달라는 거지요.

제 마음을 노래로 채워주세요.
그리고 영원히 절 그 노래로 채워주세요.
당신은 내가 갈망하고 바라던 모든 것이에요.
다시 말해 진실해 달라는 것입니다.
다시 말해 당신을 사랑한다는 거지요.

지금까지 깨닫지 못했었다. 가사가 단순하다고 꽤나 흥겹다고 생각하면서 그냥 넘겨왔었다. 그냥 소년기의 변덕이라고 그는 그렇게 생각했다. 노래는 노래일 뿐이지 않은가. 평범한 유행가 가사에 의미를 찾을 필요가 있을까.
그런데 이게 뭔가. 태경은 자신의 어리석음에 그저 웃었다.
그래, 혼자다. 언제나 혼자.
외로움. 고독. 마주 손을 잡아줄 누군가, 사랑한다고 말해줄 누군가가 필요했다. 갈망했다. 사랑한다고 손을 잡아줄 상대가 필요했다. 마음을 읽는 그 능력을 넘어, 진실한 마음으로 사랑한다고 말해줄 사람이 필요했다. 그는 너무 일찍 어른이 되었다.
 혼자와 혼자. 하나 더하기 하나는 둘이 된다.
 그녀의 눈을 보았을 때, 오롯이 혼자서 버티고 있는 야수를 보는 순간 그는 사랑에 빠졌다. 다정하게 대해달라며 울부짖는 그 야수에게 그는 손을 뻗었다. 그녀와 얽히고 얽혔다. 그녀도 혼자, 나도 혼자. 원래 사랑이란 누군가에게 손을 뻗는 것일지도 모른다. 누군가와 실과 끈을 얽고 그 감정을 받아들이는 것인지도 모른다.
 그는 피식 웃었다. 담뱃재가 뚝 하고 눈물처럼 떨어졌다.
 그녀와 함께 달로 날아가도 좋다. 이왕이면 화성과 목성 사이에서 뛰어놀며 봄을 기다리는 것도 좋으리라. 황량한 별 세계에 봄이 오면 얼마나 좋으랴. 둘이서 손을 잡고 낯선 거리를 걷는다. 봄이 오면 봄을 즐기고, 여름이 오면 여름을 즐기는 것이다. 봄과 여름, 가을과 겨울. 그 모든 색색의 계절에 그녀와 함께.
 "그래, 그랬으면……."
 그는 하얗게 핀 이름 모를 꽃들을 바라보았다.
 그는 꽃 이름을 잘 몰랐다. 관심이 없었으니까. 노래 가사도 끝까지 아는 게 없었다. 유행가 가사에는 흥미가 없었으니까. 사실은 지하철 요금도 잘 몰랐다. 버스 요금도 모른다. 지금 피우고 있는 담뱃값도 모른다. 얼마 전 그녀와 거리를 걸으며 그는 그것을 절감했다. 그녀와 함께 걷자 새로운 세계가 그를 향해 열렸다. 폐쇄적인 집안의 우두머리로서가 아니라 한 남자로서의 세계가.
 그는 담뱃재를 털며 다시 재떨이에 꽁초를 버렸다.
 그는 자신이 모르고 있는 것이 얼마나 많은지 알았다. 일족이 아닌, 인간들의 세상이 훨씬 크다는 것을 실감했다. 아니, 인간만이 아니라 살아 있는 것들의 세상이 얼마나 큰 것인지.

새 담배를 꺼내면서 태경은 뒤를 돌아보았다.

그의 발치에서 이어지는 끈은 이제 보이지 않았다. 그가 만들어낸 끈들은 이미 그녀의 몸속으로 녹아들어 자취를 감추고 있었다. 그럼에도 불구하고 그는 전신이 그녀를 향해 열려 있다는 것을 실감했다. 그 끈들은 지금 그녀의 몸속에서 자라고 있었다. 그것이 바로 아기, 그것이 바로 결실이다. 그러니 그녀가 원한 대로 아기가 무사히 태어나길 빌자.

그는 다짐했다.

태호의 손길 아래 있는 그녀의 하얀 몸도, 뱃속에서 그녀의 생명을 탐하고 있는 아이도 모두 참아보자. 그녀를 잃지 않기 위해 참자. 그러기 위해서라면 지금보다도 더한 가면을 쓸 수도 있었다. 부드럽고 관대한 남자의 가면을 쓰고 온화하게 그녀와 아기를 대할 수 있었다. 그는 참는 것에는 익숙했다.

들끓는 시커먼 감정을 억누르고 그는 조용히 연기를 내뿜었다.

찰칵. 찰칵.

라이터가 초조한 소리를 냈다.

정연은 눈을 떴다.

뚝뚝.

링거병에서 액체가 떨어졌다. 그 소리까지 민감하게 잡아낸 그녀는 뻣뻣해진 고개를 돌려 주변을 살폈다. 온몸에서 우두둑 소리가 나는 것만 같았다.

"기분은 어때?"

옆에 앉아 있는 것은 조금 초췌해진 것 같은 표정을 한 태호였다. 그 외에는 아무도 없었다. 정연은 그의 얼굴을 보는 순간, 절로 몸이 긴장되는 것을 느꼈다.

이 좁은 방 안에 그와 단둘. 게다가 그녀는 몸을 움직일 수도 없을 정도로 지쳐 있었다. 얼결에 그녀는 주변을 살피며 태경의 모습을 찾았지만 그의 모습은 보이지 않았다.

"이렇게 보니 기분이 묘한걸. 배는 어때? 안 아파?"

태호는 자못 다정했다. 난폭한 기질이 사라진 그의 눈빛은 어딘가 태경을 닮아 있었다.

어린애처럼 퉁명스럽게 말하는 그의 얼굴을 정연은 물끄러미 바라보았다.

이상했다. 예전에는 그 얼굴이 정말로 증오스러웠다. 무섭고도 미워서 같이 있는 것만으로도 몸이 덜덜 떨릴 지경이었다. 그런데 지금은 묘하게도 아무런 감정도 느껴지지 않는다. 그녀는 새삼스럽게 그를 차분히 살펴보았다.

갸름한 얼굴에 사내답게 각진 턱. 잘생겼지만 믿을 수 없는 변덕스런 남자. 창백한 얼굴에 깁스를 하고 있는 모습이 굉장히 낯설었다.

"태경 씨는 어디 있어요?"

잔뜩 쉰 목소리가 간신히 흘러나왔다.

"형? 형만 눈에 보이냐?"

결국은 또 시작이다. 그의 눈이 순식간에 사나워졌다. 방금 전까지 태경을 연상케 하던 부드러운 낯빛은 사라져 버렸다.

정연은 그를 보던 시선을 아예 거두고 병실을 다시 둘러보았다. 문득 태경이 그녀를 붙잡고 차라리 애를 지우자며 소리쳤던 것이 기억났다. 희미한 장면이지만 그의 얼굴에 떠오른 표정이 기억나자 가슴 한구석이 아릿해졌다. 그건 꿈이 아니었다.

배에 손을 얹자, 놀랍게도 꿈틀하고 아기가 움직였다.

믿어지지 않는 일이었다. 애를 가진 지 겨우 한 달이라는데 이렇게나 눈에 보일 정도로 애가 커지다니. 적어도 육 개월은 된 것처럼 보인다. 동그마하게 커진 배가 손바닥으로 부피감을 알렸다.

"여기는 병원이죠?"

"그래."

퉁명스럽게 대답한 태호가 손을 뻗어 그녀의 이마를 만졌다. 얼결에 피하려 했던 그녀를 모른 척하고 태호는 천연덕스럽게 그녀의 이마를 손가락으로 매만지면서 속삭였다.

"네가 완벽한 변성이 아니라면서 나를 불러온 거야. 네 자궁을 변성시키기 위해서."

자못 자랑스러운 어투였지만 정연은 자기도 모르게 입술을 깨물었다.

"잘된 것 같아. 안정되었다 했거든."

태호는 그녀를 부드럽게 바라보았다.

여자를 지켰다는 것은, 그것도 사랑하는 여자를 지켰다는 것은 아주 기분이 좋았다. 태호는 그런 기분을 처음 느끼고는 흐뭇해했다. 일이야 어찌 되었든 태호 때문에 정연이 살아난 것은 분명한 사실이었다.

"아이도 제법 크더라. 꿈틀하고 내 손 아래에서 움직이는데 의외로 귀엽더라고!"

태호가 쿡쿡 웃으며 기세 좋게 설명했지만 정연은 솔직히 그저 끔찍하기만 했다. 의사도 없이 자신의 아기를 무방비하게 내놓았다는 것 자체에 가슴이 섬뜩해질 따름이다.

"태경 씨는 일 때문에 나간 건가요?"

"응, 민재에게 보고 받는 것 같던데. 외부 녀석이 와서 보고를 하더군."

"외부?"

"아아, 그러니까 정연이는 내가에 있는 애들밖에는 못 봤지? 사실 내가에 있는 애들은 자주 움직이는 애들이 아니야. 어디까지나 안주인 전용이니까. 사실상 형이 움직이는 것은 외부 애들이니까."

애들이라 부르는 것도 그녀는 썩 마음에 들지 않았다. 처음에는 잘 몰랐지만 내가에 있는 사람 대부분이 나이가 상당히 많다는 것을 알았던 것이다. 사실상 애라고 부를 수 있는 존재는 태호뿐이었다. 그만이 아직 서른도 채 되지 않는 청년이었으니까.

"다른 사람들은 어디에 있어요?"

태호랑 단둘이 있는 게 어색했다. 솔직히 말하자면 싫었다.

"여기 병원이잖아? 갈 데 가 있겠지."

태호는 불퉁하게 대답했다.

그는 기대하고 있었다. 눈을 처음 뜬 정연이 그를 향해 놀라며 미소 짓기를. 심지어 그는 그녀가 그를 보고 기뻐하고 참회하며 눈물을 흘릴 거라 상상도 했었다. 그녀를 구한 것이 바로 자신이 아니었던가. 하지만 현실은 달콤하지 않다. 그녀는 여전히 그에게 적대적이었다. 도움을 받은 것조차 싫은 기색이다.

다시 풀이 죽은 그는 애써 명랑한 어조로 물었다.

"물 마실래?"

"아, 아뇨."

사실은 목이 말랐지만 그녀는 참기로 했다. 태호에게 뭔가를 받아먹는 것 자체가 싫었다.

하지만 태호는 짜증을 내는 대신 피식 웃었다.

"어라라. 지금 보니 다시 존댓말로 돌아왔네. 그렇게 얌전히 말하니까 처음 만났을 때가 생각나는걸."

그 말에 그녀도 쓴웃음을 지었다. 그러고 보니 그랬다.

그녀는 남에게 쉽게 말을 놓는 편이 아니었다. 그래서 그랬다. 낯가림하는 애들처럼 조심스러웠었다.

"참 많이 바뀌었군."

태호의 시선이 다시 부드러워졌다. 그는 새삼 정연의 얼굴을 물끄러미 바라보았다.

처음 그가 그녀를 보았을 때는 정말로 창백했었다. 걸어다니는 시체처럼 생기조차 없어 짜증스럽기까지 했다. 그래서 괜히 더 퉁명스럽게 굴었는지도 모른다. 그는 피로와 고통에는 익숙하지 않았고 그녀는 생명의 위기조차 느끼지 못할 정도로 삶에 찌든 여자였다.

그런데 지금은.

그는 그녀를 좋아했다. 처음부터 그랬는지도 모른다. 피투성이가 된 자신을 보고도 놀라지 않고 다가왔던 그 순간부터. 하지만 그때는 그걸 몰랐다.

태호는 외면하는 정연의 아랫배를 바라보았다.

그녀는 이제 그를 보지 않는다. 그녀는 이제 형의 아이를 가졌다. 갑자기 가슴이 뻥 뚫린 기분이었다. 아쉽고 아쉬워 허기가 진다.

"정연아."

그는 그녀의 어깨를 잡고 시선을 맞췄다.

파리한 얼굴 속에서 두 눈만이 빛나고 있었다. 고집 세게 외면하는 눈빛을 억지로 마주하면서 태호는 물었다.

"너, 알지?"

그녀는 대답하지 않았다.

"내가 널 좋아한다는 거 알지?"

정연의 눈동자가 잠시 흔들렸다. 여전히 메마른 시선이었지만 태호의 눈에는 그것이 더 익숙했다. 형의 품 안에서 웃고 있는 그녀라는 건 상상도 하기 어려웠다.

"진짜 잘못했어. 그동안 진짜 잘못했어."

그는 진지하게 말했다. 말하고 있는 동안 가슴 한구석이 욱신대기 시작했다. 상처 입히지 말 걸. 다그치지 말 걸. 처음 만났을 때부터 잘해줄 걸.

"내가 무릎 꿇고 빌까? 그럼 용서해 줄래?"

그는 기억해 냈다.

여자들은 불쌍한 남자에게 약하다. 잘난 남자만큼이나 약한 남자에게도 약한 게 여자다. 애원하고 매달리면 여자들은 돌아보기 마련이다. 모성애라는 게 있지 않은가.

"나를 불쌍하게 여겨줘."

태호가 어리광 부리듯 그녀의 손을 잡은 채 몸을 기댔다.

커다란 두 손이 작은 손을 덮자, 태호는 새삼스레 그녀가 작고 자신은 크다는 것을 인식했다.

"나, 이제 잘할게. 잘해줄게. 다시는 울리지 않고 괴롭히지도 않을게."

그는 그녀의 손가락을 만지작거리면서 거듭 말했다. 생각해 보니 이렇게 마주 손을 잡은 적은 없었다. 새삼 애틋할 정도로 가슴이 두근거렸다.

그는 진짜로 잘해줄 자신이 있었다. 괴롭혔던 것만큼, 다정하고 착하게 굴 생각이었다. 이렇게나 마음 졸이며 여자를 원해본 적은 여지껏 없었다.

"몰랐어, 난 진짜 몰랐어. 내가 널 좋아하는 것인지 그걸 몰랐어. 난 그냥 네가 힘없이 있는 게 짜증나고 다른 사람이 널 보는 게 싫었어. 그래서 그랬던 것뿐이야. 그냥 너랑 둘이서만 그 집에 있고 싶었어. 그래서, 그래서 그랬던 것뿐이야."

그게 그랬다. 어리석게도 그는 심술궂은 어린애처럼 그녀를 괴롭혔다. 제멋대로 건들고 제멋대로 배신하고 제멋대로 굴었다. 유치한 독점욕.

정연은 그를 물끄러미 바라보았다.

그의 고백에 마음이 설레지 않았다면 거짓말이다. 흔히 연애소설에 그러지 않던가. 유달리 좋아하는 여자에게만 심술궂은 남자들의 이야기.

그녀는 그의 손을 물끄러미 내려다보았다. 그의 손은 태경의 것만큼이나 크고 뜨거웠다. 사람을 해치고 괴롭히는 자의 손답지 않게 부드럽기조차 했다.

"좋아해. 나랑 같이 떠나자. 아무도 없는 곳에 가서 다시 시작해."

태호의 눈길이 뜨거워졌다. 그는 정말로 그녀의 손을 꽉 쥔 채 애원하듯 말했다.

"아이는 내가 키울게. 나도 자격 있어. 나도 피가 이어져 있으니까 괜찮다구."

태호의 장담하는 말에 정연은 그를 마주 보았다.
"미안해요."
"뭐?"
"미안하다는 말을 해서 미안해요. 하지만 내가 사랑하는 것은 당신이 아니라 태경 씨예요."
그녀는 분명히 말했다. 그의 얼굴을 마주 보고 똑바로 말했다.
그의 얼굴이 일그러지기 시작했다. 화가 난 것인지 슬픈 것인지 알 수 없는 감정이 일그러진 표정 위로 떠올랐다.
"왜? 왜 형이야? 형이 부자라서? 형이 종주라서 그래?"
"그가 날 살려주었어요."
그녀는 소리치는 태호와 대조적으로 차분하게 말했다. 아무리 작은 소리로 말해도 그는 알아들을 터였다. 들어줄 마음만 있다면.
살려주었다는 말에 태호의 얼굴이 일그러졌다. 자신이 그녀를 죽도록 방치했다는 것이 몇 번이나 그의 정면으로 떨어져 내렸다.
"나도 이번엔 널 살려주었어!"
"그는……."
"그냥 살려줘서 그런 거라면 나중에 보답해. 보답하면 되잖아? 꼭 결혼하지 않아도 되잖아?"
정연이 막 말하려 하는 순간, 그가 다시 끼어들어 줄줄 떠들어대기 시작했다. 그녀는 결국 다시 입을 닫았다.
"자, 날 봐! 원래 너는 나를 사랑했어야 했어. 내가 처음 널 만났어! 나와 함께 있는 시간도 훨씬 더 길었다고! 내가 먼저야."
태호는 화를 내다가 문득 그녀의 얼굴을 보았다. 차분하고 조용한 얼굴. 예전의 허탈함과는 다른 의미로 거부하고 있었다.
"빌어먹을! 넌 원래 내 거잖아!"
더 이상 참지 못하고 그는 손에 힘을 주어 와락 그녀를 끌어안았다.
그는 그녀를 통째로 삼킬 듯 입술을 겹쳤다. 힘없이 흔들리는 그 몸을 참을 수 없어 으스러지듯이 끌어안고 겹쳐지지 않는 몸이 아쉬워 목덜미를 움켜쥐었다. 키스를 하는 것은 그였는데도 숨이 막히고 가슴이 터질 듯했다.
끼이이익—
그의 힘을 이기지 못하고 철제 침대가 밀쳐지며 소리가 났다.
힘없이 헐떡이는 정연의 숨소리가 애처롭다. 태호는 눈을 감으며 입술을 뗐다. 곧 후회가 밀려왔다. 가느다랗고 여윈 정연의 몸. 게다가 이곳은, 병원이었다.
그는 심호흡을 했다. 치솟는 대로 성질을 부리다가 그녀를 잃은 것 아니었던가. 성질을 좀 죽일 필요가 있었다. 상처가 아팠다.
"나, 나를 사랑해. 나 좀 봐줘."
그는 잔뜩 거칠어진 목소리로 중얼대듯 말했다. 그러나 그녀는 대답하지 않았다.
"나를 사랑하라구! 안 들려?"
"나는 당신을 사랑하지 않아요."
"내가 불쌍하지도 않아? 너, 어떻게 그렇게 모질게 말할 수 있니?"
태호는 잔뜩 쉰 소리로 억지로 말했다. 그는 이 냉정한 여자를 도무지 이해할 수 없었다.

"나도 불쌍해요."

그녀는 한숨을 토해냈다. 눈물조차 나오지 않는 메마른 가슴. 이제 그녀는 태경이 없으면 눈물조차 나오지 않았다.

머리가 아팠다. 입가가 따갑고 붙잡혔던 목덜미가 아렸다. 곧 회복이 되긴 하겠지만 그 아픔은 여전히 서럽고 무섭다. 무력하고 무력한 자신. 도망갈 곳도 없는, 무서워서 죽을 것 같은데도 달아날 길도 찾지 못하는 자신.

인간인 주제에 괴물들의 여왕이 되었다네. 불쌍하기도 하지. 5월의 파리한 신부는 불쌍하기도 하지. 힘이라곤 쥐뿔도 없는 주제에 괴물들의 여왕이 되다니.

"나는 동정을 몰라요. 나는 나밖에 못 봐요. 못나고 불쌍한 사람이라 동정도 못하고 쉽게 용서도 하지 못해요. 그러니까, 그러니까 이제 그만 해요."

그녀는 눈을 감았다가 다시 떴다. 빡빡해진 안구 탓에 눈까풀이 까끌거린다.

"너는 잔인해."

태호가 멍하니 중얼거렸다.

정연은 입술을 깨물었다. 그 말이 가슴에 와 박혔다. 그 예전 그녀의 엄마도 그렇게 말했었다.

"너는 너무 냉정해."

"이젠 그만 해요, 서태호 씨."

정연은 눈을 감고 외면했다.

"너!"

태호가 와락 소리를 지르는 순간, 문이 벌컥 열렸다. 흰 가운을 입은 진국과 간호사가 들어섰던 것이다. 진국은 미간을 찌푸리며 태호를 노려보았다.
"무슨 짓을 하는 겁니까?"
"시끄러워!"
"아직 몸도 약하신 분에게 함부로 굴지 마십시오!"
진국이 호통을 치자, 간호사가 재빨리 정연의 옆에 서서 그녀의 링거를 확인했다. 주삿바늘이 꽂힌 손등을 확인한 그녀는 미간을 찌푸렸다.
"피가 나왔잖아요!"
혀를 차면서 진국은 정연의 옆에 달라붙어 맥을 짚었다.
"기분은 어떻습니까? 이제 안정되었는데요."
"괜찮아요."
정연이 대답하자 진국은 웃으면서 고개를 끄덕였다.
"이제 걱정하지 마세요. 한 달까지는 염려없을 겁니다."
"네에."
"작은 도련님도 어서 침대로 가 누우세요. 정말로 나을 마음이 없는 겁니까? 왜 눈만 떼면 여기에 와 계시는 거죠?"
진국이 한숨을 내쉬며 그의 상처를 바라보았다. 또 붕대에 벌겋게 피가 번져 나와 있다. 정연은 태호의 팔에 둘둘 감겨 있는 붕대를 낯선 시선으로 바라보았다. 아무리 심한 상처라도 붕대 같은 것은 잘 묶지 않는 게 일족이다. 언제 다친 걸까.
"괜찮아."
"안 괜찮습니다. 안 그래도 잔뜩 약해진 상태예요. 어서 돌아가 쉬십시오."
진국이 명령하자 재촉하듯이 간호사가 그의 뒤에서 밀었다.
"됐다니까!"

"어서 가세요. 사모님도 쉬셔야 합니다."

진국의 엄한 말에 정연을 노려보던 태호는 이를 뿌드득 갈았다. 그는 일부러 와당탕 소리를 내며 밖으로 나갔다.

쾅 하고 그가 문을 닫는 순간 정연은 위선에 작별을 고했다.

착한 사람은 이제 그만. 나는 인간이 아니고 짐승.

정연은 피식 웃었다. 점점 더 야수의 말이 새어나온다. 점점 더 야수의 마음과 겹쳐진다. 이기적이고 냉정해지고, 동정심이라고는 조금도 없다. 애정에 굶주리고 고독에 주려서 이제는 오로지 자신만을 생각할 뿐이다. 그녀는 스스로를 그렇게 자기 합리화했다. 누구든 자신이 우선이라고. 남을 동정할 여지 따위는 남아 있지 않다고. 그렇게 만든 것은 바로 너였다고.

정연은 몰랐다. 태호가 다리를 절고 있다는 것을. 이제 그는 절대로 전처럼 날렵하고 우아하게 걷지 못할 것이다.

"사모님, 바로 누워보십시오."

태호의 쓸쓸한 뒷모습을 애써 모른 척하면서 진국은 진찰을 시작했다.

"서태호."

난폭하게 병원 문을 밀고 나서던 그는 움찔했다.

뒤돌아보니 정원의 한구석 단풍나무 아래에 태경이 서 있었다. 노트북을 들고 있는 것을 보니 일을 하고 있었던 모양이다.

"지금은 형을 보고 싶지 않아!"

태호가 날카롭게 외치자 태경이 고저 없는 목소리로 말했다.

"지금 다시 철동으로 돌아가거라. 아직 자숙 기간이 안 끝났으니까."

"뭐?"

부글부글 끓는 심사를 억지로 누르고 있던 태호는 눈을 부릅떴다.

"나보고 거길 다시 들어가라고? 지금 그걸 말이라고 하는 거야?"

그는 이글거리는 눈으로 태경의 앞까지 바짝 달려들었다. 당장 눈빛이 변했다.

"철동으로 돌아가."

태경은 여전히 냉정했다.

"형!"

태호는 그의 멱살을 쥐고 소리쳤다. 마구 소리를 지르면서 싸우고 싶은데, 원망하고 후려치고 싶은데 상대는 형이었다. 그의 뇌리에는 이미 그가 형이자 부모라고 새겨져 있었다. 그는 갈 곳을 잃은 분노를 어찌할 바를 모르고 부들부들 떨었다.

그의 핏발 선 눈을 마주 보고 있던 태경은 억지로 멱살을 쥔 그의 손을 떼어냈다. 예민한 후각이 태호에게서 나는 정연의 냄새를 잡아냈다. 그녀의 살내음이 났다. 부글부글 끓어오르기 시작하는 검은 덩어리를 억누르면서 태경은 애써 냉정하게 말했다.

"흥분하지 마라. 상처가 터진다."

그러나 그의 말은 이미 귀에 들어오지 않았다. 태호는 이를 뿌드득 갈면서 선언했다.

"상처 따윈 이미 터졌어. 참견하지 마. 형은 명령도 하지 마! 내 여자를 채간 주제에 나에게 명령하기 말라구!"

그가 악을 지르자 태경도 이를 악물었다. 그 역시 부글거리는 심사는 억누르기 어려웠다. 시커먼 감정이 뭉클뭉클 솟아나 걷잡을 수 없이 퍼져 나간다.

"서태호."

마침내 그가 억누르고 있던 기세가 터져 나왔다.

태생이 맹수였고 천생이 왕이었던 자의 기세였다. 그가 풍겨내는 기파에 태호는 찬물을 뒤집어쓴 것처럼 부르르 떨었다. 단지 기세를 푼 것에 불과했는데도 살기를 뒤집어쓴 것처럼 식은땀이 주르륵 흘러내린다. 지나친 압박감에 복부가 눌려 욕지기가 일어났다.

"나를 화내게 하지 마라."

태경의 말에 억눌렸던 심사가 꿈틀거렸다. 꺾인 수컷의 자존심이 울분을 토했다.

"나 역시 이젠 못 참아!"

절규처럼 외치며 태호가 그에게 달려들었다.

타고난 본능이 강자를 공격하라 외쳤다. 으르렁거리는 야수가 인간의 탈을 벗고 튀어 올랐다. 송곳니가 솟아나며 손톱이 자라났다. 강철처럼 단단한 손톱이 순식간에 1m도 넘게 뻗어나와 태경의 가슴을 찔렀다.

터어어엉—

태호의 손톱은 태경의 가슴을 찌르지도 못했다. 그의 바로 앞에 보이지 않는 방패가 있는 양 막혀 버렸던 것이다.

콰아아앙—

태호는 다시 한 번 주먹을 날렸다. 도무지 생겨날 수 없을 것만 같은 굉음이 터져 나왔지만 여전히 태경의 옷자락 하나도 스치지 못했다. 아니, 접근조차 할 수 없었다.

그 황당함에 태호는 눈을 부릅떴다. 태경의 전신에 둘러진 기파조차 뚫지 못한 것이다. 뚫긴커녕 반탄력에 2m나 뒤로 밀려 나가고 말았다.

"이, 이런."

두 사람 사이에 퍼져 나가는 힘을 이기지 못하고 정원수가 흔들리며 나뭇잎을 뿌렸다. 갓 피어오른 꽃송이들이 태풍이라도 맞은 양 후둑후둑 떨어졌다.

찰칵.

라이터를 켜며 태경은 담배를 입에 물었다. 그가 연기를 한 모금 내뱉자 태호의 눈이 문득 라이터로 가 닿았다.

은빛으로 빛나는 물결무늬를 한 라이터.

낯익은 그 물건을 보는 순간, 태호의 눈빛이 변했다. 핏발이 선 눈동자가 점점 살기를 띠고 빛나기 시작하자, 태경의 눈매가 가늘어졌다.

"그녀는 내 거야. 원래 내 거였다구!"

태호가 으르렁대며 외쳤다.

"그 라이터도 내 거야!"

이미 본신이 드러나기 시작하는 그의 목소리는 거칠기 짝이 없다. 회색 빛이 도는 눈매가 점점 더 찢어졌다. 얼굴에 회색 빛의 줄무늬가 떠오르기 시작했다. 광대뼈를 휘감고 미간까지 치민 진회색의 무늬는 탈을 뒤집어쓴 것처럼 보인다. 송곳니가 아랫입술을 밀쳐 내며 솟아오르자 기다렸다는 듯이 그의 손톱도 길어지기 시작했다. 거의 2m까지 자라난 손톱은 이제 푸른빛을 띠고 번들거렸다.

"형이 빼앗았어! 내 것인데 형이 빼앗았단 말이야!"

이제 포효에 가까운 음성이 쩌렁하게 울려 퍼졌다.

태경은 본신을 오랜만에 드러낸 동생을 마주 보며 담배를 쥔 오른손을 허공으로 뻗었다. 푸른 연기가 흩어지는 대신 둥글게 뭉치며 내려앉았다.

결계가, 인간들의 눈을 가리는 결계가 펼쳐졌다. 이 병원은 일족들이 운영하는 것이긴 하지만 인간들의 수가 당연히 더 많다. 특히 지금 별관 전체를 막아놓고 있었지만 그렇다고 해서 직원들까지 못 들어오는 것은 아니었다.

드드드드득―

땅이 울렸다.

태경은 태호가 쏟아내는 기운을 관찰하면서 결계를 점점 줄였다. 이 소리가 정연의 병실까지 들려선 곤란했다. 그의 결계는 별관의 작은 정원으로 한정되며 내려앉았다. 밥사발을 엎어놓은 듯한 무형의 장막이 두 형제 머리 위로 자리 잡았다.

자잘한 돌멩이가 이리저리 흔들렸다. 곱게 깔아놓은 잔디가 믹서에 갈리는 것처럼 푸른 물을 토해냈다. 태경은 자신이 건드린 공간이 흔들리는 것을 느꼈다. 사실 단련을 안 해서 그렇지, 태호의 힘은 무시무시할 정도로 강했다.

"돌려줘!"

태호가 악을 쓰면서 달려들었다.

그가 일으키는 바람이 태경이 쳐놓았던 방어막을 찢으며 곧장 쇄도했다. 2m도 넘는 손톱이 그의 가슴을 노렸다.

태경은 느릿하게 손을 뻗었다. 담뱃재가 툭 하고 떨어졌다.

"이, 이익!"

태호의 손톱이 그의 손에 막혀 있었다. 손바닥으로 가볍게 막은 것이다. 피와 살로 된 손바닥이 그것을 어떻게 막아섰는지 태호는 도저히 이해할 수 없었다.

"어째서?"

그는 절규하듯이 소리 질렀다.

"어째서 형은 이렇게 강하지?"

"힘을 운용하는 방식의 차이지."

태경의 말은 여전히 담담했다. 그는 자신의 몸을 노리는 손톱을 두 손바닥을 겹쳐 잡더니 마치 장난이라도 하듯 홱 뒤집었다.

"어억!"

태호의 몸이 바람개비처럼 빙글 돌아 호되게 바닥으로 곤두박질쳤다.

이마부터 떨어진 터라 제법 상처가 생겨났다. 엉성하게 붙어 있던 오른팔이 다시 떨어질 듯 너덜거렸다. 하얀 붕대가 순식간에 피로 젖었다. 숨을 헐떡이면서 태호는 사나운 눈매로 그를 노려보았다.

"말을 들어라. 소란 피우지 말고 철동으로 돌아가. 네가 나와 있다는 것이 알려지면 시끄러워진다."

태호는 입술을 깨물었다. 날카로운 송곳니가 여린 살을 뚫고 피를 뿜었다.

"시끄러워져? 유가와의 일은 이미 끝났잖아? 내가 정연이와 함께 있는 게 보기 싫어서 그런 거 아냐?"

그는 입가로 흐르는 피를 핥으며 천천히 일어서서 태경을 다시 마주 보았다.

"정곡을 찔렀지? 내가 정연이를 빼앗아갈까 봐 두려운 거지?"

태경은 대답하지 않았다.

"그 애는 내 거였어! 내 여자였다구! 형이 빼앗아가기 전에는 내 거였어! 이런 식으로 내게서 그 여잘 빼앗아갈 순 없는 거야!"
태호는 배신감에 몸을 떨며 외쳤다.
그에게 있어 태경은 싸울 수 있는 상대가 아닌 보호자였다. 그를 보호해 주고 키워준 단 하나의 혈육이었다. 그런데 지금은 그것이 아니다. 수컷으로서의 자존심이 어리광을 눌렀다.
그의 기세가 다시 변하자 태경은 혀를 찼다.
"말을 들어라."
"난 어린애가 아니야."
태호가 싸늘하게 대꾸했다.
"이젠 형의 손을 잡고 걷는 어린애가 아니야."
그는 큭큭 웃기 시작했다.
새삼 형을 수컷의 눈으로 보자, 예전에는 보이지 않았던 것이 보이기 시작했다.
서 있는 공간 전체를 억누르고 있는 기세, 일부러 자신의 힘을 반쯤은 감추고 있는 베일, 남자로서의 성적 매력을 억누르고 있는 사인 등 그가 미처 깨닫지 못했던 무수한 제어가 태경의 몸에 걸려 있었다. 그 눈으로 다시 보자, 그의 형은 진정 괴물이었다.
"이제야 알겠어."
태호는 혀로 흐르는 피를 핥으며 중얼거렸다.
"형은 괴물이었어."
그 말에 태경의 눈이 푸르게 빛나기 시작했다.

"무슨 소리가 들리지 않았어요?"
정연의 말에 진국은 고개를 저었다. 그 역시 은은히 들려오는 진동음을 느끼고 있었다. 하지만 그것에 대해서 그녀에게 설명할 마음은 조금도 없었다.

"식사를 좀 하실 수 있겠어요?"

진국의 뒤에서 눈치 빠르게 해민이 물었다. 그녀의 시중을 들기 위해 따라온 해민은 창백하게만 보이는 정연을 걱정스럽게 살피고 있었다.

"네, 주세요. 배가 고프네요."

정연의 말에 안심한 표정이 된 해민은 바삐 병실을 나갔다.

그녀가 나가고 나자 정연은 말없이 차트를 살피고 있는 진국을 향해 물었다.

"태경 씨는 어디에 있나요?"

"아, 회장님은 잠깐 나가셨는데 곧 들어오실 거예요."

진국은 가슴이 덜컹했다.

은은한 진동음은 결계를 펼쳤을 때 나타나는 현상이다. 이 근처에서 결계를 치고 움직일 만한 사람은 태경뿐이었다. 왜 결계를 쳤는지 당장이라도 확인하고 싶었지만 진국은 내색할 수 없었다. 정연은 무조건 안정해야 하는 상황이었다.

드르르르—

창문이 흔들렸다. 지진이 일어나는 것처럼 울리는 진동에 그녀는 미간을 찌푸렸다. 묘하게도 피부가 따끔거렸다. 뿐만 아니라 이유없이 소름이 돋아났다. 영 거슬리는 두통도 편하지 않았다.

"궁금한 게 하나 있어요."

정연은 정색을 하고 말했다.

"태호가, 그러니까 태호 씨가 대체 어떻게 한 거죠?"

그 말에 진국은 눈을 크게 떴다. 한 대 얻어맞은 것처럼 멍한 얼굴이 된 그는 순간적으로 입을 벌리고 말았다.

"아무래도 어떤 일이 일어난 건지 기억이 희미해서…….."

불안해 보이는 시선이 흔들렸다. 정연은 억지로 떨리는 손을 마주 잡았다.

태경이 없는 사이에 어서 상황을 알아야 했다. 정말로 태호가 자신의 몸에 무엇을 한 걸까. 그 때문에 살아났다고 말은 들었지만 그게 어떻게 해서 살아난 것인지는 잘 모른다.

진국은 놀란 마음을 가라앉히고 그녀를 차분하게 바라보았다. 그 말은 뜻밖이었지만 놀랄 일은 아니었다.

"아, 그러니까 그저 치유력을 불어넣었을 뿐입니다. 자궁이 완전히 일족의 것이 되도록 재차 변성을 한 것이죠. 최초에 인체가 각인한 것이 도련님의 기운이니까 도련님의 기운으로 말입니다."

"자궁만요?"

"네, 자궁을 변성한 겁니다. 그것뿐이에요. 다른 건 아무것도 없습니다."

"그, 그걸 어떤 식으로 하는데요?"

"아랫배에 동조와 치유력을 행사하는 거죠. 그것뿐입니다."

"그것뿐?"

진국은 그녀가 기형아를 낳을까 봐 불안해하고 있다고 착각했다. 원래 일족에게는 기형아라는 것 자체가 존재하지 않는다. 하지만 인간은 종종 기형아를 낳지 않던가. 그는 의사다운 미소를 지으며 설명했다.

"이제 마음을 놓으세요. 아이는 정상입니다."

"그렇군요."

정연은 안도의 한숨을 내쉬었다. 태호에게 강간당할 뻔했던 기억이 고스란히 남아 있었다. 사실 그녀로서는 무방비한 상태로 그와 단둘이 있다는 것 자체만으로도 충분히 두려웠다.
"초음파로 아기 모습을 보여 드릴까요?"
"네?"
진국은 미소 지었다. 다분히 직업적인 미소다.
"태아 사진을 보여 드릴 수 있습니다. 평범한 산부인과처럼 말이죠."
"아이는 건강한가요?"
"물론이죠. 일족의 아이는 강인하답니다. 직접 보시겠습니까?"
진국은 파일에서 태아 사진을 꺼내 정연에게 내밀었다. 시커먼 사진 속에 희미하게 드러난 아기의 윤곽을 정연은 잘 알 수 없었다. 사실 아기의 모습을 상상하는 것도 조금은 두렵다.
"이쪽이 눈과 코. 심장이 보이시죠?"
"잘 모르겠어요."
정연이 신기한 듯 사진을 들여다보자 진국은 웃으면서 위로했다.
"아기는 이상 없습니다. 건강하고요."
"인간하고 똑같은가요?"
"물론이죠."
진국은 껄껄 웃었다. 다분히 인간다운 질문이었다.
"일족의 아기 모습은 인간과 똑같습니다. 성체가 되어 본신을 드러내기 전에는 보통 아기랑 똑같아요. 성장이 빠를 뿐이지."
정연은 입을 조금 벌렸다. 불안감이 가시자 새삼 죄책감이 몰려왔다. 아기가 사랑스럽다 생각하면서도 한 편으로는 두려웠다. 기괴한 모습의 아이가 태어날까 봐.
그 기색을 눈치 챈 진국이 헛기침을 하면서 의뭉스럽게 물었다.

"그런데 사모님께서는 회장님의 본신(本身)을 보신 적 있습니까?"

"본신이요?"

"본성이라고도 하죠. 인간이 말하는 그런 본성 말고요."

"숨겨진 모습 말인가요? 변신하면 보이는?"

정연의 말에 진국은 고개를 끄덕였다.

"변신이요? 네, 그렇게 말할 수도 있겠죠."

"자세히는 모르겠어요. 손톱이 조금 긴 것하고 송곳니가 조금 긴 것, 그리고 눈빛이 달라지는 것 정도랄까."

그녀는 자신이 보았던 태경의 모습을 되새겨 보았다. 생각 외로 추악하거나 끔찍한 느낌은 아니었다. 손톱이 길어졌다고 해도 태호처럼 긴 것도 아니었고 위협적으로 느껴지지도 않았다. 그저 조금 길고 뾰족하다는 느낌이었다. 길이도 겨우 5, 6㎝ 길어졌을 뿐이었다. 송곳니도 마찬가지다. 드라큐라처럼 길어진 것도 아니고 크기 자체는 그저 덧니처럼 보였다. 그보다는 어둠 속에서 빛나는 눈이 훨씬 더 섬뜩하다. 하지만 정연은 그쪽으로는 무덤덤했다. 처음 본 태호 쪽이 훨씬 더 충격적이어서 그런지도 몰랐다.

"흠, 그럼 보시긴 한 거군요. 저도 회장님의 본신을 딱 두 번 봤습니다."

정연의 얼굴이 긴장감으로 굳어졌다.

"그렇게 굳으실 것 없습니다. 회장님의 본신은 인간과 다르지 않습니다. 눈 색깔과 발달된 송곳니 정도니까요."

"그런가요. 그럼 제가 본 모습이 본성?"

"네, 그게 전부예요. 무섭게 느껴지시던가요? 혐오스럽거나?"

진국이 씨익 웃으며 묻자 정연은 고개를 저었다.

"아뇨, 무섭지 않았어요. 오히려 너무 평범한 것 같아 제가 모르는 모습이 따로 있는 게 아닌가 했어요."

평범하다니. 진국은 피식 웃고 말았다. 그 모습을 인간이 보고도 평범하다고 말하는 것일까. 정말로 눈앞에 있는 이 인간여자는 대담하기 짝이 없었다.

"태호 씨의 손톱은, 1m는 되는 것 같았는데."

더듬거리며 말하는 그녀에게 진국은 미소 지었다.

"가진 힘에 따라 조금씩 다르답니다. 회장님의 경우는 육체적인 힘보다는 내재적인 힘이 강하기 때문에 본신은 인간과 그다지 다르지 않아요."

"육체적인 힘과 내재적인 힘이 달라요?"

"네. 작은 사장님은 굳이 말하자면 육체파라고 할 수도 있겠죠. 우리들의 힘은 오랜 세월에 걸쳐서 개량되고 변하고, 또 이어지고 그렇게 되면서 개별적으로 차이가 많이 납니다. 종주님의 힘은, 공간을 장악하는 것이기 때문에 육체는 그다지 유별난 형태를 하지 않습니다."

"공간 장악?"

낯선 정연이 단어를 되뇌자 진국은 미소 지었다.

"힘을 쓰시는 걸 본 적 있지요? 사모님께서도 보신 적은 있을 겁니다."

"있어요. 하지만 어떻게 하는 것인지는 모르겠더라고요."

정확히 말해서 그녀는 그의 힘을 본 것은 아니었다. 그저 느꼈다.

그는 한 번도 손을 대지 않았다. 주먹을 날린 적도 없었다. 그저 조용히 고개만 끄덕이는 것이 전부였다. 그래도 그를 두려워 떠는 자들뿐이었다. 다른 것은 몰라도 그가 서 있는 그 자리에 휘도는 공포의 분위기만은 너무도 명확했다. 그래서 그녀는 알았다. 정말로 무서운 것은, 정말로 두려운 존재는 태호가 아니라 태경이라는 것을. 조용히 살육하는 그에게는 그녀가 모르는 더 끔찍한 것이 많이 있으리라는 것을 느꼈다.

'그럼에도 불구하고.'

그녀는 가슴에 손을 얹었다.

그녀 안의 야수가 말했듯이 아무래도 상관없다. 그의 부드러운 눈이 자신을 향하고, 자신을 사랑해 준다면 아무래도 상관없다. 그가 아무리 무서운 괴물이라 해도 상관없었다. 그는 그녀의 남편이었다.

"어떻게 설명해야 할지⋯⋯ 어쨌든 회장님의 힘은, 주변 공간을 좌지우지하는 힘이라 할 수 있습니다. 베거나 자르거나 차단하거나 찌르거나⋯⋯. 일종의 초능력이랄까."

사실은 타인의 정신을 조종하기도 한다.

하지만 현명하게도 진국은 그 단어를 삼켰다. 일족도 두려워하는 힘이다. 인간인 그녀에게는 자극이 너무 심했다. 태경이 다 안 보여준 것처럼 그 역시 조심하는 게 옳았다.

"그러니까 상상하신 것처럼 본신이 끔찍하게 인간과 다른 것은 결코 아니라 그겁니다. 사모님께선 아기의 생김새에 대해서 불안하신 거지요?"

진국이 재빨리 화제를 바꾸었다.

"네."

정연은 자신이 놀라지 않기를 빌었다.

아기가 공포영화에 나오는 끔찍한 형상이라면 어떻게 할까.
예전 드라마에서 봤던 것처럼 혓바닥이 파충류처럼 긴 아기라든지 쭈굴쭈굴한 개구리 형태나 〈로즈마리의 아기〉에 나오는 것 같은 악마의 씨앗이라면? 혼자 있다 보면 별의별 상상이 다 떠올랐다. 사지가 더 붙어 있다든지 손가락 발가락이 다르다든지 털이 있거나 피부색이 다르면? 그녀는 무서웠다. 아니, 그 짐승을 자신이 보듬어주지 못할까 두려웠다. 그녀는 정말로 네 발 달린 짐승이 튀어나오더라도 외면하지 않고 안아줄 수 있기를 원했다. 그녀는 태경의 아이가 갖고 싶었다. 그와의 접점을 늘리고, 그와 가족을 이루고 그렇게 사랑을 나누며 살고 싶었다. 그러자면 나름 단련이 필요했다. 마음의 단련.

그녀의 긴장을 눈치 챘는지 진국이 웃어 보였다. 격려하는 미소였다.

"괜찮습니다. 태어난 모습은 인간과 다르지 않습니다. 눈 색깔은 좀 다를 수도 있겠죠."

"그, 그래요?"

안도하는 그녀에게 진국은 설명하듯이 말을 이었다.

사실 일족의 산모들을 위한 책자 같은 것은 나와 있지 않다. 그들이 아이를 키우는 방식은 몇 천 년간 변하지 않았다. 아이를 낳고 키우는 것은 본능이었다. 인간처럼 아기가 손이 가지 않기 때문이다.

"많이 다른가요?"

정연은 새삼 배를 만져 보았다.

"아아, 인간에 비해서 그런 거지 진짜 망아지나 송아지처럼 태어나자마자 걷는 건 절대 아닙니다. 태어나자마자 귀나 눈이 보이고 모친과 각인합니다. 일주일 정도 지나면 기고, 한 달이 지나면 걷습니다. 다시 말해 성장이 그만큼 빠르다는 거지요."

"각인이요?"

"눈이 보이기 때문에 태어나서 처음 자신을 애정으로 안아주는 사람을 보호자로, 모친으로 인식하는 거죠. 오리 새끼가 알에서 깨어 처음 본 사람을 어미로 여기는 것과 좀 비슷합니다."

진국은 말하면서 껄껄 웃었다.

"그, 그래요?"

"변성할 때도 각인이라 하지요. 처음 물려서 그 힘을 받는 순간 각인합니다. 그러니까 사모님께서도 각인을 하긴 하신 거죠."

각인이라.

생소한 말에 그녀는 집중했다. 그러고 보니 그런 말을 몇 번이나 듣긴 들었다. 하지만 오리 새끼도 아닌 인간이 태어났을 때 처음 보았다고 무조건 따른다는 게 있을 수 있는 일인가. 인간은 훨씬 더 복잡하다. 문득 그녀는 자신이 아는 게 정말로 아무것도 없다는 것을 깨달았다. 이 아이를 잘 키울 수 있을까. 보통 인간인 그녀에게는 아는 것도, 힘도 없었다.

"인간의 아이에 비하면 정말 수월할 겁니다. 한 달이면 걸어다니고 본능적으로 위험을 회피하니까 큰 무리는 가지 않습니다. 게다가 잔병치레 따위는 당연히 없고요."

잔병치레도 하지 않고 한 달이면 걸어다니는 아이. 괴물이라 불러야 할까, 편리하다고 말해야 할까. 정연은 새삼 왜 태경이 석 달 후면 신혼여행을 갈 수 있다고 말했는지 깨달았다.

"감회가 참 새롭군요. 회장님이 태어나셨을 때 그분을 진찰하고 일주일간 키운 것은 저였답니다. 회장님은 저를 각인하셨습니다."

"아."

"굉장한 난산이어서 마님은 크게 고생하셨습니다. 그 이후로도 한참 요양을 하셔야 했죠."

그는 눈치 빠르게 말을 바꾸고는 다시 온화한 의사답게 웃었다.

"회장님을 닮았다면 아마 아기씨는 굉장히 조숙하고 차분한 아기일 겁니다. 사모님도 조용한 성품이시니 더할 나위 없겠죠."

"빨리 낳아 인큐베이터에 넣는다는 것은 역시 제가 인간이어서 그런 건가요?"

"서씨 가문은 피가 너무 강해서 산모들이 굉장히 힘들게 출산을 합니다. 예전에는 의학도 발달하지 않았고 의사에게 의지를 하지 않았기 때문에 그대로 자연분만을 했었죠. 덕분에 사산도 많았습니다."

진국은 새삼 한숨을 내쉬었다.

"몇 년 전만 해도 인큐베이터에 아기를 넣는다는 것 자체를 상상도 못했습니다. 약한 아기는 나오지 않는다는 게 불문율이기도 했고요."

"그런……."

"사실상 병약한 아기는 일족 중에서 없습니다. 병 때문에 고민한 예는 이제껏 없었어요. 사모님께서 아기를 낳으시면 그 아기가 직계 중에서는 최초로 인큐베이터에 들어간 아기가 될 겁니다."

정연은 그 말을 기뻐해야 할지 슬퍼해야 할지 알 수 없었다. 인간이기 때문에, 그녀가 다른 존재이기 때문에 이처럼 고생을 하는 것이다 생각하면 가슴이 뻐근했다. 태경도 쓸데없는 고생을 하고 있지 않은가.

"걱정하지 마세요. 종주님이 빨리 제왕절개를 하자는 것에는 마님의 영향도 있으니까요. 출산 때 너무 고생하신 나머지 마님은 아주 오랫동안 정양을 해야 했습니다."

"그랬군요. 그러고 보니 태경 씨의 아버님은……."

그의 이야기에 대해 들어본 적이 한 번도 없었다.

사실 모친인 아영이 직접 나서지 않았다면 그녀의 존재조차 모르고 있었으리라. 정연은 새삼 이상하단 생각이 들었다.

"사이가 좋지 않았습니다. 마님은 오랫동안 요양생활 끝에 이혼하셨고 큰 회장님께서는 아드님을 방치하신 채 외국 생활이 길었지요. 그러니 인간처럼 부자간의 정이 깊을 리가 없죠."

"그래서 태호와 사이가 좋았던 거군요."

정연이 멍하니 중얼거리자 진국은 고개를 끄덕였다.

"네. 태호 도련님의 모친 되시는 두 번째 마님도 난산 끝에 결국은 돌아가셨고 큰 회장님께서는 아예 방치하셨으니까요. 태호 도련님을 키운 것은 회장님이었습니다."

정연이 보기에 태경이 태호를 대하는 태도는 거의 아들을 대하는 것 같았다. 동생이 저지른 일이 자신의 책임이라면서 나선다는 것은 쉽지 않은 일이었다.

"어쨌든 아기씨의 생김새에 대해서라면 그렇게 고심하지 않으셔도 될 겁니다. 좀 이질적인 것은 머리칼 색깔이라든지 눈 색깔 정도일 겁니다. 아, 치아도 미리 나 있긴 합니다."

"이가 나 있어요?"

놀라 정연이 묻자 진국은 다시 웃었다.

"네. 유치가 나 있죠. 일곱 살 정도면 유치가 빠지기 시작합니다. 그 점은 인간과 같지요. 하지만 어쨌거나 날 때부터 이가 나 있기 때문에 수유 시기에는 힘드실 겁니다."

"저기, 수유는 어떻게 하지요? 다른 아이들과 같나요?"

"수유 시기도 짧습니다. 넉넉잡고 일주일이면 수유기가 끝나요. 곧장 이유식으로 들어가면 됩니다. 유모들이 대기하고 있으니까 걱정하실 것은 하나도 없습니다. 다른 분도 아니고 사모님이십니다. 유모나 찬모들이 넘쳐 나니까 아무런 걱정 마십시오."

진국의 넉넉한 미소에 정연은 안도했다.

"그런데 아이가 어떤 힘을 가졌을지 짐작할 수 있을까요? 저보다 힘이 세다면……."

그녀는 잠시, 우는 아기를 달래다가 갈비뼈가 부서지는 광경을 상상했다. 우스꽝스럽기보다는 서글픈 상상이었다. 다른 일족의 여인이라면 아무렇지도 않겠지만 그녀는 분명히 쓰러져 큰 부상을 당하기 쉬울 것이다. 아아, 약한 것은 죄다.

"아뇨. 성체가 되기 전까지는 가진 힘의 크기는 짐작하기 어렵습니다. 어쨌거나 어린 시기일 때는 인간과 차이가 거의 없으니까 불안해하시지 마세요. 성체가 될 때쯤이면 본인이 다 알아서 하게 됩니다. 게다가 회장님이 계시니까 힘의 제어도 어렵지 않을 것이고요. 회장님 성격이시라면 절대로 아이를 그냥 방치하진 않으실 겁니다."

방치라.

정연은 진중한 표정의 진국이 자꾸만 말하는 〈방치〉라는 단어에 주목했다. 어지간히 고약한 부친이었나 보다. 태어난 지 얼마 되지도 않은 아이를 그냥 남의 손에 맡기고 방치해 버렸다니. 물론 인간의 아이보다 훨씬 성숙한 아이이긴 해도 그렇다 해서 쉽게 아이를 누군가에게 맡기고 외국 생활을 하다니. 유달리 아이가 생긴 것에 대해 냉담했던 태경의 반응이 정연은 어쩐지 이해가 갔다. 모친인 아영이 그녀에게 쓸쓸한 표정을 지어 보이는 것도 그런 이유 때문이리라.

그녀는 좀 더 복잡하고, 좀 더 어두운 사연이 있을 거라고는 생각지 못했다. 보통 사람인 그녀로서는 상상치 못할 일이었다. 다행히도 그녀는 앞으로도 태경의 집안에 대해서 파헤칠 생각은 하고 있지 않았다. 자신의 호기심을 위해 남의 상처를 후비는 일을 할 수는 없다. 정연은, 자신이 상처가 있기 때문에 남의 상처에는 민감했다. 그녀가 느끼기에 태경의 상처는 깊었다. 그 상처가 치유되는 날 자연스럽게 그 스스로 집안 이야기를 해줄 것이라 믿었다. 물론 하지 않을 수도 있겠지만 어쨌거나 그전까지 그녀는 아무것도 그에게 묻지 않을 생각이었다.

그녀가 조용히 침묵하자 진국은 그 침묵에 감사했다.

오랜 세월에 걸쳐 쌓아온 연륜은 그녀가 굳은 심지의 여자라는 것을 보여줬다. 종족이야 어쨌든 그녀는 차분하고 곧은 심지의 소유자였다.

"식사 가지고 왔습니다."

해민이 정적을 깨고 은쟁반을 들고 들어섰다. 쟁반 위에는 갓 구운 빵과 각종 잼과 햄, 샐러드는 물론이고 밥과 국까지 있었다. 적어도 삼 인분은 될 양이다. 앙증맞게 만들어놓은 주먹밥을 보며 정연이 탄성을 지르자 해연은 그녀에게 된장국을 내밀며 말했다.

"어서 드세요."

기아아아아앙—

갑자기 굉음이 울려 퍼졌다. 아니, 소리가 아니었다. 소리가 난 것이 아니라 그렇게 〈느꼈을 뿐〉이었다. 전신의 털이란 털은 다 치솟았다. 그녀는 입술을 떨면서 고개를 돌렸다.

기묘한 감각. 너무나 낯설지만 어딘가 익숙한.

지잉지잉 허공을 울리며 갑작스러운 파도가 그녀를 덮쳤다. 물도 없는데 파도가 일어나 그녀를 삼켰다. 차갑지 않은 기운이 그녀의 몸을 휩싸고 뒤흔들었다. 꽉 막힌 병실 안이다. 바람이 분 것처럼 그녀의 몸은 기묘한 파동에 휩싸여 흔들렸다. 침대가 삐걱삐걱 소리를 냈다. 누군가가 쥐고 흔든 것처럼.

"악! 조심하세요!"

해민이 비명을 질렀다.

찌이이이이잉—

마침내 유리로 만든 링거병에 금이 가더니 결국은 와장창 하고 깨져 버렸다. 놀란 진국이 다급하게 정연의 몸을 감싸면서 침대 이불을 들어 올렸다. 유리 파편이 바닥으로 요란하게 떨어졌다.

"뭐, 뭐죠?"

해민이 중얼거리는 순간, 정연은 기묘하게도 다시 〈느꼈다〉. 그녀만이 아니라 그녀 뱃속의 아기도 함께 느끼고 몸을 떨었다.

태경이었다. 이 기운은 태경이 뿜어내는 것이었다.

"허억, 허억."

검붉은 피가 뚝뚝 떨어졌다.

왈칵 피를 토하면서 태호는 충혈된 눈으로 형을 쏘아보았다. 태경은 여전히 머리칼 한 올 흐트러지지 않은 상태였다. 어디서 회의라도 마치고 막 돌아온 엘리트 회사원처럼 보일 정도다.

그는 부러진 손톱을 애써 다시 갈무리했다. 열 개 중 일곱 개나 부러진 손톱은 그다지 메리트가 없었다. 핏덩이가 엉킨 손가락에 힘을 주면서 그는 일어섰다. 부러진 왼쪽 다리가 아무래도 잘 움직이지 않는다. 늑골이 몇 개나 부러진 것인지 숨 쉴 때마다 끔찍한 고통이 찾아왔다.

"돌아가라."

태경은 그다지 변하지 않았다. 그의 눈동자만이 평소와 달리 다소 이질적인 초록빛을 띠고 있을 뿐 여전히 담배 한 대를 손가락에 끼고 선 그는 오만하다 못해 거만해 보일 지경이었다. 그의 주변 반경 1m는 아예 접근조차 불가능했다. 힘을 아무리 쏟아 몰아쳐도 태호의 주먹은 10㎝ 정도의 간격을 두고 태경의 몸에 닿지도 못했다. 사실상 태경이 직접적으로 태호에게 공격한 횟수는 얼마 되지도 않는다. 대부분의 경우 그의 힘에 밀려, 태호 스스로 다치고 부러졌다는 게 더 정확했다.

말을 듣지 않는 다리 때문에 그는 바로 서기가 어려웠다.

"빌어먹을, 빌어먹을!"

욕설이 목구멍을 치받고 올라왔다. 그는 너무 분해서 눈물이 나올 것 같았다.

태경이 강하다는 것은 알지만 이 정도일 거라고는 상상도 못했다. 장남이 코끼리 다리 만지듯 어슴푸레 알고 있던 그의 힘은 상상을 초월했다. 세상에, 손도 대지 못하다니.

태호가 더 이상 덤비지 못할 거라는 것을 깨달은 태경은 결계를 거두었다. 더 이상의 공격은 무의미했다. 게다가 태호의 몸은 정상이 아니다.

사실, 태경은 적지 않게 스스로에게 자조하고 있었다.

태호가 저렇게 제멋대로인 것은 그가 그렇게 키웠기 때문이다. 아무리 부정해도 그가 태호처럼 살고 싶어했다는 것은 아마도 진실인 모양이다. 사람은 누구나 가지지 못한 것을 갈망하는 법. 태호의 본능에 따라 행동하는 그 자유스러움이, 그에겐 탐스러운 것이었던 모양이다.

그는 천천히 담배 연기를 내뿜었다. 푸른 연기가 우울하다.

"시끄러워지기 전에 돌아가라."

새삼, 그는 태호에게 연민을 품었다.

태호는 아무것도 모르는 어린애였다. 그가 그렇게 만들었다. 책임을 질 만한 일은 하지 못하게 하고, 외로워서 어떻게든 부비고 매달리는 그를 밀쳐 낸 것도 결국은 그였다. 외로워서 여자를 찾는 것을 모른 척했다. 태호는 태경이 아니었다. 그처럼 살 수는 없다. 아무 데도 기댈 데가 없는 그와 달리 태호는 태경이 있어 기댈 수 있었다. 그러니까 감정적으로 항상 미숙한 채로 누군가가 자신에게 손을 내밀어주기를 기대하는 것이다.

태경이 가진 씁쓸한 연민이 태호의 눈에는 곱게 보이지 않았다. 그의 눈에는 그가 비웃는 것처럼 보였던 것이다. 〈너는 역시 나 안 돼〉.

태호는 이를 갈았다. 항상 동경하고 믿었던 형이 자신의 앞을 가로막는 끔찍한 괴물이 되어 있다.

"죽엇!"

크아아앙 소리를 내며 그는 무작정 입을 벌려 태경의 목으로 달려들었다. 시뻘건 증오가 눈과 귀를 막았다.

비호처럼 들려든 태호의 몸을 가볍게 피하면서 태경은 그의 정수리를 팔꿈치로 찍었다. 퍼퍽 하고 듣기에도 아픈 소리가 터져 나왔지만 눈이 허옇게 뒤집힌 채로도 태호는 태경의 옆구리를 물어뜯었다. 하나, 찌익 하고 옷자락이 조금 찢어졌을 뿐, 태호의 공격은 수포로 돌아갔다. 태경은 혀를 차면서 그의 목덜미를 잡아 그대로 허공으로 던져 버렸다. 이렇게 막무가내로 하는 공격은 그저 주변을 부수기만 할 뿐이다.

풀썩 하고 정원의 빨간 칸나 꽃밭으로 떨어져 내린 태호는 금방 일어나지 못하고 꿈틀거렸다. 그런 모습을 보며 태경은 다시 한숨처럼 담배 연기를 내뿜었다. 아예 의식을 잃고 있는 것을 끌고 가는 게 나을지도 모르겠다.

"민재냐?"

그가 핸드폰을 열어 민재를 불렀을 때였다.

콰직— 콰직—

요란한 소리를 내며 굵은 칸나 꽃대가 부러졌다. 무참한 공격으로 부러진 붉은 칸나꽃이 순식간에 짓이겨지며 튀어 올랐다.

"죽여 버릴 거다!"

태호는 이를 갈면서 일어서고 있었다. 굽어진 척추와 치솟은 머리칼이 아무리 봐도 쉽게 끌려갈 것으로는 보이지 않았다. 송두리째 본성을 드러낸 태호는 그에게도 낯선 모습이었다. 핸드폰에서 민재가 떠드는 소리가 들려왔지만 태경은 답하지 않았다. 그는 답하는 대신 핸드폰 폴더를 닫고 조용히 일어서는 태호를 바라보았다. 눈은 시뻘겋게 달아올라 있었지만 기세는 좀 더 냉정했다. 아마도 머리가 식은 모양이다.

콰직.

가여운 칸나 꽃대가 요란하게 쓰러졌다. 피처럼 붉은 꽃잎을 짓이기며 태호는 천천히 움직이고 있었다. 좌우로 벌린 발에는 예상치 못한 신중함이 담겼다.

"그 빌어먹을 결계를 다시 치시지. 2차전을 시작하자구."

피로 물든 이를 갈면서 태호는 이죽거렸다.

"2차전? 뭐 한 게 있어야 2차전이지. 그만 해두고 돌아가라."

태경은 그렇게 비꼬면서 새 담배를 꺼냈다.

"뭐?"

채 소리를 지르기도 전에 보이지 않는 손이 태호의 턱을 내갈겼다.

퍽 하는 소리와 함께 태호는 뒤로 4m나 날아가 쓰러졌다. 이번에는 정원에서 벗어나 아예 자줏빛 보도 위로 호되게 떨어졌다. 뺨이 사정없이 보도블록에 갈려서 뻘겋게 살점이 배어났다. 입 안이 다 터졌는지 연신 피를 토하면서 일어서지도 못하는 태호를 보고 태경은 새 담배를 맛있게 빨며 말했다.

"머리 좀 식히고 철동에서 한 석 달만 있다 나와. 그동안 몸이나 정양해라."

태경이 그렇게 달래듯 말하자, 태호는 피로 물든 얼굴로 웃었다.

"큭큭…… 새삼스럽게 걱정하는 척하지 마. 이미 이 다리는 움직이지도 않아."

일어서지도 못한 채 두 팔로 간신이 상반신을 기댄 그는 억지로 팔꿈치를 폈다.

"나를 위해서라 말하지 마. 결국은, 정연이 아이를 낳고 나면 같이 달아나 버릴 거잖아?"

"달아나?"

"달아나는 게 아니면! 왜 이렇게나 거대한 힘을 가지고 나서지 않는 거지?"

태호는 절규하듯 외쳤다.

"이렇게나 대단한 힘을 가지고 왜 나를 놀렸어? 이 정도의 힘이라면 유가 하나 쓸어버리는 것은 일도 아니었을 텐데!"

"그만 해라. 일이 그렇게 단순한 게……."

"큭, 형이야말로 웃기네. 이건 단순한 거야. 힘 있는 놈이 힘없는 녀석을 누른다. 이건 일족 최고의 불문율이야. 오히려 형이 어정쩡하게 받아줬기 때문에 유가 놈들이 우리를 건드는 거라고."

"그래서 네 잘못으로 벌어진 일을 나보고 살인귀가 되어 처리해 달라고?"

태경의 입가가 슬쩍 올라가기 시작했다.

눈빛이 변해가는 태경의 모습을 살피면서 태호는 마주 빈정거렸다.

"형의 힘으로 한다면 별거 아니잖아? 나를 이 정도로 밀어붙였다면 유가 놈들 따위……."

"마음에 안 들면 다 죽이고 다 부수는 게 옳은 건가?"

태경은 나직하게 반문했다. 벌어진 입가에 길어진 송곳니가 드러났다.

"뭐가 옳고 그른지 아직도 모르는 어린애냐? 네가 벌인 일로 내가 왜 그만큼의 피를 뿌려야 하지? 왜 죄도 없는 유가 애들이 죽어나가야 하지?"

"죄가 없긴! 그 건방진 놈들이……."

태호의 말에 태경은 픽 웃음소리를 냈다.

"말하는 게 정말 우습구나. 난 네 해결사도, 네 부하도 아니다.

오히려 나는 네 주인이지."

"뭐?"

태호의 눈이 커졌다.

"잊었나? 나는 네 주인이야. 나는 종주다. 집안의 주인이란 말이야. 네가 서가라는 성을 쓰고 있는 한 너는 내 물건이야. 비록 동생이긴 해도 그건 변치 않을 사실."

태경은 멍한 얼굴인 태호를 보며 다시 담배 연기를 내뿜었다. 뚝 하고 담뱃재가 떨어졌다.

"내가 명하면 너는 들어야 한다. 그 단순한 것을 너 혼자만 모르고 있어."

태경이 한 발자국 앞으로 걸었다.

소리가 나지 않았다. 그는 잔디밭을 걸을 때처럼 소리 없이 걸었다. 그의 발밑에 있는 풀들은 눕지도 않은 채 고스란히 서 있었다. 허공을 걷는 것이다.

마침내 태호의 눈앞까지 걸어온 태경은 그를 내려다보았다. 더할 나위 없이 잔혹하고 오만한 태도였다.

"대체 왜 너는 자라지 않는 거냐?"

태호는 약 10cm 정도 허공에 떠 있는 태경의 구두를 멍하니 바라보았다.

주인. 종주.

그 말뜻을 그는 한 번도 깊게 생각해 보지 않았다. 태경의 말대로라면 태호는 주인인 그가 아량을 베풀어 귀여워해 준 애완견에 지나지 않았다. 그가 반항을 해도 그건 결국 어리광에 불과한 것이다.

"닥쳐!"

그가 막 이를 갈면서 일어서려는 순간이었다.

풋.

파공성이 터졌다.

태호는 눈을 부릅떴다. 바로 앞에서, 바로 앞에 서 있는 태경의 가슴에 작은 구멍이 뚫렸다. 손가락 굵기의 아주 작은 구멍이다. 순식간에 그의 하얀 셔츠가 붉게 물들기 시작했다.

"아?"

슉. 다시 한 번 소리가 났다. 소리와 함께 태호의 몸이 튀어 올랐다. 등으로, 배로, 어깨와 팔, 다리에서 거의 동시에 피가 튀었다.

"크억!"

너무 놀라 아픔마저 느끼지 못했던 태호는 경련을 일으키며 몸을 굴렀다. 핏핏 소리를 내며 붉게 물든 보도블록이 파여 나갔다. 총이었다.

"형!"

태호는 덤불 속으로 기어들어 가며 외쳤다.

허공에 떠 있는 태경은 여전히 그대로였다. 그의 가슴이 시뻘겋게 피로 물들고 있었다. 가슴에 총을 맞은 것이다. 그는 태호를 보는 대신 정면을 보고 있었다. 그의 정면으로 은빛 바둑알처럼 생긴 것들이 무수히 떠 있었다. 총알이다.

투투투투툭—

바닥으로 힘을 잃은 총알들이 떨어져 내렸다. 태경에게 맞은 것은 단 한 발이었다. 적어도 열 발은 넘는 총알들이 돌멩이처럼 바닥으로 떨어져 굴러다녔다. 태호는 격렬한 고통으로 몸을 떨었다. 이런 고통은 처음이었다. 전신이 제멋대로 뒤틀렸다. 이물질을 담은 근육이 비명을 올려대며 수축을 반복했다. 간신히 심장을 비켜 나간 총알은 몸 안 깊은 곳에 박혀 있었다. 그 총알이 굴러다니며 그의 몸 안을 엉망진창으로 만들고 있었다.

총이라니! 이건, 반칙이었다. 이런 건 반칙이다.

"허억, 허억!"

그가 피거품을 물며 경련하고 있는 동안 태경은 여전히 피를 흘리면서도 정면을 바라보고 있었다. 태호는 보이지 않았지만 태경의 눈에는 보였다. 건너편 건물 약 500m 위에서 저격용 라이플을 들고 있는 자가.

태경의 입술이 조소로 비틀어졌다. 아마 저 정도 거리라면 태경의 힘이 미치지 않을 거라 판단했을 것이다. 가소롭게도. 퍼렇게 빛나는 그의 눈동자가 마침내 은빛으로 변했다.

"컥! 서, 설마 보이는 거야?"

조준경에 눈을 대고 있던 프리랜서 짐 랭은 부르르 떨었다.

그는 햇빛을 등에 지고 있었다. 태경 쪽에서 보면 역광이다. 그 먼 거리에서 보일 리 없다 자부하고 있었다. 그런데 자신을 똑바로 보고 있는 저 시선은 무엇인가. 그와 그의 파트너는 병원 맞은편에 위치한 대형 오피스텔 십칠층 베란다에 위치하고 있었다. 육안으로 쉽게 볼 수 있는 거리도, 위치도 아니다.

"괴, 괴물. 한 발밖에는 안 맞았어."

바로 옆에서 라이플을 들고 있던 레이 완이 입가를 떨며 말했다.

그 순간, 갑자기 찌잉 하는 이명과 함께 그의 몸이 앞으로 당겨졌다. 아니, 당겨졌다는 것은 옳은 표현이 아니었다. 레이 완의 목이 갑자기 길게 늘어났다. 기린처럼.

짐 랭은 비명조차 지르지 못했다. 그는 레이 완의 목이 쭈욱 찢어져 떨어져 나가는 것을 보며 그 자리에서 얼어붙었다. 툭툭 떨어지는 피와 함께 산 채로 뜯겨져 나간 목이 데구루루 굴렀다. 뒤늦게 터진 엄청난 양의 피가 짐 랭의 몸을 뒤덮었다.

그는 눈을 부릅뜬 채 그대로 방뇨했다. 이런 일은 상상도 한 적이 없었다.

"끄, 어어……."

비명을 지르고 싶었지만 지를 수 없었다. 그는, 자신의 발목이 쓰윽 하고 잘려져 나가는 것을 보았다. 뒤이어 무릎이 잘려져 나간다. 눈이 부실 정도로 맑은 5월의 태양 아래서 잔혹한 악마가 그의 몸을 자르고 있었다. 허벅지까지 잘리고 뒤이어 배가 터져 나가자, 짐 랭은 눈을 허옇게 뒤집으며 그대로 숨졌다. 고통보다 공포가 그의 심장을 터뜨렸던 것이다.

톡. 도르르르르—

그의 폐에 박혔던 총알은 절로 빠져 떨어졌다. 곧이어 출혈도 멈췄다. 태경은 발치를 내려다보았다. 피에 물든 구두가 마음에 들지 않는다. 바지와 셔츠도 그렇다. 하필이면 정면으로 맞아 옷을 버리고 말았다. 상처에 비해 출혈이 많다.

사실 주요 장기에만 박히지 않으면 총알은 그다지 큰 타격을 주지 않는다. 나선형으로 파고들어 가는 38구경쯤 되는 총알이 정면에서 와 박힌다면 내장이 터져 나갈 수도 있겠지만 관통상도 아닌 상처라면 그렇게까지 심각한 것은 아니었다. 아니, 사실 태경도 이번에는 놀랐다. 그의 감각을 뚫고 그의 가슴에 총알을 틀어박는다는 것 자체가 놀라웠기 때문이다.

물론 그가 태호에게 집중하고 있기 때문이었지만 저 암살자가 태호만이 아니라 자신까지 노리고 있었다는 사실은 변하지 않는다.

"흐음."

그의 눈이 점점 가라앉았다. 어두운 빛깔이 커피 빛을 띠고 그의 눈동자를 다채롭게 채색했다. 그것도 잠시, 곧 안정된 빛깔을 되찾은 그는 천천히 걸어 신음을 터뜨리고 있는 태호에게 다가갔다. 완전히 피로 범벅이 된 채로 꿈틀대고 있는 태호는 심각한 상황이었다. 얼마나 심각했느냐 하면, 그대로 방치하면 출혈과다로 죽을 정도였다.

"허억, 커헉."

눈이 뒤집힌 채 고통에 몸을 떨고 있는 그는, 거의 의식이 없었다.

무리도 아니다. 태경에게 만신창이로 다친 상태에 총알 세례까지 받았으니 아무리 단단한 태호라 한들 온전할 리가 없었다. 관통상이 아니기에 몸 안에서 구르고 있는 총알이 치유력을 방해하고 있는 것이다.

태경은 고통에 떨고 있는 태호를 내려다보며 잠시 생각했다.

여기서 그를 놔둘까.

태호가 죽으면 이 모든 소동이 일단락된다. 유가의 종주는 다시 침착한 냉혈한으로 돌변할 것이고, 시끄러운 집안은 하나밖에 없는 후계자—태경과 정연의 아이—를 위해 일치단결할 것이다. 뿐이랴, 시끄러운 태호의 애정 공세에서 정연도 빠져나올 수 있다.

"후."

담배 연기가 산들바람에 흩어졌다. 그 순간을 기다렸다는 듯이 콧속으로 짓이겨진 칸나의 달콤한 향기가 스며들었다.

태경은 순순히 인정했다.

정연과 얽히지만 않았다면 태호를 살려줄 생각도 들었을 것이다. 빈약하고 얄팍한 애정이 태경의 밑바닥에 여전히 자리하고 있었으니까. 하지만 지금은 달랐다. 태호는 이제 어린 유체가 아니다. 자신에게 이빨을 보인 가솔을 살려줄 수는 없는 법.

살의(殺意)라는 짐승이 슬금슬금 다가와 그의 심장을 녹였다. 그는 발을 들어 태호의 목에 올려놓았다. 비싼 구두지만 어쨌든 피에 젖었으니 버릴 수밖에 없으리라.

"태경 씨!"

갑작스런 부름에 그는 한숨을 삼켰다. 검은 살의가 놀라 제풀에 스르륵 사라진다.

한 발작 물러서 뒤를 돌아보니, 환자복을 입은 채 그대로 달려오고 있는 정연의 얼굴이 보였다. 새하얗게 질린 그녀의 얼굴을 보자 새삼 가슴이 뛰었다. 그는 자신의 가슴팍이 피로 물들어 있다는 사실을 인식하며 슬쩍 재킷을 여미었다.

"괜찮아요?"

정연이 그의 팔을 황급히 움켜쥐며 외쳤다.

그녀의 눈동자가 정신을 잃고 흐트러져 있다는 것을 느끼자 태경은 갑자기 유쾌해졌다. 그녀는 미친 사람처럼 그의 전신을 더듬다가 피 냄새에 눈을 부릅떴다.

"피가! 어디, 어디 다쳤어요?"

드물게도 히스테릭한 소리가 정연의 입에서 흘러나왔다. 그녀는 황급히 그의 셔츠자락을 벌려 이미 아물고 있는 상처를 들여다보았다.

"난 괜찮아, 정말이야."

주저앉으려는 그녀의 몸을 가뿐하게 안아 올리며 그는 슬그머니 태호를 보지 못하도록 그녀의 몸을 돌렸다. 항상 침착하고 조용하던 그녀가 그의 품으로 마구 파고들어 오는 것이 몹시 유쾌했다. 노골적인 애정 표현조차 삼가던 그녀였다.

"하지만, 하지만 피가……."

"금방 아물어. 벌써 아물었는걸. 흥분하면 몸에 안 좋아."

그가 그녀를 다독거리는 사이에 진국과 해민이 태호를 발견했다.

"맙소사!"

진국이 의사답게 그의 상세를 살피며 물었다. 한눈에 봐도 심각한 상처다.

"어떻게 된 겁니까? 총상? 회장님께선 괜찮으십니까?"

안색이 허옇게 된 그가 다급하게 물었지만 태경은 고개를 저었다.

"그놈이나 데려가."

결코 긴말을 해주지 않을 것이란 것을 알아차린 진국은 한숨을 삼키며 돌아섰다. 피투성이가 된 태호는 수혈을 해야 할 지경이었다. 중상자를 내버려 둘 수는 없는 일이라 그는 재빨리 태호를 안아 들고 병원으로 걸음을 옮겼다. 눈치를 보던 해민이 그의 뒤를 따랐다.

"다친 곳은 어디예요? 가슴?"

태호가 어떻든 정연은 그의 가슴을 더듬으며 물었다.

"난 괜찮다니까."

"총을 맞았다면서요? 어떻게 총을 맞아요? 누가 쏜 거죠?"

"총 한두 방으로는 죽지 않아. 알잖아?"

그녀의 떠는 몸을 안고 태경은 속삭였다.

그로서는 자신을 위해서 몸을 떨고 있는 존재라는 게 너무도 신선했다. 대단치도 않은 상처에 이렇게나 떨다니. 웃음이 나올 정도였다.

"너는 어때? 배는 이제 안 아파?"

"네, 네."

정연은 거칠게 숨을 내쉬며 대답했다. 미친 듯이 뛰고 있는 그녀의 심장 소리를 들으며 태경은 위로하듯 등을 쓰다듬었다.

"괜찮아. 공격 받았기 때문에 놀란 것뿐이었어. 태호도 많이 다쳤잖아."

"그런가요……."

정연은 사실 태호가 다쳤다는 것을 보긴 했지만 외면하고 있었다. 그녀에게 있어서 그보다는 태경이 중요했으니까. 태경이 다쳤다는 것만으로도 하늘이 노랬다. 아무것도 들리지 않고, 아무것도 보이지 않는다. 이기적이라는 것을 알면서도 그녀는 모든 것을 외면하고 싶었다. 한 번 열린 마음은 닫힐 줄을 모르고 한 방향으로 나아가기만 했다. 다른 누군가의 아픈 감정도 모른 척한다.

'나에겐 여유가 없어.'

그녀는 스스로에게 변명했다.

그녀는 태경의 냄새를 깊게 빨아들이며 그의 허리를 두 팔로 끌어안았다. 그녀가 안도하자, 잔뜩 긴장했던 배 역시 느슨해졌다. 아마도 그녀의 아기는 엄마의 심정을 잘 이해하는 모양이었다. 그녀는 자신의 몸을 쓰다듬고 있는 태경의 손을 잡아 자신의 배에 대보았다. 움찔하는 그가 느껴졌지만 일부러 무시했다.
"느껴져요?"
"응."
태경이 다소 경직된 미소로 대답했다.
"태경 씨, 눈이 은빛이네요."
"응?"
"아니, 은빛이 잠깐 어렸다 사라졌어요."
그녀는 그의 눈가를 어루만졌다. 왠지 가슴이 뿌듯했다. 사나운 본성이 드러낸 흔적이었지만 그녀는 알지 못했다. 오히려 자신이 꾼 꿈과 연결되는 것 같아 잔뜩 들떴다.
"나, 꿈을 꾸었어요. 태몽인 것 같은데."
"태몽?"
"그래요. 인간들은 아이를 가질 때 태몽을 꿔요."
정연은 꿈꾸는 듯한 얼굴로 속삭였다.
"그런데?"
건성으로 대꾸한 태경은 상태가 걱정되어 조심스럽게 그녀를 안아 올렸다. 그녀의 안색은 여전히 창백했다.
"은빛 늑대였어요. 은빛으로 빛나는 아주 귀여운 늑대."
"늑대?"
어처구니없다는 듯 태경이 반문하자 정연은 그의 가슴에 머리를 기댔다. 허공에 몸이 떠 있는데도 하나도 불안하지 않았다.
"우리 아들은 은빛 늑대예요."
"벌써 아들인지 딸인지 알아?"
태경이 어처구니없어 중얼거리자 정연이 배를 감싼 채 대답했다.

"아들 같아요. 늑대라는 건 결국 남자잖아요."
"그건, 성차별적인 발언이군."
태경이 쓴웃음을 머금은 채 걸었다.
그는 정연에게 방금 벌어진 일이 어떤 것이었는지 설명해 주기 위해 잔뜩 머리를 굴리고 있었지만 굳이 그럴 필요는 없을 듯했다. 다행히도 그녀는 그 이외에는 관심이 없었다.
"아."
정연이 다시 배를 움켜잡았다.
"왜? 아픈가?"
황급히 태경이 묻는 순간, 정연이 고개를 저었다.
"움직였어요. 발로 찬 거 같은데. 게다가……."
그녀는 다시 배를 움켜잡았다. 부르르 몸을 떠는 모습에 태경은 당혹해서 걸음을 빨리했다. 상태가 다시 불안정해지는 것만 같았다.
그와 반대로 정연은 경이로운 눈으로 자신의 배를 보았다.
놀랍게도 배가 당기는가 싶더니 배가 조금씩 흔들리며 커지고 있었다. 육안으로 보일 정도로 커지고 있었지만 태경은 눈치 채지 못하고 있는 것 같았다. 그녀는 배에 손을 얹은 채 눈을 크게 뜨고 고통이 닥쳐올 것을 기다렸다. 하나, 이상할 정도로 고통은 없다. 무서운 일이었다. 기괴한 일이기도 하다. 한데도 불안은 느껴지지 않는다.
두근.
태경의 심장 고동과 자신의 것이 겹쳐지는 기분이 문득 들었다.
따지고 보면, 그녀도 태경의 아이였다. 태경의 힘으로 변성된 여자. 그의 힘이 그녀에게서 아이로 이어져 있었다. 태경의 품에 안긴 아기가 새삼 성장하는 것도 이상한 것은 아닐지도 모른다는 생각에 그녀는 미소 지었다.

"왜, 왜 그래?"

그답지 않게 허둥거리는 말투에 정연은 웃었다.

"아니요. 아니에요. 방금 아이가 자랐어요."

"벌써 자라? 1차 성장이 끝났는데 뭘 또 자라?"

태경이 되묻는 순간 그녀는 눈을 감고 아이의 움직임을 느끼며 미소 지었다.

이 얼마나 비현실적인 일일까. 엄마가 죽고 그녀도 죽더니 그 다음에는 다시 태어나 괴물과 결혼해 괴물인 아이를 가졌다. 그로테스크한 메르헨.

곧 기다렸다는 듯이 눈꺼풀이 무거워지기 시작했다. 나른해지는 몸은 휴식을 요구했다. 아마도 아기가 더 자라면서 체력을 뺏기는 모양이었다. 그녀는 그의 가슴에 얼굴을 묻고 달콤하게 미소 지었다. 그의 품 안에서 떨어지고 싶지 않았다. 그가 끔찍한 괴물이라는 것은 안다. 아니, 아마도 알고 있다고 생각한다. 그러나 이 온기는 얼마나 달콤한 것인지.

의식을 잃듯 잠들어 버린 그녀에게 태경은 다소 당황했지만 곧이어 상태가 나쁜 것은 아니라는 것을 깨달았다. 숨소리도 고르고, 맥박도 고르다.

병실 침대에 정연을 눕히자마자 그는 피에 젖은 셔츠를 벗어 바닥에 던졌다.

끈적한 액체는 이제 꾸덕꾸덕하게 말라 움직일 때마다 거북했다. 바지와 속옷까지 젖어버렸기 때문에 역시 씻지 않으면 안 된다. 그는 병실에 준비된 샤워실로 걸음을 옮기면서 새 옷을 준비해 온 해민에게 턱짓했다.

"다시 잠들었어. 주치의를 불러와."

눈치 빠르게 해민이 나가자마자 민재가 들어섰다. 그는 평소와 달리 셔츠 바람이었지만 옷차림 자체는 그다지 흐트러지지 않았다.

"사모님은 어떠십니까?"

민재가 소매를 걷으며 물었다. 그는 링거도 없이 조용히 누워 잠을 자고 있는 그녀의 기척을 살피다가 미간을 찌푸렸다. 그의 눈에 태경의 가슴 한가운데에 난 새로운 상처가 보였다. 누가 봐도 명백한 총상이다.

"어찌 된 거죠?"

"저격 받았다. 태호는 심각해."

"저격?"

민재의 얼굴이 무표정해졌다.

"누굴 노린 겁니까? 작은 사장님, 아니면 회장님?"

양말까지 벗어 던진 태경은 민재를 흘긋 보았다.

그는 알몸인 상태로 샤워기를 틀었다. 뜨거운 물이 굳은 핏덩이를 씻기는 동안 민재는 그가 널어놓은 옷가지들을 한데 모아 치우면서 혀를 찼다.

"미혜도 모처럼 열이 오른 거 같던데. 일이 커진 것 같습니다. 기회를 틈타 다들 난장판을 벌이고 있다는데요."

"그렇겠지. 그럼 늙은이들이 모인 내가 쪽은?"

"거긴 조용합니다. 소화님이 싸움이 일어나도록 놔두진 않겠죠."

"내가에 있는 유명성은 어때?"

"아직 있습니다. 좀 묘하다 싶긴 합니다. 유가의 주인이 그렇게 쉽게 끝내다니. 그런데 이건 누구의 짓일까요?"

"내가 진짜 목표였어."

"에?"

"첫 방이 나였던 걸 보면 역시 내가 목표였던 게지."

태경은 태연하게 말하면서 타월을 몸에 두르고 병실로 나섰다. 소파 위에 널려 있던 옷가지들을 건네며 민재가 다시 물었다. 그의 눈동자가 검게 물들기 시작했다.

"몇 명이나 되었죠?"

"흥분할 거 없어. 두 명밖에 안 되는 걸 보면 진심으로 죽일 생각은 없었겠지. 게다가 일족도 아닌 보통 인간이었어. 저격 라이플로 먼 거리에서 쏘면 끝이라 생각했던가 봐."

민재의 미간이 다시 구겨졌다.

"네?"

"단순한 화풀이가 아닐까."

태경은 쓴웃음을 지었다. 누가 보냈는지 어쩐지 알 것 같기도 했다.

총 한두 방으로 죽는 일은 드물다. 실제로 일족을 완전히 죽이기 위해서라면 목을 자르거나 심장을 짓이겨야 한다. 일족의 심장은 강해서 약간의 상처로는 멈출 생각을 하지 않는다. 그러니 심심하게 저격을 했다면 그건 살해의 의도보다는 위협이나 경고의 의미가 더 강했다.

"중국계였어."

민재의 동공이 커졌다. 순식간에 사라지는 검은 그림자를 보며 태경은 슬쩍 웃었다.

"중국계였다고. 심상(心想)이 잡혔었어."

찔끔한 민재도 눈치 챘는지 혀를 찼다. 그는 슬쩍 정연 쪽을 돌아보았다.

"사모님은 안정되신 것 같네요."

육안으로 보아도 정연의 상태는 양호했다. 뿐만이 아니라 어쩐지 배도 더 부른 것 같았다.

"1차 성장이 끝난 것 같군요. 다행입니다."

"응."

태경은 그러고는 믿어지지 않을 정도로 부드러운 시선으로 정연을 바라보았다. 그의 눈길에 온기가 서리는 것을 경이롭게 바라보면서 민재는 안도했다.

옷을 갈아입고 난 태경은 구멍이 난 가슴을 잠시 매만졌다. 늑골이 살짝 부러진 것이 느껴졌다. 내장에 입은 상처가 좀 걸리긴 하겠지만 이미 상처의 표면은 아물어 버렸다. 총알을 내뱉은 다음 얌전히 재생했던 것이다.

"사모님은 주무십니까?"

진국이 들어서며 물었다. 그는 이미 옷을 갈아입은 태경을 잠시 돌아보다가 별게 아니라 여겼는지 재빨리 간호사를 불러 피 묻은 옷가지를 치우라 시켰다.

"그나저나 뜻밖입니다."

"뭐가?"

진국은 다시 두 손을 뻗어 정연의 배를 감쌌다. 그의 몸 안에서 은은하게 퍼져 나오는 온기를 옆에 서 있던 두 사람 모두 느낄 수 있었다.

"아기가 큽니다. 예상 외로 벌써 3㎏이 넘었습니다."

"뭐?"

"보통이라면 1차 성장을 한 것으로 잠시 정체기를 갖는데, 아무리 보아도 이 크기는……."

진국의 얼굴이 굳었다.

"또 뭔가 변수가 있는 건가?"

태경이 굳은 얼굴로 묻자 진국은 고개를 내저었다.

"정말 뭐라 말할 수가 없습니다. 사모님의 상태는 분명히 안정기니까 위험은 없을 것 같지만 대체 어떤 아기씨가 나오려고 이렇게나 특이한 일이 벌어지는지."

태경은 정연의 상태가 괜찮다는 말에 침묵했다. 사실 아이는 알 바가 아니었다.

"그럼 언제 2차 성장을 하는 거지?"

"모르겠습니다. 이 크기는 거의 2차 성장을 한 것과 맞먹을 정도입니다. 어쩌면 일주일 안에 2차 성장을 완전히 끝낼지도 모릅니다."

한숨을 내쉬는 진국의 말에 태경이 물었다.

"그녀의 몸은 완전히 변성되었나?"

"네, 폐 쪽은 다소 부족합니다만 그건 뭐 그렇게까지 큰 문제는 아니니까요. 자궁도 안정되었고 무리는 없습니다."

진국은 위로하듯이 말했다.

"태호는?"

태경이 문득 생각났다는 듯이 물었다.

"생명에는 지장이 없습니다. 지금은 수혈 중인데 어쨌거나 탄환만 빼면 괜찮으실 겁니다."

"팔이나 다리는 괜찮을까?"

진국은 고개를 저었다.

"팔도, 다리도 아무래도 안 될 것 같습니다. 또다시 같은 부위를 다쳤으니 신경이 완전히 죽어버려서."

태경은 천천히 담배를 하나 꺼내 입에 물었다. 하지만 누워 있는 정연을 생각해 불을 붙이진 않았다.

"게다가 회복이 늦어요. 아마 평상시의 반도 못 될 겁니다. 교묘하게 신체능력이 저하되었다고나 할까요."

씁쓸한 진국의 말에 그는 잠시 명성을 떠올렸다. 교묘하게 신체능력이 저하되었다고?

태경은 입맛이 썼다. 명성이 원한 것은 단순한 죽음이 아닌 모양이다. 정말로 태호의 몸을 끝장낸 것이다. 태호는 내장기관의 절반을 잃었다. 그것도 균형을 맞춰서.

태호는 다른 자들보다 쉽게 지치고 회복이 늦어질 것이다. 거기에 다리를 절고 한쪽 팔의 근력을 잃었다. 힘이 없는 자를 존중하는 자들은 없다. 태호가 평상시에 오만하고 고약하게 군 만큼 다른 자들도 그를 멀리하게 될 것이다.

'그게 복수였나.'

그는 고개를 내저었다. 명성을 탓할 마음은 들지 않았다.

그 역시 태호를 죽일 마음까지 품었었다. 치졸한 질투라는 게 얼마나 무서운지 새삼 납득이 갔다. 그의 형이자 양부는 질투 때문에 친부를 죽이지 않았던가. 남자의 질투는 추하기 짝이 없다.

그는 손바닥으로 얼굴을 쓸어내렸다. 질투라는 감정을 닦아내고 싶었지만 쉽지는 않다.

"다 나으면, 철동에 보냅니까?"

그의 갈등을 눈치 채기라도 한 듯이 민재가 물었다.
"아니."
태경은 고개를 저었다.
"그 녀석이 나을 때쯤이면 분쟁은 다 가라앉을 테지. 그냥 내버려 둬."
그는 누워 있는 정연을 돌아보았다.
평온한 표정으로 눈을 감고 있는 그녀가 한 말이 생각났다.

"당신과 나의 아기."

그는 물고 있던 담배를 도로 담뱃갑에 넣으면서 그녀에게 다가갔다. 창백하지만 편안해 보였다. 저도 모르게 미소를 지은 태경은 그녀의 뺨을 손가락으로 쓸었다.
이제 눈을 뜨면, 그녀와 함께 둘이서 손을 잡고 다시는 놓지 않으리라. 오랜 시간 동안, 수백 년 동안 내내 둘이서 손을 잡고 함께.
"그래, 달이든, 우주든, 어디든."
그는 웃었다.

34
결실

꽃 향기가 가득했다.

수백, 수천 송이의 장미가 장관을 이루며 넓은 정원 구석구석을 채우고 있었다. 수백 평이나 되는 넓은 내가였지만 발 디딜 틈도 없이 몰려든 하객들로 가득 했다. 덕분에 조용히 잘 지내왔던 내가의 잔디는 사람들의 발 아래 짓밟혀 엄청난 수난을 겪었다.

사람이 많기 때문인지, 체력 좋은 일족들이 많아서인지 결혼식장에는 의자가 없었다. 모두 서 있는 상황이었다. 주례가 설 자리와 신랑과 신부가 설 장미로 만든 아치를 가운데 두고 양 갈래로 길게 음식 테이블이 놓여 있었다. 족히 20m는 될 긴 테이블 위에는 뷔페식의 음식들이 차려져 있었는데 그 바로 뒤편에 하얀 옷을 입은 조리사들이 직접 바비큐를 준비했다. 내가의 정원에서 결혼식에 참석한 이들은 대부분이 일족의 원로급이나 중심인물 뿐이었다. 다시 말해 98% 이상이 일족들이었다. 물론 태경의 회사 직원들이나 거래처 사람들도 참석해 있긴 했지만 그들의 수는 많지 않았다.

"아름다워요!"

"좋은 날씨죠?"

미혜와 해민이 잔뜩 굳은 그녀를 위로하며 말을 걸었지만 정연은 하나도 귀에 들어오지 않았다. 악단이 한쪽에서 연주하며 분위기를 한껏 고조시키고 있었지만 그것조차 그녀의 귀에는 들어오지 않았다.

"입장하실 차례입니다."

그녀의 손을 잡고 단상 앞으로 걷던 제환도 굳긴 마찬가지였다. 하나밖에 없는 조카딸의 결혼식이다. 절로 손발이 떨렸다. 그래도 그는 억지웃음을 머금은 채 격려하듯 정연의 손을 태경에게 건넸다.

정신을 차리고 보니 그녀는 단상 앞에 있는 태경의 앞에 서 있었다. 단단하게 긴장한 얼굴로 그를 올려보니 평소와 다를 것 없이 미소 짓고 있는 그의 얼굴이 보였다. 그에게서 풍기는 부드러운 기운이 맞닿은 손가락을 통해 전해져 왔다. 따스하고 온화한 기운이었다. 절로 어깨에서 힘이 빠졌다.

"좋은 날씨입니다, 여러분."

인사부터 시작한 주례는 조금 딱딱한 표정으로 입을 열었다.

주례석이라 해봐야 특별한 것이 아니라 그저 조금 높은 단상 위에 서 있을 뿐이었지만 보는 사람들에게는 절로 위압감을 느끼게 했다. 나이 이백 살이 넘은 원로가 뿜어내는 기운은 활기에 찬 젊은이들도 입을 다물게 하는 위력이 있었다.

"오늘 이 자리에서 서씨 문중의 종주이자 가장이 혼례를 올리게 된 것을 무한한 기쁨으로 생각합니다."

주례의 말은 길지 않았다.

정연에게는 아무것도 귀에 들어오지 않았다. 그저 마주 잡은 손으로 전해지는 온기와 온유한 기운만이 전부였다. 터질 듯이 고동치는 심장은 가라앉을 줄을 몰랐지만 곧 태경이 손을 뻗어 그녀의 어깨를 감싸자 잠잠해졌다.

"괜찮아."

그가 입술을 거의 움직이지 않고 말했다. 정연은 그 말에 미소 지었다.

묘한 일이다. 그에게서 괜찮다는 말이 나왔을 때 그녀는 안도했다. 그녀가 습관처럼 쓰는 말이었는데도 그가 하는 말에서는 확고한 힘이 느껴졌다.

성혼선언이 떨어지자, 그녀는 태경의 손을 잡고 마치 기둥처럼 서 있는 하객들 사이를 걸었다. 구름 위를 걷는 듯 몽롱한 상태였지만 그녀는 태경과 함께 무사히 그들 사이를 지났다.

"축하합니다, 회장님."

"행복하십시오."

축하 인사를 하는 사람들 중에는 그의 회사 직원들도 많았지만 일족들도 많았다. 정연은 낯선 얼굴들 사이에서 그저 얌전히 고개만 숙여 인사했다. 그들 모두가 자신의 기운을 숨기고 있었기 때문에 인간들 사이에 있어도 유별나게 차이가 나지는 않았다.

그들의 대부분이 이 결혼에 대해 불만을 품고 있다는 것을 태경은 알고 있었다. 하지만 이 자리에서 적대감을 표출한다거나 불만을 토할 정도로 대담한 인물들은 없었다. 기파에 예민한 자들이 천여 명이나 모였다. 그런데 거기서 함부로 적대감을 뿜어낼 수는 없는 일. 모두 얌전히 인간처럼 웃는 얼굴로 의례적인 태도로 인사를 건넸다.

"축하드립니다, 형님."

고개를 숙이며 인사를 건네는 명성의 얼굴은 차분했다. 하지만 그의 주변에 있는 다른 유가의 원로들은 그다지 차분한 분위기가 아니었다.

"와줘서 고맙소, 종주."

태경의 말에 명성이 미소 지었다. 그의 시선이 잠시 정연에게 가 박혔다.

"축하드립니다."

"아."

정연은 처음엔 그를 알아보지 못했다.

"그런데, 태호가 보이지 않는군요. 설마하니 형의 결혼식에 참석하지 않는 겁니까?"

"그 녀석은 지금 벌 받는 중이오. 여러 가지 안 좋은 일이 많이 있었지만 이제부터는 양 가에 좋은 일만 가득하길 바라고 있소."

지극히 태연한 태경의 말에 명성은 그저 미소 지었다. 워낙 무표정한 얼굴인지라 미소를 짓는다 해도 웃는 것처럼 보이지는 않았다. 정연은 저도 모르게 부르르 떨었다. 그의 내가에서 겪었던 일들이 새삼 주마등처럼 스쳐 지나갔다. 다리가 후들거린다. 그런 그녀의 기분을 알아차렸는지 태경이 손을 꽉 잡아주었다. 그러자, 정연은 애써 심호흡한 뒤 천천히 몸을 바로 했다. 턱이 덜덜 떨렸지만 달아나는 대신 그녀는 명성의 얼굴을 똑바로 노려보았다.

'어라?'

의외의 반응에 명성이 조금 눈을 크게 떴다.
"와주셔서 감사합니다."
가늘게 떨리긴 했지만 정연의 말은 흐트러지지 않았다. 그녀는 입술을 꼭 깨물고는 도전적인 눈빛으로 그를 쏘아보았다.
"호오."
명성은 웃었다. 명성은 이 뜻밖의 반응에 크게 웃고 싶은 기분이 되었지만 태경의 기분은 반대인지 정연의 어깨를 감싼 채 명성을 향해 가볍게 눈짓했다. 강렬한 압박감에 뜨끔해진 명성은 예의 바르게 고개를 살짝 수그리고는 뒤로 물러섰다.
그가 사람들 사이로 사라지는 동안 정연은 주먹을 쥔 채 움직이지 못했다. 하얗게 혈색을 잃은 손마디를 보며 태경은 혀를 찼다.
"괜찮아?"
"네."
짐승들과 짐승들, 야수와 야수. 일족이란 머리 좋은 야수들로 이루어진 집단이었다. 그렇게 생각하고 보면 두려울 것도 없었다. 머리가 잘린 개의 시체를 보고 두려움에 떨던 그때가 문득 기억났다. 그녀를 죽이려 달려들던 광기 어린 모습의 소년들도.
그녀는 태경의 손을 꼭 잡았다.
달아나선 안 된다고 그녀는 되뇌었다. 그녀를 짐승들의 세계에 끌어들인 것은 분명 태호와 태경이었다. 하지만 태경을 택해 짐승들의 세계로 뛰어든 것은 그녀 자신이었다. 분명 태경은 그녀에게 기회를 주었다. 보통 사람처럼 살아갈 기회를. 하지만 그녀는 태경을 택했다. 그를 그리워하며 그의 품에 몸을 던졌다. 그러니 한탄하거나 주저할 수만은 없다. 부서지고 깨지더라도 마주할 수밖에.

그녀는 자신을 부드러운 눈으로 보고 있는 태경을 올려다보았다. 그는 항상 그녀를 감싸고 보호하려고 해왔다.

"정말로 괜찮아요."

그녀는 밝게 웃었다. 도전적인 빛깔이 도는 웃음이었지만 그녀는 의식하지 못했다. 하지만 태경은 그녀의 깊은 곳에 도사리고 있는 야수의 기세를 느꼈다.

"그렇다면 좋아."

태경도 역시 야수처럼 웃었다.

"하객들에게 인사를 해야 하지 않니?"

지영이 곱게 입은 한복 자락을 누르며 물었다. 그녀는 다소 불안한 기색이었다. 좋기는 한데 그녀의 눈으로 보아도 너무 기우는 결혼식이었다. 하객의 수만 해도 신부측 하객의 수는 겨우 이십 명도 채 되지 않았던 것이다. 그나마 같이 있던 잡지사의 기자들이 참석해 수를 늘렸을 정도였다.

"안 하셔도 돼요."

생글 웃으며 미혜가 말했다. 사실 그녀는 진국으로부터 절대안정을 취하게 하라는 엄명을 받아놓은 상태였던 것이다.

"지금 하객들이 너무 많으니까요. 일일이 인사하러 다닐 수는 없어요. 게다가 사모님께선 아직 몸이 좋지 않다고 주치의께서 말씀하셨다고요."

미혜의 말에 지영의 눈이 커졌다.

"몸이 많이 안 좋니? 창백해 보인다."

"좀 눕고 싶긴 해요."

그녀의 안색은 파리했다.

무엇보다 명성을 다시 만난 것이 타격이었는지도 모른다. 아직도 머리가 어질어질했다.

커다란 등신대 거울에 비친 자신의 모습을 바라보면서 정연은 티아라로 흐트러진 머리칼을 다듬었다. 해민이 자상하게도 정연에게 예복을 갈아입혀 주었다. 연한 핑크의 느슨한 스타일의 하이웨스트 원피스였다. 부른 배를 적절히 감싸는 디자인이다. 청순해 보이는 하얀 얼굴을 강조해서 평소보다 서너 살은 족히 어려 보였다.

"쉬어야 해."

어느새 드레스 룸으로 들어선 태경이 정연의 어깨를 안은 팔에 힘을 주었다.

"많이 안 좋은 거냐?"

제환이 불안한 어조로 물었다. 끼고 도는 모습이 꽤나 심각해 보였기 때문이다.

"괜찮습니다. 역시 결혼식이라 긴장해서 그런 거죠. 먼저 식사하시고 나중에 뵙겠습니다."

태경은 부드럽게 미소 지었다.

"그러게."

"그래라."

조금은 멍한 얼굴로 숙부와 숙모가 고개를 끄덕이는 것을 정연은 씁쓸하게 바라보았다. 그토록이나 간단히 암시에 걸리는 것이 다행이다 싶으면서도 어쩐지 서글프다.

"기분은 어때?"

내가의 안채를 향해 걸으며 태경이 물었다. 그는 정연의 허리를 단단히 한 팔로 감고 걸었다. 그의 몸에 자연스럽게 기대어 걸으며 그녀는 길게 숨을 내쉬었다.

"실감이 안 나요."

그녀는 멍하니 태경의 팔에 몸을 의지한 채 중얼거렸다.

멀리서 웃고 떠드는 하객들의 소리가 들려왔다.

족히 몇 천 명의 하객이다. 실제로 식에 참여한 사람들은 육백 명 정도였지만 그 외의 이천 명이 넘는 사람들이 예약된 호텔에서 식사 중이었다. 정원이 좁아 다 들어올 수 없었던 것이다. 너무 많은 사람들이 몰려서 정연은 그저 어리둥절하기만 했다. 이 많은 사람들이 자신의 결혼을 축하하기 위해 왔다는 것이 믿어지지 않을 정도였다. 그래서인지 자신이 진짜 결혼을 하긴 했는지, 이게 꿈인지 생시인지 분간이 가지 않았다. 워낙에 급하게 이루어진 결혼식인데다가 그녀 자신이 한 것은 아무것도 없었다. 드레스며 옷가지까지 모두 다 미혜가 알아서 했다. 정연은 그저 멍하니 앉아 있었을 뿐이다. 혼수나 예단 같은 것이 없는 결혼식이라는 게 이렇게나 간단한 것이었나. 하긴 그녀는 태경에게 줄 것도, 소개시켜 줄 사람도 없긴 했다.

"그래도 하객들에게 인사를 하는 게 좋지 않을까요?"

"괜찮아."

태경은 미간을 찌푸렸다.

하지만 정연은 아니다 싶었다. 아무리 그들이 적대하고 있더라도 완전히 모른 척할 수는 없었다. 이제 그녀는 서가의 안주인이 되었다. 호스테스 역할을 하지 않으면 안 된다. 모두 미혜에게 맡겨둘 수는 없는 일.

"아니요, 인사를 꼭 해야 할 분들에게는 인사를 하는 게 좋겠어요. 태경 씨가 옆에 있어준다면 괜찮을 거예요."
 모처럼 새 옷으로 갈아입었는데요. 그녀는 약하게 웃어 보였다.
 그는 대답 대신 그녀의 눈을 똑바로 바라보았다. 다갈색 눈동자 속에 담긴 고집을 보고 그는 굳어 있던 안색을 풀고 다시 미소 지었다.
 "알았어. 그럼 각 가문의 주인들에게만 인사를 하자."
 그는 정연의 허리를 안은 채 다시 정원으로 나섰다.
 맨 처음 인사를 한 것은 영국에서 왔다는 일족의 종주였다. 파란 눈에 금발, 매력적인 마스크가 꼭 모델이나 배우처럼 보였지만 노련한 미소를 머금고 있는 모습이 위압감이 있다. 정연은 동양인 이외에도 다른 일족들이 있다는 것을 신기하게 여겼다.
 "이렇게 만나게 되어 반갑소. 결혼을 축하해요. 나는 미스터 서가 이렇게 빨리 결혼하게 될 줄 몰랐소."
 아무리 보아도 삼십 정도로밖에는 보이지 않는 금발의 미청년은 사실 육십이 훨씬 넘은 노인이라 했다. 정연은 능숙한 발음으로 한국어를 하는 그에게 놀랐다.
 "한국어에 능숙하시네요."
 "아아, 한국어는 발음이 조금 딱딱해서 어려웠지."
 금발의 종주는 소리 내어 웃었다. 그의 아내는 빨간 머리의 글래머 미녀였는데 그녀 역시 한국어가 능숙했다.
 "임신을 축하해요. 우리들은 새 아기가 태어나는 게 가장 큰 즐거움이라오."
 붉은 머리의 안주인은 결혼 선물이라면서 검은 빌로드 상자를 건넸다. 루비로 장식된 근사한 목걸이였다.

"정말 감사합니다."

"예쁘고 얌전한 아가씨네요."

흐뭇한 시선으로 그녀를 내려다보던 붉은 머리의 미녀는 자신의 남편에게 정열적인 키스를 건네더니 곧장 식사 테이블로 돌아갔다. 그 과감한 애정 표현에 정연은 조금 굳었다.

"보통 열 개 국어 정도는 다들 해."

태경이 그녀의 허리를 감은 팔에 힘을 주면서 덧붙였다.

"정말요?"

"오래 살잖아. 아까 그 부부도 결혼한 지 오십 년은 넘었어. 손자들도 열두 명이나 되지."

"세상에."

태경은 빙긋 웃었다.

"그 집 안주인은 화랑에서 일해. 큐레이터인데 신인 화가를 발굴하는 게 취미라 하더군."

"네에."

경탄 어린 시선으로 그녀의 뒤를 바라보는 정연에게 문득 생각난 듯이 태경이 물었다.

"넌 뭘 하고 싶어?"

정연은 태경을 돌아보았다. 그는 따스하게 눈을 빛내며 다시 물었다.

"무슨 일을 하고 싶냐고 묻는 거야. 전에 잡지사에서 일하고 있었다 했는데 그 일이 마음에 들어?"

"그……."

그녀는 말을 잇지 못했다. 그녀가 잡지사에서 일한 것은 아주 잠시였다.

"무슨 일이든 하긴 해야 하잖아? 번역 일을 하는 걸 봤는데 그럼 전문 번역가가 될 생각이야? 그렇다면 공부를 더 하는 게 좋을 텐데."

태경의 말에 정연은 그의 팔을 꽉 잡았다. 머리가 텅 비는 것만 같았다.

"그동안 좋아하는 일을 하나도 못했잖아? 이제 아이가 태어나고 나면 좋아하는 일을 찾아서 하는 게 좋지 않겠어?"

태경이 놀라는 그녀가 이상하다는 듯이 다시 물었다.

"물론 그냥 집에서 쉬어도 좋긴 하지만 하루 종일 멍하니 있는 것은 건강에 좋지 않아."

정연은 눈을 감고 그의 가슴에 이마를 댔다. 미친 것처럼 가슴이 뛰고 있었다. 그의 심장 소리가 가까이 들린다.

"왜 그래? 어지러워?"

태경이 그녀의 몸을 부축하며 다시 물었다.

정연은 뜨거워지는 눈가를 억지로 참으며 그의 옷깃을 움켜쥐었다.

알고 있었다.

알고는 있는데 사실은 이해하고 있지 않았던 모양이다. 태경은 태호가 아니다. 그는 엄마가 아니다. 아무 데도 가지 못하게 위협하고 있던 그들과는 전혀 다른 사람이다. 뜨거운 덩어리가 목 안까지 치밀어 올랐다. 그녀는 태경의 옷자락을 쥔 손을 펼 수가 없었다.

"왜 그래?"

태경이 놀라 그녀를 끌어안았다. 태경은 그녀의 어깨를 잡고 눈물이 글썽한 얼굴을 들여다보았다.

"아니에요. 아니에요."

그녀는 다시 그의 손을 잡고 뺨을 비볐다. 눈물이 절로 흘렀다. 화장이 번질까 봐 당황하면서 그녀는 급히 눈물을 닦아냈다.

"설마하니 내가 고약한 남편이 될 거라 생각한 건가?"

태경이 혀를 차며 물었다. 그가 인간들이란 이해가 안 가, 하고 중얼거리는 소리를 듣고 정연은 웃고 말았다. 그의 말이 맞다. 그녀는 눈물이 너무 많았다.

"아니에요, 그런 게 아니라 지금은 그냥 태경 씨랑 있고만 싶으니까."

미래를 생각해 본 적도 없었다. 정연은 눈을 감은 채 중얼거렸다.

항상 벅차게 달려드는 일들로 가득해서 그녀에겐 미래라는 것을 꿈꿀 새가 없었다. 하고 싶은 일이 무엇인지도 몰랐다.

"우는 거야?"

태경이 쿡 웃었다. 그는 눈가를 누르고 있는 정연을 보며 물었다.

"차가운 것 하나 갖다줘?"

"네. 녹차요."

"그래. 잠시 기다려."

쯧 하고 태경은 속으로 혀를 찼다. 정연은 너무 자신을 죽이고 살아왔다. 너무 욕심이 없는 것도 불안정한 상태가 아닐까. 살아 있는 모든 것은 탐욕스럽기 마련이다. 그녀는 선인장처럼 그저 자신만을 보호하는 데 급급해 아무것도 욕심내지 않는다.

'뭐, 욕심내지 않아도 내가 다 해주긴 하겠지만.'

그는 은밀한 만족감을 느꼈다.

차려진 테이블로 다가가 잔을 하나 집어 들 때였다. 낯익은 기파가 뒤통수를 간질였다.
"골치 아픈 일이 하나 해결된 것 같군. 축하하네."
진가의 주인이 덤덤한 음성으로 말했다.
"감사합니다. 펀치 드시겠습니까?"
"응, 달콤한 걸로."
태경은 느긋하게 그에게 펀치를 건넸다. 유달리 달콤한 것을 좋아하는 하얀 얼굴의 진경하는 팔십이 넘은 나이에도 불구하고 몸은 여전히 호리호리했다. 그는 청원처럼 선이 가늘고 고운 여자 같은 이목구비를 하고 있었지만 청원과는 인상이 전혀 달랐다. 청원이 백사라면 이쪽은 코브라에 가깝다.
"뭔가 어정쩡한 기분이 들긴 하지만 순순히 물러났으니 그걸로 된 거겠지."
"네."
태경은 미소 띤 얼굴로 대답했다. 이 노회한 권력자 앞에서는 자기도 모르게 공손해질 수밖에 없었다.
"유가네, 지금 엄청 시끄러울 텐데 그 꼬맹이 살아날까?"
"명이 길다면 살아나겠죠."
느긋하게 태경이 대꾸하자 진경하는 킬킬 웃었다. 아름다운 외모에 어울리지 않는 경박한 웃음이다.
"그나저나, 난데없이 청청이 사업체를 하나 꾸려 가지고 나갔는데 혹시 아는 바가 있나?"
"호? 청청이 벌써 독립했습니까?"
태경이 그를 바라보자, 하얀 가면을 쓴 것처럼 무심한 얼굴을 한 진경하는 초밥을 하나 집어 먹으면서 고개를 끄덕였다.

"똑똑한 아이이긴 하지만 결혼에는 실패했지. 자네를 보면 때려주고 싶을 정도로 기분은 나쁜데 돌아오자마자 언제 준비해 놨는지 독립하겠다고 나서더군."

"허어. 저도 뜻밖입니다. 하지만 워낙 야무지니까요."

"응, 내 딸이지만 그 앤 똑똑해. 만약 그 애가 남자였다면 청원이 놈을 밀어버릴 수도 있었을 게야."

진경하는 껄껄 웃었다.

"준비를 오랫동안 한 모양입니다. 돌아간 지 얼마 되지도 않았는데 벌써 독립했다니."

"벌써 짐을 싸서 나갔어. 수군대는 엄마들이 보기 싫다나. 무리도 아니겠지. 벌써 집안이 누가 진가의 공주냐 하면서 떠들썩하거든."

태경은 쓴웃음을 지었다. 무리도 아니다. 청청이 누리는 위치를 가지기 위해 침을 흘리는 자들이 한둘이 아니니.

"청원은요?"

화제를 돌리는 태경이 불만이라는 듯 쏘아보면서 그는 경고했다.

"분명히 말해두지만, 나는 아직 화가 풀린 게 아닐세. 비록 오늘 나온 음식이 아주 맛있었다 할지라도 말이야."

"네에, 죽을죄를 졌습니다."

태경이 웃자 진가의 주인은 야릇한 미소를 머금었다.

"나는 자네가 좋아. 자네는 언제나 바닥에 한 장을 깔고 시작하거든."

"무슨 말씀이신지?"

"항상 숨겨둔 한 수가 있단 말이지."

"그렇습니까?"

"자네가 묻어두겠다면 나 역시 한 장 그냥 깔아두지. 멍청한 자식새끼를 위해."

클클 웃는 노인네를 뇌두고 태경은 물러섰다. 쓴웃음이 절로 올라온다.

"어이."

삐딱한 얼굴이 된 청원이 펀치 잔을 든 채 불렀다. 트로피컬 펀치라는 지극히 대중적이고 달디단 음료를 쥐고 선 미청년은 모델처럼 근사했다.

"난 축하한다는 말은 못해."

"그래?"

잔뜩 비뚤어진 미소를 머금은 친구를 바라보면서 태경은 아이스 녹차 잔을 집어 들었다. 배가 고프긴 했지만 여기서 뭔가를 마구 집어 먹을 기분은 되지 않았다.

"나한테 할 말 있지 않나?"

태경이 얼음을 딸그락거리며 묻자 청원은 눈썹을 찌푸렸다.

"뭘?"

"예를 들자면, 미안하다든지."

"놀고 있네!"

청원이 잔뜩 거칠게 외치자 몇몇의 시선이 그쪽으로 와 박혔다. 그중에 청원의 아내가 있었다. 그녀는 호리호리한 전형적인 중국계 미인이었는데 청원의 기색이 좋지 않자 위로하듯 눈썹을 모았다. 그런 그녀에게 청원은 아무 일이 없다는 듯 미소를 던졌다.

"여전히 미인이군."

가볍게 칭찬한 태경이 고개를 끄덕이자 언제 웃었냐는 듯 확 돌변한 얼굴로 청원이 그를 노려보았다.

"너, 이 자식!"

"화낼 쪽은 나일 텐데."

"웃기지 마!"

청원이 투덜거렸다. 그는 머리를 난폭하게 치켜올리면서 태경을 쏘아보았다. 가느다란 홍채가 싸늘한 살기를 뿜었다. 당장이라도 본성을 드러내 그를 콱 물어뜯을 기세였다.

"여기에 콱 구멍이 뚫렸었는데 그럼, 그 정도도 안 해?"

태경은 총을 맞았던 가슴팍을 가리켜 보였다.

"내상은 아직 덜 나았다고. 늑골이 하나 부러졌어."

"그거 쌤통이네."

청원이 픽 웃었다. 그는 얄팍한 입술을 비틀며 태경의 얼굴을 쏘아보았다.

"내가 바란 건 네 털 난 심장을 박박 밀어주는 거였는데 늑골 하나로 끝났다니 아쉬워 죽을 지경이야."

청원의 눈이 불온하게 흔들렸다. 재차 동공이 가늘어지는 것을 보며 태경이 씨익 웃었다. 하얀 송곳니가 드러난다.

"그냥 총도 아니고 저격했다는 것이 알려지면 어떻게 될 것 같아?"

그의 눈 속에 은빛이 스치고 지나갔다. 반들거리는 금속성의 광채.

"싸우다 총을 쓰는 것과는 차원이 다른 일이지. 그것도 일가의 종주를 상대로. 전쟁을 일으키고 싶어?"

"증거가 있어?"

태연한 말에 청원의 얼굴이 굳었다. 그는 불쾌한 얼굴로 입을 다물고 태경을 쏘아보았다. 약점을 잡혔다는 인식은 있었다. 하지만 그만큼 더 화가 난다.
　"내가 누구라고 생각해? 나는 서태경이야."
　"잘났군!"
　혈색이 사라진 입술이 일그러졌다.
　"아빠!"
　멀리서 하얀 원피스를 입은 청원의 어린 딸 래아가 웃었다. 그 웃음에 청원도 반사적으로 웃음을 되돌렸다. 그사이에 다른 여자아이가 래아의 손을 잡고 웃으며 파란 잔디밭 위로 달려간다.
　"귀엽군. 많이 컸는데?"
　"내년쯤 성체 변성을 할 거야."
　"벌써 그렇게 됐나?"
　어린아이들 몇이 장미 화원 속에서 놀고 있었다.
　직계의 자손으로 태어난 고귀한 혈손들. 아이들이 입은 하얀 옷자락이 5월의 햇빛에 반사되어 눈부시게 빛나고 있었다. 태경은 눈을 가늘게 뜨고 어린애들이 놀고 있는 광경을 바라보았다. 곧 그의 아이도 저들 사이에 끼게 될 것이다. 결혼식을 위해 준비한 장미들 사이로 나비 몇 마리가 춤을 추며 아이들의 손을 피해 달아나고 있었다.
　"그나저나 이제 아이가 태어날 것이니 그 망나니의 효용가치가 없어진 건가?"
　"날 그렇게 야박한 사람으로 만들지 말았으면 좋겠군."
　태경의 태연한 말에 청원은 입가를 비틀며 웃었다.
　"웃기지 마. 그 자식의 가치는 종마, 그 이상도 이하도 아니었잖아."

"저런, 저런."

태경은 낮게 웃었다. 입 안으로 흘러드는 차가운 얼음이 쓰디쓰다.

"그래, 원하는 게 뭐지?"

청원이 체념하듯 작게 물었다. 그의 시선은 여전히 자신의 아이들에게 향해 있었다.

"별거 아냐."

"네놈이 그렇게 말하는 게 더 무섭다."

"그렇게 긴장할 거 없어."

태경은 자신의 뒤쪽에 그림자처럼 조용히 선 민재를 돌아보았다. 민재는 차분한 얼굴로 아무 일도 없었다는 듯이 태연하게 서 있었다. 그의 얼굴에서는 초조감도, 불안감도 보이지 않는다.

하지만.

태경은 슬쩍 웃었다.

"내가 부탁할 것은 하나밖에 없어."

"그게 뭐냐니까?"

"청청이 독립했다더군."

"그래. 번갯불에 콩 볶아 먹듯 해치웠지. 미리 준비야 했겠지만 그만큼 네놈에게 당한 상처가 크단 이야기야. 독립이라 해봤자 작은 잡화점 하나와 보석상점 두 개가 그 애가 가진 사업체의 전부야."

청원이 퉁명스럽게 대꾸하자 태경은 민재를 향해 가볍게 미소를 던지며 작은 소리로 말했다.

"그 애를 응원해 줘."

"뭐?"

"청청을 밀어달라고."

청원은 별 황당한 말을 다 듣겠다는 듯이 그를 돌아보았다.

"청청을 무조건 밀어줄 것. 그게 내 조건이야."

"황당하군, 그 앤 내 동생이야. 내가 안 도와줄 것 같아?"

"그래 봐야 한시적이겠지. 하지만 난 네가 무조건적으로 밀어주길 바라. 알다시피 진가에는 애들이 너무 많으니까."

"그걸 왜 네가 말해? 알량한 죄책감이냐?"

청원이 어이없다는 듯이 비웃자, 태경은 고개를 저었다.

"미안하지만 나는 죄책감 따위는 없어. 단지 여러 사람 위해서 그게 좋다 생각했을 뿐이야."

그는 이해할 수 없다는 듯이 미간을 잔뜩 찌푸렸지만 태경은 설명해 줄 마음은 조금도 없었다. 그는 아이스 녹차를 한 모금 삼키며 멀찍이 서 있는 민재에게 가볍게 잔을 들어 보였다. 멀찍이 서 외국에서 온 일족들을 접대하고 있던 민재는 어리둥절한 표정이었지만 곧이어 고개를 숙여 응답했다.

"내게는 아내 말고 소중한 사람이 몇 있어."

"뭐?"

청원이 뜬금없는 소리에 눈을 크게 떴다.

"너하고 민재야."

"나야 그렇다 치지만 저 너저분한 민재 놈까지?"

말은 불퉁하지만 뺨을 붉힌 청원을 향해 태경은 피식 웃었다.

"그리고 얼마 전에 거기에 청청이 속하게 되었어. 축하할 일이지?"

"거절해 놓고 말은 잘한다."

퉁명스럽게 청원이 중얼거렸지만 표정은 확연히 풀려 있었다.

태경이 사람들 사이로 빠져나간 뒤 정연은 눈물 자국을 애써 지웠다. 주변에 아는 사람들이라고는 아무도 없었지만 이상하게도 두렵진 않았다. 아마 이곳이 내가이고, 또 이곳의 주인이 그녀 자신이기 때문인 듯했다.

그녀는 깊게 심호흡했다. 약해져서는 안 된다. 이제 곧 아이도 태어날 것이고, 자신은 이 큰 집안의 안주인이 되었다. 그러니까 적어도 당당하게만은 보여야 했다.

"겨우 혼자가 되었군요."

담담한 목소리에 놀라 고개를 돌리니 명성이 서 있었다.

"네에. 태경 씨는 마실 것을 가지러……."

절로 긴장되어 목소리가 거칠어졌다.

"그렇군요."

명성은 차분한 얼굴로 정연을 물끄러미 보았.

대원의 말대로 정연의 몸에서는 태경의 냄새가 풀풀 났다. 결혼해서 아이까지 가졌기 때문에 당연한 일인지도 모른다. 하지만 아직도 그는 약간은 의심하고 있었다. 이 여자는 정말로 태호와는 무관한 걸까. 아니, 이제 와서는 아무래도 상관은 없다.

"전의 일은 실례했습니다."

명성이 다시 말하자 정연은 쓴웃음을 지었다.

죽을 뻔했다. 납치당하고 죽을 뻔했다. 그런데 실례? 단지 실례라는 한마디로 끝난단 말인가? 그녀는 명성이 무서웠다. 그의 시선에는 여전히 한기가 돌았다. 하지만 그에 못지않게 화가 나 절로 주먹을 쥐었다. 정연은 억지로 이를 악물며 마음을 가라앉혔다. 그녀는 이제 서가의 안주인이다. 절대로 흐트러진 모습을 보여선 안 된다.

"아니에요. 어쨌든 아저씨, 아니, 유대원 씨는 저를 구해주셨으니까요. 아마 그때 그분이 없었다면 전 죽었을지도 몰라요."

"다시 한 번 사죄드리지요."

그는 고개를 살짝 숙였다. 정연은 애써 의연하게 그 인사를 맞받으면서 초조함에 입술을 깨물었다. 그 반응을 눈치라도 챘는지 뱃속의 아기가 움직였다.

"그동안 서태호를 보신 적 있나요?"

"아뇨. 부상이 심해서 꼬박 정양하고 있다 들었어요."

정연이 차분하게 대답하자 명성은 고개를 끄덕였다.

"그래요?"

정연은 두 손을 깍지 낀 채로 명성을 바라보았다.

무표정할 정도로 덤덤한 얼굴과 달리 눈빛만은 날카로운 남자. 태경처럼 한 가문의 주인인 남자였다. 그다지 크지 않은 체구였는데도 거구인 대원보다도 훨씬 더 커보였다.

"유대원 씨는 괜찮으신가요?"

"괜찮습니다. 별로 큰 부상을 입은 것도 아니니까요."

가볍게 대답한 그는 시선을 돌렸다.

일족들은 먹고 마시는 데 열중한다. 남의 일은 신경 쓰지 않는다. 몇몇이 명성과 그녀가 나란히 선 모습을 희한하게 보고 있었지만 다가오는 사람은 아무도 없었다.

문득 명성은 자신을 쳐다보고 있는 태경을 느꼈다. 태경은 아이스 녹차 잔을 두 개 든 채로 누군가와 이야기하고 있는 중이었다. 하지만 시선은 그를 향하고 있다.

명성은 무심결에 웃고 말았다. 진심이란 말인가. 이 보잘것없는 여자의 어디가 좋아서?

그가 아무런 말도 하지 않자 정연 역시 침묵했다. 나서서 이야기를 할 정도의 사이도 아니었고, 이 남자가 거북하기도 했다. 당장 이 남자를 쫓아내라고 비명을 지르고 싶은 기분이었다. 과묵하지만 편안했던 대원과는 딴판이다.

명성은 얼음이 담긴 컵을 이리저리 흔들었다. 빨간 펀치가 새콤한 향기를 풍겼다. 석류즙이 들었는지 새빨간 것이 피처럼 붉다.

"당신은 무섭지 않나요?"

갑자기 명성이 물었다.

"예?"

멀리서 아이들이 웃고 떠드는 소리가 들려왔다. 일족의 아이들은 그녀로서도 처음 보았다. 하얀 드레스를 입은 여자 아이들과 감색 정장을 입은 남자 아이들은 모두 아름다워서 탤런트나 모델같이 보일 정도였다.

명성은 말없이 굳어 있는 여자를 바라보았다. 임신한 여자 특유의 체향이 코끝을 건드리고 있었다. 그건 적령기의 남자라면 누구든지 눈치 챌 수 있는 짙은 향기였다. 그는 복숭아의 달콤한 향을 연상했다.

"미성숙한 아이들을 보았지요? 거의 짐승이나 다름없는 애들을 어떻게 생각하죠? 당신의 뱃속에 있는 아이는 그런 애가 될 터인데."

그는 그녀를 시험하듯 말꼬리를 끌었다.

"당신은 인간이잖아요."

그는 선언하듯 말했다. 선의도, 악의도 없는 단순한 질문이었지만 오히려 그 때문에 정연은 숨이 막힐 것 같은 이질감과 공포를 맛보았다.

그녀의 하얀 손이 무의식중에 배를 감쌌다. 손바닥에 가득 차올라오는 부피감이 오히려 안정감을 준다.

"저도 무서워요."

그녀의 눈가가 슬픈 듯이 일그러졌다.

"하지만 달아날 수도, 외면할 수도 없어요. 도망가는 것도 갈 곳이 있을 때의 이야기죠. 나에겐 아무것도 없어요."

그녀는 바짝 마른 입술을 핥았다.

도망갈 곳도 없다. 차라리 그의 앞에서 죽어버리는 게 나을지도 모른다. 그를 잃을 정도라면, 그 온기를 잃을 정도라면 죽는 게 나을지도. 머리부터 발끝까지 그녀는 그에게 중독되었다. 정연은 진심으로 그렇게 생각했다.

"달아날 수 없다면 참아내야죠."

명성은 피식 웃으며 펀치 잔을 들어 보였다.

"브라보."

장난스런 말과는 달리 그의 얼굴은 드물게도 부드러웠다.

"결혼, 축하합니다."

그 말에 정연은 한숨을 삼켰다. 어쩐지 드디어 일족에게 받아들여진 것처럼 느껴졌던 것이다. 그녀는 천천히 일어나 돌아선 명성의 등을 멍하니 바라보았다.

그가 사람들 사이로 사라지자마자 태경이 다가왔다. 그는 정연의 어깨를 안으며 녹차 잔을 내밀었다.

"무슨 말을 했어?"

"아뇨."

그녀는 고개를 저었다.

비로소 정연은 명성에게 동정심을 느꼈다. 누이를 잃은 오라비들의 슬픔. 그리고 그녀의 등 너머를 바라보고 있던 프랑켄슈타인을 닮은 남자, 유대원. 그들 모두가 엄마를 잃은 그녀와 비슷했다. 짐승들도 애정을 품는다. 짐승들도 슬픔을 안다.

"얼굴색이 안 좋아."

태경이 그녀의 팔꿈치를 잡아당겼다.

"괜찮아요. 인사할 분들을 다 만나지도 못했는데."

"정말로 안색이 좋지 않아. 인사는 안 해도 돼."

태경은 그녀를 강하게 잡아당겼다. 정연은 그의 행동에 피식 웃고 말았다. 아무리 보아도 과보호는 맞다. 문제는 그런 그의 행동이 너무나 좋다는 것이지만.

"신방 봤어? 방을 새로 꾸몄는데 아직 보지도 못했지?"

태경이 그런 그녀의 팔을 잡고 능숙하게 이끌었다.

"못 봤어요."

그녀는 쿡쿡 웃고 말았다. 미혜가 꾸몄다는 신방을 그녀는 구경조차 못했다. 얼결에 안채로 끌려가면서 그녀는 자꾸만 웃었다.

다소 차가운 느낌이 드는 대리석 가구로 맞춰진 신방은 독특한 분위기였다. 미혜와 가구 디자이너가 꾸며낸 것이라고 듣긴 했지만 어디서든 보기 어려운 디자인의 가구들이 대부분이다. 바닥은 검은 대리석과 오크목이 뒤섞여 만들어졌다. 그녀는 나중에야 알았지만 일족들은 대리석을 자재로 선호했다. 나무와 달리 냄새가 나지 않기 때문이다. 내가의 대부분도 대리석을 바닥재로 썼다.

다소 춥기는 하지만 워낙에 건강한 체질들이라 난방에는 그다지 신경 쓰지 않았다. 덕분에 사치스러운데도 사치스럽게 보이지 않는 실용성이 있었다.

"어마어마한 침대네요."

얼결에 그렇게 중얼거린 정연은 얼굴을 붉혔다. 태경이 쿡쿡 웃기 시작했기 때문이다.

아닌 게 아니라 침대는 아주 컸다. 보통 말하는 킹사이즈인 듯 거대한데 통째로 상아색 대리석을 놓아 만든 침대였다. 다른 침대와 달리 침대에는 기둥이 있어서 근사하게 늘어지는 캐노피가 있었다. 정연은 하얀 시트가 깔린 침대와 그에 어울리는 형태로 온화하게 흐트러진 캐노피를 바라보았다. 진짜 공주나 여왕이 쓸 법한 침대였다.

넓은 방에는 큰 침대 이외에도 대리석 색깔과 맞춘 상아색 가죽 소파 세트와 테이블이 놓여 있었고, 화장실로 이어지는 파우더 룸에는 신부를 위한 유백색의 새 화장대와 고가의 화장품이 세트 별로 놓여 있었다. 정연이 들어본 적도 없는 브랜드였다.

뿐만 아니라 대리석을 박아 색깔을 맞춘 옷장 안에도 그녀의 새 옷들이 가득했다. 본 적도 없는 드레스와 모피 코트를 비롯한 옷들이 줄줄이 걸려 있다. 서랍을 열어보자 놀랍게도 화려한 속옷까지 마련되어 있었다.

방이 워낙 넓어서 정연은 방 안을 둘러보는 데만도 한참 걸렸다.

"마음에 들어? 누울래?"

드레스까지 벗겨주면서 그가 물었다. 사실 혼자 벗기 어려운 드레스였다.

"네, 너무 좋네요."

드레스를 벗고 나니 속이 시원했다. 배 쪽이 아까부터 당기듯이 아팠다. 꼭 생리하는 사람처럼 배가 쿡쿡 쑤시고 아픈 데다가 허리도 무척 아팠다. 긴장해서 아픈 게 아닐까 생각하던 그녀는 무심코 움찔했다. 변성한 그녀가 생리통이 있을 리가 있나. 게다가 그녀는 임신 중이었다.

"왜?"

"아니, 별거 아니에요."

그녀는 애써 참으며 말했다. 조금 지나면 괜찮아질 듯도 했다. 역시나 결혼식이 떨렸던 모양이다. 그래도 근사한 결혼식이었다.

"피곤하지?"

"괜찮아요. 워낙에 미혜 씨가 잘해주어서. 숙부님과 숙모님도 굉장히 기뻐하시고."

"그래, 많이 우시더군."

정연의 손을 잡고 나온 숙부는 얼굴이 벌겋게 된 채로 눈물을 참고 있었다. 웨딩드레스를 입은 그녀가 너무나 작고 가냘파 보여 눈물이 난다 했다.

"안색이 좋지 않아. 어서 누워."

태경이 자상하게 손을 내밀어 그녀를 침대 위로 앉혔다.

편안한 옷으로 갈아입은 정연은 앉자마자 그의 허리에 팔을 두르고 눈을 감았다. 정말로 생각지도 않았는데 이마가 축축했다. 진땀이 흐르고 있었다. 화장을 지워야 할 텐데 엄두가 나지 않았다. 움직이기조차 싫었던 것이다.

그의 손이 그녀의 머리를 쓰다듬었다. 티아라를 썼던 터라 머리가 좀 뒤죽박죽이다. 스프레이로 굳어진 머리칼을 쓸면서 태경이 작게 웃었다.
"고슴도치 같군."
"별수없어요. 머리가 짧아서."
쿡 하고 그녀가 웃자 태경의 손이 위로하듯 등을 쓸어내렸다. 입술이 이마에 닿았다.
"아기가 누굴 닮으면 좋겠어요?"
"누굴 닮든 아무래도 좋아."
태경의 얼굴에 깊게 주름살이 파였다. 늘 청년 같은 얼굴임에도 그의 미간에 새겨진 주름살은 골이 깊었다. 진심을 숨기는 태도로 짓는 웃음은 차갑다.
"태경 씨."
정연은 뭐라 말하고 싶었다.
바로 앞에 있는 이 냉혹한 눈을 한 남자가 정말 그녀가 아는 서태경일까. 그가 아닌 것만 같았다. 아이를 싫어하는 걸까? 아니면 애를 밴 자신이 싫은 걸까?
"아이가 싫어요?"
그녀는 무의식중에 물었다.
두근.
심장이 뛰었다.
새까만 그의 눈동자는 파랗게 빛을 발하고 있었다. 가면처럼 굳어진 얼굴에는 감정이 느껴지지 않는다. 철갑이라도 한 겹 두른 듯 단단한 벽.
그녀는 얼결에 그의 손을 밀어냈다. 냉혹하고 잔인한, 짐승의 얼굴이 그에게 떠올라 있었다.
'어째서?'

그녀는 이해할 수 없었다. 모두가 아이를 바라고 있었다. 모두가 기뻐하는 결혼식 날이다. 그런데 정작 신랑인, 그 모든 권력을 쥔 신랑은 기뻐하지 않는다.

그는 천천히 그녀를 끌어안았다. 그를 밀어내려던 정연은 결국 그에게 얌전히 안긴 채 눈을 감았다. 절로 떨리는 몸이 느껴졌다. 어쨌거나 그의 몸은 따스했다.

심호흡을 하듯이, 태경은 그녀의 몸에 얼굴을 묻었다. 딱딱하게 굳은 그의 몸이 점점 느슨해지는 것을 느끼며 정연은 그의 몸을 마주 끌어안았다. 두 팔을 벌리자 가슴이 더더욱 허전해진다. 비밀이 많고, 숨기는 게 많은 남자다. 정연은 그것을 알고 있었다. 아니, 알면서도 외면하고 있다는 게 진실일지도 모른다.

그를 갖는 것만으로도 황홀하지 않은가. 그가 자신을 사랑해 준다는 것만으로도 황홀하지 않은가. 그녀는 억지로 그렇게 되새기면서 그를 마주 끌어안았다. 그가 불안해하는 것이 무엇일까.

"잘해줄 거야."

태경이 속삭이듯 말했다. 가면을 쓴 것처럼 모호한 표정이었지만 그 목소리는 진짜였다. 정연은 눈을 감은 채 그의 머리를 끌어안고 가만히 있었다. 불안과 의심이 똬리를 틀며 가슴속으로 내려앉는다. 대체 그가 숨기는 게 뭐지?

태호는 임신한 아내를 죽였다. 임신, 아기. 그 말에 태경이 당혹해하는 것은 그 때문일까. 태호가 아내를 죽였기 때문에?

"나도 잘할게요."

"응."

태경의 손가락이 천천히 움직이며 그녀의 등을 쓸었다. 위로하는 듯 움직이는 손가락이 애틋했다. 아무것도 모르는 자신이 새삼 한심해 정연은 눈물이 날 것 같았다. 임신 탓인 걸까. 바보처럼 금세 눈물이 난다.

욱신.

갑자기 뱃속에서 무언가가 움직였다. 뱃속에 돌멩이라도 들어앉았는지 갑자기 묵직해지면서 뱃속이 찢어지는 듯 아프다.

"아."

"왜 그래?"

"배가……."

그 말이 나오자마자 격렬한 고통이 아랫배를 쑤시듯 치밀어 올랐다.

"악!"

진땀이 흐르고 눈앞에서 별이 보였다. 뒤틀리는 배를 움켜쥐고 그녀는 침대에 모로 쓰러졌다. 절로 사지가 이리저리 뒤틀렸다. 허리가 부서질 것 같아 숨이 턱 막혔다.

"정연아!"

진통이 시작되었다.

그녀를 위해 준비된 산실은 병원처럼 엄격한 시설이 갖추어져 작은 산부인과 못지않았다. 그것을 시간 맞춰 짓느라 밤새도록 작업한 이들이 한둘이 아니었지만 미혜는 그것을 굳이 입에 올리지 않았다. 내가의 일을 처리하는 것은 그녀가 해야 할 일이었다.

"오래 걸리지 않습니다. 십오 분이면 돼요."

진국은 수술복 차림으로 편안한 미소를 지어 보였다. 간호사 두 명이 생긋 격려하듯 웃는다. 정연은 수술대 위에 오르면서 불안한 심정을 억누르고 태경을 돌아보았다. 그의 온화한 표정을 그녀는 이제 믿지 않았다. 그의 턱이 단단하게 굳어진 것이 그녀에게도 충분히 느껴졌다.

"괜찮아요."

그녀는 버릇처럼 조용히 미소 지었다. 자신을 걱정하고 있다는 것을 깨닫자마자 묘하게도 마음이 홀가분해졌다. 두렵고 불안한 일인데도 묘하게 마음이 가라앉았다. 누군가가 자신을 걱정해 준다는 게 이렇게나 힘이 되는 일인지 전에는 미처 몰랐었다. 정연은 자신이 몰랐던 것이 얼마나 많은가 새삼 깨달으면서 침착하게 눈을 감았다.

진국의 시선이 잠시 태경에게 머물렀다.

태경은 팔짱을 낀 채 산실 한구석에 서 있었다. 소독된 수술복을 걸치고 있었지만 다가오지는 않았다. 그저 얼음처럼 차가운 시선으로 보고만 있을 뿐이다. 정연이 눈을 감자마자 그의 얼굴에서는 웃음이 씻은 듯이 사라졌다. 살기에 가까운 눈빛이 슬쩍 맴돌긴 했지만 그것도 잠시, 놀랍게도 의지력 하나로 그것을 눌러 버린다. 진국은 그게 얼마나 어려운 일인지 잘 알고 있었다. 겨우 3m 가량 떨어진 곳에 서 있는 태경에게서는 아무런 기세도 느껴지지 않고 있었다. 노련한 진국의 감각에도 전혀 그의 존재는 잡히지 않는다.

'후으.'

진국은 정연의 상태를 보며 메스를 집어 들었다.

수술은 빨리 끝내야 했다. 일족의 몸은 수술이라는 것을 거부한다. 제왕절개라는 시술 자체가 일족에게는 사실 맞지 않았다. 겉피부에 입은 상처는 순식간에 아물어 시간을 다툴 수밖에 없다. 내장점막도 마찬가지다. 잘못하면 아이를 꺼내는 사이에 진국의 손을 머금은 채 상처가 아물어 버릴 수도 있다. 뿐인가, 마취도 제대로 듣지 않아 인간에 비해 최소한 서너 배 이상을 주사하지 않으면 안 된다. 깨기도 쉽다. 진국은 몇 번이고 그녀에게 주사할 마취제를 가늠하고 또 가늠해야만 했다.

태경은 그 광경을 인내력 하나로 참고 있었다. 정연의 몸에 상처가 나고, 피가 나는 광경을 보면서 그는 상처를 내는 진국의 손을 잘라내고 그를 갈가리 찢어버리고 싶은 충동을 참아냈다. 그녀의 피가 흐르는 광경은 상상 외로 숨이 막혔다.

그의 눈빛이 푸른빛을 띠다가 마침내 은빛에 가까워질 무렵 드디어 빨간 피부의 아이가 나왔다. 숙련된 손길로 간호사들이 아기를 씻어 인큐베이터에 넣는 동안 진국은 정연의 갈라진 배를 꿰매는 대신 치유력을 쏟아 넣고 있었다. 바늘로 꿰매는 것보다 이쪽이 더 빠르기 때문이다.

금세 출혈이 멈추고 치유력이 맹렬하게 그녀의 몸을 휘감기 시작했다. 태경은 숨을 내뱉으면서 그녀에게 다가갔다.

"비켜. 내가 하지."

의사의 손을 밀쳐 버리고 그는 그녀의 몸을 끌어안았다. 그의 몸 안에서 잔뜩 긴장해 있던 기운이 들끓는 살기를 가라앉히고 곧장 그녀를 위해 달리기 시작했다. 온화한 기운이 그녀를 휘감는 것을 보고 안도의 한숨을 내쉰 진국은 곧장 아기의 상태를 모니터하기 시작했다. 아기의 심장은 정상이었다. 모든 신체 기관이 정상치를 내보이고 있었다.

"좋아요."

진국이 미소를 머금으며 태경에게 보고했다.

하나, 그는 대꾸도 하지 않았다. 그는 아이를 돌아보지도 않은 채 정연의 몸을 끌어안고 쓰다듬었다. 하얀 그녀의 얼굴에 곧 혈색이 돌기 시작했다.

　간호사가 능숙하게 끼어들어 정연의 배에 거즈를 대주었다. 벌써 한 겹은 아물기 시작한 배를 살피면서 진국은 항생제를 약간, 주사했다.

　"이제 회복실로 옮기시지요."

　진국이 눈치를 보며 말하자, 태경은 그제야 정연의 몸을 안아 올렸다. 그가 막 정연을 데리고 밖으로 나가려는 순간 어미가 사라진 것을 깨달았는지 얌전히 누워 있던 아기가 갑자기 요란하게 울음을 터뜨렸다.

　"어머나."

　간호사가 웃으며 젖병을 물려주었지만 아기는 발버둥치며 젖병을 후려갈겼다. 부릅뜬 아기의 눈이 은빛으로 빛나는 게 확연히 보이자 간호사는 놀라 뒤로 물러섰다.

　"아드님이십니다!"

　진국이 그냥 나가려는 태경의 등 뒤로 일부러 크게 외쳤다.

　"한 번만이라도 봐주십시오! 각인을 하지 않으실 겁니까?"

　태경은 정연을 안은 채 고개를 돌렸다.

　인큐베이터 안에 누운 아기가 몸부림을 치며 울고 있었다. 버둥거리는 모습이 갓 태어난 아이답지 않게 단단해 보였다. 예정일을 한 달이나 앞질렀는데도 3.6kg이나 되는 큰 아기였다. 그는 정연을 안은 채 인큐베이터의 아기 앞으로 다가갔다.

　요란하게 울어대는 아기의 얼굴이 벌겋게 달아올라 있었다. 아직 여린 살갗이 버둥대느라 더 빨갛다. 아기는 사내아이였다. 이목구비는 아직 잘 알아볼 수 없었지만 아이의 눈동자에는 은빛이 감돌고 있었다. 그뿐이랴, 놀랍게도 아기의 머리칼이 희다.

"특이한 놈이긴 하군."

태경이 중얼거리는 순간, 아기의 눈이 그에게 닿았다.

각인(刻印).

갓 태어난 자가 자신을 돌보는 자를 인식하는 행위.

태경은 자신을 바라보는 건방진 눈초리의 아기를 물끄러미 내려다보았다. 문득 우는 것을 멈춘 아기가 작은 손을 뻗어 버둥거렸다. 마치 태경을 잡겠다는 듯 버둥거리는 그 행동에 그는 잠시 동요했다. 하지만 그것뿐, 아기의 손을 잡진 않았다.

"하하하……. 정말 단단하신 아드님입니다."

진국이 껄껄 웃으며 고개를 끄덕였다.

아기의 이빨은 인간처럼 뭉툭했다. 송곳니는 평범하기 짝이 없었다. 정연을 닮아 그런 것인가 생각하자 태경은 잔뜩 곤두섰던 기분이 가라앉는 것을 느꼈다. 어쨌거나 그와 그녀의 아기였다. 그리고, 아기는 무사히 태어났다.

태경은 정연을 안은 채 아기를 돌아보았다. 아기는 그를 뚫어져라 바라보고 있었다. 은빛이 맴돌던 눈동자는 이제 까맣게 변해 있었다. 뿐이랴, 머리칼도 다시 평범한 검은색으로 돌아왔다. 아마도 흥분해서 그렇게 변한 것이리라.

"가만있으니 인간 같아 보이는군."

태경은 만족한 얼굴로 중얼거렸다.

35
진심

"예쁘구나."

아영의 말에 정연은 기저귀를 갈다 말고 고개를 들었다.

바람처럼 나타나고 사라지는 시어머니다. 언제 나타났는지 알아차리지도 못했던 정연은 다급히 일어섰다. 육아실로 쓰고 있는 방 안에는 기저귀며 면봉, 물티슈와 젖병들로 어지러웠다. 도와주려는 유모들을 밖에 내보낸지라 방 안은 전혀 정리가 되어 있지 않았다.

"언제 오셨어요?"

"그냥 앉아 있어. 기저귀 가는 것도 몇 번 안 될 테니까."

"네?"

"기저귀를 차고 다니는 기간이 그래 봐야 한 달도 안 될걸."

정연이 눈을 크게 뜨자 아영은 여전히 소녀처럼 웃으며 이불 위에 누운 채 버둥거리고 있는 아기를 사랑스럽다는 듯이 쓰다듬었다.

"빠른 아이라면 이 주일이면 떼기도 해. 참고로 태경이는 열흘 정도 걸렸지, 아마."

그 말에 정연은 입을 쩍 벌렸다.

"정말로요?"

"물론."

아영의 얼굴에 씁쓸한 감정이 떠올랐다.

"저 애가 기저귀를 차고 돌아다녔던 시기가 있었다는 게 믿어져?"

정연은 고개를 저었다. 솔직히 전혀 실감이 나지 않았다. 태경은 태어날 때부터 어른일 것만 같은 남자였다.

"나도 안 믿겨. 저 애가 내 뱃속에서 나왔다는 것도 가끔은 안 믿어질 때가 있었으니까."

너무 조숙하거든 하고 그녀는 덧붙였다.

그 얼굴이 너무 쓸쓸해 보여 정연은 아기를 안아 내밀었다.

"안아보실래요?"

아영은 받으려 들지 않았다. 그녀의 얼굴에 떠오른 그림자가 너무 짙어서 정연은 아무런 말도 할 수가 없었다.

"애 이름은 정했지?"

"네. 은휘예요, 서은휘."

아이의 이름은 서은휘. 오랫동안 고심하다 지은 것은 아니고, 은(殷) 자 돌림이라 은휘가 되었다. 휘는 빛날 휘(輝)로, 눈빛이 빛난다고 해서 그렇게 지었다.

소녀의 얼굴을 한 시어머니는 조용히 웃었다. 서글픈 웃음이 그녀의 얼굴에 세월의 무게를 실어놓고 지나간다.

"태경이에게 전해줄래?"

하얗고 가느다란 손가락이 은휘의 뺨을 스쳤다. 그 손가락이 낯익다.

"나도 그 애를 꼭 안아주고 싶었었다고 말이야. 그 애를 낳아서 정말로 행복했었다고 말이야."

그녀의 손가락은 태경의 것과 똑같았다.

정연은 퍼뜩 떠오른 생각에 고개를 들고 아영을 바라보았다. 발레리나를 연상케 하는 가느다란 몸매와 고양이처럼 커다란 두 눈은 분명히 태경과 전혀 닮지 않았다. 하지만 그녀에게서 풍기는 체향은 태경의 체향과 비슷했다. 씁쓸하고도 향긋한, 우아하고도 그늘진.

"너도 진짜 어지간히 말이 없네."

"죄송해요."

쓴웃음을 머금은 아영은 고개를 설레설레 내저었다. 그리고는 다시 한 번 태경과 똑같은 하얀 손을 들어 정연의 뺨을 어루만졌다.

"행복하렴."

이것이 마지막 인사. 이것이 인연의 끝이라는 것을 정연은 직감했다.

"넌 괜찮을 거야."

미소를 머금은 그녀의 얼굴은 어마의 표정을 하고 있었다. 그 표정에 정연은 자기도 모르게 울컥했다. 그 옛날 엄마가 지어 보이던 표정과 너무도 흡사했다. 데자뷰일까.

"넌 인간이니까 괜찮아. 이 집안 여자들은 애를 가지면 죽기 십상이거든."

그녀의 손가락이 정연의 뺨과 귓불을 건드렸다.

슬픔을 담은 깊고도 깊은 눈동자와 마주쳤다. 정연은 그 눈이 놀랍도록 태경과 닮아 있다는 것을 깨닫고 이 시어머니에게 애정을 느꼈다.

"나는 아이에게 애정을 주지 못했어. 그러니까 넌 듬뿍 사랑해주렴."

너무나 젊어 보이는 시어머니는 우아하게 뒤돌아서 걷기 시작했다. 발레리나처럼 아름다운 뒷모습이었지만 어딘가 서글프다.

정연은 아무것도 몰랐다. 아영과 태경에게 얽힌 사연에 대해 아는 것이 없었다. 그래도 그녀는 눈물이 나올 것 같은 기분이 들어 은휘를 고쳐 안았다. 아는 것은 아무것도 없었지만 적어도 분명한 것은 있다. 쓰라리고 고통스러운 일들이 있었다 해도 아영에게 있어서 태경은 사랑하는 아들이라는 것. 엄마란 그런 것일지도 모른다.

정연은 눈을 감고 은휘의 뺨에 코를 묻었다. 이렇게 하고 있으면 새삼스럽게 엄마가 생각났다. 아버지를 잃고 정신을 놓다시피한 그 매정한 엄마가.

'엄마.'

그녀는 작게 불러보았다.

괴로워도 아파도 잊을 수가 없는 이름. 절로 눈시울이 뜨거워진다.

여자에게 있어서 이어지고 내려오는 인연. 어미와 자식. 반복되는 어미와 자식의 관계. 모성애는 모르지만 그것만은 분명했다. 진통을 겪으며 주고받는 관계, 고통으로 이어진 관계다. 피와 살이 말해준다. 어미와 자식. 그처럼 질기고 강한 인연이 또 있을까.

"어디 아파?"

어느새인가 태경이 그녀의 등 뒤에 서 있었다.

소리 없이 걷는 그는 정연의 뒤에서 그녀를 끌어안고는 머리를 쓰다듬었다.

"울고 있었어?"

여전히 다정한 얼굴. 따스한 눈매.

하지만 이 안에 있는 것이 어떤 것인지 정연은 잘 알고 있었다.

"들었죠?"

그는 대답하는 대신 그녀의 등을 위로하듯 쓸어주었다.

진짜 위로받아야 할 사람은 그녀가 아니었다. 정연은 담담하기만 한 남편의 얼굴을 올려다보았다.

"어머님이 말씀하시는 거 들었죠?"

다시 그녀가 묻자 태경은 고개를 끄덕였다.

"그래."

"왜 붙잡지 않아요?"

조금은 원망을 담고 그녀가 묻자 태경은 고개를 저었다.

"그냥."

그는 그렇게 말하며 은휘를 그녀의 손에서 받아 들었다. 꼬물대는 아기는 아버지를 만나 와락 달려들었다. 옷자락을 움켜쥐는 앙칼진 모습에 태경이 희미하게 웃었다.

정연은 그저 그가 은휘를 안고 있는 모습을 보기만 할 뿐 아무런 말도 할 수 없었다. 어쩌면 아영도 태경이 듣고 있다는 걸 알면서 말한 것인지도 몰랐다. 그녀는 깊게 숨을 내쉬었다. 세상에는 변하지 않는 게 있을 것이다. 짐승이든 사람이든 그 누구든 간에.

그녀는 그렇게 믿고 싶었다.

"아기는 예뻐?"

빨래를 접고 있던 정연은 순간 얼어붙었다.

조용한 방 안에 누군가가 들어와 있었다. 언제부터인지는 모른다.

고개를 돌리자, 창가에 서 있는 남자가 보였다. 다소 마른 듯 창백한 얼굴을 한 태호였다.

"예뻐졌네?"

정연은 주먹을 움켜쥐었다. 손이 부르르 떨렸다.

"아직도 담배 피워?"

태호는 창턱에 기댄 자세로 그녀를 뚫어져라 바라보고 있었다. 창백한 얼굴에 번쩍이는 눈빛이 푸른빛을 띠고 있다. 고양이과 맹수를 연상케 하는 늘씬한 몸은 그 자리에 있는 것만으로도 존재감을 느끼게 했다.

그와 그녀 사이에 햇빛을 타고 흐르는 자잘한 먼지가 오색의 빛을 뿌렸다. 햇볕은 따가울 정도로 강해서 창문을 타고 들어와 방 안을 차지하고 있었다.

그녀는 갑자기 기시감을 느꼈다. 분명히 이런 상황이 몇 번이나 있었다.

생각지도 않은 순간, 느닷없이 그녀의 집에 나타나던 태호. 정체도 몰랐지만 어느새 그를 나름의 친구라 여겼던 그때. 그는 언제나 기척도 없이 나타나 머물다 사라지곤 했다. 지나가는 들고

양이가 호감과 신뢰를 표시한 것 같아 그녀는 그의 등장이 기뻤다.

찰칵.

그녀는 마침내 담배에 불을 붙이고 한 모금 빨았다. 손가락은 의외로 떨리지 않았다.

그래, 그녀는 그의 등장이 기뻤었다. 그가 자신에게 조금이나마 우정의 한자락을 내어준 거라 생각해 끔찍한 고독 속에서 자신에게 손을 내밀어준 괴이한 존재에게 애정을 느꼈었다.

하지만.

결과는 좋지 않았다. 상처와 배신과 분노만이 남았다.

푸른 연기가 조용히 방 안으로 퍼져 나갔다. 한동안 피우지 않았던 탓인지 곧 시야가 몽롱해진다. 잔뜩 곤두섰던 신경이 천천히 가라앉았다.

"상처는 다 나았나요?"

그녀가 조용히 묻자 그 반응이 의외였는지 태호가 조금 머뭇거리며 대답했다.

"으응."

"아기 이름은 은휘예요. 벌써 기기 시작했죠. 한 번도 못 봤죠?"

그녀가 웃자 의외였는지 태호는 잠시 머뭇거렸다. 머뭇거리는 것 자체가 그에게는 희귀한 일이었으므로 정연은 그를 물끄러미 바라보았다.

"태경 씨를 만나러 왔나요?"

"아니, 난 널 보러 온 거야."

"아기가 궁금했나요?"

"설마."

태호는 다소 초조한 얼굴로 창가에 기대고 섰던 몸을 세웠다. 그리고는 한 걸음 두 걸음 그녀를 향해 다가왔다. 다리를 절고 있었지만 정연은 눈치 채지 못했다.

"나랑 같이 안 갈래?"

그 말에 정연의 얼굴이 굳었다.

"몇 번이나 생각했어. 왜 갑자기 네가 형을 사랑하게 된 건가 하고. 넌 분명히 날 좋아했다고. 내가 너에게 좀 못되게 군 것은 사실이야. 하지만 그렇다고 해서 한 번도 보지 못했던 형을 단번에 사랑하게 된다는 건 말이 안 되지 않아? 그건 말이지, 변성한 자가 그저 각인한 것이지 진짜 사랑은 아니야."

태호는 열심히 말했다. 그렇게 말하다 보니 자신의 말에 스스로 설득되는 기분이었다. 그래, 그렇고말고. 정연이 저 끔찍한 냉혈한을 사랑할 리가 없어. 그저 이 여자는 속고 있는 것뿐이야. 아이도 낳았으니 이제 떠나도 되는 거 아냐?

"내가 심술궂었던 것은 사실이지만 나도 진심이라고. 네가 너무 고집 세게 구니까 그저 발끈했을 뿐이야. 난 널 사랑해. 이건 진짜 진심이라고. 단순히 변성으로 인해 생긴 애착이나 뭐 그런 게 아니야. 너도 이젠 알겠지만 형은 누군가를 진짜로 사랑할 수 있는 남자가 아니야."

태호는 자신을 바라보던 태경의 차가운 눈빛을 떠올렸다.

그날의 모멸감. 그 무심한 눈길.

그토록 절절하게 불렀는데도 몸을 돌리던 형. 유명성에게 짓이기듯 얻어맞으면서 그는 알았다. 그의 형 서태경은 그를 정말로 아끼고 있었던 것은 아니었다고.

"나는 형이 날 아끼고 있다고, 나에게는 언제나 무른 형이라고 그렇게 여기고 있었어. 하지만 그게 아니었지. 형은, 그저 나를 위하는 척했을 뿐이야."

태호는 사납게 머리칼을 쓸어 올렸다.

그때를 떠올리자 모멸감으로 전신이 떨릴 지경이다.

갑자기 세상의 모든 것이 무채색을 띠고 있는 듯했다. 그는 그대로 나락으로 굴러 떨어졌다. 그런 모습을 서가와 유가, 모두가 보았다. 이제 그의 위치는 저 아래 바닥으로 곤두박질쳤다. 모두들 그를 조롱할 것이다. 비웃을 것이다. 게다가 지금 그는 다리병신이 되어 힘도 줄어들었다.

"큭큭큭……. 나도 참 바보 같지? 형은 내 절대적인 아군이라 믿었어. 그런데 그게 아니더라고. 형은 날 헌신짝 버리듯 버렸어. 이득을 위해서 적당히 말이야. 그 괴물은 자신의 감정도 그런 식으로 조절이 가능해. 넌 형이 진짜로 화를 내는 걸 본 적 있어?"

정연은 침묵했다.

"나는 진심이야. 하지만 형은 아니야. 형은 그저 자신이 널 변성시켰기 때문에 널 사랑하는 척하는 것뿐이야. 뭔가 사건이 벌어지면 너도 나처럼 휙 내다 버릴지도 몰라. 넌 모르겠지만 각인의 힘이라는 건, 그렇게 약한 게 아니야. 첫눈에 반한 것처럼 확 끌리는 거란 말이야."

열렬하게 말하는 태호는 전의 그와는 완전히 다른 존재처럼 보였다.

진지하고 초조한 얼굴. 껄렁하게 잘난 척을 하거나 억지로 우기거나 하지도 않았다. 그녀의 두려움을 알고 있는지 다가서지도 않는다.

"하지만 난 아니야. 난 널 오랫동안 봐왔어. 나는 네가 슬퍼하고 있던 것도 차라리 죽고 싶다 생각하고 있던 것도 알아. 나는……!"

"태호 씨."

정연은 담배를 비벼 껐다.

"그래서 어쩌라는 거지요?"

그녀가 조용히 묻자 그는 미간을 찌푸렸다.

"어쩌라니?"

"그런 말을 지금에 와서 하는 이유가 뭐예요?"

태호는 입을 벌린 채 아무런 말도 하지 못했다.

그녀는 담담하게 새로 담배 한 대를 꺼내 입에 물면서 불을 붙였다. 그 태도는 그를 처음 만났을 때와 비슷해 그는 저도 모르게 넋을 잃고 그 모습을 바라보았다.

"분명히 저는 당신과 같이 지낸 몇 달간 즐거웠어요. 조금 더 그렇게 지냈었더라면 당신 말대로 당신을 사랑하게 되었을지도 몰라요."

"그래! 그러니까……!"

태호가 막 흥분해서 말하려는 순간 정연은 냉담하게 잘랐다.

"몇 번이나 말하지만 당신은 날 죽였어요."

"그게 아니야!"

"아니요. 분명히 당신은 날 죽였어요. 죽으라고. 끔찍하게 고통스러워하며 죽으라고."

그는 이를 악물었다.

"사과했잖아! 미안하다고 했어! 나는 진심이 아니었다고."

"하지만 그때 난 죽었어요. 혹은 다 죽어가고 있었죠. 만약 그

때 태경 씨가 없었다면 난 그대로 죽었을 거고, 당신은 나에 대해 완전히 잊어버렸을 거예요."

태호는 다시 입을 다물었다.

정연은 문득 그의 침대에서 눈을 뜬 날을 떠올렸다.

그 상냥한 손길. 정적이 흐르던 그 순간, 기괴하게 일그러진 그녀를 쓰다듬던 그 손길. 거울을 보지 못했다면 몰랐으리라. 자신이 얼마나 흉측한 몰골이었는지. 너무나 끔찍해서 보는 순간 그녀는 미쳐 버릴 것만 같았다. 하지만 태경은 태연했다. 그 사지가 어긋나고 뒤틀린 모습을 한 그녀를 태연하게 끌어안고 쓰다듬었다. 그것도 무한한 애정을 가지고.

그것이 연극일 수도 있었다. 분명히 태경이란 사내는 눈으로 보는 것과 달리 냉혹한 남자였으니까. 그래도 그녀는 확신하고 있었다. 그 순간에 그녀는 새로 태어나 기회를 얻었다. 남들은 다 비난하고 말도 안 된다 욕을 할지 몰라도 그녀는 그를 사랑하게 되었다.

정연은 지금 이 순간 목숨을 걸고 내기해도 좋았다. 태호라면 그 모습을 보고서 분명 달아났을 것이다. 추한 몰골을 비웃으며.

"그는 열흘 동안이나 나를 간호했어요, 끔찍하게 뒤틀리며 죽어가고 있는 나를."

그녀는 그때의 기억이 떠올라 피식 웃었다. 그녀는 고슴도치처럼 잔뜩 도사린 채 울분을 토하고 있었다. 분노와 증오로 뒤범벅이 되어서 불신의 눈으로 그를 비난했다. 그때는 이처럼 그를 사랑하게 되리라고는 상상도 못했었다.

"당신이 각인이라고 그랬죠?"

정연은 태호를 똑바로 바라보았다.

"그래, 그건 각인이야. 변성한 자에게 맹목적인 호의를 품는 거지. 의존심과 함께."

태호가 강조하듯 말했다.

"일종의 세뇌라구."

그 말에 그녀는 피식 웃었다. 그러자 회색 빛 연기가 와락 흩어진다.

"나도 이제 각인이 뭔지는 알아요. 그런데 당신은 착각하고 있는 게 있어요."

정연은 문득 가슴 한 구석이 따스해지는 것을 느꼈다.

"날 처음 변성시켰던 것은, 당신이었어요."

태호의 눈이 커졌다.

"잊었나요? 최초로 날 문 것은 당신이었어요. 그러니까 각인은 당신이 먼저예요. 원래 그게 우선권이 있는 거라 하더군요."

정연은 태호의 얼굴을 똑바로 보았다. 분명 변하긴 했지만 이 남자의 본질은 여전히 그대로인지도 모른다. 자신에게 불리한 것은 쉽게 잊고 마는 이기적인 성격. 그것이 매력적이라 느끼는 사람도 있을 것이다. 분명 처음엔 그녀 역시 그 자유 분방함에 마음이 흔들렸다.

하지만.

"그러나 진짜 변성은……!"

"맞아요. 본격적으로 나를 변성시킨 사람은 태경 씨예요. 하지만 최초의 각인은 분명히 당신이죠."

그의 얼굴이 파리하게 변하는 것을 그녀는 씁쓸하게 바라보았다.

"얼마 전 내가 아플 때 당신도 나를 부분 변성시켰죠. 그러니까

나를 각인하고 변성시킨 사람은 당신과 태경 씨, 두 사람이 되는 거죠."

정연은 재떨이에 담배를 비벼 껐다. 이제 정말로 담배는 그만 피워야 할 때였다. 남편의 눈을 피해서까지 담배를 피운다는 것은 구차스럽다.

"그런데 난 당신에게 사랑을 느끼진 않았어요. 내가 사랑한 사람은 태경 씨뿐이에요. 만약 당신 말대로 내 마음이 각인 때문에 세뇌된 거라면 왜 나는 당신을 사랑하는 대신 미워했던 걸까요?"

"그만 해!"

태호의 얼굴은 잔뜩 일그러져 있었다.

"내 말을 믿어! 넌 속고 있어! 넌 속은 거라구!"

그가 단숨에 그녀의 턱을 잡아챘다. 그 순간, 그의 입술이 그녀의 것을 덮었다.

사나운 입맞춤이었다. 온몸을 빨아올리고 유린하는 듯한 난폭하기 그지없는 폭거. 숨이 막힐 지경으로 막무가내로 밀어붙이는 입술은 그저 입을 막기에 급급한 것처럼 초조했다. 그가 쥔 턱이 으스러지는 것처럼 아파 그녀는 절로 입을 벌렸다. 그 안으로 태호의 혀가 달려들어 사정없이 침입했다.

일방적인 폭력에 그녀는 반항했지만 그의 힘을 이길 수는 없었다. 그녀는 버둥거리고 또 몸부림치다가 마침내 반항을 멈췄다. 태호는 의기양양하게 각도를 바꾸며 그녀의 입술을 애무했다. 그의 손이 그녀의 등과 허리로 내려가 쓰다듬는 동안 정연은 눈을 뜬 채 몸에서 힘을 뺐다.

이상한 일이다. 화도 나지 않았다.

태경과 키스할 때와는 달리 그저 부딪치는 타액과 살결이 불쾌할 뿐 몸 안의 모든 감각들이 침묵하고 있었다. 그저 불쾌함이 그녀가 느끼는 전부였다.

"뭐야?"

질척한 소리를 내면서 그의 입술이 떨어져 나갔다.

타액으로 젖은 입가를 고양이처럼 핥으면서 태호는 미간을 확 찌푸렸다. 그녀의 전신으로 느껴지는 것은 호의도 정욕도 아닌, 거부의 사인이었다.

그 사인의 의미를 깨닫고 점점 그의 얼굴이 일그러지기 시작했다. 그는 믿을 수 없다는 듯 그녀의 얼굴을 보고 또 보았다. 담담하다 못해 무표정한 그녀의 표정만으로도 거부의 사인은 너무도 명백했다.

"빌어먹을!"

그는 뒤로 한 걸음 물러섰다. 분명히 손에 넣을 수 있다 생각했는데, 되돌릴 수 있다 생각했는데. 이럴 리가 없었다. 그녀는 그를 사랑해야 했다. 진실을 알게 된다면 분명히 그녀는 그를 사랑했어야 했다.

그의 표정이 정말로 어린애 같아서 정연은 어쩐지 태경의 기분을 이해할 것 같았다. 쥐어박고 싶다가도 결국은 그 망나니 짓을 봐줄 수밖에 없는. 그런 심정이었으리라. 차라리 악의와 이기로 뒤범벅된 그런 남자였다면 미워할 수도 있겠지만 태호는 그렇게 악한은 아니었다. 차라리 악동에 가깝다. 이기적이고 심술궂고 제멋대로에 사고뭉치지만 어리광이 심하고 애정에 굶주린 어린애. 무조건 자기 말대로만 따르라던 그 억지스러운 태도들. 형이 좋아한다던 노래를 부르면서 온화하게 미소 짓던 남자. 그는 분명히 매력적이었다.

하지만 아무리 그래도 정연은 그를 사랑하진 않았다. 태경에게 닿던 것처럼 마음이 흔들리고 애달프게 그리워지지는 않았다.

"이젠 당신을 미워하지 않아요. 그러니까 당신도 그만 인정해요."

"뭘? 뭘 인정하라는 거야!"

태호는 침착하던 태도를 집어치우고 고함을 질렀다.

"당신이 뭐라고 말하든 나는 변하지 않아요. 나는 그를 사랑한다고요."

"그만 해!"

태호가 버럭 소리를 지르더니 성큼 그녀에게 달려들어 팔을 낚아채더니 창가로 질질 끌고 가기 시작했다.

"이거 놔요!"

"나랑 같이 가! 그 멍청해진 머리통을 내가 고쳐 줄게!"

"당신이야말로 그만 해요. 왜 인정하지 않죠?"

"단념할 수 없으니까! 난 널 사랑하니까!"

잔뜩 일그러진 얼굴로 그는 그녀의 어깨를 움켜쥐었다. 무지막지한 악력에 그녀는 아픔을 느꼈지만 피하지는 않았다.

"당신이야말로 착각하는 것은 아닌가요? 그저 내가 당신을 거절했기 때문에 이러는 거 아니에요?"

그를 똑바로 노려보며 정연이 묻자 태호의 미간이 구겨졌다. 그러자 그의 얼굴에 새로 생긴 흉터가 흔들리면서 더더욱 험악한 형상이 되었다.

"그게 아냐!"

"그럼 대체 뭐가 마음에 들었어요? 나의 어디가 그렇게도 마음에 들었나요? 당신이 마음에 든 것은 태경 씨의 힘으로 변성이 끝났을 때의 내 모습 아닌가요?"

태호는 부르르 떨었다. 절로 이가 갈렸다.

이 여자는 그의 진심을 몰라주고 있었다. 그저 그가 악당이라는 듯이, 뭐든 그가 다 잘못했다는 듯이 몰아붙이고 있었다. 사랑? 그 괴물 같은 작자를 사랑한다고? 그 가면을 쓰고 있는 냉혈한을?

"너야말로 착각하지 마! 형이 너에게 다정하게 대해준다고 해서 정말로 형이 널 사랑한다고 믿어? 그 작자가 얼마나 냉혹한 작자인지 알아? 나를 유가에게 넘겼어! 다 죽어가는 나를 유가에게 넘겼다고!"

정연은 그를 확 뿌리쳤다. 이제는 다시 화가 치밀기 시작했다.

"당신은? 당신은 뭐가 다른데? 당신은 나를 물어뜯고는 내던졌어! 다 죽어가는 나를 두고 조롱하고 달아났어!"

"몇 번이나 똑같은 말 하지 마! 결국 안 죽었잖아! 안 죽었으면 됐잖아!"

태호가 그렇게 외치는 순간 정연은 그의 뺨을 후려쳤다.

순간 정적이 흘렀다.

그의 뺨이 빨갛게 달아오르는 것을 정연은 냉정한 눈으로 바라보았다. 달라진 것은 없다. 그녀는 여전히 그가 싫었다.

"날…… 쳤어?"

태호가 믿기지 않는다는 얼굴로 그녀를 바라보았다.

"결국 똑같아. 당신은 변하지 않아. 서태호 씨, 당신은 여전히 그런 작자야."

정연은 그를 쏘아보았다.

"뭐든 당신은 남의 탓만 할 뿐이야. 다 남의 탓이고 당신 잘못은 없지? 유가와의 일은 당신이 일으킨 트러블이었다고 들었어. 그런데 당신은 형에게 맡기고 달아나 버렸지. 내 집에서도 결국은 마찬가지. 내가 당신을 싫다고 말하자마자 날 위협하고 물어뜯었어. 그래 놓고는 형이 날 살려놓으니까 이제 와서 날 사랑했다고 말하는 거야."

정연은 맞은 뺨을 잡은 채 굳어 있는 태호를 노려보며 물었다.

"당신의 진심이란 건 대체 어디에 있어?"

태호는 대답하지 못했다. 그는 얼어붙은 채 멍하니 그녀를 바라보았다.

"진심? 지금 이 감정이 진심이 아니라는 거야?"

넋이 빠진 표정으로 그는 뒷걸음질쳤다. 늘씬한 사지에 어울리지 않는 어색한 동작에 정연은 위화감을 느꼈다. 그는 다리를 절고 있었다.

"그럼 대체 뭐가 진심이야?"

그는 창백한 얼굴로 다시 물었다. 묻는다기보다는 혼잣말에 가까웠다. 정연은 가슴이 덜컹했다.

"사랑이란 게 대체 뭐지? 내가 하는 게 사랑이 아니라면 그럼 뭐야?"

그녀는 혀를 깨물고 싶었다.

어색한 웃음을 머금은 그의 얼굴은 너무도 생소해서 그가 아닌 것만 같았다. 태호는 거칠게 앞머리를 쓸어 올리며 고개를 내저었다.

"그래? 내 사랑은 사랑이 아니라 그거지? 내 사랑은 가치가 없다 그거지?"

"그건 아니에요."

정연은 입술을 깨물었다. 뭐라 말해야 할지 알 수 없었다.

"내 사랑은 사랑이 아니라······."

"태호 씨."

정연이 그를 다시 불렀지만 태호는 계속 뒷걸음질쳤다. 그리고는 창가에 기댄 채 히죽 웃었다.

"알았어. 너는 못 믿는 거야. 나를 못 믿는 거지."

"태호 씨."

그는 창백한 얼굴로 피식 웃었다.

"알았어. 이제 알았으니까 그걸로 됐어."

그는 어색한 몸놀림으로 창턱을 넘어 밖으로 뛰어내렸다. 놀란 정연이 창가로 달려갔을 때는 태호는 이미 오래된 정원수 사이로 사라진 뒤였다. 정연은 창틀을 꽉 잡은 채 움직이지 못했다. 무뎌졌다 생각했던 가슴 한구석이 쓰라렸다. 그의 그런 표정은 난생처음이었다.

뻔뻔하고 이기적인 그가 울고 있었다.

"정말로 회장님과 많이 닮았습니다."

민재가 웃으며 은휘를 안아 들었다. 미혜는 바닥에 주저앉아서 아기들이 놀 볼풀을 만들고 있었다. 그녀를 도와 유모들이 연신 웃으면서 작은 장난감들을 늘어놓았다. 25평 남짓한 육아실은 온통 장난감으로 가득 찼다. 파티션을 놓고 아기 침대를 놨지만 실제로 은휘는 항상 정연이 끼고 잠들었다. 일족으로서는 드문 행동이어서 유모들은 자신들이 할 일을 가모가 먼저 하니 곤란하다며 불평을 토하기도 했다.

"정말 묘하네요. 찌푸린 얼굴이 회장님과 이렇게도 닮았다니. 기분이 어떠세요?"

태경은 대답하지 않았다.

그는 허공을 바라보고 있었다. 그의 눈동자가 은빛으로 빛나고 있는 것을 깨달은 민재는 흠칫 놀라 주변을 살폈다. 혹여 적이라도 있는 것일까.

"아무것도 아니야."

태경이 민재의 시선을 깨달았는지 고개를 돌리며 뒤늦게 말했다.

"아, 네."

아무것도 아니라 말은 하지만 태경은 기묘한 표정이었다.

즐거운 것인지, 아니면 놀란 것인지 잘 알 수 없는 모호한 표정. 하지만 민재는 그것이 즐거워하고 있는 표정이라는 것을 알 수 있었다. 너무 기쁜 나머지 오히려 표정이 사라진 경우다.

'뭘까?'

그는 소리 내어 묻는 대신 침묵했다. 어찌 되었거나 주인이 좋다면 좋은 게 아니겠는가.

문득 태경의 시선이 민재의 품 안에서 열심히 넥타이를 잡아당기고 있는 은휘에게 닿았다. 그의 시선을 느꼈는지 아무것도 모르는 아이는 고개를 홱 돌리더니 눈을 마주했다. 무엇이든 각인한 상대를 우선하는 것이 본능이다. 은휘는 아버지를 보고 방긋 웃었다.

그 웃음에 태경도 희미하게 웃었다. 두 부자의 눈빛에 은빛이 나란히 스쳐 지나갔다.

"에?"

순간적인 변화였지만 민재는 놓치지 않았다.

"그래, 많이 닮긴 했군."

태경은 손을 뻗어 은휘를 안아 들었다.

태호는 달리고 있었다.

몇 번이나 몇 번이나 그는 되뇌고 있었다. 무엇이 잘못된 것일까. 어디가 잘못된 것일까?

그가 원한 것은 그녀였다. 여자들은 모두 자신을 좋아한다. 그런데 왜 그녀만은 싫어하는 것일까. 이해할 수 없었다. 그녀와 가장 가까이 있었던 것은 분명 자신이었다.

"저 여자는 미친 거야. 저 여자는 날 너무 모르는 거야."

그는 혼자서 중얼거렸다. 벌겋게 달아오른 눈알이 따갑다.

이건 불공평하다. 왜 형은 모든 것을 갖고 나는 모든 것을 잃어야 하지? 왜 아무도 나를 돌아보지 않는 거야? 형은 원래 종주였으니까 여자 하나쯤 양보해도 되잖아? 왜 나에게 이렇게나 모질게 구는 거지? 왜 나를 버려? 그 여자는 왜 그 괴물을 사랑하는 거야?

그는 미친 듯이 내달리다가 문득 고개를 돌렸다.

정적. 사방은 조용했다. 너무 조용해 공기가 무겁다.

내가 주변은 농지와 야산뿐이라 지나가는 차량이 적었다. 텅 빈 세상에 그 혼자 서 있는 것처럼 느껴져 그는 멍하니 서서 하늘을 보았다. 콧속으로 비릿한 흙냄새와 풀 냄새가 스며들어 왔다. 풀벌레들이 그가 움직일 때마다 맹렬하게 달아난다. 무성한 수풀 속에서 그는 여자의 향기를 기억해 냈다. 그녀는 혼자서 낡은 집을 지키고 있었다. 파리하고 창백한 얼굴로 만사에 지친 듯 늘어진 어깨와 회색 빛 눈빛으로.

그가 기억하는 것은 그것이었다. 정연이란 바보 같은 여자는 착각하고 있었다. 그가 그녀를 기억할 때 항상 떠올리는 것은 그녀의 파리한 얼굴과 지친 눈빛이었다. 일족으로 변성해 화사한 얼굴을 한 그녀가 아니었다.

태호는 끓어오르는 분노를 천천히 내쉬었다.

그녀와 연관된 기억은 그 낡아빠진 집이었다. 먼지와 오래된 나무 냄새로 가득 찬 낡은 집.

잡초로 덤불을 이룬 작은 정원과 낡아빠진 창틀로 이루어진 오래된 집. 바람이 불 때마다 삐걱대는 소리를 내던 우울함이 가득한 집. 병자 냄새와 담배 냄새로 뒤범벅이 된 집. 그 낡은 집 안에서 흘러나오던 오래된 팝송과 지직대는 라디오 소리.

그는 얼굴을 손으로 덮었다. 가슴이 너무 아파 찢어질 것만 같았다.

새삼 뜨거운 액체가 흘러내렸다. 이유가 뭔지 그는 아직도 알 수 없었다. 그 보잘것없는 공간이 너무도 그리웠다. 그만의 둥지였다. 그녀와 그만이 알고 있는 작은 둥지.

이제는 되돌릴 수 없었다. 잃고 싶지 않아 발버둥 쳤는데.

그는 입술을 깨물고 그녀가 있을 방향을 노려보았다. 입가가 비틀어졌다.

그래, 여자를 놓쳤어도 집은 남았다. 비록 싸우다 만신창이가 되었지만 그래도 그 집만은 고스란히 남아 있다. 언젠가는 그 여자도 제정신을 차리고 그 집으로 돌아올 것이다.

태호는 심호흡을 하고는 마음을 돌렸다.

언제나 마음을 쉽게 바꿀 수 있는 그였다. 그는 자신만만한 자세로 몸을 바로 세웠다. 후회 따위는 그와 절대 어울리지 않는다. 그는 그 집으로 돌아가기로 했다. 그 여자는 반드시 그 집으로 돌아올 것이다. 그 집은 그녀에게 너무나 잘 어울렸으니까.

태호는 아스팔트 위를 천천히 걸으면서 차가 오기를 기다렸다. 뜨거운 햇빛이 아스팔트 위에서 아지랑이를 피운다. 그는 그 뜨거운 공기를 들이마시면서 하늘을 올려다보았다.

새파랗게 말간 하늘이 마음에 들었다. 여자는 많았다. 이 지저분한 기분도 따스한 여자의 살갗에 몸을 묻으면 훨씬 나아질 것이 분명했다.

그는 자신있게 걸으면서 그 낡은 집에 어떤 가구를 들여놓을까 구성했다. 형과 결별한다고 해도 그의 회사는 여전히 그의 소유였다. 회사 일에 조금 신경을 더 쓰면 수입도 늘어날 것이 분명했다. 어차피 형에게 용돈을 받으며 살고 있는 것도 아니다. 아쉬울 것도 없다.

지나가는 차량을 잡아타고 그는 그녀가 살던 집으로 향했다.

안타깝게도 얼마 전 벌인 싸움으로 정원은 잔뜩 파헤쳐져 있었다. 그녀가 열심히 가꾼 정원이었는데 부러진 나무들과 망가진 잔디밭은 잡초로 무성해져 있다. 누가 봐도 훌륭한 폐가의 모습이었다. 그는 조금 실망해서 그녀가 그토록이나 마음에 들어하던 대추나무를 살펴보았다. 다행히 그 나무만은 온전한 상태였다. 뿐이랴, 제법 새파란 잎새들을 무성히 매달고 있었다. 하지만 매화나무와 소나무는 완전히 꺾여 죽어버린 듯하다.

먼지투성이 현관문은 닫혀 있었다. 하지만 불행히도 정원으로 난 창은 거미줄처럼 금이 가 있다. 아마 그때 싸움에 깨진 모양이었다. 유리를 새로 갈아야겠다 생각하면서 그는 집 밖을 빙빙 돌았다. 깨진 곳은 다행히도 제일 큰 창문뿐. 다른 곳은 거미줄이 무성하긴 하지만 치우면 그만이다. 그는 천천히 현관문을 밀어보았다. 예상 외로 문은 스르르 열렸다.

아직 대낮인데도 집 안은 어두웠다.

흙냄새와 먼지 냄새가 뒤섞인 집 안을 그는 새삼 추억에 잠겨 돌아보았다. 몇 달밖에 안 되었는데 몇 년은 된 기분이 든다. 유가 일당에게 다쳐서 피를 줄줄 흘리며 이 집 다락방으로 숨어들었을 때 그는 나름대로 꽤 절망적인 기분이었다.

그때 만났던 이상한 여자.

너무 지쳐서인지 두려움조차 제대로 느끼지 못했던 여자.

그는 한숨을 내쉬고는 신발을 벗고 마루 위로 발을 디뎠다. 먼지 때문에 발자국이 찍힌다. 양말이 더러워지긴 하겠지만 구둣발로 들어갈 마음은 생기지 않았다. 이게 바로 애틋한 사랑인가 보다 싶어 그는 스스로 대견해했다.

여전히 텅 빈 집안. 그녀의 침실에 있을 낡은 옷장과 침대가 전부인 가구들.

부엌으로 고개를 내밀어보니 싱크대에서 악취가 난다. 오랫동안 비워져 있어 하수구 냄새가 스며들어 온 모양이다. 냉장고를 열어보니 의외로 깨끗이 텅 비어 있다. 아마 누군가가 와서 치웠던 모양이다. 형의 부하들이 그랬을까.

태호는 기분이 조금 상했다.

식탁을 앞에 두고 의자에 천천히 앉아보았다. 커피 메이커가 뿌옇게 변해 있다. 먼지를 손가락으로 쓱 문지르자 새삼 커피가 그리워졌다. 태호는 찬장을 뒤져 원두커피를 찾아냈다. 그것을 끓이려 분쇄기를 찾았지만 보이질 않는다. 별수없이 주전자를 꺼내 물을 끓였다. 인스턴트커피가 고작이다.

삐이삐이―

주전자가 소리를 냈다. 그는 찬장에서 커피잔 하나를 꺼내 커피 믹스를 들이부었다.

아주 묘한 기분이었다. 이 집에서 그는 한 번도 커피 믹스를 먹어본 적이 없었다. 그녀는 항상 그를 위해 커피를 마련해 두었으니까. 새삼 그녀가 커피를 끓이던 모습이 떠올라 가슴이 아팠다.

뜨거운 물을 붓고 커피를 젓는 순간 제법 그럴듯한 냄새에 그는 한숨을 내쉬었다. 맛이야 어떻든 생각 외로 냄새는 나쁘지 않다. 그러나 한 모금 삼키는 순간 그는 욱 하고 뱉어내고 말았다. 너무 뜨겁고 너무 달았다.

"흐."

기다려 주마. 십년이고 백년이고 기다려 진심이라는 걸 보여줄 거라 그는 맹세했다. 이 찢어지는 듯한 아픔이 사랑이 아니면 대체 뭐란 말인가. 항상 보듬고 위선을 떨어대는 게 사랑이란 말인가? 그는 입술을 깨물었다.

커피는 지독하게도 맛이 없었다.

그래서 눈물이 났다.

에필로그

"어마!"
"세상에! 잘도 뛰네!"
일부러 정연이 큰 소리로 감탄했지만 그는 침묵했다.
"정말 빠르죠?"
"그런가."
그는 무뚝뚝하게 대꾸했다.

동그란 뺨에 인형처럼 커다랗고 반듯한 이목구비를 가진 아이는 백일이 지난 지 이틀밖에는 되지 않았다. 그런데 아이는 지금 뛰어다닌다. 가느다란 사지에는 어설프지만 근육이 붙어 있었고, 남이 보기엔 네 살쯤 된 아이로 보였다. 태경을 쏙 빼닮은 이목구비는 사랑스럽기 그지없었지만 그의 시선은 여전히 정연의 얼굴에 가 박혀 있었다.

그녀의 얼굴 역시 피어오르는 꽃송이처럼 생생했다. 병색의 기미는 아무 데도 없었다. 그가 그녀를 처음 안은 그날처럼 뽀얗게 살이 오르고 앙상하던 어깨도 둥그스름하다. 무엇보다 그녀의 얼굴에 떠오른 부드러운 표정이 더더욱 만족스러웠다.

"은휘야."

우습게도 정연은 아기를 볼 때마다 감탄했다.

"눈썹이 정말로 닮았어요."

"그래?"

"찡그린 눈매를 봐요. 정말 너무너무 똑같이 생겼어요. 다 크면 태경 씨와 똑같을 것 같아요."

정연이 웃으면서 아이의 얼굴을 태경에게 보여주었다. 태경은 책장을 넘기다 말고 자신의 아들을 물끄러미 바라보았다.

'부정(父情)이라…….'

그는 부정이라는 게 있긴 있는지 의심스러웠다. 아니, 일족에게는 부정이라는 건 없을 거라 생각해 왔다. 일족의 사내들은 아이에게 아내를 빼앗기고 싶어하지 않는다. 아기가 빠른 성장을 하는 것도 그 때문일지도 모른다.

"왜 그런 얼굴이에요?"

정연이 못마땅한 표정으로 그를 살핀다. 태경은 고개를 내저었다.

"아니, 아무것도 아니야."

확실히 인간과는 다르다. 아내를 아기에게 빼앗겼다고 노골적으로 아기를 멀리하는 인간남자는 거의 없을 것이다.

"그보단 너무하는군."

"네?"

"신혼여행에 애를 데려오는 경우가 어디 있어?"

불퉁한 얼굴로 말하는 태경을 향해 그녀는 어색한 표정을 지었다.

비취빛 바다와 하얀 백사장이 펼쳐진 리조트는 꿈처럼 아름다웠다. 예전에 말한 대로 그들은 피지로 신혼여행을 왔다. 리조트에는 청소담당의 메이드 다섯과 요리사 이외엔 아무도 없었다. 그나마도 시간을 맞춰 올 뿐이다. 그래도 시원한 냉장고에는 신선한 음식이 가득했고 옷가지를 입지 않아도 될 만큼 따사롭다.

태경은 고개만 내밀어 그녀의 눈가에 키스했다. 다정하게 와 닿는 감촉에 정연은 절로 웃었다. 그의 아파트에서 단둘만 지냈던 시간을 떠올리게 하는 감미로운 침묵이 그들 사이에 감돌았다.

"마마."

옹알이를 하면서 은휘가 버둥거렸다. 시선이 반짝이는 바다를 향하고 있다.

"놔줘."

"하지만 위험할 텐데."

"괜찮아. 여기서 위험할 게 어디 있어?"

여전히 덤덤함 어조로 태경이 말했다. 그의 시선은 그녀의 비키니 위로 도톰하니 올라온 가슴에서 떨어지지 않고 있었다. 얼결에 얼굴을 붉힌 그녀는 시선을 피해 버렸다.

결국 아이를 놓아준 정연은 구름 한 점 없는 하늘을 올려다보면서 정연은 파라솔 아래에 누웠다. 얕은 모래톱을 지치지도 않고 달리고 있는 아들은 누가 봐도 생후 백일짜리로는 도저히 보이지 않는다.

"꺄아!"

두 팔을 벌리고 은휘가 백사장을 다시 뛰기 시작했다. 파도가 거의 일지 않는 바다는 너무도 투명해 눈이 부셨다.
"정말 잘도 뛰네요."
그의 손가락이 그녀의 짧은 머리칼을 쓰다듬었다.
"졸려?"
"조금요."
작은 게 한 마리를 잡아든 은휘가 자랑하듯 그녀를 향해 흔들어 보였다. 웃는 얼굴에 마주 웃어준 그녀는 자신의 몸을 끌어안은 태경의 가슴에 기댔다.
"조용하군."
그의 목소리가 파도처럼 밀려왔다.
정연은 눈을 감고 그가 말할 때마다 울리는 감각을 즐겼다. 손에 닿는 그의 살갗이 뜨거웠다. 새까만 수영복 하나만 걸친 모습이 어쩐지 야하게 보여 사실 시선을 제대로 두지 못했던 것이 바로 어제다. 그런데 지금은 여유있게 그 맨살갗에 뺨을 기댄다.
'이게 부부라는 걸까.'
그녀는 뺨이 달아오르는 것을 느끼며 작게 웃었다.
"왜?"
태경이 또 물었다.
"아니, 별거 아니에요."
그의 손가락이 그녀의 머리칼을 타고 내려와 목덜미에 닿았다. 대담하면서도 조심스러운 손길이 기분 좋았다. 그녀의 기분을 살피듯 다가드는 체온이 따사롭다.
바람은 타오르는 태양과 달리 선선한 습기를 머금고 있었다.
새파란 하늘, 비취빛 바다, 하얀 백사장.

선명한 색채의 향연 아래 그에게서 나는 체향이 몸 안 깊숙한 곳까지 스며든다. 소나무 향기를 닮은 체취가 어딘가 생소해서 그녀는 문득 눈을 떴다.

"향수, 뿌렸어요?"

"아니."

뜬금없는 질문에 태경이 그녀를 내려다보았다.

"흐음, 이상하네. 당신에게선 언제나 커피 향 같은 게 났었는데. 지금은 조금 다른걸요."

"커피 향?"

태경이 뜻밖이라는 듯 눈을 크게 떴다.

"네, 전에는 그랬는데……."

"지금은?"

"음, 뭐랄까. 소나무 향 같기도 하고 풀 냄새 같기도 하고."

정연의 말에 태경은 눈을 가늘게 떴다. 웃는 것 같기도 하고 찡그린 것 같기도 한 그런 표정이 떠올랐다.

"왜요? 내가 이상한 말 했나요?"

"아니. 체향이 바뀌었다는 건 성격이나 기분이 바뀌었다는 이야기거든."

"에?"

"몰랐어? 개개인이 전부 다 냄새가 다르잖아."

태경의 말에 정연의 눈이 커졌다.

"처음에 정연이는 레몬이나 오렌지 비슷한 향기가 났었지. 나중에는 조금 더 달콤하게 변했었고."

"지금은요?"

뜻밖의 말에 그녀가 되묻자 태경은 의미심장하게 웃었다.

"글쎄, 지금은 잘 모르겠는걸. 너무 멀어서 그런가?"

그는 그 말이 떨어지기가 무섭게 그녀의 목덜미를 깨물었다. 악 하고 그녀가 놀라 소리를 지르는 순간 태경이 웃음을 터뜨렸다.

'아.'

그의 웃음소리에 달콤하게 가슴이 저렸다. 정연은 그의 얼굴을 두 손으로 잡아당겨 콧등에 키스했다. 그의 웃음소리가 너무나 좋아서 항상 이렇게 듣고만 싶었다. 그에 응하듯 여전히 웃음기가 도는 얼굴로 태경이 정연의 몸을 잡아당기며 키스를 하기 시작했다.

"울어?"

달콤하게 젖는 그녀의 입술을 혀끝으로 핥으며 그가 작게 물었다.

"아뇨."

"우는 것 같은데?"

그녀는 눈꼬리를 휘며 웃었다. 웃느라 서로 치아가 부딪쳐 따각 소리를 냈다.

"아야야, 키스가 아직도 서툴러."

"이제 곧 능숙해지겠죠."

"응, 스승이 좋으니까."

태경의 손가락이 뺨을 더듬었다. 소금기가 매달린 손가락이 입술에 닿자, 정연은 빙긋 웃으며 그 손가락 끝을 핥았다.

"저런."

그의 눈동자에 슬쩍 은빛이 스치고 지나갔다. 그 눈빛을 볼 때마다 정연은 가슴이 덜컹 내려앉고는 했다. 그것은 징조였다. 그가 거칠어진다는 징조.

"왜 웃어?"

태경이 늘어진 그녀의 몸을 자신의 허벅지 위에 앉히며 물었다. 아마 그 본인은 자신의 눈빛이 어떻게 변하는지 모르는 듯했다. 정연은 그것이 좋았다. 항상 담담한 그가 자신의 앞에서 흐트러진 모습을 보이는 것이 너무나 사랑스러웠다.

"비밀."

"비밀?"

날카롭게 변한 송곳니가 그녀의 목덜미를 깨물었다. 아야야 비명을 질러도 그는 멈추지 않았다. 집요한 손가락이 마침내 비키니 자락을 벗기기 시작했다.

달칵달칵.

어설프게 달아나는 갈색의 작은 게는 움직일 때마다 소리를 냈다. 불퉁하니 세운 집게발이 이리저리 흔들리는 몰골이 우습다.

은휘는 서로 끌어안은 채 웃는 부모를 흘긋 바라보다 말고 시선을 게에게 돌렸다. 아이에게 있어서 세상은 너무나 신기한 것으로 가득 차 있었다. 작은 곤충이나 하늘에서 내리는 빗방울, 그리고 발가락을 간질이는 하얀 모래와 발목까지 건드리고 달아나는 파도. 아버지에게서 느껴지는 따가운 온기와 어머니에게서 느껴지는 부드러운 온기가 뒤엉킨다. 짜디짠 소금 내음이 나는 바다와 달콤한 향이 나는 어머니의 살갗. 그리고 서늘하기만 한 아버지의 기운이 뒤엉키자, 은휘는 한숨을 내쉬었다.

황금빛 태양이 어린애답지 않게 새까만 은휘의 머리칼을 머금으며 바람에게 손짓했다. 실크처럼 매끄러운 바람을 잡으려 은휘는 작은 손을 허공으로 치켜들었다. 손가락 사이로 바람이 스쳐 지나간다. 까치발을 해도 바람은 잡히지 않는다. 두 팔을 바짝 들다 균형을 잃은 아이는 그만 엉덩방아를 찧고 말았다. 은휘는 화를 냈다. 첨벙 하고 물방울이 튀며 차가운 물이 엉덩이까지 스며들어 왔다. 그 감촉에 진저리를 치면서 아이는 허공을 노려보았다. 분을 삭이는 눈동자에 은빛이 서렸다. 햇빛에 반사되어 반들거리는 눈빛은 야수처럼 사나웠다.

하지만 그것도 잠시, 은휘는 움찔하고 말았다.

뒤를 돌아보니 어머니를 두 팔로 안고 있는 아버지의 시선이 자신을 향하고 있었다. 차가운 경고의 눈빛이 전신을 짓누르자, 은휘는 작게 또 한숨을 내쉬었다. 아버지는 무섭다. 어머니는 상냥하다. 아이는 그것만은 확실히 알고 있었다.

보이지 않는 바람은 잡을 수 없다. 결국 은휘는 다시 한 번 백사장을 누비며 게를 잡기 시작했다. 딸칵 소리를 내며 어설프게 걷는 게는 좋은 장난감이었으니까.

"녹아버릴 것처럼 부드럽게 말하는 남자 누구 없어?"
"성우?"
"농담하지 말고 진짜 괜찮은 남자 어디 없냐고!"
"내가 알기론 없어. 게다가 넌 나이가 많잖아?"
"시끄러! 난 심각하다고!"

민재는 서류를 뒤적이다가 미혜를 쳐다보았다. 그 목소리가 제법 절박하다.

그녀는 매니큐어를 손끝에 바르면서 후후 불고 있었다.

"왜 사무실에서 그런 짓을 하고 있어? 냄새 때문에 머리가 다 아프다."

"창문 열었어."

날씨가 꽤나 더워 에어컨을 틀어놓은 뒤였다. 뒤늦게 창문을 열어봐야 매니큐어의 독한 냄새는 쉽사리 빠질 줄을 모른다. 민재는 서류철을 접고 관자놀이를 눌렀다.

"데이트에 질렸어?"

"질렸어."

"새 남자 만난다 하지 않았던가?"

"만났지."

"그런데?"

"시시해."

"아아, 그래서? 그럼 오늘 만나는 남자는 누구야?"

"새 남자."

민재는 신경을 끄기로 했다. 미혜가 만나는 남자들은 사흘을 못 갔다. 그가 알기만도 이 달 들어 벌써 열 번이나 바뀌었다.

미혜는 분홍빛 손톱을 향해 한숨을 내쉬더니 물었다.

"회장님은 언제 돌아오셔?"

"몰라. 어제 통화했을 때는 파리에 계셨어."

"미치겠네. 허니문이 너무 긴 거 아니야?"

"그동안 쉬지 않으셨으니 좀 쉬셔도 좋겠지."

민재는 쓴웃음을 지었다. 태경과 정연이 허니문을 떠난 것은 두 달 전의 일이었다.

피지를 시작으로 남태평양의 섬이란 섬은 전부 돌 것처럼 전용기까지 준비하더니 뉴질랜드를 거쳐 유럽으로 갔다. 두 사람 모두 그동안은 노는 것과는 거리가 먼 생활을 했으니 세계 일주라도 할 모양이다.

"대체 어디까지 가시려는 걸까? 다음 달 예정지는 아프리카라고 그러던데."

"정말? 일이 줄줄이 밀리는 거 아니야?"

"결재만 맡아도 될 일들만 남아 있어. 회장님이야 완벽주의자니까. 구두 결재야 어려운 것도 아니고."

"아아, 부러워 죽겠네!"

미혜가 길게 한탄했다. 그녀는 하이힐을 벗어 던지더니 탁자 위로 발을 올려놓았다. 그 방만한 태도에 민재는 노트북에서 시선을 떼고 그녀를 바라보았다.

"왜 그래?"

"날도 더운데 미치겠네."

그녀는 갑자기 한쪽 스타킹을 벗어 민재의 책상 위로 던졌다. 길고 아름다운 허벅지가 그대로 드러났다. 짧은 정장용 스커트는 허벅지 안쪽까지 둘둘 말려 올라가 있다. 노골적인 유혹에 그는 혀를 차고 말았다.

"요즘 들어 대체 왜 그래? 나이나 어리면 말도 안 해. 내일모레면 환갑 아냐?"

"죽을래!"

미혜가 남은 한쪽 스타킹을 뭉쳐 그의 얼굴로 집어 던졌다. 블라우스 사이로 폭 파인 가슴의 계곡이 고스란히 드러나 출렁였다. 민재는 그녀가 브래지어도 하지 않았다는 것을 깨달았다.

"회장님 때문에 그래?"

민재가 심각하게 물었다.

그 말에 움찔한 미혜가 미간을 꽉 찌푸렸다. 그녀는 살짝 걸치고 있던 아이보리색 재킷을 벗어 소파 위에 던져 놓고는 아예 엎드렸다. 맨다리를 드러낸 채 삼 인용 소파에 길게 엎드린 그녀의 모습은 엄청나게 선정적이었다.

"아마 그런 것 같아."

민재는 혀를 찼다.

"회장님처럼 목소리가 좋은 사람이 취향이야. 전화로 회장님 목소리 들어봤어? 녹아들 것처럼 섹시하고 부드럽다고."

흐뭇한 표정을 짓고 있는 미혜를 모른 척하고 민재는 다시 시선을 노트북으로 돌렸다.

또 시작인가. 그녀가 태경에게 반한 것은 그도 잘 알고 있었다. 하지만 태경을 정말로 유혹하진 않을 것이다. 목숨이 아까울 테니까. 그는 도착한 메일을 일일이 확인하고 답장을 쓰기 시작했다.

"그런데 서미혜 씨."

민재는 문득 생각나는 게 있어 키보드에서 손을 떼고 입을 열었다.

"오늘 만나는 남자가 설마하니 유씨 가문의 종주님은 아니겠지?"

미혜가 흠칫했다. 그녀의 분홍빛 발톱이 꼭 벚꽃 같았다.

민재는 무심한 얼굴로 키패드를 움직이면서 덧붙였다.

"그분은 목소리가 죽여주는 분이 아닐 텐데."

미혜는 변명하듯 손을 내저었다.

"아아, 그냥 사건 조정 때문에 만나는 것뿐이야. 데이트가 아니라고!"

"그래? 그렇다면 새 매니큐어를 바를 필요는 없을 텐데."

"나는 완벽주의자거든."

미혜가 그렇게 말하더니 방긋 웃어 보였다. 그 얼굴을 물끄러미 보던 민재는 피식 웃었다.

"그 성격 대단한 종주님이 왜 너랑 데이트를 하는 거야?"

"데이트가 아니라니까. 일이야."

미혜는 잘라 말했다.

"그분은 회장님보다도 연하라고. 그러니까 연애 범위가 결코 아니지."

"설마. 너의 연애 범위는 우리 작은 주인님까지도 포함하는 거 아니었던가?"

민재는 허니문을 따라간 작은 아기씨를 떠올렸다. 얼굴은 태경을 닮았지만 그 속은 누구도 알 수 없는 기적적인 아기씨.

"걱정하지 말라니까!"

미혜가 소리 높여 항의했다.

"조심하는 게 좋아. 그 양반은 아주 집요해. 너무 집요해서 우리 회장님도 두손두발 다 든 양반이야."

미혜는 씨익 웃었다. 굶주린 호랑이 같은 얼굴을 한 그녀는 쭈욱 몸을 뻗어 은색으로 빛나는 하이힐을 신었다. 자신만만한 태도가 매혹적이었다.

"그 집요한 게 마음에 들지 않아?"

"전혀."

민재는 불퉁하게 대답하고는 모니터를 노려보았다. 그가 어떤 표정을 짓던 신경 쓰지 않고 미혜는 머리를 빗기 시작했다. 길게 늘어진 풍성한 머리칼이 허리까지 흘러내렸다. 화장을 고치면서 그녀는 민재에게 물었다.

"원피스가 좋을까, 아니면 투피스가 좋을까?"

"이 주 전에 산 까만 샤넬 원피스. 등허리가 파인 거."

민재가 짧게 대답하자 미혜의 눈이 빛났다.

"어마, 민재 씨, 그 옷 마음에 들었구나! 기억하는 걸 보니."

"기억할 수밖에. 샤넬 매장의 아가씨 하나가 내게 하소연을 했거든. 무려 천오백만 원어치나 강탈해 갔다고."

미혜는 혀만 내밀고 킬킬댔다.

"그나저나, 우리 작은 사장님 소식은 들었어?"

민재가 지나가는 어투로 물었다.

"아니, 우리 사모님한테 실연당한 이후로 영 보이질 않던데. 아마 해외 어딘가로 떠나 버린 게 아닐까?"

미혜가 립스틱을 바르며 대꾸했다. 윤곽이 뚜렷하고 볼륨 있는 입술이 좀 더 화사해진다.

민재는 무표정하게 그녀의 등을 바라보았다.

화살처럼 꽂히는 그 시선을 받으면서도 그녀는 태연했다. 입술 화장을 고치더니 곧이어 눈 화장을 고치기 시작했다.

"그 작은 사장님의 특기는 여자 꼬시기잖아. 어딘가 부잣집 마나님의 옆에서 흥청망청 놀고 계시겠지."

"정말 그럴까. 다른 건 몰라도 여자 돈은 안 쓰는 양반인데."

미혜는 거울을 통해 히죽 웃어 보였다. 유달리 긴 송곳니가 하얗게 드러났다. 아무리 근사한 팔등신의 미녀라지만 그녀는 맹수였다.

"사람이란 변하는 거잖아. 그 깊은 속을 누가 다 알아?"

그녀는 어깨를 으슥하면서 밖으로 걸어나갔다. 또각거리는 발자국 소리가 유달리 전투적이다. 아니면 도망가는 것일지도.

"그건 그래."

민재는 노트북 화면을 뚫어져라 바라보며 중얼거렸다.
"변하긴 변했지. 의외로 순정파였는지도."
태호가 자신의 팔다리를 희생해 정연을 살렸다는 것은 공공연한 비밀이었다. 그러나 정연은 모른다. 그 때문에 민재는 태호 자신이 그것을 정연에게 말하지 않았다는 게 더더욱 놀라웠다. 예전의 태호였다면 당당히 그걸 방패로 내세워 정연에게 달려들었을 것이다. 그런데 태호는 침묵하고 있었다.
태호는 아직도 정연의 집에 살고 있다. 아예 집안과 연을 끊으려는지 소식도 없다. 몸도 온전치 못한 채로 두문불출하는 그 모습이 안쓰러울 지경이었지만 민재는 정연에게도, 태경에게도 보고할 생각은 전혀 없었다. 미혜 역시 그럴 마음은 없을 것이다.
띠리링.
파란 화면에 상당히 당혹스런 메일이 도착해 있었다. 회사 메일이 아닌 그의 개인 메일이었다.

〈9월 4일 서울 도착. 동일(同日) 오후 열 시에 방문 예정.
스케줄 확인 요망.
추신:삼 일간 휴가를 받도록.〉

발신인은 진청청.
민재는 그 짧은 메일을 몇 번이나 반복해 읽었다. 그의 공주님은 너무 명령에 익숙해서 아마 상냥한 인사를 할 줄 모르는 모양이었다.
그래도 그는 웃었다. 그의 공주님은 곧 여왕이 될 예정이었다. 한 집안의 주인은 여왕이지 공주가 아니다. 그녀는 그를 버리지 않았다. 그가 버려질 마음이 없는 것처럼 그녀 역시 버릴 마음은 추호도 없는 모양이다. 그녀 덕분에 어쩌면 쓰레기통에 버려졌던 사생아가 왕이 될지도 모른다. 가끔은 오래 살다 보면 이런 기막힌 반전도 생겨나는 법.

시종이 공주를 얻는 기막힌 반전.

민재는 웃음을 머금은 채 이 오만한 메일에 답장을 썼다.

〈어서 오시길. 스케줄은 이미 확정.
추신:삼 일이 아니라 삼십 년이라도.〉

짙은 녹음이 바람에 따라 흔들렸다.

유리 창가에 와 닿는 넓적한 잎사귀들이 여름을 자랑한다. 책상에 앉아 민재는 두 팔을 뻗고 기지개를 켰다. 콧속으로 스며드는 풍성한 흙냄새가 비를 예고했다. 더운 바람을 삼키며 그는 눈을 감았다.

모두가 행복할 순 없다. 하지만 짐승들의 왕이 배가 부르자, 둥지는 평온했다. 다른 건 그가 알 바가 아니었다.

『Fly me to the moon』 完…

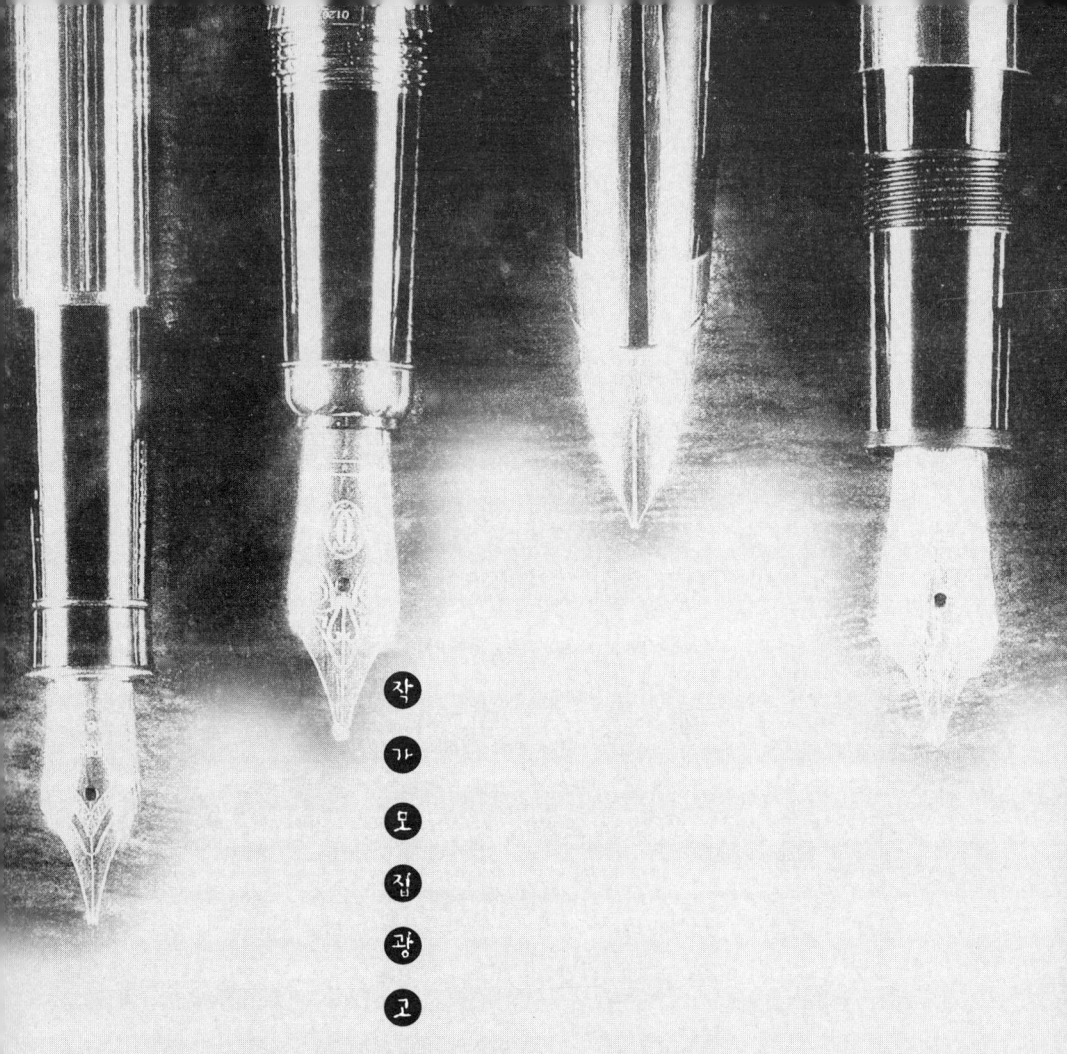

작가모집광고

도서출판 청어람의 문은 항상 열려 있습니다.
실력있는 작가 분들의 많은 관심 부탁드립니다.

TEL:032-656-4452 • FAX:032-656-4453
http://www.chungeoram.com
http://chungeoram.egloos.com
e-mail:romance-eoram@hanmail.net